박경리 장편소설

파시

다산
책방

차
례

1. 기항자寄港者 ◇ 7

2. 등댓불 ◇ 49

3. 봉화서 온 여인 ◇ 89

4. 박 의사朴醫師 ◇ 135

5. 갈대처럼 ◇ 185

6. 이율배반 ◇ 239

7. 기다리는 여자들 ◇ 287

8. 슬픈 아버지 ◇ 355

9. 밤길에서 ◇ 403

10. 봄은 멀어도 ◇ 449

11. 밑바닥까지 ◇ 495

12. 섬[島] ◇ 545

13. 마지막 주사위 ◇ 601

14. 귀거래歸去來 ◇ 643

15. 파시波市 ◇ 697

어휘 풀이 ◇ 738

작품 해설 ◇ 741

1. 기항자寄港者

안개가 자욱이 깔려 있다.

파나마모자를 뒤로 젖혀 쓴 조만섭曹萬燮 씨는 수옥壽玉을 데리고 대청동 큰길을 지나간다. 길켠의 건물은 모두 문이 닫혀져 있고 사방은 괴괴하다. 이따금 오물을 거둬 실은 시청 트럭이 가로를 구르며 안개 속으로 사라지고, 누우런 군대용 손수건에 도시락을 싸가지고 겨드랑이에 낀 노동자 몇 사람이 바쁜 걸음으로 안개를 헤치며 간다. 택시도 버스도 아직 나들지 않는 이른 아침.

"니 배 타봤나?"

조만섭 씨는 수옥에게 묻는다.

"네."

"언제?"

"이북서 올 때요."

"뱃멀미했나?"

"많이, 무척 했어요."

"음, 오늘도 나울이 좀 있겠는걸. 그러나 가덕 앞바다만 지나놓고 보면 섬 사이로 가니께 웬만한 나울은 잔다. 선표나 쉬이 살라는지 모르겠다."

검정 통치마에 안동포 적삼을 입은 수옥은 작은 보따리 하나를 들고 따라간다. 성큼성큼 걸어가는 조만섭 씨에게 뒤지지 않으려고 애쓰면서 이따금 손등으로 땀을 닦곤 한다.

"그래도 날 따라가는 게 남의집사는 것보다 나을 기다."

조만섭 씨는 손수건을 꺼내어 땀을 씻은 뒤 호주머니 속에 도로 집어넣었다.

"부산 바닥에서 어물어물하다간 큰일 나지. 전쟁 때문에 인심은 험악해지고 피란민들이 들끓는 판인데 어디 가서 밥 한 술 얻어먹겠노. 젊은 아이가 혼자…… 그렇지, 얼굴이 좀 반반하게 생긴 아일수록 어디로 가겠노. 빤하지 빤해. 술집이 아니면 양……."

하다가,

"그래 국민학교는 나왔겠지?"

"……."

"요새 세상에 국민학교 안 나온 아이들이야 없지."

조만섭 씨는 혼자 납득하며 고개를 끄덕끄덕한다.

"전 여학교 나왔어요."

수옥이 부시시 말한다. 조만섭 씨는 매우 당황하며,

"여학교를? 몇 살인데?"

"스물하나예요."

"흐음…… 그래."

하고는 입을 다물어버린다.

큰 거리는 천천히 아래로 수그러진다. 부두로 가는 지름길에 들어선다. 과일 시장에서 수박을 실은 수레가 바퀴 소리를 요란하게 내며 지나간다. 행상하는 바지게꾼, 광주리를 인 아낙네들도 바쁘게 걸어간다.

"이거 늦은갑다. 선표 사기 어렵겠는걸. 어서 가자."

조만섭 씨는 급하게 발을 내딛는다. 몸집이 작은 수옥은 보따리를 흔들며 뛰다시피 걷는다.

부두에 닿자 조만섭 씨는 수옥을 낡은 창고 앞에 머물게 하고 사람들이 줄지어 서 있는 기선회사 쪽으로 간다. 뼈대가 단단한 뒷모습은 줄을 잡아 서지 않고 기선회사 안으로 사라진다. 수옥은 창고에 몸을 기대고 바다를 바라본다. 뿌옇게 서려 있던 보랏빛 안개가 차차 걷혀지는 항구에 외국 상선이 정박하고 있었다. 노란 마스트 위로 갈매기는 날아들고 항구 밖에 연분홍빛 돛단배 한 척이 떠내려간다. 곧 해가 솟을 모양. 수옥은 보따리 한켠으로 눈물을 닦는다.

갈 때보다 한결 의젓하게 미소하며 조만섭 씨는 돌아온다.

"이제 됐다. 기선회사 직원한테 부탁해놨으니께 선표는 문제없고, 그까짓 술잔 값이나 쥐여주면…….."

담배를 붙여 문다.

"좀 편하게 살라 카면 아무래도 사바사바 안 할 수 있나."

"곧 배 타게 되나요?"

손톱 끝을 물면서 수옥이 묻는다. 눈시울에 눈물방울이 남아 있다.

"아니다. 아직 시간이 넉넉하니께 아침을 먹어야지. 자아, 가자."

손수레에 포장을 두른 거리 음식점이 기선회사 옆에 줄지어 늘어서 있다. 그 앞에 허리를 꾸부리고 서서 아침을 먹는 부두 노동자들을 훑어보며 조만섭 씨는 지나친다.

섬 사이에 해가 솟는다. 바다와 부둣가는 황금빛으로 물들고 발동기 소리, 고함 소리, 파도 소리가 부둣가에 메아리친다.

"그놈의 배 밥은 사내자식들이 만들어서 그런지 느글느글하고, 음, 어디 묵겠더나."

간판이 제대로 붙은 식당으로 들어간 조만섭 씨는 모자를 벗는다.

"배 탈라 카면 이런 데서 밥을 먹어야지 별수 없다. 좀 더 나가면 좋은 식당이 있을 기다만 일러서 문도 안 열었을 거고, 거기 앉거라."

수옥은 엉거주춤 서 있다가 꺼멓게 기름때가 묻은 걸상에 보따리를 놓는다. 선원들이 간밤에 잠 한숨 못 잤다는 이야기를 하며 한켠에서 해장술을 마시고 있었다.

"에…… 또 뭘 할까? 국밥으로 하지. 그리고 정종 한 고뿌, 안주하고 술 먼저 가지고 와."

심부름하는 소년에게 이르고 조만섭 씨는 식탁 위에 두 손을 올려놓으며 수옥을 쳐다본다. 반들반들한 이마에 주름이 모인다. 작은 눈이 언짢은 듯 흐려진다.

"남 원망할 것 없다."

"……"

"말을 듣고 보니 니도 여학교까지 나와가지고 억울하겠다만, 그러나 이제는 엎질러진 물, 깨어진 그릇이라 어찌하겠노."

수옥은 수레꾼들이 왁자하니 싸우는 켠에 얼굴을 돌리고 조만섭 씨 이야기를 듣는 둥 마는 둥.

스며드는 햇빛 한 줄기에 부드러운 솜털이 보이는 이마, 깨끗하고 아직도 얼굴은 어리다.

"육이오가 니를 망쳤고 팔일오는 나를 망쳤지. 중국에서 산더미같이 번 돈 한 푼도 못 가져오고, 그까짓 기왕 못 가져올 바에야, 하고 밤에 노름판에 다 털고, 그래 빈주먹 쥐고 돌아와 보니 여편네는 죽고, 사람이 살라카면 한평생에 풍파가 한두 번 아니다. 니는 아직 젊고 운만 트이면…… 아 술이 따끈한가?"

"네. 따끈합니더."

소년은 유리컵을 조만섭 씨 앞에 놓고 찌그러진 주전자의 술을 붓는다.

"이놈아야, 거 술 주전자 좀 닦아라. 어디 그것 보고 술맛 나겠나. 아무리 객선客船머리라고 하로 보면 그만인 손님들만 찾아오는 줄 아나?"

소년은 조만섭 씨 잔소리에 부르터서 가버린다. 그는 부르튼 얼굴로 국밥 두 그릇을 가지고 왔다.

"팔도 뜨내기들이 다 모여드는 부산 항구다만 아이새끼들이 되바라져서 아무짝에도 못쓰겠다. 손님 하는 말을 웃는 낯으로 받아야지."

투덜거리는데 키가 큰 사나이가 식당에 쑥 들어선다.

키가 크고 머리가 훌렁 까진 사나이는 수옥과 함께 국밥을 먹고 있는 조만섭 씨를 보자 싱긋이 웃는다. 군대 즈봉에 구겨진 남방셔츠를 입은 허술한 모습. 그가 가까이 갔을 때 조만섭 씨는 숟가락을 그릇 가에 걸쳐놓고 손수건을 꺼내려다가 사나이의 눈과 마주친다.

"어, 영래 아니가!"

반가워서 소리친다.

"버릇없이 그 무슨 소리고, 아재비보고."

서영래徐永來는 일부러 눈을 부릅뜨며 나무란다.

"이눔아가 선잠을 깼나? 할애비보고 뭐라꼬?"

조만섭 씨도 눈을 부릅뜬다. 그러나 이내 웃으며 손바닥으로 입언저리를 훔친다.

"허이 참, 중국 바닥까지 빌어묵어 다니더니만 니가 아무래도 족보를 팔아묵었는갑다. 아니면 육이오 바람에 배 한 척을 날려버리더니 허파가 부풀어서 사람이 눈에 안 보이는갑다. 태산이 무너져도 정신은 똑똑히 차리라 했는데 젊은 아이들이 그러면 못쓰니라."

"오냐오냐하니께 손자 놈이 할애비 수염 잡아댕긴다더니 참기가 막혀서. 세상이 개판이니 할 수 있나. 여하튼 거기 좀 앉아보아라. 술 한잔 사줄 것이니."

조만섭 씨는 먹던 국밥을 밀어내고 손뼉을 쳐서 소년을 부른다.

"허 참, 조카 술 얻어묵고 배탈이나 안 날지 모르겠다."

서영래는 조만섭 씨 옆에 털썩 주저앉으며 국밥을 먹고 있는 수옥을 힐끗 쳐다본다.

"정종 반 주전자하고 안주하고 어서 가져오너라. 장석 걸음으로 왔다 갔다 하지 말고, 자아."

조만섭 씨는 십 원짜리 한 장을 소년 호주머니 속에 찔러준다.

조만섭 씨가 얼굴을 돌리자 수옥을 보고 있던 서영래는 누구냐고 묻는 표정을 보인다. 조만섭 씨는 눈을 찡긋하며 좀 기다리라는 시늉을 하면서,

"그래, 이번 행비에는 재미 보았나?"

"재미는 무슨 재미, 내 혼자 독으로 해묵는 것도 아니고, 이번에는 큰 덩어리가 죽을 쑤었다."

심드렁하게, 그러나 어딘지 변명 비슷하게 대꾸한다.

"흥! 니한테서 재미 봤다는 이야기 한 번도 못 들었다. 누가 덮쳐 갈까 봐 그러나?"

"본전이야 건졌지."

"아서라, 본전치기할라고 그 위험한 짓은 왜?"

"정말 이놈의 장사, 속이 썩어서 이제는 못 해묵겠다. 뜬 어묵을라고 눈알이 벌게가지고 뭇놈들이 벌 떼같이 달겨드니…… 가만히 생각하면 그놈들 먹여 살릴라고 내가 물밥 사 묵고 이 고생을 하며 다니는 것 같다."

소년이 술을 날라 왔다.

"옳지, 그래야지. 이런 좋은 걸 두고 아끼는 와 그랬노?"

조만섭 씨는 기분이 좋아서 술 주전자를 들고 술을 붓는다. 소년은 싱글벙글 웃으며 간다.

"자, 술이나 들어라. 욕심은 대강 부리고. 그만하면 놀고 인심 써가며 살 긴데 뭘 그라노. 탐심이 너무 과하면 식록을 거둣는 법이라."

"모르는 소리 그만해라. 무슨 팔자로 놀고묵노."

서영래는 술잔을 든다.

"천하가 다 아는 일인데 자네 혼자 아홉 폭 치마로 덮어싼다고 누가 곧이듣나?"

"사촌이 논 사면 배가 아프다 하더라."

서영래는 술맛이 떨어진다는 듯 얼굴을 찡그리며 쏘아준다.

"에끼 이 사람, 니가 그러니 심보가 나쁘다는 거다. 동저고리 바람으로 갯벌을 쏘다닐 시절부터의 친구를 한통속으로 몰아넣다니, 섭섭하다. 입이 발라서 말이사 늘 까놓고 한다만 세상에 심술 없고 욕심 없는 조만섭이 아니가?"

"심술이야 없지. 그 말 많은 게 탈이거든."

한두 잔 술에 서영래 얼굴은 홍당무가 된다.

"말이 많다는 것은 듣기 싫다는 얘긴데 이렇게 만난 김에 할 말 좀 해야겠다. 가무치 콧구멍처럼 당초에 볼 수가 있어야지. 자고로 암탉이 울면 집안이 망한다고 했는데 자네 안사람 거 안 되겠더라."

"흥, 똥 묻은 개가 겨 묻은 개보고 짖는다더니 너거 집사람은 어떻고?"

그러나 조만섭 씨는 그 말에 응수하지 않는다. 그는 반들반들한 이마에 주름을 모으며,

"남의 눈에 눈물을 너무 흘리게 하면 신양에 해로와."

서영래는 좀 당황한다.

"재물이야 있다가도 없고 없다가도 생기는 법, 인심은 한번 잃으면 그만이다."

"남의 속도 모르고 딱한 소리는 그만해라. 자네 같으면 이

녁 돈 안 받고 가만히 있겠나? 남의 말이니까 하기 쉽지."

화를 발칵 낸다. 조만섭 씨는 불쾌한 듯 얼굴을 찡그린다.

"빚을 받아내는 것도 유만부득이지. 아 그래, 상호하고 어떤 사이라고 그까짓 빚돈 몇 푼 때문에 살림을 실어 오느냐 말이다. 자네 안사람이 그랬다면? 사람이란 그러는 게 아니다. 자네도 악처를 만났다. 옛날에는 그렇지 않았는데 많이 변했어. 아 좀 생각해보아라. 너거들이 딱할 적에 다 신세 진 사람 아니가. 그렇게 대접해서 옳은가? 이 샘에 물 다시 안 마시겠다고 똥 싸놓고 가도 돌아오다 목마르면 또 마시는 거다. 사람을 마지막 보면 쓰나."

"……."

"그 사람들이라고 평생 저 지경으로 있으란 법은 없지. 너거들이라고 평생 잘살라는 법도 없고."

"흥, 새벽부터 무슨 술이냐 싶더니 약 주고 병 주는 건가?"

서영래는 어물어물 얼버무린다. 수옥은 고개를 숙이고 앉아 있다. 고춧가루 하나가 입언저리에 묻어 얼굴이 더욱 창백해 보인다. 조만섭 씨는 안주를 씹으며,

"수옥아, 니는 뱃머리 가서 기다리고 있거라. 곧 배 탈 시간이 될 기다. 내 좀 있다 나갈 기니."

수옥은 보따리를 들고 나간다.

"누고?"

서영래가 묻는다.

"응, 좀 까닭이 있는 애다."

"집에 데리고 가나?"

"음."

"아지마씨가 강짜 부리면 어쩔라고."

힐끗 서영래를 쳐다보다가,

"뭐 저거 집안일인데 강짜 부리게도 안 돼 있다."

조만섭 씨는 떨떠름하게 대꾸한다.

"참하게 생겼는데, 거 어찌해서 데리고 가노? 처가붙인가?"

"으음 아니지. 피란 온 아인데…… 의지가지할 데가 없는 불쌍한 처지라서…… 그럴 사정이 좀 있다. 좋은 데 시집을 보내 주어얄 긴데……."

"음……."

조만섭 씨는 이를 쑤시며 생각에 잠긴다.

"음 그래……."

서영래는 또 한 번 혼잣말처럼 뇐다.

눈이 벌겋게 된 패거리의 뱃사람들이 우락부락한 몸짓을 하고 큰 목청으로 떠들어대며 식당으로 들어온다. 햇볕에 그을린 건장한 몸집이 식당을 그득히 채우는 것 같다. 찝찔한 갯바람이 휘모는 것 같다.

"오늘은 한 나울 하겠지?"

조만섭 씨는 담배를 붙여 물고 밖을 내다보며 중얼거렸다.

"응, 간밤에 바람이 불더니 온통 바다를 뒤집어놔서 어장

애비들 속이 타겄다.”

“간밤에 못 들어온 배도 더러 있을 기다.”

“어장 밥 묵고사는 사람들 한시도 마음 못 놓지.”

“어때? 바람 부는 날에는 물건이 많이 들어오지?”

“그렇지도 않다. 큰 덩어리야 움직이기 좀 수울하겠지만, 요새는 그 새끼들 약아빠져서 밤새도록 휘몰아 댕기니까, 점점 어려워. 덩어리가 크면 클수록 그 새끼들한테 돌아가는 몫이 커지거든. 사생결단하고 덤빈다.”

“여하튼 요지경 세상이다. 이 판에 누가 눈까리 바로 뜨고 온전히 살라 하겠노. 하룻밤에 기천만 원이 왔다 갔다 하니 젊은 놈들, 여편네 할 것 없이 환장이라. 인심 더럽게 돼가지. 돈독이 올라서 모두 얼굴이 누렇게 떠가지고.”

“흥, 혼자 서낭당에 앉은 것 같구나. 토영 바닥에 어장 안 하고 밀수 안 하고 사는 놈이 몇이나 될꼬? 골치 아픈 소리 그만하고 나가자.”

조만섭 씨는 돈을 치르고 모자를 쓰며 앞서 나가는 서영래를 쫓아온다.

“만섭이.”

“와?”

“아까 그 처녀 피란민 아이라 했제?”

“음.”

서영래는 조만섭 씨 옆으로 바싹 다가서 걷는다.

"좋은 데 시집보낼라 했제?"

"음."

대답하는 조만섭 씨는 경계하듯 서영래를 쳐다본다.

"거 나 안 주겠나?"

"미친 소리 하지 마라."

조만섭 씨는 한마디로 잘라버린다.

"피란민 아이라면?"

"와? 피란민 아이면 아무라도 좋단 말이가?"

"그리 떠들어온 아이가 온당한 데 시집가겠느냐 말이다."

조만섭 씨는 입을 다물어버린다.

"자네도 알다시피 나도 자식을 봐야지, 안 그래?"

서영래의 얼굴이 좀 심각해진다.

"안 돼, 그 애는……."

"그러지 말고……."

"안 돼. 자네 성질을 누가 몰라서."

조만섭 씨의 강한 말투에 서영래는 싱겁게 웃는다.

파도가 세다.

멀리 물에 흰 구름 같은 물살이 부딪치고 있다. 그새 부둣가에는 선표를 산 사람들이 많이 모여들어 배를 타려고 기다리고 있었다. 여수麗水로 가는 정기 기선 갑판 위에 흰 제복 입은 보이와 선원들이 바쁘게 왔다 갔다 소리치며 출항 준비를 서두르고, 뒤늦게 나온 사람들은 암표를 사기 위해 쫓아다닌다. 뱃고동을 울리며 항구에 배 한 척이 들어온다. 마산서 오는 밤배, 선원이 굵은 로프를 삼판을 향해 던지자 기선회사 사람이 재빨리 그것을 얽어맨다. 배 옆구리에서 흰 구슬방울이 된 물이 콸콸 쏟아지고 배가 일으킨 물굽이에 삼판과 항구에 정박한 배들은 그네를 뛴다. 선객들이 배에서 몰려나온다. 쌀장수, 야채장수, 어물장수. 짐을 많이 실어주는 밤배는 또한 장사꾼들의 여관과 같은 곳.

밀고 비비고 하는 좁은 개찰구 입구에 순경과 형사들이 뻗치고 서서 날카로운 눈초리로 도민증, 신분증을 조사하고 짐을 검색한다.

"떠밀지 말고 천천히, 천천히 나오란 말요!"

기선회사 사람이 소리 지르며 선표를 거둬들인다.

아슴푸레한 아침이 분주하고 시끄러운 소리 속에 흩어지고 하늘은 푸르게 번져나간다. 해는 동쪽 섬 위에서 한 뼘쯤이나 더 솟아오르고 있다.

근심 띤 얼굴로 한켠에 우두커니, 오가는 사람에게 떠밀리며 수옥이 서 있다. 서영래는 머리를 쓸어 넘기고 이리저리 누구를 찾듯 사방을 둘러보며 오다가 수옥이 눈에 띄자 얼른 다가선다.

"아, 여기 있었구나."

수옥은 조만섭 씨가 온 줄 알고 반가운 얼굴로 돌아본다.

서영래가 히죽이 웃는다.

"저, 어디……."

조만섭 씨는 어디 갔느냐고 물으려다 서영래 웃는 얼굴에 두려움을 느끼듯 수옥은 말끝을 맺지 못한다.

"만섭이는 선표 받으러 갔는데……."

수옥은 목을 빼며 기선회사 쪽을 바라본다. 조만섭 씨는 돈을 집어넣는지 양복 한쪽을 쳐들고 속주머니에 손을 밀어 넣으며 바삐 걸어온다.

"보따리를 들어줄까?"

부드럽고 다정한 목소리로 서영래가 묻는다. 얼굴을 돌리고 수옥이 그를 빤히 쳐다본다. 사십 고개를 넘어선 장사꾼 사나이치고는 이상하게 맑은 눈동자다.

"이리 내놔, 들어줄게."

"아니요."

수옥이 감추듯 보따리를 뒤로 돌린다.

"왜? 부끄러워서? 이리 내놔."

이때 조만섭 씨가 헐레벌떼 달려왔다.

"수옥아."

불러놓고 못마땅한 듯 서영래를 힐끗 쳐다본다. 서영래는 눈을 끔벅끔벅하며 슬그머니 몸을 뺀다.

"곧 배가 떠나려나 봐요. 떠나면 어쩌나 하고……."

수옥은 뒤로 돌렸던 보따리를 본시대로 들며 말한다.

"뭐 그리 서둘 것 없다. 이등표니께 자리는 있을 거구. 자네
는 선표 어떻게 했나."

"촌사람이나 선표 걱정하지. 우리는 그런 것 안 산다."

"흐흠, 까불랑거리지 마라. 약은 놈이 밤눈 어둡다고, 선표
값 몇 갑절의 돈이 자네 호주머니에서 나가는 것을 알고 있다.
모두 한통속이니께. 잘 해먹는다, 잘 해먹어."

수옥을 달라는 바람에 기분이 틀어진 조만섭 씨는 공연히
빈정거린다.

밤배의 선객들이 다 내리고 삼판이 텅 비었다. 짐꾼들만 드
나든다.

조만섭 씨의 날카로운 눈길에 쫓겨 수옥으로부터 떠난 서영
래는 기선회사 직원들과 날씨 이야기, 실없는 농담을 주고받
다가 개찰 개시의 호각 소리를 듣자 붐비는 사람들을 헤치고
재빨리 수옥의 뒤에 붙어 선다.

수옥의 머리는 서영래 가슴에 닿았다. 앞으로 떠밀려나간
조만섭 씨는 몇 번 뒤를 돌아본다. 그러나 차츰 그의 흰 모자
도 보이지 않게 되었다.

"서둘지 마라. 천천히."

서영래는 수옥의 어깨 위에 한 손을 얹고 나직이 속삭이듯
말한다.

좁고 흔들흔들하는 삼판 다리를 지난 서영래는 가볍게 배
에 뛰어오른다. 배와 삼판 사이는 조금 떠 있어 파란 물이 출

렁인다. 수옥은 그 물에 겁을 내며 좀처럼 배에 오르려 하지 않고 떤다. 도움을 구하기 위하여 조만섭 씨를 찾는지 엉거주춤, 사람들이 밀려들어 가는 배 안을 바라본다.

"내 손을 잡고 건너와."

서영래가 손을 내민다. 수옥은 그의 손을 잡고 배에 오른다.

이등 선실에서,

"어제 바람이 불어서 오늘은 손님이 많것다."

"야채, 어물이 썩어나겠는걸."

조만섭 씨는 통영으로 가는 아는 얼굴들과 이야기를 나누고 있었다.

"영래가?"

조만섭 씨하고 이야기하던 눈딱부리 친구가 들어서는 서영래를 보고 알은체한다.

"부산 언제 왔더노?"

찌뿌듯한 서영래의 말이다.

"이삼일 됐다."

"어구漁具 사러 왔나?"

"음. 어구 값이 굉장히 올랐더라."

"오르면 걱정가? 어장 애비들이나 애가 탔지. 오르면 오른 대로, 내리면 내린 대로 팔면 안 되나."

"흠, 어장 애비는 무슨 걱정? 고기 값 올리면 되는 거지. 곯는 사람은 누굴꼬? 일본장사 하는 사람이나 배부르게 생겼지."

25

그들은 각각 짐을 챙기며 자리를 마련한다.

"수옥아, 넌 미리 자리를 잡고 누워라. 나중엔 누울 자리가 없어진다. 가덕 앞바다까지는 누워 가야지. 안 그러면 멀미 되기 할 기다."

어떤 여자 뒤에 수옥의 자리를 잡아주며 조만섭 씨는 말했다. 친구들이 짐을 챙기다가 조만섭 씨 말에 고개를 돌려 수옥을 쳐다본다. 고거 참하게 생겼구나 하는 표정들을 나타내며.

수옥은 누우려 하지 않고 쭈그리고 앉는다.

"자리를 잡고 누워라. 일찌거니 누우라니까. 그리 안 하면 자리가 없어져. 오늘은 손님이 많은가 분데."

조만섭 씨는 몹시 걱정을 했으나 수옥은 누우려 하지 않는다.

배가 떠날 동안, 그 짧은 시간에 물건을 팔려고 장사꾼이 몰려들어 와 선실에서 왕왕 소리를 지른다. 조만섭 씨는 술 두 병과 안주를 사서 한켠에 놓고 화투 한몫도 집어 든다.

출발의 뱃고동이 길게 퍼진다. 장사꾼들은 메뚜기처럼 배에서 삼판으로 뛰어내린다. 선원들의 고함 소리, 뛰어가는 발소리, 짐짝 던지는 소리, 배는 흔들린다. 선객들 얼굴에는 이제 떠난다는 안심과 모든 것을 배에다 맡겨버린 묘한 체념의 분위기가 흐른다.

나들이할 적에 넥타이를 맬 수 있는 시골의 신사들, 조만섭 씨와 그가 아는 얼굴들은 양복바지를 벗어 걸고 인조로 만든 긴 속내의 바람으로 자리를 잡고 앉는다. 서영래는 그럴 필요도 없는 작업바지였으므로 통로 가까이 걸터앉은 채 담배를 피우고 있었다. 그의 신경은 온통 수옥에게 쏠리는 모양이다.

"화투 치기 하자. 진 사람이 술값 내기다."

조만섭 씨는 화투를 꺼내어 바닥에 헤쳐놓고 섞으면서 사놓은 술병과 안주를 쳐다본다.

화투에 열중하는 동안 배는 영도다리 밑을 지났다. 영도의 방파제를 벗어난 배는 크게 굼실거리기 시작한다.

날씨는 유리처럼 맑게 개어 먼 곳의 섬들이 뚜렷한 모습을 나타냈으나 파도는 있다. 간밤의 바람도 아직은 남아 있다. 얼굴빛이 달라진 수옥은 하는 수 없는지 모로 눕는다.

"붙어라, 붙어! 에잇!"

화투 치는 소리가 딱 하고 울린다.

"자알한다, 잘해. 문둥이 되듯 되는구나. 서영래 판이 났다."

화투를 치며 익살을 피운다. 문둥이 되듯 잘된다고 이름을 끌고 나온 그 장본인 서영래는 화투판에 끼어들지도 않고 굼실굼실 놀며 올라갔다 내려갔다 하는 선창船窓을 멍하니 바라보고 앉아 있었다. 숨 죽은 나비같이 가만히 누워 있던 수옥이 벌떡 일어난다. 그는 입을 막으며 선실에서 나가려다 배가 심하게 흔들리는 바람에 비틀거린다. 통로 가까이 앉아 있던 서영래는 얼른 담배를 버리고 수옥의 팔을 잡아준다.

"찬 바람을 쐬어라. 그러면 낫는다."

수옥은 한 손으로 입을 막고 한 손으로 문기둥을 잡으며 나간다. 화투에 열을 올리고 있던 조만섭 씨는 수옥이 나가는 것도 모르고,

"풍이얏!"

하고 화투짝을 두들긴다.

수옥은 뱃전의 난간을 붙잡고 이리저리 흔들리는 몸을 간신히 가누어본다. 커다란 손이 와서 수옥의 머리를 난간 밖으로 숙여지게 한다.

"언짢거든 토해버려라."

수옥은 아침에 먹은 것을 다 토한다. 눈이 쌍그래진 그는 눈물을 흘리고 운다. 서영래는 호주머니 속에서 손수건을 꺼내어 주며,

"닦어. 조금만 더 가면 나울이 잘 기다."

푸른 파도는 연이어 뱃전에 밀어닥친다. 흰 구슬이 되어 무수히, 무수히 파도는 부서진다. 배가 가지 않고 바다가 지나가는 것 같다. 한켠은 망망한 바다, 수평선도 아스라이 멀다. 고기잡이배들이 바다에 나와 있다. 조그마한 발동선을 띄워놓고 물속으로 들어가는 잠수부, 나이 어린 소년 어부가 여수행 기선을 향해 손을 흔든다. 햇볕에 잘 그을린 얼굴에 흰 이빨을 드러내고 웃음을 담뿍 띤다.

"어떻노? 정신이 좀 드나?"

서영래는 걱정스럽게 수옥을 들여다보며 묻는다.

"네."

"그럼 저 갑판 위로 올라가자. 거기는 앉아서 쉴 곳도 있고 선실에 들어가 봐야 또 멀미할 것이니."

수옥은 비틀거리며 서영래를 따라간다. 조그마한 사닥다리를 딛고 노랑이와 검정으로 칠한 마스트가 있는 갑판에 올라간다.

서영래는 선장실을 기웃이 들여다보며 뭐라고 몇 마디 하더니 웃는 얼굴로 수옥이 옆에 온다.

"여기 앉아라."

선장실 옆의 그늘진 곳을 가리킨다.

"기분이 좀 좋지?"

"네."

"차차 나울이 잔다. 어때? 좀 배가 덜 놀지?"

"네."

"우리는 밤낮 다니니까 배가 좀 놀아야 배 탄 기분이 나는데 처음 타는 너에겐 나울이 세다."

수옥은 잠자코 손수건으로 얼굴을 닦는다. 청년들이 몇 사람 난간에 기대어 서서 담배를 피우며 잡담을 하고 있다.

"혼자 내려왔나?"

"네?"

"혼자 피란 왔느냐 말이다."

"네."

"부모는?"

"몰라요."

"함께 안 왔나?"

"피란 간다고 도시락 싸가지고 마을 사람을 따라갔어요……
산에 갔었어요…… 그랬는데 그만…… 배 타고 왔었어요. 어머
니 아버진 어떻게 됐는지 몰라요."

"음, 그래?"

수옥의 눈이 멀리 간다. 바보같이 눈이 크게 벌어진다.

"고생 많이 했구나. 그래 조 첨지는 어떻게 알았노?"

바보같이 크게 벌어진 눈으로 수옥은 서영래를 바라본다.

"조 첨지?"

"조만섭이 말이다. 어찌 알았노?"

"……."

"와 따라가노?"

"……."

"으음, 뭐가 그리 말하기가 어렵노?"

"……."

"무슨 말 못 할 사정이 있어서 그러나?"

"……."

"허 참, 어찌 그리 말을 못 할까? 가기는 간다만 그 집에 붙
어 있겠나. 그 집 안사람 성질이 여간 아닌데. 딸 하나 있는 것

도 못 봐서 밤낮 싸움질인데, 붙어 있겠나. 아, 이봐, 여기 좀 오너라."

서영래는 지나가는 배 안의 판매원을 불러 세운다. 초콜릿을 하나 사가지고,

"자아, 먹어봐. 속이 비어도 골치가 아프다."

수옥은 받지 않으려고 손을 뒤로 돌렸으나 서영래는 수옥의 무릎 위에 놓아준다. 이때 검정 바지에 하얀 셔츠를 입은 청년이 지나가다가,

"부산 다녀오십니까?"

하고 서영래에게 인사한다. 서영래는 몹시 당황하여 수옥의 곁에서 얼른 일어선다.

"음, 자네도 집에 가나?"

"네."

"아버지는 안녕하시고."

"네."

"아버지 덕택에 니는 군에 안 가고 참 다행이다."

청년의 잘생긴 얼굴이 붉어진다. 그러나 이내 경멸하듯 눈살을 찌푸린다.

통영 항구가 보이기 시작했을 때 수옥과 서영래가 다 함께 없어진 것을 깨달은 조만섭 씨는 화투를 놓고 황급히 일어선다. 그는 낭패 본 얼굴로 배 안을 이리저리 찾아다닌다.

"빌어먹을, 그 계집애 영 못쓰겠구나. 빌어먹을."

배 안을 다 둘러보아도 그들은 없다. 조만섭 씨는 사닥다리를 밟고 갑판으로 올라간다. 그곳에서 서영래를 보자 화난 얼굴로,

"사람이 왜 그리 실없노?"

하고 책망한다.

"뭐가?"

"몰라서 묻나?"

"노름에 미쳐서 사람이 죽는지 사는지도 모르고 있다가, 이제 와서 무슨 소린고? 고맙다고나 안 하고."

서영래는 히죽히죽 웃는다. 연기같이 애매하게, 구렁이 담 넘어가듯 슬며시 비켜선다.

"이제 다 와가는데 내릴 준비는 안 하고 여기 와서 태평 치고 앉아 있으면 어짜노. 가자."

조만섭 씨는 수옥을 앞세우고 내려간다. 서영래는 아무 일도 없었던 것처럼 담배를 붙여 물고 선장실에 들어간다.

"수옥이 니도 마음이 그리 헐해서 안 되겠다. 아무나 가잔다고 따라가믄 쓰나. 여자란 어디 가도 마음이 헐하면 고생헌다."

조만섭 씨는 못마땅하여 잔소리를 늘어놓는다.

"멀미가 나서 토하러 나왔어요. 그런데……."

"음, 음. 내가 화투 치기 하느라고……."

말이 과했다 싶었는지 조만섭 씨의 목소리는 한결 부드러워

진다.

"내게도 너만 한 딸자식이 하나 있어서…… 자식 기르는 사람의 마음은 다 마찬가지다. 얌전하게 좋은 사람 만나서 살다가 전쟁이 끝나면 너희 부모를 만나야 할 거 아니가. 한 번 실수는 병가지상사라니께."

배는 섬 사이로 누비고 들어간다. 바람도 물결도 가라앉은, 기름같이 매끄러운 바닷물 위로 배는 미끄러지듯 지나간다. 여기저기 돛을 접은 고깃배가 많이 떠 있다. 자그마한 발동선이 퐁퐁 연기를 뿜어내고 둥글게 원을 그리며 그물을 펴고 있다. 장배, 나무배가 가고 꺼무죽죽한 쇳덩어리 같은 화물선도 지나간다.

선실의 사람들은 조급하게 짐짝을 들고 양켠 뱃전에 나와서 멀거니 항구 쪽을 바라본다. 선실을 비우고 나온 사람들이 양켠 뱃전에 넘친다.

배는 멈추고 닻은 내려졌다.

"허, 저기 아지마씨가 나와 있네."

삼판 다리로 걸어 나오다가 서영래는 팔꿈치로 조만섭 씨를 건드리며 일러준다.

하얀 모시 치마에 옥색 적삼을 입고 태극선으로 햇빛을 가리고 서 있는, 바닷가의 여자치고는 얼굴빛이 희다.

"팔자도 좋다. 마누라가 다 나오고."

서영래 말에 조만섭 씨도 좀 기분이 좋은 듯 빙그레 웃는다.

"뭐할라고 나왔노."

선창가에 나선 조만섭 씨는 일부러 시쁘득하니 얼굴을 찌푸리며 마누라에게 말한다.

"공연히 좋으면 좋다고 해. 아지마씨, 나오셨어요?"

서영래는 조만섭 씨를 놀려주고 그의 부인 서울댁에게 인사한다.

"네, 부산 다녀오세요?"

상냥한 서울 말씨로 받는다. 서영래는 수옥에게 고개를 끄덕여 보이며 부둣가의 넓은 길로 사라진다. 서울댁은 비로소 조만섭 씨 뒤에 서 있는 수옥을 본다.

"이 애는 누구예요?"

상냥했던 서울댁 얼굴이 좀 핼쑥해지며 수옥의 아래위를 유심히 훑어본다.

"나중에 집에 가서 이야기하지."

서울댁은 의심스러운 눈으로 수옥을 훑어본다. 부채를 할랑할랑 부치면서,

"영자네 집은 다 편안해요?"

"음."

"방학인데 애들 데리고 한번 안 오겠답니까?"

"뭐 그런 소리는……."

조만섭 씨는 양복저고리를 벗어 마누라에게 준다.

"아이 저런, 땀에 흠뻑 젖었네."

서울댁은 조만섭 씨 등에 대고 부채질을 한다. 그러는 동안에도 수옥을 힐끔힐끔 살핀다.

　"그만두어."

　좋으면서도 남의 눈을 꺼려 호들갑스럽게 다정히 구는 마누라의 손을 밀어낸다.

　"저게 누고? 응주 아이가?"

　검은 바지에 하얀 셔츠를 입은 청년이 슈트 케이스를 들고 그들 앞을 급히 지나간다.

　"돌아가신 할머니가 살아오신 것만큼이나 반갑구려. 인사도 안 하고 외면하며 가는 사람을……."

　서울댁은 멀어져가는 청년의 뒷모습을 바라보며 몹시 기분이 상한 듯 말을 내뱉는다. 엉겁결에 한 말이라 도로 집어넣을 수도 없다는 얼굴로 조만섭 씨는 우물쭈물하며 마누라의 눈을 피한다.

　"자아, 가자."

하고 돌아보며 수옥에게 눈짓한다.

　조만섭 씨 부처는 나란히 앞서가고 수옥은 그들 뒤를 따라간다. 서울댁의 흰 모시 치맛자락이 하늘하늘 흔들리며 땅바닥에 닿을 듯 말 듯.

　부둣가에 즐비한 잡화상이 신기하여 수옥은 한눈을 팔며 간다.

　한낮의 시가는 오랜 잠에 빠진 듯 고요하고 지나가는 사람들은 그림자같이, 꿈속의 모습같이 느릿느릿 움직인다.

"여보."

"와."

"저 아이 누구예요?"

"집에 가서 천천히 말하지."

"우리 집에 데리고 오는 거예요?"

"음."

"오래 있을 거예요?"

"두고 봐야지."

"순이가 있는데 데리고 오면 어쩌자는 거예요? 저렇게 얼굴이 예쁘장하면 붙어 있지도 못해요. 얼굴값 하노라고."

소곤소곤 말을 하며 서울댁은 뒤돌아본다. 수옥은 사진관 쇼윈도에 내놓은 사진을 쳐다보며 기운 없이 따라온다.

"허 참, 나중에 이야기나 듣고 말을 하라니께. 성미도 급하다."

"궁금하지 않아요."

서울댁은 짜증을 낸다.

"길거리에서 어떻게 이야기하노. 나중에······."

바싹 붙어 서는 마누라로부터 몸을 비킨다.

"부산의 그 애가 무슨 일로 당신을 오라 합디까."

"글쎄, 가서 얘기한다니께."

그들은 장터를 지나 세병관洗兵館으로 가는 오르막길로 올라간다. 화사하게 생긴 여자가 하늘색 양산을 받쳐 들고 내려온다.

거리에는 그 여자 이외 아무도 지나가는 이는 없다. 개 한 마리 얼씬하지 않는다. 지난 전쟁에 개는 다 없어졌지만. 눈부시게 번득이는 바다에서 배 떠나는 고동 소리가 길게 울려온다.

여자는 스치고 가면서 양산을 한켠으로 기울이며 인사한다.

"마, 토영이 최고다. 이제는 누가 도회지에 가서 살라 해도 내사 못 살겠더라."

오르막길에 숨이 가빠하며 조만섭 씨는 중얼거린다.

"누가 또 뭐랠까 봐 그러세요? 미리 또 야단이네."

"나이 먹으면 고향에서 살아야지."

"당신 고향이지, 어디 제 고향이에요?"

"여필종부, 여자는 남자를 따르는 법이다."

"흠, 아무 데라도 살면 고향이죠. 난 여기가 지긋지긋해요. 헐일 없이 남의 이야기나 하구. 영자네가 그렇게 오라는데……."

"다 소용없어. 당신이 아무리 그래도 나는 부산 가서 안 살아. 이리 좋은 데가 어디 있을라고, 퍼덕퍼덕 뛰는 생선이 사시장철 있지, 인심 좋겠다 경치 좋고 기후 좋고. 나도 한때는 상해, 북경을 휩쓸고 댕겨봤지만 내 고향같이 좋은 데는 없더라. 뭐니 뭐니 해도 아직은 울타리 너머로 음식 갈라 먹고 안 사

나. 정말 부산은 눈 없으면 코 빼먹을 곳이지. 난리 통에 팔도 깍쟁이들이 다 모여서 환장 속이라 거기선 정말 못 살겠더라."

"그렇게 안 하고 살 수 있나요? 못 하는 사람이 바보랍니다. 아까 그 서영래 씨 같은 사람 보세요. 돈이 남고 남아도는데 언제나 허름한 옷차림 하고서 뛰고 날지 않아요? 체면 차리고 뭣하고, 실속은 하나도 없으면서……."

입을 삐쭉하며 조만섭 씨에게 곁눈질한다.

"하긴 돈을 벌라 카믄 이마에 소우 자를 붙여야 한다는데……."

"서영래 씨 신발 벗은 데나 따라가 보세요."

사뭇 조롱의 투다.

"아, 객선머리까지 나와주면서 또 와 바가지를 긁노. 안 굶고 살면 됐지. 난리 나니께 그까짓 돈 아무 소용 없더라. 나도 벗어제쳐 놓고 돈 벌라카면 남만 못할까 봐? 옛날에는 기천만의 돈을 이 손끝에 만졌단 말이야. 서영래만 못할까 봐."

조만섭 씨는 어깨를 으쓱 올려 보인다.

"내가 안 본 옛날 얘기 누가 믿어요."

"허 참, 토영 바닥에서 모르는 사람은 임자뿐이란 말이오."

"아이, 그렇기도 하겠수."

돌담 밑에 빨간 석류꽃이 많이 떨어져 있다. 담장 안에서 넘겨다보는 석류나무 한 그루. 사랑채를 끼고 있는 대문을 서울댁이 밀어붙인다. 끽 하고 큰 소리가 난다.

"순아."

수돗가에서 손수건을 빨고 있는 갸름한 얼굴의 처녀 하나가 돌아본다.

"아버지, 이제 오십니까?"

일어서며 인사한다.

"음."

서울댁은 들고 온 조만섭 씨의 양복저고리를 마루에 놓고,

"이놈의 계집애가 어딜 갔어?"

딸 명화明和에게 물어보지도 않고 서울댁은 부엌 쪽으로 돌아간다.

"아, 덥다!"

조만섭 씨는 마루에 걸터앉는다.

명화는 세숫대야에 물을 떠놓고 세숫비누를 옆에 놓으며,

"아버지, 세수하세요."

"음."

조만섭 씨는 와이셔츠를 벗어놓고 세숫물 앞에 쭈그리고 앉는다. 물에 손을 담그다가,

"수옥아."

"네."

"마루에 짐 내려놓고 앉아라."

수옥은 그냥 엉거주춤 서 있다. 말끔히 씻어놓은 시멘트 바닥을 내려다보더니 낯을 가리는 어린아이처럼 얇팍한 입술을

비죽비죽한다.

"마루에 앉아요."

양 볼에 보조개가 파이는 웃음을 띠며 명화가 권한다. 눈이 쓸쓸하고 가라앉아 있다.

"아니요."

수옥은 명화의 웃는 얼굴을 쳐다보며 뒷걸음질 치듯 말한다.

"거 명화가 좀 돌봐주어라. 처지가 딱한 아이다."

"네."

"여학교까지 나왔다니께 너 말동무는 될 거다."

"아버지, 수건 여기 있어요."

명화는 빨랫줄에 늘어놓은 수건을 가리킨다.

조만섭 씨는 우두둑우두둑 얼굴을 씻다가,

"참, 오늘 낮배로 응주가 오더구나."

명화는 아무 대꾸 안 한다. 서울댁이 부엌에서 돌아 나오는 것을 보자 조만섭 씨는 얼른 얼굴을 씻는다.

"이 기지배가 어디 갔어?"

서울댁은 날카롭게 명화를 쳐다본다. 명화 역시 반감을 나타내며,

"전 잘 모르겠어요."

"집에 있으면서 나가고 들어가는 것도 몰라?"

"말 안 하고 나가니까 제가 어떻게 알겠어요."

조만섭 씨는 입으로 푹푹 소리를 내며 얼굴을 씻는다.

명화는 손수건을 빨랫줄에 널고 사랑채의 자기 방으로 들어가려 한다.

"명화야."

"네?"

돌아본다. 긴 눈시울이 한 번 흔들린다. 아버지에 대한 노여움이 있다.

"그 아이 너 방에 데리고 가거라. 뱃멀미를 몹시 했다."

명화는 돌아서서 수옥에게 손짓한다. 붉은 벽돌의 장독 담 옆에 눈보다 더 희고 깨끗한 옥잠화 한 송이가 다른 꽃 속에서 섞여 피어 있다. 그윽한 향기, 수옥은 조만섭 씨를 한 번 돌아보고 서울댁도 한 번 쳐다보고 저절로 이끌리는 듯 명화를 따라 사랑으로 돌아간다.

"흥! 자알들 하시는군요. 따님 말벗이 없어 데리고 오셨어요?"

서울댁은 부채를 들고 팽팽 울릴 만큼 소리를 내며 부친다. 그리고 사랑채에 원망이 가득 찬 눈길을 보낸다.

세수도 그만하면 다 되었을 텐데 조만섭 씨는 마누라 이야기는 안 들린다는 식으로 여전히 소리를 내며 낯을 씻는다.

"응주가 오더라구요? 웬만하면 아버님께서 연애편지 심부름도 하시지. 남이 뭐래는 줄 아시기나 해요?"

조만섭 씨는 빨랫줄에 걸린 수건을 걷어 얼굴을 닦으며 마당 안을 왔다 갔다 하다가 울타리 틈으로 기어들어 와서 꽃잎을 쪼아 먹는 이웃 햇병아리를 쫓는다.

"뭐 내가 지 엄마 살았는데 이 집에 들어왔수? 말대꾸하는 꼴 좀 보세요."

"더운데 와 이리 야단고."

조만섭 씨는 마루에 걸터앉는다.

"생각 좀 해봐요. 그래 상전 모시듯 떠받쳐놓고 있는데 또 부족해서 말벗까지 구해 왔단 말씀이오?"

"잘 말을 듣고 난 뒤 임자가 할 말이 있으면 하는 거지, 왜 미리부터 야단고."

"대수로 여기지도 않는 사람, 일일이 저보고 의논하지 않아도 좋아요."

조금 전에 따지고 든 자기 말을 잊은 듯 서울댁은 더욱더 소리 내어 부채질을 하며 화를 낸다.

"그 아이를 데리고 온 것은 당신 동생이 나한테 부탁을 해서 그랬고, 응주 말을 명화한테 한 거는 장래 그 애들이 결혼하게 될 테니까 그랬고."

"흥, 당신 마음대로?"

"와 내 마음대로? 그 애들 마음대로지. 요새 세상에……."

"어림도 없어요. 응주 아버지가 어떤 사람이라구. 아무리 저희끼리 좋아해도 그것만은 안 될 거예요."

서울댁은 약이 올라서 부채 든 손을 한 번 휘젓는다.

"그래 임자는 그 애들이 결혼도 못 하고 서로 갈라져야만 속이 시원하겠단 말이지."

조만섭 씨는 노여운 얼굴로 마누라를 노려본다. 서울댁은 좀 당황하며,

"누가 그런대요?"

조만섭 씨는 쓰디쓴 얼굴로 양복저고리를 끌어당겨 담배를 찾는다. 담배를 붙여 물고 성냥개비를 휙 던진다.

"그래, 영자네는 뭣 땜에 저런 애를 당신한테 떠맡깁디까?"

조만섭 씨는 담배만 뻑뻑 피운다.

한참 만에,

"사고를 일으켰지."

"……?"

"동서가 그 애를 건드린 모양인데……."

"뭐라고요!"

서울댁의 눈이 크게 벌어진다.

"나도 처음에는 안 믿어지더라. 그 얌전한 골샌님이 설마 하고."

"아이 기가 막혀. 그래 영자네가 야단났겠군요."

"울고불고 야단났어. 이혼한다 어쩐다, 다 철없는 짓이지."

한참 동안 서울댁은 말이 없다가,

"그런 계집애를 데리고 오면 어떡하자는 거예요? 깜찍스런 그까짓 것 쫓아내 버리면 고만 아니에요?"

"부산 바닥에 있으면 아무래도 동서하고 연락을 해서 다시

만난다는 거지. 쫓아내지 않고 나를 부른 것은 당신 동생이
똑똑한 때문이고."

"참 기가 막혀서."

"남자가 나쁘지 계집애야 무슨 죄가 있나. 인생이 불쌍해서
데리고 왔지. 피란 와가지고 오갈 데 없는 처지고 보니 두었다
가, 지같이 의지가지할 데 없는 사람에게 시집이나 보내면 지
도 좋고 부산 처제도 안심할 게고……."

"어떻게 순순히 따라옵디까?"

"아무 말 안 하고 따라오더구나. 그러니께 더 불쌍한데. 아
이는 순하고 말이 없어. 저 말로는 여학교까지 나왔다는데 어
딘가 좀 모자라는 것 같더라. 하기야 부모 밑에서 세상모르고
자랐다면 무슨 철이 있겠노. 다 전쟁의 죄 아닌가."

"철이 없는 계집애가 그따위 뻔뻔스런 짓을 해요? 얼굴값
하노라고 그랬지. 기가 막혀서, 그러다가 아이라도 생기면 어
쩔려구? 정말 못 믿을 것은 사내군요."

"차돌이 바람 들면 석돌보다 못하다는데……."

조만섭 씨는 푸듯이 뇌고 수옥이 들어간 사랑을 바라본다.

"그래, 그 사람 무슨 얼굴 쳐들고 당신을 봅디까."

"으음."

조만섭 씨는 고개를 설레설레 흔들고 나서,

"워낙 사람이 얌전해서 내가 놀란 거지. 사내들이 그만한
일 가지고 얼굴 못 쳐들 것까지야 어디 있누. 허나 만나지는

못했지. 대구에 볼일이 있어 가고 없데. 그 애 데리고 온 거야 모르지, 그 사람은."

"뒷구멍에서 호박씨 깐다더니⋯⋯."

"사정이 그러니 임자도 아무 말 말고, 동생 형편을 생각해 그 애가 집에 있도록 구박하지 말고, 알겠소?"

조만섭 씨는 마누라를 살살 달랜다. 그 말에 대해서 서울댁은 아무 말 않고 듣기만 하고 있다.

"당신 배고프지 않수?"

"뭐 천천히 먹지."

"이 계집애가 어디로 갔을까? 송아지 못된 게 엉덩이에 뿔 난다더니 학교에 가지는 않았는지."

"학교는 뭘할라고 가?"

"아, 군인하고 시시덕거리려구요. 요전에도 그런 걸 야단쳐 주었는데 아무래도 나 없는 새 또 갔나 부죠?"

서울댁은 말하면서 발을 들고 방으로 들어간다.

"전쟁 바람에 피도 안 마른 계집애들까지 들떠서 다방에 남자 찾아다니기 예사고⋯⋯."

발 속에서 옷을 벗으며 중얼거린다.

"아 참, 여보, 영자네 집 샀답디까?"

"대신동의 집 말이오?"

"네."

"샀다 하데."

"그럼 이사 가겠네요."

"가겠지."

"영자네 말이 이사 가면 지금 있는 집에 우릴 와 있으라 하던데, 그 집도 오백만 원은 더 나갈 거예요."

"또 실없는 소리 하네."

발을 들고 나오면서,

"미나리 생채 해드릴까요?"

"아무거나."

서울댁은 치마를 걷어 올려 끈으로 동여매고 부엌으로 나간다.

"아주머니! 아주머니!"

식모아이 순이가 숨이 넘어가는 소리를 내며 대문 안으로 뛰어 들어온다.

"큰일 났어요!"

서울댁은 부지깽이라도 들고나오는 시늉을 하며,

"이 계집애, 어딜 쏘다니고 이제 오니!"

벼락을 낼 듯 눈을 부릅뜬다.

"아, 아니, 큰일 났어요. 저, 성재 아저씨가 다쳤어요!"

"뭐? 성재가 어찌 되었단 말이냐!"

"다, 다쳤어요."

"어, 어디서."

"학교 앞에서요."

"많이 다, 다쳤니?"

서울댁의 얼굴이 노래진다.

"막 피를 흘리면서."

순이는 파들파들 떤다.

"그놈의 자식, 또 여자 때문에 그러는구나."

조만섭 씨는 내뱉듯 중얼거린다.

2. 등댓불

무슨 말을 물어도 수옥은 확실한 대답을 안 한다. 도시락을 싸가지고 산에 피란 갔다가 배를 타고 왔다는 서영래에게 한 그런 정도로밖에. 그리고 바보같이 눈을 크게 벌릴 뿐이다.

명화는 무릎 위에 놓인 책을 들고 책장을 팔락팔락 넘긴다. 신경질이 나는 듯 하얗고 반듯한 이마에 푸른 기가 돈다. 글자를 따라 긴 눈시울이 올라갔다 내려갔다 하는데 책 내용에 마음을 쓰고 있는 것 같지도 않다.

뜰아래 습기 찬 곳에서 풀벌레가 무엇을 일깨워주듯 울어 댄다.

"언니, 저녁 안 할랍니꺼."

치마에 물 묻은 손을 닦으며 순이가 사랑으로 돌아와 묻는다. 살이 너무 쪄서 파묻혀버린 작은 눈이 호기심에 차서 수옥을 살펴본다. 수옥은 살며시 그를 쳐다본다. 강아지들이 냄새를 맡듯 서로. 명화는 책을 내려다본 채 얼굴도 안 들고,

"손님하고 함께, 너나 먹어라."

손님이라는 말에 수옥이 몸을 옴지락거리며 순이의 눈을 피한다.

"언니는요?"

명화는 고개를 흔든다.

"아이, 아까워라. 말짱한 꽃이 바람에 다 떨어졌네. 올해는 석류도 많이 안 열겠다. 성묘 갈 땐 석류도 있어야 할 긴데."

순이는 석류꽃을 주워 치마폭에 담는다.

"이게 다 열매를 맺으면 가지가 휘어질 거로, 아까워라."

치마폭에 주워 담다가 바람에 얼이 간 꽃을 손바닥에 놓고 우두커니 내려다본다.

"아버지는 아직 안 돌아오셨니?"

순이는 치마를 모아 쥐면서 명화를 올려다본다.

"거기, 성재 아저씨한테 가셔서 아직 안 돌아오셨습니더."

"……."

"어찌 놀랐는지, 학교 앞에서 막 치고받고."

순이는 한 손으로 주먹질하며 흉내를 내다가 석류꽃을 마루 위에 털어놓고 이야기를 시작한다.

"성재 아저씨가 죽는 줄 알았습니더. 시상에 사람을 그렇게 치는 법이 어디 있습니꺼? 성재 아저씨는 정말 덩신같이 맞기

만 하고 안 있습니꺼? 피가 막 쏟아지는데, 한강수같이 피가 막 쏟아지는데 무슨 그런 인심이 있는지. 말려주는 사람 하나 없고 내가 좀 말려달라고 소리치니께 그때사 군인들이 싱글벙글 웃으면서 뜯어말리지 않겠습니꺼."

수옥이 눈이 휘둥그레져서 손짓발짓하는 순이를 쳐다본다.

"피만 흘려? 아주 죽여버리지."

책을 내려다본 채 명화가 조용히 뇐다.

"어머니가 들으믄 야단 벼락이 날 긴데, 언니도 참."

쉬쉬하듯 입술을 오므린다.

"나도 압니더. 왜 맞았는지……."

싱긋이 웃는다.

"알긴 니가 뭐 알어."

"그 처녀를 압니더. 산에 데리고 가서……."

"너는 세상일 모르는 것 하나 없구나. 너 할 일이나 해."

엄하게 나무란다.

"온 동네 소문이 쫙 퍼졌는데 머…… 나만 보고……."

불평이다.

"저 수옥이라 했죠?"

명화가 묻는다.

"네."

"순이하고 함께 가서 저녁 하세요. 뱃멀미는 나으셨어요?"

"네, 저, 어, 언니는……."

말을 더듬는 수옥을 보고 웃으며,

"나는 저녁 생각이 없어요."

순이는 더 이야기를 할 텐데 못한 것이 수옥이 탓이기나 한 듯 시무룩해져서 쳐다본다. 수옥은 새색시처럼 눈을 내리깔고 순이를 따라 나간다.

명화는 석류꽃 한 송이를 책갈피에 넣고 책을 덮어버리더니, 책상 없는 아이들처럼 마룻바닥에 엎드려 석류꽃 하나하나를 물결 모양으로 놓아보고 별 모양으로 놓아보며 한숨을 쉰다. 한일자로 된 가냘픈 눈썹 위에 붉은 기가 돌다가 가라앉곤 한다.

해는 아직 남아 있다. 석류꽃을 흩뜨려놓은 채 명화는 마차 모양으로 된 구름을 멍하니 바라본다. 날이 저물기를 초조하게 기다리는 눈빛에 또 그것을 거역하려는 슬픔이 그를 괴롭히는 것 같다.

구름의 모양이 다 허물어지고 석류나무 사이로 짙은 오렌지 빛 노을이 깔리는데 명화는 그냥 서 있다.

골목에 후딱후딱 뛰어가는 아이들의 발소리가 들리자 비로소 제정신에 돌아온 듯 명화는 방으로 들어가 옷을 갈아입는다.

"언니, 어디 갑니꺼?"

그새 저녁을 끝내고 설거지를 하고 있던 순이가 조르르 따라 나오며 말을 걸었으나 명화는 돌아보지도 않고 대답도 없이 나가버린다.

수옥은 마당을 쓸고 있었다.

삼가름길에 나선 명화는 어디로 갈까 망설이는 듯 걸음을 멈추고 막연히 거리를 내다본다. 바다에서 돌아오는지 밀짚모자 쓴 청년들이 물에 젖은 수건을 들고 큰 소리로 떠들며 올라온다. 명화는 그들을 힐끗 쳐다보고 길켠의 책방으로 들어간다. 책방 주인이 웃으며 인사한다. 안경을 밀어 올리고 그는 다시 대머리를 숙인다. 장부를 넘기며 주판을 놓는다.

'아직 젊은데…….'

주판 놓는 소리만 딱딱 울리고, 조용하다.

"방학이라서 왔습니꺼?"

주판을 탁 소리를 내어 튀기며 주인이 묻는다.

"아니요, 학교 쉬고 있어요."

책 한 권을 뽑으며 명화는 대답한다. 책장을 넘기는 쓸쓸한 여자의 옆얼굴을 한 번 쳐다보다가 책방 주인은 다시 장부에 눈을 떨어뜨린다.

"졸업 때가 다 돼가지요?"

"네. 명년에."

"와 쉬었습니꺼?"

"몸이 좀 아파서요."

아프다는 말을 할 적에 명화의 눈은 이상하게 번득인다. 깨진 유리 조각이 마음을 쫙 그어주는 듯.

명화는 책을 제자리에 꽂아두고 조그마한 나무의자에 걸터 앉는다. 저녁 바람을 쐬려고 나온 사람들이 책방 앞을 지나간 다. 아이들 안은 부인네들, 모시 바지 적삼을 입고 흰 고무신 을 신은 남자들, 모두 부채를 들고 이야기하며 지나간다.

"해가 졌는데 어둠이 영 더디게 오네요."

거리를 바라보며 명화가 혼잣말처럼 중얼거린다.

"여름이니까 황혼이 길지요."

"여름이니까……."

책방 주인은 주판을 그만두고 담배를 붙여 문다. 성냥불을 입으로 훅 불어 끄고 재떨이를 놓으며,

"지금 《세계世界》가 두 권 있는데 안 가져가실랍니꺼?"

하고 묻는다. 명화는 얼굴을 돌리며,

"그건 너무 어려워서요."

"수준이 높지요. 그래도 그걸 찾는 사람이 몇 사람은 있습 니더. 요다음에 《문예춘추文藝春秋》가 오면 놓아두지요. 뱃사람 들한테 부탁했으니께."

"요즘도 조사가 심하지요?"

"아무리 조사가 심해도 큰 덩어리는 부산으로 다 빠집디다. 잡히는 것은 언제나 송사리 떼 아닙니꺼?"

"부산엔 좋은 책이 많던데 너무 비싸서……."

"신간보다 서울서 내려오는 고본엔 쓸 만한 게 있을 겁니 다. 우리사 뭐 뱃사람한테 부탁하니께 마음대로 어디, 기껏 잡

지 정도지요. 그것도 좀 눈 밝은 사람이니께 내 청이 통하는 거지요."

"잡지 몇 건에 무슨 이익이 남아요?"

"사실 그까짓 잡지 몇 권, 무슨 이익을 바라겠습니꺼. 그런 책을 찾는 손님이 반가워서, 또 손님이래야 다 서로 아는 친구들 아닙니꺼? 기분이지요. 코흘리개 학생 아이들만 상대하고 책방을 한다면 너무 처량 안 합니꺼."

책방 주인은 담배 연기를 뿜으며 웃는다.

"그렇기는 해요."

"반풍수 집안 망한다구, 다 한 시절 문학이니 연극이니 하고 쫓아다닌 신이 남아 있어서……."

그 말에 빙긋이 웃으며 명화는,

"음악에도 조예가 깊으시다죠?"

"뭐 대단치 않습니더. 레코드를 좀 가지고 있을 뿐이지. 그것도 왜놈들이 물러가는 바람에 부산 나가서 헐값으로 사 모았어요. 고본도 그때 사 모았는데 내가 이 장사를 시작할 때, 레코드판으로 깨끗한 소녀나 하나 두고 멋이 있는 찻집을 낼까, 고본으로 책방을 할까 하고 많이 망설였지요. 기분 같아서는 찻집을 하고 싶었지만 결국 책방을 해서 고본은 다 날아가고 레코드는 남아 있는 셈입니더. 책방 주인으로 낙찰이 되어 밥은 안 굶게 되었는데, 이것저것 재주도 없으면서 하고 싶은 마음이야…… 확실히 이 고장 사람들은 광대 기분이 많은 것 같습니더. 항구가 너무 아름다워 그런지 몰라도…… 어딘지 낭만적인 데가 있어요."

"지난봄에 극장에서 소인극 할 때 잘하시던데요? 아마추어 이상이었어요."

"아, 그「물새」를 보셨습니꺼?"

"네. 봤어요."

"나야 뭐 얼굴 구경이나 시키고, 잘하기로야 병원집의 박응주가, 거 소질이 있어요. 본인으로야 그 길로 나갈 생각 안 하지만."

겸손하면서도 책방 주인은 몹시 반가웠던지 없는 머리를 긁적이며 웃는다.

어두컴컴한 가게에 전등이 들어왔다.

"또 오겠어요."

"네. 잘 가이소."

책방 주인은 장부를 들여다보며 다시 주판을 튀긴다. 달같이 둥근 대머리가 전등불에 번득거린다.

가로에 황혼이 깔린다. 길켠의 포플러 잎이 점화點畵같이 붉은 하늘에서 움직인다.

명화가 양품점 앞으로 돌아 나왔을 때 중늙은 부인이 허겁지겁 걸어오다가 목이 멘 소리로,

"명화야."

하고 부른다.

"아, 학자 어머니!"

중늙은 부인이 입고 있는 모시 적삼은 땀에 흠뻑 젖어 있다.

"아가아, 학수가 붙들려 갔다."

눈에 눈물이 그렁그렁한다.

"이 일을 어쩌면 좋겠노. 가슴이 떨려서 발이 제자리에 안 놓인다. 그놈 자식이 그만 좀 안 참고……."

"학수 오빠 성미에 왜 안 그랬겠어요."

"시상에 없게 살아도 경찰서 마당 한번 디뎌본 일이 없는 데……."

"너무 걱정하지 마세요. 그쪽에서 맞을 만한 짓을 했는데요, 뭐."

"학자 년도 죽일 년이지, 뭐할라고 그런 사람을 따라 가가지고 일을 이렇게 저질러놓겠노."

"많이 다쳤는가요?"

"반죽음을 시켜놨다 안 하나. 무슨 수로 그 치료비를 내겠노. 아침저녁을 동동거리고 사는 살림에."

"행실이 나빠도 그리 악한 사람은 아니니까, 정신이 들면 뭐 무리한 요구는 안 할 거예요."

"어디 서울댁이 가만히 있을라구……."

"……."

"한번 찾아가서 사정을 해야 할 긴데 너 엄마 죽고는 통 내왕이 없어놔서, 또 우리가 망하고 보니 너 아버지 대하기가 민망스럽고…… 말짱한 사람이 그 지경이 돼서 죽었으니 니만 보면 동갑네 생각이 나는구나. 좋으나 궂으나 산 사람은 이리 사는데…… 옛날 같으면 학자가 왜 그런 놈 꾐에 빠졌겠노. 다 없는 탓으로, 사람이 없이 살면 추잡스럽게 되는갑더라. 서영래 여편네가 와가지고 살림을 실어 가는 바람에 그만 학자도 머리에 피가 바싹 올라서 그랬는갑더라. 지 오래비가 죽인다 살린다 일이 안 났더나.”

“학자한테 별일 없었으니까 너무 마음 상해하지 마세요.”

“지 오빠가 뒤쫓아 안 갔음 무슨 일이 생겼을지 누가 아노? 이젠 소문이 퍼져서 여기서는 어디 치아묵겠나. 그때 학수가 그놈을 잡아 죽인다고 벨렀는데 그만 튀어버렸지. 그랬음 가만히 있을 것이지 기어코 이런 짓을 해가지고 경찰서까지 붙들려 갔으니…….”

명화를 잡고 푸념을 하던 학자 어머니는 지금 경찰서로 가는 길이라 하며 잘 가라는 말도 못하고 급히 걸어간다. 넘어질 듯 걸어가는 중늙은이의 뒷모습은 저녁 안개를 헤치듯, 차츰 멀어져가고 예배당의 종이 울려 퍼진다.

바짓가랑이를 걷어 올리고 신발도 벗은 부두 일꾼들이 가마니로 싼 짐짝을 메어 나른다. 밝은 불빛 아래 배 없는 빈 삼판이 조용하게 떠 있다. 선창가에 즐비한 잡화상, 어구점, 여관에서 비치는 불은 바다 위에 떨어지고 그 바닷물이 일렁인다. 소금기를 실은 갯바람이 나뭇잎처럼 항구에 밀려든 돛배를 지나 명화의 얼굴을 친다. 명화는 오던 길을 뒤돌아가고 되돌아가곤 하며 부둣가를 헤매어 다닌다. 벌써 여러 번 되풀이되었건만 그는 부둣가에서 떠나려 하지 않는다. 명화가 잡화상 앞에서 비눗갑을 만져본다. 과일가게에 들어가서 참외 값을 물어보고,

"이 처녀가 아까 두 번이나 와서 묻더니만 또 와서 묻네. 아무래도 정신이 나갔는갑다."

쐬쐬 소리를 내며 타고 있는 카바이드 불빛 아래 집에서 내온 보리밥을 먹고 있던 가게 아주머니가 화를 낸다. 정신이 나갔다는 말에 명화의 몸이 움칠한다. 그의 눈에는 말할 수 없는 두려움이 가득 찬다.

"아, 미안합니다."

급히 그 앞에서 물러선다.

'정신이 나갔다고? 정신이…….'

어디였던가, 부산이었던가, 정거장 앞에서,

"앞앞이 말 못하고 내 간장에 피가 지는 것을 뉘에게 말하겠노."

길 가는 사람을 붙들고 울던 여자,

"미치광이다, 미치광이."

지나가던 사람이 피하며 말했다. 명화는 구경꾼들이 다 흩어지고 없어질 때까지 그곳에 서 있었다.

"헤헤, 처니야, 나한테 돈 백만 원 있대이. 보여줄까, 보여

주고말고."

때 묻은 손바닥 위에 돌을 올려놓고 미친 사내는,

"이거 금덩어리다. 집 사고 배 사고 내일 나는 일본으로
간다."

명화는 우두커니 서서 길가의 나무를 보고 웃으며 이야기하
는 그 사내를 바라보았다. 미친 사내와 미친 여자를 그는 어
디서나 보았다.

"명화야, 니가 여기 와 이러고 있노. 정신없이 서 있네. 아가."

맑은 정신으로 돌아온 어느 저녁 명화의 어머니는 딸을 자
세히 쳐다보며 그런 말을 했다.

명화는 부둣가를 지나갔다. 이제 되돌아가지 않고 곧장 나
간다. 굽어진 해변 길을 돌았을 때 부두는 보이지 않게 되
었다.

저녁, 파시波市가 끝난 곳, 비리치근한 생선 냄새가 아직 떠
돌고 있다. 물에 젖어 번들거리는 고무장화에 내리닫이 같은
작업복을 입은 경매꾼들이 고기 더미 앞에 버티고 서서 고함
지르고, 고기비늘이 묻은 망태같이 큰 주머니를 허리에 늘어
뜨린 어물가게 아낙네들이 와글거리던 곳이 지금은 조용하다.
불빛마저 꺼지고 없다. 해가 지고 어둠이 찾아온 지도 얼마 되
지 않는데 생선을 얻으려고 깡통을 달랑거리며 이리저리 헤
매던 가난한 아이들도 집으로 다 돌아가고 한 아이도 찾아볼
수 없다. 가등이 달무리처럼 번져서 희미하게 비춰주는 해사

国海事局 앞길, 하얀 해변 길 방천을 따라 명화는 천천히 걸어 간다. 가등이 가까워올수록 그의 뒷그림자는 짙어지고 차츰 짧아진다. 바람이 불어서 나뭇잎이 가등으로 쏠리면 그림자는 부서지곤 한다. 그림자가 엷어지고 길게 앞으로 뻗더니 명화는 어둠 속에 아주 사라지고 만다. 가등 빛이 다 없어진 깜깜한 거리엔 지나가는 아무도 없다. 명화는 걸음을 멈추고 가만히 앞을 살핀다. 고깃배들이 들어와서 짐을 푸는 자그마한 삼판에 남자 한 사람이 담배를 피우고 있다. 흰 셔츠가 바람에 나부끼는 것을 볼 수 있다. 돌아본다. 방천 이쪽과 삼판 그쪽에서 서로 마주 본다. 어둠을 사이한 먼 거리에서 그들은 그들의 눈길을 서로 느끼듯. 남자의 눈길은 다시 바다 쪽으로 돌아갔다.

바다 건너편 하늘에 용화산龍華山 높은 봉우리의 선이 뚜렷이 떠 있다. 해명 나루터 뒤의 마을이 평평한 선을 이루고 잠들어버린 듯 조용히 누워 있다. 달 없는 밤의 별빛은 찬란하기만 하다.

건들건들 뛰노는 삼판 다리를 밟고 명화는 남자 곁으로 간다. 로프를 감아놓은 굵은 말뚝 위에 걸터앉은 남자는 명화가 옆에 간 것을 분명히 알 터인데 돌아보지 않는다. 명화는 긴 팔을 한데 모아 깍지 끼면서 건너편 산을 바라본다. 그래도 남자는 돌아보지 않는다.

"응주 씨."

목소리가 파도에 흩어진다.

"응주 씨."

박응주朴應柱는 피워 문 담배를 뽑아서, 바다에 획 던진다. 불꽃이 바람에 튀면서 담뱃불은 사라진다.

"많이 기다렸어요?"

"……."

"집에서 일찍 나왔어요. 시간이 일러서 싸돌아다녔어요."

"이제 다시 못 만나는 줄 알았더니 웬일로 나왔어?"

"……."

박응주는 돌아본다. 머리를 싹 걷어 올려서 손수건으로 묶어버린 명화의 목덜미가 어둠 속에 뿌옇게 번져나는 것 같다. 꺼뭇꺼뭇한 눈이 흔들리는 것 같다.

"앉어."

응주의 목소리가 누그러진다.

명화는 삼판 위에 무릎을 세우고 앉는다. 소금기에 절어서 끈끈한 로프가 물결이 올 때마다 조금씩 움직인다. 로프에 매달린 배도 함께 움직인다. 고기를 싣고 온 조그마한 발동선에는 불이 꺼지고 아무 소리도 들리지 않는다. 다만 물결치는 소리뿐, 뱃사람들은 모두 주점과 여자를 찾아갔는가 빈 배나 띄워놓고.

두 사람의 시선은 어두운 바다 쪽으로 간다. 등대섬의 등댓불이 켜졌다 꺼졌다 한다. 멀리 고깃불이 미륵도 뒷바다로 이

동해간다.

"일본에 밀항이나 할까 봐요."

무릎에 턱을 묻으며 명화가 중얼거린다.

"나는 군대에 가고."

박응주가 대꾸한다.

달도 없는데 방천을 치는 물결이 번득번득 빛난다.

"부산으로 이사 간다지요?"

무릎에 턱을 묻은 채 명화가 묻는다.

"이사하게 되면 응주 씨는 고생 덜하게 될 거예요. 집에서
다닐 수 있으니까."

"난 집에서 다닐 생각 없어."

"집을 두고 뭣 땜에 하숙을 해요?"

"명화는 무슨 상관이야!"

화를 바락 낸다.

"어머!"

"헤어지자 해놓고 그따위 걱정할 필요 없어. 남이야 고생하
거나 말거나."

응주는 노여움에 찬 눈으로 앞을 노려본다.

"그렇게 신념이 없고 자신이 없는 여자는 처음 봤다."

다시 내뱉는다.

"맞았어요. 신념이 없고 자신이 없어서 이렇게 또 나타났지
뭐예요."

"정말 못 견디겠어, 미쳐⋯⋯."

하다가 박웅주는 당황하며 엉겁결에 담배를 꺼낸다.

흰 포플린 원피스를 입은 명화는 한 마리의 물새처럼 웅주 옆에 등을 구부리고 앉아 있다.

"공연히 이랬다 저랬다, 결국 두 사람의 마음이 식어버린 거야."

"⋯⋯."

"서로 그것을 안 믿으려고 여러 가지 조건을 꺼내어 구실을 붙여보는 거지. 안 그래?"

웅주는 쌀쌀한 눈초리로 명화를 내려다본다.

"피곤할 뿐이다. 흥! 모두 죽어 자빠지는 판국에 뭐가 되겠다고 공부를 하고 여자를 좋아하고⋯⋯ 시시한 이야기다."

명화는 아무 말이 없다.

"온통 거짓말투성이다. 언제 어느 산골짜기에서 죽을지도 모르는 젊은 놈들이 누굴 사랑한단 말이야. 뭣에 열중하고? 유치하게 바보처럼. 괴로워한다는 것도 도시 우스꽝스러워. 미래가 있어? 누구에게도 미래는 없다. 난 조금도 괴롭지 않어. 다만 피곤할 뿐이다. 풀밭에 가서 전쟁이고 뭐고 다 잊어버리고 푹 잠이나 잤으면 하는 생각뿐이다. 사랑한다, 넋두리 같은 소릴 되풀이하며 가려는 사람 잡을 마음은 조금도 없어. 마음대로 해."

더 이상 할 말이 없는지 말은 끊어지고, 해명 나루 뒤 나지

막한 숲 위에 긴 꼬리를 물고 별똥이 떨어진다. 똑딱선이 지나
간다. 뱃사람이 간데라*를 들고 기관실을 기웃이 들여다본다.
간데라 불이 달무리처럼 동그랗게 퍼진다. 조그마한 나울이
와서 삼판을 좀 흔들어준다. 똑딱선은 항구 밖으로 사라지고
바다에는 멀리 고깃불만 남는다.

"보고 싶어서 왔어요."

풀이 죽어서 명화가 말한다.

"더, 더 이젠 화내지 말아요."

"······."

"기다리다가······ 부산 갈려고 했어요. 짐까지 챙겨놓고, 그
랬는데 그만 견딜 수 없어서······."

"견딜 수 없어서 그따위 편지했단 말이야?"

"나도 모르겠어요. 왜 그랬는지."

"모르겠다면 명화 편지대로 다 집어치우까!"

바락 소리를 지른다.

"네. 언제든지······."

목멘 소리다.

말뚝에 배를 묶어놓은 로프가 삼판 모서리에 걸려서 물결칠
때마다 살을 깎는 듯한 소리를 낸다. 나가는 물이 떠내려가려
고만 하는 배를 잡아당기느라고.

집어치우자고 소리를 바락 질러놓고도 응주는 떠날 생각은
않고 우두커니 앉아 있다. 그러자고 하면서도 명화 역시,

"기다려도 찾아올 수 없는 곳으로 내가 가버리든지…… 응주 씨가 나를 찾아올 수 없는 처지가 돼버리든지…… 정말 배를 타고 어디든지 가버려야겠어요."

찝찔한 바닷바람에 가냘픈 목소리가 흩어진다.

"원하는 대로 하는 거야."

명화는 응주 말에 귀를 기울이지 않는 듯 다시 중얼거린다.

"찾아올 수 없는 처지가 돼버리든지…… 결혼하세요, 결혼. 다른 여자하고."

"안 죽고 오래 살면 물론 하겠지. 관계 말어."

그래도 응주 말을 귀담아듣지 않고 혼자 중얼거린다.

"아버님이 원하시는 대로. 아버님의 반대는 그럴 수밖에 없지 않아요? 아무리 좋은 분이라도, 이해가 많으신 분이라도, 반대하실 수밖에 없을 거예요. 그걸 누가 모르나요? 만나지 말아야죠. 그런데 만나고…… 싶어서, 오는 날까지도 잊어버리려고 애썼어요. 아버지가 부산서 오시면서 응주 씰 만났다고 하시데요. 날짜도 잊어버려지지 않고…… 너무 화내지 말아요, 화……."

명화는 쓸쓸하게 응주의 옆모습을 쳐다본다.

목사 앞에 마주 보고 선 신랑은 신부의 아름다운 너울을 조심스럽게 걷어준다. 미소하는 신부 손가락에 결혼반지를 끼워주는 박응주, 변함없는 사랑을 맹세하고 오색찬란한 테이프, 은가루 같은 종이가 휘날리고, 꿈같이 설레는 결혼의 음악도 끝났다. 교회당 뜰에 여름 햇빛이 부서지는데 타는 듯 붉은 칸나, 축복받으며 부모 형제들에게 미소 보내며 신랑과 신부는 슈트 케이스를 들고 자동차에 오른다.

절망에 가득 찬 명화의 눈이 켜졌다 꺼졌다 하는 등댓불을 가만히 바라본다.

박응주와 그의 아내는 석류꽃이 떨어진 골목길을 나란히 걸어간다. 여러 번 수없이 지나간 옛날의 그 길을 대문에 기대어 서서 명화는 그들의 뒷모습을 멍청히 바라본다. 하늘도 땅도 먹빛으로 변하는 저녁 길.

명화의 입술이 가을 나뭇잎처럼 떨린다.

어떤 남자를 따라 명화는 부산 가는 배를 탄다. 뱃머리에 응주가 서 있다. 노여움에 찬 얼굴이 명화를 본다. 바람에 머리칼이 마구 나부낀다.

"안 돼요! 안 돼!"

응주에게 팔을 뻗치며 울부짖는데 파도 소리.

"내가, 내가 먼저 갈 순 없어! 응주 씨, 다, 당신이 먼저 돌아서세요. 버림은 내가 받아…… 받아야…….."

파도 소리, 뱃고동 소리, 고함.

바닷가에 떠밀려 온 시체를 향해 어부들이 모여 온다. 장꾼들이 모여 온다. 응주 아버지 박 의사朴醫師가 달려오고, 순경이 뭐라고 지껄이며 달려온다.

"박 의사가 내 딸을 죽였지. 그렇게 서로 좋아하는 젊은 것들을 생나무 갈라놓듯 하더니. 기어코 우리 명화가 죽었구나."

속삭이듯 중얼거리는 조만섭 씨 옆에 안경을 벗어 들고 박 의사는 흐르는 땀을 닦는다. 어부들과 장꾼들의 호기심 찬 눈을 피해 모래밭에 퍼지르고 앉은 응주는 두 손을 머리칼 속에 쑤셔 넣으며 웅크리고 있다.

"아니!"

한 마리의 물새처럼 등을 꾸부리고 응주 옆에 앉아 있던 명화는 별안간 소리치더니, 무릎에 얼굴을 파묻고 와! 하며 운다.

"명화!"

응주는 놀라며 명화의 팔을 낚아챈다. 명화는 전신을 파들파들 떨면서 운다.

"명화! 왜 이래?"

걸터앉은 말뚝에서 급히 내려앉으며 응주는 명화의 팔을 흔든다.

"명화!"

두려움에 어쩔 줄 모른다. 명화의 몸은 불덩이처럼 뜨거웠다.

"날 보내주세요."

"울음을 그쳐!"

"여기선 못 살아요."

무서운 꿈을 깨고 난 아이처럼 응주 팔에 매달리며 엉엉 운다.

"아무도 없는, 아는 사람이 없는, 내가 없어져도 모르는……."

응주는 허둥지둥 명화를 안는다. 울음소리를 막으려는 듯 얼굴을 가까이, 뜨거운 입술을 누른다.

"그쳐! 이러지 말어."

명화는 응주를 떠밀어낸다.

"아깐 내가 잘못했다. 너무 화가 나서 때려주려고 했는데…… 마음에 없는 말을 했어. 울음을 그쳐."

달랜다.

"잘못한 것 하나도 없어요. 아무 잘못 없어요."

울음을 죽이며 흐느낀다.

"가끔 명화가 이렇게 와! 하고 울면 가슴이 찢어지는 것 같다. 괴로워. 제발 그렇게 울지 말어."

한참 만에 명화는 울음을 그쳤다.

"명화!"

"네."

"우리 결혼해도 아이만 안 낳으면 되잖어?"

명화는 머리를 쩔쩔 흔든다. 그리고 울어서 코 먹은 멍멍한 목소리로,

"어떻게 될지 누가 알아요?"

"또 쓸데없는."

"응주 씨 아버님이 허락하신대도 그건 안 될 거예요."

"……."

"난 엄마의 환상을 떨쳐버릴 수 없어요. 나도 언젠가 그렇게 될지 모른다는 불안. 지금 내 자신을 느끼고 있는 그 느낌조차 믿을 수 없는 걸요. 이렇게 응주 씨 옆에 앉아서 바다를 보고 있지만 실상은 생각일 뿐 어느 정거장 앞에서 춤을 추고 있는지도 모른다는, 이야기하고 있는 응주 씨는 나의 환상이며 실상은 길가에 서 있는 나무인지도 모른다는 생각, 언젠가는 나도 모르게 엄마처럼…… 무서워 견딜 수 없어요."

"바보 같은 소리."

하다가 응주는,

"제발 그런 소리 하지 마."

애원한다.

"거 보세요. 응주 씨도 무서워하고 있잖아요? 아아, 그게 무서운 거예요. 응주 씨를 몰랐다면."

와! 소리를 치면서 울 때보다 더욱 절망적이다.

"그런 말을 해서 나를 괴롭히고 명화는 쾌감을 느끼지?"

"조금도, 할 말이 많아 가슴이 터질 것 같았지만."

"명화가 그런 고통을 받기 때문에 나는 명화를 버릴 수 없는지도 몰라. 애처로워서 내 곁에 두고 싶다. 뭐라 설명해야할지, 그렇기 때문에 더 사랑한다면 우스운 이야길까? 너무 미래에 집착을 갖지 말고 결혼 이야기도 그만두자. 좀 더 쉽게 서로 만나고 싶은 기분 이외는 생각지 말기로. 내 말 알겠어?"

　해저터널이 있는 좁은 수로水路를 지나 물 위에 찬란한 불빛을 뿌리며 여수에서 밤배가 들어온다. 물결을 갈라 젖히며, 하얀 물거품을 일으키며 밤을 헤치고 들어온다.

　삼판이 굼실굼실 논다. 삼판에 부딪치며 배가 흔들린다. 싸아 하고 파도는 밀려오고 밀려간다.

　명화는 나부끼는 머리칼을 싸잡는다. 박응주의 흰 셔츠가 펄럭인다.

　깨끗하게 마당을 쓸어버린 뒤 수옥은 물을 뿌린다. 한결 시원한 바람이 돌고 뒷산에서 비를 청하는지 뻐꾸기가 운다.

　빨랫줄에 걸린 빨래를 주섬주섬 걷어 마루에 올려놓고 수옥은 집 둘레를 이리저리 둘러본다. 모두 낯이 설어 눈에 눈물이 글썽글썽 돈다. 치맛자락으로 눈물을 훔치며 그는 빗자루를 들고 부엌으로 들어간다. 먼저 놓인 장소에 빗자루를 놓는다. 부뚜막에 앉아서 누룽지를 먹고 있던 순이가 누룽지를 와삭와삭 씹으면서,

　"니도 묵어라."

하며 노오랗게 탄 누룽지를 준다. 수옥은 손을 내밀 듯하다가,

　"나 밥 많이 먹었는데."

　"설탕을 뿌려서 달콤하다. 먹어봐라."

마지못해 누룽지를 받은 수옥은 입으로 가져간다. 오목한 입술을 살그머니 벌리며,

"니 피란 왔제?"

"음."

"이 집에 살라고 왔나?"

"……."

"이름을 뭐라 카노."

"수옥이."

물끄러미 순이를 쳐다본다.

"니는 얼굴이 예뻐서 남자들이 많이 딸켔다. 뒷산 학교에 군인들이 많이 와 있는데."

킥 하고 웃다가,

"이 집 언니도 참 예뻐제?"

"참 예뻐."

수옥이 대꾸한다.

"아무리 예뻐도 소용없다. 이 집 언니는 좋아하는 사람이 따로 있으니께 남이야 침만 삼켰지. 아이고 내 정신 좀 봐라. 어머니가 하마 올 긴데 태평 치고 앉아 있었네. 빨래를 걷어야지."

순이는 흘러내리는 치마끈을 다시 여미며 일어선다.

"걷었어."

"니가 걷었나? 빨래를?"

"음."

순이는 사발에 물을 떠가지고 나간다.

"물을 뿜어서 밟아야지. 이 집 어머니는 그 흔해빠진 나일론은 안 입고 꼭 모시옷만 입거든. 그래서 빨래하기 골이 빠진다. 까딱 잘못해서 모시옷에 얼이라도 가면 야단 벼락이 떨어지고, 아이 그만 여름이 어서 갔음 좋겠다."

마루를 이리저리 훔치면서 순이는 따라 나온 수옥을 보고 지껄인다.

이 산 저 산에서 뻐꾸기가 서로 부르고 대답하듯 구성지게 운다. 조용히 황혼은 가고 불그레한 전등 둘레를 불나방이 덤벼든다.

순이는 마루에 올라서서 다리를 쭉 뻗고 물 한 모금에 풍선같이 양 볼에 바람을 넣으며 빨래에 물을 뿜는다. 그의 양 볼이 부풀 때마다 작은 눈은 더 작아져서 눈동자조차 잘 보이지 않게 된다. 물을 다 뿜고 올을 잔득잔득 잡아당기며 모시 치마를 개기 시작하자 기둥에 기대어 서 있던 수옥이 걸터앉으며 거들어준다.

"니 부산에 있었나?"

하고 순이가 묻는다. 수옥이 고개를 끄덕인다.

"남의 집에 있었나?"

수옥은 눈을 내리깔며 또 고개를 끄덕인다.

"그래?"

순이 얼굴이 정다워진다.

"내가 니같이 얼굴이 예쁘면 남의 집 안 살겠다. 취직하지."

다시 말을 꺼낸다.

"어디?"

"다방 같은 데."

"……."

"니 보고 손님 많이 찾아올 기다. 그라믄 시집도 좋은 데 갈 수 있지."

실쭉 웃는다.

"내사 뭐 못났으니께. 엄두도 못 내고 남의 살림만 뼈 빠지게 살아 안 주나. 참, 대리미에 불을 피워야 할 긴데."

"내가 피울게."

"음, 나는 빨래를 밟을 기니께 그동안에 니가 좀 피워라. 대리미는 아래청 선반 위에 있고 숯은 뒤안에 숯섬 속에 있다. 숯검정 떨어지지 않게 조심해라. 숯검정이 떨어지면 재수가 없단다."

순이는 빨래를 밟으면서 어른처럼 수옥에게 말한다. 수옥은 순이 시키는 대로 불을 피운다. 부채 바람에 불꽃이 타닥타닥 소리를 내며 튄다.

"나도 이 집에 온 지가 오 년이나 넘었는데 나이만 묵어가고…… 장날이면 울 어매가 날 찾아와서 가시나 나이 스물이 넘었는데 시집도 못 가고 하면서 날 보고 운단다. 우리 집은 섬에 있지. 산비렁에 밭 한 뙈기 부치고 울 오빠가 배 타서 사는데 어매는 날 보구 자꾸 집에 가자고 안 하나. 내사 뱃사람, 농사꾼한테 시집가기 싫더라. 꽁보리밥 먹기도 몸서리가 나고⋯⋯."

순이는 빨래를 밟으며 섬돌 위에서 불을 피우고 있는 수옥의 등을 향해 지껄인다.

"이 집 어머니가 야물게 살림만 살면 좋은 신랑감 찾아준다 카지만 그것 다 부려먹을라고 하는 소리지. 참 이 집 언니는 어쩌면 그리 복도 많겠노. 내사 똑 부러워서 죽겠는데 그 언니는 가다가 혼자 운다 카이."

운다는 말에 수옥이 돌아보며,

"왜?"

한다.

"까닭이야 있지."

"⋯⋯."

"니 아무보고 그러지 마라. 알겠나? 내가 그러더라 카면 큰일 날 기다."

여러 번 다짐을 하면서,

"그 언니 어머니가 미쳐서 죽었다 안 카나. 이 집 아부지가 해방되던 해 중국이라 카던가, 만주라 카던가 길이 막혀서 못 나오는 동안 기다리다 기다리다 그만 미쳐서 목을 매 죽었단 카던가 물에 빠져 죽었다 카던가? 그래서 병원집에서 혼사 못

77

하겠다는 거지. 병원집 아들하고 언니는 지금 죽자 살자 하거든. 참 기막히게 좋아들 했지. 전쟁이 났을 때도 우리는 굴을 넘어서 첫개에 피란 갔고 병원집은 배를 타고 섬으로 갔는데 병원집 아들은 언닐 못 잊어서 우릴 따라왔지. 그때 언니는 푸심*을 했는데 병원집 아들이 어쩐 줄 아나? 막 총알이 날아오는 토영으로 혼자 들어가 약을 가져왔더라. 기가 맥히지. 세상에 한번 났다가 그런 남자에게 사랑받으니 무슨 한이 있겠노. 참 잘생겼지 잘생겼어, 남자가. 불 다 피었구나. 나도 어지간히 밟았다. 이자 둘이서 대리자."

넋이 빠진 듯 이야기를 듣고 앉았던 수옥이 숯 냄새 나는 다리미를 들고 마루로 올라온다. 순이는 밟은 빨래를 편다. 부지런히 움직이는 손을 수옥이 가만히 쳐다본다.

"모시 치마부터 대려야지. 어마! 언제 날포리가 묻었노? 이거 큰일 났다."

순이는 급히 수건에 물을 묻혀서 하루살이가 묻은 치마를 싹싹 닦는다.

"여름에는 버러지가 많아서 영 귀찮네. 풀 먹인 흰 빨래에 엉겨 붙으면 세 빠지게 한 일이 허사 아니가."

몇 번이나 자국이 남지 않게 닦아낸 뒤 그는 다리미를 든다.

"자아, 잡아라. 어서어서 해치워야지, 어머니가 돌아오기 전에."

짧고 굵은 팔로 순이는 썩썩 힘차게 다림질을 한다.

"바싹 들어라, 바싹! 사흘에 피죽 한 모금 못 먹은 사람같이 와 그리 힘이 없노."

수옥은 치맛말기를 턱밑까지 쳐들어 올리며 기운을 쓴다. 그래도 순이의 다림질이 어찌나 억센지 끌려들어 가듯 몸이 앞으로 쏠린다.

"너 부산 남의 집에 있으믄서 무슨 일 했노? 팔이 새 팔같이 그리 가늘어 빨래 같은 것 어찌했을꼬?"

"빨래는 별로…… 안 했어."

"그럼?"

"차 심부름하구…… 아이들 봐주고……."

하는데 순이의 눈동자가 딱딱해진다.

"편하게 있었네. 나는 날만 새믄 일이다. 이 집 어머니 성질이 보통 아니거든. 인정스러울 때도 있지만, 너도 있어보면 알 기다만 언니하고 밤낮 엉글엉글하고 안 지내나. 그 바람에 양새 낀 나무같이 딱할 때가 많다. 처음에사 어머니도 언닐 많이 섬겼지. 그런데 언니 성질이 또 여간 차야지? 치마꼬랑지에 찬바람이 설설 돈다니까. 말을 안 하고 가만히 있으니 더 답답하고 무섭지. 이 집 어머니는 친딸같이 싹 안겨오지 않는다고 설다 안 하나. 아이구 참 바짝 좀 잡아댕기라."

수옥은 두 팔에 힘을 준다. 모기가 윙윙 울며 빨개진 얼굴에 날아드는 데 쫓지도 못하고.

"여름 빨래는 바짝 단 불에 대림질을 고루 해야 풀이 서지,

시상에 이리 애먹고 매미 날개같이 해놔도 하루 이틀 입으면 그만이지."

말끔히 다려서 개켜놓은 빨래가 순이 옆에 차곡차곡 쌓인다. 그렇게 쌓이는 것이 즐거운 듯 입으로는 불평을 하면서 순이는 미소 짓는다.

"불이 시원찮다."

신발을 끌고 섬돌 위로 내려가서 순이 부채질을 하는데 대문이 떨어져 날아가는 듯한 소리를 내며 열린다.

"돈이 문제가 아니란 말이오! 치료비쯤, 우리에게도 그만한 돈이 있어요."

서울댁의 악쓰는 소리다. 손을 맞잡고 풀이 죽은 학자 어머니가 따라 들어온다. 후줄근한 옷에 땀을 뻘뻘 흘리고 있었다. 순이는 들었던 다리미를 얼른 수옥에게 주면서,

"어머니, 이제 오십니까."

하고 부리나케 서울댁 앞으로 쫓아간다. 장바구니를 받아 들던 버릇이 있어서. 흥분되어 붕어 물 마시듯 숨을 쉬는 서울댁은 거들떠보지도 않는다. 수옥은 겁이 나서 다리미를 든 채 꼼짝도 못 하고 앉아 있다. 나방이 수선스럽게 전등 둘레를 맴돌고 지금까지 조용했던 뜰아래의 풀벌레가 별안간 울어댄다. 순이는 슬금슬금 학자 어머니를 숨어 본다.

"우리도 할 데까지는 다 해보고 말겠어요. 사람을 뭘루 알구? 그 애 뒤엔 강아지 새끼 한 마리 없는 줄 알았어요? 타곳

에서 온 사람은 맞아 죽어도 말 한마디 못 할 줄 알았어요? 누이하고 매형의 눈이 시퍼렇게 살아 있는 걸 몰랐나요?"

따지고 드는 바람에 학자 어머니는 주춤주춤 물러선다.

"세상에 살다 별꼴을 다 보겠다니까."

서울댁은 치마를 벗어 마루에 후딱 던지고 속치마 바람으로 적삼의 소매를 걷는다. 그의 얼굴은 노여움에 온통 뒤틀려 있다.

"명화 어머니, 참으이소. 좀 참으시고 내 이야기 좀 들어보이소."

섬돌 위에도 올라오지 못하고 마당 한가운데 엉거주춤 서서 학자 어머니는 애원한다.

"이야기 들을 것도 없어요. 사람을 죽여놓고도 잘못했다고만 하면 그만인가요? 그랬다간 여보세요, 매일 살인 나겠수. 순아! 거 냉수 한 그릇 가져오너라! 열이 나서 환장하겠는데 뭣하고 있니!"

소리를 팩 지른다.

순이는 제비같이 날아가서 냉수 한 그릇을 떠 바친다. 냉수 한 그릇을 벌컥벌컥 들이켜고 나서,

"사람을 그 지경 되도록 만들어놓으면 그만한 각오가 있을 거 아니에요? 지 모가지는 성하게 붙어날 줄 알고 그랬다던가요?"

서울댁은 마루에 걸터앉아 버선을 벗는다.

"젊은 혈기에……."

버선을 벗다 말고,

"젊은 혈기라니?"

하고 학자 어머니의 고달픈 얼굴을 노려본다.

"젊은 혈기 두 번 찾다간 무법천지 안 되겠수?"

"지 동생을 그래놔서……."

"뭐라구요? 아 참, 기가 막혀서, 사람 쳐놓고 되레 뒤집어씌우려 드네? 사내새끼가 계집애 데리고 놀러 가기 예사지. 아 그래 안 갈라는 댁의 따님 목을 옭아매서 끌고 갔나요? 지 발로 좋아서 따라가지 않았느냐 말이오."

학자 어머니는 기가 차서 먼 산만 바라본다.

밤이 되어도 이 산 저 산에서 뻐꾸기는 운다. 그러나 비 내릴 생각은 않는지 하늘의 별빛은 뚜렷하기만 하다.

"출가 전에 크나는 아이라 지 오래비가……."

"출가 전의 귀중한 따님이라면 그건 당신네들이 단속하면 될 거 아니오. 멀쩡한 생사람을 왜 잡느냐 그 말이오. 하여간 우리는 법대로 하겠어요. 순아! 이 계집애, 마루에 펼쳐놓고 뭘 하는 거야. 빨랑빨랑 해치우지 못할까!"

"네, 어머니."

그때까지 수옥이 들고 있던 다리미를 순이가 얼른 뺏는다.

"그놈 자식이 그만 참았음 될 거로."

학자 어머니는 땅바닥에 주저앉을 듯 중얼거린다.

"이 지경이 되고 보니 정말 볼 낯이 없소. 맞은 사람은 발을 뻗고 자도 때린 놈은 다리를 웅크리고 잔다 안 합네까. 어쩌겠소, 명화 어머니, 서로 신수가 나빠서……."

숨이 찬 듯 말을 끊는다.

"나도 분해서 그래요. 어디 그 꼴을 보고 잠이 오겠어요. 동기간 마음치고 잠이 오겠냐 말예요."

좀 누그러진다.

"왜 안 그렇겠습니까."

학자 어머니는 손을 맞잡고 한 발 앞으로 내디딘다. 그러자 서울댁은 다시 화를 내면서,

"사람을 쳐도 유분수지. 사람이 다 맞아 죽게 됐는데 말리는 사람 하나 없이 내버려두는 이 고장의 인심은 또 어떻구? 고약한 것들!"

"그저 우리 그놈 자식이……."

"설마 법도 그리 무심하겠어요? 할 데까지 해보겠어요. 본보기로."

순이는 옷을 가려서 안방으로 들여놓고 명화 옷은 사랑방에 갖다 놓고 온다. 그동안 수옥은 다리미를 비우고 하얗게 불티가 앉은 마루에 걸레질을 한다.

"어머니, 저녁상 차릴까예?"

순이가 묻는다.

"먹기 싫다! 밥이 목구멍에 넘어가겠느냐? 아무 소리 말고

돌아가세요. 말할수록 오기만 나요."

서울댁은 울었는지 눈 밑이 부석부석했다. 벗어놓은 치마와 버선을 든다.

"순아!"

"네."

"다 치웠거든 어서 대문 잠가라. 불단속은 잘했니?"

"네, 어머니."

서울댁은 발을 들고 방 안으로 들어가 버린다.

학자 어머니는 마당 한가운데 멍하니 서 있다. 집 안은 조용해졌다.

순이와 수옥은 부엌문 앞에 나란히 붙어 서서 학자 어머니를 바라본다.

"불쌍하다. 참 마음씨가 좋은 사람인데……."

땀 냄새를 풍기며 순이가 소곤거린다.

"아들이 막 치고받고 하는데, 참 기운 세더라. 뭐 볼 차기하는 선수라 카던가."

"순아!"

"네."

"너 대문 안 잠그고 뭘 하는 거야!"

하는 수 없이 학자 어머니는 나간다.

"그놈 자식 그만 안 참고……."

대문 문턱을 넘어가면서 풀 죽은 치마를 끌어 올려 콧물을 닦는다.

울타리에 붙어 서 있던 응주와 명화는 이야기를 끊고 지나가는 학자 어머니를 바라본다. 석류나무가 울타리 밖으로 넘어와서 그들의 모습은 좀처럼 눈에 띄지 않았다. 학자 어머니는 골목을 돌아 나간다.

술 취한 남자가 비틀거리며 가까이 온다. 뭐라고 중얼거리면서,

"어허, 거 상호네 아지마씨 아닙니꺼?"

정신을 차리려고 고개를 흔들며. 학자 어머니는 눈이 번쩍 띄는 듯,

"아이구, 명화 아버지."

"어디 갔다 오십니꺼?"

"댁에 갔다가……."

말을 끝맺지 못하고 치맛자락을 끌어당겨 콧물을 닦는다.

"우리 집에?"

"야."

"뭐 할라고 갔십니꺼?"

술 취한 중에도 짐작이 가는지 얼굴을 찌푸린다.

"병원에 갔다가 서울댁을 안 만났습니꺼. 그래서 사정을 좀 해볼라고 따라갔더니만……."

"으음…… 쓸데없는, 그렇게 해쌀 것 없십더. 병신이 되거나 뒤졌다면 몰라도 안 죽을 만치 패주었으니 다행입니더."

"서울댁이 고소하겠다고, 징을 버럭버럭 안 냅니꺼. 이 차중에 어찌할꼬 싶어서 그만……."

"거 신경질이 좀 있어요. 게다가 그놈 새끼 일이라면 눈을 뒤집으니께, 내버려두이소. 제물에 가라앉을 기니. 그런데 상호가 몹시 아프다믄서요?"

"야, 심화병이지요."

조만섭 씨는 손바닥으로 얼굴을 한 번 쓸고,

"친구 된 도리에 한번 가보지도 못하고 볼 낯이 없심더. 모두 제 살기에 바빠서, 이거 인심이 이래서 쓰겠습니꺼? 심화병이야 술 먹으면 풀어지지요. 내 일간에 술 한 병 들고 한번 찾아가겠습니더."

"말만이라도 얼마나 고맙십니꺼? 그보다 서울댁이, 명화 아버지가 말씀 잘하시서……."

"걱정 마이소."

"다 망하고 이 지경 되어도 아직 경찰서 마당 디뎌본 일이 없는데 그놈이 하기사 잘못 안 했습니꺼? 말로 곱게 할 일이지, 와 사람을 쳤겠습니꺼? 시끄러운 세상에 원수지고 살아서 안 되지요."

"오기가 나면 젊은 아이들이 그런 생각합니꺼. 저문데 어서 가보이소."

"야, 명화 아버지도 잘 가이소. 믿고 갑니더."

학자 어머니는 공손히 인사하고 돌아선다.

"음…… 한바탕했겠다, 음…….”

조만섭 씨는 일부러 더 비틀걸음을 걷는다.

"그놈의 성질만 안 부리면 좋은 여편넨데…… 답답이 그 성, 아 응주 아이가?”

조만섭 씨는 얼른 몸의 중심을 잡는다.

"어디 갔다 오십니까?”

명화를 집까지 바래다주고 혼자 털레털레 내려오던 응주가 걸음을 멈춘다.

"병원에, 자네 아버지하고 한잔했네.”

조만섭 씨는 술 취한 변명부터 한다. 응주는 잠자코 바라본다.

"처남인가 뭔가 그눔아 땜에 병원에 갔다가 자네 아버지하고 한잔했지. 나이 들어 그런지 이제 술도 많이 못하겠다.”

"몸조심하셔야죠.”

"자네 우리 집에 갔다 오나?”

걱정스러운 얼굴로 묻는다.

"아닙니다.”

"그럼 명화는 못 만났나?”

조만섭 씨의 얼굴은 더욱 걱정스러워진다.

"만났습니다.”

"음, 그래?”

하는데 금세 기쁜 빛이다.

"명년이면 자네도 졸업이지. 허나 앞으로 할 일이 태산같이 남았구나. 경험도 많이 쌓아야 하고, 한몫의 의사가 될라 카면 거 힘들 기다. 자네 일이니 다 믿고 있네만 세상이 좀 잠잠해지면 외국 바람도 쐬고 박사도 되고…… 아, 내가 취했구나. 자네 아버지하고 술을 마셨지."

조만섭 씨는 횡설수설하다가 상대방이 아무 말 없는 것을 느끼고 말을 끊는다.

"어서 가봐라."

달리 할 말이 있었는데 그 말을 못 하고 조만섭 씨는 응주를 보낸다.

3. 봉화서 온 여인

낯선 나그네들만 남겨놓고 선객들은 부둣가에서 모두 흩어
져 가버렸다. 배도 여수를 향해 떠나고.

장마철로 접어든 거리에는 안개 같은 비가 내린다. 먼 곳의
섬들이 비구름에 가려 보이지 않는다. 짐을 못 얻은 지게꾼 몇
사람이 팔짱을 끼고 영화 광고가 나붙은 담배가게 처마 밑에
붙어 서서 날씨 걱정을 하고 있다. 고무 우장을 입은 배달꾼이
자전거를 몰고 지나간다. 기름집에서 기름통을 들고나온 뱃
사람이 빗길을 좇아가고, 누더기로 감싼 죽항아리를 이고 팔
을 휘저으며 가던 죽장수의 모습은 시장 쪽으로 사라진다.

맞은켠 기선회사 처마 밑에서 비 오는 거리를 바라보고 있
던 나그네들도 한 사람 두 사람 여관을 찾아가고 후줄그레한
나일론 치마저고리를 입은 젊은 여자 한 사람만 남는다. 조그

마한 트렁크를 들고 있다. 몹시 고생을 한 듯 코언저리에 기미가 으스름히 끼어 있지만 쌍꺼풀이 굵게 진 눈이 시원스러워 사람의 마음을 끈다. 비가 멎기를 기다리는 눈치는 아니고 어디로 가야 할지 모르는 듯.

"빌어먹을, 무슨 놈의 날씨가."

기선회사에서 나온 키 작은 사나이가 투덜거리며 우산을 펴려다 말고 여자를 본다. 떠날 배도 없는데 트렁크를 들고 서 있었으니.

"여수 가는 배는 떠났는데요?"

하고 일러준다.

"아니요, 부산서 타고 왔습니더."

앳된 목소리로 대꾸한다. 사나이는 고개를 갸웃이 기울이며 여자의 꺼풀진 눈을 쳐다본다.

"그라믄 와 안 가십니꺼?"

"어딜 가야 할지 몰라서……."

"여기 초행입니꺼?"

"야."

사나이 얼굴에 호기심이 떠오른다.

"무슨 일로 오시습니꺼?"

사나이는 길 가는 사람 하나하나를 눈여겨보며 묻는다.

"사람을 좀 찾아왔는데 어디 있는 줄도 모르구만요."

"주소도 모릅니꺼?"

"야."

"허 참, 주소도 모르고 어찌 찾을라고."

동정하는 듯하면서 여자의 옷차림을 살핀다.

"날씨만 안 궂으믄, 설마 이 좁은 지방에서 못 찾을라고요."

"뭐 하는 사람인데?"

"장사를 한다 카던가……."

"남잡니꺼?"

"야."

"흐흠…… 장사하는 사람도 한두 사람이라야지. 암만 좁은 지방이라지만."

은근히 실망한다. 그는 우산을 반쯤 펴다가 도로 오므리며,

"무슨 장사를 한답디꺼?"

하고 묻는다.

"무역을 한다 카던가…… 그런 소릴 듣기는 들었는데."

"무역? 아 형님, 영래 형님!"

여자는 내버려두고 사나이는 목을 쑥 뽑으며 불러댄다. 서영래가 성큼성큼 다가온다. 우산도 없이 비를 맞으며,

"어디 가십니꺼?"

주인을 대하는 하인같이 우산을 지팡이처럼 짚고 키 작은 사나이는 몸을 꼿꼿이 세운다.

"자넬 찾아오지."

서영래는 옆에 선 여자를 힐끗 쳐다본다. 여자도 서영래를

빤히 쳐다본다.

"무슨 일이 있습니꺼?"

사나이는 긴장하며 묻는다.

"이리 좀 오게."

서영래는 여자하고 좀 떨어진 곳으로 사나이를 데리고
간다.

"아는 여자가?"

"아, 아닙니더."

사나이는 공연히 당황한다.

"배고픈 사람같이 괜히 오는 여자 가는 여자 건드려보지
마라."

"아, 아닙니더."

"그런데 오늘 밤엔 어느 배가 가노?"

"상신호 아닙니꺼."

서영래는 목소리를 죽이며,

"짐을 좀 부쳐야겠는데……."

"날이 궂어서, 별 탈 없을 깁니더."

서영래는 사나이의 눈을 가만히 들여다보면서,

"뭐 대단치 않은 거니께 내가 갈 필요는 없고, 부산서는 그
쪽에서 다 삶아났으니 문제없을 기고, 선장이 윤 선장인가?"

"네."

"짐이 많나?"

"여수서 어찌 되는지 몰라도 여기서는 짐이 안 많습니더. 날이 궂어서 여수도 많지 않을 깁니더."

"그래, 나중에 짐 내보낼 기니 자네가 알아서 잘 처리하게. 그리고 또 한 가지."

서영래는 주위를 한 번 살핀다.

"오늘 밤에 배가 들어올 긴데."

"오늘 밤에요?"

되묻는 눈이 반짝반짝 빛난다.

"자네 집에 짐을 풀어야겠다. 그쪽엔 손이 좀 빠지니께."

"그건 뭐 집사람이 잘할 깁니더. 지금 점심 먹으러 들어가는데 일러놓겠습니더."

사나이는 신이 나서 짚고 있던 우산으로 땅바닥을 톡톡 친다.

"그런데……."

하다가 서영래는 여자의 시선을 느끼자 그쪽을 본다.

"웬 여자가 안 가고 저리 있노."

중얼거린다.

"사람을 찾아온 모양인데 주소도 모르고, 뭐 무역하는 사람이라던가요?"

"무역?"

"그것도 확실찮은 갑습니더."

"이름도 모르고 무역만 한다 카면 아나? 서울 가서 김 서방

찾는 격이지.”

그 말을 들었던지 여자는 급히 다가오며,

“저 이름은 문성재라 합니더.”

“뭐요? 문성재?”

“야, 아십니꺼?”

바싹 다가선다. 서영래는,

“서울댁 동생 말인가 배.”

“야, 맞심더. 그이 서울 사람입니더.”

서영래와 사나이는 서로 마주 보며 피식 웃는다.

“그래, 각시가 그 문성재를 찾아왔단 말이오?”

키 작은 사나이는 금세 각시라고 낮추어 부르며 새삼스레
여자의 아래위를 훑어본다.

“야, 그이를 찾습니더.”

여자는 기뻐서 얼른 대답한다.

“문성재하고 어떻게 되오?”

깔보는 투로 또 묻는다.

“주인입니더.”

“주인?”

“야, 주인입니더.”

“거 이상한 일도 다 있구나. 문성재가 장가들었다는 이야기
는 금시초문인데.”

“아닙니더. 재작년에 봉화서 결혼식 했습니더. 아직 자리

를 못 잡아서 못 데리고 간다고 편지도 한 번 왔는데요. 왔습니더."

미리부터 우겨대듯 강한 투로 말한다.

"편지가 왔어요? 문성재치고는 여간 부지런한 일이 아닌데?"

놀려주는데 여자는 그것도 모르고,

"아시면 그이 있는 데 가르쳐주시이소."

남자는 대꾸 없이,

"봉화가 어디요."

하고 묻는다.

"경북입니더."

"경북 어디요?"

"저어기 저 영주 위입니더."

"흐흠……!"

서영래와 사나이는 마주 보며 쓴웃음을 띤다.

"아시면 좀 가르쳐주시이소. 어디로 찾아가면 됩니꺼?"

매달리듯 묻는다.

"허, 그 참, 딱하게 됐구먼, 이 차중에."

싱글싱글 웃으며 영 가르쳐주려 하지 않는다.

"거 서러운 꼴 보면 어쩔려구?"

"야?"

여자가 되묻는다.

"시끄럽다. 잔소리 말고…… 저 문성재를 찾을라 카믄 서울댁에 가보이소."

하며 서영래가 가르쳐준다.

"서울댁이 어디 있습니꺼?"

"학교로 곧장 올라가면서 물어보이소."

"무슨 학굡니꺼?"

"무슨 학교긴, 국민학교지."

"그 국민학교가 어딘지 알아야지요."

"저리 쭉 올라가면서 물어보소."

서영래는 돌아서서 손가락질을 한다.

"고맙심더."

여자는 치맛자락을 걷어 올려 동여매고 트렁크를 들더니 고개를 숙여 인사한다. 그리고 처덕처덕 빗물이 튀기는 빗길을 간다.

"그놈 자식 말짱한 처녀 애를 또 하나 둘러업었구만."

담배를 붙여 물며 서영래가 푸듯이 뇐다.

"얻어터져서 병원에 입원했다믄서요?"

"그런갑더라."

"봉화에는 뭐 하러 가서 저런 여자를 버려났을까."

"누가 아나. 전에 군인 했다니께 거기 가서 장난질한 거지. 그거는 그렇고 자네 학수하고 친하지?"

서영래는 손끝으로 담뱃재를 떨면서 가만히 바라본다.

"뭐 친할 것 있습니꺼? 옛날부터 친구지만 서로 사이가 떨떠름하지요."

"학수 자식 경계해라. 함부로 말하면 안 된다."

"이 일이 어떤 일이라고 함부로 말하겠습니꺼."

"나한테 앙심을 품고 있을 기다."

"자식이 성질은 사나워도 비열한 짓은 안 합니더. 그것은 지가 알지요."

"이번 일만 해도……."

"그건 안 다릅니꺼? 하여간 학수 아니구 누구라도 이런 일 말할 필요 없지요."

"그래. 그럼 슬슬 가볼까?"

"비 맞고 가실랍니꺼?"

"뭐 요 앞에까지, 비가 많이 오면 우산 빌려 가지. 비 자알 온다."

"그러기 말입니더, 날씨치고는 아주 안성맞침임더."

그들은 서로 갈라진다. 서영래는 꾸부정하니 등을 꾸부리고 천천히 비를 맞으며 간다.

여자는 사진관 옆으로 돌아 나온다. 버선이 흠씬 젖었는데 그래도 흙만은 묻지 않게 하느라고 패어진 웅덩이를 피하여 조심조심 걸어간다. 열무를 한 바지게 잔뜩 받아 진 노인이 꾐지팡이를 들고 장을 향해 걸어 내려온다.

"보이소, 할아버지, 여기 국민학교가 어딥니꺼?"

오면서 여러 번 물어본 말을 다시 되풀이한다.

"상구 올라가 보소."

"이 길로요?"

하는데 노인은 짐이 겨운지 대꾸도 안 하고 가버린다.

겨우 학교 앞에까지 이르렀다. 여자는 이리저리 살폈으나 비만 올 뿐 지나가는 사람은 아무도 없다.

"학교는 찾았는데 어딘지 알 수가 있어야지."

중얼거리다가 해묵은 느티나무 밑으로 들어서며 비를 피한다.

"보이소, 보이소!"

마침 지나가는 군인을 불렀으나 군인은 우우! 소리를 지르며 손을 머리 위로 얹고 뛰어간다.

"그 사람들이 좀 똑똑하게 안 가르쳐주고, 우얄꼬."

트렁크를 땅바닥에 놓고 여자는 살에 붙은 나일론 적삼을 손끝으로 살살 추켜올린다. 안개같이 내리던 빗방울이 차츰 굵어진다. 여자는 치마를 걷고 쭈그리고 앉으며 빗방울에 폭폭 패는 땅을 내려다본다.

"부산에서는 비가 안 오더니 고생을 할라 카이…… 무역인가 뭔가 한다 카면서 그 흔한 양산이나 부쳐 안 주고 여름 햇볕을 안고 다닐라 카니 얼굴에 기미가 쓸고, 이리 비가 오면 받칠 수도 있고 얼마나 좋았을꼬? 무심해서……."

혼자 중얼거린다.

"그래도 여기 있다 카이 한시름은 놓았다."

더러럭더러럭 소리가 난다. 여자는 얼굴을 든다. 우산에 떨어지는 빗소리. 청년이 우산을 받쳐 들고 여자 앞을 지나간다.

"아, 보이소!"

허겁지겁 일어서며 부른다. 청년이 돌아본다. 얼굴이 까맣고 눈이 무섭게 보인다.

"나 불렀소?"

화가 난 목소리다.

"아, 말 좀 물읍시다."

귀찮은 듯 얼굴을 찡그린다.

"저 서울댁이 집이 어딥니꺼? 학교로 상구 올라가라 카는데 영 모르겠습니더. 아시거든 좀 가르쳐주시이소."

청년의 얼굴이 묘하게 된다.

"먼 데서 왔는데 비도 오고 큰일 났습니더."

"날 따라오소."

청년은 아까와 마찬가지로 화난 목소리로 말한다. 그는 여자가 오거나 말거나 기다리지도 않고 앞서간다. 여자는 얼른 트렁크를 들고 따라간다.

빗방울은 더욱 굵어지고 별안간 번갯불이 번득인다. 산이 무너지는 소리가 난다. 땅바닥은 연기를 깔아놓은 듯, 물이 마구 튄다.

청년이 돌아본다.

"여 있소. 우산 쓰소."

하고 불쑥 우산을 내민다. 여전히 화난 얼굴이다.

"아니오. 내사 뭐 기왕 맞은 빈데 괜찮습니더."

청년은 더 이상 권하지 않고 여자를 위해 걸음을 빨리한다.

사방이 파랗게, 풀빛처럼 환해지더니 번갯불이 지나갔다. 어두컴컴한 속에 산이 무너지는 듯 뇌성이 울린다. 여자는 마구 뛰며 청년을 따라간다. 트렁크를 덜렁거리면서.

"무슨 놈의 날씨가, 아이구 참!"

골목 앞까지 간 청년은 걸음을 멈추고 여자를 기다려준다.

"이리 들어갑니꺼?"

얼굴에 줄줄 흘러내리는 물을 손바닥으로 닦으며 묻는다. 청년은 여자에게 우산을 씌워준다.

"벼락이 안 무섭소?"

낮게 울려 퍼지는 목소리가 아까보다 한결 부드럽다.

"와 안 무섭겠습니꺼?"

청년은 처음으로 미소하며,

"저기 석류나무가 있지요?"

"야."

목을 뽑은 바람에 여자의 젖은 머리가 청년의 코언저리를 스친다.

"그 집에 서울댁이 있소."

서울댁이라 할 때 넓고 떡 벌어진 청년의 두 어깨가 으쓱 올라갔다.

"고맙십니더, 이리 비가 오는데 정말 고맙십니더."

우산 없는 자신보다 우산 쓴 청년을 위해 걱정을 하며 여자는 공손히 인사한다. 청년은 아무 말 없이 빗물이 튀어서 연기가 깔린 듯한 내리막길을 가버린다.

"이 집이지?"

여자는 석류나무를 확인한 뒤 대문 처마 밑에 들어서서 이마에 달라붙은 머리를 쓸어 넘기고 고치려야 고칠 수 없는 자기 옷매무새를 한 번 돌아본다.

"이 꼴을 해가지고…… 어찌 만나노. 누님이 계신다면 절도 해얄 긴데……."

중얼거리다가 여자는 부시시 쭈그리고 앉아서 무릎 위에 트렁크를 올려놓고 뚜껑을 연다. 수건을 꺼내어 얼굴을 닦고 조그마한 손거울로 얼굴을 들여다본다. 거울과 손수건을 트렁크 속에 도로 넣은 뒤 그는 대문을 두들긴다.

"여보이소! 여보이소!"

아무 대꾸가 없다. 석류나무의 옆집 녹슨 함석지붕을 두들겨주는 빗소리뿐이다.

"여보이소! 문 좀 열어주이소!"

여자는 안타까워하며 대문을 와락와락 흔든다.

"이 비가 오는데 누가 와서 야단이고?"

투덜거리며 순이가 나온다.

"누구요?"

문을 따고 머리만 내밀며 묻는다. 여자는 웃음부터 먼저 띠고 침을 한번 삼킨 뒤,

"저 봉화에서 왔십니더."

여자는 순이에게 깍듯이 존대를 붙인다.

"뭐라고요?"

"봉화에서 왔는데 이 집에……."

"봉화? 봉화가 어디요?"

집을 잘못 찾아온 게 아니냐는 듯 순이는 작은 눈으로 여자를 쳐다본다. 머리카락에서부터 치마 끝까지 물방울을 뚝뚝 떨어뜨리며 여자는 마음이 급하여 앞으로 한 발 내디딘다.

"경북에 있습니더. 저 영주 위에…… 그런데 여기 문성재라는 사람이 있지요?"

"문성재? 아아, 성재 아저씨 말이오? 여긴 없소."

순이는 올곧잖게 대답하고 조금 열린 대문 사이로 얼굴만 내민 채 여자의 아래위를 살핀다.

"여기 없다고요?"

실망하며 여자의 얼굴은 해쓱해진다.

"야, 여기는 없소. 그런데 댁은 어디서 왔습니꺼?"

순이 말에,

"귀는 시집보냈는가 배. 아까 봉화서 왔다 안 캅디까?"

당장 만나볼 줄 알고 가슴을 두근거리며 수건까지 꺼내어 얼굴을 닦았는데 없다는 말을 듣자 울상이 된 여자는 화를

낸다.

"아이구 짓궂어라. 내 귀를 시집보냈다고? 빚 받으러 온 사람같이 남을 보고 와 성을 낼꼬?"

"여기 있다고 해서 왔는데, 다 듣고 내가 왔는데 와 없다 카요!"

여자는 더욱더 화를 낸다.

"별일 다 보겠네. 없으니까 없다 안 하요."

"여기 있다는 말을 객선머리에서 다 듣고 왔다 카이!"

떼를 쓴다.

"비싼 밥 묵고 무슨 관계가 있다고 내가 거짓말 할꼬? 누가 살인 죄인을 숨겼나, 강도를 숨겼나. 성재 아저씨 그 사람이사 병원에 있지, 어디 여기 있는가? 있는 사람을 와 없다 캐. 참 짓궂고 얄궂은 사람을 다 보겠다. 난데없이 와가지고."

병원에 있다는 말에 귀가 번쩍 띄어서,

"야아? 어디 있다고요?"

하며 여자는 되묻는다.

"성재 아저씨는 병원에 있단 말이오, 병원에."

"와 병원에 있습니꺼?"

목소리가 누그러진다.

"매를 너무 많이 맞아서 뼈가 다 뿌러지고 얼굴이 진짝같이 붓고."

순이는 두 손을 뺨으로 가져가며 얼굴 부은 시늉까지 한다.

"뭐라 캤소? 뼈가 뿌러지고 얼굴이 진짝같이 부었다고요? 아이구 이 일을 어찌할꼬!"

소리를 지르는 바람에 호들갑을 피우던 순이 눈에 의아한 빛이 돈다. 그는 대문을 좀 더 열고 몸을 내민다.

"이 일을 어찌할꼬!"

안절부절못하다가 여자는 그만 울어버린다.

"그런데 댁은 누구십니꺼?"

작은 눈을 깜박거린다.

"그, 그인 우리 주인이오. 봉화서 내, 내가 찾아왔는데 뼈가 뿌러지고 얼굴이…… 보소, 처니, 그 병원이 어디 있는지 제발 날 좀 데려다주이소."

여자는 울면서 땅바닥에 놓인 트렁크를 들고 발을 구르다시피 한다. 순이는 병신스럽게 입을 헤벌리고 여자를 쳐다볼 뿐이다.

"못 가겠거든 무슨 병원인지 이름이나 가르쳐주이소."

"성재 아저씨가 댁의 주인이라고요…… 신랑이라 말이오?"

"맞소. 우리 주인이오. 우리는 봉화에서 결혼했소."

여자는 설움이 한꺼번에 복받치는지 어깨를 들먹거리며 흐느껴 운다. 이때 대문간으로 나오던 명화가,

"순아."

하고 불렀다.

회색 레인코트에 초록빛 양산을 들고 눈이 슬프게 빛난다.

어디 나가는 길인 모양이다.

명화는 문밖에 사람이 서 있는 것을 보자,

"손님 오셨거든 집에 들어와서 이야기하질 않고 문간에서 뭘 하니, 비가 오는데."

길을 비키듯 순이는 얼른 돌아선다.

"세상에 언니요, 내사 모르겠습니더, 뭐가 뭔지. 이 사람이 성재 아저씨 각시라 안 캅니꺼."

"뭐?"

한일자로 된 가냘픈 눈썹 위에 붉은 기가 돌다가 가라앉는다. 빗소리는 뜸해지는데 여자는 그냥 푹푹 울고 서 있다. 명화는 여자를 오랫동안 바라보다가,

"아무튼 들어오시라고 해야지. 여기까지 찾아오신 분을."

"병원만 가르쳐달라고 오복같이 안 쪼웁니꺼. 아무리 그렇다고 어머니도 모르는 각시가 어디서 난데없이 나타났겠습니꺼? 정말 성재 아저씨는 팔랑개비 재주를 지녔는가 배요."

"쓸데없는 소리 말어."

순이를 꾸짖어놓고,

"들어오세요. 들어오셔서 이야기하시지요."

"아, 아닙니더. 병원에, 병원부터 가야 합니더."

"병원에 가시더라도 누구하고 함께 가셔야지요."

"사람이 다 죽게 됐는데 들어가고 어쩌고 하, 하겠습니꺼?"

"이젠 다 나았는데요."

"야?"

"얼마 안 있으면 퇴원하게 될 겁니다."

말하면서 명화는 순이를 노려본다.

'계집애, 또 호들갑을 떨었구나.'

순이는 슬며시 눈을 피한다.

"정말입니꺼?"

울다가 여자는 얼굴을 들고 명화를 가만히 바라본다.

"거짓말 아닙니더."

여자의 말투를 흉내 내며 빙긋이 웃는다. 그 웃는 얼굴을 믿고 여자는 어깨를 축 내린다.

"내사 마 얼매나 놀랬는지 모르겠습니더. 십 년은 감수했을 깁니다. 뼈가 뿌러지고 얼굴이 진짝같이 부었다고 안 합니꺼?"

"처음엔 그랬지요. 이젠 멀쩡해졌으니 염려 마세요."

순이의 체면을 세워주고 다시 한번 눈으로 순이를 꾸짖는다. 우물쭈물하다가 순이는,

"어머니가 오시면 뭐라 칼지, 우리 마음대로 했다고."

약아서 발뺌을 한다.

"순아!"

"네."

"쓸데없는 말 하지 말랬는데 왜 그러니? 내 하라는 대로 하면 되는 거야."

반듯한 이마에 푸른 기가 돈다.

"손님이 좀 쉬거든 너 병원에 함께 가도록."

"하지만 언니가 나가고 나면 집에는 아무도 없습니다. 집이 비는데요?"

"수옥이 있지 않어."

"수옥이 병원에 갔습니다."

"병원에?"

"네, 점심 해가지고 갔습니다."

"네가 안 가고 왜 수옥일 보냈니?"

"미싯가리 만들라고 찹쌀을 잔뜩 쪄놨는데 이리 비가 와서 곰팡이 슬겠다고 어머니가 나가시면서 볶아놓으라고 안 하십니꺼. 그걸 수옥이한테 맡길 수가 있어야지요."

"집이 빈다……."

명화는 좀 생각해본다.

"손님은 그럼 나랑 같이 가기로 하고, 나가는 길이니까…… 우선 집으로 들어가실까요? 옷이 젖었군요."

여자는 안심하고 비 맞은 꽃나무같이 맑은 명화의 얼굴을 바라보다가 집 안으로 들어간다. 들어가면서 수돗가 물이 철철 넘치는 수항水槽에 떠 있는 토마토와 노랑 참외에 눈이 간다. 여자는 몹시 배고파 보였다.

"앉으세요."

"앉겠습니다."

마루에 걸터앉은 여자는 무안한 듯 혼자 픽 웃더니 허리를 꾸부리고 을씨년스럽게 치맛자락의 물을 짠다. 허기와 추위가 한꺼번에 오는지 여자의 입술은 푸릇푸릇하다. 아스스 떨고 있다. 그는 트렁크 속에서 수건을 꺼내어 물을 짜서 구겨져버린 치마폭을 펴가며 수건으로 꼭꼭 누른다.

"너무 젖지 않았어요?"

"흠뻑 젖었습니더. 아까는 번개가 치고 어찌 무서운지."

"갈아입을 옷이 있으면 갈아입으시지."

나일론 겉치마보다 더 많이 젖은 인조 속치마를 쥐어짜다가 여자는 명화를 올려다본다.

"병원까지 갈라 카면 또 젖을 긴데요. 옷이나 많아야지."

"우산을 빌려드리지요."

"아 참, 우산 빌려주실랍니꺼?"

큰 문제가 해결된 듯 금세 여자는 기쁜 빛을 띤다.

명화를 고개를 끄덕여주며,

"순아."

괜히 이유 없이 부르터가지고 대답도 없이 순이 나온다.

"이분하고 사랑에 같이 가거라. 옷 갈아입으시게."

순이는 그렇게까지 우대해줄 사람이 못 되는 시골뜨기를 그런다 싶어 못마땅해하는 얼굴이다.

"갑시더."

깔보는 투로 말한다. 여자는 트렁크를 들고 따라가면서,

"아까는 성을 내서 미안합니더."

"……."

"비는 오고 찾아온 사람이 없다 카이 그만 앞이 막막해서 성을 냈습니더."

"괜찮소."

겨우 대꾸한다.

사랑에서 돌아 나온 순이는,

"언니."

"왜."

명화는 양산을 짚고 그 위에 턱을 얹으며, 큰비가 지나간 시멘트 마당에 맑은 물이 흐르는 것을 우두커니 내려다보고 있다.

"나 수옥이 갈 때 단단히 주의를 시켰습니더."

"……."

"병원에 가거든 입원실에 함지만 들여놓고 대합실에 기다리고 있다가 밥을 다 먹었을 상싶으거든 함지 가지러 가라 했습니더."

명화는 쓰디쓰게 웃는다.

"성재 아저씨는 마음씨가 좋은데 그저 한 가지가 나쁘단 말입니더. 수옥은 예뻐놔서 가만 안 둘라 칼 깁니더."

명화는 여전히 쓰디쓴 웃음을 띠고 하수구 구멍으로 흐르는 물을 우두커니 바라본다.

"그런데 언니, 언제 성재 아저씨가 장가를 들어서 저런 각시가 있겠습니꺼? 어머니 오시면 좋다 안 할 깁니더. 저런 촌뜨기를 올케라 하겠습니꺼? 집에 들여났다고 야단칠지도……."

"제발 순아, 너 좀 모르는 일 있으면 좋겠다. 너야말로 그게 한 가지 나쁜 버릇이다. 참외나 깎아놓아라, 손님 먹게."

순이는 화가 나서 공연히 수항의 물을 퍼내어 마당에 뿌리다가 참외를 들고 부엌으로 들어간다. 순이 참외를 깎아 내오자 마침 여자도 옷을 갈아입고 사랑에서 돌아 나온다. 순이는 접시를 받쳐 든 채 여자를 멍하니 바라만 본다.

여자는 새 사람이 된 것 같았다. 구김살이 펴지지는 않았지만 흰 모시 적삼에 보랏빛 나일론 치마를 입은 모습이 귀부인은 못 돼도 결코 촌뜨기 같지는 않다. 엷게 화장까지 한 얼굴에 굵게 꺼풀진 눈이 아름다웠다. 코언저리의 기미도 엷어지고.

"이제 살 것 같습니더. 옷만 갈아입어도 날아갈 것 같네요. 아까는 어찌 춥던지."

얄팍한 어린애 같은 입술을 오므리며 웃는다. 명화는 참외를 먹으라고 권한다. 여자는 사양하지 않고 참외를 먹는다. 먹는 표정이 단순하게 행복하게 보인다. 희고 살결이 부드러운 손은 험한 일을 하고 산 것 같지 않다.

여자는 입술연지가 묻어날까 봐 조심을 하는데 값이 싼 입술연지는 입가에 번져 나온다.

"우리 주인이 와 맞았습니꺼?"

여자가 묻는다.

"아니."

명화는 나서려는 순이를 막는다.

"순경한테 맞았습니꺼? 전에는 소대장이었는데 그럴 수 있어요?"

여자는 순경이 때렸다고만 믿는다.

"아니, 맞은 게 아니고 언덕에서 떨어졌지요."

순이가 입을 막으며 얼른 부엌으로 나간다.

"어쩌다가 떨어졌을꼬?"

이번에도 여자는 믿어버린다.

명화는 여자하고 나란히 거리로 나간다. 우산을 든 여자는 귀부인 된 듯 만족해하며 걸어간다. 지나가는 사람도 눈여겨보고 양품점 앞에서는 쇼윈도에 진열된 양산을 보느라고 오래 머물기도 했다.

"저기 병원 간판이 보이지요? 동남의원이라고."

명화는 양산을 옆으로 기울이며 손가락으로 가리킨다.

"야, 보입니더."

"저기 가서서 간호원보고 물어보면 입원실을 가르쳐줄 거예요. 그럼 가보세요."

여자는 고맙다는 말을 여러 번 하고 급히 걸어간다.

대합실에서 간호사를 만난 여자는,

"여기 문성재라는 사람의 입원실이 어딥니꺼?"

의기양양하게 묻는다.

"문성재 씨? 네, 절 따라오세요."

아무 까다로운 절차 없이 간호사는 여자를 안내한다. 병원에서 긴 복도를 지나 별관으로 된 곳으로 간다. 유리창 너머 뜰에 무화과나무가 무거운 잎을 가누고 있고 새까만 고양이 한 마리가 나는 듯이 지나간다. 비는 이슬비, 바람이 있는지 전선줄이 흔들린다.

"이 방입니다."

간호사는 고맙다는 여자의 말을 들은 척도 안 하고 슬리퍼 끄는 소리를 내며 가버린다. 사방은 씽하니 조용해진다.

여자의 얼굴은 환하게 밝아진다. 웃음이 나오려는 입술을 깨문다.

'얼마나 놀래겠노.'

살그머니 방문을 연다. 여자의 얼굴이 해쓱해진다.

방바닥에 점심을 담아 온 여덟모 난 함지가 밀쳐져 있었다. 문성재는 수옥의 손을 잡아끌고 얼굴이 빨개진 수옥은 손을 뽑으려고 애쓰고 있다.

"보소!"

악쓰는 소리에,

"엇!"

문성재가 돌아본다. 그는 수옥의 손을 놓고 후다닥 일어선다.

"너, 너 선애!"

그사이 수옥은 백동 고리가 달린 함지를 얼른 들고 다람쥐처럼 밖으로 쫓아간다.

"나 선애요."

여자는 방 안으로 쑥 들어간다. 엉겁결에 문성재는 씩 웃
는다.

"당신 찾아왔는데 이거 무슨 꼴입니꺼? 얼굴에 잉그락*을
담아 부어도 분수가 있지. 이런 짓 하노라고 편지도 안 하고
찾아오지도 않았네요? 나를 그곳에다 내버려두고 어디 이럴
수가 있습니꺼?"

선애仙愛는 몰아세운다. 성재는 기가 차는지 자리에 퍼질러
앉는다.

"세상에 눈이 빠지게 밤잠도 못 자고 기다려도 캄캄 소식
이더니, 당신은 여기서 가시나 손목이나 잡고 날 아주 잊어버
리고."

선애도 방바닥에 퍼질러 앉으며 운다. 울면서,

"뼈가 부러지고 얼굴이 진짝같이 부었다 카기에 얼마나 놀
라고 얼마나 애를 태웠는데 그 속도 모르고 당신은 가시나 손
목이나 잡고."

여자는 소리를 내어 운다.

"오만 사람이 다 가지는데 양산 하나 안 사주고 억수같이
쏟아지는 비를 맞으면서 이리저리 낯선 길을 찾아다녔는데 세
상에 여기 들어앉아서 가시나 손목이나 잡고."

손목 잡았다는 말이 세 번 되풀이되었을 때,

"손목 좀 잡았으면 어때!"

성재가 소리를 꽥 지른다. 울다가 선애는 울음을 그쳤다.

"대관절 어쩔려구, 여기가 어디라고 찾아왔어!"

"어디긴요? 당신 있는 데 아닙니꺼? 당신 찾아 안 왔습니꺼?"

"내가 찾아오라 하던가?"

"그라면 어쩔 기요? 종무소식이니 사람의 흔적이나 알아야 안 합니꺼?"

문성재는 겁이 좀 나 있는 듯 큰 눈으로 선애를 쳐다본다.

"야단났군."

다리를 세우고 쭈그려 앉으며 담배를 붙여 문다. 다리가 아픈지 도로 편히 앉으며 쉴 새 없이 담배를 떨고 연기를 뿜어내며 곁눈으로 여자 표정을 살핀다.

"돈 줄 테니 봉화로 돌아가아."

"내사 안 갈랍니더. 봉화에 누가 있다고 가겠습니꺼."

"네가 있으면 사업도 안 되고, 한밑천 잡아서 널 데리러 가지."

곁눈질하느라고 긴 얼굴이 더욱 길어진다.

"거짓말 마이소. 가시나들 데리고 놀라고 그러지요. 내사 안 속을랍니더. 온 이상 뭐 할라고 갑니꺼."

"돈 많이 줄게. 거기 가서 편하게 있으면 좋지 않아? 고집 부리지 말고."

성재는 슬그머니 선애를 끌어당긴다.

"난 안 갈 깁니더."

선애는 몸을 흔들며, 그러나 성재 품에 끌려간다.

철망 울타리를 쳐놓은 빈터 옆을 명화는 지나간다. 날씨가 좋으면 생선 말리는 곳. 자개단추를 찍어낸 구멍투성이의 소라 껍질이 여기저기 굴러 있다. 빨갛게 녹이 슨 철망 울타리에는 거둬들이지 않고 내버려둔 빨래가 볼품없이 걸려 있고 빈터의 비 맞은 잡초는 지나치게 싱싱하여 징그러울 정도로 우거져 있다.

안개가 덮인 바다는 잿빛 포장을 깔아놓은 듯 무겁게 보인다. 그래도 갈매기 떼는 눈이 밝은지 모이를 찾아 바다 위에 날아내리고, 작은 고기를 물고 날아오른다. 배 한 척 없는, 안개에 가려 섬도 볼 수 없는 우중충한 풍경, 이 세상 끄트머리같이 우울하다. 빈터를 지나면 그물공장이다. 그물 짜는 기계 소리가 우울한 날을 더욱 우울하게 한다. 길게 땋아 내린 머리를 어깨 위에 걸쳐놓고 얼굴에 호박꽃이 핀 나이 많은 처녀가 그물을 짜다가 지나가는 명화를 내다본다.

온갖 것을 다 파는 변두리 잡화상에 사이다 병을 든 계집아이는 등잔 기름을 사러 들어간다. 삼베 치마 적삼에 검정 고무신을 신은 장사꾼들이 어장막에서 갈치를 받아 이고 부지런히 걸어간다. 밭길에서 풋고추, 가지를 따고 열무를 뽑아 대소쿠

리에 가득 담아 이고 저녁 장에 대가려고 촌 아낙네들도 부지
런히 걸어간다.

차츰 사방이 밝아지면서 안개 같은 비는 멎는다. 명화는 양
산을 접어 들고 방천을 따라 걷는다.

비가 멎기를 기다리고 있었던지, 어느새 물이 먼 곳까지 빠
져버린 갯바닥에 호미와 오목한 개발 바구니를 든 아이들과
아낙들이 무릎 위에까지 치마를 걷어 올리고 들어간다.

명화는 둑 위에서 걸음을 멈추고 조개 파는 구경을 한다.

"오늘이 조금인가? 물이 많이 나갔구나."

여자들은 호미 끝으로 갯벌을 꼭꼭 찍어가며 조개 구멍을
찾는다. 파낸 조개는, 조개 파낸 자리에 괸 물에 씻어 바구니
에 담는다. 게가 사방에서 불불 기어다니고 바위에는 싸라기
같은 홍합, 고동이 붙어 있다.

명화는 정신없이 개발하는 광경을 바라보고 있다.

"언니."

움칠 놀라며 돌아본다.

"뭘 보고 있어요? 정신 나간 사람같이."

명화는 비틀어진 듯한 미소를 띤다.

"난 또 누구라고."

얼굴이 거무스름하고 입매가 야무진 학자는 웃지도 않고
좀 날카로운 눈으로 명화 눈을 본다.

"어디 갑니까."

"너희 집에."

"우리 집에요?"

"음."

"웬일로?"

"좀 전할 게 있어서."

"전 시내로 나가는데요?"

사무 처리를 하듯 말을 딱딱 잘라서 한다.

"그래? 그럼 나하고 함께 나가자."

명화가 발길을 돌린다.

"언니는 우리 집에 가신다면서요?"

"너에게 전해도 괜찮을 거니까."

"그래요?"

무슨 일인가 싶어 학자는 궁금해하는 눈치였으나 더 묻지 않고 길의 돌을 차면서 걷는다.

그들은 나란히 명화가 오던 길을 따라 시내로 들어간다. 비에 무너진 왼편 언덕막에 흙을 뒤집어쓴 두꺼비 한 마리가 엉금엉금 기어다닌다. 애기 우는 소리 같은 울음을 울며 갈매기는 바다 위를 날아다니고.

"전할 거라니…… 저하고 관계되는 일인가요?"

역시 물어보지 않고는 견딜 수 없었던지 묻는다.

"아, 아니, 학자하고 아무 관계 없어."

학자는 입술을 꼭 다문다. 뚜렷하게 솟은 입매는 어딘지 전투적이고 대담하게 느껴진다.

"오빠 안녕하셔?"

"그런 모양이지요?"

비위에 안 맞는 듯 대꾸하면서 바다 쪽으로 얼굴을 돌린다.

"이번 방학 끝나면 언닌 학교 가시죠?"

학수의 이야기가 나올까 봐 학자는 말머리를 돌린다.

"갈려고 해."

"왜 집에 오셨어요, 방학 전에?"

"……."

"몸이 아팠어요?"

"음."

"지금은 괜찮아요?"

"음."

"응주 씨가 걱정 많이 했겠군요."

말할 적에 학자 눈 밑의 근육이 파르르 떨렸다.

"나도 부산 나갔으면 싶어요."

"……."

"여기선 답답해서 사람 미치겠어요."

"……."

"대하는 얼굴마다 날 잡아먹을 것 같아서."

"부산 가서 뭘 하겠니?"

"아무거나 하지요. 차라리 타락해버리는 게 낫지. 이게 뭡니까? 사는 거예요? 사는 것 아닙니다. 안방에서는 밤낮 아버지의 앓는 소리, 빚쟁이가 와서 살림을 안 실어 가나, 어머니는 매일 구걸 행각, 오빠는 큰소리만 치고 옛날에 잘산 자존심만 남아가지고 모두 병신들이지 뭡니까?"

학자 눈은 저주에 이글이글 불붙듯 하다. 그물공장을 지나고 빈터를 지나서,

"동남병원은 부산으로 이사 간다죠?"

학자가 묻는다.

"그런가 봐."

"고향도 아닌데 좁고 말 많고 가난한 여기서 살 필요 없지요."

"……."

"부산으로 이사 간다면 날 간호원으로 안 써줄까?"

"……."

"여기서는 체면이 어떻고, 그게 뭐 말라비틀어진 건지 곧 죽어도 아무개 딸이 어쩌고 흥! 부산 가서야 무슨 짓을 하건 알 바 없지 않아요?"

"……."

빠르고 또렷또렷하게 지껄이는 학자 말을 들으며 명화는 대꾸 없이 앞만 보고 걷는다.

"언니."

"응?"

"언니가 응주 씨한테 부탁 좀 안 해주시겠어요? 부산 가거든 날 간호원으로 채용해달라구."

"난 그런 짓 못해."

"왜요?"

"그이도 그런 짓 못할 거야."

학자 얼굴에 조소가 지나간다.

"그런데 넌 지금 어디로 가지?"

이번에는 명화가 말머리를 돌린다.

"저 말예요? 어디 갈 데 있어요?"

옆을 지나가는 노파를 힐끗 쳐다보고서 학자는,

"답답해서 뛰쳐나왔지요."

덧붙여 말한다.

"그럼 나하고 다방에 갈래?"

"네, 좋아요. 아무 데라도 상관없어요. 어차피 유명해진 얼굴인걸요."

여전히 사무적으로 말을 딱딱 끊는다.

"왜 그런 말을 하니? 좀 지나친 것 같구나."

바람을 몰고 오는 것 같은 격한 분위기를 피하려고 명화는 학자 옆으로부터 슬그머니 비켜서 걷는다.

곧장 신작로를 걸어간다. 산속의 오두막같이 통나무를 찍어서 일부러 멋을 부려 만든 다방 앞에 그들은 멈추어 선다. 가로수 옆을 스치고 가는 알 만한 얼굴들이 명화에게 알은체하며 웃었으나 학자에게는 멸시의 눈초리를 던진다. 야무진 입매를 비틀고 찌그러진 구두 뒤축으로 땅을 누르며 적의에 가득 찬 눈으로 응수하는 학자를 명화는 등을 떠밀어 통나무가 바로 벽으로 된 다방에 들어간다.

졸듯 앉아 있던 레지가 부채를 들고 따라왔다. 바다가 보이는 창가로 찾아가는데 빈 커피잔을 앞에 놓고 박 의사가 신문을 읽고 있었다.

"안녕하세요?"

얼굴을 붉히며 인사하는 명화를 안경 속의 차가운 눈이 쳐다본다.

"음, 차 마시러 나왔나?"

남자치고는 높은 음성이다. 명화가 대답을 못하고 머뭇거리자 만난 지 며칠도 안 되는데,

"아버지는 안녕하시고?"

하며 묻는다.

"네."

"가봐라."

명화는 구두 굽이 울리는 소리를 세어보는 듯 발밑을 내려다보며 학자가 앉은 구석 자리로 간다.

검은 폴리 양복에, 풀이 빳빳하게 선 깨끗한 와이셔츠, 점잖은 연회색 넥타이가 흰 얼굴에 잘 어울렸다. 그러나 박 의사의 깡마른 몸매는 신경질적으로 보이고 어딘지 모르게 음산한 기

분을 준다.

"아들보다 아버지가 멋은 더 부리네요."

학자는 탁자 위에 손을 깍지 끼고 박 의사의 뒷모습을 바라보며 뇐다.

"늙지도 않구, 우리가 국민학교 다니던 그때나 지금이나 가만 그대로 아니에요?"

"참 늙지 않으셔."

분위기에 눌리는 듯 명화가 대답한다.

부채를 놓고 레지는 주문을 받기 위해선지 그냥 서 있었다. 학자를 힐끗힐끗 쳐다보면서.

"우리 뭘루 할까? 냉커피 할래?"

"아무거나요."

학자는 레지를 쏘아보며 대꾸한다.

"그럼 냉커피 둘."

학자에게 멸시하는 눈을 던지고 돌아선 레지는 박 의사 앞의 빈 찻잔을 걷어 간다. 학자는 뭣이 울컥 치미는 듯 말을 내뱉으려다가 가라앉히는 눈치다. 마침 뉴스가 끝난 라디오에서 음악이 흘러나온다.

학자는 메말라서 목이 걸리는 듯한 목소리로,

"언젠가…… 그때도 저 자리에 앉아서 혼자 차를 마시며 음악을 듣고 있더니…… 나이 들어도 마음은 젊은가 부죠?"

"온종일 환자에게 시달리니까 쉬러 나오셨겠지."

"언닌 과연 이해가 많네요."

"나 아니라도 누구나 그렇게 생각하겠지."

"하지만 조금도 피곤해 보이지 않는걸요. 응주 씨보다 더 단단하고 더 오래 살 것 같아요."

"이상한 소리 하지 마. 늙은 사람이 먼저지, 젊은 사람이. 넌 언제나 말을 함부로 하더구나."

명화는 무서워하면서 화를 낸다. 학자는 웃는다. 이따금 담뱃재를 털면서 박 의사는 신문을 보고 있다. 둥그스름하게 보기 좋은 뒤통수가 움직이지 않는다. 레지는 부채를 할랑할랑 부치며 손님도 적은 다방을 지키고 있었다. 조용한 다방 앞이 갑자기 떠들썩하더니 문이 활짝 열린다. 엷은 햇빛이 열려진 문 틈 사이로 들어왔다간 사라진다.

"그건 이 형이 잘못했지."

"이 사람아, 내막이나 똑똑히 알고 그런 소리를 해."

높은 목청으로 떠들어대며 남자 셋이서 들어섰다. 그들은 한복판에 자리 잡고 앉는다.

음악이 흩어진다. 잠자는 부둣가에 별안간 배가 닿은 것처럼.

"내 말 좀 들어보라구. 그게 그리된 게 아니구."

"시끄럽다! 말 말아라. 내가 다 안다. 돈푼이나 있다고 그래 생떼를 써? 안 된다, 안 돼. 이번만은 내가 좀 이겨볼란다."

남방셔츠에 혈색 좋은 남자가 팔을 휘두른다.

박 의사는 신문을 접고 일어섰다. 흥분하여 떠들어대던 남자 한 사람이,

"아, 박 선생님 나오셨습니까?"

깍듯이 인사를 한다. 박 의사는 미소하고 그들 옆을 지나가면서 고개를 숙인다. 찻값을 치른 뒤 그는 천천히 곧은 자세로 다방에서 나갔다.

"좋은 자리가 났군요."

학자는 박 의사가 앉았던 바다가 보이는 창가로 급히 옮겨간다. 벗은 레인코트를 들고 명화는 따라간다.

레지는 냉커피 두 잔을 갖다 놓고 가면서 다시 학자를 빤히 쳐다본다.

"내 얼굴에 뭐가 묻었어? 왜 자꾸 쳐다보지?"

"아니요."

레지는 급히 가버린다.

"나와도 들어가도 다 마찬가지…… 아무래도 부산으로 나가야겠어요…… 그인 새장가 들어도 들겠는데 왜 혼자서 그러고 있을까?"

"……?"

"박 의사 말예요."

"……."

"왜 재혼 안 하시죠? 혼자된 지 오랠 거예요."

"쓸데없는 걱정을 다 하는구나."

"살림은 누가 하지요?"

"누님이."

"그 벙어리 딸 말인가요?"

벙어리 딸이라는 말에 명화는 대꾸 안 한다.

"시집 안 가고 언제까지…… 처가 덕 보려고 혼사하자는 사람도 있을 텐데, 하긴 어려울 거예요. 그나마 얼굴도 밉게 생겼으니…… 시집 못 갈 계집애 여기도 하나 있지만."

학자는 자기 자신을 가리키며 이상하게 드높은 소리로 웃는다. 충동적으로 웃어젖히는 학자를 명화는 우두커니 바라만 본다. 갑자기 웃음을 거둔 학자는 컵을 든다. 커피를 마시면서 조금씩 햇살이 퍼지기 시작한 바다를 보는 그의 얼굴에 마지막 같은 절망과 악이 치받친 짐승 같은 표정이 엇갈린다.

"지가 잘났으면 얼마나 잘나고 알면 얼마나 안다고 까부랑거리느냐 말이다."

음악에 섞여 남자들이 떠드는 소리가 간간이 들려온다. 한 사람 두 사람 단골손님들이 다방에 찾아든다.

"오라고만 하면 응주 씨 엄마라도 돼주겠는데……."

놀라는 명화 얼굴을 내리치듯 학자는 또 웃어젖힌다.

"그, 그러면 난 언니의 시어머니가 되겠네요?"

그는 눈물을 흘리며 웃음 때문에 흐느낀다.

"너 아무래도 미쳤는갑다."

"왜 제가 미쳐요? 미치기야 언니 어머니가 미쳤지."

"음, 사실이야."

태연히 대꾸한다. 오래전부터 명화는 학자의 마음을 알고 있는 듯.

"언니."

"말해봐."

"물론 언니도 날 욕하는 사람 중의 한 사람이겠지요."

"무슨 이유로?"

"몰라서?"

"그런 말 유치하지 않니?"

"언니의 경우에는……."

"……."

"그런 말은 욕하는 것보다 더 나빠요."

"네가 나쁘다, 그런 생각을 자꾸 하니까."

"나쁘지요, 나빠요. 모든 것이 풍족한 사람은 마음이 점잖고 너그럽지만, 나 같은 인간은 친절의 눈길이 더 아픈 거예요! 무슨 말을 내뱉어도 언니는 이기고 있으니 말예요."

"……."

"누가, 누가 그까짓 자식을 좋아해요? 괜히 그러고 싶더군요. 아니, 아니지요. 밀무역을, 그 장사를 좀 해보려구요. 돈이 필요했던 거예요. 모두 체면치레하느라고 굶어 죽을 판인데, 하지만 그것도 아니에요."

학자는 횡설수설하다 말고 문 있는 쪽을 쳐다본다. 우산을 들고 들어온 학수가 이리저리 사람을 찾듯 두리번거리더니 구석진 자리에 가서 앉는다. 마침 학자 모습은 그의 눈에 띄지 않았던 모양이다. 사납게 생긴 눈에 초조한 빛을 띠고 누구를 기다리는지 그는 출입문만 바라보고 있다.

학자는 눈길을 돌리며,

"누굴 위해 희생을 해요? 천만에요. 난 가난한 게 싫었을 뿐이에요. 몇 번이나 빨아서 무늬가 다 지워져버린 이 원피스 하나만 입고 다닐 수 없었어요. 뒤축이 찌부러진 낡은 구두만 신고 다닐 수 없었어요. 난 젊어요. 이 초라한 꼴을 하고서, 정말 가난하다는 건 비참해요."

학자는 학수 있는 쪽을 힐끗 쳐다본다. 그는 여전히 초조한 눈빛으로 문을 지켜보고 있었다.

"아무도 나에게 길을 열어주지 않았어요. 그런데 왜 나를 비난하고 죄인 취급을 하지요? 국민학교 교원을 하려고 무척 애를 썼지만 그것도 고등학교 졸업장이 있어야지."

"그건 학자 잘못이야. 그때 성미부리지 말고 나하고 있었거나 정 싫으면 서울서 여기 학교로 전학했더라면 일 년밖에 안 남았는데 졸업은 했을 거 아냐?"

"지나간 일 말하면 뭘 해요? 그때 기분은 그렇지 않았어요. 대학도 못 가면서 그까짓 고등학교 나오나 마나……."

"……"

"서울서 보따리 싸가지고 내려올 때 난 언니를 참 미워했어

요. 같이 있자고 잡는 게 어찌나 싫었던지. 그 동정이 가슴 아
프데요. 그때까지만 해도 자부심이 남아 있어서. 우린 서로 떨
어지고 오빠하고 응주 씨도 멀어지고…….”

명화의 얼굴이 먼바다로 쏠린다. 이제는 돛단배가 바다 위
로 가는 것을 볼 수 있었다.

“……언니를 지금도 미워해요. 응주 씨도 미워요. 어릴 때
우리가 소꿉장난을 할 때부터 나는 커서 응주 씨한테 시집가
는 거라고 생각했어요. 그리고 언니는 학수 오빠한테 시집올
거라고 믿었어요. 누가 한 말도 아닌데 그렇게 믿어버린 거
예요.”

아주 먼 곳에서 학자의 목소리가 들려오는 것처럼 귀를 기
울이고 명화는 갈매기가 날아 앉는 돛단배를 보고 있다.

“……우리 집 넓은 마루에서 딩굴딩굴 구르면서 그런 말을
하고 우리는 웃지 않았어요? 우리 엄마하고 언니 엄마하고 아
마 어딘가 물 맞으러 갔을 거예요. 거기서 참외를 깎으며 사돈
하자던 이야기, 나는 똑똑히 기억하고 있어요. 방학이 되면 우
린 모두 함께 배를 타고 집으로 돌아오고, 나는 외국 유학까
지 꿈꾸면서.”

별안간 파도가 인다. 산더미 같은 나울에 돛단배는 모로 기
울어지고 하늘과 바다는 잿빛으로 변한다. 배를 삼킨 파도는
빙글빙글 돌면서 하얀 물거품이 되어 명화 눈 가득히 들어온
다. 음악은 거친 바람같이 온갖 것을 다 울리며 온다.

"⋯⋯지금은 저 레지까지 멸시⋯⋯."

학자의 목소리가 가까워지고 돛단배는 조용히 바다를 가고 있었다. 음악도 사람들 소리에 섞여 낮게 흐르고 있었다. 명화는 얼굴을 돌린다. 학자의 눈에는 눈물이 괴어 있었다.

"자존심도 경쟁심도 이제는 아무것도 없어요. 내 꿈은 언니하고 가난이 다 빼앗아 가버렸어요. 새삼스럽게 지나간 이야기 하지 않아도 언니는 벌써, 벌써부터 알고 있지 않아요? 유치해서 내 입으로 한번 말해본 거죠."

학자는 탁자 위에 놓인 손을 들여다보다가 학수 있는 쪽을 또 쳐다본다.

"저 주변머리 없는 가엾은 남자 좀 보세요. 이력서를 내놓으며 구걸을 하고 있어요. 우리 학수 오빠 말예요."

그러나 명화는 돌아보지 않는다.

"누이를 유혹하려다 실패한 놈팡이를 때려준 걸 썩 잘한 짓이라고 생각하고 있는 못난이, 서부 활극의 주인공쯤으로 자처하고 있을 거예요. 주먹하고 심장이면 사는 줄 알아요. 머릴 써서 사는 걸 모르거든요."

그때 마침 학수의 눈과 학자의 눈이 마주쳤다. 그는 단박에 이력서를 밀어젖혀 놓고 일어섰다. 뚜벅뚜벅 걸어와서,

"너, 너 정갱이 뿌러지기 전에 집으로 가아."

목소리는 낮았다. 그러나 잡아먹을 듯한 얼굴로 누이를 노려본다. 그는 학자와 마주 앉은 명화도 눈에 보이지 않는 모

양이다.

"마음대로 해보시지. 여긴 사람들이 많으니까 한 번 더 유명해지게요. 그럼 국회에 출마할랍니다."

학자는 마치 소동이 벌어지기를 바라고나 있는 것처럼 학수를 올려다보며 비웃는다. 학수의 주먹이 떤다.

"무슨 낯짝으로 음, 다리가 성할라거든 어서 나가!"

참으려고 애를 쓰며 그는 주먹을 꼭 쥔다.

"다리가 뿌러지면 이번에는 내가 고소를 할 판이네요. 누이를 구경거리로 만들어놓고 오빠만 도덕군자인 척?"

"뭣이!"

학수의 손이 올라간다. 다방 안의 시선이 모인다.

"안 돼요."

명화가 학수의 팔을 잡았다.

"학자는 내가 데리고 나왔어요. 할 이야기가 있어서. 자아 나가자, 학자."

명화는 학수의 팔을 놓아주고 학자의 손을 잡아끈다. 그러나 학수가 먼저 이력서고 뭐고 다 팽개치고 다방에서 나가버린다. 그가 나가자 다방 안에 웃음소리가 퍼졌다. 뭐가 그리 좋은지 레지는 신나는 곡을 전축에 갈아 끼우면서 웃는다. 학자는 고개도 숙이지 않고 꼿꼿이 세운 채 의자 사이를 누비고 나온다.

"강심장이다."

"대단하구나!"

야유의 소리가 여기저기서 들려온다.

거리로 나왔을 때 엷은 햇빛은 그나마 황혼으로 접어들려 하고 있었다. 다방 문을 등지고 서서 학자는 크게 숨을 내쉰다. 명화는 부서지는 듯한 포플러나무 그늘을 받고 멍하니 거리를 바라본다.

"언니."

"음."

"저한테 전하겠다는 것 주세요."

또렷한 목소리다.

"내가 할 심부름이 아닌 것 같다. 아버지 스스로 하시라 해야겠어."

"돈이에요?"

"그런가 봐."

"그럼 인 주세요. 내가 받은 것 아니고 아버지가 받는 거니까. 제가 받는대도 상관없어요."

학자는 손을 내밀었다.

4. 박 의사 朴醫師

면도를 끝낸 박 의사는 얼굴을 손바닥으로 문지르면서 딸 경주璟柱가 아침이면 언제나 갖다 놓는 따끈한 커피를 마신다. 잔주름은 더러 있었지만 박 의사의 얼굴빛은 희고 깨끗하다. 아무 장식도 없이 좀 어두컴컴한 방에는 동편으로 들창이 있고 그 들창 옆에 풍란風蘭을 심은 화분 하나가 놓여 있었다. 장서는 많은 편, 먼지 하나 끼어 있지 않고 정돈이 잘되어 있다.

　박 의사는 갑자기 생각이 난 듯 안경을 쓰고 책상 위의 편지를 뜯어본다. 쭉 내려 훑어 읽다가 윤영尹英이라 씌어진 마지막 이름에 가서 그의 눈은 오래 머문다. 비스듬히 퍼지는 한 줄기 햇빛에 안경이 번득인다. 안경을 밀어 올리며 내용을 신중히 검토하듯 처음부터 되풀이하여 그는 다시 읽기 시작한다.

"으음……."

다시 또 한 번 읽고 편지를 접어서 책상 서랍 속에 밀어 넣는다. 마시다 둔 커피잔을 들면서,

"한 가지 문제가 있지."

한 모금 마시고 커피잔을 놓는다. 접시 위에서 커피잔이 따르르 소리를 내며 흔들리다가 멎는다. 집 안은 괴괴하니 말소리 하나 들리지 않는다. 지그시 눈을 감고 깊은 생각에 잠겨 있던 박 의사는 일어섰다. 입가에 희미한 미소가 번지고 눈에는 뚜렷한 빛이 돈다.

'아무튼 벌써부터 나는 그렇게 되기를 바라고 있었다.'

박 의사의 얼굴에 별안간 기쁜 빛이 넘친다. 잠옷을 벗어 던지고 젊은 사람처럼 서두르며 양복으로 갈아입는다.

'한 가지 문제만 해결된다면…….'

넥타이를 매다가 그의 눈이 창밖으로 간다. 경주가 마당을 쓸다가 얼굴을 들었다. 박 의사가 보고 있는 것도 모르고 강한 몸짓을 하며 손을 흔들어댄다. 나뭇잎의 그늘이 얼룩을 만들어주는, 어딘지 잘못된 것만 같은 경주 옆얼굴의 주근깨가 멀리서도 두드러져 보인다. 나뭇잎에 맺힌 이슬방울이 아침 햇빛에 번득인다.

'주근깨는 제 어미의 유전이지만 저 못생긴 코, 좁은 이마는 누굴 닮았을까?'

박 의사는 혼자 중얼거린다.

"와 그랍니꺼?"

단발머리의 계집아이가 부시시 다가오며 말했다. 경주는 마당에 흩어진 나뭇잎을 손가락질하며 왜 어제는 마당을 쓸지 않았느냐 하고 나무라듯 계집애를 노려본다.

"어제 아침에 말짱히 쓸었는데 밤새 떨어진 나뭇잎을 날 보고 어짜라 캅니꺼?"

말해도 듣지 못하는데 계집아이는 불평을 한다. 경주는 이상한 소리를 웅얼거리며 화를 낸다.

"참, 다 해놔도 밤낮 이란다 카이. 내사 답답해서 못 살겄다."

경주는 마당비를 그에게 넘겨주고 한 손으로 허리를 짚으며 햇살이 퍼지기 시작한 뿌연 하늘을 올려다본다. 이러다가 비가 또 오시면 큰일이라는 표정으로. 회색 뉴똥* 치마에 흰 모시 적삼을 입고 머리를 결혼한 부인네처럼 말아 올린 경주의 모습은 스물여덟 나인데 중년 부인같이 시들어버린 것 같다. 다만 눈동자만은 어린애처럼 해맑고 아름다워 보였다.

경주는 계집아이에게 깨끗이 쓸라는 듯 두 손으로 나뭇잎을 긁어모으는 시늉을 하며 이상한 소리를 낸다. 알았다는 뜻으로 계집애가 고개를 끄덕이자 비로소 웃을 듯 말 듯 묘한 표정을 지으며 돌아선다. 나뭇가지에 앉아서 수선을 피우는 참새를 꼬나보고 있던 검정고양이가 경주 치마 꼬리에 장난질을 하며 따라간다. 울타리 밖 행길을 생선 실은 트럭이 지나가고 아침 장을 보러 가는 여인네들의 목소리도 들려온다.

계집애는 마당을 쓸다가 무화과나무의 파아란 열매를 올려다본다. 하나 따볼 심산인지 마당비를 거꾸로 치켜들고 살며시 소리 나지 않게 열매를 두드리다가 제풀에 놀라 뒤돌아보고는 그만둔다.

"아직 익지도 않았는데 가을이 와야 익지."

계집애는 마당을 다 쓸어놓고 가버렸다.

커프스버튼을 끼우고 책상 앞으로 돌아간 박 의사는 담배 케이스를 열고 담배 한 개를 뽑아 문다.

'누굴 닮았을까?'

한참 후 조용히 복도를 걸어오는 발소리가 들려온다. 잠긴 물에 돌을 집어넣듯 희미하게. 박 의사는 담배를 비벼 끈다.

"저, 진지 드시라 합니더."

계집애의 목소리가 들려왔다. 박 의사는 가볍게 기침을 하고 계집애는 돌아간다. 집 안은 다시 조용해졌다.

병원과 살림집을 질러놓은 문 앞을 지나치려 했을 때 마치 박 의사의 발소리를 기다리고 있었던 것처럼 문이 열리면서,

"선생님."

간호사가 얼굴을 내밀며 불렀다.

"왜?"

"어제저녁 때 수술한 환자 열이 나는데요."

"김 의사는 안 나왔나?"

"나오셨지만 환자 쪽에서 선생님을."

"마찬가지 아니야."

박 의사는 짜증을 낸다.

"……."

"대단할 것 없어."

우두커니 서 있는 간호사를 내버려두고 박 의사는 안방으로 들어간다. 응주는 벽에 기대어 신문을 보고 있었다. 경주는 밥통 옆에 우두커니 박 의사를 기다리고 앉아 있다. 박 의사가 자리에 앉자 경주는 밥통 뚜껑을 열고 밥공기에 밥을 보기 좋게 담아놓는다.

박 의사와 응주는 말없이 조반을 든다. 파리 한 마리가 앵하고 밥상머리를 지나간다. 박 의사의 신경질적인 눈이 파리를 쫓다가,

"윤 교수한테서 편지가 왔더구나."

하고 말을 꺼낸다. 응주는 박 의사를 쳐다보지 않고 말도 없이 밥만 먹는다.

"너 안부를 물었더군. 와서 편지 한 번 안 했나?"

"안 했습니다."

무뚝뚝하게 대꾸한다.

"거 해야지. 힘드는 일도 아닌데. 오늘이라도 하도록 해라."

"……."

"음…… 그리고 며칠 있다가 너하고 같이 부산 갔다 와야겠

는데.”

“왜요?”

“방학이니까 집안일 좀 도와주어야겠다.”

“집안일이라뇨?”

박 의사를 쳐다보지 않고 응주는 묻는다.

“이사하기 전에 부산 집을 수리해야겠어. 너도 알다시피 여기 일 땜에 오래 머물 수 없고 나는 곧 돌아와야 하니까, 네가 대신 집일을 돌보아줘야겠다.”

“집도 비지 않았는데 어떻게 수릴 합니까?”

“살림집만 그렇지, 병원은 벌써부터 비어 있어.”

박 의사는 빈 밥공기를 내민다. 경주가 얼른 받아서 밥을 담아놓는다.

“뭐 별로 수리할 게 없는 것 같은데요, 제가 보기엔.”

“남이 쓰던 집인데 왜 수리할 데가 없겠나.”

“……”

“모처럼 방학에 쉬고 싶겠지만 집안 형편이 이러니 할 수 없지. 남 맡겨놓으면 돈은 돈대로 들고 일은 일대로 망쳐놓고…… 아무튼 나하고 함께 가도록 해라.”

더 이상 말 못 하게 못을 박아놓고 박 의사는 입을 다문다. 응주는 우울한 표정으로 밥을 먹는다. 해맑은 눈으로 아버지와 동생의 얼굴을 주의 깊게 바라보며 경주는 밥을 먹는다.

바다에 갔다가 해가 한 뼘이나 남았을 무렵 응주는 수건을 들고 해변 길을 어슬렁어슬렁 걸어 올라온다. 물에 젖은 머리칼을 걷어 올리면서, 검붉게 탄 팔뚝에 소금기가 하얗게 피어 있고, 양미간을 좀 모은 눈이 시원스레 보인다.

날씨가 좋아서 고깃배들이 연방연방 밀려들어 온다. 비바람에 꺼멓게 썩은 파시 장 건물에서부터 그 앞길을 어부, 어물장수들의 시끄러운 고함 속에 생선 더미가 실려 나가고 실려 들어온다.

"이놈의 갈가마귀 떼 같은 새끼들! 저리 비켜라!"

어른들 발길에 채면서 깡통을 든 아이들은 길바닥에 떨어진 생선을 재빠르게 주워 담는다.

"고기가 잡혀도 걱정 안 잡혀도 걱정, 오늘은 죽을 쑤는구나, 제기랄!"

배로 돌아가는 어부들이 투덜거린다.

응주는 그곳을 지나간다.

그물을 깁고 있던 늙은이가 해를 쳐다보더니 천천히 일어서며 길바닥에 펴놓은 그물을 걷는다.

"응주! 응주!"

뒤에서 누가 부른다. 돌아본다.

"바다에 갔다 오나?"

학수가 우쭐우쭐 걸어오며 묻는다.

"음."

"날씨가 꽤 덥네."

손으로 땀을 닦아내며 학수는 웃는다.

"한 바퀴 돌고 오지, 덥거든."

"허는 일 없이 바빠서 바다에 갈 틈이 안 난다."

"조상님 집 때문에?"

"빌어먹을, 골치야. 까딱하면 그것도 빚에 떠내려가겠다. 아버지가 저러고 계시니."

"소송을 걸었다는 말이 있던데?"

"아직은…… 소송 걸래도 밑천이 있어야지. 정말 세상이란 모르는 것 투성이야."

그들은 다방 앞에까지 왔다.

"차 마실까?"

"음."

다방 문을 밀고 들어간다.

"어떻게 됐어?"

자리에 앉자 응주가 싱글싱글 웃으며 묻는다.

"뭐가?"

학수는 어리둥절해한다.

"콩밥 안 먹게 됐냐 말이다."

"흥, 그리 쉽게?"

"조만섭 씨 덕택이지."

"그래, 맞았다. 자네 장인 덕택이다."

응주는 학수를 쳐다본다. 커피를 날라 온 레지는 학수를 흥미 있는 눈으로 쳐다보다가 돌아서서 혼자 웃으며 간다. 응주는 새삼스럽게 학수의 얼굴을 자세히 쳐다보며,

"맞은 놈이나 때린 놈이나 어째 그리 근사한 병신들이냐? 잘도 못난 놈끼리 함께 만났지. 희극도 그만하면 관객들도 돈이 안 아까울 거다."

"잔소리 마라."

"좀 약게 놀아라, 차후엔."

"난 못 그런다."

학수는 어깨를 으쓱 올린다.

"넌 그래서 좋다만 학자는 그 덕에 어떻게 됐지?"

"그놈의 계집애 때려 죽이려다 그만두었다. 아무리 생각해도 아버지 말씀대로 어디 산소를 잘못 썼는갑다. 곡괭이를 들고 가서 파버리든지 무슨 수를 내야지 죽어라 죽어라 망하는 판에 그놈의 계집애가 들어서 집안 망신까지 시키니."

"때려 죽인 것보다 더하지 않다고 생각하나?"

담배를 내밀어주며 응주는 학수를 싸늘하게 쳐다본다. 학수는 당황하며 담배를 뽑아 물고 불을 붙인다.

"그놈의 계집애는…… 자업자득이지, 망신당해도 싸."

하는데 슬프고 자신을 잃은, 그리고 뉘우치는 빛이 지나간다.

"넌 밤낮 그러기 때문에 사고야."

"듣기 싫다! 그러고서도 싸돌아다닌단 말이야. 그저께만 해

도 여기 나와서, 그놈의 조동아릴 그만······."

뉘우침이 노여움으로 변하면서 사납게 생긴 눈이 더 꼬부라진다. 응주는 학수 얼굴에 담배 연기를 뿜으며,

"학자는 바람 찬 공같이 세게 칠수록 세게 반발하는 아이야."

"모르겠다. 결국 허영이지. 허영이 가득 차서 밤낮 가난 타령만 하고 착한 어머님 속만 태우거든. 도시 누굴 닮았는지 모르겠다."

"마찬가지 아냐?"

"······."

"학자를 때려 죽이고 싶다는 것은 허영 아닌가?"

"뭐?"

"보수적이라면 표현이 우습게 되지만 그것도 허영의 일종이다."

"그래 자넨 학자가 타락하는 것이 옳다는 건가? 내버려두어야 옳다는 건가?"

얼굴을 바짝 앞으로 내민다.

"물론 잘한 짓이야 아니지. 그러나 그렇게 떠들썩하게 하지 않아도 좋았다는 이야기야."

"흥! 그따위, 흙 하나 안 묻히고 봄바람처럼 슬쩍 지나가는 처세술로 말인가? 난 그런 계집애 같은 사내 아니다."

"그게 허영이라는 거다. 좋은 옷을 입고 싶어 하는 계집애

허영이냐, 만용을 부리고 사내다워지려는 허영, 뭐 달러?"

"잔소리 길게 하면 재미없어."

"날 치겠다는 건가?"

그 말에 학수는 휴전을 원하듯 픽 웃어버린다. 그리고 딴전
을 피우듯,

"해가 지는군."

응주도 싱긋이 웃는다.

"집 문제가 일단락되고 나면, 그놈의 계집애 어딜 간다고
밤낮 지랄을 하니, 어떻게 좀 정리를, 양재학교라도 보내주
고…… 막막하지만 나는 군대에나 가버려야겠다. 아니면 고깃
배를 타든지."

풀발이 센 흰 셔츠가 꾸겨져 소매가 들썩하게 올라간 꼴이
허황해 보인다. 학수는 기지개를 켜듯 팔을 뒤로 재다가,

"참, 부산으로 이사한다지?"

하고 묻는다.

"음."

"언제?"

"쉬이 가겠지."

먼 산을 보듯 응주가 대꾸한다.

"방학이 와도 얼굴 보기 힘들겠다. 모두 뿔뿔이 다 헤어져
가는구나."

"군대에 간다며? 어차피 마찬가지 아닌가."

"그건 그렇지만…… 간다 해도 풀쑥 떠나고 나면 집안 꼴이 어떻게 될까 싶어 걱정이다. 취직이 되나 어디 움직여볼 수가 있나 큰일 났다."

담배 연기를 뿜어내는 검고 거친 얼굴 위에 괴로움이 지나간다.

"구질구질한 푸념은 그만두고 기운을 내!"

기합 주듯 응주의 목소리가 크다.

"음? 으음."

학수는 생각에서 깨어난 듯 눈을 크게 뜨며 스스럽게 웃다가,

"너 부산 나가거든 학자 좀 어떻게 해봐라. 안 되겠나? 지 말로는 뭐이든지 하겠다 하니."

"불을 질러놓고 누굴 보고 불 꺼달라 해?"

"잔소리 말고."

"알아보지. 자신 없지만…… 그러지 않아도 이삼일 새 부산 갈 일이 있어…… 골치 아프다."

"왜?"

"이사 갈 집의 수리를 해야 한다던가 뭐……."

"응당 해야지. 공밥 먹고 공부하면서 그것도 싫다 해서야."

"일을 보는 게 싫다 그 얘기가 아니다."

"그럼?"

"다른 미묘한 복선이 깔려 있는 것 같아서 귀찮아."

"복선이라니?"

"부딪쳐봐야 알 일이고, 우리 집의 박 의사께서는 워낙 치밀하고 속을 내보이지 않으니까. 빈틈이 없거든. 단순한 집수리 문제라고 생각할 수 없어."

"무슨 이야긴지 모르겠다만 명화에 관한 일인가?"

학수는 목에 벌레라도 기어다니는 듯 큰 손으로 쓱쓱 긁으면서 입맛을 다신다.

"그 일은 아니겠지…… 관련이 있을지도 모르긴 하지만. 뭐 담 넘어가는 식으로 본인 앞에서 가타부타 하시나? 하여간 피곤해. 이것도 저것도 아닌 흐리멍덩한 상태 속에 둥실 떠 있는 것 같아서 도무지 중심을 잡을 수 없단 말이야. 너처럼 누굴 두들겨주든지, 진탕 두들겨 맞아보든지, 좀 확실했으면 좋겠다."

"젊은 사람치고 안 그런 놈 하나나 있나? 쓸개를 모조리 다 뽑아놓고 기다리는 건 불안뿐이지. 뭐니 뭐니 해도 제일 정열적인 놈은 돈 버는 그놈밖에 없는갑더라."

"정열만 가지고 된다면 어디 한번 해보지? 그거 쉬운 일 아니가."

"흥."

코웃음을 친다.

"흙 안 묻히는 봄바람 같은 처세술 없이?"

"니 말이 맞다, 사과장수도 썩은 놈은 광주리 안으로 돌려

놔야 하느니라."

하다가 학수는,

"꼴 보기 싫은 놈이 또 나타난다."

얼굴을 찌푸리고 문간을 노려본다. 응주는 껄껄 웃으며,

"퇴원했으니까, 잘 만났다."

"그 새끼건데? 늙은 늑대 같은 놈이 어슬렁어슬렁 기어들어 오는구만."

응주가 돌아보았을 때 서영래는 학수의 날카로운 시선에 좀 주춤하다가 키 작은 사나이하고 구석 자리에 가서 앉는다.

"때려 죽이고 싶지만……."

서영래에게 들릴 만큼 목소리가 컸다. 학자와 마찬가지로 학수의 입매도 야무지게 뱅글뱅글 돌면서 심한 투지를 나타낸다.

"그만두어라, 때려 죽이는 것은 군대에 간다니까 그때 하고."

응주는 담뱃갑을 호주머니 속에 밀어 넣고 얼른 일어선다. 그리고 학수의 완강한 몸을 앞으로 떠민다. 학수는 떠밀리면서 양어깨를 추켜올리고 그들 옆을 지나간다. 무서운 눈초리로 위협을 주며. 학수가 그들 옆을 지나 문간까지 갔을 때 키 작은 사나이는 도망치다 돌아보며 짖는 개처럼 눈언저리에 주름을 모으고,

"야, 학수야!"

하고 부른다. 학수는 들은 척도 않고 문을 확 밀어붙이며 밖

으로 나가버린다. 웅주는 찻값을 치르고 쓰디쓴 웃음을 키 작은 사나이에게 던지며 나간다.

"나하고 무슨 감정이 있다고, 망할 놈의 새끼."

분별 있는 늙은이처럼 표정을 가다듬으며 키 작은 사나이는 중얼거린다.

"자네한테 무슨 감정이 있어. 내 꼴 보기 싫으니까 그런 거지."

불쾌하지만 자리를 비켜주어 다행이라는 듯 서영래는 사방을 둘러본다.

"형님은 형님이고 저는 저 아닙니꺼? 사람이 그리 옹졸해선 못씁니더. 옛날에는 안 그랬는데, 왜 저리됐는지. 누가 뭐라 캅니꺼? 공연히 자격지심에서……."

마음속으로는 조금도 화내지 않고 있으면서 일부러 투덜거린다.

"자격지심이야 자네 편이지."

"그건 무슨 말입니꺼?"

서영래는 심술궂게 상대편 심중을 찔러주고 장난치듯 웃으며,

"마, 아무려면 어떻노? 밥 주고 옷 주는 일 아니니께 우리 이야기나 하자. 남의 걱정 할레다간 삼백육십 날이 모자랄 기니께. 그런데 자네 안사람이 물건을 여기서 더러 처분한 모양인데 그게 사실인가?"

상대편이 눈을 돌리지 못하게 가만히 쳐다본다.

"아, 아닙니더! 그, 그럴 리가."

키 작은 사나이는 자리에서 펄쩍 뛰듯 말했다.

"비로드 두 필이 없어진 것은 사실이고?"

"아, 그, 그거야 운반하면서 뱃놈들이 한 짓이지요."

"마, 좋다. 먹어도 말 못 하는 거니께. 그 대신 내가 자네한 테 인사 차릴 필요는 없겠지?"

"……."

"비로드 두 필이면 이백만 원 돈이다."

가만히 웃음을 머금고 지켜보는 서영래의 굵다란 눈을 감당하지 못하고 사나이는 웃을 듯 울 듯 이상한 표정을 짓는다. 전선에 앉아 엉덩방아를 찧는 참새처럼 작은 눈을 수없이 깜박이다가 사나이는,

"형님이 저한테 인사 차리고 안 차리고는 아무 문제도 아닙니더. 오, 오해부터 풀어야지요."

"……."

"집사람이 비로드를 팔았다는 것은 저로서는 금시초문이고, 또 설령 팔았다 하더라도 그게 어디 반드시 그 물건에서 나온 것이라고 증명할 수 있습니꺼? 토영 바닥에 밀수 비로드가 얼마나 굴러다닌다고 그런 억울한 말씀을 하십니꺼?"

자기 깐에도 재치 있는 말을 했다 싶었는지 용기를 내며 여전히 쳐다보고 있는 서영래의 눈과 맞선다.

"증명할 수 없지요. 없구말구요. 니 내 할 것 없이 다 그 장

사를 하는데, 가정부인네들이 곗돈이나 뜯어 넣을라고 한두 필 얻어서 팔기 예사 아닙니꺼? 또 제가 형님 일을 돌봐드리는 것도 뭐 인사를 받고 구전을 먹자고 한 일은 아닙니더. 넘어가는 금새 물건이라도 좀 주시믄 노느니보다 집사람이 슬슬 댕기며 팔아볼까 하는 생각이고, 제가 이 바닥에서 나가지고 삼십 년 가까이 살아왔지만 남의 것 먹은 일은 없고, 문중은 좁아도 경찰서 간 사람 본 일 없고…….”

교활하게 눈치를 보며 은근히 위협조로 말한다. 서영래 얼굴에서 웃음이 사라지고 이마빼기에 줄이 확 부풀어 오른다.

“소캐* 회 쳐 먹은 것 같은 그따위 싱거운 소리 하지 마라. 말 같잖다. 밀수품 훔치고 유치장에 간 놈 하나도 못 봤고 나도 여태까지 유치장 창문이 어디 붙었는지 모른다.”

‘이놈 새끼가 누굴 공갈하노. 그래가지고는 이놈아, 그 벼룩이 같은 상판대기처럼 평생 가도 좀도둑밖에 못 해먹겠다.’

“그, 그러믄 지를 영 도둑놈으로 몰라 캅니꺼?”

“두 필 아니라 열 필을 해먹어도 할 수 없지.”

“이, 이래서야 어디 어, 억울해서.”

“새 날아가자 배 떨어진다고, 사정이 그쯤 됐나?”

기름을 짜듯 밀고 나간다.

“그, 그럼 흐, 흑백을 가르기 위해서…….”

“그래 어떻게 하자는 것고?”

“그, 그거는…….”

"경찰서 마당에 가는 것가?"

서영래는 한바탕 웃고 나서,

"마, 이 얘기는 이쯤으로 하고 끝내버리자."

"끝내버릴 이야기가 따로 있지요. 그런 의심을 받고서는……."

마음이 놓이는 듯 찌푸린 얼굴은 펴졌으나 말만은 도리어 먼저보다 올곧지 않다.

"시끄럽다. 이야기가 더 길어지면 피차 재미없으니께. 어차피 오늘까지 서로 편리 봐가며 지내왔는데 자네하고 나하고 인연을 끊어버릴 수 없는 일이고……."

슬며시 으르댄다.

"아, 그, 그건 그렇습니더."

갑자기 키 작은 사나이의 기가 꺾어지면서 비굴한 웃음을 띤다. 인연만 끊지 않는다면, 그 장사에 한 다리 끼워주기만 한다면 형님을 위해 무슨 일인들 못 하겠느냐는 표정이 역력하다. 서영래는 빙그레 웃는다. 웃는 얼굴에 사나이는 더욱 풀이 죽어서,

"지내놓고 보면 희고 검은 것은 다 가리게 안 되겠습니꺼."

서영래는 그쯤 해두고 자리에서 일어선다.

"가볼 데가 있어서 먼저 나간다. 자네는 천천히 나오게."

찻값은 키 작은 사나이에게 밀어버리는지 서영래는 카운터를 그냥 지나쳐서 나가버린다.

'개새끼! 누굴 눈뜬장님으로 아나? 그걸 그냥 생키고 새기

지는 못할 기다.'

길바닥에 침을 뱉고 두 활개를 치며 큰길로 걸어 올라간다. 해거름이어서 길은 한결 넓어 보인다. 더러 지나가는 사람이 있지만 그 걸음걸이는 멀리서 서성거리고 있는 어둠을 바라보는 불빛처럼 희미하다.

양품점 앞으로 가까이 갔을 때 어린아이를 안고 둥개둥개하며 어르고 있는 중년 부인네가,

"서 선생님."

하고 몹시 반가워하며 서영래를 부른다.

"저녁 잡사습니꺼?"

걸음을 멈추고 서영래는 인사한다.

"네. 어디 가십니꺼?"

"좀 볼일이 있어서."

"항상 볼일이 있고 바쁘네요, 참 너무하십니더."

"와요?"

"좀 생각해보시이소, 너무 안 하시는가. 우리 집 앞을 살살 피해 다니믄서 혼자 실속을 차리고, 저 진열장이 텅텅 비었는데 물건은 모두 부산으로만 빼 가깁니꺼?"

"뭐 요새는 물건이 들어와야 말이지요. 나도 놀고 있습니더. 할 일이 없어서 조상네 벌초나 하러 갈까 생각하는 중입니더."

"거짓말 마이소. 소문을 벌써 다 듣고 앉아 있는데 딱 잡아

떼믄 그만입니꺼? 한여름에 벌초는 무슨 벌초요, 석류가 익어
야지."

"허 참, 사람이 쫄려서 죽을 판입니더. 경매장처럼 그놈의
배가 어디 우리 집에만 몰려옵니꺼?"

서영래는 은으로 만든 방울 달린 팔찌를 낀 어린아이의 손
목을 잡고 흔들어주며,

"에키놈!"

하고 빙긋이 웃는다. 어린애는 까만 눈으로 서영래를 자세히
쳐다보다가 낯이 설어서 그런지 엄마 품에 얼굴을 묻고 와아
하며 운다. 여자는 아이를 쳐들어 올리고 흔들며,

"이거 보이소, 어린애가 먼저 안답니더."

"뭘 압니꺼?"

"서 선생님을 나쁘다고 안 그럽니꺼."

"이거 죽어야지. 애들한테까지 괄시를 받아서야 어디 이 바
닥에서 서영래가 숨 쉬고 살겠습니꺼."

"못 살믄 걱정인가요? 돈 많은데 어디 가믄 이 넓은 세상에
서 못 살라고요. 우리는 자식이 보배고, 서 선생님은 돈이 보
배고, 다 한 다리가 짜르구만. 민이야, 아크!"

여자는 아이 얼굴에 이마를 대며 행복하게 웃는다.

"이거 정말 섧어서……."

여자는 웃는 얼굴을 서영래에게 돌리며,

"서 선생님도 이런 것 하나 낳으시소. 그러믄 아무개 아부

지 하고 불러드릴게요."

"마음대로 한다믄야 용상엔들 못 오르겠소."

서글퍼지는지 담배를 피우려고 호주머니를 뒤지다가 담뱃
갑이 없는지 그만둔다.

"어디 가서 용주 몰래 하나 만들믄 안 됩니꺼?"

농담 반 진담 반 섞어서 목소리를 낮추었다.

"그래도 되겠습니꺼?"

"아따 설설 기시네."

"이거 이야기 들은 김에."

서영래는 껄껄 웃는다.

"어디 참한 과부 하나 구해주이소, 권하지만 말고."

"아이고, 말도 마이소. 누굴 죽일라고 그러십니꺼? 용주가
알믄 방망이 들고 쫓아올 깁니더. 날 잡아묵을라 칼 깁니더."

여자는 그대로 웃는 얼굴로 아이를 어른다.

"그럼 잘 계시오. 나는 갑니더."

헐레벌레 서영래가 걸어 올라가는데,

"서 선생님."

하고 여자는 다시 세운다.

"와 그랍니꺼?"

돌아본다. 살짝 아이를 만들라는 그 이야기를 할까 봐 기분
이 좋아서 여자에게 다가온다.

"저분 때 비 오는 날 빌려 가신 우산은 어쨌습니꺼?"

"아 참, 내가 어디 두었더라?"

서영래는 낭패한 듯 머리를 긁적긁적 긁는다.

"지난봄에도 우산 가져가서 그냥 안 잃어버렸습니꺼?"

"그것도 그만……."

"가기만 하믄 함흥차사처럼 안 돌아오네요."

"허 참."

"용주도 보재기 빌려 가가지고 콩 구워 묵은 소식이고, 요전번에는 참외 사 간다고 저자바구니를 가져가더니만…… 그것도 없으니께 아쉽네요."

"바빠서 그랬을 깁니더."

"아무래도 안팎이 모두 가마귀고기를 먹었던가 배요."

"찾아서 집사람 편에 보내지요."

그는 곧장 학교 가는 길로 접어들어서 명화네 집의 열려 있는 대문으로 쑥 들어간다.

"아지마씨!"

커다란 소리로 부른다. 손자봉침을 마루에 꺼내놓고 조만섭 씨의 노타이셔츠를 짓고 있던 서울댁이 깜짝 놀라며 얼굴을 든다.

"아이구, 웬일이세요? 우리 집엘 다 오시니."

서울 말씨가 상냥하게 울린다.

꽃밭에서 물을 주고 있던 수옥이 슬며시 몸을 돌린다. 옥잠화 넓은 이파리에 물방울이 후드득후드득 떨어진다. 서영래는

그 뒷모습을 바라보며,

"와요, 오면 안 됩니꺼? 여긴 통행금지 구역입니꺼?"

서울댁은 까르르 웃으며,

"객선머리 아니면 못 오시는 줄 알았지요. 무슨 바람이 불어서."

"해가 지니 이쪽으로 자꾸 바람이 붑디다. 그래서 왔지요. 만섭이는 어디 나갔습니꺼?"

수옥을 힐끗 쳐다본다. 모시 적삼에 검정 치마를 입은, 의지할 데 없어 보이는 몸매가 물 초롱에서 뿜어지는 가는 물줄기 같다.

"저녁 자시고 나가셨는가 봐요."

"그래요?"

"서 계시지 말구 올라오세요."

서영래는 서울댁과 마주 보게끔 몸을 비틀듯 하며 마루에 걸터앉는다. 그러나 그의 눈은 줄곧 수옥의 뒷모습에 쏠리고 있었다. 반들반들 윤이 나는 콧등에 전등 빛이 미끄러진다.

물 초롱의 물이 없어지자 수옥은 목덜미라도 잡히는 듯 급히 사랑으로 돌아간다. 서영래의 눈이 끈덕지게 따라가다가 그의 모습이 사라지자 슬며시 서울댁에게로 돌려진다. 서울댁은 앞섶의 바늘을 빼서 바늘꽂이에 꽂고 일거리를 반짇고리에 주섬주섬 담아서 한구석으로 밀어버린다.

"성재는 퇴원했습니꺼?"

"네, 했어요."

대답이 영 시원치 않다.

"여기 안 왔습니꺼?"

"지 있는 하숙에 갔지요."

"와 이리 안 오고 그랬습니꺼? 누님한테 와서 몸조리를 좀 해얄 긴데……."

"그럴 사정이……."

서영래는 엷은 웃음을 띤다.

"무슨 사정인데요?"

서울댁은 힐끗 쳐다본다. 서영래가 알고서 묻는 것을 눈치챈 그는,

"이상한 게 하나 찾아와서 골칫덩어리예요."

오만상을 찌푸린다. 그리고 귀찮게 파닥거리는 불나방을 부채로 탁 쳐서 마루 밑으로 쓸어버린다.

"여잔가요?"

그 말 대꾸는 하지 않고,

"가라고 아무리 달래도 안 가고 돈을 주겠다 해도 안 듣고 찰거머리같이 달라붙어서 젊은 애 신셀 망치겠어요. 세상에 그렇게 억척스런 계집은 처음 봤다니까요. 원래 그 애 천성이 모질지 못해서…… 남자란 맺고 끊는 게 있어얄 텐데."

서울댁은 어디까지나 동생을 두둔한다.

"원래 성재는 여잘 좋아하지요."

"여자 좋아 안 하는 남자가 어디 있어요? 여자가 알아서 처신을 잘해야지요."

"좋아한다고 어디 마음대로 다 합니꺼?"

"서 선생 같은 분이야 뭐…… 그 애는 정에 약해서…… 남들 같으면 아무것도 아닌 걸 가지구 시끄럽게 말썽이 난단 말예요."

서울댁은 여전히 동생의 처지만 변호하고 나선다.

"어쨌든 아직 장가도 안 든 몸인데 저런 게 와서 매달리니 큰일이지요. 다른 사람 같으면 그까짓 시골뜨기 하나쯤 내쫓아버리면 그만인데, 그리고 입 싹 씻는 사람이 얼마나 많아요. 그런데 그 애는 되레 날 보구 가엾으니까 그만 내버려두라는 거예요. 저러다가 영 떨어지지 않고 아이라도 생기면 오도 가도 못할 거 아니에요? 여자도 남편 잘못 만나면 신셀 망치지만 남자도 계집 잘못 만나면 평생 골병이오."

"인연이 있으니께 그렇죠. 그만 내버려두이소."

"서 선생님께서 그렇게 말씀하시면 어쩝니까? 나잇살 잡순 분이 충고해주실 생각은 안 하시고."

"뭐, 성재도 그만한 나이에 생각이 다 있겠지요. 목이 마른데 냉수 한 그릇 안 주실랍니꺼?"

서영래는 수옥이 돌아간 사랑을 힐끗 쳐다본다.

"내가 그 애 얘기하느라고 정신이 빠져서……."

서울댁은 얼른 부채를 챙겨놓으며,

"수옥아, 수옥아!"

수옥은 허둥지둥 나오면서 기어들어 가는 소리로,

"네."

하고 대답한다.

"거 얼음 겨에 묻어놨나?"

엄한 목소리로 묻는다.

"네."

서영래를 피해 서면서 대답한다.

"그럼 아직 녹지 않았을 게다. 얼음 한 덩이 깨 넣구 미숫가루 한 그릇 타 오너라."

수옥이 부엌으로 돌아가자 서울댁은 엄격한 그 얼굴을 풀고,

"어려운 걸음 하셨는데……."

"그러게 말입니더. 모처럼 틈을 내어 일부러 왔는데 만섭이도 없고, 문병 한번 안 갔길래 성재도 들여다보고 할라고 겸사겸사 왔더니만 허탕이구마."

"글쎄 말예요. 우리 집 양반도 저녁에는 좀처럼 밖에 안 나가는데 오늘따라……."

"뭐 괜찮습니더. 아지마씨를 보고 가니께."

미숫가루를 탄 하얀 대접을 받쳐 들고 수옥이 부엌에서 나온다.

"설탕은 넣었니?"

서울댁이 따지듯 묻는다.

"네."

"정신없는 짓을 잘하니까, 애두."

서울댁은 공연히 혀를 찬다. 서영래는 받아 들면서,

"수옥아."

하고 부른다. 서울댁이 놀란다. 수옥은 겁을 먹으며 서울댁 얼굴부터 살핀다.

"어떻게 수옥이를 아세요?"

서울댁이 이상해하며 묻는다.

"그때 부산서 올 적에 한배를 타고 왔지요."

"참 기억도 좋으세요. 이름까지……."

수옥은 자기 이름을 부르는 바람에 오도 가도 못하고 엉거 주춤 서 있다.

"이름이 좋지 않습니꺼? 여식답게……."

"글쎄요…… 수옥아, 넌 가서 너 할 일이나 해."

우두커니 서 있는 수옥에게 야단을 치듯 서울댁이 말한다.

"아, 아닙니더, 내가 심부름 좀 시켜야겠는데……."

서울댁은 아니꼬운 듯 얼굴을 돌리며 입을 다문다.

"수옥아, 여기 와서 사니께 어떻노? 부산보다 좋지? 이젠 너도 뱃멀미 안 할 기다. 항구에 오래 살믄 뱃멀미 안 하게 되지. 그리고 너 담배 한 갑 사다 줄래?"

"어서 가서 사 오너라."

서울댁이 화난 소리로 말한다. 서영래는 호주머니 속에서 돈을 꺼내어 수옥에게 주다가 수옥이 그것을 받으려고 손을 내밀자 돈을 놓으면서 그 큰 손으로 수옥의 손을 꼭 잡는다. 울상이 되어 말도 못 하고 수옥은 서울댁을 바라본다. 서울댁은 어안이 벙벙해서,

"어서 갔다 오너라."

서영래는 손을 놓아주며 말했다. 수옥이 밖으로 쫓아 나가자 서영래는 타 가지고 온 미숫가루를 한 모금 마시고,

"아지마씨."

하고 부른다.

"수옥이 날 안 줄랍니꺼?"

"네?"

"수옥일 그만 날 주이소."

"……?"

"아지마씨도 아다시피 내 나이 사십이 넘었는데 아직 자식이 없으니……."

서영래는 허리를 구부리고 마당을 내려다본다.

"허덕허덕 쏘다니다가도 문득 사는 게 서글퍼질 때가 있습니더. 다 자식 없는 탓이지요. 아지마씨는 안 그렇습니꺼?"

허리를 구부린 채 목만 비틀고 서울댁을 쳐다본다.

"왜 안 그렇겠습니까."

눈이 멍해진다.

"팔자에 없는 자식을 바란들 소용 있겠어요?"

"아지마씨는 팔자로나 돌리지만 내 팔자는 안 그렇단 말입
니다. 집사람한테 없는 거구."

"……."

"만섭이 말로는 어디 불쌍한 사람한테 시집보내겠다 그
럽디다만 없는 집에 가서 고생하느니보다 이름이 좀 안됐지
만…… 뭐 그렇다고 드러내놓고 남의 눈에 띄게도 안 할 기니,
아지마씨 생각이 어떻습니꺼?"

서울댁은 가만히 아랫입술을 깨물고 생각해보는 눈치다.
조만섭 씨처럼 안 된다고 당장 잡아떼지 않는 것에 용기를 얻
은 서영래는 바싹 다가앉으며,

"무슨 곡절이 있어서 여기 왔는지 모르겠습니다만."

"곡절은 무슨 곡절이 있겠어요?"

펄쩍 뛴다.

"어차피 피란 온 어지가지할 데 없는 아이 아닙니꺼?"

"그야 그렇지만……."

"얼굴은 반반하지만 내력도 모르는 피란민 아이를 멀쩡한
놈이 어디 데리고 가겠습니꺼. 아이도 허약하게 생겨서 노동
꾼에게는 어림도 없고요."

"글쎄요, 막일할 아이는 아니지요. 우리 집 양반이 부산 동
생네 집에서 그 앨 보고 하도 얌전해서 데리고 왔지요. 남의
집살 아이가 아닌데 아깝다구요. 원래 그인 그런 성미 아니

에요?"

무슨 곡절이 있으리라는 데 대한 변명에 바쁘다.

"우리 집엔 식모도 있구, 그 애는 섬에 있는 지 어미가 아프다 해서 잠시 다니러 가고 지금은 없지만, 처음엔 저도 화를 냈지요, 쓸데없는 짓 하신다고. 그랬는데, 두고 보니 아이 마음이 참 고와요. 대개 얼굴이 반반하면 건방지고 얼굴값을 하는 법인데 수옥인 그렇지가 않아요. 시키는 대로 꾸벅꾸벅 하구, 첫째 말이 없어서 좋더군요. 아이가 됐어요. 이제는 정이 들어서 내 딸같이 생각하고 있지요."

몹시 서둔다. 내 물건이 좋다고 손님에게 자랑하는 장사꾼처럼.

"아닌 게 아니라 처음 보았을 때 참한 애라 생각했지요. 얼굴이 어질게 생겼습디다."

"그럼요, 어질고말구요."

"그래, 어쩔랍니꺼?"

서울댁은 좀 늘어진 목소리로,

"어디 제 마음대로 할 수 있나요?"

"아주머니가 힘써주시면 안 될 일이 있겠습니꺼?"

"우리 집 양반이 뭐라 할지."

"만섭이는 안 됩니더, 방해만 놓았지, 이 일을 알믄."

"하지만 저 혼자 어떻게?"

"허 참, 만섭이가 수옥일 밤낮 지키고 있겠습니꺼."

"그리고 또 부인이 알면? 우릴 뭐라 하겠어요?"

"그러니께 아까 말하지 않았습니꺼? 드러내놓고 남의 눈에 띄게 안 한다고."

서영래는 빙긋 웃는다.

한참 이야기가 무르익는 판에 수옥은 얼굴이 벌게져서 돌아왔다. 그는 손을 내미는 서영래를 피하며 마루에 담배를 놓는다. 그리고 괴로워하며 서울댁을 쳐다본다. 서울댁이 빙긋이 웃자 수옥은 도리어 겁을 먹으며 질린다.

"수옥아."

부드러운 서울댁 목소리에 이번에는 수옥이 서영래를 쳐다본다. 서영래도 웃고 있다. 수옥의 눈은 다시 서울댁으로 간다. 웃음과 웃음에 싸여 그것은 마치 창과 창이 겨누어진 사이에서 옴짝 못 하는 한 마리의 사슴같이…….

"명화는 여태 안 돌아왔나?"

"네."

마른 입술을 축이며 대답한다.

"어디 간다던?"

"모, 모르겠어요."

"음, 순이가 없어서 너 혼자 힘이 들겠구나. 곧 올 거야. 그럼 가서 쉬어라."

수옥이 사랑으로 돌아간 뒤 잠시 말은 끊어진다.

서영래는 담뱃갑을 집어 들고,

"애가 어디 좀 모자라는 것 같습니더."

담배를 뽑아 문다.

"너무 순진해서 그렇죠."

"피란 내려오다 겁을 먹어서 그런지도 모르지요."

"글쎄요…… 서 선생님?"

"말씀하시이소."

"수옥이 일은 수옥이 일이고 어떻게 해주시겠습니까?"

서영래는 서울댁의 눈을 피하며,

"뭐 말입니꺼?"

"우리 성재 말입니다."

알면서도 일부러 시치미를 떼는 것은 확실하다.

"몰라서 그러세요?"

"말씀을 해야 알지요."

"그 애는 아직 젊고 경험도 자본도 모자라요."

"잘하던데 그럽니꺼?"

"겨우 용돈 뜯어 쓸 정도죠, 뭐. 여긴 타곳이어서, 어쩐지 그 애를 따돌리는 것 같아요. 우선 서 선생님도 그러시지 않아요? 못 미더워 그러세요?"

"그럴 리가 있겠습니꺼."

"그 애도 한몫 끼워주세요. 다소 바람기는 있어도 마음은 착하답니다. 누굴 등쳐먹고 그런 짓은 안 해요. 저한테는 하나밖에 없는 소중한 동생인데…… 말이 동생이지 일찍 어머니가 돌아가시고 제가 기르다시피 한 걸요."

눈물이 글썽 괸다.

"끼워주고 안 끼워주고, 어디 노상 물건이 있습니까? 어쩌다 들어오면 그것도 따라붙는 사람이 하 많아서 점점 어려워집니더."

대문 밀치는 소리가 난다. 안동포 홑고의를 입은 조만섭 씨가 들어온다.

"웬일고, 서영래 아니가?"

"어른이 아까부터 와가지고 기다리는 판인데 애새끼들이 어디로 싸돌아다니노."

담뱃재를 털면서 눈을 부릅뜬다.

"허허 그놈의 버리장머리 아직도 못 고쳤구나. 니 종아리를 좀 맞아볼래?"

조만섭 씨는 마루에 올라가서 털썩 주저앉는다.

"바둑을 몇 판 두었더니 덥네. 여보, 술상 좀 차리소. 애들하고 대작하긴 좀 안됐지만 올라오너라, 걸터앉았지 말고."

서울댁은 부엌으로 나가며 기분 좋은 목소리로 수옥을 부른다.

"짐 주이소. 그 짐 날 주이소!"

멜빵 하나만 어깨에 걸치고, 그래서 지게와 몸이 X로 된 지게꾼이 땀 냄새를 풍기며 덤벼든다. 작은 가방 하나를 들고 나오던 박 의사는 덤벼들 듯한 지게꾼을 우악스럽게 떼밀어 버리고 혀를 찼다. 중심을 잃고 비틀거리던 지게꾼이 바로 서 면서,

"와 사람을 떠미는교?"

짐을 얻지 못해서 약이 오른 지게꾼이 팔을 휘두르고 눈을 부릅뜨며 시비를 건다.

"우린 짐이 없지 않소."

응주가 달래듯 말하며 굳어진 시선을 박 의사에게 보낸다.

"누가 당신네들보고 짐 달라 했는교?"

"비좁아서 그런 걸…… 그 지게나 바로 하시오. 사람 다치 겠소."

"뭘 하구 있어? 어서 가자."

박 의사는 화를 버럭버럭 내는 지게꾼은 거들떠보지도 않고 응주에게 재촉한다.

"재수 더럽다. 우리네 짐꾼은 개돼지가, 응? 짐 없으믄 그만 이지 와 사람을 떠미노! 넥타이만 매고 댕기는 놈만 제일강산 이가!"

슬그머니 한쪽 멜빵을 어깨에 걸면서 지게꾼은 분해 죽겠다 는 듯 욕지거리를 하며, 그러나 비실비실 저쪽으로 걸어간다.

"어지간히 붐비는구나. 변함없이 부둣가는 더럽고."

박 의사는 손수건을 꺼내어 침을 뱉고 사람 속을 헤치며 큰 길 쪽으로 바삐 빠져나간다. 그의 깨끗한 목덜미를 쳐다보며

응주는 우울한 표정으로 터덜터덜 걸어간다.

"택시 잡기가 힘들겠는걸."

햇빛을 피해서 가로수 밑으로 들어가며 박 의사가 중얼거린다.

"버스 타고 가시죠."

"더워서……."

사람의 땀 냄새가 싫다는 듯 박 의사는 얼굴을 찌푸린다.

"역시 번잡하군."

빌딩과 나직한 구식 건물들이 엇섞여 있는 맞은편 길을 멍하니 바라보고 박 의사는 자신을 잃은 듯한 투로 말했다.

노랑 광물질의 가루가 무수히 뿌려진 듯, 하루가 겨운 도시에 일몰이 오려고 한다. 전차와 버스, 트럭이 쉴 새 없이 지나가는, 사람은 많아도 메마른 거리, 광복동 쪽에 화려한 사람들의 물결이 보인다. 영도다리 쪽에서는 노동자와 피란민들의 배고프고 지친 얼굴들이 느릿느릿 걸어 나온다. 그들의 판잣집으로 돌아가는 것일까. 박 의사는 윗호주머니 속에서 깨끗하게 접은 손수건을 꺼내어 안경을 닦으면서,

"좋기로는…… 통영이 좋지. 조용하구 깨끗하구, 하지만 잠긴 물속의 붕어 같은 생활이야. 발전할 수 없는 곳이야. 타성에 빠져버리고 야심을 잃게 하지. 아무래도 싸우는 기분이 좀 필요한 것 같다."

안경을 도로 쓰며 치밀해진 눈이 거리를 응시한다.

"무엇을 위해 싸웁니까?"

박 의사는 응주를 힐끗 쳐다보며,

"사람에 따라서……."

"아버지의 경우는?"

"나? 아마……."

하다가 무슨 생각을 하는지 한참 만에,

"내 자신을 위해서는 그것이 없는 것 같다. 이십 년 동안 아주 비틀어났으니까. 시골의 한 개업의로서 그저 숨을 쉬고 살았다는 기분만 남는군."

박 의사는 발밑을 내려다보다가 천천히 얼굴을 든다. 쓸쓸해진 눈이 마침 지나가는 자가용을 따라간다. 그는 구두 끝으로 길을 몇 번 두들기다가,

"너는 그래선 안 된다. 나같이 돼서는 안 된다."

"……."

"자신을 갖고 살아야지. 그게 가장 중요한 일이다."

"누구나 다 자신 있게 살고 싶어 하지요."

퉁겨버리듯 대꾸한다.

"그러나 자신을 갖기 위해서 대부분은 노력을 하지 않아. 해석도 잘못하고 있거든. 그것은 다만 정신력으로 얻어지는 것은 아니다. 그것만으론 무리야. 자신을 갖는다는 것은 자기 자신이 가지고 있다는 의식이 아니고 물이나 공기처럼 저절로 자연스럽게 우러나야지. 그런 사람이야말로 인생에 이긴 사

람, 충분히 산 사람 아니겠나? 그러기 위해서는 정신력과 조건이 함께 따라야 하는 법이다. 어느 분야든 그 분야에서 제일인자가 되어야지. 사철을 잠자고 있는 듯한 시골의 일개 개업의로서, 그야 그 지방에서 존경도 받고 나는 나대로 가능한 한 최선의 생활 질서를 유지하며 즐기고 살았지. 허나 그 조그마한 세계에서 일단 벗어나기만 하면 별수 없이 유랑극단을 흘러 다니던 영락한 노배우가 되고 만단 말이야."

얼굴에 쓰디쓴 웃음이 감돈다. 다시 그는 구두 끝으로 길을 딱딱 차면서,

"이런 소리 하면 아직 젊은 너로서는 명성에 대한 집착으로밖에 생각 안 하겠지. 다 그렇게들 생각한다. 그러나 그것이 아니라고 나는 확신해. 굽히지 않는다는 것, 바로 그것이야. 사실 사람에게 있어서 목숨을 지키는 다음의 가장 강한 본능이 그게 아닐까? 목숨의 위협을 받는다는 불안 다음의 것이 그 불안일 거야. 그 불안이 대부분의 현실을 지배하고 있을 거야. 사람에 따라서는 굽히지 않겠다는 그 본능이 생존 본능보다 더 강할 경우가 있지. 외로운 것은 좋다. 외로운 것은 참을 수 있다. 그러나 사람이 비천해서는 못쓴다. 그것은 어떤 일보다 뼈에 사무치는 잊을 수 없는 일이야. 그러나 오만할 수 있다는 것은 스스로가 그 자리에 올라가야 되는 거구, 가질 것을 가져야만 그게 통하는 거다. 가질 것을 못 가지고 자리도 아닌 곳에서 큰소리친다는 것은, 그것은 개 짖는 소리에 지나

지 않아. 자신을 잃은 생명처럼 불쌍한 것은 없다. 꺼풀이 강하면 모든 것을 튀겨버리지만 꺼풀이 약하면 피 흘리고 멸망하는 거야. 이야기 속에서나 비극이 아름다운 거지 현실 속에서는 비극이란 조금도 아름답지 못해. 그건 추한 거야. 추하지."

박 의사는 조금도 흥분하지 않고 차근차근히 말한다.

"너는 나처럼 돼서는 안 된다. 내가 살아본 하나의 결론이다."

"결국 입신출세의 이야기 아닙니까."

처음으로 우울하게 응주가 입을 뗐다.

"네가 그렇게 생각한다면 별수 없지. 내 뜻을 이해 못하는군."

"제일인자가 된다고 해서 그런 불안이 없어질까요? 어떤 이론이든 반드시 옆구리가 터질 가능성이 있다고 생각하는데요. 오히려 그 공리주의의 비극 속에서 오늘을 살고 있다고……."

"아니지, 그건 관념적인 이야기다. 지금 한국에 무슨 놈의 공리주의가 있어? 퇴폐한 낙오자들의 자기합리화를 위한 하나의 트집에 불과한 거야. 남의 나라의 것을 빌려 와가지고 마치 한국의 사회가 그런 풍조에 병든 것처럼 관념의 장난을 치고 있지. 공리주의의 비극이니 어쩌니 하지만 실상 그런 단계에 와 있는가, 한국이? 삼천만에 천 사람이 느낀다고 사회 전부가 그런 울타리 속에 들앉았다고 생각하나?"

박 의사는 웃는다. 응주는 쓰디쓴 얼굴로 지나가는 택시를
바라본다. 빈 차가 더러 있건만 박 의사는 차 잡을 생각도 않
고 하던 이야기를 계속한다.

"개개인의 생활과 마음속에 공리주의도 있고 신비주의도
있고, 구태여 이름을 붙여본다면, 온갖 이름의 것이 다 있지.
헐 일 없는 사상가께서 어쩌고저쩌고하여 인간을 한 묶음으
로 해서 어느 범주 속에 집어넣으려 하지만 만인의 생활이 같
을 수 없고 능력과 생활 태도가 같을 수 없지 않나? 어떤 양반
은 최대 다수의 최대 행복이라는 원대한 말씀을 하더라만 난
오히려 영웅주의를 취하겠다. 사실 개인의 생활이란 전쟁이
나 재변 말고는 그리 쉽사리 사회로 말미암아 침범되는 일은
없다. 스스로 침범당하는 거지. 못나고 실패한 자들의 넋두리
야. 아무 탓할 것도 없다. 시대에 비하면 개인의 생애는 너무
짧으니까, 그런 무슨 사상이니 하는 따위의 영향을 받을 겨를
이 없다고 나는 생각해. 공리주의고 신비주의고 간에 그것 다
개인 속에 있는 거야. 사회 속에 있는 건 아니야. 편리한 대로.
다만 진 놈과 이긴 놈의 결과가 있을 뿐이다."

응주는 입을 다물고 대꾸하지 않는다.

"아, 저기 빈 차가 오는군."

박 의사는 마침 잘되었다 싶은지 손을 든다. 택시에 오른
그는 운전사에게,

"동래로 갑시다."

드높은 목소리가 한결 드높게 울린다.

"대신동으로 안 가십니까?"

묻는 응주 얼굴에 염오의 빛이 스친다.

"윤 교수 댁을 먼저 방문할까 싶다. 그리고 온천장에 가서 하룻밤 푹 쉬겠다."

'빈틈없는 이야기에 빈틈없는 행동이구나. 개인주의에 안주한 정치가처럼.'

응주는 박 의사를 외면하며 창밖을 내다본다. 한참 동안 멋쩍은 침묵이 계속된다.

"참, 어제 학자라는 그 애가 병원으로 찾아왔더군."

박 의사가 입을 뗀다.

"학자가요?"

응주는 얼굴을 돌린다.

"음, 그동안 길가에서 만나도 통 인살 안 하더니만."

"무슨 일로 찾아왔어요?"

"부산으로 이사 간다는 소문 들었는데 간호원으로 써줄 수 없겠느냐고, 안 되면 식모라도 좋다는 거야."

"……."

"도저히 통영에는 있을 수 없으니 이곳만 떠날 수 있다면 무슨 일이든지 열심히 하겠다는 거야. 한번 생각해봐 달라고 간청을 하더군. 얼굴은 총명하게 생겼는데…… 글쎄 그 애가 좀 이상해졌더군. 그런 말을 하는데 묘하게 초점을 잡을 수 없는 다른 말을 자꾸 지껄인단 말이야."

"갑자기 환경이 바뀌는 바람에 심한 열등감에 빠져버렸지요."

피곤한 듯 응주는 큰 손으로 이마를 뿍뿍 문지른다.

"그 열등감이 무섭지. 범죄의 대부분이 그 열등의식에서 시작되거든. 바보나 겁쟁이가 엉뚱하게 대담해지는 것과 마찬가지로 열등감이 강하면 무슨 일을 저지르기 쉽다. 여자일수록 제대로 뻗어서 밝게 자라야 해. 첫째 가정환경이 좋아야……."

은근히 명화를 두고 말을 비친다.

"아버지는 그 애보고 뭐라고 말씀하셨습니까?"

다음 말을 잘라버리듯 응주가 묻는다.

"한번 생각해보자고 했지. 그 당장에 거절하면 그런 애니까 또 충격을 받을 것 같아서. 김상호 씨, 그분은 아주 어진 사람인데 아들딸이 왜 그 모양인지 모르겠다."

깊은 관심도 없이 덤덤하게 이야기하다가 박 의사는 화제를 바꾸어,

"너 전에 윤 교수 댁에 한번 간 일이 있지?"

"가봤습니다."

"부인을 만났던가?"

"윤 교수가 소개해주시더군요."

"그 부인 젊었을 때는 굉장히 미인이었지."

비꼬듯 응주는,

"지금도 미인이더군요."

"이젠 다 늙었어. 윤 교수는 좋은 부인을 만나서 모든 일이 순탄했지. 완전한 가정이야."

'완전한 게 어디 있어? 가능성이 있을 뿐이지. 행복한 가정이라고 표현 못하는 그 성격 속에 비극이 있는지도 모르고.'

크고 멋진 저택 앞에서 택시는 멈추었다. 그 크고 멋진 저택의 권위를 충분히 인정해주는가 운전사는 공손히 자동차 문을 열어준다. 박 의사는 넥타이를 고치며 자동차에서 내린다. 배를 타고 왔는데도 빈틈없이 말쑥한 차림이다.

집 안은 조용하다, 정원이 넓어서. 문 앞에 이르러 벨을 누르기 전에 사람 온 기척을 알고 개가 쫓아 나와 짖는다. 응주가 다가서며 우악스럽게, 화가 난 듯 벨을 누르고, 아무 기척이 없자 다시 누른다.

"아주머니! 안 계셔요?"

젊은 여자의 화사한 목소리가 뜰에서 울려온다.

"어디 갔을까?"

중얼거리는 소리, 개 짖는 소리, 타닥타닥 뛰어오는 발소리. 박 의사는 입을 꾹 다물고 서 있는 응주의 옆모습을 힐끔 쳐다본다. 큰 문 옆에 붙은 작은 문을 열고 노오란 티셔츠를 입은 소녀가 기웃이 내다본다.

"어머! 박 선생님."

깜짝 놀라며 얼굴을 디밀었다가 다시 내다보며,

"잠깐만 기다리세요. 개 묶고요."

소녀는 반쯤 문을 열어놓고,

"쉿, 지지야!"

개를 끌고 가서 개집에 묶은 뒤 소녀는 다시 나타나 문을 열어준다. 박 의사와 웅주는 허리를 꾸부리며 뜰로 들어간다. 개는 잡아먹을 듯 길길이 뛰며 짖어댄다.

"주책! 가만히 있어!"

개를 나무라고 소녀는 돌아보며 빙긋이 웃는다.

"안녕하셨어요, 선생님?"

상냥하게 인사한다.

"음, 잘 있었어? 아버지는 계시겠지."

얼굴 가득히 웃음을 띠고 박 의사는 웅주의 심중을 짚어보 듯 아들의 시선을 찾는다. 웅주는 잡아먹을 듯 서둘더니 싱 겁게 집 속으로 들어가는 덩치가 큰 개를 우두커니 바라보고 있었다. 웅주의 눈을 느낀 개는 으응 하며 한번 으르렁거려 본다.

"네, 계세요. 그렇지 않아도 오늘내일 새로 오실 거라구 기 다리고 계시던 걸요."

대답하며 소녀는 박 의사 옆에 서 있는 웅주를 흥미 있게 쳐 다본다. 노을에 물든 소녀의 둥근 얼굴이 싱싱한 과일같이 향 그럽게 풍겨온다. 온 세상이 그를 위하여 기쁨에 넘쳐 있는 듯 아름답게 보였다.

"어머니도 계시구?"

박 의사는 부드러운 목소리로 다시 묻는다.

"네. 어머니도 계세요. 어서 들어가시죠."

물을 뿌려놓은 푸른 잔디밭, 잘 다듬어져서 한결 넓어 보이는 잔디밭에 묻힌 큼직큼직한 디딤돌을 밟고 앞서가며 소녀는 그들을 안내한다. 회색 치마의 잔주름이 이리저리 가볍게 흔들린다. 초록색 샌들을 신은 조그맣고 흰 발이 귀엽다. 소녀는 현관문을 열어놓고 돌아보며,

"날씨가 몹시 덥죠?"

하며 서슴없는 눈이 응주의 눈과 마주친다. 응주의 한쪽 어깨가 아래로 내려가며 소녀의 눈을 슬그머니 피한다. 그들이 현관으로 들어서자 잘 훈련된 사슴 새끼처럼 응접실 문을 열고 이번에는 아까보다 더 대담해진 눈으로 소녀는 응주를 보며 미소를 머금는다, 자신 있게. 응주는 일부러 딱딱한 표정을 지었으나 마음대로 되지 않는지 당황하여 얼굴을 붉힌다.

"아버지 모시고 오겠어요. 선생님."

음악적인 소리를 남겨놓고 소녀는 복도를 뛰어간다.

"윤 박사 큰따님이야."

"……."

"명년에 E여대를 졸업하지. 영문과라던가?"

박 의사는 담배를 꺼내서 붙여 문다. 응주는 피아노 위의 광대 같은 표정의 외국 인형을 쳐다보다가 무엇에 화가 나는

지 박 의사의 하얀 이마를 노려본다.

"먼저 왔을 때 따님을 못 봤나?"

"못 봤습니다."

"그럼 오늘이 초면이군."

"인상이 좋지?"

"모르겠습니다."

"어린애같이 순진해서 보기만 해도 즐거워지지."

"그것도 모르겠습니다."

"가정교육이 좋아서…… 몹시 덥다."

박 의사는 손수건을 꺼내어 땀을 훔친다.

"어, 후배 오셨소?"

굵직한 목소리와 함께 모시 홑고의를 입은 뚱뚱한 윤 교수가 들어온다. 응주는 의자에서 일어선다.

"그간 안녕하셨습니까?"

박 의사도 일어나며 윤 교수와 악수를 나누고 서로 빙긋이 웃는다.

"앉으세요. 찾아주셔서 고맙소, 응, 박군도 함께 왔구면."

"안녕하셨어요, 선생님."

"앉게."

"부인께서는, 모두들 안녕하십니까?"

박 의사가 안부를 묻는다.

"별일 없지요."

서로가 몹시 예의를 차린다.

"오늘은 바람이 없어서 기분 좋게 배를 타고 왔는데 부산에 오니까 좀 현기가 나는군요."

"후배는 성미가 깔끔하니까…… 피란민들이 들끓어서 부산 항구도 아주 지저분해졌소. 나도 피란 오긴 했지만."

"피란 오셨다는 체면이 서지 않습니다, 이 큰 댁에서."

"이건 우리 본가였으니까, 팔지 않고 두길 잘했지."

"아버지."

열려 있는 문 쪽에서 소녀가 손짓한다.

"더운데 뜰로 나가세요."

"어, 그럴까? 우리 아가씨께서 시원한 뜰로 나가라고 명령하는군요."

윤 교수는 응접실 큰 유리창을 짚으며 앞서 뜰로 내려간다.

그들은 등나무 그늘 밑에 마련되어 있는 탁자 앞에 가서 앉는다. 윤 교수는,

"언제쯤 이사하게 되죠?"

"글쎄, 가급적이면 빨리 올리려고 합니다만, 그쪽에 정리할 일이 많아서."

"하여간 잘 생각했소. 한 고장에 이십 년 동안이나 있었으니 끈기가 어지간하오. 혁명을 한번 해야지. 후배는 애초부터 길을 잘못 들었어. 나하고 그냥 연구실에 남는 건데 그놈의 연애 땜에 망했지."

윤 교수는 껄껄 웃는다.

"왕사는 말하지 말라 했습니다, 선배."

박 의사도 따라 웃는다.

그러자,

"박 선생님 오셨어요?"

화장기 없는 깨끗한 중년 부인이 부드럽고 겸손한 미소를 띠며 나온다. 서로 인사를 나누고 부인이 자리에 앉자 윤 교수는,

"당신 뭐 마실 것 가져와야 할 것 아니오?"

"죽희竹姬가 가져온답니다. 아주머니는 저녁 준비하구. 날 가서 놀라는군요. 귀한 손님이 오셨다구요."

부인은 윤 교수에게 의미 있는 미소를 던지며 말한다. 윤 교수의 눈과 박 의사의 눈이 마주친다. 응주만은 좀 정신이 나간 듯한 희미한 얼굴을 하고서 어디를 보는지도 모르게 앉아 있다.

"박 선생님은 며칠이나 묵으세요?"

부인이 묻는다.

"나는 곧 가야 하구, 이 애가 남아서 일을 보게 될 겁니다."

"아 그러세요. 든든하시겠어요. 아드님을 보니까 우리 큰애 생각이 나는군요."

"아 참, 그 애는 몸 편히 잘 있습니까?"

"네. 이번에 학위를 받았는데 나올 생각은 안 하는 모양이

에요. 하긴 시끄러워서 나와도 어렵지……."

"음, 가져오는구나."

죽희는 큰 차판에 오렌지주스를 받쳐 들고 온다. 부인은 딸
을 거들어 컵을 손님 앞에 놓으면서,

"참, 죽희하고 인사가 있었던가?"

고운 눈매를 들고 응주를 바라본다.

"아, 네……."

입속으로 중얼거리며 응주는 몸을 움직인다. 죽희는 자연스
럽게 응주와 어머니를 번갈아 본다.

"박 선생님 아드님이셔. 박응주 씨, 그리고 이 앤 죽희, 딸이
에요."

"잘 부탁합니다."

죽희가 먼저 말하며 고개를 꾸벅 숙인다.

"네, 아니."

당황하는 응주를 보고 모두 웃는다. 박 의사가 제일 만족한
미소를 띤다. 그러나 응주는 이내 화난 얼굴로 입을 다물었다
가 권하기도 전에 컵을 들고 오렌지주스를 마신다.

5. 갈대처럼

"그라믄 어머니, 다녀오시이소."

순이는 대문간에 서서 밖을 내다보며 시무룩한 얼굴로 말한다.

"집 잘 봐라. 어디 싸다니지 말고."

서울댁은 양산을 펴며 순이에게 일러놓고,

"자, 가자, 수옥아."

정답게 수옥의 등을 민다. 순이는 입술을 쑥 내밀고 새삼스럽게 수옥의 아래위를 훑어보다가 집 안으로 들어간다. 수옥은 책보를 접어 넣은 저자바구니를 들고 서울댁 뒤를 따라가면서 뒤돌아보곤 한다. 골목을 돌아 나가면서,

"참, 날씨가 좋구나. 가을처럼 바람이 선들선들 부네. 하기는 며칠 안 있으면 처서니까 수풀이 훤해지겠다."

서울댁은 기분이 좋아서 길 가는 사람의 낯도 선데 웃는 얼굴을 보인다.

"수옥아."

"네?"

"이리 양산 밑으로 들어오너라. 고운 얼굴 햇볕에 타겠다."

수옥은 두려워서 감히 양산 밑으로 들어가지는 못한다.

"들어오라니까."

수옥은 겨우 양산 밑으로 들어갔으나 너무 긴장을 하여 숨이 가빠지는지 허덕인다.

"수옥아."

"네."

"너 가을옷이 없지?"

"이, 있습니다."

"들고 온 옷 보따리도 작던데 무슨 옷이 있겠어?"

"저 옥양목 적삼이."

"음, 음, 그건 허드레옷이고 추석에 내가 좋은 옷 한 벌 해주지."

수옥의 눈이 휘둥그레진다.

"너는 순이하고 달라서 남의집살거니 생각하지 말아라. 나도 일찍 자식을 두었으면 너만 한 딸이 있었을 텐데. 남이니 생각지 말고 친어머니로 여기고."

넓은 내리막길을 다 내려온 서울댁은 시장을 그냥 지나

친다.

"어머니, 장에 안 가시고요?"

말문이 열린 듯 수옥이 묻는다.

"아니, 좀 들를 데가 있어서…… 돌아오다가 시장을 보자."

그들이 길모퉁이를 돌아서 양품점 앞에 이르렀을 때 거리에 서서 이야기를 주고받던 두 여자가 다 같이 서울댁을 돌아본다.

"어디 가십니까, 명화 어머니."

양품점 여자 말고 키가 크고 입술이 푸르스름한 여자가 서울댁에게 말을 건다. 서울댁은 찔끔하며 얼굴빛이 좀 달라졌으나 이내 웃는 얼굴로,

"네, 좀 볼일이 있어서, 서 선생님은 안녕하십니까?"

상냥하게 웃는다.

"네, 뭐 항상 그렇지요."

"참, 내가 잊었구먼."

서울댁은 몹시 서둘며 핸드백을 연다.

"전번 때, 크림 한 통 가져가고서 깜박 잊었구먼요. 정신이 없어서, 수옥아, 이 양산 좀 받아라."

수옥이 얼른 양산을 받는다.

"뭘 그래쌓습니꺼, 천천히 하믄 어때서."

하도 서두는 바람에 양품점 여자가 오히려 미안해한다. 서울댁은 돈을 꺼내 주고 땀을 닦으며,

"셈할 것은 다 해버려야죠."

양품점 여자는 거스름돈을 가지러 점방 안으로 들어가고 서영래의 아내 용주龍珠는 수옥을 슬금슬금 살펴본다. 서울댁은 영 난처한 표정이다.

"통영 아이는 아닌데 누굽니꺼?"

용주는 서울댁에게 묻는다.

"아, 네, 저."

하다가,

"저 조카딸입니다. 부산서 다니러 왔어요."

하고 얼렁뚱땅 말을 만들어버린다. 점방 안에서 거스름돈을 가지고 나온 양품점 여자는 수옥을 보고,

"어찌믄 저리 인물이 좋을까?"

그 말에 용주도 고개를 끄덕인다.

"인물이 좋은 게 여자한테 제일 큰 복이지."

고개를 숙이고 있는 수옥을 바라보며 양품점 여자는 다시 말한다.

"여자뿐인가, 남자도 그렇지."

용주가 맞장구를 친다. 서울댁은 핸드백 속에 잔돈을 넣고,

"좀 바빠서……."

하고 얼른 돌아선다. 양품점 앞을 지나치자 서울댁은 얼굴을 찌푸리고 걸음을 빨리한다. 한참 부지런히 걷다가 서울댁이 돌아본다.

"양산 이리 다오."

혀를 차면서 양산을 받아 든다. 이번에는 양산 밑으로 들어오라고 권하지 않았다. 수옥은 오히려 양산 밑으로 들어오라 할까 봐 겁을 내는 듯 거스르지 않으려고 몸을 움츠리며 걷는다. 다리를 지나고, 찰칵찰칵 소리가 나는 그물공장 앞을 지나고, 물이 그득히 들어찬 해변의 방천길을 따라 걸어간다. 겨우 서울댁은 걸음을 늦추며,

"수옥아."

"네."

"너 지금 온 길 잘 알겠지?"

"네."

"잘 기억해두어라. 앞으로 심부름을 자주 해야 하니까."

"네."

"너는 네밖에 말을 못하니? 여자가 너무 말이 없어도 미련해 보이는 거야. 생기기는 연한 배 같은데 왜 그리 말을 못하니?"

공연히 탓을 한다.

"순이 그년은 너무 입이 싸서 걱정이고 너는 너무 말이 없어 걱정이구나. 여자란 할 말 안 할 말 가리기만 하면, 사근사근하게 이야기할 줄 알아야지. 꿀 먹은 벙어리처럼 그러다간 남자가 싫증 내기 십상이지."

그래도 수옥은 아무 대꾸를 못 한다. 여수에서 들어오는 낮

배를 바라보는 눈에 눈물만 글썽 돈다. 좁은 수로 건너편 방천길을 국민학교 아이들이 지나간다. 허리에 책보를 맨 시골 아이들이 지나가는 배를 보고 손을 흔든다.

"이제 다 왔어. 어지간히 멀구나."

서울댁은 드문드문 집이 있는 조그만 마을로 들어간다. 드문드문한 속에서도 더욱 외떨어진 집 앞에서 서울댁이 사방을 살피며 대문을 두들긴다. 노파가 한 사람, 문을 열어준다.

"아이고 오십니꺼."

인사를 하는데 서울댁은 아무 말 하지 않고 제법 넓은 뜰을 질러서 대청에 가 앉는다.

"아이, 덥다. 길이 멀어서 한참 걸렸구먼. 수옥아, 너도 여기 와서 앉아. 할머니, 부채 없어요?"

"와 없어요. 부채는 있습니더."

노파는 꾸부정한 허리를 두드리며 위채와 떨어져 있는 헛간 같은 곳으로 돌아간다. 그는 헛기침을 몇 번 하더니 다 떨어져 너덜너덜한 부채를 가지고 나왔다. 집 안에는 아무도 없는 모양, 노파 한 사람이 집을 지키고 있는 것 같다. 없는 것은 사람뿐만 아니다. 집 안에는 세간조차 아무것도 찾아볼 수 없었다. 벌레가 먹어서 곰보처럼 구멍이 뚫리고 칠을 한 흔적도 없는 낡은 기둥과 넓은 마루, 기왓장에는 이끼가 끼어 있고 우묵하게 풀이 돋아나서 뱀이 대가리를 내밀 것만 같다. 꽤 큰 집인데 이삿짐을 실어 내가고 비질을 싹 해버린 것같이 쓸쓸하다. 냉기가 횡하니 돈다. 오래 묵은 집이어서 더욱, 찝찔한 바닷바람이 집 뒤의 솔밭을 스치고 지나가는 소리가 싸 하고 들려온다. 미륵도의 높은 봉우리를 사이에 둔 바다와 하늘은 푸르고 황홀하게 아름다웠지만 물결치는 소리는 이곳까지 들려오지 않았다.

서울댁은 부채질을 하면서 작은방 쪽을 힐끔 쳐다본다. 방문이 조금 열려 있었는데 그 안에 무슨 짐짝 같은 것이 쌓여 있는 것 같다.

노파는 뒤란의 채마밭에서 작은 바구니에 고추를 따가지고 돌아 나온다.

"할머니."

"야."

노파는 서울댁을 쳐다본다.

"작은방에 쌓여 있는 저 물건 내갈 거예요?"

"아, 아니오, 다 빈 궤짝인데."

어리석게 보이던 노파 얼굴에 순간 경계하는 빛이 지나간다.

"음…… 그래요?"

서울댁은 서운해하는 투로 뇌고 이번에는 큰방 쪽으로 눈을 돌린다. 가을은 아직 멀었는데 장지문의 창호지가 눈부시게 희다.

"벌써 방문을 바르셨어요, 할머니?"

"큰방만 바르라 캐서 발랐지요."

서울댁은 혼자만 아는 웃음을 흘리며, 그러나 냉정한 눈은 수그린 수옥의 흰 이마를 쏘아본다.

헛간 앞으로 돌아간 노파는 고추를 담은 바구니를 절구통 옆에 놓고 절구통 바닥에 남은 보릿겨를 쓸어내어,

"주, 주우……."

닭을 불러 모아놓고 보릿겨를 뿌려준다.

"할머니."

"야."

"나 짐 내주세요. 어서 가야 하니까."

서울댁은 부채를 팩 던지고 짜증 섞인 말을 한다.

"야. 글안해도 어쩔꼬 하는데 아무 말도 안 하니께."

노파는 느릿느릿 허리를 펴며 다시 헛간 쪽으로 가더니 종이에 싼 꾸러미를 들고나온다. 서울댁은 노파로부터 그것을 받아 마루에 놓고 펴본다. 상자에 든 일제 크림이다. 그는 개수를 확인하고 나서,

"이거 싸라. 그리고 광우리 안에 넣고 나머지는 따로 보자기에 싸서 들도록."

생각에 잠겨 우두커니 앉아 있던 수옥이 몹시 놀란다.

"그리고 할머니, 저 좀 보세요."

가려는 노파를 불러 세운다.

"앞으로는 이 애가 심부름을 올 테니까 그렇게 아세요."

"야, 알겠심더."

수옥은 차근히 물건을 보자기에 싸놓고 이상한 빈집을 둘레둘레 살핀다. 요다음 올 때 실수가 없도록 집을 잘 기억해 두려고 그러는지, 항아리도 없는 빈 장독간에 심은 오동나무를 유심히 보고 돌담 위 시든 박 덩굴을 보곤 한다.

"가자. 그럼 할머니, 안녕히 계세요. 이 애 얼굴 똑똑히 보아 두세요."

"야, 걱정 마이소."

수옥은 한 손에 저자 광우리를, 한 손에는 보자기에 싼 물건을 들고 서울댁을 따라 밖으로 나간다. 가는 두 팔에 그 짐은 너무 무거워 보였다. 얼굴이 빨개져서 양어깨에 힘을 주었지만 서울댁은 양산을 펴 들면서 그 무거운 짐을 같이 들어줄 생각도 안 한다.

방천길을 따라 걸어간다. 해는 등 뒤에서 비치고 바닷바람이 땀에 젖은 수옥의 머리칼을 나부끼게 한다.

이때 서류 봉지를 겨드랑이에 끼고 학수가 우쭐우쭐 걸어오다가 서울댁을 보자 머쓱해져서 멈추어 선다. 날카로운 서울댁의 눈이 학수를 노려본다. 학수는 그냥 지나치려고 얼굴을 돌린다. 그러자 서울댁이 그 앞을 막아서며,

"잘 만났다."

"……."

"내가 분해서 잠이 안 오더니, 말이라도 한마디 해야겠구나."

하며 학수의 남방셔츠 자락을 꽉 잡는다.

"이거 놓고 말하시오. 누가 도망갑니까."

노여움을 띠고 서울댁의 손을 홱 뿌리친다.

"그래, 사람을 그 지경을 해놓고 너는 두 활개를 치고 통영 바닥을 다니면 그만이란 말이냐?"

"누가 죄지었소?"

"뭐? 뻔뻔스럽게! 우리 집 양반이 친구 간이라고 하도 그래서 내 체면을 세워 고소하는 것은 그만두었지만 한번 따져야만 내 속이 시원하겠다. 나한테 사과해라!"

하며 바싹 다가선다. 뒤로 물러서던 학수는 서울댁 뒤에 몸을 숨기듯 서 있는 수옥의 겁먹은 눈과 마주친다. 그는 얼굴을 붉히며,

"사과가 뭡니까? 난 사과할 수 없소."

버틴다.

"음, 그럼 잘했단 말이지?"

"못한 일은 뭐 있습니까?"

"뭐라고? 너 나한테 따귀 하나 맞겠어?"

학수는 참느라고 더욱 얼굴을 붉힌다.

"아주머니도 영광스러울 것 조금도 없으니까 어서 비키시오."

학수는 서울댁 옆을 그냥 지나치려 한다. 서울댁은 그의 셔츠 자락을 다시 잡는다. 학수는 그 손을 거칠게 뿌리치고 급

히 걸어간다.

"음, 어디 두고 보자! 네가 사과를 하게 되는가, 안 되는가!"

드높은 소리를 지르고 발을 구른다. 그러나 소용없는 것을 알고 얼굴이 파아래지며 입술을 실룩거린다.

"망할 놈의 세상에 개망나니 같으니라구."

뒷모습을 노려보다가 돌아선다. 올 때는 서영래의 아내를 만났고 갈 때는 학수를 만난 서울댁은 집을 나섰을 때의 그 좋던 기분은 다 달아나고 말았다.

"어디 두고 보자! 이놈 자식을 그만……."

중얼거린다.

"수옥아!"

"네, 네."

"장석 걸음 걷지 말고 빨랑빨랑 걸어라!"

죄 없는 수옥에게 화풀이를 한다. 수옥은 짐이 무거워 가는 목이 앞으로만 뻗고 울상이 된다.

물결이 방천을 치고 있다.

주름살 하나 없이 다림질을 한 회색 양복을 입고 조만섭 씨는 마당에 내려선다. 서울댁이 따라 내려오며,

"경매가 끝나거든 그 사람들이 돈 주기만 바라지 말고 당신이 전표를 받으셔야 해요. 아시겠어요?"

"알았다니까. 몇 번 이야기를 하노."

"이자 한 푼 안 내고 벌써 일 년이 넘었는데, 글쎄 저희들은 고길 잡아서 부산으로 내려가면서 돈 갚을 생각은 안 하니 그게 무슨 경위요?"

"알았다니까. 잔소리 그만해."

"나는 뱃머리에 안 나가겠어요."

"왜?"

"따님하고 함께 가는데 무슨 청승으로 내가 나가우?"

조만섭 씨는 대꾸 없이 뜰 안을 왔다 갔다 한다.

"이 애들이 머하노? 수옥아, 어서 나오너라."

사랑을 향해 소리친다. 아무 말이 없다.

"수옥아, 배 시간 늦겠다. 어서 나오너라."

"네."

겨우 대답한다.

"당신 영자네 집 들르시거든 그 집 문제 좀 생각해보세요. 전번 편지에도 자꾸 와 있으라 하는데, 우리가 여기 꼭 있어야 할 이유가 없지 않아요?"

서울댁은 마음이 어수선한 듯 머리를 걷어 올린다.

"쓸데없는 소리, 부산 가서 살아야 할 이유도 없지 않소."

"아까운 그 큰 집을, 모두 집을 마련 못해서 부산에 못 나가는데……."

수옥이 트렁크를 이고 명화는 조그마한 가방을 들고 사랑에서 돌아 나온다. 서울댁은 조만섭 씨 어깨에 붙은 실밥을 떼

주며,

"당신이 전표를 받아야 해요, 경매가 끝나면."

"참, 알았다니까, 내가 뭐 세 살 먹은 아이요?"

"그런 소리 하시지만 또 빈손으로 돌아오실 걸 내가 다 알아요."

명화하고 수옥이 우두커니 그들 뒤에 서 있다.

"그럼 다녀와."

서울댁은 비스듬히 명화를 돌아보며 마지못해 말한다.

"안녕히 계세요."

명화도 서울댁의 눈을 안 보고 인사한다.

"수옥이는 빨리 와야 한다. 심부름 갈 데가 있으니까."

엄한 얼굴로 다짐하고 할 일도 없는데,

"순아."

하며 서둔다.

"어서 가자."

조만섭 씨는 만족스러운 눈으로 명화를 보며 대문을 나간다.

"언니, 갔다 오이소."

서울댁의 신경질적인 소리가 들리는데 순이는 내다보며 인사한다.

"음."

"겨울방학에 오시지요?"

"그래."

조만섭 씨는 앞서가고 명화와 수옥이 나란히 걸어간다. 명화는,

"수옥아."

"네?"

"무겁니? 내려서 둘이 함께 들까?"

"아니요."

"너 여기 와서 여위었구나."

명화는 수옥의 가냘픈 얼굴을 쳐다본다. 수옥은 아무 말 없이 히죽이 웃으며 흰 블라우스의 칼라가 보기 좋은 몸에 착 달라붙은 명화를 쳐다본다. 좀 파리해 뵈기는 해도 아기처럼 솜털이 보송보송 난 수옥의 예쁜 이마를 명화도 쳐다본다. 그리고 서로 아무 의미 없이 또 웃는다. 그러나 구름 속에 달이 숨어버리듯 수옥의 얼굴에서 미소는 사라졌다. 은은한 교회 종소리가 바람을 타고 들어온다. 해는 벌써 떨어지고 쓸쓸한 거리에 황혼이 와서 깔리는데 슬픈 추억이라도, 아니 행복했던 시절의 추억이 불현듯 되살아나는지 수옥은 종소리에 귀를 기울이며 느끼듯 숨을 마신다. 종소리는 아늑하게 멀어지며 끊어진다.

명화는 얼굴을 돌리면서,

"너 부산 가고 싶으니?"

하고 묻는다. 수옥의 눈이 크게 벌어진다.

"아니요."

강한 목소리다.

"아니요!"

다시 한번,

크게 벌어진 눈동자가 차츰 오므라지며 희미하게 흐려진다.

"부산에는 머할라고 가? 쓸데없는 소리 한다."

앞서가던 조만섭 씨가 돌아보며 명화를 나무란다.

"통영이 좋지. 여기같이 좋은 데가 어디 있노? 깍쟁이들만 모여서, 피란 통에 팔도 깍쟁이들이 모여들어서 등치고 간 내먹는 그런 곳에 가기는 머할라고 가? 거긴 젊은 애들 있을 곳이 아니다."

"하지만 아버지, 저는 지금 가지 않아요?"

"아, 너는 안 다르나, 넌 공부하러 가니께. 수옥이는……."

하다가 말을 끊고 명화 옆에 나란히 서서 걷는다. 대견하고 자랑스러워 조만섭 씨는 가다가 딸을 보고, 길 가는 사람이 명화를 쳐다보면 기쁘면서도 엄격한 표정을 짓곤 한다.

"언니 가시고 나면…… 겨울방학엔 오시지요?"

나올 때 순이가 물었고, 방학에 돌아온다는 것은 뻔한 일인데 외로워서 수옥은 또 물어본 모양이다.

"그럼, 오구말구."

그들이 이발소 옆을 막 지나치려 했을 때, 서영래가 이발소 안을 향해 뭐라고 지껄이며 한바탕 웃어젖히더니 이발소 문을

민다. 나오다가,

"어? 부, 부산 가나?"

전에 없이 허둥지둥하며 조만섭 씨에게 말을 건다.

"음, 이발하고 나오나?"

"영 바빠서 그동안 이발을 못 했더니만."

말끔해진 목덜미를 슬슬 만지며 명화 뒤에 트렁크를 이고 서 있는 수옥을 살핀다.

"안녕하셨어요?"

명화가 인사한다.

"아니, 니도 부산 가나? 참 그렇지, 학교에……."

공연히 무안을 타며 어른답잖게 말을 더듬는다.

"이발을 하고 나니께 개 핥은 죽사발같이 훤하구나."

조만섭 씨가 놀려준다.

"에키! 이 사람, 애들 앞에서 아재비보고 그 무슨 말버릇고. 철없는 애들 뿐 보겠다."

하며 서영래는 히죽히죽 웃는다. 웃으면서도 서영래는 다시 곁눈으로 수옥을 본다.

"배 시간 늦을라, 어서 가봐라."

하고 급히 돌아서더니 도망치듯 그는 뒤돌아보지도 않고 가 버린다.

사람들이 가득 들어찬 대합실에는 불그레한 전등불이 켜져 있다. 손님들을 헤치고 키 작은 사나이가 선표를 갖다주면서

조만섭 씨에게,

"와 밤배로 가십니꺼?"

하고 묻는다.

"내일 아침에 기어이 봐야 할 일이 있어서."

조만섭 씨는 입맛이 쓴 듯 얼굴을 좀 찌푸린다.

"학생도 함께 가는가 배요?"

"음, 몸이 약해서 좀 쉬다가……."

키 작은 사나이는 나란히 서 있는 명화와 수옥을 힐끗힐끗 쳐다보며 사무실로 들어간다.

뱃고동을 울리며 배가 항구 밖으로 떠나는 것을 보고 수옥은 급히 집으로 돌아온다.

"어머니, 다녀왔습니다."

"음, 그래."

서울댁은 마루 끝에 쭈그리고 앉아 생각에 잠겨 있다가 수옥을 쳐다본다.

"음…… 그러면 좀 있다가……."

하더니 다시 생각에 잠긴다.

수옥은 사랑으로 돌아간다. 사랑의 마루를 닦고 있던 순이가,

"너 심부름 안 가나?"

하고 넌지시 묻는다.

"좀 있다가……."

"어째서 니만 보내노?"

"……."

"오늘은 밤인데 혼자 가겠나?"

"……."

"내 따라가 줄까?"

마루를 썩썩 닦다가 순이 고개를 돌리며 쳐다본다. 수옥은 기쁜 빛을 띠며 서두는 소리로,

"네가 어머니한테 말해봐, 같이 가겠다고."

"보나 마나 못 가라 카지. 나 살짝 니 따라갈게."

"야단하실걸. 나도 밤이면 무서워. 집도 없는 델 한참 가니까."

"어딘데?"

하자, 수옥이 당황하며 입을 다물어버린다.

"참 얄궂다. 무슨 보물을 숨겨놨나? 와 말을 못 할꼬? 어머니하고 너가 짜가지고 나한테는 한마디 말도 안 하지만 난 다 안다."

"뭘?"

"일본 물건 가질러 안 가나, 그렇지? 나 안다. 머 내가 그런 소리 하고 댕길까 봐서? 할 소리가 따로 있지."

수옥은 근심스러운 표정으로 순이를 바라본다.

순이는 걸레를 밀쳐놓고 마루에 걸터앉으며,

"처음에는 너를 미워하더니 요새는 너를 떠받치더라. 어머

니가 그놈의 일본 물건 때문에 그러나? 공연히 요새는 날 구박하고, 하기는 사람이란 다 값어치가 있다고 옆집 어머니가 그러는데 정말 그런갑다. 너는 이쁘게 생겼으니 마른자리 일하고 나는 못생겼으니께 밤낮 진일만 하게 되는갑다. 할 수 있나. 그래도 난 너가 밉지는 않다. 어머니가 밉지. 변덕스럽고 욕심 많고 속 다르고 겉 다르고 그래도 아부지가 어질어서 내가 이 집에 붙어 있지."

서울댁에 대한 감정이 나쁘다.

"어머니는 마음이 내키믄 좋은 말 하고 날 따둑거리면서 널 시집보내주어얄 긴데 하고 걱정하는 척하지만 그것 다 날 부려묵을라고 하는 수단이지. 마음속으로 걱정은 아부지가 더 할 기다. 내가 그걸 다 알고 있지. 어머니는 속 다르고 겉 다르고, 서울 사람이 돼서 우리 곳 사람하고는 다르거든."

"아버진 정말 좋은 분이야."

"하모, 좋고말고. 설 명절 때에도 어머니 몰래 꼭 돈을 주신다. 아버지는 복 받을 기다. 그런데 니는 와 어머니만 보믄 벌벌 떠노. 내사 무서운 척하지만 하나도 안 무섭다."

"나는 안 그래."

"와?"

"어머니 앞에만 가면 자꾸 떨려."

"머 호랭이가? 다 같은 사람인데 잡아묵을까 봐?"

"……."

순이는 팔베개를 하고 마루에 벌렁 누우면서,

"우리 언니는 참 팔자도 좋지. 윤선 타고 서울, 부산으로 공부하러 다니고 무엇이 기럽겄노. 우리사 남의집살이하는 신세 어디 평생 항구 밖에 한 번 나가부겠나. 부산은 전차도 댕기고 기차도 댕기고, 자유시장에 가믄 희한한 게 다 있다 카더마는…… 우리사 머…… 다 같이 사람으로 이 세상에 태어나가지고 우리는 와 이럴꼬? 생각하믄 서럽고 절로 서글퍼 안 지나. 안 그렇나, 수옥아."

슬픈 눈으로 순이는 수옥을 올려다본다.

"접때 가니께 울 어매는 아파도 보리죽만 먹더라. 모재기를 간장에 버물러서 반찬이라는 게…… 내가 갈 때 아부지가 돈을 주어서 능금을 사 갔더니만 울 어매가 그걸 묵고 천수만 먹은 것 같다 안 하나. 내가 그만 인물이 좋았으믄 술집에라도 가서 돈 벌어가지고 울 어매 보리죽이나 안 먹게 했음 좋겠다."

순이는 한탄을 하다가 석류나무를 바라본다. 전깃불이 비친 석류나무에는 가지마다 열매가 붙어서 꺼뭇하게 보인다.

"수옥아, 석류가 제법 영글었제?"

"음."

수옥은 고개를 숙인 채 건성으로 대꾸한다.

"석류는 귀신이 먹는 밥이라 카는데 추석이 오믄 아버지가 석류 따가지고 죽은 어머니 산소에 가실 기다. 그라믄 또 어머니하고 싸움이 한바탕 벌어지지."

하고 순이는 킥 웃는다.

"그 꼴이 보기 싫어서 작년에도 언니는 산소에 안 갔지."

"저 열매 맛이 있어?"

수옥이 묻는다.

"머 별로 맛도 없다. 좀 새큼하지. 너거 곳에는 석류가 없나?"

수옥이 고개를 끄덕이면서,

"사과나무가 많아."

"사과나무? 능금 말가?"

"응."

"너거 집에도?"

"우리 과수원 했어."

누웠던 순이 벌떡 일어나 앉는다. 그리고 눈이 휘둥그레져서,

"으응? 그라믄 너거 집은 부자였던가 배? 과수원 했으믄 부자 앙이가."

수옥은 멍하니 앉아 있다.

"어릴 때 사과나무에 올라가서 오빠한테 막 야단맞았어."

"너 오빠도 다 있나?"

"셋이나 있어. 난 막내둥이야. 집에선 까불이라 했는데……."

"그래 오빠는, 셋이나 되는 오빠는 다 어디 갔노?"

"몰라 몰라!"

하다가 수옥은 그만 흐느껴 운다.

"야아가? 울기는, 울지 마라. 내가 쓸데없는 소리를 했는갑다. 부자믄 머하고 가난뱅이믄 뭐하겠노. 가지도 못할 긴데, 마음 상하지 마라. 전쟁이 들어서 다 안 그러나."

나이 든 어른같이 제법 의젓하게 위로하며 달랜다. 그러나 수옥은 여전히 흐느껴 운다.

"수옥아!"

안에서 서울댁이 부르는 소리, 순이가 어깨를 움츠린다.

"수옥아!"

"네, 네……."

수옥은 치마를 끌어당겨 눈물을 닦고 또 눈물을 닦으며 쫓아 나간다. 순이도 따라 나간다.

서울댁은 마루에 나와 앉아 안경을 끼고 신문을 보고 있다가 안경을 벗으며 수옥을 따라서 나오는 순이를 힐끗 쳐다본다. 신문을 밀어내며,

"순이 너는 아버지 양말이나 깁지 무슨 챙견할라고 따라 나오니? 그 꼴은 또 뭐야? 못난 얼굴에 지 몸 가꿀 줄도 모르는 널 어느 눈먼 놈이 데리고 갈까?"

혀를 끌끌 찬다. 순이는 부르터서 치마를 동여맨 허리끈을 끄르고 수옥이 앞으로 나서면서,

"어머니."

"널 부르지 않았는데 왜 너가 와서 서두니?"

신경질을 부린다.

"수옥이가 혼자 밤길 가는데 무섭다 안 캅니꺼. 따라가자 카는데 같이 갔다 올까요?"

"뭐?"

서울댁의 가는 눈썹이 올라간다. 수옥은 순이의 치맛자락을 잡으며,

"아, 아니."

했으나 순이는 수옥의 손을 꼬집어서 밀어내며,

"처녀 애들이 밤에 혼자 가믄 건달패들 쫓아오믄서 히야카시 안 합니꺼. 돌을 던지고요."

"너가 왜 야단이냐! 잔말 말고 들어가서 양말이나 기워!"

"양말도 다 깁고 한 켤레밖에 안 남았는데……."

화가 터진 서울댁은,

"대관절 네가 뭐냐! 내가 알아서 할 일을, 건방진 년!"

하고 욕설을 한다. 그러다가 억지로 참으며,

"수옥아."

"네."

"너 어서 갔다 오너라. 아무도 없거든 기다렸다가 짐은 꼭 가지고 와야 한다. 알았니?"

"네."

"그럼 어서 가봐라."

"밤인데, 일도 다 해놨는데 어머니는 공연히 그러시네."

이번에는 서울댁도 아무 대꾸 하지 않고 수옥이 책보를 들

고 나가는 뒷모습만 지켜본다. 순이는 얼굴이 잔뜩 부르터서,

"누가 뭐 일본 물건 가지러 간다고 소문낼까 봐?"

입속으로 중얼중얼 불평을 하며 오종종한 얼굴에다 을씨년스럽게 팔짱을 끼고 순이는 사랑으로 돌아간다. 서울댁은 신문을 손에 들었다 놓는다. 불안을 느끼는지 얄팍하고 끝이 뾰족한 입술을 다물며 마루를 왔다 갔다 하더니 안경을 걸고 신문을 다시 집어 든다.

집 안은 가라앉은 물속처럼 조용해졌다. 이따금 옆집 뜰에서 웃음소리가 들려올 뿐.

나무 그림자가 떨어져 있는 좁은 골목길을 여러 번 드나들어서 밤이지만 어설픈 것은 없는데 수옥은 아까 서울댁의 성낸 얼굴을 생각하며 오싹오싹 몸을 움츠리며—그래서 더욱 작고 가냘프게—걸어간다.

사람 없는 길이 끝나고 불빛이 밝은 번화한 중심지, 대머리까지 책방 주인이 가게 앞에 둥근 의자를 내놓고 앉아서 책을 읽고 있다.

양품점의 여자는 웃는 얼굴로 손님을 맞이하고 레코드상에서는 구슬픈 음악이 항구 가까운 거리를 휩쓸고 있다. 밤은 음악도 불빛도 모두 아름답게 하고 슬프게 한다.

번화가도 끝나고 어둡고 후미진 길로 들어선다.

"오빠, 오빠, 엄마는……."

수옥이 중얼거린다.

"순이는 집에 가는데 나는 왜 못 가우?"

접어 든 책보로 눈물을 닦는다.

창유리에서 불이 비쳐 나오는 그물공장에서 변함없이 그물 짜는 기계 소리가 찰칵찰칵 하고 들려온다. 얼굴이 호박꽃같이 뜬 처녀들이 밤일을 하는가.

해변 길을 따라 수옥은 걸어간다. 달이 밝다. 오른편 언덕의 굽은 나무 그림자가 흔들리고, 달은 길을 한낮같이 비춰준다. 물이 가득 들어찬 방천 아래서 물결 소리는 부드럽게 들려오고 바닷물이 눈부시게 일렁인다. 돛단배가 달 따라 나왔는지 조용히 지나가고 똑딱선이 통통거리며 지나간다. 멀리 여수 쪽, 좁은 수로를 빠져나간 곳에 등댓불이 깜박이고, 왼편 언덕 밑에 드문드문 있는 초가에서도 등잔불이 깜박이고 있다.

수옥은 간혹 옆을 스치고 지나가는 사람의 그림자에 놀라면서 급히 걸어간다. 여러 번 온 그 집 앞에서 멈춘다.

"할머니."

부르며 대문을 흔들었을 때 저절로 문은 열린다.

"할머니."

하고 들어가면서 다시 불렀으나 아무 대꾸가 없다.

'아무도 없으면 기다리고 있으라고 어머니가 말하시던데……'

넓은 대청에는 먼지가 뿌옇게 앉은 전등 하나만 덩그렇게 켜져 있고 오동나무 밑에는 노란 나뭇잎이 소복이 떨어져 있다. 수옥은 마루에 걸터앉아 보자기를 빙빙 돌리며 손장난을 하고 할머니가 나타나기를 기다린다.

'이 큰 집을 비워놓고 어디 갔을까? 왠지 무서워.'

몸을 움츠리며 두 다리를 꼭 모으는데 대문을 밀고 누가 들어온다.

수옥은 할머니가 들어오는 줄 알고 그냥 보자기를 뱅뱅 틀고 있다가 소스라쳐 놀라며 벌떡 일어선다. 서영래가 대문에 빗장을 걸고 돌아섰다. 싱긋이 웃는다. 달빛을 받아 그의 얼굴은 몹시 창백하다. 늘씬하게 큰 키가 대문을 등지고 한참 서 있는 것 같더니 뚜벅뚜벅 수옥을 향해 걸어온다.

총구멍이 가슴을 향해 겨누어진 듯 수옥은 움직이지도 못하고 굳어진 채 서 있다. 말끔하게 씻은 듯한 서영래의 얼굴이 가까이 온다. 흔들리지도 않고 똑바로 수옥이 앞에 선 그는,

"니가 왔구나. 수옥아."

발소리가 멎는 동시, 목에 걸린 듯한 쉰 소리가 들렸다.

"여기가 우리 집인 줄 니가 몰랐더나?"

서영래의 입술이 여느 때보다 두껍고 짙붉게 보인다.

"음, 몰랐을 기다. 내가 좀처럼 여기 안 오니께."

그는 집 안을 둘러보다가 마루에 걸터앉는다.

"여기 좀 앉아봐라. 나는 항상 니를 생각하고 있었는데 니는 와 나만 보믄 겁을 내노. 포수한테 쫓기는 사슴 새끼처럼.

사람을 보고 무서워하믄 못쓴다."

수옥은 뒷걸음질 치며,

"가, 가겠어요. 무, 물건 어서······."

하다가 말을 끊고 서영래의 눈을 본다.

"주세요, 물건!"

"허, 서둘 것 머 있노. 내일도 날이고 모레도 날 아이가? 물건이야 주고말고, 니가 물건 안 가지고 가믄 서울댁이 불쌍한 너를 야단 안 치겠나. 내가 다 알고 있지."

하며 서영래는 긴 팔을 뻗쳐 수옥의 손목을 잡아끈다. 수옥의 몸이 서영래 앞으로 확 기울어진다. 쓰러지듯 서영래 옆에 앉았으나 수옥은 손을 뿌리치고 도로 일어서려 한다.

"앉아라, 가만히 앉아 있어. 나 이야기 좀 할게."

수옥은 손목을 잡혀서 꼼짝 못 하고 숨만 가쁘게 쉰다. 콧등에 땀이 송송 반짝인다. 서영래는 손을 놓아주며,

"혼자 오는데 안 무섭더나?"

대답을 바라지도 않고 허리를 꾸부리며 발밑을 내려다본다. 면도한 목덜미가 시원하게 푸르다. 서영래는 허리를 꾸부린 채,

"내가 니를 처음 봤을 때부터 참 참한 애라고 생각했지."

"······."

"그만한 인물을 가지고 서울댁에 붙어서 고생할 것 있나."

"······."

"안 그렇나? 니만 내 시키는 대로 하믄 이 집은 니 집이 될 기고, 노인네가 있어서 니 시중은 들어줄 기고 편하게 살 수 안 있겠나? 나는 니가 꼭 마음에 든다. 처음 봤을 때부터……."

"……."

"니도 피란 와가지고 어지가지할 곳 없는 처지 아니가? 그 참한 얼굴을 하고서 와 남의 집에서 고생하고 있을 것고."

서영래는 얼굴을 들어 수옥을 쳐다본다.

"세상에 흔해빠진 게 여잔데, 니 아니믄 사람이 없겠나? 그 런데 나는 니가 꼭 마음에 든다."

"아니에요! 아니에요. 물건 주세요. 어머니가 야, 야단…… 보, 보내주세요, 아저씨!"

서영래는 싱긋이 웃는다.

"아저씨라고? 니 신랑이 될라 카는데 아저씨라믄 되나."

"어, 어머니가 무, 물건."

"흥, 서울댁 말가? 흥."

비웃는다. 서영래는 다시 허리를 꾸부려 땅을 내려다보며 생각에 잠긴다.

한참 만에 그는 몸을 일으켰다.

"너 영 말귀를 못 알아듣는구나."

그는 가냘픈 수옥을 어린애 다루듯 번쩍 안는다.

"엄마!"

"다 큰 처녀 애가 엄마가 뭐꼬."

서영래의 눈빛이 달라지고 거칠어진다. 그는 발버둥 치는 수옥을 큰방으로 끌고 간다.

"아무리 소리 질러봐도 소용없다. 이 천지에 너하고 나하고 둘뿐이다. 계집과 사내 둘뿐이란 말이다!"

그는 방에서 뛰어나가려는 수옥을 밀어서 막아서고 팔을 뒤로 돌려 방문을 닫는다.

"자아, 날 봐라."

하며 그는 수옥을 껴안고 숨이 막히도록 입맞춤을 한다. 그리고 자리에 쓰러뜨리고 수옥의 옷을 벗긴다.

"너가 지금은 이리해도 내가 좋아질 기다. 내가……."

"엄마! 엄마! 엄……."

불 꺼진 장지문에 달이 환하게 비친다. 풀벌레가 울다가 말고 울다가 말고 한다.

한참 후에 방문을 열고 나온 서영래는 성난 얼굴로 마루에 앉아서 담배를 태우다가 말 한마디 없이 대문을 밀고 나가버린다. 그가 나가고 난 뒤 수옥이 방에서 쫓아 나온다. 신발을 신고 무엇을 찾는 듯 뜰 안을 왔다 갔다 하다가 마루에 굴러 있는 책보를 집어 들고 밖으로 뛰어나간다. 해변까지 뛰어나 갔을 때 서영래가 저만큼 돌아보지도 않고 가고 있었다.

방천 가에 온 수옥은 바다를 내려다보며 쭈그리고 앉아서 울기 시작한다. 그는 소리를 내어 운다.

"엄마! 엄마!"

215

소리를 내어 울다가 흐느끼고 흐느끼다가 다시 소리 내어 운다.

성난 얼굴을 바다 쪽으로 돌리고 가기 때문에 서영래와 마주치지 않고 집으로 돌아가던 학수가 소리를 내며 울고 있는 수옥을 보고 걸음을 멈춘다.

'이 밤에 여자가 왜 저러고 있을까? 물에 빠져 죽으려고 저럴까?'

검은 머리 흰 적삼, 그리고 치마, 방천 가의 난간을 잡고 기도를 올리는 듯한 자세로 울고 있는 뒷모습은 처량하기 그지없다.

"여보시오."

하며 학수는 수옥이 뒤로 가까이 간다.

"여보시오."

그래도 수옥은 상반신을 쩔쩔 흔들어대며 슬프게 운다. 학수는 수옥의 어깨를 흔든다.

"이 밤에 왜 이럽니까?"

"엄마, 울 엄마!"

"어머니가 돌아가셨습니까?"

그 말에 비로소 수옥은 울음을 그치고 두 손으로 머리를 감싸안은 채 바다를 내려다본다.

'아직 처녀구먼.'

학수는 그냥 가버리려고 몇 발자국 걸어가다가 아무래도

마음이 놓이지 않는 모양이다. 돌아보고 섰다가 그는 되돌아
온다.

"저, 댁으로 돌아가십시오. 밤도 저물고 여기 바닷가에 이
러고 있음 안 됩니다."

수옥을 내려다보며 말했으나 머리를 감싸안고 수옥은 다시
울기 시작한다.

"허 참, 밤인데 이 바닷가에서 어쩔려고……."

와글와글 떠들어대는 자유시장의 혼잡한 속을 사람한테 떠
밀리며 양말 한 켤레를 사가지고 명화는 나간다. 일요일이어
서 더욱 붐비는지…… 전쟁은 지금 어디서 일어나고 있는가.
상점마다 찬란한 일제, 미제 상품이 그득그득히 쌓여 있다.
밝은 빛깔이 넘치는 가게 앞에 여자 손님들이 서성거리고 멋
진 양복을 입고 꽤 교양도 있어 보이는 여자들이 땀을 흘리며
PX에서 내온 물건을 편다. 부잣집 틈에 낀 가난뱅이같이 국산
품 가게는 초라하고 풀이 죽어서 가게 주인의 얼굴빛마저 우
중충해 보인다.

명화가 광복동으로 빠져나왔을 때 극장에서 사람들이 거미
알처럼 흩어져 나왔다. 그들 사이로 고급 승용차가 바람을 끊
고 지나간다.

명화는 그늘진 편의 양복점 쇼윈도 앞에 멈추어 서서 유리
판으로 칸을 질러놓은 그 위에 댕그마니 놓여 있는 구두를 들

여다본다. 초콜릿버터로 양옥집을 만들어서 진열해놓은 과자점의 쇼윈도를 들여다보는 어린애처럼.

'저 초콜릿빛 구두의 모양이 예뻐.'

명화는 오랫동안 구두를 들여다보다가 양화점으로 들어간다.

"저기, 밖에 내려놓은 초콜릿빛 구두 말이에요."

"네, 네."

점원은 대답부터 해놓고 살 사람인지 안 살 사람인지 감정이라도 하는지 꾸물꾸물 기어가는 송충이 같은 눈썹을 하고서 명화의 차림을 훑어본다.

"좀 보여주세요."

"그러지요."

점원은 쇼윈도의 문을 열고 구두를 내왔다.

"신어봐도 돼요?"

"그러믄요."

진열장 위에 놓았던 구두를 명화 발 앞에 가지런히 놓아준다. 그리고 하얀 뿔로 된 구둣주걱을 내민다. 어떻게나 그 구둣주걱은 길었던지. 아무 양화점이나 으레 그런 것이지만 예쁜 구두의 인상마저 지워버리는 조야한 느낌. 명화는 낯설어하며 구둣주걱을 안 받고 새 구두에 발을 담아본다.

"좀 크네요."

"그럼 맞추세요. 꼭 이 모양으로 해드리죠."

"맞추기는 싫어요."

점원이 이상한 눈으로 명화를 보다가,

"바빠서 그러세요?"

"아뇨."

"빨리 해드릴 수 있는데요."

"아니, 아니에요."

명화는 미안하다는 말을 남기고 양화점에서 나가버린다. 양화점은 여러 군데 있었지만 명화는 다시 그곳을 찾지 않는다. 길모퉁이에 우두커니 서서 오는 사람 가는 사람을 눈여겨보지도 않으면서 바라본다.

"처녀요, 이 포도 좀 안 사줄랍니꺼?"

하는 소리에 명화는 돌아본다.

"포도가 참 싱싱해요. 방금 받아 왔으니께."

남자가 수레를 받쳐놓고 자꾸 권한다. 명화는 다가가서 포도송이를 고른다.

남자는 커다란 봉지부터 꺼내어 펴면서,

"씨도 없고 참 달아요. 잘해드리겠소."

하마 손님을 놓칠까 봐 지레 겁을 낸다. 명화는 포도 세 송이를 봉지에 담고 돈을 치른 뒤 어디로 갈까 망설이는 듯 다시 멍하니 극장 켠을 바라본다.

초점 없이 둥실 떠 있던 명화의 눈이 별안간 불이 켜질 듯 확 벌어진다. 극장 안에서 한 쌍의 남녀가 서로 웃으며 나란히 걸어 나온다. 여자는 그린빛 원피스에 흰 핸드백, 머리는 사내아이처럼 짧게 깎고, 건강한 얼굴에 가을 햇빛이 푸짐하게 미끄러진다.

명화는 거리에 못 박힌 듯 움직이지 못하고 서 있다. 한 쌍의 남녀, 그중 남자가 얼굴을 들었다. 명화를 본다. 몹시 놀라며 급히 다가온다. 여자도 영문 모르고 따라온다. 그는 명화 앞에 멈추어 서며, 당황해하는 빛이 역력한 얼굴로,

"명화."

하고 불렀다. 응주 옆에 선 죽희가 묘한 얼굴이 되어 명화를 본다. 응주는 대답을 않고 그냥 서 있는 명화에게,

"나 집에 가려고 했는데……."

명화는,

"영화 보러 나오셨어요?"

"음."

"그럼 가보세요."

"나 곧 가겠어."

응주 말에 대꾸 없이 돌아선 명화는 뒤돌아보지도 않고 가버린다. 응주는 옆에 죽희가 있으므로 뒤따를 수도 없고 엉거주춤 서서 명화의 뒷모습을 바라본다.

죽희는 그들이 주고받는 말에서 이상한 예감이 드는 모양으로 좀 얼굴빛이 달라졌으나 그렇게 심각하지는 않았다. 죽희는,

"참 고운 분이네요. 누구세요? 응주 씨의 친구?"

하고 눈동자에 웃음을 띠며 물었다. 응주는,

"친구?"

입속으로 되풀이하다가 죽희 얼굴을 돌아다본다.

"친구보다 더 가까운 사람입니다."

또렷한 목소리, 그러나 화난 듯.

"그럼 애인이세요?"

죽희의 소리는 자연스럽지 못했다. 응주는 더 이상 말대꾸하지 않고,

"영화 구경을 시켜주셔서 감사합니다. 제가 차 대접을 하지요."

그러나 죽희는 새삼스럽게,

"그럼 아까 그분은 오해했겠어요."

혼잣말처럼 뇌었다. 그 말 대답도 응주는 하지 않았다. 그들은 극장 근처의 다방으로 들어간다. 다방에서 커피를 주문하여 따끈따끈한 것을 마신다. 어딘지 풀이 죽은 듯한 죽희의 얼굴을 응주는 바라본다.

"응주 씨는 굉장히 자신이 있는 분이에요."

커피잔을 접시 위에 놓으며 죽희가 말했다.

"자신이 있는 사람이라고? 그거 참 다행이군요. 우리 아버지는 자신 있는 사람이 되라고 항상 훈계하지요. 아버지가 들었으면 아주 반가워하겠습니다."

응주는 약간 비꼬는 그런 투로 말했다.

"보통 사람은 그렇게 하지는 않을 거예요."

"그건 왜 그렇습니까?"

"글쎄."

하다가 얼굴을 붉혀버린다. 그것은 무시당한 노여움과 또 한편 명화에게 경쟁적인 존재라는 것을 암시한 자기 자신에 대한 수치심에서. 그러나 사실 응주는 떠밀어버리는 듯한 말과 달리 그렇게 의젓한 상태에 있지는 못하였다. 불안스러운 듯, 눈빛이 헷갈리고 부서지는 것처럼 보인다.

죽희는 침묵이 겨웠던지 다시 입을 뗀다.

"참 성실한 분이에요."

응주는,

"솔직한 것도 실상은 자신이 있어 그런 게 아니구 방법인지 누가 알아요?"

하다가 스스로 당황하며,

"오늘은 정말로 폐가 많았습니다."

갑자기 다른 말을 한다. 얼마 후 그들은 다방에서 나간다. 죽희와 헤어진 응주는 명화의 하숙집으로 찾아갔다. 문을 열고 들어갔을 때 그의 얼굴을 잘 알고 있는 하숙집 아주머니는 빙긋이 웃으며 오냐 가냐 말도 없고 명화가 있는 방을 향해 손님이 왔다는 말도 없이 그냥 뒤란으로 돌아가 버린다. 명화는 뒤뜰로 향한 방을 쓰고 있었다.

응주가 그쪽으로 돌아갔을 때 신돌 위에 명화의 신발이 나란히 놓여 있었으나 방문을 꼭 닫은 방 안에서는 아무 기척이 없다. 응주는 마루 앞에서,

"명화."

하고 불렀다. 역시 아무 기척도 없다.

"명화."

그래도 대꾸가 없다. 응주는 신발을 벗고 마루로 올라간다. 방문을 열었다. 명화는 책상 위에 엎드려 울고 있었다. 응주 얼굴이 찌푸려진다. 호주머니 속에서 담배를 꺼냈다. 그는 짜증 날 듯한 표정으로 명화의 뒷모습을 바라보다가 시선을 돌리고 담배 연기를 내뿜는다. 명화는 그냥 흐느껴 울고 있다.

"도대체 명화에게 내가 무슨 변명을 해야 되지?"

화를 낸다.

"내가 어째서, 뭐라고 명화에게 변명을 해야 되느냐 말야. 일일이 이렇고 저렇고 말을 하나."

하고 더욱더 화를 낸다. 명화는 눈물을 닦으면서,

"내가 나 혼자서 어떤 짓을 하거나 무슨 상관이에요."

코 먹은 목소리로 대꾸한다.

"울기는 왜 우는 거야?"

"울면 어때요? 울 수도 없나요?"

"밤낮 울어!"

소리를 꽥 지른다.

"우는 것 보지 않으면 되잖아요. 나는 혼자 우는 거예요. 응주 씨가 마음대로 오지 않았어요?"

"내 이럴 줄 알았어. 그래서 온 거야. 대관절 왜 울지?"

"울고 싶으니까 우는 거지……."

"어째서 울고 싶어?"

하다가 응주가 마루에 주저앉는다. 한참 만에,

"아버지 통영 가셨어?"

"아니요."

"언제 가셔?"

"아마 오늘 가실 거예요."

"음."

하다가 어색한 표정을 짓는다.

"명화."

"얘기하세요."

"우리는 그냥 좋아하면 되는 거 아니야? 어쩌구저쩌구 그렇게 말할 필요는 없어. 이렇게 운다는 것 다 쑥스러운 짓이야."

그러자 명화가,

"그인 누구예요?"

"교수 딸이야."

하고 더 이상 자세한 얘기는 하지 않았다. 그러나 그의 표정은 흔들리는 것 같았다. 명화는 응주 얼굴이 흔들리는 것을 본다.

"포도 씻어 올게요."

명화는 포도를 씻어 가지고 왔다. 그들은 서로 마주 보고 앉아서 포도를 먹는다. 포도송이를 따 먹고 있는데 마침 조만섭 씨가 들어왔다. 그는 응주를 보자 기쁜 빛을 가득히 띠며,

"응주 왔나."

먼저 말을 걸었다. 응주는 자리에서 일어서며,

"오늘 가신다지요."

인사한다.

"음, 오늘 간다. 하루 더 묵을 것 없고 볼일 봤으니께 밤배라도 타고 가야겠다. 참 자네 병원이 대신동이더구나."

"어떻게 아셨습니까."

"나 처제 집이 대신동에 있지. 거기서 내려오는 길에 병원 간판이 붙어 있더라. 그래서 이상하다고 서 있는데 자네 부친이 자동차에서 안 내리겠나? 인사라도 할려고 했더니 동행이 있고, 이야기하며 병원으로 들어가기에 그만……."
하는데 조만섭 씨 얼굴이 쓸쓸해진다.

그때의 분위기를 환하게 느낀 명화는 노엽게 얼굴을 붉히고 응주는 말없이 눈을 내리깐다.

"또 명화하고 시간 약속을 했고, 객지에 온 사람이 별안간 이삿집을 찾아갈 준비도 없어 들어가 인사할라다가 그만 지나쳐 왔다. 자네, 거 서 있지 말고 앉게."

조만섭 씨가 먼저 앉는다. 응주도 부시시 따라 앉는다.

"오늘은 참, 일요일이구나."

"……."

"그래…… 우리도 부산으로 이사 올까 싶은데……."

"부산으로요?"

응주가 되묻는다.

"글쎄 그런 생각을 해보지만……."

조만섭 씨는 아까 한 말을 뒤집어버린다.

"명화야."

"네."

"너 뭐 시장에 갈 일이 있다고 안 했나. 구두 살 거라고 했제?"

"아까 시장 갔다 왔어요."

"아, 그래 구두 샀나?"

"아니요."

"와?"

"마음에 드는 게 없어요."

"나하고 같이 안 나가볼래? 응주도 같이 가자."

"아버지, 저 안 나가겠어요."

"와?"

"요다음 일요일에 가죠. 아까 나갔다 왔는걸요."

"그러믄 니 마음대로 해라."

"점심은 잡수셨어요?"

"음, 먹고 나왔다. 그래 자네는 집에 있겠구먼."

"네, 요즘 집안일이 바빠서요. 좀 돌봐주고 있습니다."

"그럼, 자네 일 아니가. 집안일이 즉 자네 일 아니가."

서로 어색하여 한동안 침묵이 계속된다. 다시 조만섭 씨가,

"내가 머 부산이라는 데가 싫은데 그래도 젊은 사람들은 부산에 있어야지."

하고 일어선다. 명화는,

"아버지, 아직 시간 안 되잖았어요?"

"음, 시간은 아직 멀었다만……."

조만섭 씨는 아무것도 없는 빈 호주머니를 뒤지면서 엉거주춤한다.

"일찍 나가셔서 뭘 하시게요."

"시장이나 한 바퀴 돌아보고……."

어디로 가겠다는 목적도 없는가 본데 젊은 사람 사이에 끼어 있는 것이 거북하고, 뭔지 모르게 불안스러운 것을 느끼는 모양이다.

"저는 나가기 싫어요."

포도알 하나를 따서 만지며 명화는 말한다.

"니가 뭐 할라꼬? 나올 필요 없다. 구두도 안 산다믄서."

명화가 따라나서기라도 하듯 조만섭 씨는 급히 손을 내저으며 말리는 시늉을 한다.

"나중에 시간 되면 뱃머리에 나가겠어요."

"괜찮다. 나오지 마라."

마루에 걸터앉자 꾸부정하니 엎드려 구두를 신는 을씨년스럽고 많이 늙어버린 것 같은 조만섭 씨의 뒷모습을 명화와 응주가 가만히 바라본다. 그러다가 응주와 명화의 눈이 마주친다. 명화의 눈에는 슬픔과 믿을 수 없는 괴로움이, 응주의 눈에는 우울한 짜증이 엇섞인다. 응주는 명화의 눈을 떠밀어버리듯 훌쩍 일어선다.

"나도 가겠어."

명화의 얼굴이 순간 굳어진다. 무릎 앞에 놓인 포도 접시를 와락 밀어낸다. 의혹이 눈빛 속에 가득히 모여든다. 조만섭 씨가 있으므로 차마 가지 말라고 붙잡지는 못하고 눈에 눈물이 글썽 돌다가 만다. 응주를 외면하면서 명화도 일어선다. 그리고 흘러내리는 머리를 쓸어 넘긴다.

신발을 신고 돌아선 조만섭 씨는 함께 나가겠다는 응주를 보자 몹시 당황하여,

"아, 자, 자네는 더 놀다가 오게."

"아닙니다. 가봐야죠."

"일요일인데 무슨 일이 있다고."

"……."

"음, 음……."

하며 조만섭 씨는 고통을 참는 듯한 명화의 얼굴을 살피고 우울하게 서 있는 응주의 얼굴을 살피며 마치 성미 사나운 사위집을 찾아온 장인처럼, 자신이 무슨 실수라도 저지른 것처럼

난처해한다.

하는 수 없이 조만섭 씨는 응주와 함께 밖으로 나간다. 명화는 대문 밖까지 나와서 그들 뒷모습을 바라보고 서 있었다.

번화한 거리와 달리 주택가의 일요일은 조용하다. 소금장수가 지나가고 아이들이 뛰어가고 그러고는 아무도 없는 빈 거리. 한참 동안 말없이 걸어가던 조만섭 씨는 헛기침을 한 번 하더니 큰 결심을 한 듯,

"응주."

은근히 불렀다.

"네."

"자네 졸업 맡으면 어쩔 생각인가?"

아무 대꾸가 없다.

"마, 우리 까놓고 이야기하자."

조만섭 씨는 다시 헛기침을 한다.

"자네 부친께서 반대하고 있다는 거는 토영 바닥이 다 아는 거고, 그지마는 자네 생각에 달려 있는 거 아닌가. 당사자끼리만 원한다면 요새 세상에 부모들 말이 무슨 소용이 있노. 안 그런가?"

그래도 응주는 아무 대꾸도 안 한다. 차츰 초조해진 조만섭 씨는 담배를 꺼내어 붙여 문다.

조만섭 씨는 재도 없는 담배를 성급하게 털며,

"다 너희들 둘이 혼인할 거로 생각하고, 나도 그렇게 될 거

로 믿고 있다."

응주는 앞만 보며 걸어간다.

"둘도 없는 그것 하나를 기르면서, 워낙 아이 성미가 꼿꼿하고 한번 마음먹으믄…… 내가 애비지만 항상 조심스럽고, 불 앞에 아이 앉혀놓은 것 같아서 걱정이 안 되나. 명화는 자네 아니믄 평생 혼자 살 기다. 그런 아이 아니가. 내가 그 애 성미를 잘 알지. 어떤 때는 남의 딸자식처럼 좀 더분더분 했으믄 하고 생각할 때가 있다. 내가 이런 말 안 해도 너희들 생각이 다 있겠지마는…… 일이란 너무 오래 끌어도 안 되는 거고 또 자네 부친이 그러니께 내 마음이 항상 쫓기는 것처럼 놓이질 안 한다."

"결혼 못 하는 것은 아마 저의 의사가 아닐 겁니다."

처음으로 응주가 입을 뗀다. 조만섭 씨의 얼굴빛이 변한다.

"그, 그라믄 자네는 부친의 의사를 좇겠다는 그, 그 말인가?"

"그게 아니죠."

"그럼."

"명화에게 원인이 있습니다."

조만섭 씨의 얼굴이 벌겋게 부풀어 오른다.

"음, 그래 명화에게 원인이 있다. 그래 자네가 그걸 몰랐단 말인가?"

응주 옆으로 바싹 다가서며 잡아먹을 듯 눈을 희번덕거린다.

"우리 명화 애미가 그렇게 해서 죽은 건 이미 세상이 다 아는 일 아닌가? 너희가 서로 좋아하기 전부터 아는 일 아닌가? 새삼스럽게 그런, 그런 말을 한다는 건 남아대장부의 할 짓은 아니다. 시, 싫으면 곱게 싫다 하지 새, 새삼스럽게 그 일을 끄집어내?"

조만섭 씨는 눈앞이 캄캄해진 듯 허둥대며 숨을 가쁘게 쉰다.

"아, 아닙니다. 제가 그런 뜻으로 말씀드린 건 아닙니다. 저에게 결혼 의사가 없다는 게 아니고 명화에게 그런 의사가 없습니다."

"명화에게 없다고? 그럴 리가 있나."

조만섭 씨의 어세가 푹 누그러진다.

"명화는 저하고 결혼할 생각을 갖고 있지 않습니다."

"그럴 리가 없다!"

조만섭 씨의 목소리는 다시 높아진다.

"저 역시 뭐가 뭔지 모르겠습니다."

응주는 우울하게 뇐다.

"명화가 응주하고 혼인 안 한다믄 이 세상에 뉘하고 할 것고!"

외치듯 다시 조만섭 씨는 말했다.

"명화는 어머니에 대한 환상 때문에 결혼이란 그 자체를 생각하고 있지 않습니다."

조만섭 씨는 입을 다물어버린다. 그의 눈은 아주 슬퍼 보였

다. 한참 만에,

"그러나 자네 마음먹기 탓이지. 안 그런가?"

"……."

"명화는 미안해서 그럴 기다. 지를 낮추어서 그러는 거다. 더군다나 자네 부친이……."

하다가 목이 메는지 말을 끊는다.

"어떻게 생각해보면 저 자신 속에도 결혼을 안 할 마음이 있는지도 모르겠습니다. 이렇게 불안한 속에서 내일 어떻게 될지 모르는, 그렇게 한가한 세월입니까?"

조만섭 씨는 그 말 대꾸는 하지 못한다. 응주는 돌을 차며 간다.

밤배를 타고 집으로 돌아온 조만섭 씨는 찌푸린 얼굴로 들어선다.

"왜 낮배로 안 오시고 밤배로 오셨수?"

자다 일어난 서울댁은 제물에 놀라 어물어물하면서 조만섭 씨의 눈치를 살핀다. 밤이 저물어 순이와 수옥은 사랑에서 다 잠이 들었는지 사방은 괴괴하고 엷은 구름에 가려진 달이 희미하게 떠 있다.

"머 부산서 하룻밤 더 잘 필요 있나?"

조만섭 씨는 가방을 마룻바닥에 휙 던지고 걸터앉으며 입맛을 다신다.

"여보, 당신 돈 받았수?"

여전히 눈치를 보며 묻는다.

"응."

"다 받았어요?"

"우선에 절반만 받았어."

"나 그럴 줄 알았어요."

그러나 서울댁은 흐트러진 머리를 매만지면서 다른 때처럼 들볶지는 않았다.

"세수 안 하시겠어요?"

"세수고 뭐고."

조만섭 씨는 양복을 벗어 던지고 넥타이도 끌러서 팽개치며 마루로 올라가서 팔짱을 끼고 앉는다. 서울댁은 눈치만 살필 뿐 말을 못 한다. 한참 만에 조만섭 씨가 먼저 입을 뗀다.

"우리 부산 가기로 할까?"

그 말에 서울댁은 마음을 놓고 한편 기쁜 빛을 띠며,

"여보, 어째 그런 생각을 하게 되셨어요?"

생긋이 웃는다.

"글쎄…… 부산도 살 만하더군."

하는데 조만섭 씨의 얼굴은 절로 찌푸려진다.

"그럼요. 아무래도 이곳보다야 낫지 뭐예요. 낫구말구요. 잘 생각하셨소."

"임자가 부산에 편지하지."

"여보, 그럼 당신 영자네한테 그런 이야기 안 하고 오셨수?"

"어떻게 내가 말할 수 있나. 임자가 말해야지."

"그럼 그 얘기는 꺼내지 않으셨군요?"

"난 잠자코 왔다."

서울댁은 마루에 올라가 앉으며,

"가야지요. 편지하겠어요. 뭐 편지하나 마나 간다고만 하면 본시부터 오라고 성화를 했으니까 좋아할 거예요."

그래도 조만섭 씨의 얼굴은 풀어지지 않는다.

"저녁 드시겠소?"

"저녁 생각도 없다."

"당신 왜 그리 기분이 나빠요?"

"속이 안 좋은 모양이다."

조만섭 씨는 아프지도 않은 배를 만져본다.

서울댁은 망설이다가,

"여보."

하고 목소리를 낮추었다.

"그런데 골치 아픈 일이 생겼지 뭐예요."

"뭔데?"

"글쎄 수옥이가 탈 났어요."

"뭐? 무슨 탈? 애를 뱄단 말가!"

조만섭 씨는 얼굴을 휙 돌린다.

"아니, 그런 게 아니에요."

"그럼?"

"글쎄 당신한테 야단맞을까 봐서."

"하여간 얘기나 어서 해봐라."

"글쎄……."

"아따 성급한 사람 울화통 터지것다."

조만섭 씨는 마침 잘됐다는 듯 화를 벌컥 낸다. 서울댁의 얼굴이 좀 질린다.

"당신 성미가 하도 꼿꼿해서 제가 아무 말 안 하고 있었지만요, 실은 제가 장사 좀 했어요."

약하게 몹시 두려워하는 듯, 그러나 착 감겨드는 태를 내며 말한다.

"무슨 장사를 해?"

조만섭 씨는 갑자기 이야기가 비약하는 바람에 수옥의 일은 잠시 잊어버린다.

"무슨 장사긴요? 일본 물건 장사지요."

"그래, 그게 어디서 났소."

"서 선생이 주데요."

"뭐? 서영래가 주더라고? 그게 어찌 되었다는 거요. 수옥하고 무슨 상관이오!"

조만섭 씨는 서영래 말이 나오자 얼른 수옥의 문제로 돌아간다.

"그래, 그냥 수옥이를 심부름시켰지 뭐예요."

"뭐? 수옥이를 심부름을 시켜?"

"글쎄 순이 년은 입이 싸서 심부름을 시킬 수 있어야지요. 말도 없고 계집애가 속이 깊은 것 같아서 수옥이를 보냈지 뭐예요. 곧잘 하더니 글쎄 며칠 전에……."

"며칠 전에, 그래서?"

"일을 당한 모양이에요."

"무슨 일을?"

무슨 일인지 알면서 조만섭 씨는 되묻는다.

"글쎄 주책없이 서 선생인가 하는 사람이……."

"서영래 말가?"

"그럼 누구겠어요? 물건 가질러 보냈더니 글쎄 계집애를 그렇게 한 모양이에요."

"에이, 빌어먹을!"

조만섭 씨는 앉은 자리에서 벌떡 일어선다.

"에이, 빌어먹을! 무슨 놈의 계집애 그따위고!"

"왜 아니래요. 계집애가 영 물러서 아무짝에도 못 쓰겠어요." 하면서도 양심의 가책을 받는지 조만섭 씨를 바로 보지 못한다.

"에이!"

조만섭 씨는 큰 실수를 한 듯 도로 주저앉는다. 그러고는,

"그놈의 계집애 이북서 내려오면서 아무래도 그런 일을 여러 번 당했는갑다. 그렇지 않고서야 어찌 그리 마음이 헐할

꼬? 얼굴은 얌전하게 멀쩡하게 생긴 년이. 그런데 임자도 임자요! 뭐 할라고 수옥일 보낸단 말이오."

"누가 알고 그랬어요? 서 선생님은 점잖은 분이고 허튼 소문도 없고, 누가 이렇게 될 줄 꿈엔들 생각했겠어요?"

서울댁은 천연스럽게 꾸며댄다.

"기왕 이렇게 된 바에야 할 수 없지 않아요? 계집애를 서 선생한테 맡겨버려야지."

"흥."

조만섭 씨는 어처구니가 없는 코웃음을 웃는다.

"어차피 버린 계집애 아니에요? 밥은 먹여줄 거구 돈 있으니까 호강시켜줄 게고, 되레 괜찮게 됐는지도 몰라요."

"호강을 시켜준다고?"

신돌 위에 침을 뱉는다.

"그놈의 새끼가 호강을 시켜줘? 언제 난 서영래라고 기집한테 호강을 시켜. 소문난 노랭인데. 친구한테 술 한 잔 사는 걸 본 일이 없다. 어림도 없다. 어림도 없어!"

조만섭 씨는 화가 나서 어쩔 줄 모른다.

"이눔의 세상이 그만, 에이, 아니꼬와서……."

6. 이율배반

마지막 강의가 끝나고 웅성웅성하는 강의실에서 모두 돌아갈 준비를 한다. 토요일이어서 학생들 기분은 더욱더 들뜨는 모양이다. 책가방 속에 노트를 구겨 넣으면서,

"염불을 하는지 뭘 하는지 도무지 알아들을 수 있어야지. 아무리 손끝으로 해먹는 장사라지만 입도 좀 놀릴 줄 알아야 할 게 아닌가."

불평하는 소리를 들으며 웅주는 책가방을 들고 강의실에서 나온다. 나오다가 가방을 겨드랑이에 끼고 담배를 붙여 무는데 같은 학년의 여학생이,

"다정한 친구가 밖에서 기다리고 있어요. 어서 나가보세요."

불그스름한 여드름이 서너 개 솟아난 얼굴에 장난꾸러기 같

은 웃음을 띠며 말했다.

"여잡니까, 남잡니까?"

웅주는 성냥개비를 버리며 웃지도 않고 묻는다.

"어여쁜 여성, 남자끼리 다정해서 뭐 할려구요."

학과에 시달려 겉늙어버린 듯한 얼굴에, 그러나 미소를 잃지 않고 여학생은 복도로 쫓아 들어간다.

"재미 많이 보세요!"

여학생은 돌아보며 크게 소리친다.

'명화가 왔을까, 웬일로?'

웅주의 얼굴이 불안해 보인다. 그는 이리저리 교정을 살피며 걸어나간다. 그러나 알 만한 얼굴이 그의 눈에 띄지 않는다.

'명화가 여기 올 일은 없는데?'

가을 하늘이 너무 푸르고 높아서 지나가는 학생들의 모습마저 투명하게 느껴진다. 하기는 구질구질한 여름 차림을 벗고 차분한 가을 복장으로, 여학생들의 얼굴이 한결 아름답다. 멀리 자동차의 클랙슨 소리도 맑게 울려오고,

"웅주, 대포 하러 안 가겠어?"

웅주를 지나쳐 가며 친구들이 말을 건다.

"사양하겠어."

"날씨가 너무 좋아서 미치겠네."

학생 한 패거리가 지나가며 큰 소리로 떠들어댄다.

교문 앞까지 나온 웅주는,

"아아."

하고 걸음을 멈춘다.

학교에서 바로 오는 길인지, 죽희도 역시 책가방을 들고 교문 앞에 우두커니 기다리고 서 있었다. 죽희는 웃으며 귀엽게 고개를 숙인다. 회색 스웨터에 머리를 뒤로 걷어서 묶었기 때문에 그런지 몰라도 얼굴이 좀 수척해진 것 같다.

"웬일이세요?"

"아버지 만나러 왔어요."

"아, 그래요?"

"혹시 하고…… 지나가는 여학생한테 물어봤더니 나오셨다구, 강의가 곧 끝날 테니까 하며 친절하게 말하지 않겠어요?"

죽희의 회색 스웨터 어깨 위에 노란 은행잎이 하나 떨어져 있다. 웅주는 죽희 이야기는 귀담아듣지 않고 그 은행잎만 쳐다본다. 배어들 듯 선명한 노란빛, 웅주는 저도 모르게 죽희 어깨 위에 놓인 은행잎을 떼어서 우두커니 쳐다보다가 버린다. 메마른 아스팔트 위 가벼운 바람에 굴러가는 노란 은행잎을 죽희의 눈과 웅주의 눈이 함께 따라간다.

죽희는 얼굴을 들고 웃는다.

"가시죠."

"네."

두 사람은 나란히 걸어간다. 또각또각 소리를 내며 한참 걷

다가,

"어머님이랑 모두 안녕하십니까?"

"네, 아무 일 없어요. 응주 씨 왜 놀러 오시지 않느냐고 자꾸 그러세요."

남학생들이 눈부신 듯 죽희를 바라보며 지나간다. 놀려주듯 응주에게 웃음을 보내는 축들도 있다.

"공부만 하는 학교라서 그런지 학생들이 모두 얌전하네요."

죽희는 지나가는 학생들을 보며 뇐다.

"호위병이 있으니까 그렇죠. 상당히 와일드합니다."

"아버지가 계시지만, 전 오늘 여기 처음 와봤어요."

죽희는 둘레둘레 사방을 살핀다.

"이제 가을이죠? 가로수가 노오랗게 돼버렸네요."

응주는 하늘을 올려다본다. 죽희는,

"우리 집에선 어젯밤 순산했어요."

"순산?"

"우리 집의 지지, 개 말예요. 글쎄 새낄 다섯 마리나 낳았지 뭐예요!"

응주는 웃는다.

"새끼가 너무 예뻐서 못 견디겠어요. 그동안 우울했는데 그만 다 풀려버렸어요."

"무슨 일이 있었습니까?"

"아뇨…… 그때 극장 앞에서 만난 분이 너무 아름다워

서요."

느닷없이 말을 한다. 그리고 응주의 옆얼굴을 가만히 쳐다본다. 응주는 얼굴을 돌려 가로수 그늘 밑의 죽희 눈을 쳐다보다가 씁쓸하게 웃는다. 죽희는 침을 꿀꺽 한 번 삼키고,

"바쁘세요?"

묻는다.

"아니요."

"방해되지 않으세요?"

"아니요."

"그럼 어디 가서 차나 마시지 않겠어요?"

"그럽시다."

그들은 길켠에 있는 다방으로 들어간다. 거의가 모두 학생 손님들, 큰 소리로 떠들어대면서도 답답하고 우울한 얼굴들이다. 죽희는 차를 마시다가,

"응주 씨는 연극을 잘하신다죠?"

응주는 비꼬는 말로 들었는지,

"미욱해서 거짓말은 서툰 편인데요."

하고 대꾸한다.

"누가 그런 연극을 말했나요? 진짜 연극 말예요. 고향에서 무대에 선 일이 있다는 얘길 들었어요."

응주는 픽 웃고 만다.

"굉장히 소질이 있다 하데요. 의과는 성격에 맞지 않을 텐데

아버지가 우겨서 그랬나 부다고."

"누가 그런 말을 합디까?"

"우리 반 애한테서 들었어요. 그 애 고향이 통영이거든요. 상당히 유명하신가 봐요."

"많은 허물이 나왔겠군요."

"너무 허물이 없어서 섭섭하데요. 어릴 때부터 그분하고는……."

응주는 완연히 싫은 얼굴을 한다. 필경 그들 이야기 속에 명화의 어머니 이야기가 나왔으리라 생각하는 눈치다.

"죽희 씨는 취미가 좋지 않군요. 남의 아픈 얘기 들어서 좋을 것 없죠."

죽희는 당황하며,

"아, 아니에요. 그, 그런 건…… 응주 씨가 얼마나 그분을 좋아……."

하다가 만다.

"소문난 잔칫집에 먹을 것 없답니다."

쌀쌀하게 말하면서 응주는 뒤로 몸을 젖히고 다방의 음악 소리를 듣는다.

쌀쌀하게 한 발도 가까이할 수 없는 짙은 분위기를 자아내면서 응주는 몸을 뒤로 누이고 깍지 낀 손으로 머리를 받친다. 가라앉은 듯 그러나 우울하고 피곤한 눈은 아름다운 죽희를 보고 있지 않았다. 떠들썩한 사람들의 잡담 속으로 새어 나오는 다방의 음악을 듣는지, 아니면 다른 괴로운 생각을 하고 있는지. 무안해서 눈물이 글썽 돌다가 죽희는 혼자 그만 웃어버린다. 온 세상이 그를 위해 축복해주듯 눈물이 글썽해도 그의 얼굴은 밝기만 하다. 미소를 머금은 채 창밖을 바라본다.

피란 온 사람인지 으스스 찬 바람이 부는데 아직 여름옷을 그대로 입은 남자가 가로수 밑에 쭈그리고 앉아서 고구마를 먹고 있다. 다 먹어치우자 그는 때 묻은 즈봉에 쓱쓱 손을 문지르고 한길을 질러 저편으로 가버린다.

다방에는 쉴 새 없이 학생 손님들이 들락거린다. 손님은 많아도 한가한 카운터, 이따금 소녀가 화난 얼굴로 냉수 컵만 들고 왔다 갔다 한다. 갈 곳은 없는데 토요일. 그래서 이 다방은 붐비는가 보다.

응주는 머리를 받쳤던 손을 풀고 몸을 일으키며,

"우리 집에 안 가시겠습니까?"

하고 엉뚱한 말을 한다. 죽희는 커피잔을 들다가 의아한, 그러나 야단을 맞을까 봐 겁내는 얼굴로,

"가도 괜찮아요?"

"전에 몇 번 오시지 않았습니까?"

"그땐 엄마하구……."

"아버지가 환영할 겁니다. 그리고 말 못 하는 우리 누님도. 그분은 자신이 만든 음식을 남이 먹어주는 걸 큰 낙으로 생각

하죠."

말 못 하는 우리 누님도, 할 적에 응주 눈에 비웃음이 지나
갔다. 명화의 어머니는 미쳐 죽었지만 내 누이도 벙어리임에
틀림이 없다는, 그런 것을 확실히 표현하고 있었으나 죽희는
아랑곳없이 그저 기뻐서,

"엄마가 여간 칭찬하지 않았어요, 음식 솜씨가 대단하다구
요. 그럼 가세요."

성급하게 일어선다. 응주는 낯익은 다방 소녀에게 찻값을
치르고 죽희와 함께 밖으로 나온다.

또각또각 구두 소리를 내고 포도鋪道를 걸어가면서 죽희는,

"전쟁이 어찌 될까요?"

"전쟁?"

응주는 흥미 없는 투로 중얼거렸다.

"아까 고구마 먹고 있는 사람을 보니까 전쟁 생각이 나네
요. 여태 전쟁을 별로 생각 안 했는데…… 피란 오면서도. 옛
날에 할머니가 돌아가셨을 때 막 친척들이 집에 모여 와서 울
었어요. 그분들이 막 우니까 이상한 기분이 들어서 눈물이 안
났어요. 그때처럼 전쟁이 나도 왜 그런지 아무렇지도 않았어
요. 하긴 남들처럼 우린 고생 안 해서 그런지 몰라두요. 응주
씨는 사변 때 서울서 고생하셨죠?"

"나는 그때 고향에 내려와 있었습니다."

"그럼 고생 안 하셨겠네요. 요즘엔 가끔 전쟁이 어찌 될까

생각해요."

"요즘엔 왜 전쟁 생각을 하십니까?"

"응주 씬 학교 졸업하면 일선에 가셔야잖아요?"

응주는 걸음을 멈추고 죽희를 돌아본다. 죽희는 정말 걱정
스러운 얼굴이다. 응주는 어색하게 그러나 어딘지 정다워지는
웃음을 띠며,

"버스 타고 가야 합니다, 집까지 갈려면."

버스에서 내린 응주는 가로수를 따라 깨끗한 아스팔트 길
을 성큼성큼 걸어간다. 죽희는 낮은 목소리로 노래를 부르며
뛰듯이 따라간다. 정원수가 푸른 하늘을 등지고 누릇누릇하
게 물들기 시작한 고급 주택가의 거리는 조용하고 지나는 사
람도 별로 없다. 오는 도중 버스 속에서 빈자리에 죽희를 앉
혔을 때,

"가방 인 주세요."

응주가 들고 서 있는 책가방을 빼앗듯 자기 무릎 위에 올려
놓고 노래라도 부르고 싶은 즐거운 표정을 짓더니…….

병원 앞에서 멈춘 응주는 죽희를 돌아다보며,

"대체 몇 살입니까?"

놀려주듯 묻는다.

"스물하나, 여섯 살에 국민학교 들어갔거든요."

응주는 현관문을 열어주며,

"들어가세요."

죽희는 어리광 부리는 시늉을 하며 팔딱 뛰어 들어간다. 짧은 머리를 억지로 묶어서, 보랏빛 고리[環] 핀 사이로 머리가 쭈뼛쭈뼛 비어져 나온 우스꽝스러운 뒤통수가 응주 얼굴 바로 앞에서 흔들린다.

죽희는 신발을 벗으며,

"응주 씨, 신발 갖구 갈까요?"

하고 묻는다.

"갖고 가세요."

밖의 햇빛이 너무 화창하여 병원 안은 어둠에 잠긴 듯 음산하고 싸늘한 냉바람이 도는 듯하다. 북쪽을 향한 현관문의 두꺼운 유리창에서 희미한 빛이 겨우 새어들 뿐.

환자가 기다리는 대합실에도 들어가지 못하고 복도에 놓인 나무 걸상에 조그마한 보따리 하나를 끼고 마룻바닥을 멍하니 내려다보고 있던 소녀는 음악처럼 드높은 소리로 이야기하는 죽희를 올려다본다.

어둠과 밝음. 햇빛을 안고 온 그들은 소녀를 보지 못하지만 어둠 속에 있었던 소녀는 그들을 똑똑히 볼 수 있다. 낡은 구제품 스웨터에 주름치마를 입고 새로 사 신은 듯한 국산 양말에는 뉘에게 밟혔는지 흙이 묻고, 그러나 오만하게 입술을 다물고서.

응주는 죽희의 등을 밀듯 걸상에 앉은 소녀를 눈여겨보지 않고 그 앞을 지나쳐 간다.

"응주 씨!"

날카롭게 소녀가 불렀다. 움찔하고 놀라며 응주가 돌아
본다.

"학, 학자 아닌가?"

놀라며 발길을 되돌려 학자 앞으로 간다.

"웬일이야?"

"선생님 좀 만나 뵈려구요."

또렷한 목소리, 야무진 입술이 뱅글뱅글 도는 것 같다.

"아침 배로 왔나?"

"아침 배로 왔어요."

응주는 멈추어 서 있는 죽희를 한번 돌아다본다.

"그럼 안으로 들어가지 왜 여기 있어? 들어가자."

"선생님 안 계시대요."

"아버지 안 계시면 누님이라도 계실 것 아냐. 자, 들어가자."

응주는 학자의 자그마한 보따리를 들어준다. 학자는 일어
서며 흙 묻은 양말을 한 번 내려다보고 그 눈이 나일론 양말
에 싸여 있는 귀여운 죽희 발을 본다. 학자는 야무진 입을 더
욱 야무지게 다물고 오만하게 얼굴을 쳐들며 응주 뒤를 따른
다. 죽희는 친척 되는 사람이라 생각했는지, 인사도 없는데 먼
저 학자를 보고 생긋이 웃는다.

그러나 학자는 모욕이라도 당한 듯 그 웃음을 튀겨버리고
웃지 않았다. 죽희는 실망하며,

"응주 씨?"

응석 부리듯 응주 옆으로 다가간다. 학자는 죽희의 옆얼굴을 가만히 노려본다. 응주는 보따리를 늘어뜨리고 가며 어색한 듯 대꾸하지 않았으나 죽희는,

"누님이 뭘 좋아하시는지, 선물도 안 가지고 그냥 왔네요. 엄마가 그건 잘하시는데."

"자기가 만든 음식을 먹어주는 걸 제일 좋아하죠."

건성으로 대꾸하고,

"학수는 잘 있나? 그리고 아버지 병환은?"

학자에게 묻는다. 더 이상 죽희가 말 못 하게 학자를 보고 묻는다.

"밤낮 그렇죠, 뭐."

응주는 응접실 문을 밀고 들어간다.

"앉어."

학자에게 먼저 말하고 나서,

"앉으시죠."

죽희에게도 권한다.

응주는 멋쩍게 서 있다가 생각난 듯,

"인사하지, 학자. 윤죽희 씨, 그리고 친구 동생입니다."

지극히 간단한 소개를 한다. 죽희는 복도에서 웃음을 튀겨 버리듯 한 학자의 적의 있는 태도에 의아심을 품으면서,

"아, 안녕하세요?"

해놓고는 뭣이 잘못되기라도 한 듯 응주를 본다.

"처음 뵙겠습니다."

한마디 하고 심한 열등감을 가누려는 듯 움직이지 않고 앉아 있다가 별안간 학자는,

"나 이야기만 하고 가겠어요."

하며 몸을 일으키는데 얼굴이 뒤틀리는 것처럼 보인다.

"가기는 어딜 가? 여기 있어야지. 여기 있으려고 오지 않았나."

응주는 앞질러 말을 한다. 학자 얼굴에 잠시 희망의 빛이 돌다가 이내 절망과 슬픔이 엇섞인 눈을 내리깐다.

"오빠가 가라 해서 왔지만, 그건 일방적인 생각이죠, 뭐."

"잔말할 필요 없어. 여기 있어."

나무라듯, 그러나 따뜻하게 말한다. 학자는 도로 주저앉았으나 고집스럽게 흙이 묻은 발만 내려다보고 있다. 나는 이런 가난뱅이 초라한 계집애요, 하고 죽희에게 강조라도 하듯. 한참 만에,

"명화 언니 안녕하세요?"

딱딱한 목소리로 묻는다.

"음, 별일 없어."

"그 언니 집도 부산으로 온다죠?"

"그러더군."

"토영에선 소문이 자자해요. 응주 씨를 놓칠까 봐 그 집 아

버지가 부랴부랴 부산으로 이사하신다구, 집도 팔구."

하면서, 학자는 그의 열등감을 잠재우기라도 하듯 죽희를 힐 끗 쳐다본다. 죽희는 괴로운 표정으로 이야기를 듣고 있다. 학자 얼굴 위에 비웃음이 지나가자, 죽희는 정신이 번쩍 드는 듯 얼굴을 붉히고 학자 눈을 피해서 얼른 외면을 한다. 응주 는 쓸데없는 이야기를 늘어놓는 학자에 대하여 아무런 언짢 은 표정을 짓지 않았다. 그는 잠자코 학자 말을 듣고 있다가,

"이야기하고 계세요."

응주는 응접실에서 나간다. 어두운 복도를 지나서 뜰로 내 려간다. 뜰에서 낙엽을 쓸어 모으고 있던 경주가 돌아본다. 응주는 경주의 눈을 바로 쳐다보며 손님이 왔다는 시늉을 한다.

나뭇잎 사이에서 얼굴을 쳐들다가 걸린 거미줄을 손바닥으 로 걷어내면서 경주는 의아한 표정을 짓는다. 어떤 손님이 왔 느냐고 묻는 시늉을 하며 눈이 휘둥그레진다.

"접때 온 윤 교수 따님, 그 아가씨가 왔어요."

움직이는 응주 입매를 가만히 쳐다보고 있던 경주는 말뜻 을 알아듣고 주근깨투성이의 못생긴 얼굴에 웃음을 가득 띠 며 기뻐서 연신 고개를 끄덕인다.

"응접실에 가보세요."

하며 응주는 응접실 쪽을 가리킨다.

"아아ᄋᄋᄋ?"

경주는 부엌을 가리키며 이상한 소리를 한다. 손님을 위해 음식을 장만해야 하잖겠느냐고 묻는 것이다. 응주가 고개를 끄덕이자,

"아아으으……."

이번에는 응주의 팔을 잡아당긴다. 손님 혼자 내버려두지 말고 너도 가 있으라는 시늉이다.

응주는 그 손을 뿌리치며,

"좀 있다가."

손님 혼자 두고 그래 되겠느냐 하듯 응주를 기웃이 바라보다가 다시 고개를 끄덕이며 경주는 바삐 부엌으로 쫓아간다. 젊음도 없이 중년 부인이 다 되어버린 병신 누이의 뒷모습을 물끄러미 쳐다보던 응주는 호주머니 속의 담배를 꺼내어 양미간을 모으며 붙여 문다.

'도대체 뭐가 잘못되었을까? 모든 게 답답하다. 누님처럼 나도 벙어리가 돼버리겠다.'

내어 뿜는 푸른 담배 연기를 바라보는 응주 얼굴이 짜증에 일그러진다.

먼지 하나 없이 깨끗하게 닦아놓은 부엌 유리 창문에 파란 가을 하늘과 구름과 노랗게 물든 수목이 한 폭의 풍경화처럼 비쳐 있다. 모든 살림이 규모 있게 잘 정돈된 부엌은 아름다운 거실 같은 느낌이다. 유리 그릇에 꽂혀 있는 보랏빛 당국화 세 송이가 창가에 놓여 있다. 부엌 전체가 더욱 두드러지도

록 사치스럽다.

경주는 자기 모습보다 부엌을 더 사랑하고 가꾸듯 그릇 하나하나에 애정을 담으면서 챙겨 낸다. 커피포트를 전기 곤로에 올려놓는다. 반들반들 윤이 나는 찬장을 열고 케이크를 꺼내어 보기 좋게 썰어서 흰 접시에 담는다.

남색 꽃무늬가 있는 커피잔을 하나하나 마른 수건으로 닦고 또 닦아서 차판에 엎어놓고 다시 한번 잘못된 데가 없는지 살펴본다. 만족하게 미소를 띠며 얼굴을 들다가 구경꾼처럼 할 일 없이 어정거리고 있는 계집애를 보자, 금세 엄격한 얼굴이 된다.

"아아…… 어?"

홀떡홀떡 끓고 있는 커피를 가리키며 더 끓인 뒤 네가 응접실로 가져와야 한다는 시늉, 그리고 알았느냐 다시 다짐하듯 손가락질을 하며 계집애를 노려본다.

"가져갈게요."

계집애는 심드렁하게 대꾸한다. 경주는 앞치마를 벗어놓고 부엌 기둥에 걸려 있는 자그마한 거울에 자기 얼굴을 비춰본다. 벌써 잔주름이 생기고, 긴 코, 주근깨투성이, 맑고 아름다운 눈이 서글퍼하듯 자기 얼굴을 보고 있다.

"못생긴 얼굴, 거울 본다고 예뻐지나?"

아침에 그릇을 깨고 경주에게 쥐어박힌 계집애는 눈을 흘기며 그런 핀잔을 주고 혼자 만족해한다.

경주는 머리를 매만지며 응접실로 가려고 복도로 나오다가 걸음을 멈춘다. 뜰에 우두커니 돌아서서 그때까지 담배를 피우고 있는 응주를 본 경주는 창가로 다가서며,

"아아으으······."

왜 그러고 있느냐는 듯 소리친다. 응주는 손을 흔들며 먼저 가라고 한다.

"아아으으······."

경주는 어서 오라고 다시 소리친다. 그러나 응주의 성난 얼굴을 보고 경주는 얼른 걸음을 옮긴다.

경주가 응접실로 들어갔을 때, 학자와 죽희는 꼼짝하지 않고 서로 외면한 채 앉아 있었다. 마치 다방에 온 낯선 손님들처럼. 죽희는 경주를 보자 숨구멍이 터진 듯 크게 숨을 내쉬며 일어선다.

"안녕하셨어요?"

기뻐서 인사한다. 학자가 힐끗 쳐다본다. 경주는 장차 귀여운 올케가 될 것을 믿고 있었으므로 죽희의 작은 손을 흔들어 주며 잘 왔다는 표정을 열심히 나타낸다. 그러나 조심스럽게 그 이상한 벙어리 특유의 소리는 내지 않고 빙긋빙긋 웃기만 한다.

그들이 서로 반가운 표시를 하고 있는 동안 학자는 뒤켠에 밀려간 짐짝같이 우두커니 앉아 있었다. 죽희에게 환영의 뜻을 충분히 표시한 뒤, 경주는 학자 옆으로 오며 웬일로 이리

왔느냐는 시늉을 한다. 마지못해 학자가 몸을 일으키자 경주
는 손을 흔들고 자리에 앉으라 한다.

"부산 오셔서 좋으세요?"

학자가 묻는다. 다 마찬가지라는 시늉을 하는데 학자는 그
뜻을 깨닫지 못한다. 마침 계집애가 커피와 케이크를 날라 왔
다. 경주는 죽희와 학자 앞에 커피잔을 놓고 구수한 향기가
감도는 커피포트를 들고 커피잔에 따르며 빛깔을 살핀다. 즐
거운 미소를 머금은 채 카네이션을 치고 설탕 그릇을 밀어놓
는다. 경주가 나타남으로써 빡빡한 분위기는 많이 누그러졌
다. 경주는 죽희에게 그리고 학자에게 케이크를 먹으라는 시
늉으로 권하고 손님을 위해 케이크를 자기도 한 입 베어 먹
는다.

분위기는 다시 가라앉는다. 경주는 그것을 느꼈는지 자꾸
문 쪽을 쳐다보곤 한다. 응주가 왜 나타나지 않을까 근심스러
운 얼굴을 하고서,

"말을 못 하니 얼마나 답답하겠어요?"

잠긴 연못에 돌을 던지듯 이상한 목소리가 학자 입에서 나
왔다.

"보는 사람도 답답하고, 안 그래요?"

조롱하듯.

"아, 네."

서슴없이 하는 학자 말에 죽희는 난처한 듯 얼굴을 찡그린

다. 학자는 차갑고 잔인한 눈으로 경주를 보며,

"박 선생님이 골병이 들 거예요. 평생 데리고 있어야 하잖
아요."

다시 죽희를 보고 내뱉는다. 남의 아픔을 들추어서 스스로
의 아픔을 무마하려고 그러는가.

죽희는 비난하는 눈초리로 학자를 보다가 혹시 경주가 알
아듣지나 않았을까 겁을 내며 눈치를 살피는데, 경주는 죽희
의 귀여운 얼굴을 하나하나 뜯어보느라고 아랑곳없고, 죽희
와 눈이 마주치자 웃는다. 죽희는 다시 힐난하는 눈초리로 학
자를 본다.

"죽희 씨는 응주 씨의 친척이에요?"

학자는 잠긴 연못에 돌을 던지듯 다시 말을 걸었다. 어쩌면
도전의 제이탄第二彈이었는지도 모른다. 어둠을 뚫어 보듯 죽
희를 가만히 노려본다.

'이 애가 왜 이럴까? 이상하다. 무슨 이유로 처음 보는 나한
테 노골적인 적의를 표시할까? 대체 너야말로 누구니?'

그러나 죽희는 참으며,

"아니에요."

조용히 대꾸한다.

"그럴 거예요. 응주 씨는 어릴 때부터 잘 아니까. 그런 친척
이 있다는 소린 못 들었어요. 그럼 댁은 누구예요?"

그 무례한 질문에 죽희는 발칵 한다.

"친한 친구예요."

다소 도전하듯,

"그럴 리가 없는데요?"

학자는 상대방에게 골탕을 좀 먹일 생각인 모양이다. 아무 이유도 없이, 열등감에 대한 저항일까? 명화에 대한 동정, 아니면 응주에 대한 미련에서.

"그건 무슨 뜻이죠?"

무엇을 뜻하는가 알면서도 분한 마음으로 되묻는다.

"응주 씬 나쁜 사람 아니에요."

그것도 무슨 뜻인지 죽희는 알고 있다.

"그렇다면 그런 말하는 댁이 나쁜 사람이군요."

몸가짐을 고치며 죽희는 날카롭게 응수한다. 학자는 찔끔한 듯 얼굴을 든다. 빤히 쳐다보며,

"잘 보셨어요. 마음이 배배 꼬여 사건만 만들고 다닌다고 우리 오빠가 뇌병원에 보내야겠다 하데요. 하지만 뇌병원 같은 것 노려서는 안 되죠. 응주 씬 나쁜 사람 아니에요. 그인 아버지 닮은 사람 아니거든요."

마구 주워섬기다가 정말 학자는 머리가 돌아버린 것처럼 이상한 웃음을 웃는다. 죽희는 얼굴이 짙붉어져서 아무 말도 못하고 두 손을 꼭 마주 잡는다.

경주는 이쪽저쪽 얼굴을 바쁘게 번갈아 보다 어리둥절해한다. 그러나 죽희가 몰리는 것을 눈치채고 좀 무서운 눈으로

야단치듯 학자를 노려본다.

마침 박 의사가 응주하고 함께 응접실로 들어온다. 박 의사를 본 경주는 조용히 그림자처럼 밖으로 사라지고 박 의사는 평소의 그 근엄한 얼굴을 어디다 집어던졌는지 만면에 웃음을 띠고 학자의 존재 따위는 눈에도 들어오지 않는 듯 죽희에게만 시선을 보내며,

"죽희가 왔구나. 웬일로? 학교 갔다 오는 길인가? 어머니랑 모두 안녕하시고, 음 잘 왔다, 잘 왔어. 가끔 놀러 와야지. 응주하고 함께 왔다면?"

죽희가 인사할 겨를도 없이 한꺼번에 말을 쏟아놓는다.

"앉아라, 앉아. 천천히 저녁 먹고."

쓰디쓴 얼굴로 바라보고 있던 응주는,

"아버지!"

좀 강한 목소리로 응주는 박 의사를 불렀다.

"음, 음."

죽희를 데리고 온 아들에게 감사하는 표정으로 돌아본다.

"학자, 인사해."

마치 죽희로부터 박 의사를 빼앗아 학자에게 넘겨주는 경관처럼 감동 없는 표정으로 응주는 죽희를 묵살한다.

박 의사는 완연히 불쾌하게, 좋은 일에 날아든 방해자같이 학자를 쳐다본다.

"음, 학자. 음, 네가 웬일로 여기 왔지?"

안경 밑의 눈이 싸늘하다. 학자는 그 싸늘한 눈을 빤히 쳐다본다.

'이 교활한 도박사야!'

학자는 일그러진 웃음을 띤다. 박 의사는 좀 질린 듯 주춤한다.

"그래 집안은 모두 편안하고? 아 참, 아버지가 병환 중이었지. 좀 어떤가?"

안경을 밀어 올리며 박 의사는 슬그머니 부드러운 방향으로 돌려버린다. 되도록 학자의 기분을 자극하지 않으려고 전에 없이 집안의 안부까지 물어보며,

"좋아질 리가 있나요? 나빠지기 마련이죠."

박 의사로부터 날카로운 눈길을 거두고 무릎 위에 놓인 보따리를 꾹 눌러 짚으며 동등한 처지의 어른 같은 투로 학자는 대꾸한다. 박 의사로서 무슨 말이 있을 법한데 무관심하게 지나쳐버리고 건방지다는 생각도 지나쳐버리고,

"아침 배로 왔구나. 바람은 불지 않던가?"

하고 묻는다.

"아뇨."

"음."

그 정도로 박 의사는 어색한 분위기를 헤치고 의자에 앉는다.

그동안 이사하고 정리하고 새로운 환자들을 맞이하느라고

몹시 신경을 쓴 탓인지 박 의사의 얼굴은 수척했다. 좁은 창문에 드는 바깥 광선이 인색하여 그렇게 보이는지. 그러나 희고 빳빳한 와이셔츠의 칼라와 커프스, 머리칼 하나 흐트러지지 않게 빗어 넘긴 머리. 여전히 단정하다. 가을이 와서 그가 즐겨 입는 검은빛 양복은 한층 더 어울리는 것 같다.

박 의사는 미소를 짓고 죽희를 건너다보며,

"동래에 한번 간다, 간다 벼르면서 영 못 갔군. 일요일엔 거기 복잡하겠지?"

까닭 없이 학자에게 몰린 죽희는 분해서 혼자 어쩔 줄 모르다가 그래도 웃음을 띤다.

"그런데 오빠는 미국에서 결혼한다면?"

"네."

"일전에 아버님을 만났더니 그러시더군. 부모는 애써서 길러놓으니까…… 거 어머님이 무척 섭섭하게 되셨어. 그 대신 죽희는 어머님이 섭섭해하지 않게 해드려야지."

박 의사는 응주와 죽희의 얼굴을 만족하게 번갈아 본다. 응주가 죽희를 집에 데리고 왔다는 사실, 바로 눈앞에 보이기 시작한 뚜렷한 기대를 다시 한번 즐겨보려는 듯, 그 뜻있는 말에 응주는 우울하게 외면을 하고 죽희는 얼굴을 붉히다가 악의에 찬 학자의 눈을 느끼자 다시 얼굴이 핼쑥하게 변한다.

"하, 하지만 오빠는 미국 여자하고 결혼하는 건 아니에요."

박 의사가 그렇게 생각하고 있기라도 한 것처럼 변명을

한다.

"그야."

"여기 있을 때부터 서로 알고, 집안끼리."

"그 얘기는 들었어. 그러나 부모의 마음은 자식들 결혼식을 보고 싶어 하지, 누구나 다."

담배를 꺼내다가 박 의사는 짐짝처럼 뻗치고 앉은 학자를 힐끗 쳐다본다. 입맛이 떨어지는 듯 얼굴을 찌푸린다. 공주 옆에 있어서는 안 될 청지기 딸이 무엄하게 앉아 있기라도 한 것처럼 부당한 그 상태를 더 이상 참고 견딜 수 없는 모양이다.

"학자는 부산에 친척이라도 있어서 왔나?"

넌지시 그쪽으로 말머리를 돌리며 쫓아버릴 궁리를 한다.

"없어요."

깃털을 세운 투계처럼 눈을 희번덕이며 학자는 대꾸한다.

"그럼 어디 취직할 자리라도 있어서 왔나?"

"아뇨."

"그럼?"

학자는 박 의사를 노려본다.

"덮어놓고 부산에만 나오면 어디 취직이 되나? 취직이 그리 쉬워? 쉽게 생각하면 안 되지. 학벌 좋은 아이들도 그냥 헤매는 판인데, 급사 자리라도 어려울걸."

학벌과 급사라는 말에 응주는 창밖으로 얼굴을 돌리고 학자 눈에는 증오의 빛이 지나간다.

"아무 연줄도 없이 불쑥 나오면 되나."

병원에 써달라고 학자가 부탁한 말을 입 밖에 내지도 않는다.

응주는 천천히 얼굴을 돌리며,

"병원의 일이라도 도와주고 집에 있죠, 뭐."

박 의사는 재빠르게 나무라는 눈초리를 응주에게 보낸다. 그러나 흩어진 머리카락 밑의 응주의 큰 눈은 타인처럼 냉담하고 비판적이다.

"병원에는 간호원이 있지 않나."

"……."

"있는 사람을 허물없이 나가라 할 수 없지. 만일 학자에게 간호원 자격증이라도 있다면, 그건 한번 생각해볼 일이다. 간호원 자격증이 있다면 말이지."

간호사 자격증을 두 번이나 되풀이하며 강조한다.

"한 사람쯤 더 있어도 되지 않습니까."

"한 사람 더?"

드높은 목소리가 윙 울린다. 그 목소리에 스스로도 놀란 듯 안경을 밀어 올린다.

"임 간호원이 왕진에 따라가고 나면 김 의사 혼자서 늘 바쁜가 부던데요."

떠밀고 나간다.

"통영 있을 때 말이지, 통영."

하다가 화를 삼키며,

"그때도 미스 임이 혼자서 했어. 여기선 아직 환자가 남아돌아가는 형편은 아니다. 환자를 잡을 때까진 적자 운영이야."

빈말은 아닌 성싶다.

"차차 봐서…… 환자가 늘고 그러면 그때 다시 생각해보기로 하자."

이야기의 끝장을 지으려고 서둘며 박 의사는 학자를 바라본다.

'이 정도로 이제 돌아가지. 꿀 먹은 벙어리처럼 앉아 있지 말고.'

그런 말을 분명히 하고 있는 박 의사의 짜증 섞인 눈을 마주 보며 그래도 학자는 꼼짝 않고 앉아 있다.

"그럼 형편 돼가는 것 보기로 하고 하여간 집에 있어봐."

마음대로 결정한 말을 내던지고 웅주는 움직이지 않는 학자의 날카로운 얼굴을 본다.

'너 마음대로!'

박 의사 얼굴에 노여움이 넘친다. 무거운 뭐가 터질 것 같은 침묵이 방 안에 가라앉는다. 박 의사는 의자에 기대었던 등을 천천히 일으키며 라이터를 꺼내어 들고 있던 담배에 불을 붙이고 나서,

"웅주 말에 복종하기로 하고, 그럼 손님이 오셨으니까 자리

를 좀 비켜줄까?"

학자는 여전히 억척스럽게 움직이려 하지 않는다. 움직일 수 없었는지도 모른다.

"경주가 아마 혼자서 바쁜 모양이니까 학자는 안에 들어가서 식사 준빌 좀 도와주어야겠다."

박 의사는 덧붙여 말했다.

이제는 학자의 비위를 거스르지 않게 신경을 쓸 필요가 없어진 박 의사는 뚜렷한 선을 나타냈다.

'집에 머무는 것은 응주가 허용한 일이다. 안에 들어가서 일을 하는 것은 내 명령이다!'

그때까지 마치 대결하듯 앉아 있던 학자는 보따리를 들고 일어섰다.

박 의사는 멸시에 가득 찬 눈으로 학자의 때 묻은 양말을 비스듬히 내려다본다. 그리고 죽희에게 일별을 던지며 쓰디쓰게 입맛을 다신다. 방 안에는 오직 학자의 발소리만 들렸다. 문 앞에까지 터벅터벅 밤길을 가듯 허덕이며 도어의 손잡이를 잡으려다 학자는 몸을 휙 돌린다.

"호떡집 주인의 빨래를 해주었음 해주었지, 박 외과 병원의 간호원 노릇 할 생각은 조금도 없어요! 호떡집 주인보다 고급 인간이라 자부한다면 그건 엄청난 오해죠!"

악을 쓴다.

죽희가 놀라며 자리에서 일어선다. 별안간 날벼락을 맞은 박 의사도 자리에서 일어선다. 그러나 말은 못 하고 엉겁결에 담배를 빠는데 그의 손은 떨려서 담뱃재가 출출 떨어진다. 담뱃재는 검은 양복에 흩어진다.

"잘 입고 잘 먹고 언제까지나 그렇게 살 줄 아세요? 옛날에 우리가 잘살 때 박 의사가 왕진 가방을 들고 꾸벅거리며 우리 집 대문을 드나들 적엔 우리도 우린 평생 그렇게 잘살 줄 알았어요!"

"저, 저런!"

박 의사가 외친다.

어두컴컴한 방, 서편가의 창문, 커튼 사이로 희미하고 둔하게 비쳐들어 오는 햇빛 한 줄기, 그 속으로 담배 연기가 몰려서 구름을 만들고 먼지와 함께 춤을 춘다.

"나는 젊어요! 박 의사는 늙었어요! 누가 더 잘사나 두고 봅시다! 아들은 미치광이 딸하고 결혼하고, 뭐가 남아요? 마음대로 계산대로 되는 줄 아세요? 뭐가 남아. 벙어리 딸하고 청승맞게 늙어서 그 꼴 부럽지 않아요. 조금도 부럽지 않단 말이에요!"

발을 구르며 씨도 먹히지 않는 말을 외치며 미친 것처럼 악을 쓴다.

"뭐 어째!"

박 의사는 발을 내딛는다.

"이 계집애!"

벌떡 일어난 웅주는 학자의 얼굴을 거칠게 떠밀어버린다. 비틀거리다가 학자는 와 소리를 지르며 울부짖는다. 그리고 그는 문을 떠밀고 밖으로 쫓아 나간다.

발소리가 음산한 병원 안을 쿵쿵 울리며, 한참 만에 아무 소리도 나지 않았다.

"미친 계집애야."

종잇장처럼 하얗게 된 얼굴을 쳐들고 박 의사는 미소하려 했으나 찌그러진 것처럼 우스꽝스럽게 되었을 뿐이다. 죽희는 큰 눈을 벌리고 입도 벌린 채 서 있었다.

"명화 집에 데려다주고 오겠어요."

웅주는 내뱉고 놀아선다. 박 의사는 잡아먹을 듯 험악하게 아들의 뒷모습을 쳐다본다.

'만사는 휴다! 죽일 놈!'

학자는 병원 앞에 보따리를 끼고 울고 있었다. 지나가는 사람들이 이상하게 바라보았으나 학자는 이 세상에 종말이 온 듯 두 손으로 얼굴을 가리고 울고 있는 것이다.

웅주는 병원 문을 꽝 닫고 학자 곁으로 간다.

"망할 기지배!"

거칠게 학자의 어깨를 떠민다.

"넌 허영의 덩어리다! 점점 더 나빠지는구나."

우악스럽게 팔을 잡아끈다.

"가자!"

학자는 울면서 응주에게 끌려간다.

부드러운, 그러나 해 떨어지려는 무렵의 살랑한 바람을 타고 길가에 떨어진 나뭇잎이 그들 가는 쪽으로 구르고 있다.

"구두 닦으잇!"

구두 닦는 연장이 든 나무통을 짊어진 슈샤인 보이는 맥 빠진 소리를 지르다가 울면서 끌려가는 학자를 힐끔힐끔 돌아본다.

거리에서 택시를 잡은 응주는,

"타!"

장님처럼 눈앞을 볼 수 없는 학자를 택시 안으로 떠밀어 넣고 응주 자신도 올라앉으며 문을 탕 닫는다.

"초량!"

응주는 팔짱을 끼고 운전수의 뒤통수를 노려본다. 학자는 그냥 훌쩍거리고 앉아 있다.

택시가 대청동으로 나왔을 때,

"나 집으로 돌아가겠어요. 뱃머리로 가겠어요."

학자는 손수건을 꺼내어 빨갛게 부어오른 눈을 닦으며 말했다.

"가다가 물에 빠져 죽으려고?"

응주는 우울하게 뇐다.

학자는 꿈틀하고 몸을 움직이며 얼굴을 들었다. 그리고 응주의 옆모습을 쳐다본다. 응주는 슬그머니 고개를 돌려, 가라

앉은 눈이 학자를 쳐다본다.

"천하고 못된 짓을 왜 하는 거야?"

"……."

"발광을 해도 분수가 있지. 학자의 불행이 남의 탓이란 말이냐? 학자의 처지하고 박 의사가 무슨 상관이 있어. 무슨 의무와 책임이 있느냐 말이다. 어설픈 동정보다는 낫다고 생각해. 학자는 동정을 받으려고 우리 집에 왔었나?"

응주의 눈은 더욱 가라앉는다.

"떼를 쓸려고 갔었지요."

낮은 목소리로 대꾸한다.

"떼를 쓸려고? 미친개처럼 짖어댄 것밖에 없다!"

응주의 얼굴은 갑자기 노여움으로 변한다. 학자는 반발하지 않고 넋이 빠진 것처럼 되어버린다.

"그걸 자존심이라 생각하면 너야말로 엄청난 오해를 하고 있다. 길바닥에 내던져서 지근지근 밟아버리는 짓 아니냐 말이다. 그 자존심이라는 것을."

"저한테 무슨 자존심이 있어요?"

학자는 다시 울기 시작한다.

"학수 놈이나 너나 꼭 같은 바보 등신이다. 정말 엄청나게 오해를 하고 있어, 이 세상이 너를 위해 만들어진 것처럼. 그럴수록 조금도 도움을 못 받는다는 것을 왜 모를까, 바보 등신 같은 것들이!"

혀를 찬다.

택시는 정거장 앞을 지나간다.

피곤한 군중들이 지나가다가 택시를 보고 고달픈 얼굴로 외면한다. 산벼랑의 버섯 같은 판잣집에 석양이 비치고 하루해는 저물어간다.

"어딜 가는 거예요?"

학자는 손수건으로 눈물을 닦으며 코 먹은 소리로 묻는다.

"명화가 있는 데……."

짐작하고 있었던지 학자는 아무 말 안 한다.

명화가 있는 하숙집 뒤뜰로 응주는 성큼성큼 돌아간다. 학자는 꿈속을 가듯 눈이 멍해져서 따라 들어간다.

그러다가는 조금 전에 일어난 그 창피스러운 일을 생각해서인지 명화를 찾아온다는 착잡한 감정 때문인지 새 양복을 입은 응주의 넓적한 등을 쳐다보는 얼굴이 벌게졌다가 노래지고 다시 벌게진다. 그 끊임없는 변화에 무엇이 다 허물어질 듯 위태롭게 보인다.

섬돌 위에 초콜릿빛 구두 한 켤레가 댕그렇게 쓸쓸히 놓여 있다. 텅 비어버린 명화의 마음같이 가냘픈 구두 한 켤레가. 응주는 한참 동안 우두커니 구두를 내려본다.

"명화."

쉬어서 밀려 나온 이상한 목소리로 스스럽게 부른다. 아무 대꾸도 않는다. 숨을 죽인 듯, 다시 한번 부르는 소리를 기다리는지 씽하게 가라앉은 방 안, 사방이 어둑어둑해오는데 불도 켜지 않고.

"명화."

방문이 열렸다. 머리를 걷어 올리는 명화는 한복을 입고서, 키가 껑충하니 커 보인다. 수척하고 희미해진 얼굴에 기쁜 미소를 띠려다가 그러지 못하는 눈이 먼 곳을 더듬는다. 다시 응주 어깨 너머 꽁지 빠진 새처럼 초라하게, 보따리를 들고 눈을 희번덕거리며 서 있는 학자를 본다.

"너, 학자, 학자 아니니?"

명화는 마루로 나온다.

"웬일이야?"

"부산 한번 나와봤어요."

학자도 웃으려고 하는데 미처 웃음이 되지 못하고 토라진 듯 얼굴을 돌려버린다.

"편지도 안 하고."

"언제 언니가 나한테 주소 가르쳐주셨어요?"

"집에 가서 물어보면 됐을 텐데."

"언니 댁에 내가 가게 돼 있어요? 하긴 처음부터 언니를 찾아가려고 생각지도 않았지만."

입으로는 얄밉게 쫑알거렸으나 어색하고 괴로워하는 빛은 뚜렷했으며 부끄러움과 고달파하는 마음이 축 처진 양어깨 위에 걸린 듯, 한 가닥 애처로움을 자아내게 한다.

"올라와. 방으로 들어가자."

명화 앞에 응주가 먼저 신발을 벗고 방으로 들어간다.

"불도 안 켜고."

중얼거리며 응주는 전등을 켠다. 불빛 아래 먹다 둔 저녁 밥상이 놓여 있다.

"어두운 데서 코밑에 밥이 들어가요?"

학자는 방에 들어와 앉으며 빈정거리듯 말한다.

"다 먹었어."

밥은 그대로 남아 있었지만 명화는 밥상을 마루로 내간다.

'이십 일, 이십 일 동안 학자가 아니더면 왔을까?'

명화는 다시 먼 곳을 더듬으며 우뚝 섰다가,

"오빠랑 모두 안녕하셔?"

등을 돌린 채 방 안을 향해 묻는다.

"네, 안녕해요."

무릎을 모으고 앉아서 방 안을 둘레둘레 살피며 대꾸한다. 치마를 걷으며 명화가 방 안으로 들어간다.

"그런데 요즘 짝사랑하느라고 괴로운가 봐요."

학자는 말을 덧붙인다. 명화와 응주의 눈이 마주친다.

"시집간 여잔지 처년지 좀 의심스런 이웃 여자에게 말예요. 굼벵이도 궁글 재주 있다더니 참 기가 막혀서."

지껄이지 않고는 못 배기겠는지 학자의 목소리는 드높았다.

두 사람이 침묵을 지키고 있어서 더욱.

"우물가에 가서 우두커니 서 있곤 하는 꼴을 보면 정말 어릿광대도 아니고 뭔지 모르겠어요. 어쩌다가 물 길러 나온 여자하고 마주치면 얼굴이 벌게져서, 여자는 거들떠보지도 않고 눈을 내리깔며 그냥 지나가 버리는 거예요. 그러면 사람 죽은 기별이라도 하러 오는 사람처럼 헐레벌레 집으로 돌아오는, 도무지 그 큰 덩치를 하고서 볼 수가 없어요. 정말 가엾은 사나이가 돼버렸지 뭐예요?"

처음으로 응주는 빙그레 웃는다.

"그래가지고는 공연히 날 보고 욕을 하지 않아요. 그것만이라면 또 좋겠는데 자는 개를 발길질하며 한숨을 푹푹 내쉬는 거예요. 그야말로 이십 세기의 기적 같은 연애 감정을 가지고 있지 뭐예요?"

"흥! 학자는 이십일 세기 같은 표현을 하는구나."

응주가 호들갑스러운 학자 말이 비위에 맞지 않는 듯 내뱉는다.

"그런데 그 여자가 누군지 아세요?"

응주의 핀잔은 들은 척도 않고 학자는 명화를 또렷이 바라본다.

"확실한 건 아니지만 소문을 들으니까 언니 아버지가 부산서 데리고 온 여자라지 뭐예요?"

"뭐?"

멍하니 앉아 있던 명화는 놀라서 학자를 쳐다본다.

"언니 아세요?"

"수옥이가 거기 가 있을 턱이 없다."

"한 달쯤 됐을까, 하여간 우리 이웃에 와서 사는데 참 예쁘게 생긴 여자예요. 어딘지 좀 모자라는 바보 같은, 어쩌면 어린애 같기도 하고, 묘해요."

"바보 같고 어린애 같아?"

"그야말로 수수께끼의 여인예요. 이웃과 어울리는 일도 없는 것 같고 다만 하루에 몇 번 우물가에 나와서 물을 길어 가는 것 이외는 바깥출입도 안 하는 것 같아요. 어쩐지 좀 신비스러워요. 참 언젠가 밤늦게 집으로 돌아가는데 그 여자가 바닷가에 나와서 울고 있지 뭐예요?"

"수옥이가…… 수옥이가?"

"어떻게 된 여자예요?"

아무래도 학자는 말을 하지 않고 견딜 수 없는 모양이다. 알고 싶어 하는 호기심에서보다 화제가 끊어지는 것을 그는 몹시 두려워하는, 의식적인 노력을 엿볼 수 있다.

"그 애에 대해선 나도 몰라. 아버지가 부산서 데리고 오신 것밖에."

그러고는 화제가 끊어졌다. 응주는 응주대로 이야기에서 비켜서 혼자 생각에 잠겨 있고.

"그런데 너 저녁 안 했지?"

한참 만에 명화가 묻는다.

"생각 없어요. 오늘 밤 여기 재워만 주세요."

"왜 그런 말을 하니? 있고 싶은 대로 있으려무나."

"어쩔 수 없이 왔는데 있고 싶겠어요?"

응주는,

"저녁 하러 밖에 나갈까?"

하며 두 사람을 갈라버리듯 말을 던졌다.

"안 가세요? 손님이 기다리지 않아요?"

학자는 모든 미움이 자기에게 오기를 간절히 바라고 있기라도 하듯 응주를 보고 말했다.

"남의 걱정까지 할 필요 없어."

"여기 절 데려다준 건 남의 걱정 아닌가요?"

"학자!"

응주는 냉정한 눈으로 학자를 쏘아본다.

"넌 내 입에서 심한 말이 나오기를 기다리고 있나? 악취미야. 넌 피해망상증에 걸려 있어."

"피해망상증이 아니구 가해망상증이겠죠."

"말이 떨어져서 고물 묻을까 무섭구나."

응주는 쓰게 웃는다.

"전 세상 사람이 미워서 견딜 수 없어요. 무슨 천지이변이라도 생겨서 한꺼번에 다 없어졌음 싶어요. 그럼 행복한 사람도 불행한 사람도 없어질 것 아니에요?"

"남이 미워서 그런가? 너 자신이 미워서 못 견디는 거지. 널 상대하고 있다간 그 병적인 자학 때문에 너보다 낫다는 게 모두 죄악이라는 환각에 빠지겠다. 좋지 않어."

"더 이상 어떻게 나빠져요?"

하다가,

"마침 잘됐네요. 장차 응주 씨는 정신과 전공하심 되겠어요. 주변엔 병적인 사람이 퍽 많으니까요?"

어설프기 짝이 없는 말이다. 무안해서 울다가, 우는 것이 무안하여 더 크게 소리 내어 우는 아이처럼. 응주는 그 말 대꾸는 없이,

"나 오늘 여기서 자고 갈까?"

엉뚱한 말을 한다. 명화의 얼굴이 새빨개진다. 학자는,

"왜요?"

"그냥 그렇게 생각해봤어."

"캄플라지* 하려고 그러세요?"

"캄플라지?"

"언니한테 미안해서요?"

"어색한 농담은 그만두어. 서로가 다 농담할 처지는 아니다."

"농담할 처지가 아니라면 큰일 났네요. 난 언니한테 그 소녀의 이야기를 할 거예요."

명화의 몸이 꿈틀한다. 드디어 응주의 노여움은 폭발한다.

"도대체 넌 뭐야? 박응주와 조명화의 뭐냐 말이야! 그리고

박 의사의 뭐냐 말이야. 열등감을 그런 식으로 팔아먹는 데 쾌감을 느끼는 너를 정말 불쌍하게 생각해야겠어? 나는 너에게 그 소녀를 비밀로 해달라고 부탁한 일은 없다. 비천하게 굴지 말어. 너가 바라는 대로 너를 모욕해주었으니, 이제 볼일은 다 본 것 같고 손님이 기다리고 있는 집으로 가야겠다."

응주는 몰린 짐승같이 거친 표정으로 일어선다. 마루에 나가서 신발을 신으며 응주는,

"명화, 내일 열 시에 고엽다방으로 나와. 할 얘기가 있어."

발소리는 뒤뜰에서 사라졌다.

"언니, 나 왜 이래요?"

학자는 울음을 터뜨린다.

"걷잡을 수 없어요. 왜 이렇게 나쁘게, 천하게 되어버렸을까요?"

얼굴을 가린 손가락 사이로 굵은 눈물방울이 넘쳐서 떨어진다. 명화도 흐느껴 운다. 이젠 말을 잃어버린 듯 두 여자의 흐느껴 우는 소리만 방 안 가득히 들어찬다. 나중에는 뭣 땜에 울고 있는지조차 잊어버리고 그냥 화합이라도 한 듯 우는 것이다.

천장에 불그레한 전등불 그늘이 달무리처럼 걸려 있는데 감미롭기조차 한 것 같은 분위기가, 낮은 흐느낌이 물결처럼 휩쓸고 그 속에 두 여자의 마음이 일렁이는 것 같다. 서로의 슬픔이 합쳐졌다가 갈라지고 다시 합쳐지면서, 기묘한 광경

이다.

"밥이 그대로 남았구먼."

문밖에서 하숙집 마누라의 중얼거리는 소리가 들려온다.

"찬이 시원찮아 그런가?"

안의 기척을 살피는 듯하다가 밥상을 들고 가버린다. 그들은 겨우 몸을 일으키고 울음을 멈추며 눈물에 젖은 서로의 얼굴을 바라본다.

"무슨 꼴이야?"

무안해 웃다가 명화는 치맛자락으로 얼굴을 닦는다.

"전에도 우린 이렇게 둘이었는데……."

손등으로 눈물을 닦으며 학자도 피시시 웃는다.

"비가 갠 것처럼 속이 시원해요."

"나도……."

애기처럼 명화는 고개를 끄덕인다.

"서울서 하숙하고 있을 때 우린 곧잘 울었죠? 집에 가고 싶어서 울면 언니도 따라 울고, 그러고 나면 속이 후련했었는데…… 비참한 게 뭔지도 모르고……."

학자는 지나간 일이 문득문득 생각나는 모양이다.

"가을이 되면 밤하고 단감을 부쳐주고…… 장지젓이 먹고 싶다고 하숙 밥을 푹푹 쑤시며……."

하다가 학자는 현재로 돌아온 듯 보따리와 초라한 자기 꼴을 둘러본다.

"너 배고프지 않니?"

"아뇨."

기운 없는 대꾸다.

"가만있어. 내 저녁 갖고 올게."

명화는 얼굴을 몇 번이나 쓰다듬고 밖으로 나간다. 한참 만에 그 자신이 밥상을 들고 들어왔다.

"밥이 식었어. 따신 숭늉에 말아 먹어."

"언니는?"

"난 아까 먹었잖아?"

학자는 허덕허덕 밥을 퍼먹는다. 땀을 뻘뻘 흘리며 사양하던 밥 한 그릇을 다 비운다. 그리고 숭늉을 들이켠다.

"너 배고팠구나."

"집에서 아침 먹는 둥 마는 둥 나왔어요. 엄마가 울고불고 하는 바람에 밥이 목에 넘어가야죠."

"그럼 진작 말하지 않고."

나무란다.

"배고픈 줄 몰랐어요. 악이 나서 박 의사하고 쌈한 걸요. 막 퍼부어주었어요."

"싸움?"

명화는 눈이 휘둥그레진다.

"기절초풍했을 거예요. 정말 피도 눈물도 없는 악한이더군요. 그런 아버지에 어찌 그런 아들이 생겼을까? 겉으론 정말 나무랄 데 없는 신산데. 막 지랄은 내 혼자 하고 그는 나쁜 말 한마디 안 했지만, 무서운 사람이에요. 나를 버러지만큼도 생각지 않아요. 뭐 채용해주지 않는다고 원망해서 하는 말은 아니에요. 차라리 야단을 쳐주었음 그렇게 발광하지 않았을 거예요."

"너 거기 있으려고 갔댔었나?"

"막연히…… 꼭 있겠다고 생각지는 않았어요. 언니."

"응?"

"밥을 먹고 나니까 비참해지네요. 점점 동물이 되어간다는 생각이 들어서……."

"그런 소리 안 하는 거야."

밤이 이슥했다. 명화는 학자에게 요와 담요를 주고 자기 자신은 이불을 두 겹으로 겹쳐서 잠자리를 마련한다.

"우리 둘이 한방에 자보는 것 참 오랜만이지?"

학자는 고개를 끄덕인다. 명화는 전등을 끄고 자리에 든다. 가슴 위에 철썩 내려오는 듯한 어둠 속을 명화는 가만히 쳐다본다. 멀리서 가로를 구르고 지나가는 차량의 소리뿐이다. 이따금 비행기가 지나가고 나면 하숙집 마누라도 잠이 들었는지 안도 괴괴하니 아무 소리도 나지 않는다.

"언니."

"음, 어서 자아."

"언닌 궁금하지도 않아요?"

대답이 없다.

"나, 난 꿈을 꾸는 게 무서워."

명화의 목소리는 무서움에 떨고 있는 것 같다.

"꿈?"

"꿈…… 무서워."

"왜요?"

그 말 대답은 하지 않고,

"꿈을 꾸지 말고 잠들었음 좋겠어. 온종일 꿈만 생각하느라고……."

"무슨 꿈을 꾸기에?"

'응주 씨가 돌아가 버리는 꿈, 다른 여자하고 말이지.'

명화는 눈을 감아버린다. 한참 만에 다시,

"언닌 궁금하지도 않아요?"

하고 학자는 말했다. 감추었던 발톱을 조금씩 펴듯, 울음으로써 잠재운 포악한 마음이 조금씩 고개를 쳐들 듯 학자의 목소리는 심술궂었다.

"나 같으면 꼬치꼬치 캐고 물을 건데 언닌 알고 싶지도 않으세요? 용케도 참으시는군요."

"알고 있어."

"그 소녀를 말예요?"

"……."

"내가 언니 같은 처지라면 응주 씨를 쏘아 죽여버리겠어. 틀림없이 쏘아 죽이고 말았을 거야."

"응주 씨는 당연히 결혼할 수 있는 사람이야."

"누구하구요?"

"누구든지."

"언니하고 하는 거 아니에요?"

"나는 아니야."

"거짓말이에요! 언닌 새빨간 거짓말을 하고 있어요. 정말 그게 본심이에요? 정말 그렇게 생각한다면 언니나 응주 씨는 진짜 연애를 한 게 아닐 거예요. 소설적인 흉내를 낸 것밖에 아닐 거예요."

"마음이 변하는 것도 소설적인 흉내니?"

"그런 언니는……."

"누구보다도 잘 알아, 네가 눈으로 보고 온 것보다."

"알고 계셨군요."

"그 소녀를 한번 본 적이 있어."

"어디서?"

"극장에서 응주 씨하고 둘이 나오는 걸."

"그래서 초연하셨군요."

"아니야. 그만 길가에 깔려 죽고 싶었어. 그 여자가 이 세상에서 없어졌음 싶었어."

명화는 이불자락을 끌어 올려서 얼굴을 감추어버린다. 울음을 참으려고 이불자락을 악문다.

얼마 후 학자는 피곤하여 잠이 들어버린 모양이다. 그러나 명화 혼자 잠들지 못하고 이리저리 몸을 뒤치다가 세 시를 치는 시계 소리를 듣는다.

7. 기다리는 여자들

비탈진 어두운 길을 올라가면서 문성재는 잠바 깃을 세운다. 목덜미를 스며드는 새벽바람이 썰렁하니 차갑다. 한 번 뒤돌아본다. 저 아래 둥그스름한 항구는 아직 잠들어 있는 것 같다. 멀고 가까운 곳의 섬들, 항구 쪽으로 밀려 나온 남장산 산허리에, 그리고 수평선에 짙붉은 아침노을이 퍼지고 있다. 그 여광으로 돛을 접고 항구에 모여들어 하룻밤을 묵은 숱한 목선을 볼 수 있다. 등댓불과 아직 남아 있는 별이 희미하게 가물거린다.

"춥구나."

잠바 호주머니에 두 손을 찌르고 턱을 까불며 불안전하게 만들어놓은 돌층계로 올라간다. 나직한 판자문 앞에까지 간 성재는 긴 팔을 넘겨 문고리를 따고 마당으로 들어간다.

"불을 켜놓고 자빠져 자는구나."

문성재는 불이 켜져 있는 작은방 쪽을 바라보며 슬그머니 웃는다. 발소리를 죽이고 다가서서 방문을 연다.

"어!"

이부자리도 말짱하게 걷어버리고 나들이옷을 입은 선애가 꼼짝하지 않고 앉아 있다. 선애는 찢어지게 눈을 흘기고 외면을 한다.

"아직 안 자고 있었나!"

잠바를 벗어 던지고 달래듯 히죽히죽 웃는다.

"지금이 저녁입니꺼?"

선애는 외면했던 얼굴을 돌리며 날카롭게 쏘아본다. 그러나 꺼풀진 눈은 참 아름답다. 문성재는 그냥 웃는 얼굴로,

"아마 새벽일걸?"

하며 능청을 떤다.

"통금 해제 사이렌 소리도 못 듣고 왔습니꺼?"

"왜 이래? 또 바가지야?"

"그래 무슨 염치로 아직 안 잤느냐 말이 나옵니꺼?"

"넌 그게 병이다. 다 좋은데 그게 병이란 말이야. 어찌 그리 의심이 많아? 피곤해 죽겠다. 어서 이불이나 깔아, 한숨 푹 자 야겠어."

"참 복장 편켔습니더. 남은 밤새도록 잠 한숨 못 자고 뜬눈으로 새웠는데 그런 말이 어디서 나옵니꺼?"

"잔말 말고."

"대관절 어디서 자고 옵니꺼? 그것부터 말하이소."

문성재는 비스듬히 누우며 기지개를 켠다.

"알면서 왜 물어."

"난 모릅니더, 좀 알아봅시더."

"이봐 선애, 우린 뭣 해먹고 살지? 하느님이 밤마다 돈 보따리를 갖다주셔서 살고 있는 줄 아나?"

문성재는 슬그머니 팔을 뻗어 선애 손을 잡는다. 선애는 손을 뿌리치며,

"그래 일본서 물건이 들어와서 섬에 갔다 오시는 길이라 그 말입니꺼?"

"잘 아는구먼. 바가지 그만 긁고 자리나 깔아. 그놈의 신경을 어떻게나 썼던지."

"흥! 누가 또 속을까 봐요? 가시나 집에 가서 자고 오면서 침도 안 묻히고 거짓말을 하네. 누가 또 속을까 봐요?"

"네가 있는데 내가 뭐 하려고 가시나 집에 가겠어. 제발 성 좀 내지 말고 이리 와. 나는 이 세상에서 널 제일 좋아하지, 알면서 왜 그래?"

성재는 다시 선애의 손을 잡아끈다.

"놓이소! 내가 싫습니더. 이제는 안 속아요. 내 눈으로 딱 보고 왔는데 잡아떼깁니꺼? 동네 사람들한테도 이야기 다 들었습니더."

선애 말에 문성재는 좀 당황하는 듯 손바닥으로 얼굴을 쓸어내리며,

"실없는 소리 작작 해."

"머할라고 실없는 소리 할 겁니꺼?"

성재는 선애 눈을 안 보려고 아무렇지도 않은 얼굴을 자꾸 쓸어보다가 돌아눕는다.

"아, 졸린다."

"졸리기는 머가 졸립니꺼. 나하고 갑시더. 당신이 어디서 자고 왔는가 가보믄 알 것 아닙니꺼."

선애는 송장처럼 꿈쩍 않고 누운 문성재의 팔을 잡아끌며 일으키려고 얼굴이 빨개진다.

"이것 놔! 왜 이래?"

"가봐야 내 의심이 풀어지지요. 자, 갑시더, 어디서 잤는가."

의심이 풀어지지요, 하는 말에 문성재는 여자의 눈빛을 살핀다.

"미쳤어? 섬에 갔다 왔다니까."

"나 옷 딱 갈아입고 당신 오기만 기다리고 있었습니더. 자아, 가입시더. 내 눈으로 보믄 남의 말이 정말인가 거짓말인가 알 것 아닙니꺼. 내 눈으로 보고."

서둔다. 정말 성재를 앞세우고 갈 기색이다. 성재는 벌떡 몸을 일으키며,

"에이 참! 네 눈으로 뭘 봤단 말이야!"

바락 소리를 지른다.

"아이고, 얄궂어라."

아귀차게 달려들던 선애는 고함을 한 번 치자 주춤 물러나 앉는다.

"말해봐! 뭘 봤는가."

일부러 무서운 눈을 하고 다잡는다. 선애는 굵게 꺼풀진 눈을 끔벅끔벅하며 완연히 난처한 빛이다.

"보았다는데 대관절 뭘 봤어? 내가 도둑질하는 걸 봤나 계집질하는 걸 봤나, 말해봐."

바로 들이대는 바람에 도리어 몰려서 선애는 할 말을 잃은 듯 자신이 무슨 말을 했는지 그것을 생각해내려고 고개를 갸웃거린다.

"달밤에 그림자를 봤나? 죽은 시어머니를 꿈에 봤나?"

선애는 아무것도 보지 않았으리라는 자신을 얻은 성재는 고삐를 늦추듯 농담조로 나간다.

"보나 마나 뻔한 거로……."

입속말로 중얼거렸으나 한풀 꺾어지고 말았다. 성재는 선애의 얼굴을 피하면서 웃음을 참느라고 어금니를 꾹 다문다. 길게 빠진 얼굴이 이상하게 꿈틀거린다.

"그래도 머 동네 사람이……."

하다가 선애는 갑자기 새로운 용기를 얻은 듯,

"나 얘기 다 들었습니더. 가시나 때문에 매 맞고 병원에 입원했다는 말 다 들었습니다. 그것도 거짓말이라 할랍니꺼? 요새도 다방에 머 누구라 카던가 가시나 따라댕긴다 하데요. 나 들었습니더. 섬에 가기는 언제 가요? 말짱 거짓말이지, 날 속일라고 안 그랍니꺼? 누님 집에서 자고 왔다는 것도 그 밥해 묵는 아이가 다 말합디더. 세상에 당신 하나 믿고 내가 여기 왔는데 그런 법이 어디 있습니꺼."

이야기를 하다 보니 분했던지 선애는 훌쩍훌쩍 울기 시작한다.

장지문이 오색 빛으로 뿌옇게 밝아오고 전등불이 희미하게 엷어진다. 여자의 흰 목덜미에 걸려 있는 머리칼이 고개를 흔들며 흐느낄 때마다 간지럽게 움직인다. 비스듬히 벽에 기댄 채 문성재는 재미난 듯 여자 우는 꼴을 바라보고 있다.

"이봐, 선애."

"몰라요, 몰라! 다 듣기 싫습니더. 내가 마 물에 빠져 죽어 버리든지, 죽어도 고향엔 안 갈 깁니더. 남자들은 다 도둑 마음만…… 으흐흐……."

"이봐, 너 그럼 물어보자. 동네 사람이 좋나, 내가 좋나."

"그런 말을 와 묻습니꺼?"

"그래 대답이나 해봐."

"그야 당신이 좋으니께 여기까지 따라와서, 뭣 땜에 동네 사람이 좋을 겁니꺼?"

훌쩍거리며 대꾸한다.

"그럼 왜 내 말을 안 믿고 동네 사람을 믿지?"

"당신이 그때도 병원에서."

"또 그 소리, 우리가 굶고 앉았으면 동네 사람이 와서 먹여주나?"

"뭣 땜에 동네 사람이 우릴 먹여줄 겁니꺼."

"그러니 말이야. 남이 뭐라건 무슨 상관이냐 그 말이다. 남편을 안 믿고 동네 사람들을 믿는 그런 여편네가 어디 있느냐 그 말이다. 나는 한밑천 잡아서 한번 살아볼라고 발버둥 치는데 넌 자꾸 왜 그러는 거야, 응? 정말 그러면 곤란해. 널 좋아하니까 같이 사는 것 아니야? 그야 그런 장사니만큼 온갖 사람을 다 만나지. 여자도 만나고 남자도 만나고 넌 끽소리 말고 잠자코 있어. 한밑천 잡으면 널 금방석에 앉혀주지. 우리가 살고 봐야 누님도 너를 떳떳하게 보아줄 게고 대우도 해줄 거 아니가."

선애는 그 말에 솔깃해서 울음을 멈추고 눈물이 그렁그렁 남은 눈으로 성재를 바라본다.

"그러게 말입니더."

목소리가 젖어 있다.

"넌 다 좋은데 그 강짜 부리는 것 땜에 탈이야."

선애는 비시시 웃는다.

"금방석이고 뭐고 그런 것까지 바라지는 않습니더. 조그마한 집이나 한 채 사고 비로드 치마하고 양산하고…… 누님도 내가 시집을 때 예물을 안 해 와서 틀어졌을 깁니더. 양단 치마저고리 한 벌 해드리고…….”

“자아.”

문성재는 선애를 끌어당겨 안아주며,

“이 바보야, 남의 말 듣지 말어. 너가 몸이 달아서 자꾸 그러니까 재미가 나서 안 그러나.”

어린애처럼 금시 기분이 풀어져서 선애는,

“언제든지 나는 당신한테 지고 맙니더. 당신은 말말이 옳고, 나는 말말이 바보 등신이 되고, 그렇지만 좋습니더. 우리가 한번 잘살아봐야 누님도 나를 대수로 여겨주시고.”

선애는 나긋나긋한 팔을 사나이 목에 감는다. 그러자 성재의 눈이 거슴츠레하게 흐려지며 여자의 옷을 벗기려 한다.

“아이구, 날이 훤하게 샜는데 와 이랍니꺼?”

남자의 손을 밀어낸다.

“가만있어.”

이때,

“새댁이요.”

하고 누가 부른다.

“야!”

선애는 놀라서 일어서며 얼른 옷매무새를 고친다. 성재는 기분이 잡쳤다는 듯 혀를 차고 벌렁 나자빠져서 팔베개를 한다. 그리고 천장을 멀거니 올려다본다.

"손님이 찾아왔소."

집주인인 과부 마누라의 목소리와 함께 싸리비로 마당을 싹싹 쓰는 소리가 들려온다.

"첫새벽부터 누가 찾아왔을꼬? 나를 누가 안다고."

중얼거리며 고무신을 질질 끌고 마당을 질러가는 선애 뒷모습을 과부 마누라가 쳐다보다 얼굴을 찌푸린다.

"첫새벽이라니? 해가 하늘 한가운데 떠야 아침인 줄 아는가 배. 젊은 사람이 어디 평생 먼저 일어나서 마당 한 번 쓰는 법 없구, 계집 사내가 똑같이 만났어."

들리지 않게 욕지거리를 한다.

선애는 문을 열고 기웃이 밖을 내다본다.

"누굴 찾습니꺼?"

"날 모르겠소? 나는 각시를 한번 본 일이 있는데."

"누굴꼬? 아이참, 그 객선머리서 길을 가르쳐준 그분이지요?"

"맞소. 눈쌈미가 있네."

키 작은 사나이는 양복 주머니 속에 양손을 찌르고 히죽히죽 웃는다.

"그런데 우얀 일로 오시습니꺼? 와 날 찾습니꺼?"

선애는 눈이 둥그레져서 묻는다. 그 말 대꾸는 없이,

"각시는 신색이 아주 좋아졌소. 훤하게 됐네."

"별소리를 다 하네요."

남자 속셈을 모르겠는 듯 어리둥절한다.

"성재가 각시한테 그만 홀딱 반한 모양이지?"

"아이구, 얄궂어라. 남의 가정부인보고 무슨 그런 말을 합니꺼?"

"실례 천만이라 그 말이오?"

여전히 히죽히죽 웃으며 바라본다.

"누굴 놀리는 겁니꺼?"

"놀리기는, 각시가 고와서 그렇지."

"술도 안 묵었는데 새벽부터 남의 집에 와서 무슨 주정일꼬? 와 반말을 쓰는교?"

선애는 화가 나서 문을 탁 닫으려 한다.

"아, 아니오. 내가 볼 사람은 문성재니께."

사나이는 닫으려는 문을 잡고 선애를 떠밀어버리고 마당 안으로 쑥 들어선다.

"누구야?"

방 안에서 늘어져빠진 소리가 들린다. 그러더니 속셔츠 바람으로 몸을 누인 채 방문을 열고 내다본다.

"집에 들어왔구나. 아침에 거기 갔더니."

하자, 성재는 얼른 선애 켠을 쳐다보며 한 눈을 찡긋하고 사나이에게 주의를 시킨다. 그리고,

"무슨 일이 생겼나?"

"음, 좀 나오지."

성재는 잠바를 어깨에 걸치고 사나이를 따라간다.

"참 별꼴 다 보겠다. 아침부터 남의 집에 와서 싱거운 소리를 다 하고."

방에 들어가서 헌 옷으로 갈아입고 나온 선애는 다 쓸어놓은 마당을 쓸려고 빗자루를 잡는다.

"마당을 언제 쓸었다고."

과부 마누라가 부엌에서 내다보며 눈을 흘긴다. 선애는 빗자루를 버리고 물동이를 흔들며 나간다.

성재는 키 작은 사나이와 이야기하다가 비켜서고 키 작은 사나이는 선애가 멀어질 때까지 히죽히죽 웃으며 뒷모습을 바라본다. 사나이는 바보처럼 입을 헤벌리고 눈은 먹이를 채려는 매같이 둥그렇게 뜨고.

"엉덩이가 팡파짐해서 거 참 보기 좋다. 걸음걸이도 돼묵었단 말이다. 사람을 보고 살살 눈 흘기는 꼴도 보통은 아니고 남자 말 잘 듣게 생겼거든. 참, 고거⋯⋯."

달라붙은 짧은 목을 뽑으며 사나이는 사족을 못 쓰듯 남색 치맛자락을 걸어차며 한들한들 걸어가는 선애 뒷모습에서 눈을 떼지 못한다.

"말을 잘 듣기는, 강짜가 심해서 골치 아프지. 바보 같은 게 그런 데는 눈치가 빠르단 말이야."

개구리가 개굴개굴 울어대는 듯, 그런 웃음을 띠며 문성재는 자기 여자를 보고 침을 흘리는데도 기분 나빠 하는 기색은 조금도 없다.

"강짜? 고마운 이야기 아니가, 팔난봉 같은 문성재한테 따라 사는 것만도. 계집들이 모두 눈깔이 삐었는갑다. 하여간 팔자 치고는 상팔자다."

"흥, 따라 산다는 그게 문제거든. 귀찮어. 하지만 날라버리면 저절로 떨어질 거고. 그런데 무슨 일이 아침부터, 어디서 덩어리라도 불거져 나왔나?"

하고 문성재는 기대에 찬 얼굴로 물었으나 그 말 대꾸는 없이,

"저런 여자를 어디서 구슬려 왔을꼬?"

"탐이 나나?"

좋은 조건이 있으면 넘겨주어도 무방하다는 그런 기색을 뚜렷이 나타내며 공연히 어깨를 흔들어대고 웃는다. 어깨에 걸친 잠바가 펄럭펄럭 뛰는 것 같다. 키 작은 사나이는 좀 생각해보자는 시늉으로 몸을 뒤로 잰다.

"하여간 문가 놈은 팔랑개비 재주를 지녔는갑다."

햇빛이 환하게 비친 묵은 느티나무 뒤로 선애의 모습이 사라지자 비로소 얼굴을 돌리며 키 작은 사나이는 야비하고 노골적인 웃음을 흘린다.

"여자 문제에 있어서 어렵게만 생각지 않으면 만사는 오케이야."

"얻어터지는 것도 어렵게 생각 안 하든 말이지?"

"그런 게 다 사는 재미 아냐? 따분하게스리 어렵게 생각할

것 없어. 학교 선생님이 될 것도 아니겠고 국회의원이 될 것도 아니겠고 마음대로 살아보는 거야. 그거는 그렇고 무슨 일이야? 감질나게 끌지 말고 어서 이야기나 해."

사나이는 웃음을 거두고 바싹 다가선다. 귓속말로 뭐라고 한참 수군거린다. 문성재는 크게 머리를 끄덕이며 신바람이 나는지 손을 한 번 휙 돌리며 탁 소리를 내고 빙그레 웃는다.

물동이를 이고 아무도 없는 빈 마당으로 들어선 선애는,

"갔는가 배? 어디 문둥이 같은 것도 친구라고, 소금을 쳐도 한두 말 가지고는 모자라겠다. 싱거운 자식 버젓이 남편이 있는 여염집 여자보고 무슨 히야카시냐 말이다."

뾰로통해서 중얼거린다.

낡은 판자를 두드려 맞춰서 임시로 만들어놓은 부엌문으로 허리를 꾸부리며 들어간 선애는 부뚜막에 물동이를 내려놓고 똬리를 한 수건으로 머리를 닦는다.

"빌어묵을 자식, 거지 같은 자식, 사람을 뭘로 알고."

쌀을 씻으면서도 화가 나서 연신 중얼거린다. 쌀을 씻어 밥을 안치고 갈비[松葉] 불을 지핀다. 부지깽이로 마른 갈비를 살살 헤치면서도,

"없게 산다고 사람을 업신여겨서, 멀쩡하게 남편 있는 여염집 여자를 보고."

아무래도 분한 마음이 가라앉지 않는 모양이다. 밥이 풀 끓어오른다. 양은솥의 나무 뚜껑이 올라갔다 내려오며 구수한

냄새가 퍼진다. 선애는 불을 밀어놓고 물에 적신 행주로 솥전을 훔친다.

"저이가 바람을 피우니까 나를 업신여겨서 그러는갑다. 아무렇게나 데리고 사는 여자라고, 우리 결혼식을 딱 올린 사인데, 와 그럴꼬? 계집을 대수로 안 여기니까 남도 그러는가? 분하다. 자기 여편네를 히야카시 받게 내버려두다니. 내가 만일 남자 같으믄 다리몽댕이를 뿌질러놓지. 하모, 그러고말고. 저이한테 이야기를 해야지. 임자 있는 여자를……."

선애는 부리나케 쫓아 나간다. 흥분도 되고 불 앞에 앉아 있었기 때문에 연지를 찍은 듯 볼이 새빨갛다.

"보소!"

방문 앞에 미처 가기도 전에 볼멘소리로 부른다.

"참 마음도 편한갑다. 잠만 자고 남 속 상하는 줄도 모르고, 당신이 날 대수로이 안 여기니까 외간 남자도."

앙탈을 하며 방문을 드르르 연다.

"……."

눈이 휘둥그레져서 뒤돌아본다.

"어디 갔을꼬? 없네?"

선애는 다시 방 안을 둘레둘레 살핀다.

"아주머니요, 우리 집주인 어디 갔습니꺼? 못 봤습니꺼?"

"몰라, 어디 갔는지. 새댁 신랑이 어디 갔는지 내 알 배 없지."

장독에서 뒤장을 떠가지고 부엌으로 들어가며 과부 마누라는 시답잖게 대꾸한다.

"별일 다 보겠네. 얄궂어라, 온다 간다 말도 없이 어딜 갔을꼬? 그 빌어묵을 낮도깨비 같은 자식이 데리고 갔는가 배. 아침이 다 됐는데⋯⋯."

"설마 물 건너가지는 않았겠지, 뭘 그리 야단일꼬? 이놈의 가시나들, 해가 하늘 가운데 오도록 처자빠져서⋯⋯."

부시시한 꼴로 방에서 나오는 어린 딸들을 보고 과부 마누라는 신경질을 부린다.

온종일 문성재는 나타나지 않았다. 선애는 안절부절못한다. 밤이 되자 간밤에 잠을 설친 때문인지 앉은자리에서 졸던 선애는 맨방바닥에 드러눕고 만다.

"이봐, 선애."

흔들어 깨우는 소리에 눈을 뜬 선애는 후다닥 일어나 다짜고짜로 큰 소리를 지른다.

"인자는 못 참겠소! 어젯밤도 그러더니 또 오늘 밤도 어디 갔다 왔습니꺼? 바른말 하이소!"

문성재는 뭐라 하건 말건 벙글벙글 웃기만 한다.

"인자는 못 참겠소, 갑시다, 가요!"

"아무래도 정신이 나갔구나. 날이 샌 줄 아나?"

"열한 시고 열두 시고 일없어요. 이러다가는 사람 말라서 죽겠소."

"이젠 살이 찔 거야. 잠자코 있어, 수가 터졌으니. 이것 눈에 안 보이나?"

문성재는 윗목에 내려놓은 커다란 짐 꾸러미를 한 번 발로 툭 차고, 기분이 좋아 못 견디겠다는 듯 화를 바락바락 내는 선애 얼굴을 꼬집는다.

아무 세간도 없는, 천장이 나지막하게 내려앉은 방.

드나드는 장지문이 하나 있을 뿐, 마치 가마 속에 들앉은 것같이 답답하고 공기가 탁하다. 큼직하게 꾸려놓은 보퉁이와 트렁크 두 개가 한구석에 놓여 있고, 벽장이 있기는 있어서 자질구레한 것은 그 속으로 다 밀어 넣었는지.

선애는 트렁크 위에 작은 손거울을 세워놓고 열심히 콧등을 두드리고 있다. 선애 옆에 비스듬히 드러누워서 한 팔로 머리를 받치고 담배를 피우며 문성재는 화장을 하고 있는 선애를 바라본다. 푸른색 줄무늬가 야단스러운 싸구려 파자마는 단추도 끼우지 않아 아편쟁이처럼 앙상한 가슴팍이 드러나 있다. 구겨진 파자마는 기름때가 묻어 아주 지저분하고 불건전하게 보인다.

그는 부시시 일어나 앉는다.

"빨리해. 뭘 그리 꾸물거리고 있어."

선애는 거울을 얼굴 가까이 바싹 들이대고 눈썹을 그린다.

"큰방 과부가 일어날 때가 됐는데, 일어나면 곤란하니까."

재떨이를 끌어당겨 거반 다 타버린 담배를 비벼 끈다. 장지문 창호지가 희뿌옇게 돼간다.

"허 참, 날이 새가는데⋯⋯."

선애는 눈썹을 그리다가 눈을 한 번 치켜 떠보면서,

"보소."

"왜?"

짜증스럽게 대꾸한다.

"이번에는 경대 하나 사주이소. 사주시지예? 큰 것 아니어도 좋습니더. 조그마한 거라도⋯⋯."

거울 속에 비친 자기 얼굴을 바라보며 생긋이 웃다가 그 얼굴을 성재 컨으로 돌린다. 그리고 어리광스럽게 곱게 화장한 얼굴을 좀 보아달라는 듯 고개를 갸우뚱한다.

"그래그래, 빨리하라니까. 경대도 사주고 비로드 치마도 사준다."

성재도 싫지 않아서 빙긋이 웃는다. 선애는 행복스러운 표정으로 일어서며,

"옷을 갈아입어야지요."

치마를 꺼내어 편다.

"어젯밤 그 저문데 불을 피워 말짱하게 다렸건마는 구김살이 그냥 남아 있네. 우얄꼬?"

"에이 참, 일도 많다. 빨리해. 날이 샌다니까."

혀를 차면서도 선애를 쳐다보며 성재는 비켜 앉는다.

"당신하고 처음으로 여기 와서 나들이 가는데⋯⋯ 우얄꼬?"

중얼거리다가 웃을 훌렁 벗어 던지고 속치마 바람으로 돌아앉아서 선애는 버선을 신는다.

포동포동하고 뽀오얀 살이 둥그스름하게 솟아오른 듯한 양어깨, 눈을 가느스름하게 뜨고 무슨 새로운 발견이라도 한 듯 쳐다보고 있던 문성재는 별안간 발작이 난 것처럼 와락 달려들어 여자의 양어깨를 꽉 껴안는다.

"아이구 참, 어서 하라고 오복같이 쪼우더니 와 이랍니꺼."

"너 참 예쁘다, 선애."

"참 내, 당신은 오나가나 이런 짓 잘합디다. 당신이사 머 도구통에 치마만 둘러놔도 여자라 카믄 다 예쁘고 좋다 안 캅니꺼."

"그래도 너가 더 좋으니까 데리고 살지."

두 팔로 여자의 몸을 꽉 죄며 마치 처음 여자를 안아보는 것처럼 흥분한다. 선애와 마찬가지로 어딘지 모자라는 얼굴을 하고서.

"아이구, 숨 가빠라. 좀 비키이소! 내사 마 답댑이 이런다 카이. 시간 없습니더."

선애는 남자 얼굴을 떠밀어낸다.

"넌 내 기분을 모른다, 이 바보야."

슬그머니 물러나 앉으며 문성재는 선애의 등을 탁 친다.

옷을 갈아입고 다시 거울을 들여다보며 화장이 잘되었나 못되었나 살피고 나서 선애는,

"정말 나 예쁩니꺼?"

얼굴을 사나이 앞에 내밀며 귀엽게 웃는다.

"예쁘다. 선녀같이 예쁘다. 그럼 어서 나가."

문성재는 윗목에 굴려놓은 보퉁이를 든다.

"이크! 제법 묵직하구나. 너 가져가겠어?"

"문제없습니더. 무거울수록 우린 돈 벌 것 아닙니꺼?"

"욕심은 있군."

"우리도 한번 잘살아봐야지. 당신도 정말 정신 차리이소."

사뭇 훈계조다.

"흥, 못난 게 제법."

"예쁘다 했다가 못났다 했다가 변덕도 부려쌓는다."

문성재는 방문을 살며시 열고 나간다. 이슬이 내려서 땅이 축축이 젖어 있고 가을 냉기가 가슴에 스며든다. 문성재는 파자마 단추를 끼우면서 큰방 쪽을 힐끗 쳐다본다.

선애는 신돌 위에 말끔히 씻어놓은 흰 고무신을 신으면서,

"당신도 곧 나오시지요?"

"쉿!"

성재는 입에 손을 갖다 대고 경계하는 눈초리로 큰방의 기척에 귀를 기울인다.

"조용히 해. 좀 있다가 나갈게."

소곤거리며 보퉁이를 들어 선애 머리에 올려준다.

"갈라 카이 어째 좀 겁이 납니더. 가슴이 두근두근해지

네요."

"조용히 하라니까. 말하지 말어. 큰방 과부 내다볼라."

선애는 소리를 낮추며,

"그라믄 기선회사에서 기다리고 있겠습니더."

"음, 그렇지만 날 보고 알은체하면 안 돼. 알았어?"

선애는 고개를 끄덕인다.

도둑놈처럼 발소리를 죽이며 마당을 질러서 판자문을 조심스럽게 연다. 연기처럼 아침 안개가 서려서 늙은 느티나무는 아슴푸레 모습을 나타낸다. 그 골목을 선애는 보퉁이를 이고 내려간다.

문성재는 좀 불안한 듯 선애 뒷모습을 지켜본다.

'어리석해서 도리어 주목을 안 받을 거야.'

느티나무를 돌아갈 때 선애는 한 번 뒤돌아본다. 문성재는 어서 가라고 손짓을 한다.

'날씨가 왜 이리 쌀쌀해?'

성재는 파자마 주머니에다 손을 찌르고 돌아선다.

그가 방 앞까지 왔을 때, 큰방의 문이 스르르 열린다. 문성재는 움찔하고 놀라며 호주머니 속에 찔렀던 손을 뽑는다. 그리고 엉겁결에,

"아주머니, 안녕히 주무셨어요?"

하고 꾸벅 절을 하는데 과부는 물그릇을 들고나오다가 왠지 어설프게 그것을 마루에 도로 놔두고 걸레를 들더니 아무것

도 없는 말짱한 마루를 닦는다.

과부 마누라는 부엌으로 가다 말고 돌아보며,

"새댁은 어디 갔소?"

대수롭지 않게 묻는다. 그러나 문성재는 몹시 당황하며,

"네, 저, 누, 누님 집에."

"새벽부터?"

이번에는 문성재를 빤히 쳐다본다.

"누님 생신날이 돼서요."

얼렁뚱땅 뜯어 맞추고 의심스러운 얼굴로 상대방의 기색을 살핀다.

"으음? 통 오고 가고 안 한다 카더니?"

"이젠 오고 가고 해야죠. 객지에서 많지도 않은 동기간이 서로 외면하고 지내서야 되겠습니까."

"그라믄 문씨는 안 가요?"

과부는 다잡아 묻는다.

"왜요, 가야죠. 좀 있다가 가볼랍니다."

"아침을 어짜노 싶어서……."

머뭇머뭇하다가 과부는 부엌으로 들어가 버린다.

'빌어먹을, 나가는 걸 봤구나. 음, 그런데 왜 아침 걱정은 할까. 저놈의 과부 나한테 생각이 달라서 그러는지도 몰라.'

찌푸렸던 얼굴을 금세 펴고 천치같이 웃는다.

해가 활짝 솟아올랐다. 큰방 과부는 다른 날 아침보다 더

분주하게 마당을 왔다 갔다 하며 서성대는 것 같다. 문성재는 면도를 하다가 과부의 발소리가 방 앞을 지나갈 때면 귀를 쭈뼛하게 세우곤 한다.

"어서 학교에 가거라! 멀 그리 꾸물거리고 있노."

"아직 일찍은데……."

"아, 머가 일찍노. 어서 가거라, 어서."

과부와 아이가 주고받는 말을 들으며 문성재는 다시 천치 같은 그 웃음을 띤다. 머리에 기름을 처덕처덕 바르고 감색 양복에 빨간 넥타이를 하고 방 안에다 파자마를 그냥 벗어 던진 채 문성재는 바바리코트를 들고 일어선다. 밖으로 나간 그는 시계를 보며 큰방 쪽을 곁눈질하며 살핀다. 기름 냄새와 화장수 냄새가 과히 넓지 않은 초라한 초가 뜰 안에 가득 들어차는 것 같다.

"아주머니."

허리를 꾸부려 구두를 신으면서 큰방을 향해 다정스럽게 부른다.

"와 그라요?"

과부 마누라도 머리를 싹 빗고 방에서 나온다.

"가져갈 거는 없지마는 방이 비었으니 좀 잘 봐주십시오."

"나갑니꺼?"

"네, 누님 댁에. 생신날이니 가봐야죠."

구둣주걱을 호주머니 속에 밀어 넣으며 염치도 없이 과부를 쳐다보며 웃는다. 과부 마누라는 얼굴에 무엇이라도 묻었는가 근심이 되는지 앞치마를 끌어당겨 얼굴을 닦는다. 항상 무뚝뚝해 보이던 과부의 모습이 퍽 여자다운 선을 이룬다.

"혼자 애들 데리고 사시니 어려운 일이 많죠?"

동정 어린 목소리로,

"먹고사는 게 걱정이지요."

"여자 손 하나에 애들 데리고 어려울 겁니다. 우리 누님은 딸린 애가 없어서 재혼도 하고 잘사는데."

"돈만 있으믄 무슨 걱정이 있겠소. 애아버지가 벌어다 놓은 것 곶감 빼 먹듯 하고 사니께 걱정이제. 문씨."

"네?"

문성재는 기대에 차서 대답하고 과부의 얼굴을 본다.

"나도 일본 물건 좀 만져봅시다."

여자의 목소리는 어딘지 미련하고 억세다.

"문씨는 그런 구멍 알지 않소?"

문성재는 실망하여,

"가만 계셔보세요. 물건이 나오면, 아 뭐 한집에 살면서 그런 편리도 못 봐주겠습니까. 걱정 마세요."

사람에게 관심이 있었던 것이 아니고 일본 물건에 관심이 있어서 말을 걸어온 과부에게 실망했지만 말만은 그렇게 버젓하게 하고 문성재는 나가려고 하는데,

"아까 새댁이 갖고 가는 것 일본 물건 아니오?"

과부는 조심스럽게 문성재의 기분을 상하지 않게 하려고 어색하게 웃는다.

"아, 그건."

찔끔한 듯, 그러나 헛웃음을 웃으며,

"그, 그건 아니지요. 누님 댁에 가져가는 겁니다."

마음속으로 혀를 내두르며 무슨 말을 더 하고 싶은 눈치를 보이는 과부를 떠밀어버리듯,

"그럼 다녀오겠습니다."

문성재는 출장이라도 가는 시골 관리처럼 손가방을 하나 들고 시간이 임박하여 헐레벌레 기선회사 대합실에 나타났다. 긴 걸상 위에 보퉁이를 내려놓고 초조히 기다리고 있던 선애가 눈이 번쩍 뜨이듯 급히 일어서려고 하자 문성재는 그러면 안 된다는 눈짓을 하고 기선회사 사무실로 들어가 버린다.

'아이, 내가 그만 잊어버리고…….'

선애는 새롭게 명심하며, 안심을 하며 사방을 둘러본다.

가난한 장사꾼들이 대부분인 아침 배 손님들이 우왕좌왕하고 있다. 바다 쪽으로 난 유리창에서 비쳐드는 아침 햇빛, 목이 메일 듯 자욱한 담배 연기, 햇빛 속에 온갖 지저분한 것이 다 드러나서 산다는 게 을씨년스럽고 쓸쓸하게 보인다. 그러나 선애는 자기 옷맵시나 문성재의 신사복 차림에 우월감을 느끼며 마치 문성재가 옆에 있는 듯 보퉁이에 기대어 애교 있는 웃음을 짓는다.

이별의 슬픔이나 만나는 기쁨도 없이 한창 벌어진 장바닥과 같은 혼잡을 겪고 배가 항구에서 떠났을 때 선애는 이제 됐다 싶어 문성재를 찾았으나 그의 모습은 보이지 않았다.

'어디 갔을꼬?'

혼자 신경을 쓰고 앉았는데 마침 문성재가 선실로 들어온다. 선애가 말을 걸려니까 그는 무서운 눈을 하고 선애와 떨어진 자리에 가서 앉아버린다.

'아직 말하믄 안 되는가? 배가 떠났는데……'

문성재는 혼자 배의 점심을 시켜 먹었고, 옆의 여자들과 농담을 했고, 오징어, 사과 같은 것을 사가지고 이웃과 나누어 먹기도 했으나 끝내 선애를 알은체하지 않는다. 선애는 화가 나서 그쪽을 힐끗힐끗 쳐다보았으나 문성재가 눈짓하는 바람에 그냥 눌러앉곤 한다.

지루하고 울렁거리는 반나절의 항해가 끝나고, 뱃고동을 울리며 배는 부산 항구로 들어간다.

'내사 마 부애가 나서 이제 숨통이 터지는 것 같다.'

보퉁이를 들고 선애가 삼판에 내렸을 때 문성재는 사람들에게 떠밀리는 듯하며 선애 가까이 와서 귓속말로,

"나 먼저 나갈 테니 그렇게 알고, 묻거든 내가 시킨 대로 말해. 바보짓 하지 말어."

하고 그는 사람들을 떠밀고 앞으로 나가버린다.

좁은 삼판 다리에서 떠밀려 보퉁이를 인 선애가 개찰구로

나갔을 때 사복한 형사 한 사람이,

"아주머니, 그게 뭐요?"

하고 물었다. 먼저 나가서 선애가 이고 나오는 보퉁이만 눈여겨보고 있던 문성재의 얼굴이 노랗게 변한다.

"옷입니더."

선애는 굵게 쌍꺼풀진 눈으로 형사를 보며 생긋이 웃는다. 선애의 얼굴을 가만히 살피고 있던 형사는 뜻밖의 웃음이었던지 슬그머니 얼굴을 돌리고 보퉁이를 쿡쿡 찌른다.

"정말 옷이오?"

의심스럽게 묻는다.

"야, 친정 갑니더."

"친정 가는데 무슨 옷이 이리 많소?"

"쌈하고 갑니더."

형사는 빙그레 웃는다.

"아이구, 좀 떠밀지 마소! 태산같이 짐을 이고 있는데 넘어지믄 어쩔라고 그러요!"

새된 소리를 지르며 선애는 앞으로 떠밀려 넘어지려 한다.

"가도 좋소!"

형사는 다음 사람의 짐을 검사하고, 선애는 급히 걸어 나온다.

무사히 통과한 것을 본 문성재는 입이 벌름해진다. 얼른 돌아선 그는 선애를 기다리지도 않고 걸어간다.

"보소, 보소야!"

보퉁이를 이고 헐레벌레 쫓아가며 불렀으나 문성재는 힐끔
힐끔 뒤돌아볼 뿐 걸음을 멈추지 않는다.

"세상에 무거워 죽겠는데 짐 좀 안 받아주고, 보소야!"

그래도 문성재는 돌아볼 뿐 혼잡하고 시끄러운 사람들 속
을 헤치며 급히 걸어간다. 사람들이 뜸하고 가을 햇빛이 내리
쏟아지는 행길까지 다 왔을 때 겨우 그는 걸음을 멈추고 선애
를 기다려준다.

"어서 짐 좀 받아주이소!"

다가온 선애는 화가 머리끝까지 치민 소리를 지른다. 성재
는 짐을 받아 길컨에 놓는다. 선애는 이마에 밴 땀을 닦으며,

"짐이 무거워서 똑 죽겠는데 당신 혼자만 신질로 가믄 우짤
기요?"

"십년감수했다."

화를 내든지 말든지 기분이 좋은 성재는 담배를 꺼내어 붙
이며 어깨를 으쓱 치올린다.

"히뜩히뜩 돌아보믄서 막 혼자만 가고, 돌아보지나 말았음
덜 밉겠소."

옷매무새를 고치고 머리를 쓸어 넘기며 앙알거린다.

"이 바보 덩신아, 거긴 형사들, 세관원들 쫙 깔려 있는데 서
툴게 굴다간 십년공부 나무아미타불이란 걸 모르나?"

"말 마이소. 당신은 배에서도 남의 여자만 보믄 싱글벙글

웃고. 눈에 불이 나서 그만 물에 빠져 죽어버릴까 싶었습니더. 가슴에 멍이 다 들어버리는 것 같고……."

"또 지랄한다. 그만 물에 빠져 죽어버리지. 너 같은 걸 데리고 살라니 내가 골병이다. 그렇게 알아듣게시리 했는데 사사건건이, 마 좋다. 성공했으니 이젠 문제없다!"

문성재는 손을 들고 휘파람까지 휘익 불며 지나가는 택시를 잡는다. 보퉁이를 택시 속에 먼저 집어 던지고 나서,

"타라!"

쳐다보지도 않는 운전수에게 선애는 혼자 의젓하게 뽐내 보이며 택시에 오른다.

"어딜 갈까요?"

운전수는 백미러 속에 비친 문성재의 기다란 얼굴을 보며 묻는다.

"아무 데나, 아니 쓸 만한 여관으로 안내하슈."

우쭐해서 명령한다. 운전수는 경멸하듯 웃는다.

택시가 달리자 선애는 새삼스럽게 자신의 공을 알아달라는 듯 이야기를 꺼낸다.

"당신이 시키는 대로 말했습니더. 뭐냐구 묻지 않겠습니꺼?"

문성재는 선애의 팔을 꼬집는다.

"아, 아얏."

하다가 선애는 입을 다문다. 성재는 눈을 흘기며,

"여관에 가면 이내 작은누님한테 전활 걸어야지."

"야?"

"널 보고 싶어 할 테니까 말이야. 어떻게 누님을 잘 구슬리면 한밑천 해주실 거구."

말없이 차를 몰고 있는 운전수에게 들어보라는 듯 큰 소리로 지껄여댄다. 선애는 눈이 휘둥그레져서 성재의 옆모습을 쳐다본다. 성재는 길게 찢어진 눈꼬리의 주름을 모으고 여전히 눈을 흘기며,

"매부한테 내가 한번 들이댄 일이 있어서 바로 누님 댁에 갈 수 없단 말이야. 깐깐한 골샌님이라 젊은 놈들 기분을 모르거든. 하지만 굉장한 부자야. 집이 두 채나 있고 남포동에 사무실도 있지. 애들이 많이 컸을 거야."

선애의 눈은 더 휘둥그레진다.

"요전번 편지에 이사를 했다는 말이 씌어 있었는데, 아마 전화는 그냥 옮겼을걸? 전화만 걸면 누님이 뛰어오시겠지."

"전화가 다 있습니꺼?"

겁이 난 듯 자그마한 목소리로 묻는다.

"그럼 전화 그까짓 게 문제야? 살던 집은 통영 큰누님이 가시게 돼 있어. 그 집을 그만 우릴 주었으면 좋았을걸. 매부하고 대판 싸움을 한 바람에 손핼 봤지."

자꾸 주워섬긴다. 선애는 황홀해져서,

"정말 우릴 주었음 얼매나 좋겠습니꺼? 집이 큽니꺼?"

"크고 말고, 방이 여덟 개나 되고 응접실이 근사하지. 전쟁이 나고부터 부산의 집값이라는 건 금값 아냐? 그 집 하나만 가지고도 앉아 먹을 수 있지."

"여덟 개 말고 두 개만 돼도 우리 두 식구 실컷 살 긴데."

선애의 눈은 더욱더 황홀하게 빛난다. 택시는 근사한 여관 앞에 머물렀다. 문성재는 찻삯에 얼마간의 돈을 더 얹어서 기분 좋게 차를 돌려보내고 짐을 나르는 여관의 보이 뒤로 의젓하게 따라 들어간다.

"보소, 누님한테 전화 안 합니꺼?"

선애 말은 들은 척도 않고 문성재는 보이에게 팁을 주어 방에서 내보낸다.

"보소, 누님……."

말이 끝나기도 전에 문성재는 크게 소리 내어 웃어젖힌다.

"얄궂어라. 와 웃습니꺼?"

선애는 핸드백 속에서 거울을 꺼내어 화장을 고치려다가 멍하니 남자를 바라본다.

"하하핫…… 숨통이 막히겠다. 하하핫……."

한참 웃다가,

"하여간 성공이라…… 저녁이면 내 손에 돈뭉치가 굴러들어온다."

문성재는 눈을 번득이며 짐을 내려다본다.

"보소, 누님한테 전화……."

"잔말 말어! 전화는 무슨 전화야! 네가 쓸데없는 소릴 하길래 연막을 쳤지."

"연막이라고요?"

말뜻을 모르고 멍하니 바라본다.

"세상에 이런 등신 좀 봤나. 에이, 내니까 너 꼴을 본다. 모두 냄새를 못 맡아서 눈이 시뻘게가지고 귀는 사냥개처럼 쭈뼛하게 세우고 다니는 세상에 운전수가 알면 어떡하냐 말이다!"

아까 택시 속에서 난처했던 일을 생각하여 새삼스럽게 화를 내며 선애를 노려본다.

"뭐 어쩌고 어째? 뭐냐고 묻기에? 그따위 소릴 왜 하냐 말이다. 짐이랑 차에 실어놓고. 기가 막혀서."

문성재는 화를 내건만 선애는 여전히 한다는 말이,

"그래도 작은누님이 계시다믄 찾아가 봐야 안 합니꺼?"

"허 참, 이쯤 되면……."

"한밑천 주시믄 우리도……."

문성재는 다시 껄껄 웃어젖힌다.

"통영의 누님처럼 작은누님도 무섭습니꺼?"

"흐흠, 혼자 잔뜩 좋았다. 이봐, 통영의 누님보담은 안 무섭지만 말이야, 작은누님은 날 좋아하지 않거든. 국물도 없어."

"그래도 내가 당신 처라는 것을 알려드려야 안 합니꺼?"

"모, 모르겠다. 널 상대하고 있다간 병신 되기 꼭 알맞다.

물건 팔러 왔지 널 선뵈러 온 거 아니니까."

그는 벌떡 일어서서,

"꼼짝 말고 있어. 나 나갔다 올 테니까."

성재는 획 나가버린다.

"참 이상하다. 우린 결혼식을 딱 올렸는데, 와 자꾸 저러는고 모르겠다."

팔짱을 끼고 쭈그리고 앉아서 방바닥을 내려다본다. 한참후 성재는 부산하게 떠들며 한 사나이와 함께 돌아와서 서둘며 짐을 내간다. 그들이 나간 얼마 후 여관 보이가 와서 방문을 두들겼다.

"야."

쭈그리고 앉은 채 고개만 돌리고 대꾸한다. 방문을 연 보이는 뒤돌아보며,

"이 방입니다."

그러자 남자 둘이 얼굴을 쑥 내민다.

"방금 여기 짐을 싣고 왔죠?"

색안경을 쓰고 광대뼈가 나온 남자가 묻는다.

"야, 그런데 와 그럽니꺼?"

묻는다.

"그 짐 어디로 가지고 갔소?"

역시 색안경을 쓴 남자가 묻는다.

"주, 주인."

"주인이 가지고 갔소? 그럼 나하고 함께 가져간 곳으로 갑시다."

"나, 나는 어디로 가지고 간 건지 모릅니더."

"모르기는 와 몰라!"

남자의 말이 거칠어진다.

"정말 모릅니더. 난 주인하고 난생처음으로 여기 왔습니더."

"뭐? 난생처음으로?"

"전에 한분 부산을 지나갔지만 주인하고는 난생처음입니더. 그런데 와 그럽니꺼? 참, 와 와 그럽니꺼."

"그럼 묻겠는데 아까 짐, 물건은 밀수품이지?"

위협조의 반말이다.

"모, 모릅니더. 나, 나는 모릅니더."

남자들은 싱긋이 웃으며 방 안으로 들어온다. 선애는 이 사람 저 사람 번갈아 쳐다보며 와들와들 떤다.

"주인인가 나발인가 나타날 동안 여기서 기다리기로 하고……."

두 남자는 털썩 주저앉는다.

널찍널찍한 안채에 비해 다 쓰러질 듯 초라한 헛간 앞에 가을 햇볕을 담뿍 안고 앉아서 노파와 수옥은 고추를 따고 있었다.

"이렇게 많은 고추를 다 어디다 쓰려구요?"

작은 손이 부지런히 가위를 놀려 마른 고추를 자르고 씨를 떨어내며 수옥이 묻는다. 흰 무명 수건을 쓴 노파는 가뭄에 갈라진 논바닥 같은 손으로 고추 꼭지를 딴다. 수옥의 묻는 말은 못 들은 척 대꾸하지 않고.

"할머니."

"음?"

힐끗 수옥을 쳐다본다.

"이 많은 고추를 어디다 쓰려고 그래요? 파실 거예요?"

"팔기는……."

"그러믄요?"

"큰집에 가져가는 거지……."

"큰집에?"

노파는 수옥의 얼굴을 피하며 쓰게 입맛을 다신다.

"동문안 집에 갖다줄라고 안 그라나. 김장도 하고 고추장거리도 하고……."

목소리는 부드럽고 측은하게 여기는 듯, 그러나 노파는 화를 내는 표정을 짓고 있다. 수옥은 입을 다물고, 그러나 여전히 가위를 놀리며 고추를 싹둑싹둑 자르고 씨를 떨어버리는 일손을 멈추지 않는다.

높은 하늘에 구름도 없는데 마치 구름이 날리는 것처럼 가벼운 바람이 불어와서 노랗게 물든 오동잎이 떨어진다. 눈을 내리깐 수옥의 얼굴은 전보다 더 창백하고 비친 햇빛마저 아프게 튀는 듯하다.

"저놈의 닭우 새끼들이 깨를 말짱 처묵는다. 우이잇……."

국방색의 몸뻬가 미끄러져 내려가는데 노파는 일어서서 두 활개를 펴고 부처님 앞에서 예배를 드리는 듯 원을 그리며 손뼉을 치고 닭들을 쫓는다. 가을과 더불어 수북하게 털이 많아진 닭들은 목을 뽑고 방정맞은 소리를 지르며 달아난다.

"할머니."

"와."

"우리는 김장 언제 해요?"

가위질 때문에 부르튼 손가락을 내려다보며 수옥이 또 묻는다.

"머 김장 할라 캐도 독이 있어야지."

"……."

"단지 새끼 하나 변변한 기이 없는데 쪽박에다 김장을 할까?"

가소롭다는 듯 혼자 눈을 흘기다가 노파는 수옥의 옆모습을 쳐다본다. 무슨 말을 기대하는가.

"우리 고향에서는 김장을 참 많이 해요."

"거긴 추운 곳이니께."

"굉장히 많이 해요."

"여기사 머…… 김장 안 해도 두 식구니께 한 사발 얻어다 묵으믄 될 기고."

"어디서 얻어다 먹어요?"

노파는 말이 막힌 듯 한참 만에,

"우리 딸네 집에서 얻어다 묵어도 될 기고, 밭에 무시가 있으니께 석박김치나 해 묵지."

"그럼 우린 김장 안 할 거예요?"

"참 니도 딱하다. 날 보고 그라믄 우짤 것고? 이 집 양반보고 말을 해야지. 그까짓 돈 몇 푼 들 거라고, 시상에 저울을 단 돈을 주니, 어디 밥만 묵고 사나? 서울댁인가 먼가 몹쓸 짓 했다, 몹쓸 짓 했제. 남한테 적악을 해서 머가 좋을꼬?"

노파는 마당에 어질러진 고추 꼭지를 갈쿠리 같은 손으로 쓸어 모아 쓰레기통에 갖다 버리고 무청을 엮어서 걸어놓고 바람벽을 힐끗힐끗 쳐다보며 돌아온다.

햇빛은 차츰 짧아져서 수옥의 얼굴 위에 그늘이 진다.

"꽃 같은 남의 젊은 사람을 데려다 놓고 호의호식은 못 시킬망정 얼굴이나 자주 내보여주어야제. 이래가지고는 정을 믿고 사나, 돈을 보고 사나. 어디로 가믄 젊은 일신에 설마 밥 한술 못 얻어묵고 살 기라고, 칙은해서 어디 이놈의 꼴 보겠나."

노파는 혼자 군담을 하며 자루바가지를 들고 가서 멍석 위의 깨를 추슬러 함지에 담는다.

"세상에 사람들이 그리 못 미더워 어찌 사노. 보따리 싸가지고 어디 도망이라도 칠까 봐, 돈도 안 주고 옷도 안 해 입히고, 찬 바람이 부는데 저 홑껍데기만 입고 어찌 견디라 카노. 순 꼼쟁이 같은, 아무리 피란 와서 어지가지할 데 없는 불쌍한 아이라 카지만, 꽃부리 같은 걸 저리 버려놓고 새끼만 뽑을라고, 적악이제, 적악. 부모형제가 알믄 얼마나 가슴에 피가 지겠노. 에이, 쯧쯧……."

노파는 수옥이 몰래 혼자 중얼거린다. 수옥은 손질을 다 한 고추를 자루 속에 꼭꼭 눌러 다져가며 집어넣는다.

어느새 해는 떨어지고 뒷산 숲을 향해 까마귀 떼가 날아간다.

"할머니, 물 길어 오겠어요."

수옥은 물동이와 두레박을 들고 나간다. 사들사들 겉잎이 마르기 시작한 배추가 채마밭에 더러 남아 있고 황혼이 가까워오는 바닷물은 그림처럼 조용히 잠겨 있다.

수옥이 채마밭을 돌아 나올 때 해변의 방천길 저만큼 우쭐우쭐 걸어오는 껑충한 서영래의 모습이 보였다. 수옥은 얼른 얼굴을 돌리며 안 본 척하고 우물길로 꺾어든다. 서영래는 웃음 잃은 표정으로 검은 돔방치마를 입은 수옥의 뒷모습을 힐끗 쳐다보며 채마밭 사이의 좁은 길로 해서 집으로 들어간다.

아이를 업은 중년 여자가 바닷물에 씻어 숨을 죽인 김장배추를 우물가에 앉아서 헹구고 있었다. 수옥은 느릿느릿 두레박을 내려 물을 퍼 올린다.

"처녀야, 미안하지만 여기 물 좀 안 부어줄래? 아이 때문에."

아이를 업은 여자가 수옥을 보고 부탁한다. 수옥은 아무 대꾸 없이 물을 길어서 부어준다. 그러고는 멍하니 서서 배추 씻는 것을 구경한다.

"어느새 해가 다 빠졌네."

중얼거리며 여자는 커다란 통에 씻은 배추를 주섬주섬 주워 담는다. 살랑한 바람에 어디서 날아왔는지 나뭇잎 하나가 우물 위에 떨어져 있었다. 방천길을 지나가면서 아이들이 부르는 노랫소리가 차츰 멀어지고 등댓불이 희미하게 깜박인다.

"처녀야, 이것 좀 이어 안 줄래?"

여자는 흩어진 앞섶을 여미고 등에 엎드려 자는 아이를 한 번 돌아보며 멍청히 서 있는 수옥에게 말했다.

수옥은 들고 있던 두레박을 우물가에 놓고 여자를 거들어 무거운 통을 머리 위에 올려준다.

"날씨가 더럭 추워질라 카네. 처녀야, 고맙다."

산 밑에 옹기종기 모여 있는 초가를 향해 여자는 간다. 한 손은 통을 잡고 한 손만 휘저으며.

한 팔을 휘저으며 가던 여자의 뒷모습이 돌담 모퉁이로 돌아가 보이지 않게 되었을 때, 마치 어디서 기다리고 있었던 것처럼 허름한 양복바지 호주머니에 두 손을 찌르고 학수는 그림자같이 돌담 앞으로 나타났다.

우물에 두레박을 내리면서 수옥의 기쁨이 넘치는 눈이 그

곳으로 간다. 물을 길어 올리면서도 눈을 그곳에서 떠나지 않는다.

'난 몰라.'

입술을 달싹거리며 중얼거리는데 기쁜 빛은 사라지고.

학수는 우물가로 오지 못하고 멀리서 물 긷는 여자를 바라보며 이리저리 서성거린다. 국방색 털 재킷을 입은, 떡 벌어졌던 어깨가 지금은 좀 굽어진 것 같고 야위어서 잎이 떨어진 겨울나무처럼 앙상하고 삭막하게 보인다. 그는 걸음을 멈추고 담배를 꺼내더니 고개를 숙여 불을 댕기고 담배 연기를 날리면서 다시 느릿느릿한 걸음걸이로 돌담 앞을 왔다 갔다 한다.

수옥은 물이 넘는 물동이를 내버려둔 채 저절로 몸이 끌려가듯, 눈을 크게 뜨고, 그러나 너무 거리가 멀어서…… 도저히 손과 손이 맞닿지 않는 그들 사이의 공간에 무슨 빛깔이라 말할 수 없는 황혼이 안개처럼 내리 깔린다. 우수수 서리가 내릴 듯한 채마밭에는 겨울 발소리만 들려오는 것 같고.

학수는 담배를 뽑아 길섶에 던지고 채마밭 사이의 길, 우물을 향한 길을 꿈꾸는 사람처럼 헤매듯 걸어온다.

'어머, 어머!'

수옥은 얼굴이 파아래져서 얼른 물동이를 이고 두레박을 집어 든다. 그리고 돌아서서 급히 달아난다.

학수는 우뚝 멈추어 선다. 손가락을 머리칼 속에 쑤셔 넣으며 달아나는 수옥의 뒷모습을 노려본다.

'난 몰라, 난 몰라!'

동이의 물이 넘쳐서 수옥의 옥양목 겹저고리를 적신다. 수옥은 쫓기듯 대문을 밀고 들어간다.

서영래는 마루에 걸터앉아 있었다.

묘하게 외로운, 그러면서도 거칠고 사나운 빛으로 일그러진 눈을 부릅뜨고 대문 안으로 들어선 수옥을 노려본다. 수옥은 그 눈을 피하지도 못하고 오도 가도 못한다.

"송장 뻗얼트려놓고 약물 길으러 갔더냣!"

주먹질이라도 할 듯 벌떡 일어서며 소리를 지른다.

"저, 저."

"새미 속에 죽은 니 할애비가 있더냣!"

"저, 저 배추……."

"내가 오는 걸 번연히 보고 일부러 꾸물리고 안 있었냣! 내가 다 안다. 니 심보를 내가 다 안단 말이다! 망할 놈의…… 음, 음? 씹어 묵어도 비린내 하나 안 날 말짱한 얼굴을 하고서, 응큼스런 기집애, 뒷구멍에서 호박씨 깐다고 내가 속을 줄 아나? 얼른도 없다. 언제 난 서영래……."

열이 나서 잡아먹을 듯 서둘다가 그의 부릅뜬 눈에 노파의 모습이 보이자 입을 닫아버린다.

"와 그리 늦었을꼬?"

노파는 감싸주듯 두레박을 받아 든다. 그리고 옆구리를 쿡 찌르며,

"이러고 있지 말고 어서 정지에 가서 물이나 부어라."

수옥은 부엌으로 들어간다.

서영래는 노파에게 무안풀이를 하는지 더욱더 성난 얼굴에 큰 눈을 하고 노파를 힐끗 쳐다본다.

"빌어묵을! 온종일 처자빠져서 놀다가 해가 다 져서야……."

어이없는 얼굴로 노파가 그를 쳐다보자 벌떡 일어서며 방문을 화닥닥 열어붙인다. 그리고 문짝이 달아날 듯 거칠게 닫고 방 안으로 사라진다.

"참 별일을 다 보겠다. 전에는 저토록 사람이 안 나빴는데 와 저럴꼬? 그렇게 마음이 안 놓이믄 꼼짝하지 말고 지키고 있지."

부엌으로 들어간 노파는,

"너 들어가서 저녁 자시고 왔는가 물어봐라. 안 자시고 왔으믄……."

수옥은 부엌에서 그릇을 났다 들었다 하며 안절부절못한다.

"할머니가 저……."

"내가 가서 물어보믄 또 벼락이 내릴 기다. 니가 가서 저녁 자싰는가……."

수옥은 하는 수 없이 방문 앞에 가서,

"저……."

"……."

"저녁은 여기서……."

하는데,

"무슨 할 말이 있으믄 문을 열고 방으로 들어와서 말해라. 멀쩡하게 다 알면서 숫된 것처럼 겁내는 척하지 말고 말이다."

목소리는 낮았으나 소리 지르는 것보다 더한 미움이 있었다. 수옥이 문을 열고 들어서자 팔베개를 하고 길이대로 누워 있던 서영래의 굵은 눈이 빙글 돈다.

"장석처럼 서 있지 말고 할 말이 있으면 해."

수옥은 무릎을 꿇고 앉는다.

"저, 저녁 드시고 오셨는지……."

"흥, 미워서 비상이라도 먹여 죽였으면 싶으제?"

놀라운 눈을 하고 수옥은 서영래를 본다. 서영래는 무슨 까닭인지 빙그레 웃는다. 수옥의 얼굴이 파랗게 질린다. 웃음의 뜻을 알아차리는 듯.

방 안이 어둑어둑해오는데 전등은 아직 들어오지 않는다.

서영래는 팔베개를 했던 한 팔을 빼어 수옥을 와락 잡아끌다가 확 떠밀어버리며,

"벼개 내렷! 누워 있는 걸 보믄 벼개부터 내려주어야 할 것 아니가. 팔푼이 같은 게."

수옥은 베개를 내려준다.

"내려만 놓으면 되낫! 받쳐주어야지."

수옥은 머리 밑으로 베개를 밀어 넣어준다. 서영래는 수옥이 켠으로 돌아눕고 팔짱을 끼면서,

"니가 언제까지 그리 고집을 피우는가 두고 보자. 내가 이

기나 너가 이기나."

수옥은 고개를 숙인다.

"나를 속일 수 있다고 생각하나? 나를 말이다. 어느 놈하고 좋아 지내서 그렇게 됐노."

"……."

"마 좋다. 오늘 밤은 안 가니까. 저녁은 묵었나?"

"아니요."

"그럼 묵고 오너라. 나는 저녁 했으니께. 자알 생각해놨다가 긴긴밤에 모조리 다 털어놔라."

수옥은 숨을 크게 쉬며 얼른 일어나서 밖으로 나간다.

헛간 같은 노파 방에서 저녁을 끝냈을 때, 오동나무 위에 달이 훤하게 떠올라 있었다. 얼기설기 엮어진 오동나무, 그 가지 그림자 위에 떨어진 자기 자신의 그림자를 밟고 수옥은 마당에 우두커니 서 있다. 바람을 타고 아슴푸레 들려오는 바닷소리, 불이 꺼진 방에서는 코 고는 소리가 들려온다. 바다도 은빛일까 싶으리만큼 달빛은 눈 온 밤처럼 사방을 비추어준다. 이따금 개 짖는 소리, 그러고는 다시 바닷소리.

'바다에 배가 있어서, 그 배를 타고 우리 집에 갈 수 있었으면, 갈 수만 있다면, 아아, 얼마나 좋을까.'

수옥은 마루에 가서 걸터앉는다. 달빛은 한층 거세게 흰 이마 위로 미끄러지고 꺼뭇꺼뭇한 눈이 아래로 감긴 채 마음은 멀리 먼 곳으로 헤매어 다니노라 움직일 줄 모른다.

수옥은 오랫동안 그러고 앉아 있었다. 노파도 잠이 들었는지 아래채 방문에도 불이 꺼지고.

방 안의 코 고는 소리가 높아진다. 숨이 막힌 듯 그 코 고는 소리가 뚝 끊어진다. 수옥은 몸을 움츠리며 돌아본다.

방문이 열리면서,

"머하고 있노?"

부드러운 목소리다.

"지, 지금 들어가려구요."

용수철같이 일어나서, 무슨 마술에 걸린 것처럼 방 안으로 들어간다.

"내가 그새 잠이 들었구나."

입맛을 쩝쩝 다시며 일어나 앉아서 등을 웅크린다.

"이불도 안 깔고…… 어째 으시시 춥더라니."

화를 내지는 않는다. 재수 좋은 꿈이라도 꾸었는지.

"몇 시나 됐을꼬?"

팔을 뻗어 시계를 보려 하자 수옥이 일어선다.

"불 케지 마라. 눈 보신다."

서영래는 성냥불을 켜서 시계를 보고 그 불로 담배를 붙여 문다.

"와 그라고 있노. 꾸어다 놓은 보릿자루같이 앉아 있지 말고 어서 이불 깔아라. 계집이 어찌 그리 싱겁고 멋이 없노."

이번에도 화를 내지 않는 부드러운 목소리다. 그는 수옥이 이부자리를 펴는 동안 담배를 비벼 끄고 옷을 벗어 후딱후딱 집어 던진다.

"수옥아."

"네."

"너 내가 무섭나?"

"……."

"주친 닭처럼 밤낮 와 그라노? 나도 사람인데 니가 그리 자꾸 겁을 내니 기분 안 난다. 나는 니 신랑 아니가? 이리 와."

팔을 잡아끈다. 수옥은 역시 마술에 걸린 것처럼 아무 저항도 못 하고 그에게 질질 끌려간다.

"길잖은 세상에 정 없이 살 필요가 있나, 자아."

서영래는 수옥을 껴안으려다 재채기를 한다.

"애치! 애, 애치! 이거 무슨 냄새고?"

수옥을 우악스럽게 떠밀고 그는 다시 재채기를 한다.

"고추 냄새 아니가?"

"낮에 고추를……."

"고추를?"

"저 어디 가져갈 걸……."

"아아."

서영래는 좀 당황한다. 그러다가 공연히 화를 내면서,

"제기랄!"

짜증을 부리며 내뱉었으나 그래도 마음속으로는 미안쩍은

생각이 들었던지 서영래는 수옥의 얼굴을 슬그머니 피한다. 그리고 굵은 눈알을 불안하게 굴리며 이불을 걷고 부시시 그 속으로 발을 디민다.

"그, 그건 할매가 하든 될 것 아니가. 공밥 먹이고 놀릴라고 둔 사람 아니다. 누가 니보고 그런 쓸데없는 짓 하라 캤나."

입안에 음식이 가득 든 것처럼 우물우물 중얼거린다.

"또 설령 니가 했음 했지, 그 매운 내가 나는 옷을 갈아입고 있을 기지, 계집이 대승스럽게 그게 머꼬? 분 바르고 모양내는 것은 눈꼴사납지만 옷에선 꼬신 내가 나야지. 으응? 그래 가지고, 계집이 그래가지고 뉘 밥 얻어먹고 살 것고? 버르장머리가 없기론……,"

하는데 그는 손으로 입을 막으며 다시 재채기를 한다.

"제기랄, 그놈의 옷이나 어서 벗어랏!"

첫닭이 우는 소리에 잠이 깬 서영래는 방문을 열고 밖을 내다본다. 달은 지고 희미한 별만 가물거리고 있다. 서영래는 스며드는 찬 바람에 놀라 방문을 닫고 일어서서 전등을 켠다. 잠결에도 눈이 부셔 눈 위에 손을 얹었다가 수옥은 돌아눕는다. 기다란 그림자가 장지문에 흔들리는데 서영래는 곤하게 떨어져서 자는 수옥을 우두커니 내려다본다.

몸을 옹그린 채 무서운 꿈이라도 꾸고 있는가, 가슴을 끌어안듯 팔짱을 꼭 끼고 모로 누워서, 그러나 얼굴은 말이 없던 평시와 마찬가지로 단정하고 볼 위에 머리칼이 흐트러져 있었지만 흉하게 보이지 않는다.

　서영래는 끌려가듯 그 얼굴을 한참 동안 내려다보더니,

　"빌어묵을!"

　방바닥에 펄썩 주질러 앉으며 거칠게 재떨이를 자기 앞으로 끌어당겨 놓고 담배를 붙여 문다.

　뒷산 숲속에서 부엉이 우는 소리가 들려온다. 방천을 치는 파도 소리도. 그 소리 속에 새벽은 오히려 괴괴하게 잠기는 것 같다.

　"흥, 멀쩡한 얼굴을 하고, 보살 같은 얼굴을 하고서 언제 그 따위 못된 짓을, 정말 이건 천치 덩신이 아니믄 엉큼스럽기 짝이 없는, 간 빼묵을 가시나다."

　혼자 중얼거리며 꼼짝 않고 누워 있는 수옥을 노려본다.

　"아무래도 내가, 음 아무래도 내가 헛다리 짚었는갑다."

　담배 연기를 뿍뿍 내어 뿜다가,

　"흥."

　담배를 비벼 끄고 자리에 누우려 한다. 그러나 불현듯 미운 생각이 치미는지,

　"일어낫! 잠만 처자빠져 자고……."

　이불을 후딱 젖히고 와락 떠밀어버린다. 수옥은 구르듯 일어나 앉는다.

　그는 멍해진 눈으로 서영래를 바라보다가 몹시 당황하며 흐트러진 앞가슴을 여민다.

"니 언제꺼정 말 안 할 작정가?"

"……."

"정말 나보고 말 안 할 것가?"

폴속한 수옥의 입술이 한가운데로 모인다. 그 모양은 아주 야무져서 어느 때보다도 똑똑하게 보이고, 대신 서영래는 늘 어져서 허우대는 크지만 철없는 아이같이 유치하다. 가끔 그 자신도 무안한 생각이 들기는 드는 모양이다.

"말해봐. 말하라니까, 뉘하고 그리됐는고."

"……."

"어디든지 그놈이 살아 있을 것 아니가. 흥, 마음은 낭게* 걸어놓고, 나를 눈뜬장님으로 만들라고? 할 수 없어서 니가 나한테 붙어살지? 그놈이 찾아오믄…… 와 대답을 못 하노."

"……."

"말해봐라, 누굴 좋아해서 그렇게 되었는가. 니가 마음속으로야 육도 벼슬을 할갑세 말 안 하믄 내가 알 턱이 있나. 그러니 어찌 내가 너를 믿겠노 그 말이다. 떠들어온 니를, 벌써 어느 놈한테 몸을 허락한 니를 어찌 내가 믿겠노 말이다."

"……."

"허 참, 기찰 노릇이다. 아가리다가 쇠통을 채워놨나, 니 어매가 널 배서 시주를 안 했나 와 그리 말문을 못 여노. 그만 때릴 수도 없고, 사람 환장시키네. 나는 니 때문에 손해가 막심하다. 이럴 줄 알았음 머할라꼬 니를 데리고 왔겠노. 서울댁인가 먼가 하는 여편네한테 물건 준 것도 니 때문이고 그놈 팔랑개비 같은 그 도적놈, 서울댁 동생 놈한테 물건을 준 것도 다 니 때문이 아니가. 이렇게 되고 보니 내 혼자 함빡 뒤집어쓰고 말았단 말이다. 세상에 흔해빠지고 발길에 채는 게 계집인데 이럴 줄 알았음 돈 써가며 머할라꼬 헌 가시나를 데리고 살 것고."

그는 신경질적으로 다시 담배를 붙여 문다. 그리고 성냥불을 끄는데 어찌나 팔을 휘젓는지, 수옥의 가냘픈 어깨를 덮칠 듯. 수옥은 몸을 움츠리고 숨을 죽인다.

"니가 순순히 나한테 털어놓고 이야기만 하면 나도 사람인데 다 그럴 사정이 있었구나 하고 이해할 것 아니가."

부글부글 끓어오르는 것을 참고 달래듯 말했으나 수옥은 입을 꾹 다문 채다. 이 세상이 무너지고 마지막이 온다 해도 수옥의 입술은 떨어질 것 같지 않다.

"니가 길게 이라믄 나하고 못 산다, 못 살아."

수옥의 눈이 순간 움직인다.

"믿지 못할 계집을 어찌 데리고 살 것고."

수옥은 잠시 망설이다가 손가락으로 방바닥을 밀면서,

"저……."

"음, 그래서."

"저, 그럼 절 보내주세요."

"뭐라꼬!"

서영래는 앉은자리에서 펄쩍 뛴다. 그의 얼굴은 순식간에 홍당무가 되어 어찌할 바를 모른다.

"부산으로, 저, 이사하신다는데 따, 따라가겠어요."

"이사, 이사라꼬?"

눈알이 붉어지고 숨결이 가빠진다.

"서울댁의, 아, 아버지 따라서⋯⋯."

"아버지? 조만섭이가 니 아버지가?"

"저, 아버지라고 불러요."

"어째서 니 아버지고! 조가하고 이가하고 무슨 관계가 있노. 이북 년하고 음, 음, 이남의 조가하고 어, 어째서⋯⋯."

숨이 막혀 말을 끊는다. 달리 할 말을 찾지 못한 서영래는,

"조가하고 이가하고 머가 닿는다고 아, 아버지라고? 미친 년!"

고래고래 남부끄러운 줄도 모르고 그것만 트집 삼아 소리를 지른다.

"그, 그 아버지가 절 데, 데리고 가실 거예요."

"잔소리 말앗!"

베개를 들고, 차마 수옥에게는 못 그러고 벽에 메어친다.

"니, 니한테 돈이 얼마 들었다고, 그리 쉽게 가. 가라고, 자아 가십시오 하고, 니 눈에 이 서영래가 그리 쑥떡으로 보이낫!"

"전, 아, 아무것도⋯⋯."

"생! 망할 놈의, 그, 그래 먹고 입고, 서울댁하고 그 팔랑개

338

비 같은 동생 놈하고 나를 둘러 묶었단 말이다! 니 아니믄 지 할애비 논 팔아묵었다고 내가 그것들한테 물건 줄 것갓! 눈깔이 빠졌다고 그 짓을 한단 말갓!"

이빨을 드러내고 짐승이 짖는 것처럼 소리 지르고 눈을 까 뒤집는다. 무서운 얼굴, 그런데 슬프고 겁내는 듯한 빛이 있어 그의 얼굴은 마구 꾸겨져버린 것 같다.

닭장 안에서 닭이 날개를 터덕거리며 목을 뽑고 운다.

"제기, 비, 빌어먹을! 팔자 더럽다!"

별안간 풀이 죽은 소리를 내뱉은 서영래는 팔베개를 하고 자리에 누워서 천장을 멀뚱멀뚱 바라본다. 매끈하게 면도를 한 얼굴 위에 전등불 붉은 빛이 미끄러진다.

'온갖 게 다 내 마음대로 되는데 저놈의 가시나, 저놈의 가시나만, 무슨 꿍꿍이속인지 도무지 모르겠다. 밤낮 달아날 궁리만 하고 있는가? 그, 그렇다면……'

하다가 그는 잠이 들어버린 척 눈을 감고 좀 더 있다가 코를 고는 소리까지 내면서,

'마음을 가라앉히고…… 한번 다시 생각해보자. 하여간 달아나지 않게, 달아나지 않게 잡아두는 거라. 에에잇! 어떤 놈이!'

눈을 감은 얼굴에 피가 확 모이다가 걷혀진다.

날이 훤하게 밝아왔다. 한구석에 쭈그린 채 앉아 있던 수옥이 머리를 쓸어 올리고 잠든 척하고 있는 서영래 얼굴을 살피

다가 살그머니 일어서서 밖으로 나간다.

"벌써 일어났나?"

노파는 닭장 문을 열고 닭을 몰아내면서 말했다. 수옥은 땅바닥에 쭈그리고 앉아 닭들을 쳐다보며 대꾸도 하지 않는다.

"반찬이 아무것도 없는데 아침은 여기서 잡술란가?"

노파는 모이를 뿌려주고 부엌으로 들어간다. 솥을 가지고 물 두 바가지를 퍼부은 뒤 솔갈비를 끌어당겨 불을 지핀다.

"인자 찬물이 싫네. 한창 시절에는 얼음을 깨서 빨래도 했는데, 오늘 아침엔 서리가 내렸고나."

수옥은 부엌의 문설주를 짚고 노파를 멍하니 바라본다. 불길이 아궁이 밖을 핥듯 넘실거리고, 그 불길에 따라 수옥의 얼굴이 붉어졌다간 검어지곤 한다. 노파 옆으로 간 수옥은 아궁이 앞에 노파와 나란히 앉으며 치맛자락을 끌어당겨 눈물을 닦는다. 노파는 혀를 끌끌 찬다. 우는 수옥을 위로할 생각도 않고 부지깽이로 솔갈비를 헤치며 밀어 넣는다. 치맛자락으로 눈물을 닦는 수옥은 견딜 수 없었던지 세운 무릎 위에 얼굴을 얹고 흐느껴 운다.

"시끄럽다. 다 팔잔데 어쩔 것고. 복이 없어 그런 걸 어쩔 것고, 아이구우."

노파는 허리를 펴며 일어선다.

"수옥아, 수옥아!"

방에서 서영래 부르는 소리가 들려온다.

"네."

그러나 목구멍 속으로 기어드는 대답, 부지런히 얼굴을 닦는다.

"어서 가봐라, 눈물 닦고, 아침부터 재수 없게 운다고 야단 나믄 안 된다."

노파는 혀를 차며 더운물을 퍼서 바가지의 쌀을 씻는다.

"저 불렀어요?"

방문 앞에서. 어제도 방문 앞에 서서 말한다고 꾸중을 들었건만, 그러나 웬일인지 방문을 여는 서영래의 얼굴은 부드럽다.

"여 있다. 장 봐 와서 아침 해라."

제법 두둑한 부피의 지폐를 마루에 놓아준다. 그리고 눈물 자국이 남은 수옥의 얼굴을 힐끗 쳐다보며,

"덩신같이 울긴 와 우노."

눈을 깜박깜박하며 비시시 웃는다.

"어서 장 봐서 오너라."

수옥이 장바구니를 들고 문밖으로 나가는 뒷모습을 보고 있던 서영래는 갑자기 초조한 빛을 띠며,

"할매! 할매!"

몹시 불안하게 불러댄다.

"와 그랍니꺼?"

"이리 좀 오소."

"수옥이는 장에 갔습니더."

"허 참, 이리 오라니께."

노파는 어정쩡한 몸짓을 하며 뒤에서 돌아 나온다.

"아아가 덩신 같아서 마음이 안 놓이네. 할매도 같이 가소."

"장에 말입니꺼?"

"방금 나갔으니께 어서 가보소. 흥, 송아지 못된 게 엉덩이서 뿔 난다고, 저러다가 딴마음 먹고…… 바람 들믄……."

"그럴 아이 아닙니더. 어질고 숫돼서 요새 아이 아닙니더."

"허, 할매는 모르요. 어서 따라가 보소."

"가기야 갈 깁니더만, 거 홑껍데기만 입고 날씨가 추워오는데……."

"잔소리 말고 어서 가소. 다 해줄 기니."

서두는 바람에 노파는 밖으로 나간다.

저만큼, 아직 아침 안개가 걷히지 않은 방천길을 장바구니를 든 수옥이 타박타박 걸어간다. 야채를 가득 담아 인 아낙들, 생선을 받아 짊어진 바지게꾼들도 아침 안개를 헤치며 간다.

"수옥아!"

노파가 부르는 소리가 방천을 치는 물결 따라 사라진다.

"수옥아! 함께 가자아!"

야채를 인 아낙이 돌아본다. 그러나 수옥은 돌아보지 않고 그냥 타박타박 걸어간다.

"오기만 하믄 저 착한 아이를 다글다글 볶는다 말이다. 와 그럴꼬? 너무 좋아도 꼬집는다더니 그래서 그럴까? 아이가 하도 그래쌓니께 멍충이가 돼서, 그래도 오늘은 어쩐 일로 돈을 다 주고, 내일 해가 서쪽에서 돋을지도 모르겠다."

노파는 혼자 시부렁거리며 바쁘게 활개를 치고 수옥을 뒤쫓는다.

수옥이 곁에 가까이 간 노파는,

"아이구, 숨차다. 수옥아, 같이 가자. 아이구, 숨차다."

수옥이 돌아본다.

"할머니가 웬일루?"

의아하게 바라본다.

"너는 잘 모를 거라고 그 양반이 나를 함께 가라 안 카나. 아이구, 숨차다. 그 바구니 내가 들꾸마."

수옥은 잠자코 바구니를 내준다.

수옥은 바다 쪽으로 몸을 기울이듯 방천 가에 바싹 다가서 걷고 있다. 자기도 모르게 발을 헛디뎌 물에 빠져버리기를 원하고 있는 것처럼.

"수옥아."

"네?"

"니 정신없이 걸어가다가 물에 빠지믄 어쩔라고 그라노? 와 그리 끝끝이 걸어가노."

노파는 수옥의 치맛자락을 끌어당겨 주고 콧물을 들이마

신다.

이쪽과 저쪽의 방천 사이의 바다 위를 일찍 잠이 깬 갈매기들이 기뻐서 아기 울음 같은 소리를 지르며 모이를 그리며 날아내린다. 잔고기를 문 놈은 둥글게 원을 그리며 날아오르고, 갈매기처럼 하얗게 칠을 한 경비선 한 척도 바다 위에 긴 물굽이를 그으며 쏜살같이 여수 쪽을 향해 지나간다. 배 속까지 스며드는 차갑고 무거운 바다의 아침 바람, 찬란한 아침 해가 방금 솟아오르는 연이어진 섬들, 황금빛 물결이 눈부시게 넘실거린다.

수옥은 무슨 생각이 났던지 주먹을 펴서 돈을 들여다본다. 신기한 듯 그것을 들여다보다가 노파에게 쑥 내민다.

"⋯⋯."

"돈 받으세요."

"와?"

노파는 수옥의 눈치를 살펴본다.

"전 모르는데⋯⋯."

노파는 눈길을 돌리며,

"내가 따라오니께 기분이 안 좋아서 그러나?"

"아, 아니요. 할머니."

"그라믄 와 그라노?"

"아무것도 아니에요."

"내가 머할라고 그 돈을 가질 것고, 내사 머 주인이 시키니

344

께 따라왔지. 니 조금도 섭섭하게 생각지 말아라. 없어서 남의 집살이는 해도 경위 모르는 내가 아니다."

"정말로 할머니, 전 몰라요. 그래서 할머니가 장을 보시라고……."

"그라믄 내가 잘못 생각했구나. 나는 니가 비앙* 쳐서 그러는 줄 알았다."

노파는 세상에 너같이 어리석은 아이가 어디 있느냐는 듯 수옥을 물끄러미 바라보다가 손등으로 콧물을 씻고,

"그 돈은 니가 가져라. 니 쓰고 싶은 대로 써야지. 나는 장바구니나 들고 따라댕길란다."

하며 슬그머니 웃는다. 수옥은 정말 이 돈을 내 마음대로 써도 야단 안 맞을까요, 하는 얼굴로 웃는 노파를 쳐다본다.

"하도 욱대질러샇으니께 니가 그만 주친 닭 모양으로 내 보기도 딱하다. 그러지 말고 기를 좀 펴봐라. 개도 무는 개를 돌아다본다고 너무 그러지 말고 돈도 달라 카고, 옷도 해달라고 쪼아라. 그 사람들이사 돈이 아야! 할 만치 쌓놓고 안 사나. 범의 눈썹도 안 기럽게 해놓고 산다 말이다. 니만 벌벌 떨고 있으믄 누가 니를 그랬다 할 것고. 이판저판 팔자 궂히고 더러운 소리 듣기는 매일반이지. 일신이나 편해야 할 것 아니가."

"할머니?"

"와."

"모레…… 서울댁…… 아버지 부산으로 이사 가신다는데……."

지금까지 알아듣게 노파가 한 말에는 조금도 귀를 기울이지 않았던지 수옥은 울먹울먹하며 다시 바다 쪽으로 눈을 보낸다.

　"사돈의 팔촌도 안 되는 그 사람들, 부산으로 이사하거나 말거나 니가 무슨 상관고. 그리 알뜰하게 생각해샇을 것 없다. 그 사람들은 어디 닐 생각하는 줄 아나?"

　방천 가에 침을 뱉으며 마땅찮아 하는 기색이다.

　"세상에 비리깽이 같은 닐 뜯어묵을라고…… 나쁜 것들이다."

　"아니에요. 아버지는 참 좋은 분이에요. 나…… 갈 수 없을까요?"

　"머? 부산으로 말가?"

　"부산…… 부산…… 거긴 다시 안 갈려고 했는데…… 아니에요. 뱃머리에라도 나가서 아버지보구 인사라도 하고 싶어요."

　"머할라꼬, 보믄 심장만 더 상하지."

　"부산에 계시는 언니한테 편지 한 장이라도."

　노파는 걸음을 멈추며,

　"부산에 니 생이가 있나?"

　"아니요, 그 댁의 언니가……."

　"아아, 그 집 딸 말이가."

　"참 마음씨 곱고 얼굴도 예쁘고, 그 언닌 절 도와주실 것 같아요."

　"서울댁이 낳은 딸 아니지. 그러나 뱃머리에 나갔다가 들키믄 어짤래? 생각 알아 해라."

"그 언닌 절 도와주실 거예요."

"니가 나갈까 봐 벌벌 떠는데 들키는 날이믄 가만 안 있을
긴데……."

앞서가던 야채장수, 생선장수는 언제 갔는지 보이지 않고
거리에 깔렸던 아침 안개는 차츰 걷히기 시작한다.

"어서 가자. 해가 다 떴구나. 파장이 되믄 살 것 없어진다."

다리를 건너간다. 벌써 장을 보아서 돌아오는 아낙들이 많
다. 바구니를 이고 멈추어 서서 돈을 셈하며 돈이 모자란다고
죽는소리를 내는 아낙도 있다.

다리를 지나서, 그곳에서부터 장은 시작된다. 한켠 길가에
즐비하게 늘어선 선술집, 길바닥에는 잡화, 피륙, 갖가지 물
건을 늘어놓고 와글와글 소리를 지른다. 생선도가에서 경매에
부치고 나온 뱃사람들이 선술집마다 가득 들어차서 해장술을
하고 있다. 고무장화를 신은 뱃사람 하나, 해장술에 얼근해져
서, 아침 해가 부시게 비치는 주막 앞에 쭈그리고 앉아서 오는
사람 가는 사람을 구경하며,

"참, 세상일이란 모른단 말이다."

장화 신은 남자 말에 핫바지 입은 사나이가,

"머가 모르긴 모르노?"

하고 묻는다.

"아, 그 영조네 말이다."

"망했다지?"

"이만저만, 빚더미 위에 앉아서 알거지가 됐다 안 카나."

"그래도 배는 안 팔고 채려서 나갔다 카던데."

"내막을 알고 보믄…… 마누라가 죽을상이 돼서 빚을 긁어 모우는갑더라만 숟가락 모댕이 하나 안 남을 기라 하데."

"일패도지구나."

"어장 애비 망할라 카믄 하루아침이다. 말을 들으니께 영조네 배를 부리는 선수가 패매[廢墓]를 했다 안 카나. 고기 건져서 사는 어장 애비가 예사로 해서 되건데? 개가 새끼를 낳아도 재앙을 가려주고 사흘 안 묵으믄 물귀신이 덧더는데 패매한 선수가, 그거 되겠나?"

사내들이 잡담을 하다가 일어서고 노파는 수옥을 떠밀듯하며 고기시장으로 들어간다.

노파에게 떠밀리듯, 사람들의 물결 속으로 들어가면서 간간이 귓가에 이북 사투리가 흘러들어 오면 목을 뽑고 돌아보곤 한다.

"할머니?"

"와."

"여기서 거제도로 갈라면 멀어요? 멀지 않죠?"

"배 타고 가믄 되지, 와."

"거기 가면 이북 사람들이 많이 있어요. 저도 처음 배 타고……."

"그래, 거제도에 갔더나."

"네, 거기서 부산으로 갔었어요."

"그래, 거제에 가믄 니 아는 사람이 있나?"

"몰라요."

"거제포로수용소에서 나오는 물건을 해다 파는 사람이 숱해 있다 카더라."

벌적벌적하는 장바닥을 떠밀려가면서 수옥은 누구를 찾는지 이리저리 사람들의 얼굴을 쳐다본다.

노파는 시금치와 콩나물을 바구니에 담고,

"수옥아."

수옥은 돈을 주고 거스름돈을 받는다. 생선을 사고 그다음에는 조개전으로 돌아간다. 중무장을 한 군인들처럼 담요 몸뻬에 두둑한 잠바 군대복을 입고 허리에 망태만 한 주머니를 찬 아낙들이 즐비하게 열을 짓고 앉아서 걸걸한 목쉰 소리를 지르며 익숙한 솜씨로 조개를 까고 있다.

"전복이나 두어 마리 사 갈까?"

노파는 의논하듯 수옥을 쳐다본다. 수옥은 고개를 끄덕인다.

"물이 좋은지 모르겠다."

노파는 통 속에 든 전복을 손가락으로 쿡쿡 찔러본다. 조개를 까고 앉아 있던 전복 임자가 눈을 힐끗 치올리며 험악한 인상을 쓴다.

"이거 얼매요?"

아낙은 입안 가득히 찐쌀을 물고 알아듣지도 못하는 말을 중얼거리는데 결코 반가워하는 기색은 아니다. 손은 부지런히 조개를 까면서.

"뭐라 카는지 알 수 있나. 얼맨고 안 묻소."

노파도 좀 못마땅하여 볼멘소리를 한다.

아낙은 노파의 옷차림이 초라하여 전복을 사 갈 사람이 아니라고 보았는지 여전히 입속에 든 찐쌀을 우물거리며 귀찮은 시늉으로 중얼거린다.

"팔기 싫은가 배?"

아낙이 힐끗 또 노려본다.

"어디 전복을 여기서만 파나?"

노파는 화가 나서 돌아서려는데 어디 한판 해보자는 듯 아낙은 입속에 든 찐쌀을 튀기며 엉얼거린다.

"전복 살 주제도 못 되믄서 재수 없게 아침부터 와 야단이고?"

그런 말인 모양이다. 그 말뜻을 깨닫고,

"참 별꼴을 다 보겠다. 개대가리 죽 쒀 묵고 옴대가리 찜 해 묵는 소리를 한다. 사람을, 응? 장돌뱅이 니까짓 게 다 괄시를 하나? 돈 받고 물건 팔지 사람 보고 물건 파나?"

노파는 팔을 휘두른다.

"할머니, 가세요."

수옥이 노파를 떠밀고 나가자,

"빌어묵을 할망구가 재수 없게, 아침부터, 저 빌어묵을!"

아낙은 조개 까던 작은 칼을 든 채 휘두르면서 마구 욕설을 퍼붓는다.

"미친개라니."

아낙은 쫓아올 듯 일어서다가 주저앉는다.

목쉰 소리로 고래고래 소리를 지르는 여자 욕지거리에 수옥은 벌벌 떨면서 노파를 떠밀고 달아난다.

"순 빌어묵을 년이다. 물건 갈아줄라 카는데 시상에 그런 법이 어디 있노? 순순히 하믄 전복을 팔 긴데 와 그리 지랄을 하는지, 노가다패다, 노가다패."

어이가 없는지 얼굴이 노래졌다가 노파는 픽 웃는다.

"참 무서워요."

"사람도 저 꼴이 되믄 막판이다. 남은 게 악만 남아가지고……."

노파는 이리저리 싼 것을 찾아 헤매다가 고기시장에서 밖으로 나오며,

"수옥아."

"네?"

"돈이 얼마나 남았노?"

"아직 많이 남았어요."

"그라믄 저리 가보자. 파장이 돼서 짐을 싸는지 몰라도."

"어딜 가요?"

"미군물자 파는 데. 니 옷이 얇아서 속샤쓰 하나 사 입는 게 어떨꼬?"

"그래도……."

"아무 말 하지 말고 나 따라오너라."

노파와 수옥이 한길가에 펴놓은 미군물자 시장으로 나왔을 때 벌써 짐을 꾸려 안장으로 들어가는 장사꾼들이 많았다.

"여자 것 살 것 없다, 남자 거라도 질기고 따시믄 됐지."

노파는 국방색 셔츠를 이리저리 골라본다. 수옥도 그 옆에 쭈그리고 앉아서 구경을 한다. 그들 뒤에서,

"보소, 선숙 엄마, 잘 만났소."

까만 비로드 치마에 회색 양단 저고리를 입은 서영래의 마누라 용주가 지나가는 여자를 불러 세운다.

"아."

여자는 주춤한다.

"어찌 그리 볼 수가 없소. 벌써 이자가 석 달이나 밀렸는데 어찌할 참이오?"

"참는 김에 좀 더……."

여자는 애원하며 눈을 내리깐다.

"몇 번이나 찾아가도 만날 수 있어야지. 자꾸 피하니까 의심이 생기지 않소. 너무 사람을 납작하게 보다간 큰코다칠 기요."

용주의 푸르스름한 입술이 파르르 떤다.

"이번 행비에는 꼭 어떻게 해보겠습니다. 참은 김에 좀⋯⋯."

"돈도 어디 한두 푼이오. 이번만은 기다려보지만 더 이상 그러다간 재미없을 기요."

여자는 굽실거리며 장바구니를 들고 달아나듯 사람 속으로 묻혀버린다.

마침 셔츠를 흥정하여 수옥에게 들리고 일어서던 노파가 움찔하니 놀란다.

"할매 아니오?"

용주가 어느새 보고 말을 건다.

"네, 네."

할 말이 없어 그저 서둘기만 한다.

"장에 왔소?"

"네."

"어젯밤 우리 집 양반이 섬에 가셨는데 오늘쯤 거기 물건이 들어갈지도 몰라요."

하다가 용주는 노파 뒤에 서 있는 수옥을 유심히 바라본다.

"어디서 본 얼굴인데? 내가 어디서 봤더라? 아아 서울댁의 조카딸이라 카던가?"

노파는 이러지도 저러지도 못하고 땅에 발이 붙어버린 듯 서 있을 뿐이다. 수옥도 여자의 눈을 피하지 못하고.

8. 슬픈 아버지

도배를 하고 장판지도 새로 깔아놓은 방에 들기름 냄새가 풍기는데 조만섭 씨는 우두커니 앉아 담배만 피우고 있었다. 신문을 보려고 들었다가는 혼자 궁리를 하는 표정이다.

'내가 가봐야 옳은가, 우연히 만나야 옳은가, 아니면 이웃에서, 허나 딸 가진 놈이 설지.'

팽팽하게 잘 마른 장지문의 창호지를 멍하니 본다.

'어째 그놈 자식 마음이 터럭터럭한 것 같아서 마음이 놓여야지. 우리 명화는 응주가 아니믄 안 될 긴데……'

현관문이 드르르 열린다. 찬 바람과 함께 사람이 들어오는 기색.

"아이, 날씨도 왜 이리 추울까?"

여자 목소리다. 조만섭 씨는 쓴 것을 삼킨 듯 입맛을 다신다.

"어머니요! 저 위의 아주머니 오시습니더!"

순이가 호들갑스러운 소리를 지른다. 안방 문이 화닥닥 열리면서,

"어서 와. 애기는 왜 안 데리고 왔니? 보고 싶었는데."

서울댁이 동생을 맞이하는 소리가 울린다.

"감기 들까 봐 내버려두고 왔어요. 왜 이리 춥죠!"

"글쎄, 바싹 쪼여드는군."

복도에 올라서는 발소리, 조만섭 씨는 신문을 든다.

"형부는 어디 가셨어요?"

"방에 계실 텐데? 주무시는가?"

서울댁의 발소리가 들리자 조만섭 씨는 얼른 목침을 찾아 머리를 괴고 신문으로 얼굴을 덮는다.

"여보, 여보?"

문밖에서 부르다가,

"주무시는가?"

방문을 열어본다.

"여보, 영자네 왔어요."

그러나 조만섭 씨는 들은 척도 않는다. 숨이 차는지 배만 불룩불룩 움직인다.

"아이참, 영자네가 왔는데……."

하다가 문을 닫고 가버린다.

"한잠이 들었구나. 이사하고 집안 손질하고 하느라고 피곤했던가 봐. 춥다, 어서 방으로 들어가자."

"도배까지 다 하셨네? 형부가 하셨어요?"

"음, 놀면서 남 데릴 필요 없다고, 혼자서 다 하셨다. 이리 아랫목으로 내려오너라."

옆방에서 두 자매가 주고받는 말소리, 환하게 들려온다.

"이제 겨우 정신이 드는 것 같다. 두 번 다시 이사할 것 아냐. 김장까지 해 오느라고 어찌나 애를 먹었던지. 참, 너희네는 김장 다 했지?"

"어제 끝났어요. 내가 뭐 김장하는 건 아니지만 집안이 어수선해서 빠져나올 수가 있어야지요. 궁금해 죽겠는데 이제 대강 정리됐구먼요."

"이럭저럭 묵은 살림이 돼서 너저분한 게 많고, 차차 놓을 자리에 놔야지."

"하여간 이제 다리 쭉 뻗으세요."

"어디 다리 뻗게 됐니?"

"무슨 식구가 많다구요. 우린 손님 치다꺼리하느라고 머리카락 세버리겠어요. 하루에도 몇 패거리가 드나드는지. 그만 요릿집으로 데려갔음 좋겠는데."

"바람나면 어쩔려구."

"아닌 게 아니라 그놈 기지배 땜에 요즘 영 마음이 안 놓여요."

"이제 괜찮어. 순아! 순아!"

서울댁은 부엌을 향해 소리친다.

"네에."

길게 늘어진 대답이다.

"고사떡 좀 찌고 시원한 동치미 국물하고 차려 와."

"어느새 고사떡을 다 하셨어요?"

"그러지 않아도 너희 집에 보낼려고 했는데 기지배가 집이 어름어름하다 하기에 안 보냈지. 저녁때 내 가면서 가져가려구."

조만섭 씨는 살그머니 일어나 앉으며 다시 담배를 붙여 문다.

'내가 가봐야 옳은가, 우연히 만나야 옳은가, 이웃에 살면서, 허나 그 사람 성미가 깐깐해서 어째 마음 턱 놓고 대할 수가 있어야지. 만나기만 하믄 빚진 죄인 같다 말이다. 딸 가진 놈이 섧지, 굽히고 들어가야 하니께……."

"그러나저러나 성재 땜에 걱정이야. 그 자식이……."

서울댁의 걱정스러운 목소리.

"그놈의 이야길랑 아예 하지도 마세요. 생각만 해도 머리 골치 아프다니까요."

동생은 펄쩍 뛴다.

"그렇지만 내 동기간인데 어떡허니? 우리까지 그러면 그 애가 어딜 가겠니? 다 젊은 탓으로……."

"말도 마시라니까요. 가는 곳마다 사고 연발 아니에요? 나는 이제 다시 그놈을 들여놓지 않을 작정이에요. 그놈 땜에 할 말도 못 하고, 저번에 그 사건이 있을 때만 해도 애아버지가 은근히 오금을 걸지 않겠어요?"

"못난 소리지. 꽁샌님 속이 좁아 처가 이야길……."

"그래도 언니, 얘기 안 하게 돼 있어요? 밤낮 그놈은 그 지랄을 하고 다니는데 한 번 실수를……."

"그 애야 뭐 결혼 전의 젊은 놈 아냐? 무슨 책임이 있나?"

"언닌 성재 얘기라면……."

"너는 일일이 밉게만 보니까 그렇지. 그러다가 나이 들면 철 안 나겠니? 늦바람보다 올바람이 낫다더라. 본시 심성은 고운 아이니까."

"심성 고운 놈이 남의 물건 값 몽땅 떼어먹었겠어요?"

"이 애, 큰 소리 하지 마. 너희 형부 듣겠다. 숨어 다니느라고 돈이야 쓴 거구."

조만섭 씨의 귀가 쭈뼛해진다.

"숨어 다닌다구요? 그러니 언니는 안 된다는 거예요. 그놈 말이면 그대로 믿어버리니. 온천장이고 요릿집이고 마구 쏘다니며 호화판으로 놀아났다지 않아요?"

"남의 말을 어떻게 믿니?"

"그놈 자식 말보다 남의 말 믿게끔 되었거든요."

"사내가 그럴 수도 있지. 어디 형제 것 들어먹었니?"

"그게 나쁘다는 거예요. 남의 것 먹었으니 사기꾼 아니냐 말예요. 정말 남부끄러서, 우리 집에도 두 번인가 물건 준 사람이 찾아와서, 영자 아버지한테 얼굴을 쳐들 수 없어요."

"시끄럽다. 넌 아직 사정을 몰라 그러지만 사실은 성재한테 물건을 줄 만한 그런 사정이 있었고……."

"수옥 년을 떠맡긴 대가로 말이죠?"

조만섭 씨의 귀는 더욱더 쭈뼛해지는 것 같다.

"그런 약속이 돼 있거든."

조만섭 씨의 얼굴이 시뻘게진다.

"물건 준 거야 그랬겠지만 어디 송두리째 먹으라 했겠어요? 우리들한테 와서 내놓으라고 조르는 것도 무리는 아니에요."

조만섭 씨는 무릎을 세우고 앉아서,

'젠장! 내가 처붙이 덕으로? 응? 사내대장부 할 짓가. 이럴 줄 알았지, 명화 일만 아니믄 내가 와 부산 바닥으로 왔을꼬? 부산 바닥에 떨어지는 날이믄 내 기가 푹 죽을 줄 알고 있었지. 젠장!'

조만섭 씨는 입맛을 쩍쩍 다신다.

"이 애, 뭐 그게 볕바르게 내놓고 팔 물건이냐? 사고 나는 것은 미리 각오할 일이지. 할 수 없다."

서울댁의 목소리.

"언닌 자꾸 부채질하는 것 아니우? 그놈이 먹었으니 사고 아니에요? 어디 뺏겼어야 말이지."

'흥, 그래도 좀 배웠다고 동생이 낫구나.'

"부채질하면 어떠냐? 세상엔 벼라별 짓을 다 해가며 돈을 버는데 굴러오는 복을 차겠니? 넌 항상 어리석은 소리만 하더구나."

"언닌 그러지만 우리 집 영자 아버진 질색이에요. 아무리 전쟁 중이지만 너무 엉터리없는 일 해서는 못쓴다고."

"말 말어라. 너의 남편은 뭐가 그리 떳떳해서? 따지고 보면 너의 남편 저지른 일 땜에 성재가 돈을 번 거란 말이야. 내가 수옥일 그자한테 떠맡길 때는 그만한 계산이 있었거든. 꿩 먹고 알 먹었지 뭐냐? 하지만 영감이 알까 봐서 얼마나 신경을 썼다구?"

서울댁의 목소리가 한결 낮아진다.

'저런 벼락 맞을! 이거 속절없이 내가 속았구나.'

조만섭 씨는 세운 무릎을 뻗고 방바닥에 엉덩이를 쿵 내리며 혼자 흥분하여 주먹질을 한다.

소곤거리는 목소리가 끊어지자 두 여자는 크게 소리 내어 웃는다.

'빌어먹을 년들! 그 불쌍한 것을. 내가, 내가 속았구나.'

"그래 성재는 여기 들러요?"

"두 번 왔더라."

"데리고 왔다는 여자는?"

"통영으로 보냈다고 하던가?"

"어디서 또 그런 걸……."

"누가 아니래? 성재가 운이 트일려면 그 계집부터 떼어버려야 해. 무식한 게 어찌나 억척스럽던지 아무짝에도 못 쓰겠더군."

"뭐 성재는 별수 있수?"

"넌 말말이 성재라면 눈엣가시구나."

그들은 순이가 차려 온 떡을 먹고 점심까지 지어 먹는다. 그동안 조만섭 씨는 혼자 화를 바락바락 내면서도 그냥 쭈그리고 앉아서 처제가 돌아가기만을 기다린다.

'그 불쌍한 것을, 못된 것들이 한 분도 아니고 두 분이나, 못된 것들.'

한참 동안 잡담을 늘어놓다가 서울댁의 동생이 일어서는 기색이다.

"젖이 불었네."

"그러기 애기를 데리고 오지 않고."

"형부는 꿈쩍 소리도 않네요. 아직 주무시나?"

"웬 잠을."

서울댁의 발소리가 들리자 조만섭 씨는 당황하며 다시 눕는다.

"언니, 그만두세요. 저녁에 함께 올라오시면 되잖아요?"

동생은 나가고 서울댁은 방으로 들어간다.

집 안은 괴괴하니 잠긴다. 비행기가 우르릉 소리를 내고 지나간다.

조만섭 씨는 한참 동안 우두커니 앉았다가 기침을 하며 일어선다.

'잡아 족쳐야겠는데…… 흥, 내가 벌써 한풀 꺾이고 있나?'

노여움에 찬 얼굴로 두 어깨를 으쓱 올리고 조만섭 씨가 안방 문을 열고 들어섰을 때 오래 묵은 주석 장롱에 기름칠을 하고 있던 서울댁이 돌아보며 웃는다.

"당신 일어나셨구려. 무슨 잠을 그리 오래 주무세요? 방금 영자네가 다녀갔지 뭐예요. 깨우려다 하도 곤하게 주무시는 것 같아서. 그 방 따습디까?"

화난 것도 모르고 서울댁은 재잘거린다. 조만섭 씨는 우뚝 선 채 마누라를 무섭게 노려보며,

"양복 내놔."

"어디 가시게요?"

서울댁은 영감의 눈치를 슬금슬금 살핀다.

"낙타 외투도 내놔."

"낙타 외투요? 어디 멀리 가시는 거예요? 저녁에 영자네가 함께 올라오라 하던데……."

"잔소리 말고 옷이나 얼른 내놓으라 카이! 누가 그 사람들한테 매여서 사나?"

"어머, 안 듣던 말씀을 다 하시는구려. 공연히 화를 내시네? 뭐가 잘못된 것 있어요?"

가느다란 눈썹이 치올라간다.

"언제 내가 남의 덕 보고 살았나?"

"빈정거리지 말고 왜 그러는지 말씀이나 하세요."

"처가붙이 덕분으로 집칸이나 얻어 들었다마는 그것 때문에 끓려서 할 말 못 하고 살 내가 아니란 말이다. 나쁜 것들."

"나쁜 것들이라니?"

언성을 높이다가 서울댁은 참는다.

"무엇 때문에 그러시는 거예요? 그 애들이 오라 오라 해서 우리가 여기 온 것 아니에요? 이제 외롭지 않게 됐다구 그 애네들도 좋아하구, 당신 비위에 거슬릴 만한 일이 있을 까닭이 없지 않아요."

느닷없이 영감이 화를 내었건만 서울댁은 공연한 자격지심에서 그러는 줄 알고 달래려는 투다.

"내가 다 안단 말이다. 어서 옷이나 내놔."

"알다니 무엇을 아신다는 거예요? 이런 답답할 노릇이 있나. 어디 말씀해보세요. 들어봅시다."

서울댁은 조만섭 씨의 팔을 잡으며 장난으로 노여움을 풀려고 든다.

"놔!"

팔을 콱 뿌리친다.

"안 줄라 카믄 내가 내 입겠다."

조만섭 씨는 양복장을 열어젖힌다. 비틀거리던 서울댁은,

"대관절 뭐가 어찌 됐다는 거예요! 친정 덕으로 부산 왔다고 누가 거드름을 피웁디까? 누가 잘난 체하던가요? 내 동기

간 옆에 온 것만 기뻐서, 이제 한번 잘살아보겠다고 마음먹은 죄밖에 없어요. 내게 자식이 있겠소, 뭐가 있겠소. 영감 하나 태산같이 믿고…….."

조만섭 씨는 옷을 꺼내어 주섬주섬 갈아입으며 서울댁의 넋두리를 듣다가,

"자식 없는 년이니까 죄를 짓는다. 잔소리 말아라! 너거들은 다 도둑년들이다. 피눈물도 없는 도둑년들이다. 내가 비록 남의 덕에 이런 큰 집을 공짜로 들었다만 내일이라도 삼간 오두막 사가지고 나갈 만한 돈은 있다. 사람이란 마음을 바로 쓰고 살아야지 악으로 모은 살림이 되는 줄 알아?"

조만섭 씨는 눈을 크게 부릅뜨고 서울댁을 노려본다.

도둑년이라고 욕을 하는 바람에 서울댁의 가라앉았던 가느다란 눈썹이 발딱 치올라간다.

"뭐라구요? 도둑년들이라구요?"

"그라믄 도둑년들 아니고 머꼬?"

다른 때같이 조만섭 씨는 슬그머니 피하지 않는다.

"무슨 죄가 있다구 내 동생까지 싸잡아서 년 자를 놓는 거요! 그 애가 당신한테 잘못한 거 뭐 있수! 고맙다구 치하는 못할망정 세상에 이럴 수가 있나."

팔을 휘두르며 누가 옆에서 시비의 판가름이라도 해줄 듯 돌아본다.

"흥, 도둑년들, 도둑놈들 아니고 머꼬? 너희 죄를 몰라서 하

는 말가? 조만섭이는 그런 인간 아니다. 남의 것 공짜로 먹고 좋아서 굽실거릴 그런 인간 아니란 말이다. 내가 만주, 중국 땅을 바람 잡아 댕기긴 했지만 남의 눈에 눈물 나게 하는 그런 억울한 쇠전 한 푼 안 묵었다 말이다. 내가 임자를 잘못 봤다. 한분 망쳐진 것도 사고무친한 곳에서 피를 토할 노릇인데, 그, 그걸 또 그놈의 몹쓸 서가 놈한테…… 나는 그런 줄 몰랐다!"

"아, 아니, 누가 수옥일?"

하다가 서울댁은 찔끔하며 말을 삼킨다.

조만섭 씨는 씨근덕거리며 까만 낙타 외투를 입고 털로 된 외투 깃도 찾아서 두르고, 그런 다음 장롱 위에 올려놓은 꾸러미를 꺼낸다.

"사람이란 죄는 지은 대로 가는 법이다. 죄지어서 남 주나?"

지껄이며 책보에 꾸러미를 싸고 다음에는 장롱 뒤에 세워놓은 스틱을 찾아낸다. 서울댁은 묵묵히 그것을 지켜본다. 조만섭 씨가 나가려고 모자를 눌러쓰자,

"당신 어디 가시는 거예요?"

외투 소매를 잡으며 서울댁은 어리광 피우듯, 겁을 내는 듯 조만섭 씨를 바라본다.

"어디 가거나 말거나 무슨 상관고."

"그 생선포 어딜 가져가시는 거예요?"

"놔!"

조만섭 씨는 뿌리치고 방문을 닫아부치더니 현관으로 나간다. 서울댁의 악쓰는 소리가 들려오고 마루에서 엿듣고 있던 순이가 급히 부엌 쪽으로 달아난다.

바람 부는 거리로 나온 조만섭 씨는 스틱으로 땅바닥을 툭툭 치며,

'고약한 것들! 돈이믄 제일가? 아무리 돈 세상이라도 돈 가지고 안 되는 일이 있는 줄 모르고.'

걸음을 멈추었다가 다시 걷기 시작한다. 부는 바람이 쌀쌀하고 길은 얼어붙은 것처럼 딱딱해도 아직은 깊은 겨울은 아니다. 지나가는 사람들은 털깃까지 단 외투를 입고 스틱을 든 뚱뚱보 조만섭 씨를 신기하게 돌아보곤 한다.

'내가 찾아가는 것도 체면이 안 서는 일 아닐까? 굽히고 들어가는, 사람 꼴도 아니다. 그 유식한 양반이 항상 사람을 눈 아래로 보는데…… 응주라도 있어주었음 좋겠다마는, 에이, 모르겠다, 나왔으니께, 가기는 가야지. 시작이 반이라고…….'

중얼거리며 그는 내키지 않는 걸음을 걷는다. 길모퉁이로 막 돌아갔을 때 저만큼 회색 외투를 입은 명화가 학교에서 돌아온다. 처음에는 난처해했으나 조만섭 씨 얼굴에는 이미 미소가 퍼진다. 지금까지의 모든 시름을 잊은 듯 만족하고 자랑스러운 얼굴로 조만섭 씨는 명화가 가까이 오기를 기다린다.

'그까짓 박 의사의 아들, 문제 아니다! 내 딸이 낫지, 열 배나 낫다! 뭐가 꿇려서 내가 걱정을 한단 말고.'

"아버지 아니세요?"

명화는 털깃까지 달고 스틱을 들고 어마어마하게 차린 조만섭 씨를 놀라운 눈으로 쳐다본다.

"날씨가 춥구나."

딸에게 선이라도 보이는 듯 조만섭 씨는 손에 든 스틱을 만지작거린다.

"어디 가시는 거예요?"

"음, 저."

조만섭 씨는 우물쭈물하다가,

"좀 찾아볼 데가 있어서, 친구 집에 안 가나."

"그런 것 뭐 하려고 들고 나오세요?"

명화는 스틱을 쳐다보며 비시시 웃는다.

"보기가 안됐나?"

걱정스럽게 묻는다.

"그런 것 지금 들고 다니는 사람 없어요."

"남이사 들거나 말거나, 낙타 외투에는 이걸 들어야 하니라. 추운데 너 어서 가거라."

"그럼 다녀오세요."

조만섭 씨는 명화의 뒷모습을 돌아보고 돌아보고 하며 간다. 박 외과 병원 앞에까지 온 조만섭 씨는 내 딸이 열 배 스무 배 낫다고 빼기던 기분이 다 달아났는지 기가 푹 죽는다. 망설이듯 어정어정하다가 문을 밀고 들어간다.

"아, 오셨어요?"

통영에서 얼굴이 익은 간호사가 복잡한 웃음을 띤다. 조만섭 씨는 스틱을 현관 구석에 세워놓고,

"박 선생님 계십니꺼?"

"네, 저 안에서 막 수술을 끝내시고 쉬고 계세요."

"아, 이거 미안하게 됐구만. 그래도 왔으니께 인사나 드리고……."

"잠깐 계세요. 말씀드리고……."

간호사는 마루에 올라가려는 조만섭 씨를 막듯 손짓하며, 급히 안으로 들어간다.

'있으면서 설마 날 안 만날라고는 못 하겠지.'

간호사는 오랫동안 돌아오지 않는다.

'제기랄, 저거들이 좋아서 그러는데 부모가 무슨 소용이 있다고 이 지랄을 하노.'

불안하여 그는 혼자 화를 낸다.

"들어오시래요."

간호사가 돌아와서 말했다.

"수술하고 피곤할 긴데 이거 안됐구만."

조만섭 씨는 외투를 벗어 들고 간호사를 따라 들어간다. 박 의사는 온돌방에 단정한 모습으로 앉아서 조만섭 씨를 기다리고 있었다.

"오래간만입니다."

박 의사가 일어서서 먼저 손을 내밀며 악수를 청했다.

"앉으십시오. 오늘은 꽤 날씨가 쌀쌀하죠?"

"춥구만요, 우리도 이사한다고……."

조만섭 씨는 들고 온 꾸러미와 외투를 한구석에 놓고 앉는다.

"이사라뇨?"

"네, 바로 이 위로 이사 안 왔습니꺼."

"이 위로?"

박 의사는 순간 이맛살을 찌푸린다.

"처남이 하도 오라고 해쌓아서 왔더니만……."

안경 밑의 박 의사 눈이 번득인다. 어떻게 처리하면 좋을 것인가 사태를 연구해보는 듯 쉽사리 입을 떼지 않고 조만섭 씨를 가만히 바라본다. 조만섭 씨는 법정에 불려 나와 위증僞證을 하려는 사람처럼 불안하고 을씨년스럽게 사방을 둘러본다.

"넓은 마당이 다 있구만요. 부산 바닥에 마당이 있다믄, 이런 시내 한복판에 마당이 있는 집이라, 언간히 집도 넓습니더."

조만섭 씨의 시선을 따라 무감동한 박 의사의 얼굴이 창문가로 슬그머니 돌아간다. 바람에 창문이 덜거덕덜거덕 흔들거린다.

"병원에다가 이만한 살림집이 붙어 있으믄 집값도 수울찮을 깁니더. 난리 통에 부산 집값은 금값 아닙니꺼? 하코방* 하나에도……."

하다가 조만섭 씨는 손수건을 꺼내어 콧물도 없는 코를 훔치고,

"이번에 이사한, 아 바로 이 위에 있습니더만, 우리 집도 가정집치고는 넓은 편이지요. 응접실도 있고, 마당이 없는 게 탈이지만, 식구도 안 많은데 우리 살림에는 버겁습니더. 너무 넓어서 찬 바람이 휭 도는 것 같고, 그래도 늘 조선집에 살아놔서 그런지 모르겠습니더만 문을 닫아걸고 들앉으믄 양옥집이란 아주 답답하더만요. 집이란 역시 툭 틔어야지, 부산 항구라 캐도 어디 바다가 보입니꺼? 하늘도 잘 볼 수가 없는데……."

조만섭 씨는 은근히 자기 집 자랑을 꺼내놓으며 그런 것으로나마 박 의사의 관심을 끌어보려고 민망할 만큼 안타까운 노력을 한다. 그리고 스스로 그것을 느꼈는지 끔벅거리는 눈 속에 비애가 서린다. 이야기를 듣는 둥 마는 둥 하고 앉아 있던 박 의사는,

"담배 태우시죠."

차갑게 조만섭 씨의 말허리를 자르며 담배를 권한다.

"아, 아니, 여기 있습니다."

조만섭 씨는 호주머니 속의 담배를 꺼내려고 서둘다가 공연히 꾸벅거리며 박 의사가 내미는 담뱃갑에서 담배 한 개비를

뽑아 문다.

"붙이세요."

박 의사는 민첩하게 라이터를 켜댄다. 꾸부정하니 몸을 기울이고 담뱃불을 붙이는 조만섭 씨의 늘어진 목덜미, 주름살 하나 없는 반들반들한 박 의사의 이마, 승부는 그것만으로도 충분한 듯. 조만섭 씨는 몸을 일으키며,

"허, 이거 죄송스럽습니더."

콧구멍으로 푸른 담배 연기가 스며 나온다. 박 의사도 담배를 붙여 물고 라이터를 만지면서,

"거기 뉘 없니?"

밖을 향해 큰 소리로 부르자 계집아이가 이내 쫓아온다.

"언니보고 술상 차리라고 해."

"아, 아닙니더. 머 인사나 하고 갈라고. 아니, 머 먼 데 산다고 잘 아는 처지에 모르고 지낼 수 있습니꺼."

조만섭 씨는 당황하며 엉덩이를 드는 시늉을 한다.

"그냥 돌아가시면 내가 섭섭하지 않습니까."

박 의사도 말리는 시늉을 한다.

조만섭 씨는 겨우 편하게 자리를 잡다가 돌아가려는 계집애한테,

"아가, 거기 좀 있거라."

다시 부산하게 계집애를 불러 세워놓고 외투와 함께 한구석에 밀어놓은 보따리를 꺼내어 부시럭거리며 끄르기 시작한다.

"이번에 토영서 올 때 좀 사가지고 왔더니만, 사쿠라보신*
데 이것도 옛날 같잖아서 맛이 못하더구만요."

얼떨떨하여 조만섭 씨는 자꾸 주책을 부린다. 사쿠라보시
라는 말에 박 의사는 픽 웃는다. 계집아이에게 생선포가 든
꾸러미를 건네주며 조만섭 씨는 다시,

"이게 술안주에 좋니라."

한다. 계집아이는 깐깐한 표정으로 앉아 있는 박 의사를 힐끗
쳐다보며 받아 가야 할지 어쩔지 망설이다가 아무 말이 없는
것을 보고 마루를 타둑타둑 구르며 가버린다.

바람이 자꾸 창문을 흔든다. 유리창 밖의 밋밋한 겨울나무
뒤에 무거운 잿빛 하늘이 어리어 있다. 눈이라도 쏟아질 것처
럼. 아직도 한겨울은 멀고, 남쪽의 고장인데.

"한시절, 젊었을 때는 나도 바람을 잡아서 만주 땅 신경에
도 살아봤고, 중국의 상해도 가본 일이 있습니더만 세상의 어
디로 가도 내 고향만큼 좋은 데는 없습디더. 집의 안사람이
하도 볶아쌓아서 오기는 부산을 왔습니더만, 영 정이 들 것
같지 않고 나이가 가르치는지, 사람이란 늙으믄 고향에서 살
아야 하는데 박 선생께서도 고향은 아니지만 토영에서 오래
안 살았습니꺼."

박 의사가 말이 없으니 자중하려고 생각하면서도 조만섭 씨
입에서는 말이 절로 나오는 듯, 또 상대방을 말없이 우두커니
앉아서 바라보고 있을 만큼 뱃심도 없으니.

"이십 년 가까이 그곳에서 지냈죠. 저도 통영을 무척 좋아하죠."

"그런데 용하게 결단을 내리고……."

"글쎄……."

"새로 자리를 잡는다는 것은 쉬운 일이 아니지요. 우리네야 하는 사업이 없으니께 오나가나 마찬가집니더만 병원은 새로 지반 닦을라 카믄 힘이 안 들겠습니꺼? 하기사 박 선생은 기술이 확실하니께."

"기술……."

불쾌하게 내뱉는다. 무식한 사람은 할 수 없다는 듯. 그러나 이내 좋은 얼굴로,

"통영에 있는 게 나로서는 편하죠. 모두 낯익은 얼굴들이고, 하지만 웅주 생각을 하니 역시 변동을 일으켜야겠더군요."

"웅주 땜에? 다 그, 그 자식들 때문에."

하다가 놀라며 조만섭 씨는 말을 끊는다. 걸핏 잘못하다간 자기도 명화 때문에 부산으로 왔노라는 말이 나올 뻔했던 것이다. 그러나 그의 속마음을 벌써부터 알아차리고 있던 박 의사는 차가운 미소를 띤다. 그러니 조만섭 씨는 더욱더 당황할 수밖에 없다.

"모두가 다 자식들 때문에 걱정입니다."

내던지듯 말하는 박 의사 눈에 근심스러운 빛이 스친다.

"웅주사 머가 걱정입니꺼. 남의 자식 열 몫은 할 기고 아들

자식이니. 딸 가진 놈이 항상 섧지요. 남의 집에 가버리믄 그만 아닙니꺼. 출가외인이니 무슨 소용이 있어야지요."

"글쎄요…… 응주 마음먹기 따라서…… 앞날이 창창한 아이죠."

조만섭 씨는 찔끔하며 박 의사를 본다.

'마음먹기 따라서…… 어떻게?'

'뻔한 일 아니오? 나한테 물어볼 것도 없지 않소.'

박 의사의 차가운 눈이 그런 대답을 하고 있다.

마침 술상이 들어왔다. 생선포를 얌전하게 썰어서 접시에 담고 사기 주전자에 따끈따끈하게 데운 정종.

박 의사는 술을 따라 조만섭 씨에게 권한다. 한 잔, 두 잔, 서로 부어주며 술을 마시는데 말이 없다. 부엌 쪽에서 계집아이를 나무라는 경주의 이상한 소리가 이따금 들려올 뿐이다.

"조 주사."

뜻밖의 조 주사라는 호칭에 조만섭 씨는 얼굴을 든다.

"오늘 기왕 이렇게 만난 김에 서로 털어놓고 이야기합시다. 언제까지나 서로 모르는 척할 수 없는 일 아니겠습니까?"

"그, 그렇지요."

"조 주사도 할 말씀이 많은 듯한데, 안 그렇습니까?"

"그, 그야 할 말이라기보다는……."

"지금까지 나는 간섭하지 않고 늘 구경을 해온 셈입니다. 다 지각이 있는 애들이고 해서."

"아암요, 그렇고말고요. 응주나 우리 명화도, 내 딸 자랑 같습니다만, 다 보통 아이들이 아니지요."

"그러나 조 주사, 그 애들한테 대하여 옛날이나 지금이나 내게는 변할 수 없는 원칙이 있습니다. 아시겠습니까?"

"……."

"절대로 그 애들은 결혼할 수 없고, 결혼해서도 안 된다는 것입니다."

조만섭 씨 얼굴이 노래진다. 뜻밖의 말은 아니었지만.

"집안이 나쁘다든지, 가난하다든지, 혹은 얼굴이 못생겼다든지, 그 밖의 어떤 악조건이 있더라도 응주가 굳이 원한다면 나로서도 할 수 없는 일이죠. 하지만 명화의 경우만은 어쩔 수 없는 일입니다. 나도 명색이 의사이고 그러니만큼 혈통에 관한 문제만은 용납할 수가 없습니다. 조 주사가 딸을 사랑하는 만큼 나도 아들을 사랑합니다. 혈통 문제만은 당대에 그치는 것이 아니니까요. 그 불행을 알고서 받아들일 수 없다는 그 말입니다."

얼굴이 노오래진 채 조만섭 씨는 눈을 감고 있다.

"냉혹하게 들릴는지 모르겠습니다만 어차피 이 점만은 명백히 해두어야…… 조 주사께서는 이해하시기 어려운 일이겠지만 그 애들은 연애로 그쳐야 합니다."

"그, 그러면 내 딸은 아, 아무 데도 시집갈 수 없단 말이오?"

조만섭 씨의 희끗희끗한 머리칼이 흔들린다. 목소리도 낮게 떨리고 있었다. 박 의사는 말대꾸를 못 한다.

"세, 세상에는 얼마든지 있는 일, 백정도 무당 자식도 서로 좋으면 호, 혼사하는 세상에……."

혼잣말처럼 중얼거린다.

"오히려 그편이 낫죠."

조만섭 씨는 감았던 눈을 크게 벌린다. 그리고 박 의사를 똑바로 쳐다보며,

"그래도 그 애들이 혼인하겠다면 어쩌겠소!"

"그렇게는 되지 않을 거요."

"응주를 매달아놓겠단 말이오?"

"아니지요. 그 애에게는 좋은 신붓감이 나타났지요. 아직 응주가 마음을 정리하지 못하고, 그러나 그들은 결국 결혼할 겁니다."

조만섭 씨 얼굴에 피가 확 몰려든다.

"거짓말이오! 응주는 아버지 닮은 아이가 아니오! 나는 그 애를 어릴 때부터 알고 있소!"

외치듯 말하고 조만섭 씨는 자리에서 벌떡 일어선다.

조만섭 씨가 일어서자 박 의사도 술잔을 놓고 따라 일어섰다. 가만히 서로 바라본다. 비틀어진 입술, 눈 밑의 근육이 팔락팔락 움직이고 크게 벌어진 눈으로 박 의사를 바라보던 조만섭 씨는 허리를 꾸부리고 외투와 모자를 집어 든다. 외투에 딸려 올라오던 빈 보자기가 방바닥에 걸레 조각처럼 떨어진

다. 그것도 아랑곳없이 조만섭 씨는 돌아서다가 얼굴만 돌린다. 박 의사는 쓴 것을 잔뜩 머금은, 그런 얼굴을 하고 뻗치고 서 있었다.

"우리 명화를 문둥이한테 팔아묵었음 묵었지…… 은앙산 물줄기가 어디 가겠소. 부모 안 닮은 자식 없지. 응주는, 응주는 안 그럴 기라고 미, 믿은 내가 어리석었지."

하다가 억지로 말을 참고,

"내, 내가 안 올 길을 왔는갑소."

박 의사는 한마디 말대꾸도 하지 않았고 쓰디쓴 표정도 바꾸지 않았다.

조만섭 씨는 외투와 모자를 든 채 방문을 열고 나간다. 박 의사는 안경을 밀어 올리며 꼿꼿한 자세로 현관까지 따라 나간다.

조만섭 씨는 허둥지둥 구두를 신고 한구석에 세워놓은 스틱도 내버린 채 도망을 치듯 밖으로 나가버린다. 그가 나가버린 문을 한참 동안 바라보고 서 있던 박 의사는 혀를 차면서 진찰실로 들어간다.

꾸부정하니 허리를 꾸부리고 한참 동안 바삐 걸어가다가 조만섭 씨는 들고 온 외투를 입고 모자도 눌러쓴다.

바람 부는 거리, 신문지 조각이 너풀너풀 바람에 날려가는 길을 그는 뚜벅뚜벅 걸어간다. 대신동에서 자유시장까지 걸어 내려온 조만섭 씨는 그 거추장스러운 외투 차림으로 사람들이 와글거리는 시장 안을 헤맨다. 이리 기웃 저리 기웃, 약초를 팔러 온 산골의 농부 같은 표정을 하고서. 해는 이미 떨어지고 짐을 걷는 장사꾼들이 많았지만 살 것도 없는 조만섭 씨는 부딪쳐오는 사람들을 헤치며 휘청휘청 돌아다닌다. 그가 어느 양품점 앞에서 걸음을 멈추었을 때,

"아저씨, 싸게 드릴 테니 사 가세요, 네? 막 거둘 판인데 싸게 드리죠."

여자가 그의 외투 자락을 잡았다.

"멀 사믄 좋겠소?"

흐릿한 눈으로 쳐다본다. 여자는 넥타이, 양말을 주섬주섬 내놓으며 조만섭 씨의 눈이 어디로 가는가 살핀다.

조만섭 씨는 여자용 장갑 두 켤레를 덥석 잡는다.

"거 일젭니다. 참 좋은 거예요."

조만섭 씨는 다시 여자용 머플러 두 개를 집는다.

"그건 미제지요. 최고품입니다. 빛깔이 얼마나 좋아요? 회색은 고상하구, 그 노랑 빛은 젊은 여자가 하면 여간 모던하지 않답니다."

여자는 파장에 찾아온 어리숙한 손님을 위해 입에 침이 마른다.

"싸주시오."

여자가 부르는 대로 값을 치른 조만섭 씨는 꾸러미를 들고 자유시장에서 빠져나간다. 여기저기 불빛이 찬란하다. 산벼랑

에도 온통 불빛의 꽃밭, 어디서 전쟁이 일어나고 있는가. 밤은 고달프고 지저분한 도시를 감싸며 서서히 내려오고 있는 것이다.

조만섭 씨는 선술집이 즐비하게 늘어선 거리를 지나간다. 돼지 순대가 그릇마다 가득히 담겨 있고 선술집 창가에 김이 서린다. 맨 끄트머리, 제일 초라한 선술집으로 조만섭 씨의 발길이 돌아간다. 깨진 유리창을 신문지로 이어놓은 문을 열고 그는 들어선다. 낡아빠진 잠바 차림의 장사꾼들과 한켠에는 날품팔이 일꾼들이 순댓국 한 그릇에 소주를 마시고 있다가 낙타 외투를 입은 초로初老의 신사 조만섭 씨를 보자 어리둥절한다. 마치 다른 인종을 구경하듯.

"어서 오시이소."

하고 인사는 했으나, 젊은 선술집의 여자도 잘못 알고 찾아든 손님이 아닌지 마음을 놓을 수 없는 표정을 하고 조만섭 씨를 바라본다.

조만섭 씨는 나무 걸상을 꺼내어 털썩 주저앉았다가 다시 걸상을 앞으로 끌어당기며 피곤한 듯 탁자 위에 두 팔을 얹는다. 그리고 두 주먹으로 눈을 쓱쓱 문지른다. 조만섭 씨가 눈을 문지르는 바람에 선술집 여자도 갑자기 손이 가려워졌는지 터져서 갈라진 손을 앞치마에 비벼댄다. 그러나 조만섭 씨 곁에 와서 뭘 들겠느냐고 물어볼 생각도 않고 유심히 살피고만 있다.

"그 빌어묵을 객사할 놈의 영감쟁이가 오늘도 간죠[計算] 해

줄 생각도 안 하는구만. 금고 속에 돈을 꽉꽉 처재놓고, 매[墓]

구덕까지 가지고 갈란가, 빌어묵을. 오늘 밤에라도 불이나 확

났음 좋겠다."

"밀린 간죠는 어짜고."

"그까짓!"

"흥! 없는 놈 집에 불나지, 있는 놈 집엔 불도 안 나더라."

한켠에서는,

"허 참, 기막혀서, 눈 없으면 코 베먹는다는 말이 있지만 이

건 말짱한 생눈깔 빼먹는 세상 아니냐 말이다. 뭐? 찾아내야

한다고? 흥, 어디 가서 찾아. 벌써 삼십육계를 놓아버렸는데

할 수 없지. 찬 바람은 불고 계집자식이 없으니 망정이지, 일

찌거니 봇짐 싸가지고 거제도로 되내려가야겠어."

날품팔이와 장사꾼들의 이야기는 따뜻하게 서리는 김 속에

서 오고 간다. 하루 일을 마치고 피로를 풀기 위해서 찾아든

선술집은 아닌 모양이다. 즐거운 곳이 아니고 모두 괴로워서

찾아오는 곳인가 보다.

"술 없소?"

눈을 문지르다가 조만섭 씨는 얼굴을 쳐들며 말했다.

"와 없겠습니꺼."

비로소 선술집의 젊은 여자가 조만섭 씨 곁으로 쫓아간다.

"안주하고 술."

"무슨 술을 하실랍니꺼."

"무슨 술이 있소?"

"정종하고, 소주도 있습니다. 막걸리도 있고요."

"정종."

여자는 서둘러서 순대 한 접시에 데운 정종을 갖다 놓는다.

조만섭 씨는 혼자 부어서 마시고 또 부어서 마신다. 정종 두 홉을 모조리 마시고 얼근해진 조만섭 씨는 다시 술을 청한다. 그사이 장사꾼들 날품팔이들도 자리를 뜨고 없어졌다. 다만 한구석에 사나이가 순댓국에 밥을 말아서 미친 듯 훌쩍훌쩍 먹고 있었다. 아직 나이 젊은 청년.

'저런 놈은 데리고 가믄 미치광이 딸이라고 마다하지 않을 기다.'

선술집 안방에서 아이 우는 소리가 들려온다. 머리를 빡빡 깎은 노인이 어줍게 아이를 안고 나온다. 아이는 악을 쓰듯 울어젖힌다.

"응, 응."

노인은 아이를 어르다가,

"젖 좀 물려봐라. 배가 고파 그러는갑다. 이제 손님도 꺼짐하네."

아이를 여자에게 건네주고,

"아이구, 허리야."

허리를 두드리며 한구석에 굴러 있는 사과 궤짝 위에 노인은 앉는다. 여자는 아이에게 젖을 물리면서,

"아부니, 거기 밥 말아났는데 저녁 하시이소."

"머 천천히 하지."

노인의 거슴츠레한 눈이 조만섭 씨에게로 온다.

"노인장."

노인이 일어선다.

"야, 술 더 줄 기요?"

"아니, 이리 좀 오이소. 오시서 내 술 한잔 받으소."

노인의 눈이 휘둥그레진다.

"아, 아니, 뭐 할라꼬요."

"하 참, 술 묵는 사람 마음 모르구만. 그래가지고 술장사 합니꺼? 이리 오소."

손짓까지 한다. 노인은 딸인지 며느리인지 모를 여자의 눈치를 살피다가 슬금슬금 다가간다.

"술값 걱정할 것 없소. 술친구가 없으믄 술맛이 있어야지."

조만섭 씨는 술을 부어 노인에게 내민다. 아이에게 젖을 빨리면서 여자는 걱정스럽게 바라본다.

노인은 손을 떨면서 술잔을 받아 마셨다. 처음에는 사양을 하던 노인은 영문 모를 술을 자꾸 받아 마시더니 차차 술기가 돌아서 얻어먹는 처지도 술을 파는 처지라는 것도 잊어버리고, 젊은 여자가 몇 번이나 주의를 시키건만 들은 척하지 않고 어울려져서 될 소리 안 될 소리를 늘어놓기 시작한다. 목구멍에서 가래가 끓는 듯 이상한 목소리로.

"그런데 노인장께서는 고향이 어디시오? 부산 사람이오?"

"아, 아니지. 내 고향은 삼천포고 우리 며느리 고향은 남해고……."

"다 고깃배 찔러 묵고 사는 곳이구만. 나는 토영 사람이오."

"거 토영 사람 영악하지."

"똑똑하지요. 제비같이 날쌔고."

"옛날에 내가 봇짐장사 할 때 이야기구만. 거 토영 객줏집에서 깝데기를 홀랑 뺏긴 일이 있지."

"노름꾼이던가 배요."

노인은 듬성듬성 이가 빠진 잇몸을 드러내놓고 허허허 하고 웃는다.

"아부니요."

여자가 얼굴을 찡그리며 부른다.

"어어, 괜찮다."

노인은 손을 저어 보인다.

"노인장, 나한테 딸이 하나 있습니다."

"거 좋은 사위 봐얄 긴데……."

까까머리에 전등불이 미끄러지고 조글조글 주름진 얼굴을 할머니처럼 갸웃거린다. 결국 조만섭 씨는 그 얘기를 하고 싶어 노인을 불렀을까.

"선녀처럼 인물이 곱고, 선녀처럼 마음씨가 곱고, 대학을 다닙니더."

"허, 거 좋은 혼처가 나얄 긴데, 모두 군인 갔으니 걱정이구만."

"그랬는데 그놈아 에미가 미쳐서, 미쳐서 그만 죽어부렸거든."

"그러니께 댁의 마누라 아닌가 배."

"마누라, 음, 그, 그렇지요, 마누라지. 그랬는데 그만 그놈들, 나쁜 놈들이, 그 죽일 놈들이."

조만섭 씨는 눈을 부릅뜨고 주먹을 올린다.

아직 통행금지는 멀었지만 선술집 노인과 한참 떠들어대다가 조만섭 씨는 꾸러미를 찾아 들고 나섰다.

간밤에 무슨 꿈을 꾸었는지 뜻하지 않게 낙타 외투의 신사로부터 혀가 느끈할 만큼 공술을 얻어먹은 선술집 노인은 시장 어귀까지 조만섭 씨를 바래다주며 어두운 길에 잘 가라고 했다. 그리고 자신도 비틀거리며 돌아가는 것이었다.

혼자 흥얼거리며 집으로 돌아온 조만섭 씨는 대문간에서부터 고래고래 소리를 지르며 문 열라고 한다. 이부자리를 깔아놓고 조만섭 씨가 돌아오기를 눈이 빠지게 기다리고 있던 서울댁은 술 취한 소리를 듣자 도사리고 앉으며 내다보지도 않는다.

"순아! 문 열어라! 이 빌어묵을 것들, 어른이 돌아오기도 전에 처, 처자빠져서, 이, 이놈의 식구들, 버르장머리들!"

문을 와락와락 흔든다.

"적어도 이, 이 집의 호주다. 나를 발가락의 티눈만도 안 여기다니 수, 순아!"

"어무니, 아부지 오시습니꺼?"

구석방에서 한잠이 들었던 순이 머리를 부시시 풀고 눈을 비비며 나와서 묻는다.

"그런갑다. 흥, 혼자 세월이 좋았구나. 사또 행차하시는데 큰 대문 잡히고 나가보려무나."

서울댁은 무릎을 안으며 조만섭 씨도 없는데 눈을 흘긴다.

순이가 현관문을 열고 나가기 전에 먼저 나간 명화가 대문을 따주고 있었다.

"아버지, 어디 갔다 이제 오세요?"

"음, 그래, 명화로구나!"

"흥, 딸이라면 사죽을 못 쓰거든."

방 안에서 서울댁이 중얼거린다.

"음, 그래 명화가, 우리 명화가, 참, 내가 너 장갑 사 왔지. 목수건도 사 왔다."

조만섭 씨는 비실거리며 손에 든 꾸러미를 쳐들어 보인다.

"흥! 세월 좋구나, 장갑 사 왔다구? 목수건 사 왔다구?"

서울댁은 약이 올라서 깔아놓은 이불을 젖히고 돌아누워 버린다.

"웬 약주를 이렇게 많이 잡수셨어요? 아버지도 참."

명화는 쓰러지려는 조만섭 씨를 부축해주며 얼굴을 찌푸

린다.

"술은 마실 만한 이유가 있어서 마셨고, 술이라는 건 참 좋
니라. 만사를 다 잊어부리니 얼마나 좋노, 허 참, 내가 부산
바닥에 머할라고 왔을꼬?"

"자알 논다. 누가 못 가게 말리지는 않을 테니, 그 못 잊는
고향에 도로 가지."

하는데,

"어허, 마누라."

문을 드르르 열어젖힌다.

"명화야, 너도 이리 좀 오너라. 장갑 사고 목수건 사고, 애
비가."

"문 닫아요! 찬 바람 들어오지 않아요. 오뉴월인 줄 아는가
봐? 신선놀음에 세월 가는 줄 모르는구먼!"

이불을 뒤집어쓰고 돌아누운 서울댁이 악을 쓴다.

"오늘 밤엔 내가…… 음……."

하고 어물쩍거리자 명화는,

"그만 주무세요."

조만섭 씨를 방 안으로 떠밀어놓고 문을 닫는다. 그리고 그
는 자기 방으로 들어가 버리는 것이다.

조만섭 씨는 꾸러미를 던지고 외투도 벗어 던지고 뻗치고
서서,

"정이 뚝뚝 떨어지는구먼. 오매불망 그 좋은 딸, 평생 그 꽃

같은 딸이나 보고 살지, 나 같은 나쁜 년은 왜 데리고 왔어?"

이불이 들썩들썩 쳐들릴 만큼 숨을 거칠게 쉬며 서울댁은 중얼거린다.

"마누라, 일어나소."

서울댁은 꿈쩍도 하지 않는다.

"내가 낮에는 성을 냈지만, 거 다 성을 낼 만한 이유가 있었고, 임자도 잘못하긴 했지. 안 그런가? 잘못했지. 나도 가만히 생각하니 부애가 나더란 말이오. 사람이란 다 뜻대로 하고 못 사는 거구, 그 빌어묵을 그 도도한 놈의 집구석엘 갈라 카니, 목구멍에서 온통 창자가 올라오는 것 같더라 그 말이지, 앵꼽아서. 나는 난데, 나는 조만섭인데 와 굽히고 들어가느냐 그 말이지. 임자는 잘한 것 뭐 있소? 그, 그건 안 될 말이지. 안 되고말고. 불쌍한 그 가시나, 자식 기르는 부모의 마음은 다 일반인데, 부모가 그걸 알믄 간장이 안 녹겠나? 음, 불쌍하기로야 우리 명화도, 그, 그 사람 사는 거란 참 우습고도 얄궂다 카이. 착한 사람이 어디 복 받건데? 액운만 받아서, 이래가지고는 이 세상에 누굴 믿고 살겠노. 사람도 못 믿고 하나님도 못 믿고 멀 믿고 사느냐 말이다. 모두 지 앞만 가릴라고 눈깔에 불을 키고……."

'혼자서 염불 자알 외고 있구먼. 밤낮 생각는 건 자기 자식, 자식 없이 외로운 여편네 생각 한 번이나 했을까? 내가 무슨 낙으로, 물 위의 기름이지.'

"마누라, 일어나소."

조만섭 씨가 이불을 젖히자,

"왜 이래요? 목수건 사고 장갑 사 온 그 알뜰하게 생각는 딸이나 가서 쳐다보구려."

"허허, 내가 어디 임자를 잊어부렀나? 쌈해도 마누라는 마누라, 딸자식은 딸자식. 자아, 임자 목수건도 장갑도 사 왔으니께 일어나소."

자기 것도 사 왔다는 말에 노여움이 풀어진 서울댁은 못 이긴 체 영감에게 이끌려 일어나 앉는다.

"당신도 내가 있으니께……."

하면서 조만섭 씨는 술 냄새 나는 숨을 내뿜으며 꾸러미를 끌러 마누라 앞으로 밀어낸다.

서울댁의 날카로운 눈이 물건을 살핀다. 명화 몫이 더 좋은 것이라면 화가 난 그 상태로 끌고 가지 않을 수 없을 것이다. 그러나 빛깔만 다르고 꼭 같다는 것을 알자,

"뭐 이런 걸 골랐어요? 아무거나 되는대로 집어 왔군요. 보나 마나 바가지 썼을 거예요."

하고 시무룩하게 말한다.

"주었으면 몇 푼 더 주었겠소. 손해 보는 사람이 있어야 이익 보는 사람도 있고, 그래서 다 묵고사는 것 아니오."

"천당 가겠소."

"천당이 있다믄야."

서울댁은 일어나서 양복장 문을 열고 잠옷을 꺼내놓는다.

"양복 벗으세요."

"음."

조만섭 씨는 양복을 벗고 잠옷으로 갈아입는다.

"영자네가 이런 줄도 모르고 얼마나 기다렸을까? 그래 날 막 퍼붓고 나가셔서 술 마시니까 분이 풀립디까? 자다가 날벼락 맞는 격으로."

하다가 서울댁은 바깥 기척에 귀를 기울인다.

"누가 찾아온 것 같은데? 문 두드리는 소리 들리지 않았어요?"

귀를 기울인 채 서울댁이 묻는다. 조만섭 씨는 잠옷으로 갈아입으며,

"몰라."

"바람 소린가?"

대문 두드리는 소리가 난다.

"누가 찾아왔구먼요."

"이 밤에 누가 왔노?"

조만섭 씨는 짐작되는 바가 있는지 눈살을 잔뜩 찌푸리고 한 손을 귀밑에 괴면서 비스듬히 드러눕는다. 술이 올라서 벌겋게 된 얼굴, 핏발 선 눈이 차츰 아래로 처진다.

"순아, 순아!"

서울댁이 언성을 높여 불렀으나 그새 잠이 들었는지 대답이

없다. 다시 문 두드리는 소리.

"망할 기지배! 벌써 한잠이 들었나? 추우니까 나가기 싫어 듣고도 못 들은 척…… 순아! 누가 왔을까, 이 밤에. 음, 참, 성재가 왔나 부다!"

서울댁은 얼른 옷매무새를 고치고 급히 밖으로 나간다. 조만섭 씨는 귀찮아서 혀를 차며 눈을 감는다. 황급하게 서두르며 대문의 빗장을 빼는 소리.

"누구세요?"

실망한 듯한 서울댁, 문성재는 아닌 모양이다. 조만섭 씨는 감았던 눈을 뜨고 의아해하는 표정으로 가만히 바깥 기척에 귀를 기울인다.

"아아, 난 누구라고? 응주 학생이구먼요."

조만섭 씨는 후닥닥 자리에서 일어나 앉는다. 그리고 옷을 찾듯 두 팔을 허우적거리다가 그만두고 잠옷의 단추를 끼운다.

"웬일루 밤늦게 오셨어요?"

삐뚜름하게 서울댁이 묻는다.

"저, 저런 그만 들어오라 안 하고 머라 카노?"

조만섭 씨는 담배를 붙여 물고 엉거주춤 일어서려 한다.

"뭐라구요? 우리 집 양반이 댁에 갔다구요?"

"젠장! 그만 들어오라 안 하고."

조만섭 씨는 혼자 좀을 볶다가 참지 못하고 밖으로 달려나간다. 나가면서 명화 방을 힐끗 쳐다본다. 불이 켜져 있고 아직 잠들지 않은 모양이었으나 내다보지 않는다.

"응주가?"

어둠 속에 응주가 고개를 꾸벅 숙였다.

"들어오게, 밤에 웬일로?"

조만섭 씨는 서울댁을 떠밀듯 하며 대문을 활짝 열어젖힌다. 서울댁은 눈이 찢어지게 흘긴다.

"자아, 들어오게. 날씨가 춥구나."

"가죠, 뭐. 이거 전하려고, 낮에 오셨더라구요."

"음, 저, 저 지나가는 길에."

조만섭 씨는 곁눈으로 서울댁의 눈치를 살피고 잊어버리고 온 스틱을 받아 든다.

"아직 통행금지 시간이 멀었을 기다. 잠시 들어왔다 가지."

"그럴까요?"

응주는 서울댁의 날카로운 기세에는 과히 신경을 쓰지 않고 들어선다. 현관으로 먼저 들어선 조만섭 씨는,

"명화야, 명화야."

떠들썩하게 불렀으나 명화는 겨우 대답만 하고 방에서 나오지 않는다.

"허 참, 이리 나오너라."

서울댁은 주책없이 서두르는 조만섭 씨를 쏘아본다. 어둠 속의 그의 눈은 번쩍번쩍 빛난다.

응주가 구두를 벗고 마루로 올라선다. 빗질도 하지 않고 기름기도 없는 부스스한 머리가 왠지 스산하게 보이고 싱싱한 젊음에 때가 좀 묻은 것처럼 느껴진다. 불빛이 어두워 얼굴이 꺼무끄름하게 보여서 그런지 모르지만.

"자네가 우찌 알고 내 집을 찾아왔노? 명화가 가르쳐주던가?"

마누라를 의식하다가 또 마누라를 잊어버리는 듯 기쁘게 묻는다.

"그저께 밤 명화 데려다주면서 알고 갔죠. 오늘 밖에서 돌아오니까 오셨다가."

응주의 말이 미처 끝나기도 전에 서울댁이,

"응주 학생 집이 이 근처에 있어요?"

하고 묻는다.

"네."

"아아, 그래요? 어쩐지! 난 통 몰랐구면."

하얀 얼굴에 비틀어진 웃음을 띤다. 그러더니 이내 물그릇을 내동댕이치듯.

"부산 갔다 오더니 별안간 이사 가자고 막 서두는 품이 어쩐지 좀 이상하더니, 다 그럴 만한 이유가 있었구면요. 동네방네 다 알아도 나만 모르고 있었군."

도저히 용서할 수 없는 배반을 당한 듯 서울댁은 무서운 눈으로 조만섭 씨를 노려본다.

"아, 아니, 그때는, 누가 알기는 했건데?"

어물어물 꾸며대려다 응주가 옆에 서 있는 것을 깨닫고 조만섭 씨는 입을 다물어버린다.

"거 딸 치워먹기 힘들겠수다. 백두산 꼭대기까지 아버지가 짐 싸 짊어지고 다녀야겠으니."

"되지 못한 소릴……."

"아, 학생, 응주 학생, 들어봐요."

서울댁은 흥분하여 응주에게 말머리를 돌린다.

"대체 이 집에 있어서 나는 뭐냐 말이오? 안 그렇소? 이러 저러하니 부산으로 이사 가자고 의논한다면 내가 이사 안 가 겠다 하겠어요? 다 돼가는 혼사를 방해 놓겠소? 오늘만 해도 그렇지 않느냐 말이오. 어디 가시느냐고 물어도 시치미 딱 떼고, 모든 것을 다 비밀로 부치니 내가 어디 이 집에 살겠느냐 말이오."

싸움이 붙을 판이다. 응주는 침묵을 지키고 서 있다. 조만 섭 씨만이 안절부절못한다.

"결국 나를 이용한 것밖에 없어요. 자식 없는 년은 사람도 아니구 죽어야겠군요."

분한 김에 체면도 없이 악을 쓰다가 서울댁은 자기 방으로 들어가 버렸다. 그래놓고 보니 조만섭 씨가 잘못한 것만은 확실하다.

"허 참, 성질도……."

얼버무릴 수밖에 없다.

"잠시 명화나 만나보고 가죠."

응주는 조만섭 씨의 딱한 처지를 안 본 셈 치고 혼자 중얼거렸다. 조만섭 씨는 구원을 받은 듯,

"그, 그래라."

잠옷 자락을 헐렁헐렁 흔들며 그는 명화 방 앞으로 먼저 간다. 그리고 본의 아니게 벌어진 여러 가지 일들을 수습하려는 듯 근엄한 표정을 지으려 애쓰면서 방문을 두드린다. 명화가 일어나서 방문을 열어본다. 방 안에 앉아서 바깥의 이야기를 다 들었을 터인데 그의 얼굴은 아주 침착하게 보였다.

서울댁이 잔뜩 벼르고 앉아 있을 방으로 조만섭 씨는 달아나듯 가버리고 응주는 명화 방으로 들어서면서,

"공기가 험악하군."

무겁게 웃는다.

"귀를 막고 살아야죠."

"지나치게 선량한 것도 죄악이다."

명화의 눈이 반항적으로 빛나다가 방석을 응주 앞으로 내밀어주며,

"무슨 일이 있어 왔어요?"

그 말 대꾸는 하지 않고,

"방이 넓군. 혼자 쓰기 아까운데?"

하고 방 안을 둘러본다.

"어머니 동생네 집이에요."

"으음? 그렇다면 화낼 만도 하군."

다시 무거운 웃음을 흘린다.

"왜 왔느냐구요?"

명화는 떼를 쓰는 것처럼 묻는다.

"명화가 보고 싶어서 왔지, 뭐."

"나한테 잘못했다고 생각할 때 찾아오더군요."

응주는 움찔한다. 그것은 과히 어긋나는 말은 아니었다.

"낮에 명화 아버지가 오셨더라구 해서……."

"응주 씨 댁에요?"

"음."

명화의 얼굴이 빨갛게 상기됐다가 다시 얼어버린다.

"그래서 철 이른 외투를 입으시고 그 스틱을……."

아파서 못 견디겠는 그런 미소를 명화는 짓는다. 응주는 머리를 걷어 올리고 명화로부터 얼굴을 돌리며,

"스틱을 잊어버리고 가셨기에……."

"몹시 마음이 산란했던가 부죠."

눈물이 핑 돈다.

"박 의사하고 대결해봤자 질 것은 뻔한 일이지. 학자같이 생떼를 쓰면 이기겠지만……."

남의 일처럼 말한다.

"아버지는 공연히 쓸데없는 짓만 하세요. 그래서 무안을 사

서 당하시는 거예요."

명화는 말투는 담담했다.

"하지만 우리 집 박 의사께서는, 아무 상관 없는 일이야."

응주는 내뱉듯 말하고 이맛살을 모은다.

"응주 씨는 우리 아버지가 상심하고 계실 것 같아서 찾아온 거지요?"

"……."

"고맙지만 공연히 희망 갖게 하는 것 좋지 않아요."

안방에서 서울댁의 높은 음성과 조만섭 씨의 낮은 음성이 들려온다.

"명화."

"네?"

"나 다시 하숙하기로 했어."

"……."

"우리 같이 살지 않겠어? 결혼식이고 뭐고 다 집어치우고 말이야."

"……."

"살다가 나는 군대에 가고, 명화가 날 기다리겠음 기다리고. 모두가 다 흐리멍덩하단 말이야. 아무래도 흐리멍덩해."

응주의 얼굴은 지치고 피곤해 보였다.

"어쩌면 나는 아주 현실적인 인간인지도 몰라, 박 의사처럼. 다만 지금 현실적인 계산을 못 하고 있는 것은 전쟁 때문일 거야. 하지만 박 의사의 현실을 내가 받아들인다는 이야기는 결코 아니지."

박 의사라 말할 때의 응주 표정은 냉담했다.

"늦지 않아요?"

명화는 말머리를 돌려버린다. 응주는 시계를 보며,

"아직 시간은 있어. 왜 딴전을 피우지?"

"밤낮 하는 얘기 아녜요. 추운데 커피 끓여 올까요?"

"아니, 영감이 아직 당하고 있군."

서울댁의 드높은 목소리가 들려온다.

"마누라한테 당하고 박 의사한테 당하고. 지나치게 선량한 것도 죄악이야. 이런 세상에는 고함을 지르고 악을 쓰는 게 정상인데 우리 집의 박 의사께서도 그러질 못한단 말이야. 슬금슬금 눈치만 살피는 걸 보면, 그만 탁자고 의자고 마구 내던져버리고 싶어지거든. 흐리멍덩하게 모두가 다 그래. 나쁜 짓이든 좋은 짓이든 거세去勢를 당한 눈먼 노새들이 걷고 있는 것만 같단 말이야."

"새삼스럽게 왜 그런 얘길 해요? 모르고 있는 게 좋아요."

명화는 가만히 뇐다.

"나도 그거는 알어, 모르고 있는 게 좋다는 걸."

하다가 응주는 화를 내며,

"명화도 마찬가지 아니냐 말이야. 만들어놓은 인간처럼, 영혼이 죽어버린 것처럼 넌 위선자야. 의식의 벽이 얼마나 견고 한가, 그걸 넌 자랑으로 여기고 있어. 위선자!"

"응주 씨는 자기 자신을 걷잡을 수 없어서 그러는 거예요. 내가 화를 내고 신경질 부리면 그런 대로 또 뭐라 할 것 아니에요?"

그 말 대꾸는 없이,

"운명에 맡긴다, 운명의 뜻이다, 숙명이다 하고 말이지? 그런 거창한 게 어디 있어? 시시하게 비극이나 있는 줄 알어? 있는 건 모조리 희극이야. 그런데 심각해하는 건 우습기보다 비참하거든."

"밤낮 꼭 같은 이야기……."

"뭐가 터져버려야지. 마구 터져버려야만……."

"더 이상 어떻게?"

"육이오의 비극 말이야?"

그런 말을 하는데 그것은 모두 응주 속에서 나오는 것 같지가 않다. 중심에서 비어져 나와 테두리를 빙빙 돌고 있는 듯. 명화나 응주는 다 그것을 의식하고 침묵해버린다.

별다른 장식도 없는 방 안에 찬 바람이 횡 돌고 불빛만이 가득 찬 속으로 희미한 마음들이 가라앉았다가는 떠오르곤 하는 것 같다. 밤 전차의 종소리가 쓸쓸하게 멀리서 들려온다.

"학자, 잘 있을까."

명화가 중얼거린다.

"신기하게도 견디어내는 모양이야."

응주가 대꾸한다.

"그 성질에."

"별수 없지."

"친구가 학자에 대해서 뭐라 해요?"

"가끔 운다더군."

"외로워서 그럴 거예요. 한번 찾아가 봐야겠어요."

"외로워서 그런가?"

"……."

"기를 못 이겨서 그렇지. 결코 남에게 명령을 받고 살 사람이 아닌데 하구 말이야."

"차차 가라앉겠죠."

"친구 누님이 착한 사람이어서 다행이지. 그걸 학자가 알기는 알더군."

"약방에 늘 앉아 있어요?"

"그럼 어떡해?"

응주는 일어선다.

"가봐야겠어. 내일 난 하숙으로 옮겨."

명화는 아무 말 안 한다.

9. 밤길에서

계집애가 와서,

"저, 오시래요!"

"누가?"

응주는 돌아보며 묻는다.

"아버지가요."

응주가 박 의사 방으로 갔을 때 박 의사는 담배를 피우는 그 자세대로 앉아 응주를 거들떠보지도 않았다. 그 앞에 응주가 무릎을 꿇고 앉는다.

"집을 나가는 이유는 뭐냐?"

노여움을 간신히 누르는 목소리로 묻는다. 응주의 대답이 없자,

"나가는 데는 무슨 이유가 있을 것 아냐?"

하고 다시 묻는다.

"저 자신이 선택을 해보려구요."

"너 자신이? 이 집에선 불가능하다는 이야긴가?"

"막연한 겁니다."

"선택이라니, 결혼 말이냐?"

응주는 힐끗 박 의사를 쳐다본다.

"결혼은 아직 저에게 당면한 문제라 생각지 않고 있습니다."

"그럼?"

"결국 저 자신의 일이죠."

"좀 구체적으로."

박 의사는 신경질적으로 재떨이에 담뱃재를 떤다.

"구체적으로 말할 수 있다면 해결의 방향으로 나갈 수 있겠죠."

"해결은 있다!"

박 의사는 담배를 눌러 끄고 강한 투로 잘라 말한다.

"죽희하고 결혼하는 거다!"

이내 말이 쫓아왔다.

"그건 아버지 자신을 위한 해결책이겠죠."

"그렇다면 너는 명화하고 기어이 결혼하겠다 그 말이냐?"

얼굴에 절박한 것이 지나간다.

"그것이 어디 전붑니까?"

박 의사의 굳은 표정이 조금 풀어진다.

"물론이다. 전부가 아니구말구, 네 생애의 극히 작은 부분에 지나지 않지. 너는 죽희하고 결혼해서 미국으로 가거라. 넓고 풍부한 그곳 무대에 가서 마음껏 네 야망을 펴보고 생애를 걸어보란 말이다. 죽희는 둘도 없는 좋은 내조자가 될 것이다."

응주는 쓰디쓴 웃음을 띤다.

"군대에 나가는 건 어떡허구요?"

"군대?"

"어디를 가든 전쟁이 끝난 후의 얘기죠."

빈정거리듯 대꾸한다.

"못난 소리 그만해. 어리석은 짓이지. 모두 가난하고 배경 없는 사람들만 전장에 나가고 있다는 걸 모르나? 고관대작의 자식들이 가는 줄 아나?"

"저는 고관대작의 아들은 아니죠."

"하지만 너에게는 길이 트여 있어, 죽희하고 혼인만 한다면."

"그만두겠어요. 젊은 사람이 그렇게 썩어서야 쓰겠습니까."

박 의사의 얼굴이 벌게진다.

"그런 조건부의 결혼도 달갑지 않지만, 이런 시기에 외국으로 가는 것도 결코 달갑지 않습니다."

"병신! 바보 같으니라구, 다 살살 빠지는, 그래 군에를 나가겠다 그 말이야?"

"나가야죠."

박 의사는 반박할 구실을 잃고 갈팡질팡한다.

"어리석은 감상, 넌 애국자로구나."

"그렇게라도 됐으면 좋겠습니다."

응주는 어디까지나 조롱의 투다.

오래 끌어오던 명화와의 문제만 원만하게 해결이 되면 모든 일은 다 좋게 될 줄 믿고 있었고 죽희에 대한 응주의 관심에 큰 희망을 걸고 있던 박 의사였던 만큼 전혀 생각지도 않았던, 군대에 가느니 어쩌니 하는 응주 말에 부딪치자 신경질이 머리끝까지 뻗쳤다.

"애국하는 마음이 저 같은 놈에게도 다소 남아 있다면 그건 다행한 일 아니겠습니까?"

먼 길을 걸어서 지쳐버린 사람처럼 응주는 중얼거렸다. 박 의사는 터지려는 노여움을 다시 한번 참는다.

"너 한 사람 나가고 안 나가는 데 따라서 크게 전세戰勢가 변할 것 같으냐?"

우문임을 스스로 깨달으면서 사방에 흩어진 노여움을 쓸어모아서 등 뒤에 숨겨버리듯 박 의사는 낮은 목소리로 말했다.

"그건 모든 청년들에게 물어볼 수 있는 얘기죠. 저마다 자기 혼자 때문에 전세가 바뀌리라는 생각은 하고 있지 않죠."

"능력에 따라서 그것도 구실이 된다."

"그렇다면 모두가 다 자기야말로 그런 구실이 필요한 능력을 가졌다고 자부할 것입니다. 물론 저는 애국자도 아니고, 민

주주의를 수호한다는 숭고한 사명감도 없는 인간입니다. 그리구 동족끼리 물어뜯는 이번 전쟁을 부당하고 더러운 싸움이라 생각하구 있어요. 하긴 추하지 않은 싸움이란 드물지만요."

"그래서?"

박 의사의 얼굴이 좀 펴진다.

복도를 왔다 갔다 하는 시끄러운 소리를 막연한 표정으로 듣고 있다가 웅주는,

"더러운 싸움이라는 것을 알고 있습니다만, 그러나 저는 말려들어 가지 않을 수 없습니다."

박 의사는 다음 말을 준비하기 위해 시간을 벌려는 듯 팔목의 시계를 끌러 책상 위에 놓고 나서,

"말려들어 가지 않아도 좋은 길이 있는데도?"

몸을 앞으로 돌리지 않고 중얼거린다.

"그것은 더욱더 추한 일이 아닙니까?"

자기 하는 말에 아무런 정열도 느끼지 못하면서 웅주는 습관처럼 얼굴을 찌푸린다.

"저는 아직 젊고 자존심도 있어서 꼬리를 감추고 달아나는 개 새끼처럼 되고 싶지 않습니다. 어쩔 수 없어 모두가 다 당하는 일이라면 저도 이곳에 남아서 함께 진흙 구덩이에 빠져서 싸우지 않으면 안 된다는, 그것만은 확실한 일입니다."

"허나 너는 유능하다. 장래가 크지 않느냐?"

박 의사의 얼굴이 약하게 애원하듯 풀어진다.

"대부분의 청년들은 다 자기 자신을 때때로 그렇게 생각하 겠죠, 햇빛은 자기 자신만을 위해 있는 것처럼. 그들 부모들 도 그렇게 생각하지 않을까요? 선택받았다는 의식은 누구에 게나 다 있을 줄 압니다."

"객관적인 기준에서 나는 말했다. 내 자식이라서 한 말은 아니다."

"객관적이기보다 그건 상식적인 데서 한 말씀이겠죠."

지루한 듯 응주는 몸을 일으키려 한다. 박 의사는 손짓 하며,

"이야기는 아직 끝나지 않았어."

응주는 엉거주춤 거기 앉는다.

"과연 네 말대로 내가 하는 이야기는 모두 상식적인 것이 다. 그래서 너는 밤낮 그것을 뒤집어엎으려고 한다. 그러나 네 가 경멸하는 상식 속에서 우리는 살고 있으니 어쩌누."

달래기 시작한다.

"어떤 신념이 있다면 미국 아니라 아프리카라도 가죠. 저는 아버지가 생각하고 계시는 것처럼 장래가 크다는 그런 기대 를 갖고 있지 않습니다. 개인의 힘을 믿어볼 그런 시기도 아니 구요."

"으음, 내 말부터 들어, 설교한다는 생각일랑 말고. 네가 아 까 말한 것은 이를테면 대의명분 같은 거다. 그러나 사실 대의 명분이라는 것처럼 모호하고 기만적인 게 없단 말이야."

"대의명분 같은 건 아니죠. 마음에서 우러나지 않는다는 이야기죠."

마지못해 대꾸를 하고 어서 자리에서 뜨고 싶은 노골적인 기색을 나타내며 창밖을 바라본다. 그러나 박 의사는 아랑곳없이 이야기를 계속한다.

"하여간 그런 것에 구애되어 자신이 가야 할 곳을 못 가고 주춤거리는 행위는 젊음도 강한 것도 아니다. 너는 쑥스러워서 애국이라는 말을 못 하고 비겁한 게 싫어서 남는다 그런 뜻의 말을 했는데 물론, 원칙적으로 그건 옳고 응당 그래야 할 게고, 나 역시 입을 다물어야 할 게다. 그러나 너 한 사람이 전쟁을 좌우하는 것은 아니며 반드시 모두가 다 나가서 싸워야만 국가에 이바지하는 것도 아니다. 너는 전쟁터에 나가서 이름 없는 한 전사가 되느니보다 의학 하는 사람으로서 그 길을 닦아나감으로써 많은 사람에게 구원을 줄 수 있어. 뭣보다 각 사람이 자기 가치 기준에 따라 움직여야 하지 않는가."

박 의사로서는 너무 조리 없는 얘기요, 가난한 변명, 어설픈 아첨이다.

"너는 꼬리를 감추고 달아나는 개처럼 되고 싶지는 않다고 했지만, 그것은 도리어 어느 종류의 허영이 아닐까. 확고한 사명, 믿음도 없으면서…… 보다 나은 일을 위해 그 일뿐만 아니라 그 밖의 자질구레한 것도 사정없이 잘라버리는 것도 용기라고 나는 생각해."

"전화 왔는데요."

간호사의 목소리가 들려온다.

"없다고 그래!"

구워도 삶아도 안 될 성싶은 응주에 대한 노여움을 간호사에게 터뜨려 소리를 지른다.

"저 응주 씨한테 걸려온 전화예요."

발소리가 멀어져간다.

박 의사는 혀를 차며 책상 위에 놓아둔 시계를 도로 집어서 팔목에 찬다. 응주가 일어서서 나가려 하자,

"전화 끝나거든 여기 좀 다녀가거라. 아직 이야기는 남아 있으니까."

엄한 목소리로, 무슨 결판이라도 내고 말겠다는 그런 눈으로 말했다. 전화를 받으려고 응주가 밖으로 나갔을 때 환자도 없이 횅하니 빈 진찰실에서 김 의사와 간호사가 웃으며 이야기를 주고받다가 그만둔다. 그리고 의미 있는 눈길을 응주에게 준다. 응주가 무뚝뚝한 표정으로 수화기를 들자 간호사는 무슨 할 일이라도 있는 것처럼 약제실로 들어가고 김 의사는 가운 호주머니에 두 손을 찌르고 벽에 걸린 그림을 올려다보며 휘파람을 분다. 아직 나이가 안 많은데 엉성한 머리칼이 우습게 보였다.

전화 건 사람은 죽희였다. 음악적인 목소리가 유난히 맑게 울려온다.

"웬일이세요?"

응주는 머리칼이 엉성하여 우스운 감을 주는 김 의사의 뒤통수를 쳐다보며 묻는다.

"영화 보러 안 가시겠어요?"

"영화?"

"초대권이 두 장 생겼어요. 아버지 제자가 말예요, 보내주신 거예요. 그이 의산데 그건 안 하고 극장을 경영하거든요. 그래서 가끔 이런 극장표가 생기는 거예요. 좀 우습죠? 의사가 말예요. 응주 씨도 나중엔 그림 그리시게 될지 누가 알아요?"

응주는 쓰게 웃는다. 죽희는 참새처럼 재잘거리고 웃는다.

"그럼 우리 어디서 만나야 하나요? 시간은 다섯 시까지면 괜찮아요."

"오늘은 안 됩니다."

"어머, 왜요?"

"이사해야 하니까요."

"어머! 또오? 어디로 이사하세요? 그리고 왜 이살 하세요?"

"바람 좀 쏘이려구요, 내가."

응주는 뚱딴지같은 대꾸를 한다.

"그럼 병원 이사하는 것 아니에요?"

"네."

"어떡허나."

"……."

"아버지한테 떼를 써서 얻었는데."

"그럼 되돌려드리세요."

"아이 실망, 어쩌면 그래요? 오늘 하필이면, 참 운수가 나쁘네요."

죽희는 이사에 대한 것에는 조금도 궁금해하지 않고 극장 표 두 장만이 아까워서 어쩔 줄 몰라 한다.

"그럼 요다음에……."

죽희는 기운 빠진 목소리로 안녕히 계시라는 말도 없이 전화를 끊어버린다. 응주가 수화기를 놓자 그림을 보며 휘파람을 불고 있던 김 의사가 돌아서며 빙그레 웃는다.

"응주는 아무래도 여난의 상이야."

"복도 많지 뭡니까."

응주는 호주머니 속의 담배를 찾으며 대꾸한다. 의사는 담배를 꺼내어 응주에게 나누어주면서,

"너무 복이 많아 식곤증에 걸린 얼굴을 하고 있어."

"소화제를 먹어야겠군요."

응주는 담배 연기를 날리며 웃는다.

"거 조 영감 안됐더구먼."

김 의사는 응주의 기색을 살피며 한마디 한다. 응주가 대꾸 없이 서 있으니 김 의사는 다시,

"응주도 희미하고."

"뭐가 희미합니까."

"그렇게 따지면 할 말 없지. 원래 희미하다는 말 자체가 애매한 거니까."

"난 명화를 데리고 살 거요."

강한 말투에 김 의사는 입을 다문다. 응주는 담배를 비벼 끄고 기지개를 켜면서,

"또 들어가서 답답하고 긴 얘길 들어야지."

"속이 타지. 정말 오늘 나가나?"

"나가요."

응주는 문을 탁 닫고 나간다.

도로 방으로 들어갔을 때 박 의사는 아까 그대로 앉아 있었다.

"네가 하숙으로 옮겨 가는 것을 말리려는 건 아니다. 그리고 내가 또 한 가지 말하려는 것은 며칠 전에 온 조 영감 일 때문에 너는 화를 내고 하숙으로 나가느니 어쩌니 하고 일을 벌이게 됐다면 어리석어. 어차피 안 될 일 희망을 갖게 하는 것은 결과적으로 더 나쁘다."

"명화도 그런 이야기를 하더군요."

응주는 말하고 얼른 자리에서 일어날 생각만 하는 듯,

"명화가?"

되물었으나 응주는 일어서며,

"전 뭐 명화 아버지 그 일 때문에 나가는 것도 아닙니다. 저

짐 좀 챙겨봐야겠어요."

　박 의사는 명화도 그런 말을 하더라는 그 말에 그들의 상태를 연구하듯 가만히 앉아 있었다.

　자기 방으로 돌아온 웅주는 짐을 챙기기 시작한다. 우선 필요한 옷과 책을 꾸리면서,

　'김 의사한테도 그런 말을 했는데 정말 나는 명화하고 같이 살 생각일까? 같이 산다면? 어떻게? 명화 아버지가 도와주겠지.'

　자기염오를 느낀 듯 몸을 흔든다.

　'그리고 군에 가버리면, 그리고 세월이 지나서 무사히 돌아온다면 명화는 애를 낳고 나를 기다리고 있을 거야. 내가 죽어버린다면 명화는 미망인이 되고, 아이를 기르고 살아간다. 에이, 신파 같은 생각……'

　대강 짐을 꾸려놓고 밖으로 나간 웅주는 계집아이한테,

　"나가서 택시 하나 잡아 와."

　"자동차 말입니꺼."

　"그래 길모퉁이 가면 있어. 집 앞에까지 같이 오는 거야."

　계집애는 쫓아 나간다. 경주가 걱정스러운 얼굴로,

　'너가 왜 그리 고집을 부리는지 나는 모르겠다.'

하는 시늉을 한다.

　"걱정 마세요."

　'그만 죽희하고 아버지 시키는 대로 했으면 참 좋겠는데, 얼

마나 예쁘고 착한 처녀지, 나는 너 마음을 도무지 모르겠다.'

부산스러운 시늉으로 의사표시를 하며 동생의 기색을 살핀다. 그리고 다시 명화는 단념하라는 시늉으로 고개와 손을 흔들어댄다.

'인연이 없는 거니까. 어디 아버지가 너에게 해로운 일 권하겠느냐.'

"내가 짐을 실어 떠나면 아버지는 저놈 짐 싣고 가는 택시비도 내가 번 돈이다 하시며 화를 낼 겁니다."

응주는 의사표시를 충분히 못해 안타까워하는 경주를 바라보며 중얼거린다.

'아주 안 오는 것은 아니겠지? 빨랫거리 가져오너라.'

빨래하는 시늉을 한다. 그러더니 방으로 쫓아 들어간 경주는 한참 만에야 허둥지둥 쫓아 나와 종이에 싼 것을 풀쑥 내민다. 응주는 알고 호주머니 속에 밀어 넣는다.

"아아아……."

경주는 다시 방으로 들어가서 속셔츠 두 벌을 갖고 나와 응주 방으로 가서 다 꾸려놓은 트렁크를 열고 그것을 밀어 넣는다. 그리고 방 안에 널려 있는 것을 치우며 한숨을 쉰다.

꽤 오랜 시간이 지나고 병원 앞에 클랙슨이 울렸다.

응주는 경주에게 짐 하나를 들게 하고 자기는 이불 보퉁이를 집어 든다. 택시 속에 짐을 실어놓고 박 의사가 있는 방으로 돌아온 응주는,

"아버지, 가보겠습니다."

"택시가 왔나?"

"네."

"불편하거든 집으로 돌아오너라."

"그러죠."

여위어서 코가 더 길어 보이는 경주가 근심 띤 얼굴로 바라보고 있는데, 그리고 검정고양이가 오도카니 그 옆에 앉아 있는데 응주와 짐을 실은 택시는 병원 앞을 떠나버렸다. 때마침 급환자가 들이닥치는 바람에 경주는 종종걸음으로 안에 들어가고 고양이도 치맛자락에 말리듯 하며 따라 들어간다.

'구역질이 날 것 같다. 머리가 터져버리는 것 같다.'

택시에 흔들리면서 응주는 주먹을 쥐고 이마를 툭툭 친다. 얼굴이 몹시 창백하다.

'절대로 안전하고 걱정 없는 대피호 같은 이야기다. 그러나 그 속에 있으면 머리가 아프고 구역질이 날 것이다. 한데 그것을 바라기도 하거든. 자기만은 피할 수 있다. 그것을 물론 나도 생각하지. 그런데?'

비스듬히 쓴 운전수의 모자가 흔들리면서 택시는 급커브를 돈다. 가로수가 모로 넘어오는 것같이 보인다.

'지구가 곤두서서, 음, 위에서 무너져온다면? 신념이 굳은 박 의사는, 그런 것…… 그런 것까지는 계산에 넣지 않았겠지. 그런 것 계산에 넣고 사는 사람은 없지. 죽희하고 결혼하고

미국으로 가버린다……'

운전수는 한 손으로 핸들을 잡고 다른 한 손은 담배를 붙여 문다.

'너는 그것을 원하고 있지 않나? 분명히 그것을 원하고 있을 거야. 제일 순조롭고 편한 길이거든. 귀찮고 고생스러운 것을 원할 놈이 어디 있어? 얄팍한 영웅심, 나라를 사랑하고, 이게 내 나란가? 우리 손으로 안 되는 시시한 얘기다. 하찮은 연민 따위, 사랑해서 어쩌겠다는 거야. 열등감에 사로잡혀 밤낮 찔끔거리는 계집애를 내가 어쩌겠다는 거야? 아픔이나 후회 같은 것, 그런 것도 차차 엷어진다. 그리고 잊어버린다.'

응주의 눈이 백미러로 간다. 그는 창백한 자기 자신의 무서운 얼굴에 놀라며,

"운전수 양반, 스톱!"

하고 소리를 지른다.

"네?"

운전수는 의아한 얼굴로 돌아본다. 초량까지 가자고 했기 때문이다. 그러나 응주의 안색을 보자,

"어디 편찮으신가요?"

수염 자국이 파란 운전수는 걱정스럽게 물었다.

"잠깐만 내려야겠어요."

택시는 멎었다.

"좀 기다리세요. 두통이 나서 약을 먹어야겠어요."

응주는 길가에 있는 약방으로 급히 들어간다.

난롯가에 앉아서 잡지를 뒤적거리고 있던 학자가 얼굴을 든다.

"머리 안 아플 약!"

대뜸 말하고 응주는 주먹으로 이마를 치며 싸늘한 눈으로 학자를 쳐다본다. 학자는 약장 문을 드르르 열고 약을 꺼내면서,

"얼굴이 창백하네요."

말은 그렇게 했으나 성을 좀 낸 듯한 얼굴이다. 그는 환약 두 개를 진열장 유리판 위에 있는 흰 종이에 올려놓고 컵에 냉수를 따라준다.

"머리빡에서 종소리가 나는 것 같다."

응주는 약을 입에 넣고 컵의 물을 마신다. 컵을 놓고 응주는 엉성한 약방 안을 둘러보고 그리고 학자에게 눈길을 돌린다.

"왜 자꾸 약방에 나와서 장난을 칠까, 엄마한테 가아, 착한 애야, 응?"

약방에 나와서 장난을 치는 주인집 아이를 달래서 안으로 들여보낸 학자는 응주 켠으로 돌아서며,

"집에 가서 주사를 맞으시죠. 아파도 걱정 없는 분인데요, 뭐."

버릇이라 할 수 없는 모양, 걱정 대신 비꼬아준다.

응주는 호주머니 속에서 돈을 꺼내면서,

"집에? 보따리 싸가지고 나오는 판인데?"

"왜요? 명화 언니 땜에요?"

여전히 말씨는 온당하지 않다. 응주는 대꾸 없이 돌아서 나오려다가,

"어때? 있을 만해?"

하고 묻는다.

"괜찮아요."

"그럼 됐군."

"벌써 몇 번 묻는 거예요?"

"그게 인사지. 그래 요새도 우나?"

"울기는 누가 울어요? 실없는 이 집 동생이 또 그런 말 했나 부죠?"

"그리 삑삑 울지 말고 가고 싶거든 토영 가아."

"응주 씨가 그런 말 안 해도 갈려면 가요. 그런데 그 빌어먹을 자식이 여길 찾아오지 뭐예요?"

"그 빌어먹을 자식이라니."

"문성재 말예요."

하는데 입술이 비뚤어진다.

"그자가 여길 어찌 알구?"

"지나가다가 약 사러 들어와 가지구 글쎄……."

"그래서?"

"그 후에도 뭐 누님 댁에 들렀다 오는 길이라면서 몇 번 왔었어요."

"……."

"자기 땜에 토영에 못 있게 됐으니 미안하구 어쩌구 하면서, 진심으로 도와주겠느니 뭐 횡설수설 말이 많아 귀찮아 죽겠어요."

"상대하지 않으면 되잖어."

"글쎄요……."

하면서 학자는 미움에 이글거리는 눈을 응주에게 똑바로 쏟는다.

"타락하고 싶어질 때가 있으니까요."

"선언을 하고 타락하나? 타락도 저절로 돼야 하는 거야."

응주의 목소리는 냉랭하다.

"어머, 책임지실 필요 없어요. 제 마음대로 하는 건데 왜 그리 따지세요?"

"그럼 날 보고 왜 그런 말 하는 거야. 남에게, 남의 탓을 하는 건 학자의 버릇이지. 그럼 잘 있어."

응주는 화난 목소리를 하고 나간다.

'빌어먹을, 뭐 내가 인도주의자야?'

하숙집 앞에서 응주가 짐을 나르자 하숙집 마누라가 거들어주려고 나오면서,

"좋은 집 놔두고 머할라꼬 우리 집에 또 올라 카노."

하고 웃는다.

"아주머니한테 정이 들어 안 그렇습니까."

"응주 학생도 바람이 많아서 그렇지, 집에 못 있는 걸 보니. 하기는 우리도 다른 학생은 마음에 안 들어서 응주 학생 나가고는 내내 방을 비워두었지만, 이제 장가나 들고 가정이나 가져야 하숙 밥을 면할 기다. 참, 그 여학생은 잘 있나?"

같이 이불 보따리를 방에 들여놓으며 마누라는 허물없이 묻는다.

"그 여학생 여기 그냥 데리고 와서 살면 안 되겠습니까?"

농담을 하는 것 같지도 않은 얼굴을 보고 마누라는 어림할 수 없는 듯 고개를 갸웃거린다.

"아이구, 짓궂어라. 뭐 그런 소리를 하노?"

"왜요? 그러면 안 되는 일입니까."

"양쪽에 다 눈이 등잔 같은 아버지가 계시는데, 다 좋은 집안에서 하숙집 구석방에, 그게 될 말이건데? 그런 법 없지."

"안 되겠군요."

응주는 피식 웃는다. 웃는 얼굴을 보자 안심이 된 마누라는,

"졸업만 하믄 혼사해야지. 바쁜 세상에 얼른얼른 자식들 보고."

"자식들 보고요?"

"그러믄."

"전쟁에 안 보낼라구 자식을 다락방에 숨기는 그 생고생을 누가 할려구요."

"아이가? 머 전쟁이 밤낮 있건데? 내사 아무리 바빠도 응주 학생 결혼식에는 갈 기고. 아이 돌잔치 때도 날 불러야 할 기고……."

"태평성대 같은 말씀을 하시는군요. 아주머닐 보면 세상에 살맛 납니다만."

응주는 트렁크를 들고 마루 위로 올라간다. 마누라는 뒤로 돌아가면서,

"저녁 일찍 해야겠구먼."

"전 일없습니다."

마누라가 돌아보며,

"저녁 안 할라꼬?"

"네."

"와?"

"머리가 아파서 바람 쐬러 나가야겠어요."

"바람이사 쐬러 가더라도 돌아오믄 저녁 묵어야지."

"밖에서 하죠."

"쌀은 남아 좋겠다만 비싼 밥 와 사 묵을라꼬?"

"만날 사람도 있고 해서……."

"좋도록."

방으로 들어간 응주는 얼마 전에 짐을 내간 벽장 속에 이불

보퉁이를 밀어 넣고 트렁크 속에서 바바리코트를 꺼내어 들쳐입는다.

'방은 아주머니가 치워줄 거고……'

담배를 피워 물며 하숙집에서 나간다.

응주는 걸어서 곧장 남포동까지 나간다. 다방 안을 기웃거려보다가 발길을 돌려 해변으로 나간다. 생활의 구정물 같은 바닷물이 소금기와 비린내를 풍기며 허물어진 방천을 치고 있었다. 고깃배, 짐배가 몰려든 바닷가, 날품팔이, 짐꾼, 장사꾼들이 왕왕거리고 뱃사람들이 지껄이는 상소리가 귓전을 지나간다. 영도影島 왼편에는 외국 화물선들이 작은 섬처럼 정박하고 있었다. 방파제 저편에는 해가 떨어진 수평선이 있고 여광에 붉은 수평선은 선명하고 신비스러워 응주는 세상 끝에 오직 홀로 존재하고 있는 것 같은 슬픔을 느낀다.

'바다는 다 같은 바다인데 내가 선 위치에 따라 달라진다. 여기는 아우성이 있고 통영에는 흐느낌이 있다. 어느 게 더 슬픈가? 시골 처녀가 남몰래 우는 것과, 밤길을 누비면서 고래고래 소리 지르는 술 취한 창부. 통영의 등댓불은 별빛같이 깜박이는데 저 외국 화물선의 불빛은 괴물이 쏘는 눈빛같이 황황하다. 상아같이 미끈한 백인과 흉측스런 검둥이, 슬픈 검둥이, 슬픔은 진실인데 진실은 추악한 것이란 말인가.'

응주는 무대에 서서 대사를 뇌듯 중얼거린다.

'백인은 휘파람을 불고, 우리는 개미 떼처럼 산등성이를 기어 올라간다. 그중 몇 놈은 이곳을 떠나서 키 큰 친구를 발돋움하고 올려다보며 그들의 몸짓을 모방하며, 그리하여 이곳을 잊으려 한다. 산등성이를 줄지어 올라가는 개미 떼에 침을 뱉으며. 그래서 어쨌다는 거냐?'

응주는 바다 위에 침을 뱉고 돌아선다.

'넌 애국자냐? 넌 영웅이냐? 거룩한 몸짓은 으레 거짓이거니와, 누구에게나 존경을 받을 수 있는 사람은 우리 박 의사님이다. 학자만 예외로 하면 말이지. 그는 결코 호들갑스런 몸짓을 하지 않거든. 감당 못 할 비약적인 말도 한 일이 없어. 내가 지껄이면 난 미친놈이 되고 내가 흥분하면 난 미친놈이 되고 내가 행동하면 어김없이 나는 어릿광대가 된다. 젊은 놈들은 어떻게 하면 기피하느냐, 어떻게 하면 신분증의 나이를 속이느냐, 어떻게 하면 해외로 달아날 수 있느냐, 그게 전쟁이 몰고 온 현실이다. 그래서 어쨌다는 거지? 너는 무엇이냐?'

응주는 다방 문을 밀고 들어간다. 자리에 가서 앉기 전에 카운터 전화 옆으로 가서 다이얼을 돌린다.

점잖은 목소리는 죽희의 어머니.

"저 박응줍니다. 안녕하셨어요?"

그쪽에서,

"아, 아니 웬일이오?"

반가워서 소리의 한 음쯤 뛰어 올라간 것 같다.

"아까 죽희 씨가 전화 주셨는데……."

"음…… 그러지 않아도 표만 두 장 썩인다고 화를 내던걸. 뭐 이사한다면요?"

"네. 공부 좀 하려고 하숙을 나왔습니다."

"집 안도 조용할 텐데 왜 그랬을까?"

그러다가 응주의 말이 없자,

"통 놀러 오지 않으니 웬일이에요? 이제 방학도 돼가니까 좀 놀러 와요, 아버님이랑. 공부도 해야겠지만 뭐 이제 다 된 일인데."

"놀러 가겠습니다. 그런데 죽희 씨 계시는지요?"

"아, 글쎄 속상하다고 한참 그러더니 지 동무하고 함께 영화 보러 갔나 봐요."

"미안해서 저녁 대접이나 할까 했더니……."

"나가지 않고 집에 있었으면 좋았을걸……."

윤 박사 부인은 죽희만큼 억울해한다. 그는 응주가 그의 사위가 될 것을 믿고 있는 모양이다.

"그럼 다음에 또 전화 올리겠습니다."

"전화고 뭐고 집에 놀러 와요, 음."

매달리듯. 퍽 침착한 사람인데 서둘러대는 것은 일말의 불안이 있어 그러는 것일까.

응주는 안녕히 계시라는 말을 남기고 먼저 전화를 끊는다. 다방 안에는 안개처럼 연기가 자욱이 깔려 있었다. 날씨 탓으로 창문이 꼭 달혀져 있기 때문에. 안도와 허전함을 느끼며 빈

자리에 가서 앉은 응주는 누가 버리고 갔는지 탁자 위에 놓인 신문을 집어 들고 눈에 띄는 기사를 읽기 시작한다. 그때 안경을 쓰고 대머리 까진 사내가 가방 하나를 들고 다방 문을 밀고 들어섰다. 그는 신문을 읽고 있는 응주 옆을 지나쳐 가다가 한 번 돌아본다. 돌아보던 사나이는 반가운 빛을 띠며 응주 곁으로 되돌아온다.

"응주 아니가?"

하고 어깨를 툭 친다. 응주는 무심히 신문을 읽다가 사나이를 쳐다보는데 이내 그의 얼굴에도 반가운 웃음이 퍼진다. 신문을 탁자 위에 팽개치고 일어설 듯하다가,

"웬일입니까?"

서둘며 묻는다.

"이 옆을 지나가다가 왜 그런지 마음이 쓰여서 돌아보니께 니가 안 있나."

"하여간 앉으세요."

응주는 자기 앞으로 탁자를 끌어당겨 주며 어딘지 모르게 소년과도 같은 소박한 설렘을 나타낸다. 사나이는 옆의 빈자리에 가방을 놓고 거추장스러운 외투 자락을 오므리며 자리에 앉는다.

"그래, 그동안 별일 없었나?"

"있다면 있고 없다면 없고, 다 그런 것 아닙니까."

"그럴 기다."

사나이는 알았다는 듯 고개를 끄덕끄덕한다.

"무슨 일로 부산 나오셨어요. 물건 하러?"

"물건이야 머…… 고물상이나 한번 슬슬 댕기볼라고, 전축 좋은 것 있으면 집의 것 팔고 바꿔볼까 싶으고 레코드판도……."

"그 병이 아직도 남아 있군요."

둘은 서로 마주 보며 웃는다.

"병인지 뭔지 몰라도 고물 파는 거리가 니는 안 좋나? 나는 부산 오믄 거기에 제일 마음이 끌리더라. 웬만하믄 그놈의 책방 뜯어 개버리고 부산 나와서 고물상이나 할까 싶은 생각도 없지 않으나 토영을 떠나기가 싫고, 다방을 하나 차려볼까 싶어도 남늦게 장사가 될 상싶으지도 않고, 여러 가지 생각이 많지."

"장사가 안됩니까?"

"옛날 같아야제. 아이 새끼들 코 묻는 돈이나 바라보고 겨우 명줄이 닿을랑 말랑 한다."

이야기하면서 사나이는 반들반들한 대머리를 만진다. 그 모습을 가만히 쳐다보다가 응주는,

"늙어가는군요."

"늙어갈 수밖에. 나이도 먹어가지만 세상인심이 각박해지고 토영도 메말라서 그 묘한, 토영이 지닌 맛이 없어져 안 가나. 전에는 그래도 멋을 아는 사람들이 있었고 취미인이 많아서

연극이니 문학이니 하고 낭만적인 기풍이 짙었는데, 차차 그게 없어져가고 모두 돈맛을 알아서 아이 어른 할 것 없이 투기적인 모험심만 늘고…….”

“아무 곳이나 다 그렇지요. 모두 변하게 마련 아닙니까.”

“물론 우물 안의 개구리처럼 고향에 있어야 한다는 법은 없지만 응주 자네 같은 청년들이 다 도시로 나가고 또 전쟁에 나가고, 난리판에 어장이나 어디 잘된단 말가. 행세하는 것들이란 모두 외지에서 온 뜨내기 밀무역꾼들이니 바람쟁이 질質들도 많이 달라졌다. 깜박깜박하는 등댓불의 낭만이 아깝고, 밤에 들어오는 뱃고동 소리도 도무지 슬프지가 않으니 점방에 앉아서 주판을 놓다가도 문득 그런 생각을 하면 서글픈 마음이 들기도 하고 사는 게 뭔지 모르겠고, 차라리 일찌감치 광대로나 나갈 거로, 그런 엉뚱한 공상도 안 해보나.”

사는 게 서글프고 멋이 없어지고 하면서도 그런 화제를 나눌 수 있는 응주를 낯선 다방에서 만난 것이 무척 기쁜 듯 사나이는 대머리를 만지며 이야기에 열을 올린다. 나가고 들어가고 분주한 다방의 잡음 섞인 전축의 유행가 가락보다는 훨씬 높고, 그렇다고 해서 그의 말대로 광대기가 없는 그런 것도 아닌, 얼치기 같은 사나이의 이야기를 응주는 차츰 염증이 나는 듯 맞장구 없이 들어준다.

“이번에 소인극을 한번 해볼려고 몇 사람을 모아봤는데 도무지 감정이 무디고…… 경비 관계로 유지들을 찾아갔지만 그놈의 돌대가리들이 알아묵어야지. 옛날에는 안 그랬거든. 옛날에는 예술에 대한 존경의……."

응주는 귓가에 흘려버리듯 말없이 듣고 있다가 별안간,

"결혼은 안 하실 작정입니까?"

하고 이야기의 허리를 잘라버린다.

"결혼?"

이야기가 잘려진 데 실망하여 그러나 이내 새로운 호기심을 가지는 듯,

"차일피일하다가 그만……."

껄껄 웃다가 안경을 벗어 손수건으로 닦는다.

"이리 대가리가 벗겨졌으니, 별로 늙지도 않았는데 마음에 드는 여자가 올라 해야제. 마음은 젊은데 생활이 궁상스러워서, 그렇다고 아무나 좋다는 기분이 안 되거든."

"광대 기분이 남아 있어서 안 그렇습니까."

"자네는 없나?"

"없어졌습니다."

"그럼 연애 감정도 식었구나."

"아마 그런 성싶은데요."

응주는 몸을 돌려 레지를 부른다. 그리고 커피를 주문한다.

"나는 음악을 들으믄 아직도 미치는데……."

응주는 아무 대꾸 없이 따끈한 커피를 마신다.

"학수 더러 봅니까."

다시 이야기를 돌려버린다.

"가끔 점방에 들르는데 기운이 없어 보이더라. 얼굴이 마르고 눈이 펑하니, 말하는 걸 들으니 갈팡질팡하고 있는 갑더라. 있는 집 자식이 망하니까 이것도 저것도 아닌 어중개비가 되는 거지. 심성은 고운데."

"학수뿐이겠습니까. 모두, 젊은 놈치고 어중개비 아닌 놈 어디 있겠습니까. 내일 생각하고 미래를 생각할 수 있어야죠."

"그래도 응주는 안 그렇지. 길이 빤하게 열려 있는데 가기만 하믄 안 되나."

"뭘 보고 그러죠? 나만 풍선 타고 하늘로 올라가겠어요?"

비웃는다.

"전쟁을 두고 하는 말이라믄 어디 젊은 사람들뿐인가? 남녀노소 할 것 없이. 그런 것을 잊어버리고 당할 때 당하더라도……."

"저녁 하러 안 가실랍니까?"

시계를 보며 묻는다.

"저녁 사주겠나?"

"사죠."

"그럼 응주 저녁 얻어먹어 보까."

그들은 다방에서 나와 허름한 중국집으로 들어간다.

사나이는 외투를 벗어 걸고 난로를 피워 따뜻한 다다미방에 앉는다.

그동안 응주는 중국인 보이에게 술을 먼저 시키고 나서,

"요즘에도 술 많이 합니까?"

묻는다.

"여전하지. 많이 참고 있지만."

"오늘 실컷 취해보시지 않으렵니까."

"객지에 와가지고 파출소 신셀 질라고?"

"설마 박응주가 옆에 있는데 그렇게 되겠습니까."

그러나 그 말은 어설프게 들린다.

그들은 먼저 들어온 잡채 한 접시를 가운데 놓고 배갈을 마시기 시작한다. 사나이는 이내 술이 오르는 듯 얼굴이 붉어졌으나 응주는 도리어 창백해진다.

"자네도 술이 많이 늘었네."

"술은 늘었는데 잘 취하지 않으니 웬일이죠?"

"응주는 자꾸 겉돌고 있는 것 같다."

"……."

"술을 함께해도 자꾸 겉돌고 있다는 생각이 든다."

응주 술잔에 술을 부으며 사나이는 다소 시비조로 말한다.

"사람이 나빠지면 남의 앞에서 겉돌게 되는 모양이죠."

"전엔 안 그랬는데, 자넨 아버지를 닮아가는 것 같다. 그래서 나쁘다는 말은 아니고."

"닮아가고 있죠. 그래서 자꾸 피가 식어가는 것 같습니다."

"술이 들어가도 얼굴만 창백해지고, 그보다도 명화 씨는 잘 있나?"

"무사태평으로 있는 모양입니다."

"남의 일같이 말하네."

"남의 일이지 그럼 저 자신의 일입니까."

응주는 술을 마신다.

"어찌 또 그리됐노."

"뭐가요?"

"서로 연애하는 사이가 아니더나?"

"연애했죠. 영구불멸입니까?"

술주정하듯 말한다.

"그라믄 파탄이 왔단 말가?"

"흘러가는 대로 내버려두는 겁니다. 나는 명화가 될 수 없고, 명화는 박응주가 될 수 없는 일 아닙니까."

"그 난리 통에 약을 구하려고 토영으로 쫓아 나올 때는 그런 생각 안 했겠지?"

"그러니까 영구불멸이냐고 묻지 않습니까. 술이나 드십시오."

응주는 술잔에 술을 채우고 손뼉을 쳐서 심부름꾼을 부른다.

"하나씩 하나씩 가져오지 말고 여기 한몫 열 병 갖다 놔."

"이상하다?"

사나이는 고개를 갸웃거린다.

"뭐가요."

"접때, 그러니까 지난여름인가."

"무슨 일인데요."

"명화 씨가……."

"명화가 어쨌어요?"

"일본 가는 밀선 이야기를 묻더만."

"밀선 얘기?"

응주의 낯빛이 달라진다.

"돈은 얼마 들며 어떻게 탈 수 있느냐고. 그래 좀 이상해서 왜 그러냐고 물었더니 친구가 일본으로 갈려고 한다 하면서……."

"물어볼 수도 있죠. 조금도 이상할 것 없잖습니까?"

했으나 응주는 확실히 충격을 받은 모양이다. 연거푸 술을 들이마시며,

"모두 다 하고 싶은 대로 하면 되는 거죠. 가고 싶은 사람은 가고 있고 싶은 사람은 있고. 공연히 조그마한 감정에 매달려 이러쿵저러쿵할 필요가 있습니까. 모두 모순덩어리, 자가당착에 빠져 있어요. 그걸 따지고 가리려 들면 안 됩니다."

거칠어진 응주의 얼굴을 바라보다가 사나이는 새로 들어온 요리를 집어 먹고 다시 술을 마신다.

"명화는 그런 생각 하고 있는지도 몰라요. 약으니까요. 괴

로움이 싫다는 거죠. 그것을 남이 보는 게 더욱 싫다는 거죠. 그러니까 간다 그 말 아닙니까. 서로 어지간히 길었으니까 뭐 뾰족한 감격이 있겠어요? 옛날 같으면 명화를 업고 현해탄을 넘어라 해도 넘었을지 몰라요. 그 여자가 죽으면 나도 같이 따라 죽을 생각쯤 했을지도 모르죠."

응주는 한참 혼자서 떠들어댄다.

"따라 죽을 것도 없고 현해탄을 업고 넘을 필요도 없고 서로 처녀 총각인데 혼인만 하든 될 거 아니가. 말이사 많지. 혈통이 어떻고, 그러나 뭐 옛날 우리 조상네들 혈통서를 내보이며 혼사했더나. 그런 의심을 한다면 한이 없는 일 아니가. 누가 어떤 피를 가졌는지 알 게 뭐람. 안 그런가?"

응주가 흥분하는 바람에 상대편은 가라앉는다.

"피가 뭡니까? 민족이 뭡니까? 뭐 피는 물보다 짙다는 얘기가 있죠. 피가 문제 아니죠. 열정이 문젭니다. 냅다 달리는 힘 말입니다. 그게 못쓰게 됐거든요. 민족이든 애인이든 간에, 그게 녹이 슬어버려서 미끄럽게 굴러나가야 말이죠. 박 의사가 어쩌구 양심이 어쩌구 다 일없어요. 마음의 불꽃이 피어야 말이죠. 세상이 이래서 그렇다구요? 그렇지 않을 겁니다. 핑계를 삼고 있어요. 명화하고 같이 살자고 했어요. 그런데 자신이 없어요. 안개가 낀 듯 흐릿하고, 누구 다른 여자하구?"

응주는 더 지껄이기 위해 술을 마구 들이마신다.

밤이 저물어서 그들은 서로 어깨동무를 하고 거리에 나

온다.

"우리 하숙으로 갑시다. 비싼 여관비 물 필요 없소! 가난뱅이 시골 책방 주인이 무슨 수로 여관비 물고 잡니까. 내일 아침밥 한 그릇만 더 달라 하면 되는 거요. 우리 하숙집 마나님은 마음씨가 좋아서. 그 빌어먹을 학수란 놈이 연애를 한다믄요? 군대에 나갈 생각은 않고 늘어 자빠진 모양이오. 그놈의 학자 년도 못쓰게 되고, 뭐 내 줍니까? 날 인도주의자 되란 말이오? 구역질 나게스리. 명화만 해도 안 그렇소? 나는 너 없으면 못 산다, 그 말 하란 말이오? 시시하게, 쑥스럽게 그런 말 어찌하겠소……."

응주는 이리저리 비틀걸음을 걸으며 큰 소리로 떠들어댄다.

"당신은 예닐곱 살 나보다 더 먹었는데 소견은 열 살짜리요. 용모는 쉰 살짜리요. 순정이란 모자라는 인간의 것이고, 그래서 당신은 미친다고요? 지금도 음악을 들으면 미친다고요?"

횡설수설하는 동안 하숙 앞에까지 왔다. 응주는 비틀거리다가 라이터를 꺼내어 불을 켜서 시계를 본다.

"아직 아홉 시 반? 그렇게밖에 안 됐나?"

하다가,

"아주머니, 아주머니!"

하고 큰 소리로 부른다.

"웬일로 이리 술을 마셨을까?"

마누라의 목소리가 들린다.

"아주머니, 이 손님 제 방에 안내해주세요. 난, 난 좀 들를 데가 있어서. 얼른 갔다 오죠. 꼭 옵니다."

응주는 돌아서더니 달음질을 친다. 도망을 가듯 달음박질을 치다가 전주가 하나 우뚝 서 있는 길모퉁이에서 응주는 몸을 획 돌린다. 시꺼먼 그림자가 이쪽을 향해 쭉 뻗는다. 이쪽으로 되돌아오는가 했더니,

"나 거기 갔다 곧 돌아오겠습니다, 먼저 주무세요."

거기가 어딘지, 말은 똑똑하고 예의 바르게 했으나 다시 발길을 돌려 뛰는 모습은 바람에 쓸려가듯 불안스럽고 허황하다.

"무슨 술을 저렇게 마셨을꼬? 술 안 묵는 학생인 줄 알았는데……."

눈이 휘둥그레져서 중얼거리며 응주 뒷모습을 바라보던 하숙집 마누라는 역시 짙은 술 냄새를 피우며 병신스럽게 멍하니 서 있는 옆의 사나이를 미심쩍게 살핀다.

넓은 거리로 나온 응주는 허우적거리며 가로수를 잡고 몸을 가누다가,

"스톱! 스톱!"

마침 지나가는 택시를 향해 고함을 치면서 깃발을 흔들듯 손을 내젓는다. 돌부리에 채인 것처럼 비틀거리며 멎어준 택시에 응주는 오른다. 자동차는 번화가를 누비고 나간다. 응

주는 손으로 머리를 붙안고 견딜 수 없는 듯 몸을 앞뒤로 흔들며…….

"대신동으로…….."

혓바닥에 꺼지는 소리로 말한다.

출렁거리는 좌석에서 안절부절, 응주는 앞좌석 시트를 꼭 잡고 엎드린다.

'속이 타는 것 같다! 머리통이 빠개지는 것 같다. 좀 더, 좀 더, 그럼 아주 터져버릴 거야.'

"과음했군요."

운전사가 조용히 묻는다.

'뭐든지 끝장이 나야 한다! 이래가지고는 죽도 밥도 아니다! 물속에서 허우적거리는 것 같다! 이게 뭐야? 쓸개 빠진 미친놈도 아니구 성경을 들고 성당에 가는 계집애도 아니구, 아아, 골치가 빠개지는 것 같다!'

명화 집 근처에서 택시를 버린 응주는 바바리코트를 너풀거리며 골목으로 들어간다. 싸늘한 밤공기가 양켠 울타리에서 배어나듯, 그림자는 앞으로 뻗어 난다.

응주는 명화 집 대문 앞에 선다. 조만섭, 문패가 실속 없이 의젓하게 나붙어 있다.

'계집애를 그만 죽여버릴까 부다!'

응주는 대문을 덜컹덜컹 흔든다. 아궁이에 연탄을 갈아 넣고 뜰로 나오던 순이는 바람이라 생각했는지 그냥 지나가려

한다. 웅주는 다시 대문을 덜컹덜컹 흔들어댄다.

"누구요."

작은 눈을 반짝이며 돌아본다. 평소 불그죽죽했던 얼굴이 달빛을 받아 하얗게 보인다, 제법 예쁘게.

"이리 좀 와."

혓바닥에 꺼지는 나지막한 소리로,

"뭐라꼬요?"

신발을 끌며 다가온다.

"순이."

의심과 호기심으로 문틈에 얼굴을 붙인 순이는,

"아이고! 병원집에."

"쉿!"

"야?"

"조용히 해."

순이가 문을 따려고 하자,

"그만두고 명화 좀 나오라고 해."

"그만 들어오시이소. 언니 안 잡니더."

"아냐. 잠깐만 나오라고 해."

"아이구, 그만 안 들어오시고."

비록 손이 닿을 수 없는 곳의 사람일지라도 젊은 남자에 대한 야릇한 교태를 목소리 속에 휘감으며 순이는 돌아선다. 그리고 다분히 꾸미는 듯한 지나친 조심성을 나타내며 서울댁이 있는 안방 쪽을 힐끔힐끔 쳐다본다. 잠이 들었는지, 혹은 바깥 기척에 귀를 기울이고 있지 않은지 안방은 잠잠하다. 순이는 현관을 그냥 지나쳐 불이 환하게 비쳐 문살이 뚜렷한 명화의 방 창 밑으로 간다. 그리고 대문을 한 번 돌아다보더니 창문을 두드린다.

"언니요, 언니."

비밀스럽게 부른다. 유리 창문 안의 장지문이 열린다. 명화의 선 모습이 전등불을 등지고, 어디서 떠올라 온 듯, 그림 같고, 연보랏빛 우단 저고리는 서리가 내린 듯 희끄무레하니 앞으로 받을 달빛에 번져 나온다.

"왜 그러니?"

순이는 실쭉 웃는다.

"언니요, 이 문 열어주이소."

와락와락 쇳소리, 유리 흔들리는 소리를 내며 유리창이 열리고 명화는 허리를 굽혀 밖으로 몸을 내민다.

"왜?"

"저 말입니더."

호들갑스럽게, 먼 길이라도 달려온 것처럼 순이는 가쁜 숨을 모은다.

"저 말입니더, 밖에요, 저, 와 병원집의 학생이⋯⋯."

내밀었던 몸을 좀 뒤로 물리며 명화는,

"들어오시라고 하지."

"아닙니더. 들어오라고 말했는데……."

또 실쭉 웃는다. 명화는 화를 내려다 말고,

"들어오시라고 해."

"아니, 안 들어오고요, 언니보고 자꾸 나오라 안 합니꺼."

명화는 창문을 닫고 한참 만에 뜰로 나온다. 조만섭 씨의
코 고는 소리가 아슴푸레 들려오고 서울댁이 바느질을 하는
지 가위를 방바닥에 놓는 소리도 들려온다.

명화는 살며시 대문을 밀고 밖을 내다보며,

"들어오세요."

"아냐, 좀 나와."

꺼무꺼무한 얼굴, 움직이지 않고 바바리코트 호주머니에 양
손을 찌른 채 명령을 한다.

"들어오세요."

"아냐, 나오라니까."

성급하게 군다.

"어디루 나가요?"

명화는 빈 골목길을 기웃이 내다보며 불안스러운 얼굴이다.

"이야기만 하고 갈 테니까 잠깐만 나와."

"이대로 나가요?"

"춥거든 뭐 들쳐 입고."

응주는 말을 마치자 돌아서서 역시 바람에 쏠리는 듯 허황
하게 걸어간다.

명화가 재킷을 입고 머리를 매만지며 쫓아 나갔을 때 골목 어귀에 서서 기다리고 서 있던 응주는 다가오는 발소리의 거리를 재듯 발로 땅바닥을 두들기더니 앞서 걷는다. 응주 옆으로 다가온 명화는,

"어디로 가는 거예요?"

"왜, 무서워?"

"......"

"새삼스럽게 겁을 내는군. 우리가 함께 밤길을 처음 걸어보나?"

쌀쌀한 목소리로 빈정거린다. 또각또각 신발 소리를 내고 걷다가 명화는,

"술 냄새 지독해요."

걸음을 빨리하던 응주는 돌아서며,

"그럼 술 안 마시는 사람한테 시집가야겠군."

시비를 걸듯 몸을 뒤뚝거린다.

"누가 그런 뜻으로 얘기했어요?"

"마찬가지 아냐."

"뭐가 마찬가지예요?"

"명화의 마음이."

"괜히 억지 쓰지 마세요."

"왔다가 갔다가, 이리 쏠리고 저리 쏠리고 파도 이는 바다의 배같이."

응주는 코웃음 치듯 말하며 다시 걷기 시작하는데 의식적인지 연신 몸이 좌우로 흔들린다.

두 사람은 입을 다문 채 공설운동장이 있는 방향을 향해 걸어 올라간다. 밤이 저물어 거리에는 사람의 그림자가 뜸하고 멀리 판잣집이 모인 산비랑에 비참한 생활은 아랑곳없는 듯 찬란한 불빛이 반짝거리고 있었다. 먼지도 잠자는가 거리는 고요하게 젖어 있는 것같이 느껴진다.

"추워?"

다정스럽게 변한 목소리로 응주가 묻는다.

"아뇨."

"이리 가까이 와."

하면서 응주 스스로 명화 곁에 바싹 다가서며 명화의 싸늘하게 식어버린 손을 꼭 잡아준다. 전신의 피가 펄펄 끓는 듯 응주의 손은 뜨겁고 힘이 세다. 명화는 몸을 움츠린다. 쓸쓸한 거리를 지나서 문을 닫아건 집들을 지나서 그들은 엉성한 나무 몇 그루가 서 있는 곳까지 왔다. 피란 온 학교의 천막이 어슴푸레 보였지만 나무 그림자는 땅에 떨어져 있었다. 멀리 멀리서 비행기의 폭음이 들려온다.

"여기 앉아."

응주는 명화를 자기 옆 가까이 이끌며 앉힌다. 손을 꼭 잡은 채. 지나가는 사람은 아무도 없다.

"왜 술 했어요?"

땅바닥을 내려다보며 명화가 묻는다.

"옛 친구를 만났지."

"핑계죠."

"아냐, 정말 만났어. 명화도 아는 사람, 음 명화가 잘 아는 사람이지."

"학수 씨가 오셨어요?"

"아니."

"그래 만난 핑계하고 술 마셨군요."

"그야 술 마신 이유는 따로 있겠지. 나쁠 것 있어?"

"괴로워서……."

명화는 어둠 속에서 쓸쓸한 미소를 짓는다. 응주는 그 말에서 비켜서며,

"우리가 함께 살아서는 안 된다는 이유가 있나?"

하더니 갑자기 명화를 끌어당겨 포옹한다.

"우리 같이, 같이 살아."

술 냄새를 풍기며 입술을 찾는다. 명화는 고개를 흔들고 응주의 얼굴을 떠밀어내며,

"싫어요!"

날카롭게 뇌까린다.

"왜 싫어? 왜 싫어!"

명화는 두 팔로 응주의 가슴을 떠받치며,

"마음이 멀어지려고 하면 응주 씨는 당황해서 이렇게 찾아

오시는 거예요. 싫어요. 난 그걸 알아요."

응주는 한 팔로 떠받치는 명화의 팔을 쥐고 난폭하게 다루며, 그리고 험악한 눈을 하며 명화의 입술을 내리누른다. 숨이 막힐 듯 긴 입맞춤.

"알기는 너가 뭘 알어?"

입술을 떼고 명화를 내려다보며.

"알아요, 다 알아요."

떨고 있는 듯 큰 눈이 응주를 올려다본다. 응주는 명화의 머리칼을 움켜쥔다.

"그럼 어때? 왜 따지고 들어? 무조건 받아주면 되잖어?"

"그럴 자신 없어요."

응주 가슴에 얼굴을 파묻는다. 싸늘하게 식은 몸에서 심장만이 혼자 달리는 듯 뛰고 있다.

"넌 소설적인 연애를 하고 있다. 예의범절에서 벗어나지 않는 그런 연애를 하고 있단 말이야."

"갈팡질팡하는 걸 내가 어떡해요? 날더러 어떻게 하란 말예요?"

남자 목덜미를 감은 팔이 힘없이 떨어진다.

"왜 너는 갈팡질팡 못하지? 나처럼 갈팡질팡……."

"억척스러우면 좋아하겠어요?"

흑 하고 울음이 터질 것 같다.

"거짓말 말어!"

응주의 팔을 잡아보다가 명화는 얼굴을 든다.

"거짓말 말어. 도망갈 구멍을 마련해놓고, 넌 다치지 않으려고 애를 쓰고 있다. 조금도 다치지 않으려고. 연애란 그리 고상하고 대단한 건가? 넌 거짓말쟁이다!"

"……."

"도망갈 구멍이 있는 한 안심이라는 거지, 그렇지? 넌 거짓말쟁이다."

"거짓말쟁이예요, 난. 그래서 안 죽으려 하거든요."

"위대하고 칭찬받을 만한 인내심이다!"

하다가 응주는 자기 자신을 믿을 수 없어 덤비듯 다시 명화를 포옹하고 거친 키스를 하며 격정에 휩싸이는 듯 부들부들 떤다.

"넌 나쁜 계집애다! 밀항하겠다구? 어디로? 일본으로 간단 말이지? 그 대머리 염씨한테 뭐라 했지? 말해봐! 말해보란 말이야!"

그는 다시 여자의 머리를 움켜쥐고 이번에는 쩔쩔 흔들어댄다. 명화는 너무나 놀라 그만 울음을 터뜨린다.

"말해봐! 뭐라 했지? 뭐, 친구가 가겠다 한다고? 넌, 넌 흙하나 안 묻히고 살짝 뛰겠단 말이지?"

술 취한 것을 방패 삼아 응주는 더욱더 난폭하게 움켜쥔 명화의 머리를 쩔쩔 흔든다.

"갈려면 가봐! 가란 말이야! 가서 너의 근본을 모르는 사내한테 시집가서 잘 살란 말이야!"

미친 것처럼 날뛴다. 명화는 죽을힘을 다해서 날뛰는 웅주
손을 뿌리치고 울면서,

"나도 다 알아요! 알아요! 그 소녀한테 가고 싶으면서, 그래
서, 그래서 괴로워하고 날 이러시는 거예요. 다 알아요! 누가
뭐래? 누가 뭐랬어요?"

"그럼, 그렇고말고. 맞았어. 난 명화를 버리고 싶은 거야.
그래서 생트집을 잡는 거야. 잘 아는군. 그러니까 너에겐 아무
잘못도 배신도 없다, 그, 그 말이지?"

"잘못하고 잘하고 그런 것, 그런 것 아무것도 없어요."

명화는 무릎을 세우고 얼굴을 얹으며 흐느껴 운다.

"옳은 말이야. 그 말은 옳아."

웅주는 시근덕거리다가 담배를 꺼내어 붙여 문다.

10. 봄은 멀어도

선창가에 학수가 우두커니 서 있었다. 벌써 오래전부터 구부정하게 등을 구부린 그는 낡은 작업복 호주머니에 두 손을 찌르고, 헝클어진 머리칼이 바람에 날린다. 한겨울에도 동백꽃 망울이 맺는 이 고장치고는 매운 날씨, 그러나 군데군데 구름송이가 엷게 퍼지는 하늘은 푸르고 맑아서 찬 공기가 유리처럼 흔들리는 것 같다. 이따금 나룻배가 들어와서 짐을 푸는 곳, 오십 미터가량 방천에서 바다로 내밀어 돌로 쌓아 올린 선창에는 배 벌이줄을 묶는 말뚝 두 개가 오도카니 남아 있을 뿐 머무는 배도 없고 사람도 없어, 겨울 풍경은 쓸쓸하기 그지없다. 다만 방천 가득히 기름기 도는 바닷물이 출렁이고 선창가의 파래 낀 돌 위로 물거품이 부딪치고 부딪치곤 한다. 한창 들물의 시기다.

학수는 돌아갈 생각을 않고 그냥 우두커니 서 있다.

"오늘은 장날이구나."

통영 시내를 향해 똑딱선 한 척이 물굽이를 일으키며 지나간다. 토시를 끼고 바구니를 안은 섬의 여자들이 뱃전에 앉아서 뭍을 바라보고 있다.

학수는 슬그머니 미소를 띠며,

'어머니가 엿기름을 사러 가신다더니.'

얼굴에서 이내 미소는 사라졌다.

'학자 년 소식을 들으려고 또 객선머리에 가시지나 않았을까? 아는 사람이 누가 올 거라고…… 흥, 그년 고생을 해봐야지, 실컷 고생을 해봐야 사람이 되지.'

슬픔이 차서 가늘어진 눈이, 똑딱선이 지나간 물굽이를 타고 이쪽을 향해 오는 통구맹이*를 본다. 털모자를 쓰고 솜을 두어서 듬성듬성 누빈 반 동강이 두루마기를 입은 어부 한 사람이 열심히 노를 저으며 온다. 가까이 왔을 때 갯바람에 그을린 구릿빛 나는 얼굴을 들고 젊은 어부는 아무 체면 없이 학수를 쳐다본다. 학수도 슬그머니 그를 쳐다본다. 아주 가까이 왔을 때, 배가 선창에 닿을락 말락 했을 때 젊은 어부는 선창을 향해 벌이줄을 휙 던진다.

"보소! 그 벌이줄 좀 묶어주소!"

파도 소리도 없는데 고함을 친다. 학수는 허리를 구부려 발 밑에 떨어진 줄을 주워 말뚝에 감아주고 일어선다. 이번에는 팔짱을 낀 채 다시 배를 바라본다. 어부는 고맙다는 인사도 없이, 배에서 내릴 생각도 않고 배 바닥에 도로 주저앉더니 다 찌그러진 바가지를 들고 배 바닥에 괸 물을 퍼낸다. 형편없이 낡아버린 배다.

"이 동네 배는 아닌 것 같은데?"

학수 말에 어부는 물을 푸다 말고 돌아본다.

"야? 머라 캤소?"

하고 되묻는다.

"아, 이 동네 배는 아닌갑다고 했소. 어디서 왔소?"

"개섬 배요."

어부는 무뚝뚝하게 대꾸하고 다시 고개를 수그리며 물을 퍼낸다.

"빌어묵을, 헌 생이 틀같이, 이 겨울이나 지내야 끌어 올려서 고치제……."

혼자 구시렁구시렁 중얼거린다.

"장 보러 온 배구먼. 장이사 새터에서 벌어지는 걸 여기 오면 어쩌누? 배에 물이 새서 그래요?"

혼잣말같이 중얼거리다가 묻는다.

"이 동네 볼일이 있어서 장에 가는 도중에 왔소."

어부는 돌아보지도 않고 대꾸한다.

한참 만에 어부는 물 푸던 바가지를 버리고 가마니에 싼 짐짝을 어깨에 둘러메더니 배에서 내린다.

"잠시 갔다 올 기니, 배 좀 봐주소. 배 안에 짐이 남아 있으니께 좀 봐주소."

당연한 것처럼 부탁을 하고 짐을 둘러맨 어부는 돌이 울퉁불퉁한 선창을 건너뛰며 간다. 학수는 그곳에 남아 있을 사람처럼 움직이지 않고 서 있었다.

시금치가 파릇파릇하게 돋아난 채마밭 옆을 지나서 큰 대문을 밀어붙이고 들어간 어부는 마당 한가운데 짐을 내려놓는다. 그리고 뜰에 나와 있는 수옥은 아랑곳없이 주먹으로 코밑을 훔치고 나서,

"고모! 고모 없소!"

큰 소리로 부른다. 헛간 같은 아래채 방문이 급히 열리면서,

"야아, 아이구 허리야! 누가 왔노? 응, 니, 닻줄이가 왔고나."

노파는 밖으로 나오려고 애를 쓰다가 하는 수 없이 얼굴만 내민다. 닻줄이라고 불린 젊은 어부는 그쪽으로 급히 달려가며,

"고모, 어디 아프요?"

무뚝뚝하게 생긴 얼굴이 금세 소년처럼 허물어진다.

"담이 붙어서 그런가, 당최 기동을 못하겠네."

노파는 허리를 두드리며 몸은 건장하나 부엌 강아지처럼 너저분한 조카를 대견하게 쳐다본다.

"오늘 장에 왔나?"

"야, 오매가 다리를 다쳐서 못 오고 제사장 보러 왔소."

"다리는 와 다쳤노?"

"밭에 거름 이고 가다가 넘어졌소. 그래 배 가지고 오는 김에 고구마 좀 가져왔심더."

노파는 마당에 내려놓은 가마니를 보며,

"머할라꼬 고구마를 가지고 왔노. 내 혼자 얼매나 묵을 기라고 가지고 왔노. 너거들 양식도 모자랄 긴데 머 멧돼지가 내려와서 고구마밭에 탕을 쳤다믄? 고구마 농사 다 글렀다고 하던데 여기 가져올 게 머 있어서……."

"오매가 그럽디꺼?"

"오냐. 저분 때 장날에 왔더라."

"오매사 평생 풍년 들었다는 말 한 분 합디꺼."

닻줄이 싱긋이 웃는다.

"야야, 그런 말 하지 마라. 읍내 사람들이사 돈만 가지고 장에 나가믄 없는 게 있나? 입맛 댕기는 대로 다 안 묵나."

"체! 고모가 무슨 돈이 있어서."

"섬사람들이사 물에서 고기 한 마리 안 올라오믄 단돈 일전을 만져볼 수 있나. 양식이 떨어지믄 큰일이지. 니 에미가 밤낮 동동거리고 살았으니께 너거들 다 키우고 남한테 빌러 안 가고, 그래도 땅마지기나 지니고 살지."

"에이, 그만하소. 머 산 입에 거미줄 칠까 봐요. 글안하요?"

"그런 소리 안 하니라. 어, 아이구 허리야! 담이 붙었는가."

노파가 문턱을 넘어서려다가 도로 주저앉는다.

"가만히 있으소, 고모. 나 곧 갈랍니더."

"머라 카노? 점심 묵고 가야제."

"배를 내부리고 왔는데, 어서 가서 장 보고 해 안으로 집에 가야 하오."

닻줄은 땅바닥에 코를 흥 풀고 돌아선다.

"아 아니 닻줄아, 식은 밥이 있다. 보드라운 살밥 한술 떠묵고 가거라. 니를 그냥 보내믄……."

노파는 여윈 팔을 뻗으며 조카를 잡으려 한다.

"밥 묵고 흥청거릴 여가가 없소. 꾸물적거리다가 해가 다 빠지고 나믄 가는 데 욕볼 기요. 그놈의 배 어지간히 부려묵었더니 이자 헌 생이 틀같이 돼가지고 사방에서 물이 새고 사람 애먹여서. 아 참, 배에 고구마 반 가마니 남아 있는데 어서 가야 할 긴데 우짜꼬?"

닻줄이는 처음으로 서성거리고 있는 수옥을 눈여겨본다.

"머할라꼬 누부 집에까지 가지고 왔노. 할 일 없다. 그만 가져가서 장에 팔아라. 팔믄 신발 켤레나 안 생기겠나. 한 푼이 무섭운데……."

"아니오, 여기 가져오라고 가을부터 딱 작정을 해났는데 배를 낼 수 없어서 오늘 마침…… 그러나저러나 어서 가야 할 긴데 우짜노?"

닻줄이는 다시 수옥을 쳐다본다.

"내가 기동을 할 수가 있어야제."

"여기까지 메다 주고 갈라 카믄 시간 잡아묵을 긴데."

차마 낯이 선 수옥을 보고 가지러 가자 하지는 못하고 닺줄이는 그저 힐끔힐끔 수옥을 살펴본다. 노파도 수옥에게 가라고 명령할 수 없는지 어정쩡한다. 그것을 알아차리고 수옥은,

"할머니, 제가 가서 가져올까요?"

하고 묻는다.

"그랄래? 마음묵고 일부러 가져왔으니께, 그라믄 수옥이 니가 받아 이고 오너라."

수옥은 얼른 부엌으로 들어간다.

"고모, 그라믄 나 가요. 몸조리 잘하소. 누부는 와보지도 않고 머한다 캅니꺼?"

대문을 밀고 나가려다 돌아보며 닺줄이 묻는다, 큰 목청으로.

"다 살기가 바빠서 안 그러나. 머 내가 아픈 거를 알기나 하건데? 시상에 그 보드라운 살밥이나 한술 떠묵고 안 가고, 죽은 사람 발 뻗혀놓고 왔나? 와 그리 서두노? 배 땜에 그라는가 배? 그라믄 어서 가봐라."

노파는 가라는 시늉으로 팔을 내저어 보인다.

"그라믄 잘 있으소."

닺줄이는 마지막 인사를 하고, 똬리를 찾아 들고 나서는 수옥이 설마 따라오겠거니 생각하는지 바쁜 걸음으로 쫓아 나

간다. 수옥은 뛰다시피 하며 그의 뒤를 따라간다.

방천길을 한참 지나서 선창가, 그때까지 학수는 등을 보인 채 바다를 바라보고 우두커니 서 있었다.

닻줄이 울퉁불퉁한 선창의 돌 위를 건너뛰어 가면서,

"고맙소!"

하고 소리치자 비로소 슬그머니 뒤돌아본 학수는 닻줄이 뒤를 따라오는 수옥을 본다. 얼굴빛이 변한다.

수옥은 멈칫하고 걸음을 멈추다가 학수의 뒤켠을 돌아서, 그새 배로 뛰어 올라가서 고구마가 든 가마니를 내려가지고 수옥에게 이어주려고 기다리는 닻줄이 켠으로 간다.

"무거울 긴데……."

닻줄이 가마니를 들어 올린다. 그리고 똬리 끈을 물고 눈을 내리깐 수옥의 머리 위에 올려주면서,

"여잇셔!"

수옥에게 짐을 밀어버리기가 바쁘게 닻줄이는 배에 오르고 재빨리 작대기를 꺼내 뭍에서 배를 밀어낸다.

학수는 꼼짝하지 않고 그 광경을 바라본다. 수옥은 짐 무게가 과했던지 선창의 울퉁불퉁한 길이 험해서 그랬던지 허덕이면서도 걸음은 더디다. 수옥의 뒷모습만 보고 있던 학수가 별안간 뒤쫓아간다.

"이리 내시오."

뒤에서 손을 뻗쳐 미처 사양할 틈도 없이 짐짝을 내려놓는

다. 벌써 저만큼 배를 몰고 나간 닻줄이는 갈 길이 바빠서 그런지 열심히 노만 저을 뿐 뒤돌아보지도 않았다.

짐을 빼앗기면서 비틀거리던 수옥은 얼굴이 새빨개져서 돌아본다.

"괜찮아요. 인 주세요."

"길이 나빠요. 넘어지면 얼굴 다칩니다."

화난 목소리로 말하며 학수는 아까 닻줄이가 그랬던 것처럼 가마니를 어깨에 둘러멘다. 수옥이 따라오거나 말거나 선창을 지나 방천길로 올라간다.

낮게 울리는 파도 소리는 노래 부르는 것처럼, 먼 태양은 겨울 바다에 빛을 보내고, 빨간 자전거를 굴리며 우편배달부가 그들 앞을 지나간다. 그러고는 아무도 없는 하얀 거리.

"사람만 보면 왜 다람쥐처럼 도망을 가죠?"

앞서가면서 학수가 말한다.

"댁을 잡아먹을 것같이 내가 무섭게 보입니까."

학수의 귀뿌리는 겨울바람 때문만도 아닌 듯 붉어진다. 수옥의 얼굴도 김이 서릴 듯 붉게 물든다. 말없이 타박타박 걸어가는데,

"그때 서울댁하고 같이 가는 걸 봤는데 그 집 명화를 알아요?"

명화 말이 나오자 수옥은 눈이 번쩍 뜨이는지,

"네, 알아요."

하고 얼른 대답한다.

"명화 소식을 듣습니까?"

"아니요."

한참 묵묵히 걸어가다가,

"댁은 명화네의 누구요?"

"……."

"서울댁의 친척이오?"

"아니요."

다시 말이 끊어진다. 그리고 한참 만에,

"나하고 이렇게 얘기하면 누가 몹시 꾸중을 합니까?"

수옥은 그 말에 놀란다. 그리고 겁을 먹은 듯 뒤돌아본다. 하얀 방천길 둥그렇게 굽이진 길에 아무도 오가는 사람은 없다.

시금치가 파릇파릇 돋아난 채마밭 옆을 지날 때, 집에 아주 가까이 다가왔을 때 짐을 메고 성큼성큼 걸어가던 학수가 별안간 돌아섰다. 그리고 수옥을 막아서며,

"한 번만 날 만나주시오."

학수의 얼굴은 일그러지고 절망의 빛이 가득 찬다. 수옥의 얼굴도 하얗게 된다.

"한 번만 꼭, 물어볼 말이 있어서, 한마디만 물어보면……."

학수는 허덕이듯, 눈빛이 마구 부서지듯 그러다가 마음을 고쳐먹었는지 눈길을 돌리며,

"명화에 관한 얘기지요."

수옥의 얼굴에서 긴장이 풀어진다.

"잘못 생각지 말고 만나주시오."

아주 낮고 힘없는 소리였다.

학수는 어깨에 무거운 짐을 메고 있는 것도 느끼지 않는 듯,

"만나주시오."

되풀이 말하는데 낮은 목소리는 속삭이는 것보다 목구멍에서 말을 잡아 빼는 듯 괴롭게 들린다. 수옥은 겨우 고개를 끄덕였으나 그 자신도 모르게 끄덕이는 것이다.

"오늘 밤 열 시에 우물가에서."

숨이 가빠서 허덕인다. 수옥이 다시 고개를 끄덕이자 비로소 안심이 되었는지 학수는 얼굴 가득히, 근육이 모조리 소용돌이치듯 웃음을 싣는다. 수옥이 그 웃는 얼굴을 보고 놀라서 어쩔 줄 모를 만큼.

"그, 그럼."

급히 돌아서서 대문으로 달려가더니 학수는 와락 문을 열어젖히고 안마당에 성큼 발을 들여놓는다. 방문을 열어놓고 수옥이 돌아오기만을 기다리고 앉아 있던 노파는 뜻밖의 사람이 들어서는 바람에 어리둥절해 있다가 이웃에 사는 학수인 것을 알고 무척 기뻐한다.

"아이구 시상에, 고맙게도 우리 짐을 들어다 주는가 배. 내가 움직일 수가 없어서 글안해도 걱정을 하고 있었는데 미안

해서 어짜노?"

일어서려다 도로 주저앉으며 몸을 문밖으로 내민다.

"어디 몸이 편찮으십니까."

학수는 가마니를 내려놓고 손에 묻은 흙과 지푸라기를 떨어내면서 몸이 괜찮으냐는 인사에 어울리지도 않게 싱글벙글 웃는다. 지나칠 때 인사도 잘 안 하고 늘 성난 얼굴이던 이웃 청년이 무엇이 그리 기뻐서 웃는지 신기스러워 노파는 멍청히 바라본다. 그러다가 그 자신도 끌려들어 가는 듯 주름진 얼굴에 미소를 띠며,

"담이 붙어서 영 기동을 할 수 없구마. 시상에 내 조카 아들이 그 먼 섬에서 고모 묵으라고 고구마를 싣고 왔는데 나가보지도 못하고 이러고 안 있나."

노파는 자랑스럽게 말하다가,

"그눔 자식이 그만 밥 한술 뜨고 갈 긴데 춥고 얼매나 배가 고프겠노. 발등에 불이라도 떨어졌는가 그리 서둘고……."

배에 물이 들어서 그런다는 말을 조카에게 들었으면서도 노파는 밥 안 먹고 간 일이 못내 원망스러워 서운한 표정으로 말이 많아진다. 학수는 아무 말도 귀에 들어오지 않고 담이 붙었다는 말만 귀담아들었는지,

"담이 붙었으면 더운물로 찜질을 하십시오."

허공에 뜬 말을 한다. 실상 담이 붙은 데 대한 치료법을 확실히 알고 하는 말 같지도 않았다. 그러나 노파는 말만이라도

위안이 되었던지,

"나이 들면 갈 길이 바쁘니께, 몸이 점점 말을 안 듣는구만."

하는데 흥분은 훨씬 뒤늦게 오는가, 수옥은 한구석에 우두커니 서서 얼굴이 빨개지는가 하면 파랗게 질리곤 한다. 그런 수옥을 힐끗힐끗 쳐다보며 학수는 마음대로 발이 떨어지지 않는 듯 할 일 없이 싱겁게 서 있다.

"그런데 요새 아부지 병환은 좀 어떤가?"

싱겁게 서 있는 학수에게 노파가 묻는다.

"네, 저, 그만하시죠."

"아이구, 시상에 어무니가 고생하신다. 가리늦게……."

혀를 끌끌 차면서,

"정지 사람[食母] 두고 침모 두고 기런 것 없이 살던 양반이 가리늦게 물동이를 들고 나오다니 인심 안 잃었건마는, 시상에 그 딸이 함께 있어서 살림이나 살아 안 주고."

학수는 외면을 한다. 수옥은 그대로 서 있다.

"그 좋은 살림이 일패도지가 됐으니 와 심화병이 안 나겠노. 쇠가 굴리도 안 빠질 그 좋은 살림, 남의 일이라도 원통하고 억울해서, 인심 좋다고 집안이 되는 것도 아닌갑다. 하기사 요새 세상에는 이마빼기에다가 소우 자를 붙이고 남이사 죽든가 말든가 이녁 욕심만 채우는 사람들이 더 잘살데. 남의 눈에 눈물 내고 머 잘되겠느냐고 하던 말도 다 옛말이지. 잘만 살더라, 잘만 살아. 그렇지만 사람이 어디 타고난 천심을 임우로 바꿀 수가 있어야제. 돈방석에 올려 앉혀놓는다 캐도……."

말도 많다. 몸이 불편하니 심란해지고, 먼 섬에서 고모를 위해서 조카 아들이 고구마를 실어 왔으니 대견스럽고, 또 이웃의 청년이 전에 없이 친절을 베푸니 노파는 공연히 어리광이라도 피우는 마음이 되어 말이 많아지는가 보다.

"저 할머니, 이 고구마는……."

어찌할까 보냐고 묻는 모양인데 수옥은 말끝을 맺지 못한다.

"삐져서 말려야지. 그 많은 것 다 머하겠노. 한 가마는 다른 데 갈 기고. 날씨가 추우니 얼어가믄서 마르믄 달콤하니라. 두었다가 봄에 죽은 써 묵지. 팥이나 넣고. 그런데 우선 가닥* 안에 넣어얄 긴데……."

노파 말이 떨어지기도 전에,

"넣어드리죠."

학수는 얼른 짐짝을 든다. 수옥이 먼저 가서 광문을 열어주고. 두 가마를 다 나른 뒤,

"밤 열 시 우물가에서."

마음이 놓이질 않아 학수가 다시 그 말을 되풀이했을 때 그를 쳐다보던 수옥의 눈에 형용할 수 없는 무서움이 지나간다. 강간을 당할 때, 그때의 눈이다. 공중에 둥둥 떠 있는 듯 걷잡

을 수 없이 설레고 있던 학수는 수옥의 그 눈을 보자 별안간 심한 상처를 받은 짐승같이 처량해진다.

"열 시에."

하다가 조금 전에 한 약속을 수옥이 취소라도 할 것처럼 겁을 집어먹고 그는 허둥지둥 달려나간다. 노파가 뒤에서 무슨 말을 하건만 그는 밤길을 가듯 뒤뚝거리며 달아난다.

해가 넘어갔다. 방천에서 빠지기 시작한 바닷물 소리가 아슴푸레 들려올 만큼 고요한 어둠 속에 사방은 잠기기 시작한다.

"와 밥을 그것밖에 안 묵노. 더 묵어라."

노파는 숟가락을 놓는 수옥에게 말한다.

"그만 먹을래요."

수옥은 밥상을 들고 부엌으로 나와서 기껏해야 그릇 서너 개밖에 안 되는데 느릿느릿 설거지를 한다. 밤은 자꾸 짙어지는데. 오래 걸려서 설거지를 끝낸 수옥은 하릴없이 방과 뜨락을 들락거린다. 마음을 작정하지 못하고 초조해하며 마루에 켜놓은 전등불 밑을 지나가다가 문득 생각이 난 듯 멈추어 서고, 다시 말끔하게 가셔놓은 부엌으로 들어가곤 한다. 닭장속으로 들어간 닭들은 수옥이 그 앞을 지나가도 꼼짝없이 있고. 수옥이 오동나무 밑으로 나왔을 때,

"추운데 일찍 방에 들어가서 자거라."

방 안에서 노파가 말을 했다.

"네."

대답은 하고서 수옥은 그 자리에 머문 채 어찌했으면 좋을지 하늘을 보고 바닷소리를 듣는다. 몇 시나 되었을까. 열 시가 언제인지 시계조차 없는 넓은 집 안, 시간을 알 턱이 없다.

"오늘 밤에는 그 양반이 안 올 기다. 그저께 왔다 갔으니까 어디 오겠나. 들어가서 불 끄고 어서 자거라. 전기세 많이 나왔다고 짜증 낼라."

수옥은 노파 말에 소름이 끼치는지 부르르 떤다. 오동나무 가지에 걸려 있는 달도 으스스 떨고 있는 것 같다.

노파 방에 불이 꺼지고, 그러고도 오랜 시간이 지나갔다.

'아마 열 시는 넘었을 거야.'

밤이 되어 조금씩 일기 시작한 바람을 타고 멀리서 휘파람 소리가 들려오는 것 같다. 들려오는 것처럼 생각되었는지도 모른다. 수옥은 그곳으로 이끌려가듯 대문을 열고 채마밭 너머 우물 쪽을 바라본다. 우물가에 서성거리고 있는 학수의 모습, 들리지는 않지만 휘파람을 불고 있는 것 같다. 수옥은 도로 집 안으로 뛰어와서 옷고름을 물며 나무 밑에 선다.

'어쩔까? 어떻게 해?'

바람 소리뿐, 물결 소리뿐, 온 마을이 잠든 겨울밤은 깊다. 수옥은 발소리를 죽이고 부엌으로 돌아가서 물동이를 들고 나온다. 노파 방 앞을 지날 때 그는 긴장하며 입술을 깨문다. 대문을 밀고 나서서, 학수가 기다리고 서 있는 모습은 보지도 않고 마치 떨어뜨린 물건을 땅 위에서 찾듯 발밑을 내려다보며 살금살금 발을 옮겨놓는데 학수는 운명의 소리라도 듣는 것처럼 심각한 얼굴을 하고서 조금씩 가까워지는 수옥을 응시한다. 수옥이 우물가에 발을 올려놓았을 때 학수는 얼른 수옥이 든 물동이를 빼앗듯 받아서 우물가에 놓고,

"저리로 갑시다."

바다 쪽을 가리킨다. 그러고는 수옥의 손을 덥석 잡는다.

"아, 아니오."

수옥은 기겁을 하며 그의 손을 뿌리치려고 몸을 흔들었으나 큰 손에 꽉 잡힌 손은 끄떡도 안 한다. 수옥은 잡히지 않은 손에 똬리를 쥔 채 학수에게 끌려간다.

"여기서, 여기서 이야기하세요. 명화 언니 얘기해주세요."

애원한다.

"겁내지 말고 나를 믿으시오. 나 나쁜 놈 아닙니다."

연신 끌고 가며, 숨을 헐떡이며 학수가 말한다.

"난 명, 명화 언니한테 가, 가고 싶어서, 그, 그래서 온 거예요."

"보내드리죠. 연락하겠어요. 하여간 여기서는 이야기할 수 없으니까, 제발, 제발 안심하고 마음을 놓으시오."

방천길로 내려간 학수는 수옥의 손을 잡은 채 넓은 길을 사뭇 달려간다. 그림자 두 개가 줄로 엮어진 듯, 팔 그림자에 엮어져서 급하게 움직인다. 한참 갔을 때 언젠가 해일에 허물린

방천이 나타났다. 개발꾼들이 바다로 오르내리는 길이다. 학수는 그곳으로 수옥을 이끈다.

"싫어요! 이거, 이 팔 놓아주세요."

수옥은 낮은 소리로 말하며 그곳으로 내려가지 않으려고 뻗댄다.

"정말, 정말로 댁을 해칠 사람은 아니오. 이런 곳이 아니면 어디서 이야길 하겠소. 안심하시오. 제발 안심하시오. 댁을 도와드리겠어요. 명화는 내 누이나 다를 것 없는 사람이오. 만나면 다 알게 될 거요."

학수는 꼭 잡았던 수옥의 손을 놓아주며 처량하게 말했다.

물이 저 멀리까지 빠져버린 갯바닥에 달빛을 보고 구멍에서 기어 나온 꺼뭇한 게들이 기어다닌다.

"자, 어서 갑시다."

손을 놓아주어서 안심을 했는지, 명화는 그의 누이나 마찬가지라는 말을 믿어서인지, 수옥은 학수를 따라 허물어져서 쭈뼛쭈뼛한 바위를 타고 내려간다.

"파래가 끼어서 미끄럽소. 자, 내 손 잡으시오. 넘어지면 얼굴 다치기 쉬워요."

학수의 목소리는 훨씬 가라앉고 태도도 침착하게 되어 있었다.

방천 밑으로 내려간 수옥은 굴 껍질이 고무신 속의 엷은 양말 신은 발을 찌르는 것을 참으며 방천 벽에 기대어 선다. 낮에는 물이 가득하게 찼던 곳, 갯냄새가 강하게 풍긴다. 머리 위에는 방천길, 마침 길 가는 사람들의 발소리가 들려오고 노름에 돈을 다 털었다고 푸념하는 소리도 들려온다. 수옥과 학수는 숨을 죽이며 서로 바라본다. 수옥은 이번만은 속지 않겠다고 결심을 단단히 한 듯 학수를 쏘아본다. 길 가는 사람들의 발소리가 멀어지고 사방은 다시 괴괴한 침묵 속으로 빠져들어 간다. 여수로 가는 항로航路, 미륵도에서도 벗어난 넓은 바다 쪽에 무수한 고깃불이 휘황하게 반짝이고 달빛도 밝아서 등댓불은 희미하게 힘을 잃고 있었다.

학수는 수옥과 좀 떨어진 방천 벽에 등을 붙인다.

"이름은?"

하고 묻는다.

"수옥이."

긴장된 얼굴을 풀지 않고 대답한다.

"수옥이……? 나이는?"

학수의 목소리는 아주 낮고, 설렘도 없어지고 슬프게 울린다.

"스물하나."

예요를 떼어버린 대답은 어린애 같다.

"명화의 소식을 어째서 그리 알고 싶어 합니까."

"명화 언니가 처지를 알면 절 도와주실 거예요."

"명화가 모르고 있을까?"

학수는 혼자 고개를 흔든다. 이미 동네에서 소문이 나버린 수옥의 처지다. 학수도 그 얘기는 듣고 있었다.

"여름방학 끝나고 가시고선⋯⋯."

"연락할 길이 없었소?"

"어디, 어디에 있는지 알아야죠."

눈에 눈물이 가득 괴는데 울지 않으려고 입술을 떤다. 학수는 수옥의 부드러운 옆모습을 바라보다가 눈길을 바다로 돌리며,

"왜 그렇게 됐죠?"

"⋯⋯."

"그 죽일 놈이."

"⋯⋯."

"북쪽에서 왔다죠?"

고개를 끄덕이는데 눈물이 후둑후둑 떨어진다. 이제는 좀 안심이 되는 듯.

"그때 바닷가에서 울고 있었죠? 나를 기억합니까?"

수옥은 다시 고개를 끄덕인다.

"그때부터 여기 왔어요?"

학수의 목소리는 더욱더 가라앉는다. 그리고 한숨이 새어 나온다.

군데군데 야광충夜光蟲이 군집群集하여 바다는 가만히 소리를 죽이고 고요한데 날카롭게 부서져서 흩어지는 것처럼 빛을 발

하고, 달빛은 더욱더 푸르게 번져나간다. 온갖 것이 다 푸르고 부서지며 출렁인다. 먼 곳의 붉은 고깃불만이 꿈속에 떠오른 현실 같다.

"어째서 그 지경이 됐습니까?"

억양 없이 학수는 분한 마음을 누르며 묻는다. 과녁에 세워놓은 사형수 같은 꼴을 하고서 방천 벽에 빳빳하게 등을 붙이고 선 채 수옥은 대답을 안 한다. 그러나 수옥의 얼굴에는 이미 경계하고 의심하는 빛이 사라지고 없었다.

어망漁網을 끌어당기며 부르는 어부들의 노랫소리가 출렁이는 푸른 공간을 타고 아슴푸레 들려오는 것 같기도 하고 슬픈 일 모두가 다 아름답게, 옛날 옛적에 단 한 쌍의 사나이와 여자가 있었던 것처럼 찬란하고 고요한 밤이다.

"아무튼 명화한테 편지는 하겠어요."

"……."

"하지만 여기서…… 이곳에서 내가 어떻게 힘이 될 수는 없을까요?"

"……."

"댁에서 바라기만 한다면……."

"어, 어디로 어떻게?"

학수에게 얼굴을 돌리는데 수옥의 눈이 무섭게 커지면서 상대편의 얼굴을 골똘히 들여다본다. 처음 사람의 얼굴을 대하는 것같이. 어디로 어떻게 도망을 치느냐는 이야긴데 막상 그러고 보니 학수는 대답할 길이 없는 모양이다. 어디로 어떻게? 괴로운 한숨을 짓는다.

"어떻게든 안 되겠습니까? 나를 믿고 꼭 믿고 두려운 생각 없이 연구해봅시다. 서로가."

"바다에 배가 있어서 그만 우리 집으로 날 실어다 주었으면."

노래를 부르는 것 같다. 학수는 가슴이 벅차게 수옥의 반쯤 열린 입술을 한동안 쳐다보다가,

"지금의 처지는 치욕입니다."

소리를 지른다.

"도저히 용서할 수 없는 일입니다!"

하고 씨근덕거린다. 어느 누구를 용서할 수 없다는 말인지, 서영래를, 수옥을? 아직은 수옥이 학수를 조금 신뢰하는 단계로밖에 안 와 있는데 그는 마치 자기 여자처럼 분해하는 것이다.

"그럴 수가 있어요? 어떤 사정인지 말 안 하니까 모르지만 나이 어린데, 그렇게 나이 어린데 아무리 생각해도 그럴 수가 없소! 늑대! 악마! 수전노 놈이! 그놈이 그, 그렇게…… 안 됩니다, 안 돼요. 하루라도 빨리. 그러고 있다는 것은 도저히 말이 안 됩니다!"

흥분이 지나쳐서 오히려 학수 자신이 말이 안 되는 소리를 지르고 있는 것이다. 수옥은 손에 든 똬리를 돌리면서,

"하지만 잡으러 오면 어떡해요? 아무도 모르는데, 그분 참

무서운 사람."

"그게 사람이오? 짐승이지. 그까짓 때려 죽여버리지. 죽어서 마땅한 놈이오. 더러운 벌레 같은 사기꾼! 악당! 그건 사람이 아니오."

두 주먹을 불끈 쥐는데 더 이상의 욕을 생각해낼 수 없어서 몸을 흔든다.

"저 땜에…… 크, 큰일 나요."

"그것만이 아닙니다. 우리 집하고 그잔 원숩니다."

주먹을 휘둘러 보이며 학수는 다시,

"내가 벌써부터 그놈을 때려 죽이려고 했는데, 그놈 문가 놈 땜에, 그놈 두들겨주노라고 그만 때를 놓쳤지. 언제든지 한 번은 그 늙은 늑대 다리몽댕이를 뿐질러놓고 말 테니 두고 보시오. 인정도 의리도 없는 놈, 언제 난 서영래고, 누가 지 근본을 모를 거라고."

방에 앉아서 기침을 하며 화를 내는 아버지의 말투를 그대로 본떠서 학수는 지껄인다.

"우리 집에 와서…… 사, 살림을, 어머니가 그렇게 애원을 했는데 몽땅 실어 갔다 말이오. 그 작자가 노름방을 기웃거리고 다닐 때 장사 밑천 대준 사람이 누구라구?"

말을 뚝 끊는다.

'제기! 이 여자하고 무슨 상관이라구! 좀 더 침착하게……'

학수는 풀이 죽는다.

"나는 벌써부터 댁을, 댁을 좋아했습니다. 처음 만났을 때부터. 그, 그래서…… 그것을 알고 실망…… 무척 괴로워했습니다."

갑자기 이야기는 회전했다. 수옥이 몸을 움츠린다.

'빌어먹을, 왜 이런 소릴 하고 있어?'

그러나 입술은 그의 명령을 거역하듯,

"명화한테 무, 물어보면 알 겁니다. 나는 노, 놈팡이가 아닙니다, 여자들 뒤나 쫓아다니는."

'비, 비겁하게 무슨 소리를 지껄이고 있어?'

학수는 더욱 서둘러대며,

"나는 댁을 동정해서 이러는 건 아닙니다. 사, 사랑하기 때문에, 평생 이, 이런 마음 느껴본 일이 없어요. 댁의 처지가 어떤 것이라도 상관없습니다. 내 마음이 그것 때문에, 댁은 착한 사람입니다. 첫눈에 그랬어요. 그, 그러니까 속아서…… 다방에 있어도 이보다는 나을 거로……."

'어쩌자고 자꾸 이런 말을 하나. 여자가, 이 사람이 내 마음을 받아준다고 했나? 주제넘게…….'

"싫다면 싫어해도 좋습니다. 다른 남자처럼 그, 그렇게는 안 해요. 가만히 두겠어요."

이마에 배어난 땀을 손바닥으로 훔치면서 학수는,

'다 틀렸다! 이런 서투른 수작을.'

그는 갯바닥에 퍽 주저앉는다. 두 손으로 머리를 싸며.

"전에처럼 나를 피하고 만나주지 않을 겁니다, 이제는. 못난 소리만 하고 말이 서툴러서, 말짱 거꾸로 말이 나가는 것 같소. 마음하고 딴판으로, 제멋대로. 나는 말을 할 줄 몰라요. 그, 그렇지만 명화의 이야기는 거짓말이 아니오. 그 애하고는 아주 어릴 때부터……."

하다가 다시 말을 집어삼키고 땀이 배어 끈적끈적한 이마빼기를 주먹으로 뿍뿍 문지른다.

"저 늦어져서 가겠어요."

수옥의 말에 학수는 펄쩍 뛰듯 일어선다.

"그, 그럼 앞으로는 안 만나주시겠어요?"

"아니요."

수옥은 아랫입술을 자그시 물듯 하며 엷은 미소를 띠고 신뢰하는 눈길을 보낸다.

"오빠 같아요. 전에 우리 오빠는 그렇게 말을 못한다고 늘……."

이번에는 물었던 입술을 풀고 빙긋이 웃는다.

"오빠라도 동생이라도 다 좋소! 만나만 주신다면, 수옥 씨!"

물결을 흔들어 일으키듯 기뻐서 막 소리를 지른다.

"절 도와주세요. 도망치게 해주세요, 언니한테……."

수옥이 똬리를 들고 굴 껍질이 깔린 갯바닥을 앞서가면서 말한다.

"도, 돕고말고요."

학수가 뒤쫓아가며 말한다.

"하지만 서울댁 어머니가⋯⋯."

"음, 그 여우 같은 여자가 꾸민 일이군. 그 여편네가 어찌했는지 말하시오. 아, 아니, 오늘은 그만, 차차로 듣기로 하고, 지나간 일은 소용없으니까. 내일 밤에도 여기 나와 있겠습니다. 그리고 밤새도록 생각해놓죠. 어떻게 했음 좋을지 명화에게 편지부터 써두겠어요."

그들이 허물어진 방천 가로 왔을 때,

"파래가 끼어서 미끄럽소. 내 손 잡으시오. 넘어지면 바위 모서리에 얼굴 다칩니다."

"자꾸 얼굴 다친다고 하시네요?"

수옥은 내민 손을 안 잡고 학수의 소맷자락을 잡으며 언제 그런 얼굴이 있었던가 또 미소한다.

"언제?"

학수는 수옥이 말하는 것만 기뻐서 입을 함박같이 벌리고 웃는다.

"아까 내려올 때, 낮에는 선창가에서도요."

"그랬어요?"

"어릴 때 난 사과나무에 기어 올라갔어요. 그래서 오빠가 작대기로 두드리면서 까불이라고 했어요."

수옥은 아무 관련도 없는 말을 하고 학수를 힐끔 쳐다본다.

"까불이? 상상할 수 없는데?"

학수는 소매를 잡은 수옥의 손을 떼어놓고 길 위로 훌쩍 뛰어오른다.

"자, 잡으시오."

하고 손을 내민다.

길을 지나서 저쪽과 이쪽의 갈림길에 오자 수옥이 멈추어서며,

"그럼 안녕히 가세요."

인사한다.

"집에까지, 그 앞까지 데려다드리죠."

학수 말에,

"아니에요. 전 우물에 가야 해요. 물동이를 두고 온 걸요."

"그럼 거기까지 함께."

우물가에 물동이가 댕그랗게 놓여 있다.

"물 길어 가시겠어요?"

"네."

"길어드리죠."

학수는 말하기가 바쁘게 두레박을 우물 속에 풍덩 집어넣는다. 그리고 바삐 길어 올린다. 수옥은 딱해하는 얼굴이 되다가 잠자코 그의 물 긷는 모습을 바라본다.

"다 됐소!"

학수는 두 손으로 물동이를 번쩍 든다. 수옥은 머리에 올려

주는 줄 알고 허리를 굽힌다. 그러나,

"두레박이나 갖고 오세요. 집 앞까지 들어다 드리겠어요."

학수는 물동이를 들고 간다. 힘에 겨운 무게는 아니었지만 물동이의 물이 출렁거리고 동이의 양 귀를 잡았기 때문에 자연히 허리를 꾸부리고 두 발을 벌려 걷는 꼴이 되어 보기 좋은 모양은 아니다. 채마밭 사잇길을 그가 앞서가고 그의 뒤를 두레박을 든 수옥이 걸어간다.

대문 앞에 와서 물동이를 내려놓은 학수는 소맷자락이 물에 흠씬 젖은 것도 모르고,

"내일 밤에도 거기 나가 있겠어요. 모레도 글피도, 밤마다 거기 나가 있겠어요."

하고 씩 웃는다.

"안녕히 가세요."

수옥이 허리를 굽히는데 학수는 오던 길을 우쭐우쭐 몸을 흔들며 되돌아간다.

며칠이 지난 후 몹시 바람이 불어서 고깃배들은 바다에 나가지 못하고 항구에 모여들어 있었다. 바다는 하얗게 뒤집어져서 섬 언저리에 부딪치고, 팽팽하게 뻗은 연줄이 신음하는 것 같은 소리를 내며 바람은 불어왔다. 그래도 여수에서 오는 윤선만은 쉬지 않고 물결을 헤치며 항구를 향해 들어온다.

"나울이 어지간하구나."

학수는 바람에 떠밀리듯 시내를 향해 걸어간다. 바지 주머

니 속에 두 손을 찌르고 벙글벙글 웃으며,

"시내 나가나?"

이웃 노인이 장바구니를 이고 지나가다 말을 건다.

"학수도 웃을 날이 다 있던가 배? 머가 그리 좋아서 싱글벙글 웃고 가노."

그래도 학수는 웃음을 지우지 않고 간다. 가다가 휘파람을 불며,

'음, 그렇다! 섬에 가면 되겠구나! 섬에 말이지? 명화는 여비 부쳐줄 터이니 수옥이를 부산으로 보내라 하지만 그건 안 될 말이지. 얼굴도 볼 수 없고, 그 못된 서울댁 눈에 띄면……'

걸음을 멈추었다가 다시 걷기 시작한다.

"섬에 가자, 섬에. 그런데 당장 돈을, 하지만 사내대장부가 그 돈을 믿어선 안 된다. 나는 힘이 세다! 바위라도 때려 부술 수 있다. 이런 날에도 바다에 나갈 용기가 있다. 응주같이 총명하지는 못하더라도 무슨 일이든 할 수 있는 의지가 있고 허영이 없다! 나는 젊다고, 무엇이든지 할 수 있다!"

그는 허공을 향해 주먹질을 하다가 다시 호주머니 속에 손을 찌르고 휘파람을 분다.

혼자 기분에 취해서, 뒤에서 부는 바람에 떠밀리면서 가던 학수는 바로 옆을 지나가며 얼굴을 돌리는 사나이가 바로 서영래인 것을 알아차리자 우뚝 발길을 멈춘다. 금세 그의 얼굴

에서는 핏기가 가셔지고 웃음도 사라진다.

서영래는 급한 걸음으로 간다.

"개새끼!"

학수는 침을 뱉는다. 그러고는 발길을 홱 돌려 그의 뒤를 따른다. 학수가 뒤따라오는 것을 느낀 서영래는 한 번 힐끔 돌아보더니 더욱더 걸음을 빨리한다. 서영래의 걸음이 빨라지는 데 따라 학수의 걸음도 빨라진다. 마구 얼굴을 때리며 불어오는 바람을 마셔 앞의 서영래나 뒤의 학수도 다 같이 숨을 헉헉거린다. 어떻게 할 심산인지 학수는 서영래 바로 뒤에 바싹 다가선다. 그러자 도망칠 구멍을 잃은 쥐처럼 서영래가 홱 돌아선다.

"무슨 볼일이 있나?"

숨을 헐떡이며 약한 목소리로 묻는다. 눈은 공포에 흔들리고. 순간 학수는 당황한다. 왜 자기 자신이 가던 길을 그만두고 되돌아서서 서영래 뒤를 쫓았는지 잘 생각이 나지 않는 듯 멍한 얼굴로. 그러나 미움의 감정까지 멍해 있지는 않았다.

서영래는 그러지 않아도 큰 눈을 더욱 크게 벌린다. 까만 눈동자가 동전같이 동그랗고 그것이 움직이지 않는다.

"무슨 볼일이 있나?"

다시 한번 같은 말을 되풀이하는데 목소리는 목구멍 속으로 기어든다. 바람은 아랫도리를 후려치듯 파도 소리와 함께 몰려온다. 서영래는 지나가는 사람 하나 없는 빈 거리를, 불안스럽게 불끈 쥔 학수의 큰 주먹을 곁눈질한다.

"뭐 죄지은 일 있어요?"

학수는 바람에 쏠리지 않으려고 두 팔을 뻗치며 쏘아붙인다.

"아, 아니, 이, 이 사람아, 자네가 내 뒤를 따라오니께 하는 말 아니가. 서, 서로 모르는 처지도 아니고."

"길은 사람 가라고 난 건데 어디 당신 혼자만 밟고 가랍디까?"

"와 지나가는 사람을 붙잡고 이리 찍짝*을 붙을라 카노."

"내가 붙들었소? 당신이 돌아봤지. 도둑이 제 발소리에 놀란다더니, 길을 걸어도 마음이 안 놓이는 모양이죠?"

"그, 그, 자네가 나를 오해하고 있다. 그런 게 아니고……."

서영래는 타협 조로 나온다.

"언제 내가 밀수꾼하고 친했다고 오해를 해?"

"옛날에는 어디 우리가 그런 처지였었나."

"맞기는 맞는 얘기요. 노름방으로 거지처럼 싸돌아다니다가 일본장사 해보겠다고 우리 집에 와서 손이야 발이야 하고 빌던 그 시절에는 분명히 그런 처지는 아니었죠."

말재주가 없다고 생각한 학수 입에서 저절로 말이 척척 나온다. 노름방의 거지라는 욕설에 얼굴을 찌푸렸던 서영래는,

"나도 그러니께 마음이 좋지 않다. 좋을 리가 있겠나? 집사람이 혼자 한 짓을, 내가 어디 알았어야 말이지. 아무리 내가

돈에 눈이 어둡기로서니 집사람보고 자네 집에 가서 살림 실어 오라고야 했겠나."

"비겁한 그따위 서투른 변명은 그만두시오. 사람 많이 다니는 시내 길이었다면 서영래 씨께서 그런 말 하지는 않았을걸요. 무서운 건 내 주먹 아닙니까? 이 세상에는 아직도 돈만 가지고 안 되는 일이 얼마든지 있다는 것을 똑똑히 알아두시오."

얼굴이 홍당무가 되며 서영래는 코를 풀려고 호주머니 속에서 손수건을 꺼내는데 마음이 불안하여 그만 손수건을 날려버린다. 손수건은 바다 쪽으로 날아가고 말았다.

"결과가 그렇게 되어버렸으니 자네가 무슨 말을 해도 할 수 없고, 젊은 아이들한테 내가 이런 꼴을 당한다마는 우리 집 형편을 자네가 몰라서 그런 말을 안 하나. 집사람하고 나하고의 재산 관리는 다르니께, 전혀 딴전을 피우고 있으니께."

학수 입술에 모멸의 웃음이 번진다.

"창피스럽고 데데한 이야기 내 알 바 아니죠."

빈정거리는데 서영래는 그 말을 귀담는 척도 않고,

"그러지 않아도 옛날 정분을 생각해서 내 마음이 언짢다. 어떻게 해볼라고 여러 번 생각했다마는 너거 집 식구들이 모두 나를 제면*하고 댕기니께, 말을 붙여볼 수도 없고 마음이 풀릴 날만."

하다가 학수의 표정을 힐끔 살핀다. 학수의 얼굴은 잡아먹을 듯 험해진다.

"썩어빠진 그 돈 일없고, 혀끝에 붙은 거짓말도 사양하겠소. 하여간 바람이 때려 잡아간다면 몰라도 내가 저 바다에 처넣지는 않을 테니 잔소리 그만 늘어놓고 어서 갈 길이나 가시오."

"허 참, 내가 어쨌다고, 내가 젊은 아이들한테 못 당할 꼴을, 허 참!"

하는 수 없이 서영래는 돌아서 간다. 그러나 바싹 뒤따라 걸어오는 학수 발소리에 신경이 쓰여 서영래는 휘청거린다. 바람이 때려 잡아간다면 몰라도 내가 저 바다에 처넣지는 않겠다고 한 학수의 말이 그에게 자꾸 공포감을 불러일으키는 모양이다.

'저놈 자식, 성질이 개귀신 같아서 무슨 짓을 할지 모른다. 아무도 없는데 저놈의 기운이, 날, 날 바다에 처넣을지도 모른다.'

서영래는 뒤에 온 신경을 쓰며, 또 한편으로는 하마 길에 사람이 나타날까 고대하며 허둥지둥 바람을 입안 가득히 마시며 걸어간다.

아닌 게 아니라 학수는 서영래 뒤를 바싹 따라가면서 그의 불거진 뒤통수를 까주려고 몇 번이나 주먹을 휘두르곤 한다. 미움만이 가득 차서 왜 가던 길을 그만두고 발길을 돌려 그를 따라가는지 그것도 모르고 무턱대고 그냥 따라만 간다. 마침 고기 통을 이고 오는 어물장수 여자가 저만큼 보인다. 서영래의 쳐들었던 양어깨가 아래로 내려간다.

서영래가 채마밭 사잇길로 꺾어 들어섰을 때 학수는 꿈에서 깨어난 사람처럼 걸음을 멈추었다. 대문을 열고 들어가려다 말고 서영래는 슬그머니 돌아다본다. 눈에서 불덩어리가 출출 떨어지는 듯 험악한 얼굴이 되어 학수는 서영래를 노려본다.

'살인 나겠네. 저놈! 저놈 눈 고약하다.'

서영래는 급히 대문을 떠다밀고 집 안으로 뛰어 들어간다. 그러고는 크게 숨을 몰아쉰다.

"뭣들 하고 있노!"

관에서 매 맞고 집에 와서 계집 친다는 말이 있듯 서영래는 아까와는 딴판으로 악을 쓴다.

"아이구, 아, 허, 허리가, 오십니껴? 허리가 아파서, 수옥아!"

문을 열고 내다보던 노파가 당황하여 수옥을 부른다. 입술을 꼭 다문 수옥이 안방에서 방문을 열어본다. 서영래는 마루로 냉큼 올라서며 나오려는 수옥을 떠밀고 그의 손목을 잡더니 방 안으로 끌어 들인다. 수옥은 방으로 끌려 들어가기는 했으나 말할 수 없이 딱딱해진 표정으로 두 무릎을 모으고 앉는다.

"수신修身 시간 아니다!"

손바닥으로 뾰족한 턱을 치올리며 거칠고 사나운 소리를 지른다.

"이불 깔아라, 한숨 자야겠다!"

했으나 수옥은 꼼짝 않는다.

"귓구멍이 막혔나! 이불 깔라 안 하나!"

그래도 꼼짝하지 않는다. 서영래는 더 이상 어쩌고저쩌고하는 게 귀찮았던지 수옥에게 덤벼든다. 남자로서 비록 학수보다 늙기는 했으나 완력에 의한 위협과 멸시를 그런 것으로나마 무마해보려는가. 그러나 수옥은 전과 같지 않았다.

"싫어요!"

분명히 수옥은 싫다고 말했다. 서영래는 자기 귀를 의심하며,

"머, 뭐!"

"싫어요!"

앵무새처럼 되풀이한다.

"뭐라꼬?"

서영래는 수옥의 가슴팍, 여민 옷고름을 잡고 와락와락 흔드는데 수옥의 몸은 끌려오지 않고 여민 옷고름 두 개가 뚝 떨어진다. 그 바람에 서영래는 엉덩방아를 찧는다.

"이, 이놈의 가시나가 전에 없이 무슨 짓고?"

이래저래 한꺼번에 화가 치민 서영래는 호랑이처럼 이빨을 드러내고 노한다. 그러나 차마 한 대 올려붙이지는 못한다.

서영래가 아무리 화를 내고 눈을 부릅떠도 수옥은 여전히 휘어들려 하지 않았다. 아무리 윽박지르고 캐고 물어도 말을

하지 않던 그 고집과 꼭 마찬가지다. 할 수 없이 물러나 앉은 서영래는,

"니 대체 와 그라노?"

화를 가라앉히고 달래며 물었으나 꼭 다물어진 수옥의 입술은 움직이지 않았다.

"머 불만이 있으믄 말해봐라."

"……."

"섭섭하게 생각하는 일이 있으믄 말해봐라."

"……."

"허 참, 환장하겠네. 니가 돼먹기를 사내 간장 녹이기 꼭 알맞다. 말이 있어야 생각을 알 것 아니가. 마음속으로 니 혼자 육도 벼슬을 한들 누가 알 것고. 무슨 불만이나 섭섭한 게 있으믄 말해봐라. 들어서 할 수 있는 일이믄 내가 해줄 것이니."

"……."

"내 요다음에 물건 들어오거든 니 비로드 치마 한 감 끊어다 주지."

그런 말을 하면서 서영래는 수옥의 팔을 슬그머니 잡아끈다. 수옥은 뻗대며 자리에서 한 치도 움직이려 하지 않았다.

"양단 저고리도 한 감 끊어다 주지. 아마 누가 니한테 뉘를 넣었는갑다. 철없는 니가 남의 말을 듣고 이러는갑다. 내가 다 생각하고 있는데, 하루 이틀 데리고 살다가 버릴 계집도 아니고, 만석꾼 집구석이라도 여자가 살림을 헤프게 살믄 망하

는 법이라. 그래 내가 너를 좀 가르쳐보느라고 그랬는데 말하기 좋아하는 남의 말 듣고 섭섭히 생각하믄 되나. 그놈의 할망구가 너보고 쓸데없는 말을 했는갑다."

누구에게 몸을 허락했느냐고 올 때마다 족치던 그 말은 쑥 들어가고 서영래는 어느 사인지 모르게 굽히고 들어간다.

"자아, 이제 고집은 그만 부리고, 바빠서 눈이 빙빙 돌아가는데 너 한 번 볼라고 여기까지 온 서방님을 그렇게 땡삐같이 쏘믄 되는가? 자아, 이리 와."

서영래는 이제 뜸이 돌았다 싶었는지 수옥을 껴안는다. 그러나 어디서 그런 힘이 나오는지 수옥은 서영래를 떼밀고 밖으로 도망쳐 나갈 기색이다.

머리에 불이 붙은 듯 정말로 화가 난 서영래는,

"이, 이거 정말 정신이 돌았구나. 보자 보자 하니 그래 내가 너한테 지고 물러설 성싶으냐? 어림도 없다. 새 뼈가지 같은 너 하나를 마음대로 못 해? 사내가 너 하나를 마음대로 못 하다니 사발 물에 빠져 죽지."

서영래는 수옥의 두 팔을 비틀어 옷을 벗기려 한다.

"이, 이게!"

으르렁거리는 서영래의 반들반들한 이마빡에 땀이 솟는다. 익살스러운 말도 끊어지고 바로 전쟁이다. 수옥의 발길에 채여 잠시 숨을 들이마시는 사이에 수옥은 방에서 마루로 쫓아 나간다. 옷고름도 떨어지고 저고리의 한쪽 통이 뜯어지고, 그런 모습으로 뜰로 뛰어내려 간 수옥은 노파가 있는 방을 등지고 서서 수옥을 잡으려고 쫓아 나온 서영래를 뚫어지게 쳐다본다.

"아무래도 저게 미쳤는갑다!"

방 속에서도 어쩔 수 없었던 일, 차마 노파가 있는 방 앞에서 수옥을 끌어온다는 일이 불가능한 것을 깨달았는지 서영래는 수옥을 노려보다가 도로 방 안으로 들어가 버린다. 서영래가 방 안으로 들어간 기척을 알고 노파는 살며시 방문을 연다.

"수옥아, 너 어짤라고 그라노?"

나직한 목소리로 나무란다.

서영래는 방 안에 우두커니 앉아서 담배를 태우더니 잠바를 들쳐 입고 나온다. 노파는 서영래의 얼굴 보기가 면구스러워 문턱을 짚으며 머리를 숙인다.

"모두 배애지들이 불러서."

신발을 신고 마당에 내려서며 내뱉는다.

"할 일은 없겠다, 느는 게 새살이니 응, 니가 언제꺼정 그러는가 어디 두고 보자!"

서영래는 수옥이 그러는 것을 노파의 충동질 때문이라고 믿는 모양이다. 눈이 찢어지게 노파를 흘긴다. 그러나 그도 체면이 있었는지 정면으로 따지지는 못하고,

"할매는 머하는 사람이오? 집 지키는 일만 할매 하는 일이오? 집이사 누가 떠 가지 않을 기요."

볼멘소리로 말하다가 여자에게 챈 자기 꼴을 처량하게 생각했던지 반들반들 윤이 나는 이마빡에 굵은 힘줄을 세우며 돌아선다. 대문을 밀어붙이며 한다는 말이,

"묵든가 굶든가 뒈지든가 내가 아나, 이젠 내 모르겠다! 너거들 마음대로 해봐라!"

메어치듯 하고 밖으로 나갔을 때 그때까지 학수는 서 있었다. 자기 집 돌담 앞에 붙어 서서 서영래의 집을 불태워버릴 듯 번득이는 눈으로 지켜보고 있었다.

서영래는 먼빛으로 학수를 보자 급히 걸어간다.

"재수 더럽다!"

며칠 동안 학수가 얼마나 큰 영향을 수옥에게 주었는지, 명화로부터 연락이 있어 떠날 날만 기다리고 있는 수옥을 서영래는 알 턱이 없는 일이었다.

"빌어먹을 놈의 할망구, 그 늙은 게 뉘를 넣었지, 쫓아내 버려야지."

중얼거리며 바람 부는 길을 휘청휘청 걸어간다. 행여 학수가 따라오지나 않을까 힐끔힐끔 돌아보아 가면서.

이제는 내 모르겠다고 마지막 말을 남기고 간 서영래는 그러나 다음 날 밤에 다시 나타났다. 옷감을 싼 꾸러미를 들고 어딘지 무안 타는, 그런 싱거운 미소를 띠면서. 그러나 아무 소용이 없었다. 수옥이 아예 방으로 들어오지 않는 작전을 쓰는 데는 도리가 없었다.

다음 날 저녁에도 그는 또다시 나타났다. 마침 수옥이 방에 있어서 서영래는 매가 참새를 채듯 했으나 결과는 허사였다. 서영래는 미치광이처럼, 수옥이 항거하면 할수록 더욱더 끌리듯 날뛰었다.

다음 날도, 또 그다음 날도 올 때마다 꾸러미를 들고 오는 그 얼굴에 이제는 무안을 타는 듯한 미소는 사라지고 몇 날 몇 밤을 짐승을 찾아 헤맨 사냥꾼같이 푹 꺼진 눈에 핏발이 서고 얼굴은 창백해져 가엾게 보였다.

금가락지를 사가지고 오던 날,

"수옥아, 어쨌든 우리 좀 터놓고 얘기나 해보자. 너 좋을 대로 해줄 테니, 서로 말해 안 될 일이 있겠나. 니 손가락 하나 안 건디릴 테니 방으로 들어가자."

겨우겨우 달래어 그는 수옥이와 함께 방에 마주 앉는다. 아무리 화가 머리끝까지 치밀어도 여자를 때릴 수 없는 서영래로서는 온갖 수단 방법이 이제는 다 떨어지고 지쳐서 몹시나 쓸쓸하게 보였다.

아직 달도 뜨지 않는 어두운 하늘, 뜰은 장지문에서 비쳐 나온 불빛으로 희미한 밝음을 유지하고 있다. 노파는 자기 방에서 안방 기척에 귀를 기울이고, 그래서 대문을 밀고 누가 들어섰는데도 알지 못한다.

서영래의 아내 용주는 발소리를 죽이며 마루 앞에까지 간다.

"내가 너한테 심하게 군 것도 내 본심은 아니다. 나는 자식도 없고, 너 마음묵기 따라서 내 번 돈이 어디로 가겠노? 니가 애만 하나 낳으믄 모두 니 차지 아니가……."

서영래의 말소리가 방 안에서 새어 나온다.

용주는 외투를 벗어 마루 끝에 걸쳐놓고 허리에 맨 끈을 끌러서 치맛자락을 걷어 단단하게 다시 여민 뒤 양쪽 소매를 걷는다. 마치 전투준비를 하는 듯. 그는 마루로 올라섰다. 뼈대 굵은 몸이 어둠 속에 더욱더 크게 보이고 자신이 만만해 보인다. 용주는 방문을 활짝 열어젖힌다. 푸르고 뜨거운 입술이 불빛을 받고 한 번 실룩거렸다.

"아, 아, 여, 여기!"

서영래는 벙어리 같은 소리를 지르며 기절초풍을 하고 일어선다.

"섬에 물건이 와서 간다더니 이 방이 섬이오?"

굵은 목소리는 벌써 싸움에 이긴 듯, 흥분도 하지 않는다.

"아니, 아, 아니, 물건 가, 갖다 놓을 구, 궁리……."

엉겁결에 닿지도 않는 말을 한다.

"물건? 이게 물건이오?"

용주는 앉아서 꼼짝도 못 하는 수옥에게 발길질을 한다. 서영래는 더 이상 뭐라고 할 수 없었던지,

"여, 여자가 사내 뒤를 밟으믄 재, 재수가 없다."

하고 입안에 무엇이 들었는지 우물거린다.

"재수가 없어요? 와 재수가 없소. 이런 오금덩어리를 옆에 두고."

"가, 가자. 가서 이야기하자."

"이것도 내 집이오. 내 집에서 말 못 할 게 있소?"

"허 참."

서영래는 기가 막혀 외면을 하는데 용주는 웅크리고 앉은 수옥의 머리채를 한 손으로 홱 감아쥔다.

"아, 아얏!"

수옥의 얼굴이 뒤로 젖혀진다. 서영래는 당황하여 어쩔 줄을 모른다. 두 팔로 허공을 짚으며,

"어, 어."

반벙어리 같은 소리를 낸다. 그러나 용주는 남편은 거들떠보지 않고,

"이년앗! 대가리에 피도 안 마른 새파랗게 젊은 년이 어디 사내가 없어서 계집 있는 사내를 응? 맛을 좀 봐야겠다. 내 무서운 줄은 토영 바닥이 다 알고 있는데 그래, 이년앗! 니만 모르고 있었더나?"

머리칼을 더욱더 세차게 움켜잡으며 고개를 돌릴 수도 없게 뒤로 바싹 낚아챈다. 수옥은 양손으로 얼굴을 가리며 운다.

"아, 이, 이 무슨 짓을 하노? 그, 그, 손 좀 놓고 말로 해라, 말로. 말로 하믄 될 거로 남사스럽게 야반에 이거 무슨 짓고?"

서영래의 큰 키가 후들거린다.

"말로 하라고? 야반에 남사스럽다고? 어디서 그런 말이 나와? 말로 될 줄 알고 이 짓 했던가? 남사스러운 줄 모르고 이 짓 했던가?"

악을 쓰며 용주는 수옥을 끌고 마루로 나가려 한다.

"이런 년은 사거리에 끌고 나가서 본보기로 해야지. 우사를 시켜야 정신을 차리지. 대가리 피도 안 마른 년이 멀쩡한 사내를 홀려내서, 이년아! 나가자!"

서영래가 막아선다.

"그게 무슨 죄가 있나. 내가 한 짓인디, 이거 놔라."

"뭐라고?"

용주는 갑자기 눈을 뒤집는다. 그리고 경풍 들린 사람처럼 푸른 입술을 실룩거린다.

"씹어 묵어도 분이 안 풀릴 건데 머 죄가 없다고!"

용주는 두 주먹을 쥐고 마치 다듬잇방망이를 한꺼번에 내리치듯 수옥의 등을 두들겨댄다. 수옥의 울음소리가 커지고,

"미, 미쳤나! 이것……."

서영래는 마누라의 손목을 잡는다. 그러나 용주는 남편을 할퀴어 뜯은 뒤 다시 수옥에게 덤벼든다.

"보자 보자 하니, 그래 니 잘한 건 머 있노우!"

서영래는 우우 소리를 지르며 마누라의 허리를 안는다.

"내 잘못은 뭐가 있소!"

용주는 발딱 돌아선다. 그리고 서영래에게 덤비면서,

"그래 계집 사나아 배가 맞아서 날 쫓아내고 살라 캤더나!"

"니가 자식 하나 낳았으믄 이런 일이 있었을 것가!"

"거 말 잘했다! 대체 언제 난 서영래고? 언제부터 아가리에 밥술이 들어가게 됐냐 말이다! 아이구, 분해라! 손끝 짖아지게, 살라고, 내가 들을 소리 안 들을 소리 다 들어가면서 이녁 하나 믿고 살아왔는데 그, 그래 살 만하니 요 꼴인가!"

용주는 울면서 다시 수옥을 치려고 달려든다.

아랫방에서 벌벌 떨고 있던 노파가 참다못해 엉금엉금 기며 올라온다.

"아이구, 허, 허리야. 그, 그만 참으소. 와 부애가 안 나겠소? 그, 그렇지만 참고."

하자 용주는 발딱 돌아서며,

"음, 니 잘 왔구나! 이 늙은 년아! 계집 사내를 붙여주고 그래, 삯돈은 얼마나 묵었노?"

노인도 남편도 없다. 용주는 폭풍을 몰고 온 듯 날뛴다.

11. 밑바닥까지

한동안 북새를 피우던 새터의 아침 장은 물이 빠져가듯 차츰 조용해졌다. 생선 경매장에는 장화 신은 뱃사람들이 드나들 뿐 떠들어대는 소리는 나지 않았다. 거의 파장이 되어 장사꾼들은 안장을 향해 짐수레를 끌고 들어가고, 그러나 더러 드문드문 장사꾼이 남아서 서성거리고 있었다. 햇살이 뜨거워서 바닷바람은 한결 부드럽다. 솜을 두둑이 둔 옷을 입고 뱃전을 왔다 갔다 하는 어부들의 모습이 답답할 만큼 푸근하게 날씨는 풀어지고, 대구 한 마리 구경 못 한 채 겨울이 간다고 투덜거리며 어장 아비들이 지나간다.

　"천 원만 더 주소, 야?"

　오똑하게 솟은 코를 벌름거리며 선애가 말한다. 장사꾼은 고개를 가로저으면서,

"그렇게는 못하것소."

"말짱한데, 몇 번이나 입었다고 그랍니꺼. 세상에, 그렇게 내리깎으믄 어짭니꺼. 너무 억울합니더. 보소, 어디 고운때 하나 묻었습니꺼. 자, 잘 보고 말을 하이소."

미군 군복, 양말, 장갑 따위를 펼쳐놓은 판자 위에 감색 남자 양복 한 벌을 다시 펴서 장사꾼 눈앞에 바싹 들이대며 선애는 사정을 한다. 그러나 장사꾼은 상대편의 눈치를 슬금슬금 살피면서도 팔짱을 끼고 몸을 뒤로 잰다.

"다른 데 가져가 보소. 우리보다 더 줄 사람이 있는가."

장사꾼은 퉁긴다. 선애는 마음이 달아서,

"아이고, 그라지 말고 좀 생각해주이소. 어디 고운때 하나 묻었습니꺼? 우리 바깥양반이 맞춰놓고 한 번인가 두 번밖에 안 입었습니더. 사정이 좀 있어서 들고 왔는데, 말짱 새겁니더. 천 원만 더 생각해주이소."

"아무리 새거라도 입었으면 헌 옷이지, 어디 하룻밤 잤다고 처녀라 합니까. 그까짓 언제 팔릴지도 모르는 거로 밑천만 들여놓고 그래 장사꾼이 밥 묵겠소?"

"아닙니더. 이런 거는 단박에 팔릴 깁니더. 새로 해 입을라 카믄 돈이 얼만데, 어림이나 있겠습니꺼."

"허 참, 안 하니만도 못한 말을 하네. 요새 사람들이사 뭐 누가 이런 것 입는 줄 압니까? 질기고 좋은 값싼 미제가 얼마든지 나오는데 그거 사 입지, 값만 비싸고 쓸모없는 이런 것

거들떠보기나 하건데?"

"이것도 일본 깁니더. 국산 아닙니더."

"누가 그걸 모르요. 일본 거고 뭐고 간에 헌 옷은 헌 옷 아니오? 허 참, 많이 주고 살라 카는 데 가서 팔라 카이."

장사꾼은 혀를 두들긴다. 한참 동안 실랑이를 하다가 선애는 할 수 없었던지.

"모르겠소. 그라믄 그렇게 하고 돈이나 어서 주소."

장사꾼으로부터 돈을 받은 선애는 손가락에 침을 묻혀가며 세어 치맛말 속에 찌르고 시장에서 돌아 나간다.

"내사 마, 똑 죽어부렀음 좋겠다. 언제까지 이러고 있으라 카노. 세상에 어디 있는지 알기나 알아야 찾아갈 것 아니가."

한길을 지나가면서 아무도 들어주는 사람이 없는데 혼자 푸념을 한다.

"이라다가 솥단지까지 다 팔아묵겠다. 그라고 나믄 나는 우짤꼬? 경대도 일없고, 양복장도 일없고, 집도 내사 싫다. 그만 돌아와 주었으믄 좋겠다."

눈에 눈물이 글썽 돈다.

"세상에 산도 설고 물도 선 곳에다가 나를 혼자 내버려두고 어찌 사람의 마음이 그렇게 무심할꼬? 편지 한 장이라도 와 못 한다 말고, 정말 환장할 노릇이지."

혼자 중얼중얼하며 가는데,

"각시, 어디 가요?"

그의 앞을 슬며시 막아서며 누가 말을 건다. 선애의 눈이 삼각형으로 꼬부라진다.

"각시라니."

볼멘소리로 말하며 눈을 흘긴다. 키 작은 사나이는 그 앞에서 비켜서 주지 않고 히쭉히쭉 웃는다.

"남이사 어디 가거나 말거나 무슨 상관이오. 와 아침부터 지나가는 사람보고 히야카시를 걸꼬?"

하며 옆으로 몸을 빼어 지나가려 한다.

"나를 잘 삶아놔야 문가 놈의 행방을 알지."

키 작은 사나이는 뒤에서 슬쩍 말을 던진다.

"야? 뭐라꼬요?"

선애는 가다 말고 홀쩍 돌아선다.

"눈은 어두워도 귀는 밝아서 불행 중 다행이구만."

선애는 히야카시하는 말에는 아랑곳없이,

"야? 우리 주인 있는 데를 압니꺼?"

바싹 다가서며 묻는다.

"애가 잔뜩 달았구만."

"그런 소리 하지 말고요, 좀 가르쳐주시이소. 지금 기가 차는 형편입디더. 방금도 주인 옷 팔고 오는 길인데, 어찌하믄 좋을지……."

또 눈물이 글썽 돈다.

"그라믄 오늘 밤 나하고 부산 같이 갈라요?"

"부산요?"

키 작은 사나이는 버릇인지 선애의 아래위를 훑어본다.

"부산에, 그, 그라믄 우리 주인 있는 곳을 압니꺼?"

"아니께 하는 말이지."

벌써부터 손아귀에 들어온 것처럼 거드름을 피우며 대꾸한다.

"그라믄 댁도 우리 주인 만날라고 부산 갑니까?"

"그 빌어먹을 문가 놈 아니믄 허파에 생바람이 들었다고 부산 가겠소. 그 날도둑놈이 온통 집어삼키고 날라부렸으니, 에잇!"

길가에 침을 뱉으며 화를 낸다.

"아이구, 짓궂어라. 와 우리 주인이 날도둑이오?"

선애는 발을 탕 구른다.

"남의 것 생으로 그냥 집어삼키는 놈을 그라믄 뭐라고 하겠소?"

"세상에 하고 버릴 말이라도 그렇게 하는 것 아닙니더. 순산가, 형산가 우리 주인을 잡으러 온 것을 내 눈으로 봤고, 다 당신네들 일 봐주느라고 그렇게 된 거 아닙니꺼. 당신네들 때문에 우리 주인이 토영에도 못 오고 나도 이 고생을 하는 것 아닙니꺼."

선애는 도리어 그를 탓하며 윽박지른다.

"허허 참, 귀떡 막히네, 이, 이건 벽창호 아니가. 이봐요, 각시, 문가 놈은 형사 때문에 토영에 못 오는 것 아이라 말이오.
계집애들 데리고 온천장에 댕기노라 못 온다 그 말이오. 귀는
밝은데 어찌 그리 눈은 어둡소.”

“뭐라꼬요? 계집애들 데리고?”

선애는 헤매듯 이리저리 길을 돌려 보는데 목줄기에 붉은
핏기가 돈다.

“나, 부, 부산 갈랍니더. 날 좀 데리다주이소.”

하다가 선애는 돈을 넣은 품을 한 번 만져보고,

“뱃삯도 있고, 야, 뱃삯도 있습니더. 귀찮게 치름대지 않을
기니 날 좀 데려다주이소.”

마치 데려가지 않겠다 하는 것처럼 애원을 한다.

“그라믄 밤배 놓치지 않게스리 저녁때 뱃머리에 나오소.”

“야, 야.”

선애는 부리나케 걸어간다.

“저런 덩신이 어디 있노. 속여묵을라 카믄 새끼손가락 하나
도 안 들겠다. 젠장, 계집을 데리다 놓으면 지 누부들이 귀찮
아서도…….”

키 작은 사나이는 중얼거리며 돌아선다.

선애는 부리나케 걸어가면서,

‘양복을 잘 팔았지. 그 돈이라도 없었음 우찌할 뻔했노.’

밤배가 어두운 하늘을 향해 고동을 울릴 때 선애는 작은
옷 보따리 하나를 겨드랑에 끼고 부두를 향해 허겁지겁 달려

온다.

"우짤꼬! 벌써 배가 들어왔는가 배. 선표도 안 끊었는데 배 못 타면 큰일이제."

다시 움츠러들기 시작한 날씨, 매운바람이 바다에서 불어오는데 외투도 없이 자줏빛 인조 치마를 펄럭거리며 선애는 대합실로 쫓아 들어간다.

대합실에는 손님들이 많이 있었지만 개찰구는 문이 닫혀 있고 선창에는 밤배가 고동을 울리며 이미 떠나고 있는 판이다.

울상이 된 선애는,

"이 일을 우찌할꼬!"

발을 동동 구른다. 긴 나무 걸상에 짐을 잔뜩 올려놓고 담배를 피우고 있던 장사꾼 아주머니가,

"배를 놓쳤는가 배, 어디 가는데 그라요?"

하고 묻는다.

"부산 갈 긴데, 그, 그만."

"아아, 부산 배는 아직 안 들어왔소. 지금 떠난 것은 마산 배지."

"정말입니꺼?"

선애는 가슴을 쓸어내리고 걸상에 주저앉는다.

얼마 후에 키 작은 사나이가 나타났다. 그는 선애로부터 선표 끊을 돈을 받아 가면서 대합실 안을 한 번 휘돌아본다.

개찰이 시작될 무렵 키 작은 사나이는 다시 나타나,

"이등요."

하고 선애에게 선표를 쑥 내밀었다.

통영을 떠난 배는 성포를 지나 물살이 센 한바다까지 나왔
다. 그때까지 키 작은 사나이는 선실에 나타나지 않았다.

'배를 타기나 했을까?'

중얼거리다가 선애는 자리에 눕는다.

"오늘 밤은 한 나울 하겠는걸? 일찌감치 자리에 누워야
겠다."

다른 선객들도 제각기 누울 자리를 챙긴다. 선실 천장의 전
등불이 가물가물하고, 어둠 속에 흰 물살을 헤치며 배는 쉴
새 없이 달린다. 선실 속의 웬만한 사람들은 다 잠이 들었다.
선애도 깊이 잠이 들었다. 새우처럼 몸을 오그리고 얼굴을 손
수건으로 가리고서. 이윽고 키 작은 사나이는 슬그머니 이등
선실에 나타났다. 그리고 누워 있는 사람들 사이를 고양이처
럼 조용히 누비고 가다가 선애 옆에서 걸음을 멈추고 싱긋이
웃는다. 키 작은 사나이는 연신 웃는 얼굴로 허리를 꾸부리며
선애 얼굴을 덮은 하얀 손수건을 걷어낸다. 선애는 꼼짝하지
않는다. 팔짱을 낀 둥그스름한 어깨가 숨소리에 따라 조금 흔
들리고 있을 뿐이다. 눈을 감았기 때문에 한결 길어 보이는 눈
시울이 눈 밑에 그늘을 드리워 어떤 본능적인 슬픔이 맺혀 있
는 것 같다. 아직 기미가 남아 있기는 했으나 팽팽한 얼굴과
오똑 솟은 코허리가 희미한 불빛에 유난히 반들거려, 눈 밑의

그늘을 튀겨버리는 듯 발랄하게 보였다. 무슨 꿈을 꾸고 있는가. 문성재를 만난 기쁜 꿈을 꾸고 있는가.

'고거 등신 같은 게 그래도 얼굴은 예쁘게 생겼다.'

워낙 몸집이 작아서 그랬던지 사나이는 옆 사람이 눈을 뜨지 않을 만큼 조용히 그리고 힘 안 들이고 자리에 비비고 들어가서 눕는다.

선실 한쪽 구석에 아직 잠들지 못하고 누워서 잡담을 나누는 두 남자가 있었지만 아무도 키 작은 사나이를 눈여겨보지는 않았다.

사나이의 팔이 선애 허리를 더듬는다. 선애는 잠결에 돌아누우며 입맛을 다신다.

사나이의 팔이 다시 선애의 허리를 껴안는다.

"누가 이라노?"

하고 선애는 후닥닥 일어나 앉는다. 키 작은 사나이는 시치미를 딱 떼고 눈을 감고 있다. 선애는 그 얼굴을 노려보며,

"참 별꼴 다 보겠다."

중얼거린다. 다시 자리에 눕지 않고 보따리를 끌어당겨 몸을 기댄다. 그러나 그는 어느새 다시 잠이 들었다. 구석에서 잡담을 하던 사람들도 잡담을 그만두고 잠이 든 모양이다.

사나이 손이 다시 선애 무릎으로 간다. 이번에는 금세 선애가 눈을 떴다.

"누가 이러노!"

아까보다 큰 소리로 악을 쓴다.

"떠들지 마라."

사나이는 낮게 애원하듯. 선애는 찢어지게 눈을 부릅뜨고 노려보면서,

"어디서 배워묵은 행사를 여기서 할라 카노."

의젓하게 아주 의젓하게 나무란다.

"그럴 것 없잖나?"

사나이는 실눈을 뜨고 무안풀이를 하듯 웃는다.

"그럴 것 없다니, 사람을 멀로 보고 임자 있는 여자를, 응? 또 그따위 짓 하기만 해봐라. 순경을 부르든가 물속에 그만 차 넣어버릴 기다."

반말을 하는 선애의 태도는 여간 강경하지가 않다. 부산까지 다 가도록 사나이는 꼼짝 못 하고 말았다. 능글능글하면서도 겁은 있었던 모양이다.

부산, 아침 안개 속에 묻힌 부산 부두에 내렸을 때 처음으로 사나이는,

"하는 꼴을 봐서는 그만 내버려두고 가고 싶지만, 흥! 내버리고 가믄 그만이지 이 넓은 부산 바닥에서 문가 놈을 어디서 찾노."

배 안에서 당한 모욕을 생각하여 그는 양어깨를 치켜들고 내뱉는다.

"흥, 그라믄 나는 가만히 둘 줄 아오? 이 행길 바닥에서 막

우사를 시킬 긴데."

선애는 악이 치받쳐 상대에게 삿대질을 하며 큰 소리를 지른다. 지나가던 사람들이 할끗할끗 돌아본다.

"흥, 누가 인생이 불쌍해서 데리고 가나? 이쪽에는 이쪽대로 생각이 있으니께. 부평초같이 떠돌아다니는 게 뭐가 그리 소중하다고, 지가 값이 나가믄 얼마나 나갈 기라고."

"꼴에 꼴방망이 차고 남해 노량 간다고, 난쟁이 주제에 사내 값 할라 카네. 묵은 것이 거꾸로 넘어오겄다."

"머가 어째? 술집 안방에나 돌아댕길 천한 것이!"

사나이는 눈을 까뒤집는다. 그러나 그들은 다 같이 머물지는 않고 걸어가면서 욕설과 반말지거리로 아이들같이 싸움을 한다. 사나이는 체면이 깎여 그것을 얼버무리느라고 유치해지고, 본시 유치한 데다가 흥분이 되어 선애는 더욱 유치해진다.

"술집에서 술은 팔아도, 눈까리가 삐었다고 난쟁이를 거들떠볼까?"

"흥, 니 서방은 그래 좋더라. 그 생, 날도둑놈이, 만나기만 해봐라. 다리몽댕이를 뿌질러서 기어다니게 만들 기다. 도둑놈의 계집은 도둑년이고."

사나이는 문성재를 걸쳐서 욕을 한다.

"남의 다리 뿌지르기 전에 지 모가지는 성할까?"

싸우면서도 사나이가 버스를 타자 선애도 따라 올라간다. 버스 속에서는 눈싸움만 할 뿐 입은 휴전이다.

버스에서 내려 대신동 길로 올라서자 선애는 다시 입을 열었다.

"내가 가만히 둘 줄 알고? 응, 남의 여염집 여자를."

하고 으름장이다.

"가만히 안 둔다고? 그놈이 너까짓 계집 하나 땜에 나한테 대항하는가 정말 두고 보자."

그들은 문성재의 둘째 누이 집 앞에까지 갈 동안 입씨름을 멈추지 않았다. 문 앞에서 키 작은 사나이는 헛기침을 한 번 하고 점잔을 빼면서 벨을 누른다. 선애는 눈이 휘둥그레져 기웃기웃 안을 살피다가,

"여기가 어디요?"

하고 소갈머리 없이 묻는다.

"어엿한 문성재 씨 부인께서 시누님 집도 모르고 있었다 카니 부처님이 웃을 일 아니가."

처음으로 충분한 보복을 한 듯 사나이의 표정은 만족스럽게 변한다.

"아이고, 누님, 그, 그러믄 둘째 누님 댁이구만."

선애는 금세 기운이 솟아나는 듯. 문을 열고 밖을 내다보던 식모는 낯익은 사나이의 얼굴과 마주치자 금세 눈살을 찌푸린다.

"애들 삼촌은 여기 안 옵니더."

냅다 던지듯 말을 하고 문을 도로 닫으려 한다.

"아, 아니, 하여간 이 문 여소. 아, 그래, 성재 각시, 그러니께 이 집 올케가 왔는데……."

사나이는 얼른 문을 잡아 젖힌다.

"올케라고요?"

하다가 식모는 안을 향해,

"아주머니요! 아주머니요!"

하고 부른다.

"왜?"

하고 대꾸하자,

"여기 손님 왔습니더."

문성재의 둘째 누이는 영문도 모르고 나오다가 이내 눈치를 알아차린 듯 선애를 힐끗 쳐다본다. 선애는 허둥지둥 들고 있던 보따리를 땅바닥에 내려놓고 옷매무새를 고친다. 그리고 어떻게 처리를 해야 할지 궁리를 하고 있는 문성재의 작은누이 영자네 앞으로 달려간다.

"아이구 작은누님이십니꺼? 처음 봅니더. 저분 때도 부산 와서 그만 일이 우습게 돼서 못 찾아오고."

역겨워하는지 달가워하는지 그런 건 아예 살필 생각도 않고 선애는 영자네의 손을 덥석 잡는다.

난처해진 영자네는,

"음."

해놓고 살그머니 손을 뽑으며 식모를 돌아보고 얼굴을 찡그린다. 흰 살결에 몸이 좀 똥똥해 그런지 서울댁보다 덕기는 있어 보이고 교양도 한결 나은 것 같았지만 그렇다고 해서 주책을 떠는 선애에게 동정하는 빛은 조금도 보이지 않았다.

"세상에 그이가 어디 있는지 그동안 소식을 몰라서 얼마나 속을 태웠는지 모릅니다. 그, 그래서 답답한 놈이 굽히고 든다고 저 난쟁이를 따라왔더니만……."

하자 외투 호주머니에 두 손을 찌르고 서 있던 사나이의 눈이 둥근파처럼 불거져 나온다.

"우리 뒤에 아무도 없는 줄 알고, 인피를 뒤집어썼는가, 이렇게 버젓이 형제간이 있는데 사람 괄시를 해도 유만부덕[類萬不得]이지, 세상에 못 당할 꼴을 제가 안 당했습니꺼. 여염집의 부인을, 응? 개 눈에는 똥밖에 안 보인다고."

갑자기 그동안의 설움과 분함이 치밀어 오르는 듯 선애는 훌쩍훌쩍 울기 시작한다. 영자네는 입맛을 다시며 멍하니 우는 꼴을 바라보고, 눈이 불거졌던 사나이는 다음에 무슨 말이 나올지 겁을 내며 얼굴을 돌리다가,

"오늘은 세상없어도 성재를 만나보고 가야겠소!"

허세를 부린다.

"오냐! 만나고 가거라! 나도 그 다리 뼉다구 뿌질러지는 꼴을 봐야 분이 풀리겠다! 뭐, 머라 캤노? 어쩌고 어째? 우리 주인을 날도둑놈이라? 말이믄 다 하는 줄 아나?"

선애는 울면서, 그러나 기가 펄펄 나가지고 사나이에게 달

려든다.

"이거 도떼기시장도 아니고 무슨 꼴이람? 점잖은 손님들이 방에 계신데 아침부터 무슨 망신일까?"

영자네가 화를 낸다.

"음, 말 한번 잘했다! 모두 작당해서 남의 물건 거저묵고 입을 싹 씻을라 카나?"

배에서 저지른 일을 묻어버리기 위해선지 사나이는 물건 이야기만 앞세우며 작은 몸을 솟구쳐 올리고 하늘을 향해 주먹질을 한다.

"너거가 도둑놈 아니가, 밀수꾼 아니가! 비단결 같은 우리 주인을 홀가내서 부려묵을라 카다가 일이 틀어지니께 말짱 죄 없는 사람한테 뒤집어씌우고, 물건 찾을라 카거든 경찰서에 가서 찾아라! 남보고 애멘 소리 하지 말고."

선애는 우는 것을 그만두고 앞으로 나서며 사나이와 마찬가지로 하늘을 향해 주먹질을 한다. 이 으리으리하게 큰 양옥집도 우리 남편의 누님 집이요, 내 곁에 서 있는 사람도 우리 남편 누님이요, 그러니 어디 또 한 번 나를 업신여기고 수작을 부려보라는 듯 선애는 위세가 당당해서 날뛴다. 영자네는 크게 혀를 찬다.

"참, 기가 차서, 세상에 이런 법도 있나? 구불어온 돌이 본 돌 칠라 카네. 모르거든 아가리나 닥치고 있을 기지, 멀쩡한 내 물건 주고 뺨 맞는 격 아니가. 허 참, 기가 막혀서……."

사나이는 땅바닥에 퍼질러 앉으며 담배를 붙여 물려 한다. 어쩌면 그것은 장기전을 벌여보겠다는 태세 같기도 했다. 당황한 사람은 영자네다. 집 안에서 남편이 나오지 않을까 신경을 쓰면서,

"이거 안 되겠다! 이 애 신자야, 이 양반들 아랫집에 모시고 가거라. 언니는 낯이 설지 않으니까 어떻게 하겠지."

결단을 내린다. 어떻게 돼가는 꼴인지 구경을 하고 서 있던 식모아이는,

"가입시더."

하고 앞장선다.

"어디로 갑니꺼?"

눈이 휘둥그레진 선애는 막 집 안으로 들어가려는 영자네를 보고 묻는다.

"이봐 색시, 나는 무슨 영문인지 통 모르겠소. 성재가 장가드는 일 듣도 보도 못했고, 나는 아무것도 모르니 언니 집에 가서 상의하도록 해요. 사업하는 집에 와서 아침부터 이러면 곤란하니까."

칼로 싹 베듯, 그리고 비단 치맛자락을 걷어 올리며 영자네는 집 안으로 들어가 버린다. 선애는 멍청하니 서서, 조금 전까지만 해도 그에게는 엄청난 구세주였던, 살결 흰 여자가 사라진 현관의 문을 바라본다.

"아랫집이라니? 서울댁 말이제?"

선애와 반대로 사나이는 신이 나서 묻는다. 선애가 괄시를 받은 것도 통쾌한 일이거니와 그를 데리고 왔기 때문에 서울댁을 찾아가게 되니 일이 제대로 되어간다고 생각한 때문이리라.

"새댁요! 갑시더."

안주인을 불러내어 한 소동 벌인 일에 죄책을 느끼는지 식모는 아니꼬운 목소리로 말을 했다. 넋 빠진 것처럼 멍하니 서 있던 선애는 땅바닥의 보따리를 주워 들고 보따리 밑에 묻은 흙을 털면서 따라오는데 풀이 죽은 가여운 모습이다.

"흥, 큰소리 뻥뻥 치더니 꼴좋다! 떠받듯이 받아서 역성들어 줄 줄 알았던가 배?"

약을 올리며 사나이는 말하고, 별것도 아닌 것이 대가댁 부인같이 순결하려는 꼴이 아니꼽다는 듯 길가에 침을 뱉는다. 그러나 선애는 아무 말도 하지 않았고 사나이 말을 귀담아듣고 있는 것 같지도 않다. 앞서가던 식모가 힐끗 돌아본다.

조만섭 씨의 문패가 붙은 집 앞에까지 간 식모는 문을 와락와락 흔들며,

"순아! 순아!"

하고 부른다.

"신자가아? 아침부터 웬일고?"

쫓아 나와서 문을 따주다가 기운 없이 서 있는 선애를 보자,

"아이고, 웬일입니꺼?"

이미 구면이라 순이는 인색지 않게 알은체를 한다. 그러나 선애의 한번 꺾어진 풀이 다시 되살아나지는 않았다.

"어머니가 여기 데려다주라 해서 안 왔나. 나 아침상 내놓고 그냥 왔으니 어서 가봐야겠다."

할 일을 끝낸 식모아이는 모퉁이 길을 급히 걸어간다. 사나이는 집 안을 기웃기웃 살피면서,

"문성재 여기 있제?"

순이에게 넌지시 묻는다.

"없습니더."

순이 대답에 의심스러운 구석은 조금도 없다.

"없어? 있다 캐서 왔는데?"

사나이는 넘겨짚어 말한다.

"어제 왔다 갔습니더."

순이로서는 그들의 내막을 모르고 또 뱃머리에서 여러 번 본 일이 있는 얼굴인 데다가 영자네가 데려다주라 했다니 더욱더 아무 경계심 없이 말하고 말았다.

"그래?"

사나이는 중얼거리며 마당으로 들어가고 선애는 이제 사나이에게 소속된 처지처럼 뒤를 따라 들어간다.

순이가 미처 서울댁을 부르기 전에,

"순아! 누가 왔니? 윗집 신자가 안 왔니?"

머리를 빗다 말고 서울댁은 창문을 열고 내다본다. 마당에

서성거리고 있는 사나이와 선애의 모습이 그의 눈에 띄자 기겁을 하며 서울댁은 창문을 닫아버린다.

"아이고, 하나님 맙소사! 저 원수를 어쩔꼬?"

배를 깔고 자리에 누운 채 담배를 피우고 있던 조만섭 씨는,

"누가 왔소?"

묻는다.

"누가 왔기는요? 봉화서 왔다는 그 계집하고 윤선머리의 난쟁이 녀석하고, 정말 맙소사!"

서울댁은 경대 서랍에 빗을 던지며 넌더리를 친다.

"나가봐야지. 내 집에 온 손님 아니오."

온건하게 말하며 조만섭 씨는 담배를 비벼 끄고 부시시 일어나 앉아서 윗목에 밀어놓은 옷을 끌어당겨 갈아입기 시작한다.

"나가는 게 뭡니까? 그냥 내쫓아버려야지. 여기가 어디라고 감히 찾아오느냐 말이오."

그러나 조만섭 씨는 서울댁의 동생 일이니만큼 여유가 있다.

"어디긴? 사람이란 그러는 법이 아니오. 하로를 데리고 살아도 성재 계집임에는 틀림이 없고, 또 그자만 해도 성재한테 할 말이 있어서 찾아온 것이니, 당신이 나가서 선은 어떻고 후는 어떻고 말을 해야 할 것 아니오."

"주책없는 소리 작작 하시오. 잘 왔노라 하며 환영하러 나
간단 말이오?"

"허 참, 그러는 거 아니래도."

"좋은 얼굴 한 번 보였다가는 찰거머리같이 눌어붙어서 안
떨어질라 할 텐데 누가 그 꼴을 보우? 아이참, 망나니 같은 자
식, 그까짓 계집 하나 처치 못 하고 어찌했기에 간 곳마다 찾
아다니느냐 말예요?"

"임자가 나보고 따질 것 없지 않소. 당신 동생이 씨를 뿌리
고 댕겼는데, 사람이란 그러믄 못써."

조만섭 씨는 뭐라고 쫑알거리는 마누라를 내버려두고 밖으
로 나간다.

"응, 자네 아침부터 웬일인가?"

먼저 사나이에게 말을 걸어놓고 선애를 쳐다본다. 선애는
아까와 같은 꼴을 당할까 봐 지레 겁을 먹고 조만섭 씨의 눈
길을 느끼는데도 아무런 반응을 나타내지 않았다.

"성재를 찾아왔으믄 방으로 들어가지. 지금은 없다만 기다
려보는 기라."

의외로 부드러운 목소리에 이번에는 조금도 꾸밈없는 눈물
이 선애 얼굴에 흘러내린다.

"으음, 그놈이 말짱한 사람을 고생시키는구나."

위로하는 조만섭 씨 말에 선애는 더욱더 눈물을 쏟는다.

"자네도 방으로 들어가세, 무슨 일로 왔는지 모르것다만.

아침 배로 왔나?"

"네, 아침 배로 왔습니다."

사나이는 충분히 경의를 표한다.

그들이 조만섭 씨의 안내를 받아 방으로 들어갔을 때 서울댁은 험악한 얼굴을 하고 앉아 있었다.

"오래간만입니더."

사나이가 인사를 하자 서울댁은 선애 따위는 안중에도 없는 듯,

"무슨 일로 오셨소!"

사나이에게 따지는 투로 묻는다.

"허, 모르실 턱이 없는데……."

"나는 아무것도 몰라요."

"성재 작은누님 댁에는 수차 갔었는데 아무 말씀도 없었습니까?"

사나이도 능청꾸러기, 말을 길게 뽑으면서 시치미를 뗀다.

"나는 아무 말도 못 들었소."

"어제도 성재가 여기 왔었는데 아무 말도 못 들었습니꺼?"

"오기는 언제 와요?"

서울댁은 찔끔해서 되묻는다.

"아, 그라믄 모르시는 모양인데 내가 경위를 말씀하지요. 실은 서영래 형님이 나를 통해서 성재한테 물건 한몫을 주었다 말입니더. 그건 성재 누님께서 자꾸 부탁을 해서 그랬다고

서영래 형님이 말합디더."

"난 그런 일 부탁한 일이 없소."

서울댁은 가만히 앉아서 듣기만 하는 영감을 힐끗 쳐다본다.

"아, 아닙니더. 물건 줄 만한 조건이 있어서 그랬다더군요. 전에도 성재 누님이 여러 번 물건을……."

"사람 잡는 소리 하지도 마오!"

잡아뗀다.

"그라믄 이것은 내가 직접 한 게 아니니께 그만두고요, 그래 내가 짐 한몫을 문성재한테 넘겨주었단 말입니더. 허, 그거사 저기 앉아 있는 각시 눈으로도 봤고, 또 각시하고 함께 짐을 부산에 날랐으니께 확실한 거 아닙니꺼? 그랬는데 정작 일은 그다음에 벌어졌단 말입니더. 짐을 실어 낸 뒤 형사들이 여관에 들이닥쳤다 그 말입니더. 그러니 짐은 문성재가 처분했음이 분명하고, 그렇게 했으면 지가 묵을 몫은 떼더라도 넘겨준 값은 이쪽에 돌려주어야 하지 않느냐 그 말입니더. 들리는 말에 의하면 여자를 데리고 마구 돈을 뿌리며 다닌다 카는데 우리 뚫어진 구멍은 머로 메우느냐 그 말입니더. 영래 형님은 나도 한통속이라고 으르렁거리는 판이니, 하여간 성재가 나타나서 내 입장을 세워주든지 아니믄 돈을 내놓든지 해야 할 것 아니냐 그 말입니더."

사나이는 말을 끊고 호주머니 속에서 손수건을 꺼내어 코를 흥 하고 푼다.

"시상에 그렇게 돈을 뿌리고 댕기믄서 나는 굶어 죽으라고 내부려두고, 으으으응……."

선애도 손수건을 꺼내어 코를 흥 풀며 운다.

"나로서는 듣던 중 처음이오. 무슨 일이 있었는지 나 알 바 아니지만 가만히 눈치를 보니 심상치가 않소. 내 동생이 일본 장사를 한 것은 사실이오. 그런 점을 노려서 저 계집하고 말을 짠 모양인데 우리들한테 돈이나 좀 긁어낼려고."

서울댁이 미처 말을 끝내기도 전에,

"벼락 맞을 소리 하지 마라!"

듣고만 있던 조만섭 씨가 버럭 소리를 지른다. 노기등등해서 조만섭 씨가 큰 소리를 지르는 바람에 서울댁은 다음 말을 잇지 못한다. 영감이 두려워서 물론 그러는 것은 아니다. 뒤가 침침하고 개운하지 못한 데다가 자기 친정붙이가 저지른 일인 만큼 다른 때처럼 영감을 누르고 나설 염치가 없었던 모양이다. 조만섭 씨 역시 사고만 내고 다니는 바람둥이 처남에 관한 일이었으므로 마음 놓고 큰소리도 치고, 희생된 수옥에 대한 죄책도 있어 화를 낸 것이다.

"여보게."

어세를 누그리며 조만섭 씨는 키 작은 사나이를 부른다. 키 작은 사나이는 조만섭 씨 호통에 용기를 얻었을 뿐만 아니라 서울댁보다 사람 좋은 조만섭 씨를 삶아보는 편이 훨씬 효과

적이라고 속셈을 하는 듯,

"네."

하고 굽실 절을 한다. 선애는 어거지 떼를 쓰는 서울댁 말에
열렸던 입이 닫히지 않는 듯 양어깨로 숨을 내몰아 쉰다.

"내가 대강 짐작은 하고 있지. 성재 놈의 복장 검은 거는 진
작부터 알고 있는 일이고, 허나 그 서영래 그놈도 죽일 놈이
다. 다 늙어가믄서 그게 머꼬? 자식이 소원이라믄 어디 자식
낳던 과부나 하나 얻을 것이지 그 젖비린내 나는 어린것을, 사
람이 죄지어서 어디 남 주건데? 더럽게 늙어가지, 더럽게. 본
시 그자가 그리 몹쓸 놈은 아니었는데, 하긴 돈이라 카믄 자
다가 신짝 들고 나오는 놈이지만, 그래도 볼만한 구석이 있어
서 내가 상종을 해왔고, 워낙이 불가사리 같은 계집을 만나서
그렇거니 하고 생각도 했는데 그놈 영 사람 놈 아니다. 사내
자리에 못 앉을 놈이다. 아, 그 학수란 놈 집에 가서 살림 실
어 온 것만 해도…… 개고리가 올챙이 적 생각 못 하믄 안 되
지, 안 되는 법이다."

조만섭 씨는 문성재의 일을 잊어버렸는지 서영래에 대한 욕
만 지루하게 한바탕 늘어놓는다. 그러나 아무도 맞장구쳐주
는 사람이 없는 것을 깨닫고 그는 이야기를 본시대로 돌린다.

"그거는 그렇고, 하여간 자네 처지가 딱하게 됐다 하니, 조
만간에 성재란 놈이 오기는 올 거고……."

"오기는 언제 와요?"

서울댁은 하는 수 없이 비비고 나선다.

"시끄럽소!"

했으나,

"우린 아무 상관 없어요, 영감이 떠맡고 나올 아무런 이유
도 없단 말예요. 저희끼리 한 장사 거래에 왜 우리가 말려든단
말예요?"

성재의 복장이 검다는 말에 비위가 틀어졌고 무슨 언질이라
도 주면 큰일이라 생각하는지 서울댁이 서둔다.

"시끄럽소! 임자는 가만히 있소! 입이 열이라도 말 못 할 기
요. 수옥일 누가 그랬는데? 하여간 성재가 오기는 올 것이니
그때 내가 따져보기로 하고, 그러니 자네는 참는 김에 좀 더
참아보게."

별로 실속이 있는 말은 아니다. 키 작은 사나이가 뭐라고
말을 하려 하자,

"그리고……."

하며 조만섭 씨는 서울댁의 눈총을 맞으며 앉아 있는 선애에
게 얼굴을 돌린다.

"왜놈이 하룻밤을 자고 가도 만리성을 못 쌓을망정 만리 정
은 둔다 했는데 그놈 몹쓸 놈, 거기는 성재를 찾아왔다니까
여기서 묵고 기다려보소. 좋으나 궂으나 시가 식군데 어딜 가
겠소."

선애 얼굴에 당장 화기가 돈다.

"시가 식구라니? 당치도 않은 소리 하지 마세요."

"따라 사는 지아비 누부 집이 와 시가 아니오?"

"제발 그 주책 좀 그만 떠세요."

선애의 얼굴은 다시 원망스럽게 일그러진다. 키 작은 사나이 앞에서 인정을 받지 못하는 일이 더욱 분한 모양이다.

"오늘은 조 주사 말씀을 듣고 돌아가겠습니다만 영래 형님 말이 성재가 끝내 피해 다닌다믄 이 댁 아주머니가 책임질 일이라 하더만요."

사나이는 마지막 침을 놓고 일어선다.

"선잠 깬 소리 하지 말아요. 내가 물건 주는 걸 봤단 말이오? 나는 어떻게 생겨먹은 건지 물건 구경도 못 하였소!"

"그렇게 피할라 카믄 결국 재미적습니다. 콩밥 묵을 수밖에 없지요."

"내가?"

서울댁은 몸을 앞으로 내밀며 사나이의 뺨이라도 칠 기색이다.

"문성재 말입니더."

"우리 성재가 콩밥 먹으면 서영래는 성할까? 밀무역 두목을 누가 몰라서, 흥!"

"그 형님이사 돈 있겠다, 얼굴 넓겠다, 오늘까지 그 장사 해 먹어도 손가락 하나 안 다쳤으니께, 공연히 덧나게 하믄 손해는 당신들이 보게 마련이지요."

서울댁은 그 공갈에는 대꾸를 못 한다. 조만섭 씨는,

"자네 지금 가믄 어디 유하겠나?"

하고 묻는다.

"별수 있습니꺼? 문성재 만날 때까지 여관에 묵어야지요. 운수가 나쁠라고, 길바닥에 아까운 돈 뿌리고 댕기지요."

하고 키 작은 사나이는 가버렸다.

선애가 순이 방에서 함께 기거하게 되어 이틀이 지난 뒤 문성재는 낮에 나타났다. 조만섭 씨하고 부딪치는 것을 피하려고 낮에 온 모양이다. 그는 선애를 보자,

"어, 너 웬일이야?"

눈을 껌벅하는데 선애는 그에게로 달려가며,

"보소!"

성재에게 매달린다. 그때 유리창 문을 드르르 열고 서울댁이 얼굴을 내밀었다.

"흥! 까무러지는구나!"

눈이 찢어지게 선애를 흘겨보더니,

"이 애, 성재야! 밖에서 어물어물하지 말고 빨리 방으로 들어와. 그러고 있을 때가 아니야. 일이 우습게 돼서 골치를 앓고 있는 판인데."

"뭐가요?"

성재는 건성으로 누이에게 말해놓고 선애 편으로 얼굴을 돌리며 멋쩍게 히죽히죽 웃는다.

"참 내, 가만히 엎드려 있지 않고 뭐 하러 부산에는 왔어? 내가 곧 갈 건데."

성재는 발등에 불이 떨어진 듯 서울댁이 야단하는 바람에 현관으로 들어가 구두를 벗으려 한다. 선애는 따라가서,

"그래도 무슨 소식이 있어야 말이지요. 사람이 애가 타서 똑 죽을 뻔했습니다. 어짜든 그리도 사람의 마음이 무심합니꺼? 솥단지까지 팔아묵을 지경인 줄 뻔히 알믄서."

구두를 벗는 성재 옆에 서서 선애는 옷고름으로 눈물을 닦는다.

"시끄러. 그런 일도 있고 저런 일도 있지, 사람이 살아가려면, 갈 형편이 못 돼서 못 간 걸 누가 널 잊어버리고 있었나?"

"말 마이소. 당신이 무심해서 그렇지요. 머 가시나를 데리고 온천장으로 댕긴다는 말 다 들었습니더. 세상에 그럴 수 있습니꺼? 이제는 어디로 가도 따라댕길 것이니, 세상없어도 따라 댕길 것이니 그리 아이소."

"재수 없게 왜 오자마자 바가지야? 또 울기는 찔찔 울고." 하면서도 성재는 장난기 서린 눈을 하며 슬그머니 선애의 손목을 끌어당긴다.

"현관에서 무슨 얘기가 그리 길어? 일이 우습게 됐다는데 빨리 방에 들어오지 않고 뭘 하는 거야?"

쟁 하는 소리를 지르며 서울댁은 신경질을 부린다.

"헷 참, 무슨 일이 났다고 숨도 못 쉬게 야단이오?"

성재가 방문을 열고 들어가고 그의 뒤를 따라 선애도 들어가려 하는데 서울댁은 그의 뺨을 치듯 방문을 화닥닥 닫아버린다.

"너는 순이 방에 가 있어! 요망스럽게 여기 어디라고 같이 들어올려구 해?"

방 안에서 야단을 친다. 순이 방으로 돌아온 선애는 팔짱을 끼고 두 무릎을 세우며 쭈그려 앉는다.

"참 별꼴 다 보겠다. 과부가 서방을 얻어 왔나! 와 그리 야단일꼬? 참 누가 있으라 칸다고 이 집구석에 있을 성싶어? 이제는 내 남편이 왔는데, 제발 있어달라꼬 손이야 발이야 빌어도 안 있일 긴데. 세상에 사람 괄시를 해도 분수가 있지, 마당에 풀 안 나겠나? 이제는 안 있일 기다. 우리가 머 오다가다 만난 사인가? 법으로, 식을 딱 올리고 처녀 총각이 만났는데 와 구박을 하노. 나를 머 술 파는 여자로 아는가 배? 그놈의 난리 통에 부모 형제는 다 잃었어도 물같이 깨끗하다, 잉, 집 칸이나 지니고 산다고, 부모 형제 없는 것은 사람도 아닌가? 언간히도 떵떵 울려쌓는다. 자기도 듣자 카이 재취 댁으로 왔다 카던데 머가 그리 도도해서, 사람우 일을 어떻게 아노? 우리도 이러다가 한 분은 잘살 날이 있일 기다. 그때 눈을 닦고 볼 기다. 아이구, 우리 올케가 왔구나, 어서 따신 아랫묵에 내려앉아라 할 거로. 참 우습다 카이, 사람의 심보가 와 그럴꼬?"

중얼중얼 중얼거리면서도 선애는 불안하여 안방에서 소곤소곤 누이와 동생이 나누는 말에 귀를 기울인다. 무슨 소리를 하는지 통 들리지 않는다. 한참 후 언성이 높아진다.

"너가 그 계집을 떼어버리지 않는다면 빌어먹는다, 빌어먹어."

서울댁 목소리, 선애의 얼굴이 벌게진다.

"지금 썩는 게 처녀들인데, 집안 좋고 돈 있고 학식 있는 색시, 구미대로 고를 수 있단 말이야. 이 바보, 남자는 여자를 잘 만나야 출세를 하는 거야. 난리 통에 모두 전쟁에 나가고 지금은 신랑감들이 없어서 쩔쩔매고 있는 판인데 어쩌자고 저런 것을 달고 다니느냐 그 말이다."

"달고 다니긴, 지가 찾아왔죠, 뭐."

퉁명스러운 성재의 대꾸다.

"아이구, 분해라."

선애는 주먹을 불끈 쥔다.

"그러니까 틀렸다는 이야기 아니냐. 못 따라다니게 왜 조처를 하지 않느냐 그 말이야. 저렇게 처자빠져서 꿈쩍도 않으니 눈에 불이 나서 견딜 수 있어야지. 게다가 너 매부란 사람은 쓸개 없이 시가 식구니 어쩌니 하고 나만 악녀 요물 취급이지 뭐냐? 영자네도 와서 남부끄러 말도 못 하겠다 하더군. 아침부터 점잖은 손님까지 있는데 찾아와서 글쎄 그 계집하고 난쟁이하고 싸움질하는 바람에 할 수 없이 우리 집으로 쫓아 보냈다잖어. 아무튼 저 계집은 적당히 조처하고 너는 이 집에 얼씬도 말아라. 오늘도 너 매부 없는 틈에 왔으니 망정이지 마주쳤으면 속절없이 붙잡혀 그 난쟁이 녀석한테 기별이 갔을 거다. 이 근처 여관에서 너 오기만 눈이 빠지게 기다리고 있으니 너만 눈에 띄지 않으면 설마 날 잡아가겠니?"

"개새끼! 지 주제에 그럴 처지도 못 돼요."

"서영래가 나한테 받아낼라고 벼르고 있는 모양이더라. 하지만 어림도 없는 얘기지. 나를 쑥맥으로 알아서는 큰코다친단 말이야. 난쟁이 녀석은 앞에서 깐족거리지만 거기 넘어갈 성싶으냐? 어쩌고 하더라만……."

"새끼가…… 그놈의 새끼 짐 줄 때 내게 한 말이 있어요. 그걸 잊어버리지는 않았을 텐데?"

성재의 낮은 웃음소리가 들려온다.

"누구 말이냐?"

"난쟁이 말이죠."

"무슨 말을 했기에?"

"물건을 빼앗겼다 하고 둘이서 갈라먹기 하자 했거든요. 피장파장인데 그 주제에 무슨 서영래 서영래 하고 업고 나오누."

"그런 말을 해? 그래, 물건 판 돈은 어찌 됐니?"

"기미가 좀 사그라질 때까지, 그러고 나서 슬슬 장사나 시작해야죠."

"말 듣기에 뭐 계집앨 데리고 온천 가고 했다면서?"

"에이 참, 그만한 기바라시*도 안 하고 세상이 따분해 어찌 삽니까? 사내대장부가 꽁생원처럼 돈궤짝만 지키고 앉아 있으란 말이오? 그럼 황달병 걸립니다, 황달병 걸려요. 그까짓 계집애하고 좀 놀아났기로서니, 뭐가 어쨌다는 겁니까?"

"그, 글쎄, 나도 이해는 한다만 지나쳐서는 못써. 넌 나에게 하나밖에 없는 동생이다. 다만 너 잘되기만 원하고 있을 뿐이야. 이번 일도 실은 양심상 잘된 일이라 할 수 없고, 그래서 너 매부한테도 오금 박힐 처지가 됐다만 너를 위해서, 그는 그렇고 저 여편네는 어쩔 셈이야? 난 한시도 못 보겠다."

"데리고 나가죠, 뭐."

"데리고 나가다니? 또 살림 차릴 작정이냐?"

"할 수 없죠. 방이나 하나 얻어서 처박아놔야죠."

"미친 소리다! 이 기회에 돈 좀 주어 쫓아버려!"

선애는,

"어림도 없다!"

하고 뇌까린다.

"돈 준다고 가겠어요? 제 깐에는 사생결단인 걸요. 안 보면 잊어버리지만 보면 불쌍한 걸 어쩝니까."

"그러니까 돌려보내고 나면 잊어버릴 것 아니냐?"

"안 갈 걸요."

성재의 목소리는 낮다.

"안 가고말고!"

선애는 혼자 주먹으로 방바닥을 친다.

"사내자식이 어찌 그런 결단성이 없느냐? 이 흐리멍덩한 것 같으니라구. 그 인정 때문에 망할 거야. 아이참, 시간이 벌써, 이 애, 너 매부 오기 전에 어서 가거라. 계집은 데리고 나가되 살림 차릴 생각은 아예 말어. 어디 여관에나 두었다가 돈 좀 주어 보내도록……."

문성재는 방문을 열고 나오는 기색이다. 선애는 부르터서, 심술이 나서 쭈그리고 앉았는데,

"이봐, 안 가겠어?"

방문 밖에서 문성재의 말이 들려온다.

"치! 누가 이눔 집구석에 있을까 봐."

선애는 보따리를 냉큼 들고 쫓아나간다.

대문간에서 선애는 벌겋게 열이 오른 얼굴로 서울댁을 등지고 서울댁은 힐끗 선애의 등을 쳐다보며,

"성재야, 너 정말 내가 한 말 잊어서는 안 된다. 그리고 집에는 얼씬도 말아라."

"걱정 마세요."

그들이 한길까지 나왔을 때,

"내사 여관에는 안 갈 기요."

성재는 화난 소리로,

"여관에 안 가고 그럼 어떻게 해?"

"여관에 날 데려다 놓고 또 내뺄라고요."

"어디 당장 방을 얻을 수 있나? 방 구할 동안은 할 수 없지."

여태 내버려두었던 것이 조금은 미안했던지 달래는 투다.

"흥, 이번에는 내버리고 가도 안 될 기요. 당신 누님 집에 가서 귀찮을 대믄 별수 있겠소? 당신 있는 데 가르쳐주지."

'굼벵이 구를 재주 있다더니.'

"구박하고 괄시해도 할 수 없지요. 난 당신 집 귀신인데, 머 우리가 오다가다 만났습니꺼? 당신이 안 오믄 난 그 집에 가서 살 기요. 밀어내도 부득부득 들어갈 깁니더."

"제발 거긴 가지 말어. 내가 부산에 있는데 널 두고 안 가기는 왜 안 가?"

결국 선애는 성재를 따라 싸구려 여관으로 들어간다. 여관 방으로 들어서서 방문을 닫은 성재는 바바리코트를 벗어 던지고 선애를 와락 껴안으며,

"오래간만에 만나서 좋아?"

미안하게 된 일을 무마하려는 듯 성재는 씽긋이 웃는다.

"좋기는 머가 좋아요?"

선애는 사나이 가슴을 두 주먹으로 두들긴다.

"안 좋으면 이거 실연 아닌가?"

성재는 넉살 좋게도 웃기만 한다.

"여기저기서 당신 땜에 설움만 잔뜩 받고……."

"내가 싫다 안 하면 되잖어? 누님 보고 사나?"

"그것뿐인 줄 압니까? 그 난쟁이 놈은 어쩌구? 당신을 날도

둑놈이라고 막 욕을 하믄서 눈이 등잔 같은 남편이 있는 여자를 배 안에서도 건디릴라 안 합니꺼? 그만 물에 차 던져버릴라 카다가."

"흥, 무슨 기운으로?"

이야기에는 흥미가 없고 문성재는 여자의 옷을 벗기려 한다. 선애는 할 말은 다 해야겠다는 듯,

"그까짓 난쟁이 하나 당신 찾아준다는 말만 아니었으믄 그만 그놈을, 그놈 다리 안 뿌질러 보낸 게 원통하고 분하고, 다 누구 잘못입니꺼?"

"이제 그만해두어. 남이야 뭐라 카든지 아무 상관 없어. 우리만 좋으면 그만이지."

성재는 어느새 여자의 옷을 벗겨놓고 윗목에 놓인 이불을 끌어당겨 여자를 쓰러뜨리고 자기도 부지런히 옷을 벗는다.

오래간만에 만난 정이 각별한 듯 성재는 만족스럽게 웃다가 무슨 생각이 났던지 시계를 본다.

"아, 늦겠다!"

그는 벌떡 일어났다.

"가봐야겠다!"

옷을 주섬주섬 입기 시작한다.

"어디로요?"

선애도 따라 일어나서 옷을 입으며 묻는다. 성재는 순간 좀 당황한 듯 눈을 굴리다가,

"음, 저 방을, 방이 있는가 좀 알아봐야지."

어름어름 대답해놓고 여관방 벽에 걸려 있는 낡은 거울 앞에서 넥타이를 맨다. 칠이 벗겨진 벽의 거울은 얼룩얼룩하여 비친 얼굴에 구멍이 뚫어진 것 같다. 넥타이를 매고 양복저고리를 입고, 그리고 바바리코트를 걸친 성재는 호주머니 속에서 빗을 꺼내어 정성껏 머리를 빗겨 넘긴다.

"뭐가 그리 바빠서 오시자마자 갈라 캅니꺼?"

윤기가 흐르는 얼굴, 그리운 정을 다하지 못하여 안타까워하는 선애, 원망스러우면서도 남자 뒷모습을 향해 무한한 애정의 눈길을 보낸다.

"아까 여관에 안 가겠다고 떼쓴 사람은 누구지?"

부드러운 말이 여자의 마음을 더욱 수그리게 한다.

"그때사 머 당신 누님이, 나 다 들었습니더, 날 쫓아 보내라카이 부애가 나서 안 그랬습니꺼."

"어차피 방은 얻어야지. 선애를 여관방에 혼자 두는 것도 마음이 놓이지 않고, 누가 와서 내 없는 사이 업고 가면 어떡하지?"

"피이, 그럴 사람이 따로 있지. 내사 당신 아니믄, 천하를 준다 캐도 싫습니더."

"흥, 못 믿을 것은 여자의 마음이라."

흥얼흥얼 콧노래까지 부르며 선애의 마음을 구슬러준다.

"그럼 나 나갔다 올게. 좀 늦어질지도 몰라. 걱정하지 말고, 아무래도 방을 얻을려면, 그리고 여기 돈, 용돈이야."

성재는 얼마간의 돈을 꺼내어 선애에게 주고 몹시 유쾌한 듯 휘파람을 불며 여관에서 나간다. 그는 광복동을 향해 가벼운 걸음걸이로 걸어간다. 이 세상의 즐거움이 그에게만 모여든 것처럼.

어느 다방 문을 밀고 들어간 성재는 다방 안을 둘레둘레 살피다가 찾는 사람이 없었던지 빈 좌석에 가서 펄썩 주저앉는다.

'화를 내고 가버렸나?'

그는 신문에 정신을 쏟을 수도 없으면서 신문을 집어 든다.

'조금 늦었다고 갔을까?'

성재와 반대편 구석에 그린빛의 아주 선명한 머플러를 두른 학자가 앉아 있었다. 그는 성재 뒷모습에 냉랭한 눈길을 보낸다. 학자는 눈부시게 변모되어 있었다. 까무끄름한 살결이라 분은 바르지 않았으나 눈썹은 짙게, 그리고 입술연지도 붉었다. 그리고 몸에 걸친 의복도 매우 값진 것이었다.

성재는 신문을 내던지고 레지에게 성냥을 달라 하며 몸을 돌리다가 저편 구석에 앉아 있는 학자를 발견한다. 그는 급히 일어서서 학자 켠으로 달려간다.

"아, 아니, 난 아직 안 온 줄 알았는데 벌써 와 있었구먼."

호들갑을 떤다.

"눈에 명태 껍데기를 붙였는가 봐요. 사람이 눈에 안 보이게."

쏘아붙인다.

"괜히 화내지 말어. 그럴 일이 있어서 좀 늦었는데 한 번 실수는 너그럽게 보아주어야지."

이번에는 애원이다.

"지나치신 생각하는 것 아니에요? 좀 늦었다고 화를 낼 그런 처지는 아닐 텐데요."

"그런 소릴 하는 것 보니 화낸 증거 아냐? 이래 봬도 난 학자를 위해 마구 달려온 거야."

"고맙지만 그렇게까지 달려오시지 않아도 좋았을 텐데."

"허 참, 토라지기는……."

"귀여우세요, 토라져서?"

학자의 얼굴에는 한 오라기의 관심이나 흥미도 나타나 있지 않았다.

"귀엽지. 애인인데 귀엽지 않을 턱이 있나."

능글능글하게 웃는다.

"언제부터 제가 미스터 문의 애인이 됐죠? 난 건망증이 매우 심한 편이랍니다."

"그렇게 됐음 애인이지, 뭐."

"애인끼리만 그런 짓 하나요?"

학자는 새로 맞춰서 입고 나온 듯한 밤색 구랫바*의 멋진 코트 호주머니 속에서 크림빛 손수건을 꺼내어 몹시 아니꼽다는 듯 흥 하고 소리를 내어 코를 푼다.

"난 학자에 대해서 책임감을 느껴. 학자는 나를 신용하지 않지만 내 마음은 그렇지가 않어. 그러니까 우리 결혼해야 해.

학자는 나를 위해 모든 걸 바쳤는데."

그렇게 말하고 보니 갑자기 학자와 결혼하고 싶어진 듯 심각한 얼굴로 학자를 바라본다. 조금 전에 가슴에 안은 선애의 존재 따위는 까마득히 잊어버리고.

학자는 비뚤어진 웃음을 흘린다. 그리고 화가 난 듯 머리칼을 뒤로 휙 젖히며,

"감사합니다만 사양하겠어요. 난 이편이 편리하니까요. 돈이나 많이 주세요. 내가 내일 등을 돌리고 돌아서더라도 군소리는 마시고요."

"그것도 나쁘지는 않아. 기왕 공짜로 굴러온 돈."

하다가 톡톡 쏘아붙이는 학자의 까무끄름하고 단단한 얼굴에 끌려들어 가듯 성재의 눈이 멍청해진다. 덕성스럽고 살결이 뽀오얀 선애, 포동포동한 선애에 비해서 학자는 깡마르고 몸매가 작은 데다가 가녈가녈하여 문성재에게는 전혀 새로운 매력이다.

"그 양복, 아니 코트 멋있는데? 이번에 새로 찾은 거야?"

하고 화제를 돌리며 학자의 관심을 다른 곳으로 끌고 가려 한다.

"어제 찾았어요."

"봄옷도 해야잖어?"

"처분대로."

학자는 손가락으로 성냥갑을 퉁기면서,

"차는 안 사주는 거예요?"

"아 참, 뭘 하겠어? 커피? 코코아? 아니면 과일?"

서둘러댄다.

주문을 받은 레지는 과일 한 접시를 탁자 위에 놓고 학자 등 뒤에서 성재를 향해 아양을 떠는 웃음을 던지더니 몸을 흔들며 제자리로 간다. 사과에 귤을 곁들이고 크림을 친, 아무 실속 없으면서도 보기에 호화스러운 과일 접시, 이미 관상을 보고 바가지를 톡톡히 씌울 모양이다.

성재는 사과 한 쪽을 찔러 학자에게 내밀며,

"먹어."

그러나 학자는 그것을 받지 않고 자기 스스로 사과 한 쪽을 집어 입으로 가져간다. 성재는 내밀었던 사과를 슬그머니 자기 입으로 가져간다. 조금도 무안 안 타고.

사각사각 사과를 씹는 학자 눈에 눈물이 뺑 돈다. 그러다가 사과와 함께 눈물을 삼키고, 삼키곤 한다.

'이유도 없이 나는 눈물, 맛도 모르고 씹는 사과.'

학자는 담뱃갑을 집는 성재 손을 쳐다본다.

"오늘 밤엔 어디로 갈까?"

담뱃불을 붙이며 묻는다. 학자는 대꾸 없이 핸드백을 열고 콤팩트를 꺼내어 얼굴을 들여다본다. 눈물이 가득 괸 눈동자가 작은 거울 속에서 흔들리고 있다.

'이유도 없이 나는 눈물, 창부의 도장이 얼굴 위에 찍혀 있

구나.'

"오늘 밤엔 어딜 가지?"

성재가 다시 묻는다.

"해운대 호텔!"

학자는 콤팩트를 닫으며 대꾸한다.

"음, 그래, 해운대로 가자."

돌아오겠다고 선애에게 굳게 약속한 일은 까마득히 잊어버리고 성재는 몸을 우쭐거린다.

"여자도 많은 남자를 상대하고 나면 미스터 문같이 될까요?"

"내가 뭐 그리 많은 여자를 안다고? 학자는 오해하고 있어."

어설픈 변명을 한다.

"남자는 도둑질을 해서 돈을 벌지만 여자는 몸을 팔아 돈을 벌 수밖에 없겠죠?"

"너무 돈, 돈 하지 말어. 누굴 먹여 살리겠다고 그래? 돈이란 기분 좋게 쓰다 없어지면 그만이고, 기분대로 살다 죽으면 그만이지."

역시 성재에게도 도둑질이라는 말이 듣기 좋은 것은 아니었던지 그런 식으로 말을 돌려버린다.

"고지식하게 살아봤던들 무슨 소용이 있어? 난리 통에 내일 어찌 될지 모르는 세상인데, 흥, 도둑놈 아닌 놈이 어디 있어."

도둑놈이 제 그림자 보고 놀란다더니, 학자와 노닥거리고 앉아 있는 코 밑이 긴 성재의 얼굴은 결코 침착하지는 못하였다. 톡톡 쏘아붙이기만 하는 학자를 그래도 좋아서 히죽히죽 웃으며 쳐다보다가도 끊임없이 사람들이 들락거리는 출입문에 신경을 쓰기도 한다. 키가 짤따란 남자만 들어오면 그는 얼른 외면을 하고, 그 짓이 무안쩍어 또 히죽히죽 웃곤 한다.

"음, 저게 누구야?"

몹시 당황하는 성재의 목소리를 들으면서도 학자는 경멸의 웃음을 띠고 모르는 척한다.

"명화 아냐?"

그 말에 비로소 학자는 얼굴을 돌린다. 검은 외투에 회색 머플러를 두른 명화는 무표정하게 다방 안을 둘러보지도 않고 빈 좌석에 가 앉는다.

학자는 코트의 단추를 벗겼다 끼웠다 하며 명화를 가만히 지켜보고 있다. 성재는 앉은 자리에 불편을 느낀 듯 몸을 움지락거린다.

"우리 나갈까?"

"흥!"

학자가 비웃는 바람에 성재는 잠자코 만다.

명화는 다가간 레지에게 차를 주문하고 어미 소가 송아지를 돌아보는 벽의 사진을 멍하니 바라본다.

"요즘 명화의 형세가 불리한 모양이야."

답답했던지 성재가 말을 꺼내었으나 학자는 명화로부터 눈을 떼지 않는다.

"응주가 슬금슬금 꽁무니를 빼는 모양인데 조 영감 애가 타게 됐지."

"서울댁은 기분이 좋을 거구요."

학자는 명화로부터 눈을 떼지 않은 채 뇌까린다.

"이 세상에 그런 사이치고 의좋은 사람이 있나."

누이를 조금은 두둔한다.

레지는 명화 앞에 커피잔을 놓아주고 이쪽으로 돌아온다.

"이봐요?"

레지의 치맛자락을 슬그머니 잡으며 학자는,

"저기 검정 외투 입은 여자 있죠?"

"네."

"그 여자 이리 오라 해요. 그리고 찻잔도 가져오구."

성재가 펄쩍 뛴다.

"아, 아니."

학자는 무섭게 성재를 노려본다.

"우, 우리는 그만 나가지."

하며 담뱃갑을 호주머니 속에 쑤셔 넣는데,

"왜, 도망을 가요? 잘못된 것 있어요?"

"아, 아니 거북하잖어?"

"잔말 말어요. 비겁하게, 어서 이리 오라고 해요."

강한 투로 명령하자 레지는 앞으로 재미있는 일이라도 벌어질 것을 기대하는, 호기심에 찬 얼굴로 명화에게 급히 달려간다.

"저기서 오시라는데요?"

레지는 명화가 일어서겠다고 하는 것처럼 얼른 찻잔을 든다. 응주가 와서 부르는 줄로 착각을 했는지 명화는 순순히 일어나 레지를 따라가다가 학자와 성재가 마주 앉아 있는 것을 보자 주춤한다. 레지는 어느새 날쌔게도 그쪽 탁자 위에 커피잔을 놓는다.

"언니, 이리 오세요."

대담한 미소를 머금고 학자는 손짓한다.

"웬일이냐?"

가까이까지 간 명화는 우물쭈물하는 성재를 한번 보고 근심스러운 표정으로 묻는다.

"앉기나 하세요. 왜? 전 이런 데 못 나오나요?"

"너무 뜻밖이어서……."

자리에 앉으면서 명화는 노골적인 불쾌감을 성재에게 보낸다.

"참 우연이구먼."

하는 수 없었는지 성재는 헛웃음을 웃는다. 웃음은 어색한 침묵 속에 사라졌다.

"언니, 여기 웬일이세요?"

"난 가끔 나와."

되도록이면 성재의 얼굴을 안 보려는 듯 명화는 찻잔을

든다.

"아지트예요, 웅주 씨하고?"

학자 말에 대꾸 없이 명화는 학자 손가락의 사 부쯤 돼 보이는 다이아 반지를 본다.

명화는 학자의 손이 머리 위로 올라가자 그냥 탁자를 지켜본 채 눈을 들지 않는다.

"얼마 전에 약국을 찾아갔었지."

혼잣말처럼 뇐다.

"벌써 나갔다 하더군."

"살기 편한 길을 택했죠, 뭐."

"……."

"분수대로 살기 마련인가 봐요."

눈은 가라앉는데 학자는 미소 짓는다.

"너희 오빠한테서 편지가 왔어."

명화 말에 성재 얼굴이 벌게진다.

"뭐라 했어요?"

"여러 가지……."

"내 소식 알고 싶어 하거든 언니가 지금 본 대로 써서 보내세요. 학자는 밑바닥까지 갔다구요."

성재의 얼굴이 이번에는 노랗게 질린다. 그 질리는 얼굴을 학자는 심술궂게 노려보며,

"이번에 오빠가 부산 나오면 이 사람을 죽일 거예요. 바보

멍청이 같으니라구."

성재를 두고 하는 말인지 혹은 학수를 두고 하는 말인지.

"미, 미친 소리! 되는대로 줏어 삼키는군."

"왜요! 누가 거짓말했나요? 그런 게 무서워서야 여자 꽁무니 따라다닐 자격 없어요. 건달은 적어도 가슴에 비수쯤 품고 다녀야 해요."

형편없이 거칠어진 학자 말투를 명화는 눈을 내리깐 채 듣고 있다.

이때,

"조명화 씨 안 계세요? 전홥니다."

명화는 일어서서 카운터로 전화를 받으러 간다.

"명화야?"

응주의 굵은 목소리가 다방 안의 소음을 뚫고 들려왔다.

"못 나오세요?"

차갑게 묻는데,

"음, 급한 일이 좀 생겼어. 그래 약속 시간까지 대갈 수도 없고, 저녁 때 내 하숙으로 좀 와."

"갈 수 있으면 가겠어요."

전화를 놓은 명화는,

'차라리 잘됐어. 이 판에 나왔다간⋯⋯.'

명화가 자리로 돌아갔을 때 성재의 자리는 비어 있었다. 가 버린 모양이다.

“언니 놀랐어요?”

“……."

“나 이렇게 돼버렸어요. 갈 곳까지 다 가버렸어요.”

“왜? 무엇 때문에?”

“사랑 때문에…….”

“……."

“신셀 망친 여자들은 다 그런 소릴 하데요.”

“……."

“응주 씨 못 온다고 전화 왔어요? 아니면 늦어지겠다고?”

“못 온대.”

“참 유감천만이군요. 나 이렇게 된 꼴 한번 보여드리고 싶
었는데.”

“왜? 어엿한 꼴을 한번 보여줄 수는 없었니?”

“그건 불가능하니까, 꼭대기엔 올라갈 재간이 없구. 그러니
까 밑바닥에 굴러떨어진…… 극단이 아니면 싫어요. 허수아비
같은 저 자식이 마침 하나의 계기를 마련해준 거예요.”

“그 사람 여자가 와 있어.”

명화는 두 손으로 얼굴을 비빈다.

“언니, 오해 마세요. 그 사내한테 여자가 많으면 많을수록
난 좋아요. 짐이 안 되니까 말예요.”

하는데 학자의 깍지 낀 손은 너무 힘을 주어 노랗게 피가 걷혀
있었다.

12. 섬〔島〕

가물가물한 석유 등잔불 앞에 수옥이 앉아 있다. 불빛이 흔들리는 데 따라 뒷벽에 비친 수옥의 머리 그림자가 흔들린다.

서영래의 집에 있을 때보다 훨씬 파도 소리는 가까이서 들려온다. 떨어진 창호지 구멍으로부터 찬 바닷바람이 성성 들어오고 조그마한 오막살이의, 누우면 머리와 발이 벽에 닿을 만큼 좁은 방, 허물어진 흙벽에서 갈비 불에 그을린 흙 냄새가 풍겨온다. 윗목에는 씨를 발가내다가 밀어붙여 놓은 집임자의 목화木花 더미가 쌓여 있다.

수옥은 그대로 단정하게 앉아서 가물거리는 등잔불을 쳐다보고 있다가 등잔 심지를 돋운다. 불길이 좀 커졌으나 기름이 없어져가는지 이내 타버리고 불길은 다시 가물가물하게 작아진다.

달 밝은 밤이면 불을 꺼버리는 편이 오히려 더 밝았을 것을. 파도 소리는 끊임없이 들려오고 별이 많이 나돋는 것을 보면 하늘은 맑게 갠 모양인데 피리 소리 같고 해녀의 휘파람 같기도 한 바다 울음이 들려오곤 한다.

"수옥아! 수옥아!"

들창을 두들기며 밖에서 누가 부른다.

"네."

수옥은 급히 일어선다.

"어서 나오너라."

마당으로 나간 수옥은 찌그러진 싸리문을 밀어붙인다.

"어서 오너라."

어둠 속에 흰 무명옷 입은 노파가 손짓한다.

"할머니!"

등잔불만 쳐다보고 있었던 탓으로 수옥은 더듬더듬 발을 옮겨놓으며 노파의 팔을 잡는다.

"배에서 기다리고 있다. 어서 가자."

그들은 서로 부축하며 방천길을 따라간다.

"아, 아이구, 좀 낫았는가 생각했더니 배 구하느라고 종일 돌아댕깄더만 다리가 뭉켜서, 아, 아이구, 너 옷 보따리는 배에 갖다 났다. 섬에 가믄 음식도 설고 일도 많고 고생이 될 기다."

선장이 보인다. 조그마한 배 한 척이 떠 있고, 뱃전에 놓인

간데라가 별빛처럼 반짝이고 있다.

　그들이 선창으로 내려가자 배에서 훌쩍 뛰어내린 학수는,

　"어서 타."

해놓고 노파를 돌아보며,

　"할머니, 이번에는 여러 가지를……."

하다가 고맙다는 말을 순순히 못 한다. 얄팍한 말로 다 하지 못한 감회에 잠기며 학수는 잠시 침묵한다.

　"내가 잘하는 짓인지 못하는 짓인지 모르겠구만. 불쌍한 수옥일 생각하믄 백번이나 잘한다고…… 학수 어마씨가 알믄 머라 카겠노? 얼매나 나를 원망하겠노."

　"그, 그건 모두 제가 책임지지요. 조금도 걱정."

하다가 그의 말꼬리는 다시 흐려진다. 사공은 뱃전에 놓인 불빛을 받으며 우두커니 그들을 지켜보고 서 있다. 수옥은 배에 오를 생각도 않고 노파하고 헤어지는 설움 때문인지, 그동안 겪은 악몽 때문인지 흐느껴 울고 있었다.

　"일은 다 벌어졌고 할 수 없제. 그래도 닻줄이 그놈 내 조카지만 심성이 고와서 잘 돌봐줄 기다. 음식이 설고, 섬사람이 사는 거를 읍내 사람이 보믄 짐승 한가지라, 그래도 남 못할 짓 안 하고 정이 후하니께 마음고생은 덜 될 기다."

　"할머니."

　수옥은 흐느껴 울면서 노파의 팔을 잡는다.

　"운냐 운냐, 니 마음 내가 안다. 어서 배에 올라라. 그 사람

이 오믄 큰일 날 기다. 허깨비같이 그 양반이 오믄 바늘 간 데 실 가는 것같이 그 여인네 따라와서 쌍나발을 불고 또 시끄러울 기다. 그믐밤이 돼서 캄캄하구나. 세상에 달이나 좀 떴으믄 좋을 거로. 그래도 바람이 없으니께 괜찮다. 자, 어서어서 올라가거라."

하고 수옥을 떠밀자 이번에는 학수가 나서며,

"할머니."

하고 부른다.

"내가 잘한 짓인지 정말 모르겠다…… 그 얌전하고 인심 좋은 니 어마씨 볼 낯이 없어서, 큰 죄를 짓는 것 같다."

"그, 그건 제가 책임집니다."

"편지는 잘 간수했나?"

"네."

"잊어부리지 말고 우리 닻줄이한테 주어라. 편지에 우리 사위가 세세히 적어놨으니께 닻줄이가 잘 돌봐줄 기다."

학수는 잠시 묵묵히 서 있다가 머리를 걷어 넘기며,

"그보다 우리들 땜에 서영래가 지랄을 하면……."

"나가라 카믄 나가지 무슨 걱정이가? 내사 한 가지밖에 걱정이 없다. 좋으나 궂으나 딸자식이 있으니께 나가라 카믄 거기 가서 들엎드려 있지. 자, 어서들 배에 타라."

학수는 수옥의 손을 잡고 배에 오른다. 배가 흔들리면서 간데라의 불빛도 흔들리고 사공도 노를 잡는다.

"할머니."

뱃전에 선 수옥이 큰 소리를 내며 부르고 운다.

"그, 그놈의 정이란 멋고? 내 마음도 언짢다."

노파는 소매 끝을 잡아당겨 눈언저리를 누른다.

"김 서방! 가거들랑 우리 닻줄이보고 한분 왔다 가라 캐라!
그리고 그 사람들 자네한테 맡갰네!"

사공은 노를 저으면서,

"걱정 마이소! 귀 속에 딱 틀어막아 놨다가 내리는 즉시 닻
줄이보고 말할 깁니더!"

물살이 배에 부딪쳐오는 소리 속으로 사공의 고함이 뚫려
나온다.

노파는 선창에 오랫동안 서 있었다.

배는 미륵도 모퉁이로 돌아 나왔다. 어둠에 묻힌 마을, 흰
무명옷을 입은 노파, 둥글게 굽어진 방천길이 이제는 보이지
않는다.

사공은 열심히 노를 젓는다.

"수옥이."

"네?"

"춥지 않어?"

"아니요."

했으나 수옥은 턱을 까불고 있었다. 학수는 잠바를 벗어 수옥
의 등을 덮어준다. 그리고,

"아저씨."

"야!"

사공은 큰 소리로 대꾸하는데 어딘지 구멍 뚫린 목소리다.

"교대 좀 합시다."

"뭐 시름시름 가는데 힘이 듭니꺼? 뉘가 없어서 미끄럽게
나가누만."

하고 사양한다.

"참 좋은 밤이군."

학수는 밤하늘을 올려다본다.

"참 좋은 할머니야."

학수는 하늘의 별을 올려다본 채 다시 뇐다. 수옥은 이제
가려져서 보이지도 않는 곳을 그대로 바라보고 앉아 있었다.

달은 없어도 야광충이 군데군데 모여 찬란한 빛을 내고 있
고 그 빛으로 하여 거울 같은 바다를 볼 수 있다. 바닷속에서
깊이 잠들어야 할 시간인데 어장막 어망에서 뛰쳐나왔는가 거
울같이 팽팽한 바다 위에 이따금 고기가 솟구쳐 오르곤 한다.
상큼한 바다풀 내음, 습기도 없는 가벼운 해풍.

"아아, 참 좋은 할머니야."

학수는 미진한 듯 다시 뇐다.

"좋구말구요."

"잘 아는 사인가요?"

"알다마다. 그 닻줄이 고모사 경위 밝고, 사리 밝고, 사지약

지[易地思之] 하고, 부처님도 머리 쓸어줄 사람이오. 그 닻줄이
고모 아니더믄 내사 당신네들 태우고 이 밤늦게 가지도 않았
을 기요. 오늘 밤에 거름 낼라고 우리 마누라한테 말해놨는데
닻줄이 고모가 어찌나 그러던지 마누라가 색주가 집에 갔다고
빗자루 몽댕이 들고 안 나올 긴가 모르겠소."

하고 사공은 껄껄 웃는다.

"그 할머니는 그럼 본시 섬사람이오?"

"하모요. 개섬 사람이지요. 우리가 코 흘릴 때 영감 따라 읍
내에 나갔지요. 닻줄이는 나보다 낫살이나 아래지만 거 읍내
고모 덕 많이 안 봤습니꺼. 지금이사 영감도 죽고 처지가 딱하
게 됐으니께…… 읍내 사람들은 우리 섬사람들 보고 촌닭이
아이 눈 쫏는다 카지만 그래도 우리네 인심이 좋지. 닻줄이 고
모는 읍내 살림을 몇 해나 해도 영 안 변하는 사람이오."

사공은 노를 저으며 심심치 않게 이야기를 한다.

"아직도 한참 갑니까?"

"한참 가야지요. 돛배 같으믄 좀 더 나갈 긴데 우리네 성시
에 돛배 가질 수도 없고……."

"수옥이."

학수는 사공과의 이야기를 그만두고 수옥을 본다. 수옥은
잠바 자락을 앞으로 모으며 학수에게 눈을 보낸다.

"추워?"

"아니요."

"잠이 오면 누워. 그 보따리 베고."

"아니요, 괜찮아요."

"무섭지는 않어?"

"옆에 있는데……."

하고 수옥은 빙긋이 웃는다.

"그, 그래. 옆에 있는데…… 아무것도 무서울 것이 없어."

학수의 목소리가 감동에 흔들린다.

'제기! 내가 노를 저어 가고, 그리고 저놈의 사공이 없었음!'

하다가 학수는 혼자 빙긋이 웃는다.

"앞으로 고생이 될 거야."

학수의 목소리가 낮게 젖는다.

"지금까지 실컷 실컷 고생한걸요."

"그렇지만 어느 때고 반드시 좋은 시절이 오지."

학수의 목소리는 더욱 떨려 나온다.

"추운가 봐요?"

"음, 좀."

학수가 일어서며,

"나 좀 저읍시다! 추워서 안 되겠소."

사공은 어둠 속에서 웃으며,

"그라믄 그렇게 합시더, 담배 한 대 꾸울 동안."

하며 노를 학수에게 넘겨준다. 노 젓는 소리가 경쾌하게 규칙
적으로…….

새벽이 오기 전에 배는 개섬에 닿았다. 오목하게 들어앉은 곳에 마을이 잠들어 있었는데 학수와 수옥이 뭍에 발을 딛는 순간 마을 쪽에서 첫닭 우는 소리가 들려온다.

"뭔지 좋은 일이 있을 것 같다."

학수는 수옥에게 잠바를 걸쳐준 채 자기는 털셔츠 바람으로 후들후들 떨면서 말했다.

"이거."

수옥은 잠바를 벗으려 한다.

"아, 아니, 조금도 춥지 않아. 흥분이 돼서 그래."

김 서방은 방천 가에 배 벌이줄을 묶어놓고,

"갑시더."

"정말 수고하셨습니다."

하자 김 서방은 정중한 말씨에 만족을 느끼며,

"우리네사 노상 하는 일이니께, 칩어서 욕봤겠습니더."

성큼성큼 마을 길로 들어간다.

"그런데 너무 일러서 실례가……."

"닻줄이 집에 가는 것 말입니꺼? 촌에는 그런 거 없습니더, 등잔불만 키믄 될 거로."

학수는 싸늘하게 식은 수옥의 손을 자기 손아귀 속에 넣어서 녹여주며,

"그 보따리."

하고 수옥의 한 손으로부터 보따리를 받아 든다.

마을로 이르는 양켠 나직한 산에는 계단식으로 천수답과 보리밭이 있고 지난여름에 세워놓은 논가의 허수아비가 두 손을 벌린 채 그냥 서 있다.

"여기 어장막이 있다 했죠?"

뒤에서 약간 불안해진 목소리로 학수가 묻는다.

"야, 이 등 너머 멜막이 있지요."

"멜을 잡습니까?"

"며칠 있으면 그물 내릴 겁니더."

"그럼 사람 쓰겠네요?"

"쓰지요. 동리 사람들이 한철 보는 거지요. 여자는 여자대로 멜 삶아내고 말리고 푸대에 넣고, 아이들 손까지 빌릴 판이니께."

"댁도 나갑니까?"

"하모요. 내 배는 당그래 매놓고 멜배 안 탑니꺼."

"우리 같은 사람도 탈 수 있을까요?"

수옥은 말없이 타박타박 걸어간다.

"멜배 말입니꺼?"

김 서방은 놀라며 돌아본다.

"왜 안 되겠습니까?"

"안 될 거야 없지만……."

김 서방은 고개를 흔들어 보이고 다시 걷기 시작한다.

돌담을 지나서 짚 이엉을 씌운 일각 대문 앞에까지 온 김 서방이 돌아본다.

"여기가 닻줄이 집입니더."

손가락으로 가리키고 나서,

"이 동네에서는 잘사는 축에 들어가고, 인심도 후한데 닻줄이 모친이 좀 여물지요, 과부로 살아서……."

설명을 마치다 그는 목을 길게 뽑고 잠겨 있지도 않은 대문을 밀고 들어간다.

"닻줄이! 닻줄이! 자나?"

하고 소리를 지른다. 아래채 가닥 옆의 방에서 코 고는 소리가 크게 들려오고 대답이 없다. 다만 외양간의 소가 사람 소리를 듣고 잠이 깼는지 여물통을 뒤집는 소리가 난다.

"허, 한잠이 들었구나. 닻줄이! 읍에서 손님 왔다."

코 고는 소리가 멎더니,

"머라꼬?"

잠이 아직 덜 깬 닻줄이의 늘어진 목소리가 들렸다.

수옥은 또다시 낯선 마을과 사람들을 대해야 하는 불안 때문인지 혹은 무사히 도망쳐 나올 수 있었다는 데 대한 안심 때문인지 싸늘한 냉기를 품고 있는 마당에 쭈그리고 앉는다.

"허, 읍내에서 손님 왔다 카이. 바지가랭이에 오줌을 쌌나, 머로 그리 꾸물거리고 있노."

김 서방이 재촉을 한다.

"읍내에서 웬 손님이 왔노?"

"니 잡으러 안 왔나."

"흥, 눈에 띄는 놈을 먼저 잡아가지 니를 놔두고 나를 잡으러 와? 첫새벽부터 니가 온 걸 보니 술 사발이나 얻어걸렸는갑다."

한가하게 노닥거리더니 부시럭부시럭 성냥을 찾아 석유 등잔에 불을 켠다. 머리 그림자가 흔들리고 밝아진 장지문이 어두워지다가 다시 밝아진다. 뒤켠 닭의 장에서 수탉이 목청을 뽑고 크게 한바탕 울어댄다. 그러고는 사방이 다시 괴괴해진다.

"여기 좀 앉아보이소."

닻줄이 꾸물거리는 것을 미안하게 여겼던지 김 서방은 뒷마루를 손으로 짚어보며 앉기를 권한다.

"괜찮소."

성미가 급한 학수는 그보다 수옥에게 더 마음이 쓰여 안절부절인 것을 참는다. 마침 닻줄이 방문을 열어붙인다. 그리고 등잔을 치켜들고 마당에 서 있는 사람들의 얼굴을 비쳐 보며,

"읍내에서 무슨 일로 오시습니꺼?"

어둡기도 하거니와 한 번 본 사람이라 닻줄이는 학수를 알아보지 못했다. 학수는 앞으로 나서며,

"저, 한실에 사시는……."

미처 말도 다 하기 전에,

"한실에 우리 고모가 사요."

하는 닻줄이는 얼굴에 근심을 띤다.

"그 고모 되는 할머니께서⋯⋯."

"그래 우리 고모가 어찌 됐단 말입니꺼? 무슨 일이 생겼소? 몸이 아픈 걸 보고 왔는데."

등잔을 더욱더 치켜들며 성급하게 묻는다.

"아닙니다. 할머니는 아무 일 없고, 우리가 편지를 가지고 왔지요."

"편지를? 하, 하여간 올라오이소. 무슨 일인고?"

학수는 돌아보며,

"수옥이, 들어가지."

학수와 수옥이 신발을 벗고 방으로 들어가려 하자,

"그라믄 나는 내 일 다 봤으니께 가겠습니더. 닻줄아, 나는 간다. 빌어묵을! 거름 안 냈다고 집에 가믄 막 지랄을 할 기다. 내가 읍내 색주가 집에 안 간 것만은 틀림이 없으니께, 가서 한잠 늘어지게 자야겠다."

고맙다고 치사하는 학수의 말을 들은 척도 않고 우쭐우쭐 걸어가던 김 서방은 막 학수가 방 안으로 들어가며 문을 닫는데,

"아 참, 이놈의 정신 좀 보래? 그리 신신당부를 했는데 잊어 버릴 뿐했고나. 닻줄아!"

문간에서 고함을 치며 부른다.

"또 머꼬?"

방에서 고함으로 대꾸한다.

"너거 고모가 니보고 꼭 한번 댕기가라 하더라!"

대문 밀어붙이는 소리, 외양간의 소가 여물 씹는 소리, 그리고 돌담 밖에서 김 서방의 발소리는 멀어진다.

환기가 잘 안 된 방 안에는 물씬한 냄새가 났다. 등잔불 밑에 마주 앉은 닻줄이는 비로소 학수와 수옥이를 기억해낼 수 있었던지 고개를 갸웃거린다.

"어디서 한번 만난 사람 같습니다. 어디서 내가 봤더라?"

"선창가에서."

"아 참, 맞소! 맞소! 우리 고모 집에 내가 고구매 싣고 갔을 적에 선창가에 서 있었지요?"

학수는 미소하며 고개를 끄덕인다.

"그라고 저 처니는 우리 고모하고 함께 안 있었습니꺼?"

다시 학수가 고개를 끄덕이자 닻줄이는 금세 십년지기를 만난 듯 소박하게 웃는다.

"참, 그렇구만, 바로."

퉁명스럽게, 고맙다는 인사 한마디 변변하게 못하더니, 한번 만난 인연은 지금은 대단한 것으로 치는지 모든 낯선 기분을 다 던져버린다.

"아무튼 이 편지 보고…… 우리는 댁의 도움을 좀 받아야 겠소."

학수는 호주머니 속에서 편지를 꺼내어 닻줄에게 준다. 노

파의 사위가 쓴 편지를 꼼꼼히 다 읽고 난 뒤,

"그라믄 댁이 여기 있을라고 왔습니꺼?"

고개를 들고 묻는다.

"거기 있을 사정이 못 돼서……."

"읍내에서는 요새도 사람 잡으러 댕깁니꺼? 요새는 소문 들
으니께 덜 그란다 하던데?"

"그런 일보다…… 차차 이야기하지요."

"머 우리네들 사는 거는 말이 아닙니다. 읍내 사람들이 보
믄 돼지만 못하다 할 기요. 그래도 좋으믄 우리 집에 빈방도
하나 있고 음식이사 설지만, 그런데 저 처니는?"

"같이 있어야 할 사람이오."

그 말을 해놓고 학수는 지그시 눈을 감는데 수염 자국이 푸
른 볼 언저리가 붉어진다. 수옥은 고개를 숙인다.

"그렇습니꺼……."

무슨 사정인지는 몰라도 복잡한 일이 있는 것만은 확실하
다고 닻줄이는 깨닫는 모양이다. 그리고 한동안 생각에 잠기
다가,

"좋습니더."

한마디 했으나, 말을 해놓고 보니 뭐가 좋다는 건지 닻줄이
자신이 어리벙벙해한다. 닻줄이의 눈에도 수옥은 선녀처럼 예
뻐 보였으니까.

"고모가 어련히 생각했겠습니꺼. 편지에도 당부하고, 걱정

마시고 우리 집에 그만 계시이소."

덧붙여놓고 이제 안심이 된 듯 닻줄이는 슬그머니 웃는다.

"아니요, 신세 질 생각은 없고 방 하나 얻어서……."

"아니, 빈방이 하나 있는데 와 그랍니꺼?"

"그만한 돈은 있고…… 다만 부탁하고 싶은 것은 어장에, 그 어장 말이오, 어장에 일자리 하나 구해야겠소."

학수는 일자리에만 힘을 주며 좀 서두는 기색이다.

"막일을 어찌할랍니꺼?"

"하면 못 할 일이 어디 있겠소? 나는 이래 봬도 기운이 세고, 남 하는 대로 하믄 될 거 아니오? 여기서 뜨내기는 안 좋아하는가요?"

"머 그거사, 어디 이곳 사람만 하건데요? 얼마든지 타곳 사람들이 와서 하는데……."

"그럼 하나 부탁합시다."

학수는 어려운 고비를 넘긴 듯 숨을 푹 내쉰다.

"그러지요."

하기는 했으나 닻줄이의 대답은 어쩐지 시원치 않다. 부승부승 부은 그의 눈은 마디가 혹같이 굵어진 자신의 손을 본다. 그다음에는 뼈마디가 굵직하기는 해도 평생 곡괭이 자루 한 번 들었을까 싶을 만큼 부드러운 학수의 손을 곁눈질해 본다.

'아이가아, 아이가아? 비단결 같은 저 손 가지고 험한 뱃일을 해? 읍내 사람이 어찌 배를 탈 기라고, 붓대나 놀리고 살 사람 아니가? 무슨 곡절이 있는지 내사 모르겠다마는 얼런없는 일이다. 어장이사 머 곧 내릴 기다만 한 달이나 해묵으믄 장땡이 아니가.'

닻줄이는 담배 한 대를 말아 피우고 나서 옷을 툭툭 털며 자리에서 일어선다.

"배 타고 온다고 잠 못 잤지요?"

학수는 눈을 비비며,

"꼬박 새웠구먼."

"그라믄 한잠 푹 자이소. 일이사 차차 의논하기로 하고 마음 턱 놓으시소. 우리 동네는 찾아오는 손님 괄시하는 법 없십니더."

"고맙소."

아주 맥이 풀어진 듯 머리를 긁적긁적 긁다가 학수는 방 한 구석에 가만히 앉아 있는 수옥을 본다.

"그라믄 나는 나갑니다."

닻줄이는 문고리를 잡고 방문을 열려다 만다.

"저어……."

주저하며. 학수는 힐끔 그를 올려다본다.

"한 가지 말할 게 있는데……."

수옥이 켠을 숨어 보며 몹시 면구스러워하는 표정이다.

"무슨 말인데요?"

눈치를 챘는지 학수의 얼굴에도 난처한 빛이 돈다.

"저, 저 촌사람들은 본시…… 우리 집의 오매만 해도 그렇습니더, 아직 개명을 못 해서, 저 말썽이 많을 깁니더."

"……."

"누가 묻거든 혼인한 내외간이라 하시이소."

"그러지요."

하는데 닻줄이는 상대의 비위에 거슬리지나 않았을까 걱정하는 듯,

"알겠습니꺼?"

내 마음 알겠느냐는 뜻인데 표현이 부족하다. 학수가 고개를 끄덕이자 비로소 안심이 되어 그는 방문을 꼭 닫아주고 바짓말을 추켜올리며 마당으로 나간다.

방 안에 두 사람만이 남게 되자, 이와 같은 평화를 간절하게 원했음에도 불구하고 젊은 그들의 자세는 굳어진다. 그리고 수옥을 바라보는 학수 눈에 말할 수 없는 슬픔이 모여든다.

'이제는 아무도 가져갈 수 없다! 수옥이는 내 거다! 왜 좀 더 일찍 우리는 만나지 못했을까! 얼마든지 떳떳하게 살 수 있었을 것을. 나는 뱃놈이 되고 수옥의 저 고운 얼굴은 갯바람에 검어질 것이다.'

오랫동안 말없이 바라보고 있던 학수는,

"수옥이"

포옹하는 것보다 절실한 감정이 목소리 속에 있다.

“네?”

수옥은 고개를 들지 않고 대답한다.

“걱정이 되지?”

“아니요…… 조금은.”

처음으로 얼굴을 들고 학수를 본다.

“수옥이는 이런 섬 구석에서 견딜 수 있을까? 부산의 명화한테 안 간 걸 후회하지나 않을까?”

학수는 새로운 불안에 사로잡히는 듯 양미간을 바싹 모은다. 수옥은 도로 고개를 숙이며,

“후회하지 않아요.”

“정말?”

“저, 처음에 거제巨濟에 있었어요. 그때 조개를 많이 팠어요. 피란민 아주머니하고 죽을 쑤어서 팔기도 하구요.”

학수는 더듬더듬하는 수옥의 말을 듣고 웃는다.

“그때보다는 낫겠지. 내가 옆에 있으니까.”

수옥은 얼굴을 숙인 채 미소 지으며 고개를 끄덕인다.

“피곤하잖아?”

“아뇨.”

“잠이 올 거야.”

“안 와요.”

“역시 걱정이 되는가 부지? 걱정은 나한테 다 떠맡기면 되는 거야.”

"잡으러 오면 어떡해요?"

"안 와!"

"무서운 사람이에요."

"오면 죽여버린다!"

평온함과 슬픔에 잠겼던 학수의 눈이 크게 벌어지며 광채를 띤다.

"다 지나가 버린 일, 그건 악몽이야. 머릿속에서 낱낱이 씻어버려야 해. 아무 생각 말고 누워. 그동안 나는 계획을 좀 세워봐야겠어."

"잠이 안 와요."

학수는 팔베개를 하고 눕는다. 누렇게 뜬 천장이 나지막하게 내려앉아 등잔 불빛이 둥글게 원을 그리며 흔들리고 있다.

"우선 방을 하나 얻는 게 선결 문제고…… 그다음에는 일자리 구하는 일이다!"

"저도 일할 수 있어요. 동리 사람 바느질도 해주고 조개도 파고……."

그러나 학수는 그런 것은 조금도 계산에 넣지 않는 듯 천장을 노려보고 있다가,

"그다음의 일은 생각하지 않는 게 좋겠어. 미래를 꾸밀 수 없어도 나는 지금이 좋으니까."

그는 화닥닥 몸을 일으켜 등잔불을 불어 끈다. 그리고 어둠 속을 더듬어 수옥이 곁에 다가앉는다.

"우, 우린 신방을 꾸며야 해. 방을 얻어서…… 하, 한 번만 안아보고!"

학수는 감정에 흐느끼며, 그러나 몹시 서툴고 조심스럽게 수옥을 안는다. 마치 처음 봄에 눈뜬 소년과 소녀처럼.

외양간에서 아슴푸레 들려오는 말, 닻줄이 소를 상대하며 지껄이는 말인 모양이다. 그도 젊었으니 조금은 처량한 기분이 되었을 것이고, 수옥의 아름다움이 그의 눈에도 달리 보였을 리는 없다.

학수는 수옥에게 팔베개를 해주며,

"한잠 자야 해."

했으나 수옥은 몹시 부끄러워하며 그의 팔을 밀어내고 돌아누워서 새우처럼 몸을 웅그린다. 그리고 이내 가벼운 숨소리를 내며 잠이 들어버렸다.

학수는 어둠을 노려보며,

'이 세상에 더 귀한 것이 어디 있어? 제왕도 죽고 영웅도 죽는다. 나는 이제 이 세상에서 제일 가지고 싶었던 것을 가진 거야. 아무것도 부럽지 않다!'

시인이라도 된 것처럼 학수는 잠든 수옥의 손을 꼭 잡아본다.

읍내, 육지보다 한 걸음 앞서서 봄은 섬에 찾아오는가 보다. 먼 강남, 그쪽 나라에서 바다를 건너온 철새들이 섬을 먼저 발견하고 내려앉으며 잠시 날개를 접어보는 것처럼. 비눗물같이 희뿌옇게 부서지는 태양, 해초의 싱그러운 내음을 신고 불어오는 바닷바람, 끝 간 곳 없이 아스라이 먼 수평선을 조개 파던 마을 처녀가 허리를 펴며 바라본다. 벌써 땀이 배는가. 손등으로 이마를 씻으며. 겨우내 신고 다니던 검정 물을 들인 무명 버선일랑 벗어 던져버린 맨발에 짜릿한 물결이 장난치듯 밀려가고 밀려온다.

제주도에서 떠들어온 해녀들은 보릿고개의 서러운 노래를 부르며 오늘도 뒤웅박을 안고 굽어진 해변 둑길을 지나간다. 물때를 만나 지금이 한창인 멸치 어장막 벼랑 밑의 펑퍼짐한 빈터에는 흰 수건 쓴 아낙들과 아이들이 모여들어 자기 몫의 일들을 하고 있다. 즐비하게 걸어놓은 큰 가마솥에서는 뜨거운 김이 피어오르고, 멸치 삶는 짙은 냄새가 사방에 퍼진다. 구릿빛에 험상궂게 생긴 사나이가 이리저리 쫓아다니며 바다 위에서 하던 버릇대로 목청껏 고함을 지르고, 봄볕에 그을린 아낙들은 흰 이빨을 드러내어 웃으며 고함치는 사나이에게 핀잔이다. 늬 귀가 멀었느냐고.

"지랄같이 일들을 한다! 보릿자루같이 그렇게 내던지믄 우짤 것고! 도구통에 대구 떡 치는 줄 아나! 그러기 내 머라 캤노? 아이새끼들은 쓰지 않는다 카이, 기엉기엉 기어들어 오더니만 남의 신세 조질라 카네."

사나이는 장화 신은 발을 구르며 잘못을 저지른 소년을 보고 눈을 부라린다.

"아따, 멸치 한 소쿠리 부둑티렸다고 신셀 조질까? 막 썩어
나는 판인데, 멸치가."

아낙 한 사람이 소년을 위해 역성을 든다.

"시끄럽소! 누구 책임이건데? 당신들은 하로 간죠만 해 가
면 그만이지만 이렇게 일들을 지랄같이 하믄 모가지 달아나는
놈은 나 아니오? 막 떡을 쳐놨다 카이. 아이새끼들은 안 쓸라
카이 기영기영……."

사나이는 가마솥 뒤켠으로 돌아가며,

"하늘이 상판 찡그리기 전에 어서어서! 장석 걸음 걷지 말
고, 아, 저기는 멋들 하고 있노! 땅바닥의 돈을 줏나? 간밤에
는 대풍大豊이라 만재기滿載旗를 꽂고 배가 들어왔는데 기왕이
믄 물건도 상품上品을 만들어야 할 것 아닌가. 전주의 입이 함
백이같이 벌어지게 말이다! 그래야 술도 있고 떡도 있고 품삯
도 오를 것 아니가."

연신 큰 소리를 지르며 서둘러댄다.

수옥은 남이 떠들거나 웃거나 아랑곳없이 자기 할 일만 한
다. 삶아 내온 멸치를 고루고루 펴 말린다. 일을 하다가 그는
이따금 어장막에서 멀리 떨어진 곳, 마을이 있는 곳을 바라보
곤 한다. 집집마다 울 안에 한 그루 두 그루 있는 동백나무,
지금 야무지게 봉오리를 물고 있는 동백의 붉은 빛깔이 아지
랑이 속에 흔들리고 있는 지붕이 낮은 초가의 마을, 평화와

봄이 얼려서 인심이 후한 마을로 가는 수옥의 눈길은 순하고 어질기만 하다. 학수가 돌아오지 않았나 걱정되는 빛을 띠면서도.

가래를 맨 닻줄이 소를 몰고 어장막 옆을 지나가다가 수옥을 보고,

"아지마씨, 일 나왔습니꺼?"

하고 말을 건다.

"네, 왜 배에 안 나가셨어요?"

수옥이 고개를 들고 웃으며 묻는다.

"웃담의 논 좀 갈아놓을라고 오늘은 그만두었습니더."

닻줄이는 길가에 가래를 내려놓고 그 위에 걸터앉는다. 그리고 조끼 주머니 속에서 담뱃가루와 종이를 꺼내어 침을 묻혀가며 담배를 만다. 한 대 피우고 수옥이하고 이야기를 나눌 작정인 모양이다.

"이것저것 여기 오셔서 욕 많이 보십니더."

다 말아버린 담배를 입에 물고 호주머니 속의 성냥을 찾으며 닻줄이 위로하듯 넌지시 말했다.

"아니요, 힘들지 않아요."

수옥이 고개를 흔들며 대꾸한다.

"와 힘이 안 들겠습니꺼. 몸에 일이 밴 사람이믄 몰라도, 그래가지고 힘이 안 들 리가 있습니꺼?"

성냥을 그어대느라고 말을 끊는다. 담배 한 모금을 맛나게

피우고 나서,

"형님이 되기 걱정합디더. 자기 없는 새 아지마씨가 자꾸 여기 나간다 하믄서. 하기사 우리 눈에도 바람이 불믄 휭 날리버릴 것 같은……."

한 팔을 공중으로 치켜들면서 날아가는 시늉을 해 보이며,

"그런 사람이 막일을 하니께 보기가 안됐습디더."

수옥은 아랫입술을 살그머니 깨물고 좀 민망스러운 듯 미소를 띠며 눈을 내리깐다. 일손은 멈추지 않고.

"자꾸 못 나가게 야단을 쳐요. 그렇지만 놀고 있음 뭘 해요……."

이제는 말문이 터졌는가. 낯설어하는 마음도 없이 수옥은 제법 오손도손 이야기하며 닻줄이에 대하여 무한한 신뢰감을 나타낸다.

"하기사 마음이 맞아서 하는 고생이니께, 태산준령인들 와 못 넘겠습니꺼. 나도 정말이지, 아지마씨 같은 사람 하나 얻어서 살았음 좋겠습니더."

농담조로 말하며 닻줄이는 싱긋이 웃는다. 까맣게 그을린 수옥의 얼굴이 금세 빨개진다. 그는 여전히 일손을 멈추지 않고,

"저, 여기 책임자가 그러는데, 저 그이, 그이는 이제 배 안 타도 된다고 해요."

다른 사람이면 몰라도 닻줄이에게만은 기쁜 소식을 전해야

한다고 생각하는지, 그러나 마음이 벅찬 듯 수옥은 숨을 가쁘게 쉰다.

"야? 뭐라 캤습니꺼?"

말귀가 어둡다는 시늉을 하며 닻줄이는 몸을 앞으로 내밀고 귀를 기울여 보인다.

"저, 여기 책임자가, 그이보고 그랬대요. 이제는 배 타지 말고 여기서 멸치 포장하는 것 검사나 하고, 또 저울질이나 하라고 그랬대요."

"야, 그렇습니꺼? 그거 참 잘된 일입니더."

자기 일처럼 몸을 우쭐거리며 기뻐한다.

"마침 잘됐습니더. 글안해도 내사 글공부하던 귀한 집 자식이 우찌 저 일을 해묵고 앞으로 살 긴가 싶어서 늘 걱정을 안 했습니꺼."

"참 잘됐지요?"

"하모요, 잘되고말고요."

논갈이하러 가는 것을 잊었는가 눌러앉아서 닻줄이는 맞장구를 친다.

떠날 줄 모르고 한가하게 가래에 걸터앉아서 임자가 이야기하고 있는 동안, 소는 밭둑에 돋은 연한 엉겅퀴 풀을 뜯어 먹고 있었다, 목 방울을 짤랑짤랑 울리면서.

수옥은 새로 내온 멸치를 빠른 손으로 멍석에 펴 말린다.

"어제는 연이하고 뒷산에 가서 갈비를 긁어다 놓고 오늘은 개발하러 가자고 약속을 했는데 그만 여기 나왔어요."

닻줄이는 담배꽁초를 비벼 끄며,

"연이가 그랍디더, 뒷산에 가서 갈비 해 왔다고. 밤이 되믄 아직 날씨가 추우니께 방에 불을 때야지요."

"아니에요. 여기 나올라고, 나문 아직 많이 있어요."

"그런데 안팎이 이리 같이 버니께 금방 부자가 안 되겠습니꺼? 그 돈 다 어디 쌀랍니꺼? 우리 가닥 하나 비워주까요?"

실눈이 되어 웃는다. 웃으니 울툭불툭 불거져 나온 닻줄이의 못생기고 거친 얼굴이 사슴같이 유순해진다.

"다 연이 오빠가 도와주신 덕 아니에요? 지금은 없어도 다음에."

사람 속으로 조금씩 파고들어 가는 듯 수옥은 그런 인사의 말도 할 줄 안다. 무서운 꿈과 같은 세월이 이제는 다 가고 말았는가. 붙일 곳 없이 헤매던 몸이 숨 쉴 자리를 발견하고서.

닻줄이는 당치도 않은 말 한다는 듯 코를 벌름댄다.

"우리가 뭐를 해주었다고 그랍니꺼? 새천띠기같이 남의 피알 하나 안 얻을라고 그 형님은 야단 아님꺼? 사실이지 나하고 나이사 한동갑이오. 생일이 며칠 앞섰을 뿐인데, 그 형님은 다 돼묵었습니더. 우리네들 무식꾼하고는 다르고말고요. 하는 말이 낱낱이 조리가 있고 경위가 서고 버릴 것이 없습디더. 그 형님 말을 듣고 있으믄 내 눈도 저절로 떠지는 것 같고 세상이 넓은 것도 알게 돼데요. 이 도중섬에서 머 듣고 본 게 있습니꺼? 사람이 어떻게 살아가는지 이치를 모르지요. 평생 지 밥그릇 작은 것만 알았지. 어디로 가나 사람이란 이녁 마음묵 기 탓인갑소. 읍내 구경도 못 한 옛적에 나는 거기 부잣집 사 람들은 찬물도 씻어 묵는 줄 안 알았습니꺼? 그런데 형님을 보니 여러 가지 생각이 많이 생깁니더. 저분 때 토영 갔을 적 에 고모도 그런 말 합디더만, 형님 집은 인심 좋은 집안이고 부모 안 닮은 자식이 없다고."

닻줄이는 일장의 연설을 한다. 수옥을 상대로 이야기하는 것이 무척이나 즐거운 모양이다.

"그리고 고모는 아지마씨 생각을 많이 하더만요."

풀을 뜯던 소는 집에 두고 온 송아지 생각이 나는지 마을 쪽으로 고개를 쳐들며 음매 하고 운다.

"이놈의 정신 좀 봐라. 태펑 치고 앉아서 시간 가는 줄도 모 르네. 신선놀음에 도낏자루 뿌러지는 줄 모른다 카더니 해 안 으로 논을 갈아치워야 할 긴데……."

갑자기 서둘며 닻줄이는 가래를 둘러멘다. 그리고 소의 엉 덩이를 한 번 치고 고삐를 잡는다.

"그라믄 일 보이소."

저만큼 가다가 닻줄이는 돌아본다. 잊어버린 일이 있는지 되돌아올 듯하다가,

"아지마씨!"

큰 소리로 부른다.

"네?"

수옥이 대답하자,

"저녁에 일찍 자지 마이소! 오늘 밤 우리 집에 제사가 있는데 제삿밥을 보내줄 것이니 묵고 자이소!"

소리를 지르기 때문에 그런지 웃어서 그런지 입이 붕어처럼 커다랗게 벌어진다. 그 꼴이 우스워 수옥은 손으로 입을 가린다.

그는 이내 등 너머로 사라졌다. 소 방울 소리도 사라졌다. 맑은 하늘에 구름은 어디로 떠내려가는지, 푸른 바다에는 흰 돛배, 푸른 하늘에는 흰 구름, 전쟁도 이념도 금지된 지역도 비극도 없는 평화스러운 고도孤島의 한낮에 미풍이 흔들린다.

해가 떨어지기 전에 수옥은 집으로 돌아간다. 닻줄이네 집 바로 이웃 울타리 하나 넘어서 혼자 사는 해녀의 집이 있고 그 집 작은방을 빌려 아쉬운 대로 살림을 차려놓은 그들의 보금자리를 향해 수옥은 마음이 설레는 듯 돌아간다.

아직 마을에는 저녁 짓는 연기가 나지 않는다. 언덕막 밭에서, 마을 앞의 갯가에서 아낙들이 서성거리고 있는 모습이 보인다. 이웃 섬 학교의 수업을 끝낸 공부꾼들을 실은 도선渡船이 마침 선창에 와서 닿는다. 허리에 책보를 묶은 단발머리 계집아이들과 망태처럼 책보를 어깨에 둘러멘 사내아이들이 거미알처럼 흩어져 마을을 향해 뛰어온다.

"읍내 아지매요!"

닻줄이 동생 석이가 마치 바람개비처럼 머리를 앞으로 내밀고 달려오다가 부른다.

"멸막에 갔다 오요!"

수건 쓴 모습을 보고 묻는다.

"음."

"오늘 우리 집 제삿날입니더. 우리 오매가 능금 하나 줄라 했습니더!"

석이는 그래서 바람개비처럼 머리를 앞으로 내밀며 달려왔는가 보다. 수옥은 웃는다.

'아까 그 형님의 꼴하고 꼭 같다.'

집은 비어 있었다. 바다에 나간 큰방 해녀는 아직 돌아오지 않은 모양이다. 수옥은 바가지에 쌀을 담아 나와 바로 사립 앞의 우물가로 나간다.

그는 쌀을 씻고 또 씻으며 학수가 돌아올 밭둑길을 눈여겨본다.

집으로 돌아와서 삶은 보리를 깔고 밥을 안친 뒤 학수가 돌아오면 불을 지필 양으로 그는 도로 마당에 나온다.

"어머!"

언제 돌아왔는지 학수가 마당에 뻗치고 서 있었다. 잔뜩 화가 난 얼굴이다. 그러나 눈까지 화를 내고 있지는 않았다.

"오늘 어디 갔지?"

"저……."

"저가 어디야?"

"저……."

"거짓말은 못 하겠지? 내가 때려준다 했는데 약속대로 맞을 테야?"

"너무 심심해서……."

"그 얼굴 꼴이 뭐야, 삶아놓은 문어 대가리처럼 해가지고. 이제 다시는 거기 나가지 말어."

"안 나갈게요."

학수는 빙긋이 웃는다. 사실은 그 자신이 얼굴이 삶아놓은 문어 대가리에 더 가까웠다.

그는 마루에 가서 걸터앉는다.

"큰방 아주머니는 아직 안 돌아오셨어?"

조용한데 귀 기울이며 학수가 묻는다.

"아직 안 돌아왔나 봐요."

수옥은 잊어버리고 내버려두었던 수건을 벗어 문어 대가리 같다고 흉을 본 얼굴이 걱정스러웠는지 닦는다.

"이리 와."

학수는 마루를 가리킨다.

"저녁 지어야 해요."

"나는 수옥이 밥데기 노릇 하는 것보다 내 옆에 와 있어주는 게 더 좋을 것 같은데?"

그렇게 허둥지둥하던 얼마 전의 학수를 상상할 수 없으리만큼 의젓하다. 빈주먹으로라도 살아갈 수 있다는 자신과 이제 수옥은 완전히 자기 것이라는 안심 때문에 학수는 이렇게 의젓하고 여유 있고 당당해지는 것일까.

수옥은,

"싫어요."

하며 부엌으로 들어가서 아궁이에 불을 지핀다. 학수는 혼자 싱글벙글 웃다가 채신머리없이 부엌에까지 따라 들어온다. 그러고는 갈비 불이 붙은 아궁이 앞에 나란히 앉아서,

"동도깨비 살림 같다."

수옥의 어깨를 안으며 학수가 넌다.

"이런 동도깨비 살림이라도 오래 했음 좋겠다."

순간 학수 눈에 불안하고 초조한 그늘이 지나간다. 그 마음이 전해지는지 수옥은 부지깽이로 불을 헤집다가 학수의 눈을 본다. 학수 눈에 비치는 불그림자, 빛이 타닥타닥 튀면서 아픔과 장래에 닥쳐올 어떤 형태를 두려워하는 붉은 광채.

"왜 보지?"

학수는 말하면서 수옥을 끌어당겨 안는다. 그의 눈빛이 강해질수록 그는 더욱 힘을 주어 수옥을 안는다.

"행복하나?"

수옥은 학수의 넓은 품, 비리치근한 생선 냄새가 풍기는 학수 품에 얼굴을 파묻은 채 고개를 끄덕여준다. 수옥의 몸에서는 구수한 삶은 멸치 냄새가 풍긴다.

"나도 기분이 좋아. 천지가 무너져도 좋겠어."

불이 아궁이 밖으로 번져 나온다. 갈비 속에 섞여 있던 도토리나무의 큼지막한 가랑잎에 불이 댕겨 불꽃이 커진다. 수옥은 놀라며 얼른 부지깽이를 들고 불을 밀어 넣는다.

"이대로 타 죽으면 어떨까 봐 그러노."

다시 수옥을 껴안으려 한다. 수옥은 한 팔로 그를 밀어내며,

"방에 들어가서 주무세요, 밥 지을 동안."

"집에는 아무도 없지 않어? 우리 둘만이 있어."

"그래도 싫어요. 남자는 부엌에 들어오는 것 아니에요."

"중국 사람들은 남자가 요리하던데?"

"그래도 싫어요. 한국 사람인데, 뭐."

"가만히 있자, 싫다는 말을 몇 번 했더라? 한 번, 두 번, 세 번, 그래 세 번이나 싫다는 말을 했지? 정말 싫어? 싫어?"

학수는 수옥의 두 어깨를 와락와락 흔들어댄다.

"아, 안 싫어요."

학수는 수옥의 어깨를 놓아주고 담배를 문다. 솔가지로 불을 댕겨 담뱃불을 붙이고 나서,

"중국 놈이고 서양 놈이고 다 소용없어. 하고 싶은 대로 하면 돼. 부엌에나 방에나 있고 싶은 곳에 있는 거지. 안 그래, 수옥이?"

"……."

"수옥이."

"네? 밥이 끓어요, 이제."

수옥은 솥뚜껑을 열었다가 닫는다.

"그건 내버려두고 내 말 들어봐. 만일 말이지? 내가 어디로 간다면 수옥이는 어떻게 살까?"

수옥의 낯빛이 확 변하며 학수의 얼굴을 뚜렷이 바라본다.

"어디로 가요?"

한쪽 볼의 근육이 파르르 떨린다. 서로 눈과 눈 속으로 마음과 마음 속으로 들어가듯 오랫동안 숨도 크게 못 쉬고 바라본다.

"만일에 내가 군대에 간다면…… 전쟁은 아직 끝나지 않았어."

"전쟁……."

수옥이 입을 달싹거린다.

"이, 섬에는 안 와요."

"물론 이 섬에 전쟁은 오지 않아. 하지만 전쟁이 끝나지 않은 이상 이 동도깨비 살림도…… 그렇게 되면 수옥이는……."

"전 살아요! 여기서 혼자 벌어서 돌아올 때까지."

하다가 그만 울어버린다.

"시끄러, 시끄러. 공연히 내가 쓸데없는 말을 했군. 아니야, 만일의 경우는 생각해둘 필요도 있고, 아, 아냐, 그런 일 없지. 이 섬에까지 누가 찾아올 거라고."

그러나 수옥은 울음을 그치지 않는다.

"끄쳐! 그런 일은 없어."

학수는 수옥을 달래느라고 애를 쓴다. 그런 불안이 가까워
진다면 차라리 이런 슬픈 시간은 갖지 말아야지 하고 그는 자
기 자신에게 타이르고 불안을 이겨내려고 애를 쓰는 듯 수옥
을 번쩍 안아서 마루에 내다 팽개친다. 그 바람에 수옥은 울
음을 그쳤다.

저녁을 먹고 밤도 깊었을 때 학수는 수옥을 데리고 바닷가
로 나간다.

'모래 위에 쌓은 집같이 내일 허물어지는 한이 있어도 오늘,
이 순간은 행복해져야 한다. 수옥은 지금 내 곁에 있고 그의
마음도 내 속에 있다. 설혹 이룩되지 못할 일이라도 오늘 지
금 하는 말은 다 진실이고 거짓은 없다.'

사방이 어두워서, 달은 있었지만 밤이었기 때문에 수옥은
얼마간의 스스럼도 없이 학수 팔에 기대어 자신의 몸무게를
가누며 모래밭을 걸어간다.

마을 쪽에서는 어젯밤 만재기를 달고 어장 배가 들어왔기
때문인지 전주錢主가 한턱 인심을 쓴 술통에 얼근히 취한 뱃사
람들이 노래를 부르며 헤매어 다니고 있었다. 달밤에 마을 처
녀들을 찾아 헤매어 다니는지 봄은 그들에게서 무르익고 그래
서 슬픈 이야기 기쁜 이야기는 어장막이 걷어진 빈터에 남기
마련이다.

"돈을 벌어서 언덕막에 우리들만의 집을 지어야 해. 처음엔 방 하나 부엌 하나면 되고 다음에는 가닥을 짓고 다음에는 송아지 한 마리를 사서 기른단 말이야. 그 송아지가 커서 어른이 되고 새끼를 치고 그러면 우리 둘이도 아버지가 되고 엄마가 되지. 참, 동백나무도 심어야지. 남들과 같이 나무는 두 그루 심어야 해. 하나는 내 것 하나는 수옥이 것, 그리고 애기가 날 때마다 한 그루씩 심거든? 그러면 오 년 후, 십 년 후 우리 뜰에는 도대체 몇 그루의 동백이 들어서게 될까?"

학수의 슬픈 목소리가 바람을 따라 들려온다. 아득히 먼 곳에 뭍을 두고, 여기서는 보이지 않는, 오로지 눈앞에는 망망한 바다뿐이다.

새벽녘.

"아, 아이구, 배야!"

앓는 학수 소리에 수옥이 소스라쳐 깬다.

"왜 그러세요?"

수옥은 어둠 속에 학수의 몸을 더듬으며 묻는다.

"어젯밤에 먹은 제삿밥에 체한 모양이야, 배가 몹시 아퍼."

"의, 의사도 약도 없는데 어, 어떻게 해요?"

수옥은 안절부절못하며 성냥을 찾아 등잔에 불을 켠다.

"좀 참으면 낫겠지, 체한 정도라면. 아, 아이구."

"몹시 아, 아파요?"

찡그리는 학수를 내려다보며 어쩔 줄을 모른다.

"좀 아프군."

"주, 주물러드리겠어요."

수옥은 학수의 옷을 헤치고 배를 주무르기 시작한다. 빳빳하게 뻗친 배가 마치 송판때기처럼 손이 들어가지 않는다.

"마, 많이 체했나 봐요. 아, 안 되겠어요. 더운물로 찜질⋯⋯."

수옥은 허둥지둥 부엌으로 달려가 솥에 물을 붓고 불을 지핀다. 너무 서둘러서 솔가리를 아궁이 가득히 처넣었기 때문에 부엌에는 연기가 차고 불은 붙지 않는다. 수옥이 눈물을 흘리며 입김으로 불을 사르고 그 법석을 떨면서 겨우 물을 데워 방으로 들어갔을 때 그동안 학수는 더 심한 복통을 일으키고 있는 모양이다.

"괜찮을 거야."

하면서도 학수는 고통스럽게 몸을 비튼다. 뜨거운 물수건 찜질도 별로 소용이 없고, 학수 얼굴에서는 기름땀이 흐른다.

"의, 의사도 약도 없고. 이, 이 일을 어쩌나."

복통을 일으키고 있는 학수의 얼굴보다 수옥의 얼굴이 더 창백하다.

"여, 연이 오빠 불러와야겠어요."

수옥은 밖으로 뛰어나와 돌담 옆을 줄달음질 친다. 닻줄이 방 앞에 이른 수옥은 숨을 몰아쉬며,

"연이 오빠! 연이 오빠!"

한잠이 들어서 대답이 없다.

"연이 오빠!"

수옥은 염치 불고하고 방문을 잡아 흔든다.

"누가 이라노? 내일 아침에 오너라. 나물하고 술은 남아 있으니께."

잠꼬대 같은 말을 하고 돌아눕는 모양이다.

"아니에요! 저예요!"

"아? 아지마씹니꺼?"

겨우 알아차렸는지 벌떡 일어난다.

"무슨 일입니꺼?"

"큰일 났어요. 그, 그이가 배가 갑자기."

"형님이요?"

닻줄이는 후딱후딱 옷을 챙겨 입더니, 방문을 확 열고 나온다.

"배가 아프다 캅니꺼?"

"벼, 별안간 체했나 봐요."

"그라믄 약을 가지고 가야지요. 영신환이 있습더."

그는 도로 방으로 들어가서 어둠 속을 더듬어 약을 찾아 나온다.

돌담을 급히 돌아오며 닻줄이는,

"되기 아프다 캅니꺼?"

"못 견디는 것 같아요."

"가만히 있으이소. 그라믄 우선 이 약 가지가서 먹이이소. 나는 김 서방 불러오지요. 병을 좀 볼 줄 아니께."

방으로 쫓아 들어온 수옥은 학수에게 영신환을 먹인다.

"좀 있으면 괜찮을 텐데……."

약은 먹었지만 아픔은 진정되는 것 같지 않고 계속하여 학수가 괴로워하고 있는 판에 바깥 골목에서 우실부실 씨부렁거리는 소리가 들린다. 곧이어 닻줄이 김 서방을 데리고 방으로 들어왔다. 이런 소동이 벌어지고 있는데도 하루 종일 바닷속을 헤매고 돌아온 옆방의 해녀는 잠을 깨지 않았다.

"형님!"

닻줄이 꾸부정하니 허리를 꾸부리며 불러본다. 학수는 억지웃음을 띠고 손을 올리려 하다가,

"밤중에 이거 미안하구먼."

"머가 미안합니꺼? 별소리를 다 합니더. 그놈의 제삿밥이 동티구만. 김 서방, 어서 좀 봐라."

"어디 봅시더."

김 서방은 신중한 얼굴을 하고 학수의 배를 만진다.

"꽉 맥혔네. 되기 체했소. 저 영신환 가지고 안 될 기고, 아주마씨."

"네, 네."

오들오들 떨면서 수옥이 대꾸한다.

"더운물 있습니꺼?

"네, 있어요."

"그라믄 바가지에 더운물 한껏 떠가지고 소금 한 주먹 타가지고 오소."

수옥은 이내 그리하여 가지고 왔다.

"마시기가 안됐지만 마실 수 있는 데까지 마셔보이소. 아무튼 먹은 거 다 돌려내야 합니더."

닻줄이 학수를 떠받쳐 일으키고 수옥이 소금물을 먹인다.

김 서방의 처방이 옳았던지 학수는 얼마 후 마당으로 나가서 먹은 것을 모조리 토해내고 말았다.

"이제 괜찮을 깁니더. 토했으니께. 체한 데는 돌려내 버리는 게 제일이지요."

김 서방은 우쭐해져서 말했다. 마음을 놓은 닻줄이는,

"헹, 그까짓 것 소금물이면 될 거로, 공연히 김 서방 박 서방 했고나."

하고 농담을 했다. 그러나 수옥은 아직도 마음을 놓을 수 없었던지 입을 가실 물을 학수에게 건네주며 등을 두드려준다.

몹시 고통을 받았기 때문에 방으로 들어온 학수는 지친 듯 이내 잠이 들고 닻줄이와 김 서방은 아주 마음을 놓고 집으로 돌아갔다.

수옥은 잠든 학수를 내려다보고 쭈그리고 앉는다.

'무서워. 섬에서는 못 살겠어.'

그는 하룻밤 사이에 섬에 대한 공포에 사로잡히고 만 듯했다.

의사도 약도 없는 섬. 사람들의 인정만 가지고는 안 되는 섬.

새벽닭이 울고 장지문이 희뿌옇게 밝아왔을 때 속이 쓰릴 텐데 아픈 사람에게 주라 하며 닻줄이의 누이동생 연이가 맑은장국을 끓여 왔다.

"읍내 아지매, 놀랬지요."

열다섯 된 연이는 제법 어른 같은 얼굴을 하며 수옥을 위로하듯 말했다. 수옥은 해쓱한 얼굴이 일그러지며,

"여기서 병이 나면 어떡허지?"

하고 매우 심각한 투로 묻는다.

"병은 잘 안 납니더. 어쩌다가 독사에 물리믄, 그래서 작년에 사람 하나 안 죽었습니꺼."

"섬이 제일 좋은 곳인 줄 알았는데."

"머 운수가 나쁘믄 길 가다가도 벼락 맞는다 안 캅니꺼? 읍내나 섬이나 다 마찬가지 아닙니꺼?"

연이는 섬이 싫어서 수옥이 읍내로 달아나지나 않을까 근심이 되는지 어른들이 하는 말을 하며 수옥의 눈치를 살핀다.

'내 머리도 이쁘게 잘라주고 치마도 만들어주고, 참 이쁜 읍내 아지매, 가믄 내가 섭섭해 안 될 기다.'

그의 눈은 그런 말을 하고 있는 것처럼 보였다.

"그, 그래 너 말이 맞어. 운수가 나쁘면…… 이만 되기 다행이야."

연이는 수옥의 말에 비로소 안심하듯 맑은장국을 비워놓고

내주는 작은 냄비를 들고 돌아간다.

학수는 점심때쯤 자리에서 일어났다. 하룻밤 욕을 보더니 그의 눈은 형편없이 뒤통수로 기어들어 가고 말았다.

그는 비시시 웃으며 기뻐서 눈물을 글썽이는 수옥을 쳐다본다.

"혼났지?"

그 말에 수옥은 한쪽 눈썹을 치올리며 얼굴을 찡그리는 한편 웃는다.

"몸이 별안간 아프면 섬이란 불편하겠는걸. 수옥이 아팠다면 어떡할 뻔했을까?"

"제가 아픈 편이 훨씬 나아요. 걱정은 안 할 거 아니에요?"

"그럼 내가 걱정하는 건 괜찮고?"

"……"

"얼굴이 해쓱하군. 어느 편이 앓았는지 모르겠다. 에이, 그놈의 제삿밥 이제 절대로 안 먹어야지. 고생은 고생대로 하고 하로 노니까 돈 못 벌고……."

"참, 뭐 돈 벌어서 어디 짊어지고 갈려구……."

수옥은 하루 노니까 돈 못 번다는 말이 마땅치가 않아 외면을 하며 중얼거린다.

아침 늦게 큰방의 주인 해녀는 밤중에 그런 일이 있었다는 얘기를 듣고 눈이 휘둥그레져서 이래가지고 누가 묶여 가면 알겠느냐 하더니 바다에 나가버리고 지금은 집 안이 조용하기만 하다.

학수는 일어나기는 했어도 기운이 없었던지 벽에 기대어 앉는다. 하루 앓았기 때문에 정신을 못 차리는 것보다 그동안 몸에 익지 않은 노동과 도무지 영양을 취할 수 없는 데서 몸이 쇠약해진 것 같다.

그는 벽에 비스듬히 기대어서 손바닥을 들여다본다. 마디가 굵어지고 손바닥에는 못이 박혔다. 그의 눈이 열어젖혀 놓은 방문, 그 밖의 파랗게 비치는 하늘과 산으로 간다.

'어머니, 어머니가 이 꼴을 보시면 기절을 하시겠지. 불효자식이구나.'

학수는 쓸쓸하게 혼자 웃는다.

어머니 생각을 하고 있다는 것을 알 턱이 없는 수옥은,

"몹시 여위었어요. 며칠 푹 쉬세요. 저, 명화 언니한테 편지…… 하겠어요."

"편지할 필요 없어. 이대로가 좋은 거야. 남들이 사는데 우리가 못 살 턱이 없고, 딴 잡념은 일절 가지지 말기로 하자."

그 말은 수옥이에게보다 자기 자신에게 하는 듯 들렸다.

"장국밥 끓여 오겠어요."

수옥이 일어선다.

"아까 연이가 가져온 것 마셨는데."

"그건 국물뿐이었어요."

"아냐, 오늘 하루는 굶는 게 좋겠어."

"안 돼요. 기운 차리셔야지요."

수옥이 마당으로 내려갔을 때다. 연이가,

"이 집입니더."

하고 어떤 중년 여자를 데리고 들어왔다.

수옥은 중늙은 부인을 본 그 당장에 마치 발밑에 뿌리가 내린 것처럼 굳어진 채 움직이지 못한다.

그러지 않아도 학수 때문에 마음이 제자리에 있지 못하고 밤을 밝혀 파리하게 시들었던 얼굴, 그 얼굴에서 나머지 핏기마저 걷어지고 가냘픈 입술이 하얗게 바래어져간다.

'바로 너가 내 착한 아들을, 둘도 없는 내 아들을.'

못 견디게 미워하는 그런 것은 아니었지만 중늙은 부인의 눈에는 원망과 슬픔이 가득 차 있었다.

죄의식과 수치심에 대한 마지막 저항인 듯 양 볼에 심한 경련을 일으키다가 수옥은 빛도 그늘도 잃은 눈을 땅바닥으로 내리깐다.

잘살았던 한 시절이 물려준, 아마도 단 한 벌의 나들이옷이었을까. 중늙은 부인은 고동색 모본단 저고리에 회색 세루 치마를 입고 있었다. 머리로 해서 턱을 감싼 흰 명주 수건은 좀이 먹었는지 잔구멍이 뚫려 있었고, 파도가 찬 바람을 몰고 온 탓인지 혹은 똑딱선을 타고 오면서 자신의 딱한 처지를 한탄하여 울었는지 중늙은이의 코언저리는 불그레했다.

수옥으로부터 눈길을 거두고 돌아선 그는 무슨 영문인지

몰라 엉거주춤 서 있는 연이에게,

"아가, 고맙다."

하면서 손에 꼭 쥐고 있던 손수건을 끌러 그 속에서 십 원짜리 몇 닢을 꺼낸다.

"이거 몇 푼 안 된다마는 받아라. 가져가서 사탕이나 사 먹어라, 아가."

하고 연이에게 내민다.

"아닙니더. 아, 안 됩니더. 우리 오빠가 알믄 야단맞습니더."

도리질을 하며 등 뒤로 두 손을 감추는데 중늙은 부인은 부득부득 연이에게 다가서며 손에 억지로 돈을 쥐여주려 한다. 받고 싶은 욕심과 받아서는 안 된다는 마음이 엇갈려 고민스러웠던지 연이는 얼굴을 붉히며 뒤로 물러나다가 그만 몸을 휙 돌려 삽짝 밖으로 달아나 버린다.

"무슨 놈의 아이가 그리 염치도 밝을꼬?"

슬픈 눈에 엷은 미소를 띠며 돌아섰을 때 눈이 퀭해진 학수가 언제 방에서 나왔는지, 마루에 우두커니 서 있었다.

"어머니."

학수의 목소리가 떨려 나온다.

"이놈의 자식아!"

학수 어머니의 목소리도 떨고 있었다.

"이 몹쓸 놈아! 여기가 어디라고, 내, 내가 찾아오다니."

쏟아지는 눈물을 손수건으로 닦고, 콧물을 닦는다.

"배, 뱃길이 거세지나 않았습니까."

얼굴을 붉히며 학수가 물었으나 학수 어머니는 소리를 죽이며 흐느낄 뿐 대답을 못 한다.

수옥은 언제 달아났는지, 아마 연이 뒤를 쫓아서 나간 모양으로 마당에 그의 모습은 보이지 않고, 아무렇게나 지석지석 쌓아 올려놓은 갈비 나뭇단 위에 붉은 저녁놀이 스며들고 있었다.

"방에, 저 방에 들어오세요. 저녁 바람이 찹니다."

눈물을 씻으며 신발을 벗고 방으로 들어간 학수 어머니는 빈방에 얇은 요 하나, 다 낡아빠진 군대용 담요 하나가 오도카니 놓인 것을 멍해진 눈으로 바라본다.

학수도 울먹여지는지 따뜻한 아랫목을 가리키며 앉으라는 시늉을 한다. 모자가 서로 바라보며 마주 앉는다. 오랫동안 말도 없이,

"니 성상이 와 그렇노?"

한참 만에 코가 먹어서 찡찡해진 목소리로 학수 어머니가 묻는다. 자기 꼴을 보는 어머니의 눈이 괴로운 듯 학수는 손바닥으로 얼굴을 쓱쓱 문지른다.

"어디 몸이 아팠더나?"

수척한 아들의 얼굴을 가만히 쳐다본다.

"간밤에 이웃집에서 보내준 제삿밥을 먹고 좀 체했는가 봐요."

학수는 여전히 손바닥으로 얼굴을 문지르며 대답한다. 뼈마디가 굵어지고 거칠어진 손, 어머니는 그 손을 눈여겨본다.

"무슨 일을 했기에 손이 그 모양고?"

학수는 몹시 당황하여 얼른 손을 내려 무릎 밑으로 밀어 넣는다.

"뱃일을 좀, 그만 뱃놈이."

하다가 무안 타는 아이같이 피식 웃어버린다.

"뱃일을 하다니, 기도 안 차는구나. 니가 뱃일을?"

학수는 고개를 숙인다.

"내가 너희들을 길릴 때……."

눈물을 참고 코를 닦으며,

"어찌 많지도 않은 자식들이 다 이 모양인지 모르겠다. 이 날 평생 너 아버지나 내나 남 못할 짓 한 일 없건마는 정말 인력으로 안 되는 건 자식이구나."

"……."

"처음에사 누가 이런 줄 알았나. 까매기같이 모르고 있었지. 니가 안 들어오길래 어찌 된 일인고 가슴만 태웠지, 군인에 붙들려 나가지나 않았나 하고. 그, 그런데 서영래가 와서 난리굿을 치길래, 아이구우, 기가 막혀서……."

"……."

"밤낮없이 그 인사가 찾아와서 학수 간 곳을 대라고 오복같이 조우고, 내사 마, 정신이 하나도 없다. 학자 년은 이제 버린 자식이거니 하고 꿈에도 생각 안 할라 하는데, 정말 이눔아, 니가 그럴 줄은 몰랐다. 살림은 가고 없어도 뿌리 있는 집안에 이 무슨 망신이고. 서영래가 데리고 살던 여자를, 토영 바닥이 시끄럽게, 니 아버지가 아시믄 어찌하겠노. 병이 더하실까 봐 혼자 속을 태우니, 지금이사 부산 학자 있는 데 갔다고 속였지만 그것도 하로 이틀이지."

"서영래 그놈 새끼가 와서 뭐라 합디까?"

"말도 말아라. 그 인사가 늘그막에 환장을 했더라. 세상에 오십 평생 처음 겪는 난리라 카이. 내사 너 아버지 술주정하시는 것을 한 번 보았나? 약주를 좋아하시지만. 그 인사가 술을 잔뜩 묵고 와서 고래고래 소리를 지르고 학수 간 곳을 안 대믄 집에 불을 싸지르겠다고, 그것뿐인 줄 아나? 서영래 안사람까지 쫓아와서 내외간에 싸움이 벌어지고, 아이구, 끔찍스럽기도 하지. 우리사 평생 자식을 놓고 살아도 너 아버지 보기가 두렵고 하늘같이 생각하고 살았는데, 세상에 남편 얼굴에 침을 안 뱉나? 멱살을 안 잡나? 세상에도 망측스런 것들이 다 있더구나."

학수 어머니 얼굴에 염오의 빛이 떠오른다. 학수는 무릎을 세우고 앉으며 어두워진 방에서 성냥불을 켜 등잔에 붙인다.

성냥불을 끄고 나무 재떨이에 버리며,

"아버지는 좀……."

병이 어떠하냐고 묻는 말인 모양이다.

"니 아버지는 니가 서영래에게 앙심을 묵고 두딜겨 패준 줄만 알고 계시지. 그래 그만 내버려두지 않고 머할라고 그랬느냐 하시더라. 길이 아니믄 가지 말고 사람이 아니믄 갚지도 말라는 말이 있는데 하시믄서……."

학수 어머니는 아들의 기색을 살피며 수옥의 이야기를 구체적으로 꺼내려 하지는 않는다.

"그러니 내 간장만 타지. 집안일을 어느 누구보고 말을 하겠노. 일전에 돌이네가 부산 갔다 와서 하는 말이 학자 년을 봤다 하더구나. 다른 사람 말이믄 믿지도 않겠는데 그 사람이 어디 말 만들어 할 사람이가?"

"어떻게 있다 하던가요? 명화 편지에는 약국에 취직했다 하던데……."

"약국은 무슨 약국? 벌써 나왔단다. 좋은 양복에다가 화장을 하고 돌이네 보고 그년이, 본 대로 가서 이야기하라고 하더란다. 그러니 그년 신세가 어찌 되었겠노. 내 속에서 어찌 그런 돌삼시랑*이 나왔는지 모르겠다. 버린 자식이다 생각하고 꿈에도 안 볼라고 했는데 그년이, 그 무상한 년이."

학수 어머니는 입술을 떨면서 다시 손수건을 꺼내어 눈물을 닦는다. 한참 동안 울고 나더니,

"그래, 니는 어찌할 참이고?"

"……."

"나하고 그만 가자. 이 도중섬에서 뱃일을 하다니 그게 웬

말고?”

“……."

“사람이 마음 한번 잘못 묵으믄 평생을 망치고 만다. 마가
들었지. 세상 사람들이 다 효성 있는 자식이라 칭찬하던 니가
이 꼴이 되다니, 아무 말 말고 나하고 가자.”

“어머니.”

“말해봐라.”

“어머니 아버지가 다 어진 분들인데 왜 제가 나빠지겠습니
까.”

“그래, 나는 니를 믿고 있다.”

“나쁜 놈이 아닌데 나쁜 여자를 택했겠습니까?”

“……."

“남들이 뭐라 하든 수옥이는 좋은 여자입니다. 피란 와서,
고향에서는 부모 형제 밑에 고생 없이 살다가 못된 놈을 만
나서.”

“그러니까 한 번 베린 여자 아니가.”

“칼 들고 들어와서 겁탈을 하믄, 그, 그럼 죄 없는 그 여자는
베린 것이 안 되겠습니까?”

“그 처지하고는 안 다르나.”

“다른 것 하나도 없습니다. 서울댁인가 하는 그 여편네가
일본 물건을 얻으려고 서영래하고 짰지요.”

“……."

596

"순진하고 착하고, 나는 그런 여자를 다시 만날 수는 없을 것입니다."

학수 어머니의 얼굴이 일그러진다.

"너 말대로 그렇다 치자. 그러나 어찌 내 집에 들여놓을 수 있겠노. 아버지가 용서하실 것 같나?"

"……."

"아무리 개명한 세상이라도 그런 법은 없나라. 내가 그 할망구보고 얼마나 원망을 했는지 모른다. 아무 말 말고 나하고 집에 가자. 아무리 집구석이 망했다고 대학까지 다니던 니가 뱃일을 하다니? 우리 조상들이 곡을 할 일이지. 아버지가 아시기 전에 나하고 가자. 혼인할 처지만 된다면 너거가 무슨 굿을 쳐도 내가 말하겠나?"

연이가 부엌에 와서 서성거리더니 저녁 밥상을 들고 왔다. 학수는 입을 꾹 다물고,

"읍내 아지매는?"

하며 묻는다.

"나를 가서 저녁 차려드리라 하데요."

"코 삐어지지 않았으니 가서 오라고 해!"

"야."

거친 학수의 얼굴에 놀라며 연이는 종종걸음으로 나간다.

"어머니가 절 안 받으셔도 좋습니다. 나는 그 사람을 두고 다른 여자를 생각할 수 없습니다."

그 말은 더 이상 말하지 말라는 선언이다. 어머니는 눈에 눈물이 그렁그렁해진 채 말문을 닫아버린다. 도저히 소용이 없다는 것을 깨달은 듯.

"언제든지 받아주신다면 집으로 들어가겠습니다. 그렇지 않다면 나는 뱃놈 아니라 거름 구루마를 끌어도 수옥일 버리지 않고 살겠습니다."

손님이 왔다고 닻줄이 집에서 반찬을 가져온 모양이다. 밥상 위에 나물과 건어를 쪄서 양념한 반찬 그릇이 놓여 있었다.

어머니와 아들은 밥상을 사이에 두고 등잔불이 가물거리는 방에 앉아서 마치 가난한 집의 제상 앞에서처럼 묵묵히 말이 없다.

"저요, 읍내 아지매는 안 올라 캅니더. 자꾸 안 옵니꺼."

연이가 밖에 와서 말을 한다. 방 안에서 아무 대답이 없자 그도 심상치 않은 것을 느꼈던지 가버린다.

수옥은 끝내 나타나지 않았다.

학수 어머니와 학수는 밤이 저물어서 여러 해 만에 한방에다 잠자리를 마련했다.

학수가 그의 어머니에게 엷은 요와 담요를 내주고 아랫목에 몸을 꾸부리고 누웠을 때 어머니는 살그머니 일어나서 아들 어깨 위에 담요를 덮어준다. 밤새도록 어머니는 몸을 뒤치며 잠을 이루지 못하는 것 같았다. 숨을 죽이고 자는 시늉을 했으나 잠 못 이루기는 학수도 마찬가지였다.

아침 일찍 나가는 배가 있어 허둥지둥 서둘러 어머니와 아들이 선창가로 나왔을 때 멀리 수옥이 집으로 쫓아가는 모습을 볼 수 있었다.

공부꾼들이 책보를 둘러메고 옹기종기 모여 앉은 배로 올라간 학수 어머니는 소매 속에서 손수건을 꺼내어 눈물을 닦는다.

'자식이란 품 안에 있을 때 말이지, 품 밖에 나가믄 내 자식 아니로구나. 다 저거 할 대로 하고, 학수만은 안 그럴 줄 알았는데……'

학수는 호주머니 속에 손을 찌르고 발부리만 내려다보고 서 있었다. 사공은 저만큼 뛰어오는 아이를 보고 어서 오라고 소리를 지른다.

좋은 날씨, 거울 같은 바다, 사람들이 웅성거리는 멸막 가까이 갈매기가 떼를 지어 날고 있다. 사공이 긴 장대로 선창 바위를 떼민다. 배가 선창에서 떨어져 나간다.

"어머니!"

학수 어머니는 얼른 손수건을 밀어 넣고 울던 얼굴에 쓸쓸한 미소를 띠며,

"저, 요 밑에 돈 넣어놨다! 험한 음식 먹지 마라! 그리고 인편 있으믄 니 옷도 부쳐줄 것이니."

학수는 목이 메는지 턱을 떨다가,

"어머니!"

배는 저만큼 밀려 나가고 있었다. 아이들 떠드는 소리에 어머니의 목소리는 들리지 않고 그의 몸짓만 볼 수 있었다.

13. 마지막 주사위

"여보시오, 거 박 선생 계시오?"

굵게 울리는 목소리가 농담의 투를 풍기고 있다.

"아, 윤 박사시군요."

박 의사는 꼬아진 전화 줄이 마음에 걸리는지 만지며, 그러나 얼굴에는 미소를 띤다.

"바로 직통이었구먼. 바쁘시오, 지금?"

"별로 바쁠 것 없습니다만."

대답하면서 회중시계를 꺼내어 본다.

"그럼 틈 좀 낼 수 있겠소?"

"어느 분의 명령이라고 틈을 못 내겠습니까."

하며 기탄없는 농으로 응낙을 하는데 그의 얼굴은 다소 긴장이 된다. 그리고 엷은 근심이 지나간다.

"그건 천만의 말씀이오. 아마도 주도권은 그쪽에 있는 성싶은데 그러시우?"

"황송할 따름입니다."

그 말에는 실로 여러 가지 뜻이 포함되어 있는 듯 피차간에 잠시 침묵을 지킨다.

"만납시다."

한참 만에 윤 박사의 좀 퉁명스러운 목소리가 울려왔다.

"그러지요."

"저녁이나 하면서 세태 이야기나 합시다. 늙은 사람이 드나들기 좀 뭣하지만 우선 다방에서 기다리기로 하고, 어디로 할까? D극장 바로 옆에 붙은 다방 이름이 뭐던가? 모르겠는데, 바로 고 옆에 붙은 다방…… 아시겠소?"

"네, 압니다."

"그럼 나 지금부터 거기로 가겠소."

"저도 나가겠습니다."

박 의사는 수화기를 놓고 숨을 내쉰다. 복잡한 표정이 그의 얼굴에 가득히 실리며, 저편에서 환자에게 혈관주사를 놓아주고 있는 김 의사의 널따란 어깨를 바라본다.

"나 좀 나갔다 와야겠소. 아무래도 늦을 게요."

했으나 박 의사는 일어서지 않고 생각에 잠기면서 안경을 벗어 닦는다. 안경을 도로 쓴 뒤에도 간호사가 어디서 꺾어 왔는지 노란 봉오리를 물고 있는 개나리, 꽃병에 꽂힌 개나리를 멍하니 바라본다.

"그럼 나 다녀오겠소."

김 의사와 간호사가 대답 대신 고개를 들어 본다. 가운을 벗어 걸어놓고 복도로 나가는 박 의사의 얼굴은 일종의 가면같이 딱딱하게 굳어 있었다. 안으로 들어간 그는 경주를 데려다 놓고 옷을 준비하라는 시늉을 한다. 박 의사의 복잡한 심중이 남보다 한층 예민하게 발달된 벙어리 경주의 느낌에 와서 닿은 듯 그는 서둘러 옷을 준비한다. 그런데도 불구하고,

"뭘 꾸무적거리고 있어! 시간 없는데, 빨리!"

하고 박 의사는 번드레한 이마빼기에 푸른 힘줄을 돋우며 신경질을 부린다. 그래도 잘 훈련된 기계같이 경주는 양말에서 넥타이, 손수건, 커프스버튼까지 나란히 내놓고 벗은 양복을 재빨리 양복장 속에 간수한다.

"흥! 하나는 시집을 못 가고 하나는 장가를 안 가려 하고, 왜 집구석이 이 모양이야?"

여간해서 그런 말을 입 밖에 내지 않는 박 의사였는데, 일이 빨리 결정되지 않아 초조하기로는 윤 박사보다 더하니 저절로 신경질이 나는 모양이다. 그는 화가 치밀어 견딜 수 없었던지 목이라도 달아매 죽을 듯 거칠게 타이를 졸라맨다. 경주는 조금도 어긋남이 없이 박 의사의 시중을 하나하나 들고, 거의 외출 준비가 다 끝났을 때 도망치듯 밖으로 나가버린다.

집 안은 괴괴하게 가라앉는다. 박 의사는 담배를 붙여 물고

마음을 가라앉히려는 듯 창가에 선다. 창문 밖에는 옆집의 붉은 지붕, 그 지붕 위로 나무 한 그루 없는 거친 돌산이 보인다. 그리고 그 산 위의 가느다란 하늘도 조금 보인다.

'요지경 속이야. 사람의 감정 같은 요지경이 어디 있어? 참 기막히는 배합이지.'

그에게서 지금까지 발견할 수 없었던 쓸쓸하고, 아니 그보다도 슬픔에 가까운 표정이 지나간다. 그것은 아버지로서 자식에게 실망한 슬픔 같지도 않았다. 늙어간다는 데서 오는 그런 슬픔 같지도 않았다. 젊은 날의 그 찬란한 야망이 오늘날 하찮은 결과로써 눈앞에 있다는 그런 감회 같은 것도 아닌 성싶었다. 어쩌면 그런 것은 모조리 하나의 위장이요, 보다 본질적인 슬픔이 그의 얼굴에 점점 더 퍼져가면서 그를 이를 데 없는 비참한 모습으로 바꿔놓고 있는 것이다.

'사람의 감정 같은 요지경이 어디 있어? 기막히는 배합이다.'

그는 찌그러진 미소를 띠며 탁자 켠으로 돌아와서 재떨이에 담배를 비벼 끈다.

갑자기,

"아이구!"

울부짖는 계집애 소리와 함께 와그르르 깨어지는 그릇 소리가 집 안의 정적을 요란스럽게 휘저어놓는다. 다른 때 같으면 그 이상한 소리를 지르며 경주가 쫓아 나와 야단야단 쳤을 것을, 지금은 박 의사의 외출까지 그 노여움을 보류해둘 심산인지 아무 소리가 없다.

박 의사는 스프링코트를 걸치고 거리로 나온다.

도중에 집어탄 택시를 버리고 D극장 바로 옆에 붙은 다방 문을 밀고 박 의사가 들어섰을 때 뚱뚱한 윤 박사는 꽃바람이 찬 것하고는 아무 상관도 없는지 코트도 없이, 불그레한 얼굴을 하고 앉아서 싱긋이 웃었다.

"많이 기다리셨습니까?"

박 의사는 은근히 허리를 굽힌다.

"아니, 별로. 사람 구경하기에 바빠서."

그는 다시 싱긋이 웃었다. 마음속으로는 귀여운 딸을 위해 얼마나 속을 썩이고 있는지 몰라도 몸집이 좋고 박 의사처럼 선이 가늘지가 않아 그는 무척 낙천적으로 보였다.

"상당히 손님들이 많군요. 공기가 탁한 것 같은데."

"공기 좀 탁한 것쯤이야 어떻소? 사람 구경하는 정신 위생도 필요한 게요. 명대로 살다 죽지, 의사가 장수한다는 말도 못 들었고."

꼬장꼬장한 박 의사를 두고 윤 박사는 좀 비꼬듯 말했다. 박 의사는 무심하게 그 말을 들으며 아무 대꾸도 하지 않는다. 윤 박사는 팔을 들어 시계를 보며,

"어디 조용한 왜식점에나 갈까요? 따끈따끈한 정종 생각도 나고……."

"그럽시다."

박 의사가 먼저 자리에서 일어난다. 그들은 남포동 거리를 한참 지나서 고급 왜식점으로 들어간다. 조용한 방으로 안내되어 간 윤 박사는 양복저고리를 벗어 걸고 내밀어준 방석 위에 털썩 주저앉는다. 박 의사는 스프링코트를 벗어 윤 박사 옷 옆에 나란히 걸었으나 양복저고리까지는 벗지 않고 식탁 앞에 슬며시 앉는다. 무거운 낯빛이 어떤 궁리에 잠겨 있는 듯.

윤 박사는 요릿집 여자가 가지고 온, 김이 모락모락 오르는 물수건으로 얼굴을 닦으며,

"대관절 후배는 어찌할 심산이오?"
하다가,

"술은 따끈따끈하게 데워 와."

방문을 열고 나가는 여자 뒷모습을 향해 말을 던져놓고 다시,

"언제까지 독신 생활을 고수할 생각인가?"

박 의사 얼굴에서 무거운 빛은 걷혀지지 않았다. 도리어 그는 자기 자신에 관한 문제에서는 비켜서고 싶은 눈치를 나타내며,

"뭐 이럭저럭 반평생이 다 가지 않았습니까."

슬며시 외면을 한다.

"그런 또 이설異說이구려. 벌써 오십 고개를 바라보면서 반평생이라. 적어도 나는 삼분지 이는 다 간 줄 알고 있는데. 하기사 후배의 섭생이 어떠한지, 아직 새파란 새신랑 같으니 그

릴 만도 하고, 나 역시 그런 말 들으니 안심은 안 되는 것도 아니지만, 하하핫…… 그, 그렇다면 더더군다나 독신으로 궁상을 떨 이유가 없지. 안 그렇소?"

박 의사는 쓰디쓰게 입맛을 다시며 졸라맨 넥타이를 늘인다.

"혼자 있어 불편할 것도 없구…… 이제는 아주 습관이 되어버린 것 같습니다."

"어어, 쓸데없는 소리, 실상은 아들보다 아버지가 먼저 장가들어야겠어. 요즘 젊은 애들이란 누가 홀애비 시아버지 시중들라 하겠소."

그 말에 박 의사 얼굴이 확 꾸겨진 듯 어두워진다.

"뭐 그런 뜻에서보다 한창 나이에 그럴 만한 이유도 없이 혼자 있는 건 말이 안 되지."

깐깐한 박 의사의 성질을 참작했던지 윤 박사는 이미 입 밖에 나간 말을 시정하듯 덧붙인다.

"결혼하더라도 그 애들이 여기 있겠습니까? 홀애비 꼴 보고 싶어도 못 볼 텐데……."

낯빛이 어두워진 것은 전혀 그 말 탓은 아닌 듯 박 의사는 처음으로 미소한다.

"그따위 소리 그만두고 내 좋은 사람 하나 소개해줄 터이니 장가가시오."

마침 술이 들어왔다.

"따끈한가?"

묻는 윤 박사 말에 여자는 그렇다고 대답한다.

"됐어. 우리끼리 할 터이니."

윤 박사는 여자를 쫓아내 보내고 술잔에 술을 부어 박 의사에게 권한다. 이런저런 잡담이 오가던 끝에, 어지간히 술기도 올라 얼굴이 벌게진 윤 박사는,

"후배."

은근한 목소리로 부른다. 박 의사는 긴장하면서도 냉정한 표정으로 그의 눈을 마주 본다.

"거 남의 아비 노릇 하기도 무척 어렵구려."

하는데 어색한 듯 입은 웃고 눈은 찌푸려진다.

언제부터인지 어두운 창밖에 봄비가 내리고 있었다. 윤 박사는 술 한 잔을 쭉 들이켜고,

"이리 몸이 뚱뚱해도 나는 성미가 급해서 일을 질질 끄는 것은 질색이란 말이오. 빨리 결정을 짓든가 아니면 단념을 해버리든가. 안 될 일 가지고 남의 자식 탐만 내면 어쩌겠소."

하며 박 의사의 기색을 살핀다.

"어떻소? 응주 마음이 우리 죽희한테 없는 것 아니오?"

"천만에."

태연히 부정한다.

"그렇다면 약혼의 형식이라도 갖추었으면…… 후배가 반대하고 있지 않다는 것만은 명백한 일이니까. 문제는 응주한테

달린 거요?"

"그렇지요. 응주는 죽희한테 관심이 많다고 생각합니다. 다만,"

"다만?"

"그 애 심정이 좀 복잡한 모양입니다."

"어떻게?"

"요즘 젊은 애들치고 복잡하지 않을 사람이 있겠습니까만, 그 애 역시…… 군에 나가는 문제가 있어서, 개인적인 일을 결정하기에 주저되는 모양입디다."

얼버무리는데 박 의사는 태연한 자세를 그냥 지켜나간다. 윤 박사는 눈에 띄게 안도하며,

"그거야 뭐 어떻게 될 수 있는 일 아니겠소?"

"어떻게 될 수 있다는 바로 그것을 용납할 수 없다는 겁니다. 일종의 결백이랄까요."

"일종의 결백…… 흠…… 그, 그건 된 이야기 아니오? 그건 건실한 생각이지. 요즘 세상에선 바보짓이라 할지 몰라도, 그런 이유라면 문젯거리도 아니오."

"그렇다고 해서 고지식한 애국심 같은 그런 감정도 아니고…… 말하자면 비겁한 놈이 되기 싫다는, 일종의 허영 같은 것인 성싶더군요."

"그거 좋지. 그런 허영이 있음으로써 사내대장부 구실 하는 것 아니오? 성사되기만 하면 사위 하나 잘 얻는 폭이고, 죽희

란 년도 고거 눈이 여간 맵지 않단 말이오. 자, 한잔 드시오."

윤 박사는 매우 기분이 좋아서 술을 권한다.

"하여간 약혼을 하든 결혼을 하든 간에 안전지대로 보내는 일은 서둘 것 없고 후방근무나 슬슬 하다가 적당한 시기에."

그것으로써 대강 혼담 이야기는 끝이 나서 저녁 식사를 한 뒤 박 의사는 윤 박사와 헤어졌다. 그는 곧장 집으로 돌아가지 않았다. 남포동의 으슥한 바로 찾아들어 간 그는 구석진 좌석을 찾아 앉는다. 카운터에 있던 짙은 화장을 한 학자가,

'흥! 원수는 외나무다리에서 만난다 하더니 어디 한번 구경이나 해보자.'

하며 입을 비쭉거린다. 박 의사는 옆에 여급이 앉으려는 것을 마다하고 손짓을 하며 조용히 술을 마시기 시작했다.

"이 애, 학자야, 너 손님 왔다."

목이 기다랗게 생겨서 학같이 보이는 여급이 학자의 옆구리를 찌른다.

"누구?"

학자는 짙은 입술을 쫑긋 내민다.

"밤마다 오는 그 사내 말이야."

"너가 상대해주렴? 그 자식 아무라도 상관없는 버릇이 있어."

"그런데 신통하게도 너만 찾는구나."

긴 목을 움츠리며 웃는다.

학자는 일부러 몸을 흔들며 구석에 앉은 박 의사의 주의를 끌려는 듯 걸어간다. 그러나 박 의사는 학자의 그런 변모를 꿈에도 모르는가 혼자 생각에 골똘히 잠겨 있었다.

그를 찾는다는 사나이 옆으로 간 학자는,

"밤새 안녕하셨어요?"

하며 그와 마주 앉는다.

"흥! 저놈이 왜 떼어 가지 않고 또 나왔나 싶지?"

성재는 눈알을 굴린다.

"뭐가 답답해서? 부인께서는 안녕하신가요?"

"몇 번 말해야 알아들어?"

"무슨 말을? 나 건망증 심한 것 모르세요?"

"그날로 쫓아 보냈다고 했잖어."

"어디로?"

"간 곳을 내가 어찌 알어."

"어떨는지……."

학자는 고개를 갸웃거리며 웃는다. 투정 부리는 듯한 표정은 아직 남아 있었으나 팩팩 쏘는 듯 날카로웠던 그 눈은 어디로 갔는지, 다만 야유와 이제는 슬픔도 없는 하나의 타성이 느릿느릿하게 흔들리고 있을 뿐이다.

"지금 문밖에서 기다리고 있는 것이나 아닐까? 여긴 호텔이 아니고 영업집인데 박차고 들어와서 보소, 당신 나 죽는 꼴 볼랍니꺼 하고 매달리면 어쩌느냐 말예요?"

"그땐 정말 내 불찰이었어. 그러니까 쫓아 보내고."

하다가 성재는 불안한지 문간을 힐끔 쳐다본다.

"그러니까 깨끗이 청산하고 학자를 맞이하려 하는데 이렇게 빗나가면 어쩌느냐 말이야. 이런 데까지 나와서 고생할 필요 없잖어?"

"미스터 문한테 있으면 고생 안 하게 되나요?"

"적어도 학자 자신이 벌지 않아도."

"바닥이 났는데도?"

"무슨 바닥?"

"횡령한 돈 거의 다 됐을 것 아니에요?"

"그까짓 남아대장부 어디 가서 비비기로서니 계집 하나 굶길까?"

"콩밥을 먹고 앉아도? 형무소까지 면회 가는 일만은 딱 질색이야."

성재의 눈이 둥그레진다.

"겁은 나는군."

"시시한 소리 하지도 말어. 그런 일 있을 수도 없지만, 누님들이 앉아서 구경하지는 않아."

"하기야 그렇겠죠. 언제 난 서울댁이라고…… 우리 오빠 같은 사람 경찰서에 처넣었으면 처넣었지, 자기 동생이사."

하다가 학자는 킥 웃고 박 의사의 켠을 힐끗 쳐다본다.

"미스터 문?"

"음?"

"저기 저 구석에 앉은 안경 낀 사나이 알 만해요?"

"누, 누군데?"

형사가 아닌가 싶었던지 성재는 무척 당황한다.

"난, 누, 누구라고? 박 의사 아냐?"

"박 의사가 여기 왜 나타났는지 알겠어요?"

성재는 눈을 번뜩이며,

"뭐 하러 나타났지?"

따지듯 묻는다.

"어디 한번 알아맞혀 보세요?"

"학자 보러 왔나?"

"흐흐흠…… 여기 술!"

학자는 카운터를 향해 손짓을 한다.

술보다도 기분에 먼저 취한 듯 창가 자리에서 혀 꼬부라진 소리를 지르며 귀찮게 구는 손님으로부터 빠져나온 여급 하나가 푸르고 붉은 것이 엇섞이는 불꽃 아래 이빨을 드러내어 웃으며 학자 있는 곳으로 술을 날라 온다. 이미 바가지 씌우는 손님으로 정해져 있는가. 안주도 술도 남아 있는데.

"잠시 이 자리 지켜드려요. 나 볼일 좀 보고 올게."

학자는 술을 날라 온 여급에게 성재를 슬쩍 떠맡겨버리고 일어섰다. 눈에 불을 켜며 노려보는 성재를 한 번 거들떠보지도 않고 혼자 술을 마시며 골똘히 생각에 잠겨 있는 박 의사

곁으로 학자는 다가갔다.

"안녕하세요, 박 선생님?"

이상하다는 듯 박 의사는 얼굴을 든다. 멍해 있던 안경 속의 눈이 가운데로 모이며 놀란다.

"앉아도 되죠?"

아무 말도 하지 않았으나 박 의사 맞은편 좌석에 앉으며 학자는 비어 있는 술잔에 술을 붓는다. 그의 손끝이 조금 떨리는 것 같더니 술잔 밖으로 술이 넘친다.

"어떻게 여기에……."

박 의사는 중얼거리듯 말했다.

"갈 곳이 있어요? 그때 선생님은 절 쫓아내지 않으셨던가요?"

대등하게 천연스럽게, 성숙할 대로 다해버린 여자처럼. 그러나 그때, 병원에서 시끄럽게 굴었던 그때와 같은 지독한 증오의 감정은 없는 것 같다.

"그렇다고 해서……."

어처구니없다는 생각은 훨씬 뒤늦게 온 모양으로 박 의사의 눈은 다시 멍해졌다.

"원망해서 한 말은 아니에요. 먹고살 수가 없어서 이런 곳에 나온 건 아니니까요. 이젠 아주, 아주 어른이 되어버린 것 같아요. 십 년 이십 년 더 살면 뭐 별수 있나요?"

"……."

"이제는 박 선생님보다도 제가 세상을 더 잘 알아요. 육체의 병자보다 마음의 병자들이 저의 단골이니까요."

걸핏 잘못하다가 막가는 인간에게 무슨 꼴을 당할지 모르니 말조심을 하자고 생각한 듯 가만히 앉아 있던 박 의사는 건방지기 짝이 없는 학자 말에 견딜 수 없는 염오를 느꼈던지,

"그럼 축하를 해야겠군."

한마디 내뱉는다.

"눈물은 안 흘려주시고요? 옛날에 전 박 선생님 부인 될 꿈을 꾸었는데, 응주 씨 엄마가 될려구요."

"뭣이!"

박 의사 얼굴이 빳빳하게 굳어진다. 그러나 그는 이내 어이없는 듯 낮은 소리로 웃는다.

"정말이에요. 명화 언니 보고도 그런 얘기 한 일 있어요. 그러면 시어머니가 되는 폭 아니에요?"

이번에는 어이없는 웃음도 노여움도 없이 박 의사는 본시대로 냉랭한 표정으로 돌아가 있었다.

"응주 씨는 안녕하세요? 그리고 그 소녀하고는 스무스하게 진행되고 있나요? 명화 언니는 나같이 타락도 못 할 테니 머리 골 아프게 생겼죠. 삭발하고 절에나 안 들어갈지."

창백한 박 의사 얼굴에 핏기가 싹 돈다. 그는 급히 탁자 위의 담배를 호주머니 속에 집어넣고 일어서기 위해 탁자를 학자 곁으로 떠밀어낸다.

"가시게요? 그새 멎었던 비가 또 오시네요."

과연 그새 멎었던 빗방울이 창문을 후두둑후두둑 치고 있었다. 거리를 달려가는 택시 헤드라이트에 매달린 유리창 빗방울이 번득인다.

"정말 새파란 젊은 아이가 형편없이 늙어버렸군."

낮은 목소리로 내뱉고 카운터에 가서 계산을 치르더니, 박의사는 학자에게 잘 있으라는 말도 없이 한 번 뒤돌아보지도 않고 나가버린다.

"이놈 계집애! 여기 안 올 테야, 응? 돈이면 제일이야! 음, 그 좋은 돈 여기도 있다!"

주정꾼이 호주머니 속에서 돈을 꺼내어 뿌린다. 여급들은 히히덕거리며, 그러나 필사적으로 돈을 줍는다.

"돈 좋구나! 과연 돈이 좋구나! 안 되는 것 되는 것 없이 다 되는 돈 좋으타! 하하하핫……."

주정꾼 웃음소리에 따라 학자도 이유 없이 깔깔거리며, 술잔을 움켜쥐고 있는 성재 곁으로 간다.

"흥! 꼴좋구면."

성재는 입에 문 담배를 꺽꺽 씹다가 퉤퉤 침을 뱉으며 시부렁거렸다. 그를 상대하고 있던 여급은 학자가 돌아오자 자리를 비켜준다.

"밤에 만날 약속 했나?"

씨근거리며 묻는다.

"지금은 밤 아니에요?"

"어디서 따로 만나기로 약속했어?"

"그런 말에 일일이 대답할 바보가 있나요?"

"어디서 만나기로 했어! 그걸 묻지 않어!"

소리를 바락 지른다.

"기가 막혀. 웬 투정이죠? 대관절 미스터 문은 촌수로 따져서 나하고 뭐가 되죠?"

"몰라서 묻나?"

"간통죄로 고소하시겠어요?"

"돈푼이나 쓰더니 는 것은 말재주뿐이군."

"옛날부터 말은 남의 축에 빠지지 않는답니다. 우리 부모한테 물려받은 유일의……."

하다가 만다.

성재는 다음 할 말을 준비할 심사인지 술을 쭉 들이켠다. 그리고 술 냄새를 학자 얼굴 위에 뿜어내며,

"결국은……."

"그래서요?"

"결국은 넌 내 여자가 아니냐 그 말이다. 나는 너를 허수룩하게 대접하지 않았다. 내가 가진 돈은 모조리 너 밑으로 들어가고 말았어. 나는 지금 빈털터리야. 남의 돈을 먹고 먹었으면 의리를 생각해서라도 당장에 다른 사내를……."

"남의 돈이기는 매일반 아닐까요?"

학자는 딴생각을 하면서 그저 건성으로 대꾸하고 있는 듯 보였다.

"시끄러! 내가 돈을 갖는 데는 그만한 노력을 했어. 길 가다 그저 줏은 줄 아나?"

"도둑질을 할 때도 담은 넘어야 하니까."

"뭣이 어째?"

"나도 길 가다 그저 줏은 건 아냐. 몸뚱이를 팔았으니까."

야유를 지나서 반말로 쏘아붙이자 성재는 풀이 꺾인다. 그는 학자로부터 지금은 있지도 않은 박 의사에게 공격의 화살을 돌렸다. 그러나 그것은 밖에서 부슬부슬 내리고 있는 봄비와 같이 을씨년스럽고 맥 빠진 중얼거림에 지나지 않았다.

늦게까지 자리에 앉아 뻗치던 성재는 하는 수 없었던지 자리를 떴다.

바의 문을 닫은 후 학자는 우산을 빌려가지고 남보다 한발 먼저 바에서 나온다. 살풍경한 밤의 무인가無人街를, 비에 젖은 포도에 찰박찰박하는 발소리를 남기며 학자는 걸어간다. 길 모퉁이를 돌아 나갔을 때 찰박찰박하는 학자 발소리 이외 것이 뒤에서 들려온다. 그 소리가 가까워지면서,

"학자!"

애원하는 성재의 목소리가 들려온다.

"학자, 같이 가아."

우산도 없이 비에 젖은 몸이 바싹 가까이 다가선다.

"설마 박 의사하고 약속한 것은 아니겠지?"

"……"

"아까는 내 말이 좀 심했던 것 같애. 나 학자를 위해 돈 쓴 것 후회하고 있진 않어. 그리 쩨쩨한 놈은 아냐. 그 계집이 와서 지랄하는 바람에 학자가 화를 내고 있다는 것 알고 있어."

학자는 성재가 비를 맞거나 말거나 우산을 기울여줄 염도 내지 않고 경멸의 웃음을 띤다.

"난 정말 학자하고 결혼할 생각이야. 학자라면 우리 누님들도 반대하지 않을 거구. 돈이 없어도 학자는 집안이 좋고 하니까."

"어딜 가시겠어요?"

걸음을 멈추고 학자는 묻는다.

"나아?"

성재는 어리둥절해한다.

"호텔로 가시겠어요?"

"내가?"

"나하고 같이 말예요. 의리를 위해 서비스해드릴게요."

"화내지 마. 그 여잘 쫓아 보냈어."

"흥."

"의리가 어쩌구, 그런 남남끼리 같은 말 하지 마."

"밤이 늦어요. 어서 갈 곳이나 정하세요."

학자는 귀찮은 듯 몸을 흔든다.

"나, 그런데, 그런데 가, 가진 돈이 없어. 바에 다 털어주고, 내일이면……."

"그럼 어떡해요?"

"학자 있는 집에 가면 안 되나? 전과 같이."

"난리 소동이 나면 늦잠 잘 수 없잖아요?"

"허 참, 그 여잘 쫓아 보냈대두, 오기는 어디로 와?"

"좋습니다아. 그럼 가세요."

학자의 제법 호화스러운 하숙방으로 오래간만에 들어간 성재는 비 맞은 코트를 벗어 걸고 밖에서 돌아온 남편같이 타월을 걷어서 비 맞은 머리를 닦는다. 하기는 방 안의 가구나 걸려 있는 의복가지도 모조리 성재 호주머니에서 털려 나온 돈으로 장만한 것이다.

학자는 훌훌 옷을 벗어젖히고 슈미즈 바람으로 침대에 걸터앉아 멸시하고 한 오라기의 마음도 가지 않는 사나이를 바라보면서, 그러나 그와의 애욕에 전혀 기대를 안 가지는 그런 것도 아닌 얼굴에 일그러진 웃음을 머금고 있다.

"그따위 사내한테 걸려들었다간 뼈도 추려내지 못할 거야. 냉혈동물이거든. 내가 박 의사의 성질을 잘 알지, 알어. 눈물 한 방울 있는 줄 알어? 바람을 좀 피우더라도 사내는 다정다감해야지."

성재는 구시렁거리다가 탁자 위에 놓인 주전자의 냉수를 컵에 부어서 들이켠다.

먼저 잠이 깬 학자는 옷을 걸치고 침대에서 내려와 의자에 앉는다. 빈틈없이 쳐놓은 커튼도 창문 가득히 들이치는 햇빛을 막을 수 없던지 방 안은 밝다.

기운 없이 내리던 간밤의 비는 멎고 들려오는 것은 먼 곳에서의 전차 종소리, 땅을 구르는 자동차 소리뿐이다.

학자는 늘어지게 하품을 하고 할 일이 없어 무료한 듯 탁자 위에 내던져진 성재의 담뱃갑에서 담배 하나를 뽑아본다.

'한번 피워볼까?'

라이터를 켜서 불을 댕긴다.

"아이구, 매워라!"

학자는 담배 연기에 흐느끼며 캑캑 기침을 한다. 그래도 성재는 꼼짝없이 잠만 자고 있다. 긴 코 밑에 입술을 반쯤 벌리고 나지막하게 코를 골며 잔다.

'이런 사나이한테…… 꼭 짐승같이 보여, 그것도 미련하고 못난 놈의 짐승 말이지? 징그러워! 싫어! 죽어버렸음 좋겠다. 아니, 죽여버렸음 좋겠다! 대체 어떻게 되어가는 거지? 다 내가 아니다. 그럼 나라면 어떻게 할까? 약방에 붙어 앉아서 약을 팔아야 했나? 밤낮 앓는 소리 들어가면서 밥이나 짓고 빨래나 했어야 했나? 그리고 부모가 보내주는 대로 시집이나 가고, 그랬어야만 했나? 아이구, 맙소사! 가난한 건 지긋지긋해. 정말 가난한 건 싫어! 내가 대학을 다니고 우리 집도 옛날 같았더라면 웅주 씨를 두고 나도 당당히 명화하고 겨룰 수 있었을 것 아니냐 말야. 박 의사도 나한테 그런 대접을 했을까?
명화하고 나하고 둘 중에 택해야 한다면 박 의사는 틀림없이
나를 잡았을 거야. 난 명화보다 못하지 않았어. 다만 가난했
던 차이뿐이야. 낡은 옷을 걸치고 학교를 중퇴한 그 차이뿐
이야.'

학자는 손가락 사이에 끼워둔 담배를 내려다본다. 그새 절
반이나 타들어가서 치마 위에 담뱃재가 떨어져 있다.

"으음, 쯥쯧……."

바로 누워 있던 성재는 입맛을 다시며 학자 쪽으로 돌아눕
는다. 코가 비틀어진 것같이 보인다. 입술도 비틀어진 것같이
보인다.

'미워! 미워! 아이, 미워!'

학자는 순간 손에 들고 있던 담배로 성재 볼을 누른다.

"앗! 뜨것!"

성재는 고함을 치며 벌떡 일어나 앉는다.

"호호홋……."

성재는 담뱃불에 탄 볼을 만지며,

"뭐, 뭘 하는 거야!"

학자는 재떨이에 담배를 비벼 끄고,

"미워서 그랬어요."

따끔거려서 견딜 수 없었던지 성재는 오만상을 찌푸리며,

"미쳤어?"

했으나 그런 장난도 애정의 표시로 오해를 하는지 한 팔을 뻗어 학자를 다그치려 한다.

"왜 이러시오?"

학자는 성재의 손을 휙 뿌리친다.

이때 문밖에서,

"보소!"

틀림없는 선애의 목소리다.

"아이구, 맙소사!"

학자는 침대 위에 올라가 이불을 뒤집어쓰고 성재는 어쩔 줄 몰라 서성거리며 옷을 찾는다.

"보소! 큰일 났습니더."

"비, 빌어먹을, 이번만은 가만두지 않을 테다."

성재는 옷을 입고 방문을 연다. 선애는 새파랗게 돼 있었다.

"뭐, 뭐 하러 여, 여기 왔어?"

이번에는 가만두지 않겠다고 방 안에서는 큰소리를 치더니, 정작 얼굴이 파래진 선애를 보자 그러지도 못하고 멋쩍어서 우물쭈물하는 얼굴이 된다.

"형사가, 형사가 왔다 캅니더."

선애는 분통이 터지려는 것을 억지로 참는 눈치다.

"뭐? 혀, 형사는 왜?"

"내가 압니꺼? 어서 나오이소. 내사 마, 환장하겠네."

"나, 나가지."

성재는 허둥지둥 코트를 걸치며 나오려다가,

"저, 혀, 형사가 왔대."

학자는 이불을 뒤집어쓴 채 숨도 쉬지 않았다.

선애의 등을 밀고 나오면서,

"밖에 이, 있나?"

"뭐가요?"

"형사가 왔다면?"

"누님 집에 찾아왔다 안 캅니꺼? 내가 머할라고 여기에 데리고 올 겁니꺼? 무슨 영광스런 일이라고."

성재는 마음을 놓으며, 그래서 화가 나는지,

"말을 할려거든 똑똑히 하란 말이다. 에이 참! 십년감수했다."

"흥! 그래도 할 말이 있다고 큰소리치네요? 그 꼴 구경시켜놓고, 한 번도 아니고 두 번이나, 그래놓고도 날 보고 성낼 수 있습니꺼? 다시는 안 간다고 그리 맹서를 해놓고서."

"사내자식이 바람 좀 피웠으면 어때? 너만 쳐다보고 앉아 있으면 먹을 게 생기나?"

"그래, 그 가시나 쳐다보고 계시믄 묵을 것 생깁니꺼?"

"이, 이거 참, 이봐, 너 형사 왔다는 것 거짓말 아냐? 내 찾아올라고 구실 삼는 것 아냐?"

"거짓말인가 참말인가 가보시믄 알 것 아닙니꺼? 누님 집에서 기별이 왔단 말이오."

"골치야."

"내사 거꾸로 되는가 옳게 되는가 아무것도 모르지만 어디 어떻게 했다고 난쟁이 그놈이 당신을 도둑놈이라 카고 형사는 또 와 찾아옵니꺼?"

"잔소리 말어! 머리 골치 아프다."

그들은 서로 다른 처지에서 화를 내며 걸어간다.

"누님 집에서 날 오라고 기별이 왔어?"

"아니요. 나댕기지 말고, 집에 오믄 위험하다고 오지 말고, 누님이 오셔서 이야기하겠다는 기별이 왔습니더."

"그럼 집으로 가는 거야?"

"집으로 안 가고 금강산 꼭대기로 갈랍니꺼? 그놈의 가시나 달고 다니느라고 돈 쓰고…… 이런 일 안 일어났음 그놈의 가시나를 좀 뚜딜겨주고 올 긴데 무던히 참았습니더."

하기는 했으나, 가슴이 불룩불룩하고 내쉬는 선애의 숨소리는 거칠다.

성재와 선애, 그들이 얻은 셋방으로 들어갔을 때 서울댁이 와 기다리고 있었다. 스스로 이곳까지 찾아온 일이 자존심에 걸려 서울댁은 험악한 얼굴로 선애를 노려본다.

"뭐가 어찌 됐다는 거요?"

무안풀이로 성재는 일부러 퉁명스러운 투로 꾸민다. 서울댁은,

"어이구 성재야, 너 제발 정신 좀 차려라."

역시 거북하지 않을 수 없었던지 성재는 정면으로 마주 앉지 못하고, 비스듬히 몸을 옆으로 돌리며 서울댁 앞에 앉는다. 어둠침침하고, 간밤에 돌아오지 않는 성재를 기다려 얼마나 애를 태웠는지 난장판이 된 방 안을 이것 좀 보라는 듯 서울댁이 휘둘러본다.

"뭐가 어떻게 됐다는 겁니까?"

성재는 선애하고 눈싸움을 하며 묻는다.

"일이 고약하게 됐다. 아무튼 넌 대구에 좀 가 있어야겠어."

선애 앞이니만큼 누님 된 위엄을 단단히 보여주려고 간단히 결론부터 내리는 것 같았으나 숨은 가쁘다.

"왜요? 대구엔 뭣 땜에 갑니까?"

완연히 불안한 낯빛이었다. 그러나 여자들에게 약점을 잡히지 않으려고 퉁명스레 되묻는다.

"왜라니? 몰라서 묻니?"

서울댁이 화를 낸다.

"모르니까 묻는 것 아닙니까."

"남은 속이 타 죽겠는데 한가한 소리만 하고 있군."

"알고 봐야 속이 타든지 간장이 마르든지 하죠."

"기막혀서, 그래 우리 집에 형사가 드나드는데 넌 마음 놓고 부산 바닥을 돌아다닐 성싶으냐?"

"……."

"조만간에 너 있는 곳도 알게 될 거 아니냐 그 말이다. 당분간 넌 대구에 가서 피신을 해라. 하도 답답해서 영자네하고 의논을 했는데 거기에는 그 애네들 출장소도 있고 하니 슬슬 일이나 거들어주고, 그러다 형편 봐서 내려오면 안 되겠니?"

서울댁은 쭈그리고 앉은 선애를 힐끗 쳐다본다. 저 원수는 어찌 처치를 할까 하는 듯.

"출장소…… 거기 가서 뭘 하죠? 쩨쩨하게 주판이나 놓고 있으란 말입니까?"

"그럼 어쩌자는 거야?"

"난 그런 짓 못해요. 속에 불이 나서 누가 그 짓을 합니까? 차라리 권총 들고 남의 호주머니 털었으면 털었지……."

서울댁과 선애의 눈이 크게 벌어진다. 성재는 여자들의 크게 벌어진 눈을 안 본 척하며,

"대구로 가거나 서울로 가거나 우선 돈이 있어야 될 일이고……."

"뭐?"

서울댁이 팩 소리를 지른다.

"나는 이제 빈털터리란 말입니다."

하고 성재는 두 팔을 벌려 보인다.

"뭐라고?"

"한 푼도 없이 다 털어버렸다 그 말이오."

"그 돈을 다 썼단 말이냐?"

서울댁의 목소리는 속삭이듯 낮았다.

"그까짓 몇 푼이나 된다고, 있는 집 막내 놈의 한 달 용돈도 안 되는 걸 가지구 뭐 노다지를 캔 줄 아시오?"

서울댁은 기가 막혀 이제는 말도 제대로 나오지 않는 모양이다. 그 기미를 곁눈으로 살피면서,

"잡혀가거나 말거나 내버려두세요. 그까짓, 몇 달 콩밥 먹고 살다 나오면 될 거 아니오?"

공갈을 때리는 것인데 정말로 그렇게 태연히 생각하고 있는 것처럼 얄팍하고 옆으로 쭉 찢어진 입술을 꾹 다물며 배짱을 부린다. 서울댁은 당황하고 선애의 눈은 더욱더 크게 벌어진다.

"뭐, 뭐라고?"

물에 빠진 사람이 지푸라기라도 잡는다는 식으로 서울댁은 선애에게 하소연할 수밖에 없었던지 다급한 눈길을 선애에게 돌린다.

"일깨나 하는 놈치고 콩밥 안 먹은 놈 어디 있습니까?"

갈수록 태산이다.

"시끄럽다! 내 돈 좀 줄 터이니 그런 돼먹지 않은 말 작작하고 오늘이라도 대구로 떠나게 해라."

서울댁은 어디다 그 돈을 다 썼느냐고 추궁하기는커녕 사정하다시피 자기 속주머니를 끄를 생각을 하고 단안을 내린다.

"누님 말씀이 맞습니더. 어서 떠나도록 하입시더."

그 말에 서울댁의 가라앉았던 선애에 대한 감정이 다시 솟구치는지 눈빛이 험해진다. 그러나 이러고저러고 따질 마음의 여유가 없었다. 그는 자리를 박차고 일어나면서,

"아무튼 내 가서 돈을 보낼 테니 떠날 준비나 서둘러! 너도 나이 삼십이 다 돼가면서 정신 똑똑히 차리고. 이번이 마지막이니까 너 알아서, 다 똑똑한 계집 못 만난 죄야. 일찌감치 해결 안 하면 평생 골병이다. 언제꺼정 누이만 믿고 살겠느냐?"

방문을 거칠게 닫아부치고 서울댁은 나가버린다.

"내 잘못한 게 뭐 있다고 저럴꼬? 내사 고기 육장에 쌀밥 안 묵었고, 남이 다 입는 비로드 치마 하나 안 입었는데, 남이 다 묵고 욕은 내가 듣네? 생각하믄 분통이 터져서 그만 그년 옷을 갈기갈기 찢어주고 못 온 게 억울해 죽겠는데, 세상에 말이라고 다 하나? 애가 타서 바싹바싹 말라 들어가는 남의 속은 손톱만치도 안 생각해주고."

구시렁거리면서 선애는 옷 보따리를 챙긴다. 성재는 빙그레 웃으며 팔베개를 하고 드러눕는다.

"흥! 웃으니께 집안 편하겠습니더. 남이사 죽거나 말거나 이녁 편하믄 그만이고."

성재는 그런 말 듣는 둥 마는 둥,

"안성맞춤이야."

여전히 웃음을 띠며 혼자 중얼거린다.

"머가요?"

"안성맞춤이란 말이야."

"……."

"마침 돈이 떨어진 판에 저절로 굴러오잖어?"

"흥."

"대구 가서 한밑천 잡지. 거긴 군수물자가 노다지야. 사람이란 다 살게 마련인가 부지?"

선애는 옷을 챙기던 손을 멈추고,

"당신 그 죄지어서 다 누구 줍랍니꺼?"

새삼스럽게 빤히 쳐다보며 묻는다.

"잔소리 말어! 도둑놈 물건 좀 묵었으면 어때!"

"그래 그 도둑놈 물건을 다 어디다 썼습니꺼? 내 치마 하나 해주었습니꺼? 나는 여기다 처박아놓고 그 많은 돈을 뿌리고 다니믄서……."

운다.

"재수 없이 왜 이래? 오나가나 삑삑거리고 울어? 이봐, 선애."

"할 말 있거든 해보이소."

울면서도 대꾸한다.

"널 버리지 않고 데리고 다니는 것만도 대견스리 알란 말이야. 누님 하는 소리 너 들었지?"

선애는 금세 풀이 꺾인다.

"아이구, 덥다. 어떻게나 서둘러놨던지."

서울댁은 나일론 목수건을 끄르며 대문을 밀고 들어선다. 한발 먼저 와 있던 영자네가,

"돈 갖다주셨어요?"

서울댁보다 훨씬 여유 있는 태도로 묻는다.

"그럼 어떡하니? 두 눈을 뜨고 앉아서 그 꼴을 누가 보겠니. 떠나는 것 보고 왔다."

두 형제는 방으로 들어갈 생각도 않고 양지바른 마당에 서서 이야기를 주고받는다.

"여편네도 따라갔어요?"

"흠. 그걸 그만. 내 생각 같아서는 머리채를 홱 잡아 젖혀 끌어내리고 싶더라만…… 이번만은 참았지. 그놈이 어물어물 부산에 주저앉으면 큰일 나겠고, 차라리 그년을 딸려 보내는 편이 낫겠다 생각하고……."

"내버려두세요. 언니는 너무 그놈을 감싸고돌아요. 내 동생 이라고 아무리 두둔해봐도 장래성은 없을 거예요. 여자가 무식하긴 해도 얼굴은 반반하게 생겼습디다. 어디 두 눈 바로 박힌 여자가 팔난봉 같은 그놈을 쫓아다니겠어요? 그놈이 사람 같으면 나도 한사코 말리겠지만……."

저질러놓은 일이 있으니 말로는 반박하지 못하고 서울댁은 기색으로만 안 좋은 기분을 나타낸다.

이때 밖에서,

"도장 주시오!"

하고 우체부가 소리를 지르며 대문을 와락와락 흔든다.

"뭐예요?"

서울댁이 뜰 안에서 묻는다.

"등기 속달이오!"

"등기 속달?"

서울댁은 또 무슨 일이 터졌나 싶었던지 급히 달려간다.

"뉘한테 온 거예요?"

"조명화 씨, 도장 빨리 주세요."

금세 긴장을 풀어버린 서울댁은,

"순아, 여기 속달 왔단다!"

방 안에서 자기 이름을 들었는지 순이보다 먼저 명화가 나온다. 그는 여자에게 미소를 띠며,

"오셨어요?"

"음."

영자네도 웃었으나 서울댁은 얼굴을 찌푸린다.

"이 애, 방으로 들어가자."

하고 동생을 이끈다. 그들이 방 안으로 들어가고 난 뒤 명화는 우체부에게 도장을 주고 속달 우편을 받아 든다. 우체부는 도장을 쓰고 난 뒤 가버렸다.

"……"

명화는 문을 닫아걸고 돌아서며 속달에 씌어 있는 글씨를 보고 다시 뒤를 돌려 본다. 발신인의 이름이 없고 주소도 씌어

있지 않다. 방으로 들어간 명화는 한참 동안 고개를 갸웃거리다가 편지를 뜯는다.

급히 상의할 일이 있어 그러니 꼭 한 번 만났으면 좋겠소. 저녁 일곱 시 취운장에서 기다리고 있겠소.

응주 부

편지지 다음 한 장에는 취운장이라는 양식점의 약도가 그려져 있었다. 명화는 당황하고 놀라며 자리에서 일어났다가 다시 주저앉는다.

'웬일일까?'

명화의 얼굴은 다시 하얗게 질린다.

'마지막 태도를 결정하자는 것일까? 그분이 나를 만날 이유가 없어.'

저녁때, 해가 다 떨어지고 유리창이 부옇게 흐려질 무렵, 그때까지 생각에 잠겨서 앉아 있던 명화는 시계를 보며 일어선다. 코트를 걸치고 거리로 나와서 버스에 오른다. 버스 속에서도 명화는 아까 방에서처럼 그러한 표정으로 생각에 잠겨 있었다.

양식점 취운장 앞에까지 가서 잠시 발끝을 내려다보며 생각을 하다가 그는 입술을 다물고 양식점 문을 밀고 들어선다.

"박 선생님 만나러 오신 분 아닙니까?"

웨이터가 쫓아오며 묻는다.

"네. 그분 만나러 왔어요."

"그럼 이리로 오십시오."

웨이터는 이 층으로 앞서 걸어간다. 명화는 사방을 두리번거리며 따라 올라간다.

"여기서 기다리고 계십니다."

웨이터가 도어를 열어준다. 꽤 넓은 별실, 의자에 앉아 창을 보고 있던 박 의사가 반쯤 몸을 일으킨다. 그 동작은 그의 마음과 같이 무척 무거워 보인다. 명화는 긴장된 얼굴로 박 의사를 바라보며 멈추어 섰는데 웨이터는 도어를 닫아주고 나가버린다.

"앉으시지."

안경을 밀어 올리며 말하는데 미소를 잃은 그의 얼굴은 일그러졌다.

명화는 해야 할 인사 한마디 못 하고 그냥 자리에 앉는다. 숨이 막혀버린 듯한 명화의 표정이다. 박 의사도 마찬가지였다. 평소에는 그렇게 유유히 냉정하게 언동을 다룰 줄 알던 그가. 박 의사는 명화의 흰 이마를 한동안 응시하고 있다가 담배에 불을 붙여 물며,

"식사하면서 이야기 좀 하려고 나오라 했지."

한결 목소리는 누그러져 있었다. 명화는 두 손을 무릎 위에 가지런히 놓고 약간 고개를 숙이며 박 의사의 다음 말을 기다

리고 있었다. 그러나 박 의사의 말보다 먼저 웨이터가 음식을 날라 왔다. 명화에게 물어볼 것도 없이 미리 박 의사가 주문을 끝내놨던 모양이다. 웨이터는 서둘며 출입이 잦지 않게 거의 음식을 한꺼번에 날라다 놓고 나가버린다. 그것도 박 의사가 미리 명령을 해놓은 눈치다.

박 의사는 냅킨을 펴면서,

"일방적으로 식사 주문을 해서 미안하군……."

정중히 사과를 한다. 그 태도는 자기 연배에 가까운 귀부인을 대하는 것처럼 보였다.

"식사하면서 이야기하기로 하고, 자 드시지."

냅킨을 무릎 위에 펴는데 명화 손이 가늘게 떨린다.

두 사람은 다 같이 수프를 먹는다. 접시에 부딪는 스푼 소리, 한참 계속된다. 박 의사는 비워버린 접시를 밀어내고 명화는 수프가 반쯤 남은 접시를 밀어낸다. 다음은 고기를 써는 나이프가 접시에 부딪쳐 소리가 난다. 넓은 방에는 오직 금속과 사기가 부딪는 소리뿐 그것도 이따금씩, 그러고는 완전히 침묵이다.

식사가 반 이상 진행되었을 때 박 의사는 얼굴도 들지 않고,

"명화는 내가 왜 나오라 했는지, 짐작했나?"

"짐작했어요."

처음으로 명화는 입을 뗀다.

"어떻게?"

박 의사는 얼굴을 들고 명화를 본다.

명화는 잘게 썰어놓은 채, 거의 그대로 남아 있는 고기를 가만히 내려다본다. 멈춰진 포크, 세 갈래로 나누어진 가는 쇠끝에 불빛이 떨어져 그것이 흔들리고 있는 것 같다. 흰 목덜미에 흘러내린 머리 한 가닥도 흔들리는 것 같다. 그러나 검은 눈시울은 그늘이 진 채 움직이지 않았다.

"어떻게 짐작을 하였나?"

기계적으로 되풀이하는데 박 의사의 목소리는 여음도 없이 끊어진다. 그 자신이 무의미한 질문임을 더 잘 알고 있는 것 같다.

'구태여 묻지 않아도 서로가 다 아는 이야기 아니에요? 왜 물으시죠? 아는 이야기 하시면 되는 거예요. 여유 있게 절 괴롭히려는 거예요?'

명화는 내리깔았던 눈시울을 올리고 박 의사를 쳐다본다.

"하기는 응주에 관한 일이라고 짐작했겠지."

'그럼 응주 씨에 관한 얘기가 아니란 말씀이세요?'

명화의 눈은 그런 말을 하고 있는 듯, 박 의사는 절벽에 떠밀려가는 듯한 눈을 하고 명화를 마주 본다.

오랫동안 침묵이 흘렀다.

"명화는 어떤 일이 있어도, 가령 도저히 용납될 수 없는 일이 있다 하더라도 응주하고 결혼할 작정인가?"

"그렇게 생각하고 있지는 않습니다."

조금 전까지 억지로 목구멍에 밀어 넣듯 하던 식사. 이제는 그런 예의도 다했다고 생각했는지 명화는 포크와 나이프를 가지런히 모아놓고 무릎 위로 손을 내린다.

"그럼?"

"어떻게 해야 할지…… 저는, 지금 그것을 생각할 수가 없어요. 박 선생님이 반대하시는 것만큼, 저도…… 마음속으론 반대하고 있어요. 안 된다구요."

담배 연기를 뿜어내는 박 의사의 눈이 가늘어진다. 그 가늘어진 눈이 흩어져 번져가는 담배 연기를 언제까지 바라보고 있다. 복도로 지나가는 손님들의 큰 목청이 조용한 방 안 공기를 흔들어준다.

"좀 넓은 별실이 없나? 먼젓번 우리가 들었던 방이 좋은데."

"저, 그 방엔 지금 손님이 계십니다."

웨이터의 목소리다.

담배 한 모금을 빨아 당긴 뒤 박 의사는,

"지금 응주는 약혼하지 않으면 안 될 단계까지 와 있는데…… 명화는 결단을 내려주어야겠어."

명화의 얼굴이 하얗게 질린다. 타는 듯한 빛이 눈동자에 모이면서, 어리던 눈물마저 바싹 말라버리는 것 같다.

"명화가 응주를 아끼고, 또 그 애 장래를 깊이 생각해본다면 응주를 위해 옳은 판단을 해주리라고 믿지만……."

"그, 그렇다면 웅주 씨는 저 땜에, 저 땜에 약혼을 주저하고 있다는 말씀이세요?"

그 말에 박 의사는 정신이 번쩍 드는지 가늘어졌던 눈을 크게 뜨고 명화를 쏘아본다.

"명화는 그렇다고 생각하나?"

"……"

"실상 나는 명화만큼 웅주의 마음을 모르고 있어. 웅주가 명화에게 무슨 말을, 가령 언약 같은 것 했는지 들려주었음 좋겠어."

박 의사로서는 너무나 어리석은 말이다. 뚱딴지같은 박 의사의 말이 명화에게도 이상하게 들렸는지 어이없게 그를 바라본다.

"그런 말은 오직 본인만이 할 수 있는 것 아닐까요?"

"그렇지. 물론 그럴 거야. 어리석은 말이었군. 그러면 결국은 내가 이야기하지 않으면 안 되겠다, 지금까지 끌어온 보다 더 어리석은 이야기를."

박 의사는 재떨이를 끌어당겨 담배를 꾹 눌러 끄고 몸을 비스듬히 돌려 창문을 향해 앉는다. 창에 비친 부산의 항구, 별빛보다 많은 불빛들은 방금도 꾸고 있는 전쟁의 악몽을 완강히 거부하듯 찬란하기만 하다. 박 의사는 조용히 이야기를 시작한다.

"실상 나는 웅주가 어떤 여자하고 결혼하건 상관없어. 명화를 잊어버릴 수 있는 그런 여자라면. 어느 모로 보나 그런 뜻에서 죽희는 아주 적당한 아이라고 생각하지. 다만 명화하고만은 안 돼. 절대로."

박 의사의 얼굴이 짙붉어진다.

"자식의 출세를 바라지 않을 부모는 없을 게고, 나 역시 그런 부류의 아비가 아니었다고는 할 수 없겠지. 그러나 아비가 자식을 미워한다면?"

"……."

"그 이유는……."

"알고 있습니다."

바싹 마른 명화의 입술이 희미하게 움직였다.

"그 이유는……."

박 의사는 말을 멈추었다가 나직한 목소리로,

"마지막까지 거짓으로 끌고 가려고 했다면 명화의 혈통을 또 쳐들었겠지. 지금까지 그것은 매우 허울 좋은 방패였었지만……."

그 말의 뜻은 무엇인가. 명화는 잠시 망설인다.

"그 이유는."

박 의사는 다시 이유라는 말을 되풀이하였다.

"명화는 내 며느리가 되어서는 안 된다는, 다만 그것뿐이야. 내가 좋아했던 여자를 아들이 가져서는 안 된다는 그것뿐이야."

여전히 창문을 향해 몸을 돌리고 있던 박 의사의 얼굴이 하얗게 질린다. 명화의 얼굴도 그에 못지않게 종잇장으로 변한다.

"어때? 이제는 알겠는가? 내가 반대한 이유를?"

명화에게 얼굴을 돌리며 억지 미소를 띠려 했으나, 온통 근육이 마비당해버린 듯 박 의사의 얼굴은 무섭기만 하다.

"그, 그, 그럴 수가!"

명화는 몸을 일으키며 울부짖는다. 박 의사도 식탁을 짚으며 명화와 마주 보며 일어섰다.

"그러니 이 결혼은, 절대로 불가능하다는 거야!"

물어뜯기는 듯한 신음, 사람의 얼굴이 그렇게도 무서울 수 있는 것인지.

명화는 핸드백을 낚아채며 코트는 그냥 내버려둔 채 밖으로 쫓아 나간다. 박 의사는 도로 자리에 주질러 앉는다. 담배를 뽑아 물고 탁자 위에 라이터가 놓여 있는데도 그것을 모르고 호주머니 속으로 손을 밀어 넣어 라이터를 찾는다. 불도 당기지 못한 담배를 손가락에 끼고 앉았다가 그는 일어선다. 아래에 내려와서 계산을 마치고 거리로 나와 차를 잡는다. 웨이터가 명화의 코트를 들고 급히 쫓아 나왔으나 이미 택시는 저만큼 떠나고 있었다.

14. 귀거래歸去來

죽을 쑤어 부은 듯 질컥질컥한 생선가게 앞에 싸움이 벌어지고 있었다. 장바닥에서 한세상을 보낸 듯 검은 얼굴의 억센 여자들이 무슨 까닭인지, 이녕泥濘 속에서 한 덩어리가 되어 크게 싸움이 붙은 모양이다. 목쉰 소리와 쇠 양철 두드리는 듯한 욕설, 고장 난 마이크의 잡음이 유가 아니다. 그들도 그들 자신의 말을 헤아리기나 하는지.

장 보러 나온 부인네들이 멀찌감치 그들을 둘러싸고 구경을 하고 있다. 힘센 남자가 들어서야 할 텐데 그 남자들도 웃고만 있다. 키 큰 서영래가 그 속을 헤치며 성큼성큼 걸어 나온다.

"뜯어라! 물고 뜯어. 치고받아라! 싸움 아니믄 이 세상에 무슨 낙이 있을 것고. 솥에 저녁 쌀이사 들어가든지 말든지."

핀잔을 주며 지나오다가 서영래는 싸움하는 여자들 발부리에 침을 콱 뱉는다. 움푹 팬 눈, 여러 날 앓다가 일어난 사람처럼 서영래의 모습은 말이 아니게 됐다.

선창가로 빠져나온 서영래는 밀려든 나룻배, 장배를 힐끗힐끗 쳐다보며,

"계집들은 다 요물이다. 사내들 창자까지 씹어 없앨라 카거든."

선창가에서 빠져나와 양품점 앞을 지나간다. 빛깔이 고와서 봄이 더 가까이 느껴지는 양품점 쇼윈도를 쳐다보면서, 그러나 서영래의 퀭하니 뚫어진 눈에는 전과 같은 의욕이 없다.

"서 선생님!"

서영래는 못 들은 척하고 간다.

"서 선생님, 헐깃헐깃 쳐다보면서 와 그냥 가십니꺼."

슬그머니 돌아본다.

"이리 좀 오시이소."

양품점 여자는 웃으며 손짓한다.

"무슨 볼일 있습니꺼?"

무표정하게 되묻는다.

"볼일이사 많지요. 하여간 좀 들어와 보시이소."

서영래는 발길을 돌려 양품점 안으로 들어간다. 여자는 조그마한 둥근 의자의 먼지를 털고 서영래에게 밀어준다.

"앉으이소. 신색이 와 그 모양입니꺼?"

"……."

"어제도 용주 다녀갔는데 그 애 꼴도 말이 아닙니더."

"그년이 여기 뭐 하러 왔습디까? 내 험담하느라고 입이 아팠겠네."

화가 나서 그는 쇼윈도 밖으로 얼굴을 돌려버린다.

"그런 말 하지 마이소. 험담을 하믄, 지 가장인데 얼마나 험담을 했겠습니꺼? 그 아이 성질에, 그만 기가 푹 죽었습디더. 울고불고하믄서 자식도 없이 남편 하나 믿고 남한테 들을 소리 안 들을 소리, 모진 년 독한 년 하고, 그래도 그때는 세상이 좁지 않더랍니더. 너거 암만 말해봐야 소용없다, 천금 같은 내 남편이 있는데 하고 시들했더랍니더. 그러던 남편이 어쩌믄 그렇게도 변했겠느냐고, 원체 용주는 성질이 억세서 여간해서 어디 그런 말 합니꺼? 듣고 보니 친구 간에 내 마음도 안 됐데요."

서영래는 여자 말에 귀 기울이고 있지도 않은 듯 쇼윈도 밖의 오가는 사람들을 멍하니 바라보고 있다.

"그래 내가 뭐라 캅디꺼? 그만 아는 듯 모르는 듯 자식 낳던 과부나 하나 얻어서 살짝 아이만 안고 들어갔으면 용준들 뭐라 카겠습니꺼?"

여자는 좋은 말을 하며 깨어져버린 그릇을 맞춰보려고 애를 쓰듯 이따금 서영래의 눈치를 살핀다. 그러나 서영래는 아무런 반응도 엿보이지 않는다.

"세상에 남자치고 바람 안 피우는 사람이 어디 있습니꺼? 더군다나 아이가 없으니 서 선생님 경우는 누구나 다 이해합니더. 하지만 새파랗게 젊은 아이를, 게다가 절색이니, 젊은 아이 신세도 말이 아니고, 어찌 용주인들 눈이 안 뒤집히겠습니꺼? 나도 많이 달래기야 했지요. 올바람보다 늦바람이 걷잡을 수 없고 석돌보다 차돌에 바람 들믄 아주 못쓰게 되는 법이니, 아무 말 말고 가만두어 보라고 하기는 했지요."

"그래, 지금 내가 그 가시나를 데리고 삽니꺼!"

서영래 눈에 불이 번쩍 댕겨지며 악쓰듯 말한다.

"그년이 죽일 년이오. 아, 내 말 좀 들어보소. 그년을 계집이라고 함께 살겠는가."

별안간 서영래는 긴 팔을 휘두르며 입에 거품을 문다. 수옥의 말이 나오자 그는 미치겠는 모양이다.

"내가 이날 평생 신경질은 있어도 계집 쳐본 일은 없소. 그런데 그년이, 하 참, 내 기가 막혀서, 명색이 지 남편을, 바람 좀 피웠기로서니 멱살 잡고 달라드는 법 있소? 나도 헛살았소, 헛살아! 흥, 그 가시나만 돌아온다믄 이혼하고, 떴다 봐라 하고 한번 살아볼 기요. 내 발에 맞는 신발 한번 신어보고 나도 살아요. 돈이 뭡니까? 지 덕택에 서영래가 오늘 살림을 모았다고? 죽일 년 같으니, 내가 등만 돌리면 그년은 나를 지옥에라도 차 넣을 년이오. 아, 그래도, 그래도 말입니더……."

서영래는 숨이 차서 말을 끊었다가 다시,

"그년을 내 계집이라고 아침저녁 얼굴을 맞대고 같이 살아야 하느냐 말입니더!"

모든 잘못은 용주에게 있는 듯, 용주에 대한 욕설만 퍼부어줌으로써, 부지중에 날려버리고 만 파랑새에 대한 미칠 듯 그리운 마음을 서영래는 무마시키려 하는 모양이다.

"참으이소. 성이 나니까, 성이 나믄 무슨 말을 못 하겠습니꺼? 그러나 부부싸움은 물로 칼 베기, 아니 칼로 물 베기라고 돌아서면 그만이지요. 용주도 오죽 분하고, 원통하고, 억울했으면 그랬겠습니꺼? 서 선생님 잡으러 다닐 때가 머 그거 제정신 있었겠습니꺼? 가버리는 사람은 할 수 없고, 이야기 들으니께 상호 영감 아들하고 달아났다면요?"

서영래의 입술이 파아래진다.

"가는 사람 잡아서 머하겠습니꺼? 마음을, 서 선생 마음이나 잡아야지요. 서 선생이 그러고 다니니 우리들도 물건 하나 구경할 수 없고 낭패 났습니더."

여자는 친구를 위해, 혹은 스스로 좋은 일 하는 데 쾌감을 느끼는지 서영래 마음을 돌리려고 노력을 한다.

"그것뿐인 줄 압니꺼? 용주는 살림을 걷어서 어디로 가야겠다고, 내가 좀 쓰고 있는 돈을 내놓으라 안 합니꺼? 까딱 잘못하다간 마누라 잃고 돈 잃을 겁니더."

은근히 위협을 준다. 서영래는 벌떡 일어서면서,

"남의 속 모르는 소리 하지도 마소."

그는 후딱 나가버린다.

서영래는 방향을 못 잡는 듯, 마음도 몸도 어디로 향해야 옳은지, 다시 선창가로 나온다.

"죽일 년이다! 죽일 년!"

옆을 스치고 지나가는 사람에게 들릴 만큼 넋 없이 중얼거린다. 용주를 두고 하는 말인지, 아니면 수옥을 두고 하는 말인지 그 자신도 대상이 뚜렷하지 못하여 헤매는 표정이다. 나가는 배도 들어오는 배도 없이 한가한 기선회사 그 앞에까지 온 서영래는 기선회사 유리창을 기웃이 넘어다본다. 키 작은 사나이가 사무실 안에서 손짓발짓해가며 동료를 보고, 무엇이 그리도 억울한지 한참 열을 올리며 지껄이고 있었다.

"야아! 나 좀 보자!"

손을 흔들며 서영래는 사나이를 부른다. 지껄이기를 멈추고 사나이가 급히 밖으로 돌아 나오는데 서영래는 장배가 닿은 방천 가로 되돌아가며 담배를 꺼내 문다.

"형님!"

기선회사에서 나온 키 작은 사나이는 사방을 둘레둘레 살피다가 성냥개비를 바다에 휙 던지는 서영래를 보자 급히 그곳으로 달려간다.

"형님!"

그러나 서영래는 바다를 향한 채 돌아보지 않았다. 다만 콧구멍으로부터 담배 연기만 뿜어낸다.

"언제 왔누?"

돌아선 채 묻는다.

"어제 밤배로 안 왔습니꺼? 그렇잖아도 아침에 올라갈라 캤는데 집안에 복잡한 일이 좀 생기서."

돌아보지도 않는데 서영래 등을 보고 키 작은 사나이는 오만상을 찌푸린다.

"하로 종일 그 일 땜에 쫓아다니느라고 저녁때나 올라갈라고 마음묵고 있었습니더만……."

"무슨 일이 생겼노."

"동생이 붙잡혀 안 갔습니꺼."

"와? 남의 돈 묵었노?"

"가는 벼 재놓은 듯 얌전한 그 애가 남의 돈을 묵다니요? 오늘 새벽에 잠자다가 군인에 잡혀가지 않았습니꺼."

"학교 선생인데?"

"선생이고 뭐고 모르겠습니더. 어찌 될지 부산 가서 풀려나올 거라고들 하기는 합니더만……."

"그런데 부산 간 일은 어찌 되었노?"

"말도 마이소. 오장육부가 썩어서…… 성깔대로 할라 카믄 별일이 다 있겠습니더만 무던히 참고 안 왔습니꺼?"

"너희들 다 한통속 아니가? 그년 서울댁하고."

키 작은 사나이는 눈을 부릅뜨며 펄쩍 뛴다. 그러나 돌아서 있는 서영래는 그 호들갑스러운 꼴을 볼 수 없었고, 키 작은 사나이도 자신의 강한 부정이 서영래 눈에 띄지 않았던 것을 깨달으며 이번에는 가련하게 호소하는 목소리를 낸다.

"그거 무슨 말입니꺼? 형님, 세상에 그런 일도 있을 수 있습니꺼? 지금 마른하늘이 내려다보고 있습니더."

서영래는 비웃으며,

"하늘 울 때마다 벼락 때리나? 흥! 어느 놈이 벼락을 맞을지?"

"그라믄 나를 뭐로?"

"그런 말은 때리치우고, 어찌 되었노?"

"어디로 그만 날라버린 모양입니더."

"성재가?"

"물론이지요. 그 생판 날도둑놈 말고 누가 있습니꺼."

불이 꺼졌는지 물고 있던 담배에 성냥을 다시 그어대며,

"서울댁은?"

하고 묻는다.

"눈만 매롱매롱해가지고."

"그년이?"

"도리어 나를 잡아묵을라고, 서슬이 퍼래서 달라 안 듭니꺼? 언제 나한테 짐 주었다고 밤낮없이 와가지고 남의 집 망해묵을라 하느냐고. 참 기가 막혀서……."

"형사를 딜여댔는데도?"

"그, 그 서울댁은 천년 묵은 여시, 눈치가 빠르기론 보통내

기가 아닙니더. 처음에는 겁을 질질 내더니만 나중에는 가짜 형사라는 것을 알아차렸는지 한술 더 뜨지 않겠습니꺼? 공갈 협박으로 몰겠다구 마구 안 덤빕니꺼? 그러니 이쪽에서도 햇볕 바른 처지가 못 되고."

"걸려들까 봐 똥이 쌓여서 그냥 왔다 그 말가?"

"그라믄 어쩔 겁니꺼?"

"돈이 문제가 아니다!"

별안간 서영래는 소리를 바락 지르며 몸을 흔든다.

"고 서울 년이 괘씸해서. 아무래도 그년을 골탕 한번 먹여 주어야 내 속이 시원하겠다!"

용주에 대한 노여움이 이번에는 서울댁에게로 맹렬히 옮겨 지는 모양이다. 그는 허덕허덕 숨을 쉬며,

"그, 그래 토영서 사람 간 기색은 없더나?"

비로소 몸을 돌리며 키 작은 사나이를 노려본다. 눈이 번쩍 번쩍 빛난다.

"학수하고 그 계집애 말입니꺼?"

키 작은 사나이는 히죽히죽 웃는다.

"누가 웃으라 캤노! 묻는 말 대답이나 해라."

서영래는 무안풀이 하느라고 키 작은 사나이가 웃는 것에 조차 화를 낸다.

"네, 저, 그, 그런 기색은 없던데요. 학수 처지로 봐서는 어 디 거기 가겠습니꺼? 서로 못 잡아묵어서 엉글엉글하는데 서

울댁한테 가겠습니꺼."

딴은 그렇다고 생각했는지, 그래서 더욱더 화가 치밀어 오르는지 서영래는 입에 문 담배를 뽑아 던진다.

"어쩌믄 좋겠습니꺼?"

키 작은 사나이는 눈치를 힐끗힐끗 살핀다.

"뭘?"

"문성재 그 날도둑놈 말입니더."

"……."

"소문 들으니께 그 도둑놈은 쇠전 한 푼 없이 다 털렸다 안 캅니꺼?"

"……."

"그것도 뉘한테 다 털렸는고 하니, 참 세상 꼴이 우찌 돼가는지, 와 그 학수 동생 안 있습니꺼? 학자라고, 그 가시나가 꼴값을 하느라고 그놈을 농락한 모양입니더. 그 미친놈이 가시나한테 돈을 다 밀어 넣었다 안 캅니꺼? 나도 하 답답해서 학자를 찾아갔지요. 굉장하더만요. 아주 미끄러지고 말았어요. 술집에 있는데 뭇 사내들을 마음대로, 하 참, 진짜배기 논다니는 젓방 나라가는 판이라요. 토영 사람이 거기 가기만 하믄 본 대로 들은 대로 토영 가서 이야기하라고 뻔뻔스런 말을 한다더니 정말 나보고도 그렇게 말합디다. 그래 그 도둑놈이 어디 있느냐고 물었지요. 그랬더니 와 나보고 묻느냐고, 사돈에 팔촌이라서 내가 알겠느냐고, 그 따라댕기는 여자……."

654

하다가 키 작은 사나이는 선애에 대해 잠자던 화가 치밀었는지 씨근거린다.

서영래는 분노가 지나간 뒤 다 풀어져버린 바보와도 같은 표정으로 키 작은 사나이를 쳐다본다.

솔가지와 해초, 소주병이 거품 일으키는 물결 위에서 뛰놀고 통영 말씨보다 더 억세고 딱딱한 어부들의 고함이 번득이는 햇빛 사이로 항구에 메아리친다. 키 작은 사나이는 그새 줄곧 지껄이고 있었던 모양이다.

"그 나물에 그 밥이라고 연놈이 잘 만났지요. 그 계집 무식한 건 일로 말 못 합니더. 이거는 머 억척으로 딜이대는 바람에 숨구멍이 막히지요. 길이 아니믄 가지 말고 사람이 아니믄 갚지를 말라는 말이 있기사 있지만, 어디 객줏집이나 돌아댕기며 색주가나 해묵을 천한 계집이, 그 주제에 날 보고……."

후끈 달아오른 판에 난쟁이라는, 자기로서는 가장 뼈아픈 말이 튀어나올 뻔했는데 용케 말을 끊는다.

그는 이야기를 앞으로 되돌린다.

"그래 학자 말이 그 계집하고 성재가 함께 날았을 거라 안 합니꺼?"

듣는 둥 마는 둥 하고 있던 서영래는 갑자기 그의 눈에 빛을 모으며,

"이봐."

"네?"

키 작은 사나이는 말을 멈추고 서영래를 올려본다.

"저기 장배에서 내리는 할망구, 학수 어매 아니가?"

키 작은 사나이의 눈이 장배로 간다. 뭍에다 삼판을 걸쳐 놓은 장배에서 내린 학수 어머니가 얼굴을 쌌던 명주 수건을 풀어서 손에 들고 기운 없이 휘적휘적 선창가로 올라오고 있었다.

"와 아니라요. 학수 어머니네요. 참 일들이 고약하게 됐지요. 만나믄 딸 소식을 머라 카고 전합니꺼? 저러다가 저 어매 애 말라 안 죽겠습니꺼?"

"부산 갔다 왔다고 머리에 써 붙이고 댕길 것가?"

심드렁하게 서영래는 핀잔을 준다.

"그래도 서로 번연히 아는 처지 아닙니꺼?"

"비싼 밥 묵고 남의 걱정 안 해도 된다."

서영래의 눈이 다시 한번 번쩍 빛났다.

"이봐, 저 할망구가 어디 갔다 오는 것 같노? 학수 놈 만나고 오는 길 아니까?"

"글쎄요……."

"니 설설 따라가면서 어디 갔다 오는지 한분 물어봐라. 혹 학수한테 갔다 오는 길인지 모르니께."

"그럴까요?"

"그럴까요가 아니다! 어서 가봐! 서둘지는 말고, 눈치채면 안 되니까."

"그, 그러지요."

"나 다방에서 기다리고 있을 기니."

"그 대신 형님은 붙잡혀간 내 동생 일 좀 봐주어야 합니더."

키 작은 사나이는 힘없이 걸어가는 학수 어머니의 뒷모습을 찾으며 급히 걸어간다.

"썩어 죽을 놈! 대추씨 같은 놈! 한 번도 공심부름 안 할라카네."

서영래는 어슬렁어슬렁 다방을 향해 걸어간다.

그가 다방으로 들어갔을 때, 좁은 지방의 이야깃거리가 드문 고장에서 할 일 없는 손님들이 한창 서영래 이야기에 꽃을 피우고 있는 판이었다. 떠들어온 계집아이에 미쳐 돌아가서 만 가지를 다 패하고 있느니, 그 마누라가 어쩌니 하고, 꾸부러진 어깨에 목만 앞으로 쑥 뽑으며 좌석을 찾아서 성큼성큼 걸어 들어오는 서영래를 보자, 그의 험담을 늘어지게 하고 있던 다방 안의 사람들은 슬그머니 입을 다물었다. 그러나 호기심과 어떤 경멸의 빛은 거두지 않았다.

'미꾸라지 한 마리를 들어서 어쩐다더니 그년이 들어서 간 곳마다 내 망신을 시키고 있으니, 그래도 그년을 데리고 살아? 어림도 없다. 두고 봐라. 내가 이혼 안 하고 말 긴가.'

마음속으로 중얼거리며 어디에 앉을까 망설이는데,

"영래, 무슨 일고?"

어구점을 하는 친구가 코 밑을 쓱쓱 문지르며 말을 건다.

힐끔 쳐다보고 서영래는 그와 마주 앉는다.

"무슨 일이라니?"

"코빼기도 볼 수 없으니께 하는 말이다. 부산배 선표가 동이 났는지 부산 행비도 안 하고, 구둘막에서 뭘 하노?"

"흠."

"그런데 낯짝은 또 와 그 모양고? 사흘에 피죽 한 모금도 못 얻어묵었나?"

"흠…… 니는 요새 재미가 어떻누?"

애써 태연하려 하는데 초췌한 서영래의 얼굴은 저절로 꾸겨진다.

"내 할 말을 사돈이 하네."

"그라믄 내가 재미 보고 있단 말가?"

"짐 덩어리가 여기저기서 들어오고, 모두들 눈알이 시뻘게 가지고 쫓아댕기는데 그것도 다 시들하게 여기는 모양이니, 무슨 보물단지를 안고 들앉았는지 모를 일이네."

"실없는 소리 하지 마라. 남 속 타는 줄도 모르고."

"화근은 조만섭이지. 내 그때 보니께 싹수가 다르다 생각했지."

"머를?"

"와 그때, 작년 여름인가? 조만섭이가 부산서 참한 아이 데리고 올 때 말이다. 멀미한다고 니가 따라 안 나갔나? 그때 벌써 일 난 줄 알았지."

그런 농도 받아들일 여유가 없는 서영래는 눈알을 굴리며 화를 낸다.

　이때 키 작은 사나이가 허덕이며 다방으로 들어왔다. 무슨 소식이 있기는 있는 모양으로 방정스러운 몸짓을 하며 서영래를 찾는다.

　"과부를 데리고 살아도 신 술 한 잔이 있는 법인데, 아, 그래 말짱한 새 처녀를 데리고 살믄서."

　어구점 친구가 노닥거리는데,

　"형님."

하고 키 작은 사나이가 다가온다.

　"저, 저리 가자."

　서영래는 서둘며 일어선다.

　"어디 가노?"

　친구는 가로막으며 묻는다.

　"이야기 좀 하고."

　"기다리고 있을 기니, 알았나? 어디 서영래가 사는 술맛이 어떤가, 좀 얻어묵어 보자."

　그 말 대꾸는 하지 않고 서영래는 키 작은 사나이를 끌고 구석진 자리로 간다.

　"알아봤나?"

　"알아보았습니더."

　"어떻게?"

"길 가다 만난 척하고 물어봤더니만……."

"어디 갔다 온다 카더노."

"개섬 갔다 오는 길이라 캅디더."

"개섬? 무슨 일로?"

"나도 무슨 일로 개섬에 갔다 오느냐고 물었지요."

서영래는 사나이 입을 노려본다.

"그래서?"

이야기를 늦추니 몸이 달아 서영래는 다잡듯 묻는다.

"그 말 대답은 안 하데요."

서영래는 실망을 한다.

"그러나 눈치를 보니께 거기 학수가 있기는 있는 모양입디더."

"학수!"

"한숨을 지동같이 내쉬믄서 자식이란 다아 애척이라 안 합니꺼? 품속에 있을 때 내 자식이지, 철들믄 다 소용없고, 돌아오는데 길이 눈에 안 보인다 하믄서 울데요."

"음."

"더 확실한 이야기를 들어볼라고 부산에서 만난 학자 이야기도 꺼냈지요. 그러나 학자는 이미 자식으로 생각 안 한다 하면서 세상에 학수가 그럴 줄은 몰랐다고, 내가 어디 얼굴을 들고 다니겠느냐…… 아무튼 학수가 개섬에 가 있는 것 같은 생각이 들기는 드는데."

"틀림없다!"

"개섬에 말입니꺼?"

"틀림없이 개섬에 있을 기다. 그 가시나 데리고 가 있을 기다!"

열을 올린다.

"틀림없을 깁니더."

사나이가 덩달아 맞장구를 친다.

"음…… 그런데 거기엔 윤 첨지 어장이 있지? 멸어장 말이다."

"윤 첨지 어장이 있지요."

별안간 서영래는 기쁨에 넘쳐 무릎을 친다.

"맞다! 맞어!"

"뭐가요?"

"우리 집에 있던 그 할망구 말이다!"

"할망구가?"

"그 할망구가 개섬 사람이거든! 와 내가 여태 그 생각을 못 했을꼬!"

"그럼 그 할망구가 한 당이 돼서."

"그, 그렇지."

"여자를 빼돌렸다 말입니꺼?"

"그, 그렇지."

"그거 고약한 이야깁니더."

"이봐."

서영래는 나직이 사나이를 부른다.

"와 그랍니꺼?"

키 작은 사나이는 약간 겁에 질린다. 서영래 눈에는 이상한 희열의 빛이 넘실거리고 있었다. 마치 신이 오른 무당의 눈처럼. 입이 저절로 벌쭉벌쭉 벌어지려는 것을 애써 참았기 때문에 그의 표정은 정말 야릇하고 기분 나쁘게 보였다. 키 작은 사나이는 앉은 자세를 고친다. 무슨 명령이 떨어질지 알 수 없으나 자신이 차려야 할 실속은 잊어서는 안 된다는 듯 얼굴이 긴장되어 서영래를 노려본다.

"지금부터 밖에 나가서 배 하나 전세 얻는 거다. 알겠나?"

여전히 목소리는 낮았다.

"어짤라고 그랍니꺼?"

"오늘 밤 가는 거다."

"개섬으로 말입니꺼?"

"개섬으로."

"나도 함께 갑니꺼?"

"함께 가자."

"학수한테 얻어터지믄 어쩝니꺼?"

"그러니게 너하고 가자는 것 아니가."

"내가 무슨 힘이 있습니꺼? 학수 그놈 주먹은 토영 바닥이 다 알고 안 있습니꺼?"

"한몫 두둑이 줄 거니 잔소리 말아라. 주먹으로 할 게 아니고 꾀로 하는 거다. 가시나만 배에 담아 실으믄 그만이거든."

그들은 갯가에 있는 음식점에서 다시 만나기로 하고 헤어졌다.

어구점 친구가 큰 소리로 불러댔으나 서영래는 못 들은 척하고 다방에서 나와 집으로 달려간다. 집에서는 머리를 싸매고 용주가 드러누워 있었다. 폭력전은 지나가고 냉전으로 들어간 그들 사이에 할 말이 있을 턱이 없다. 옷을 갈아입고 호주머니 속에 돈뭉치를 쑤셔 넣은 서영래는,

"독을 피우고 누워 있어라!"

제 발이 저려서 한마디 뇌까리곤 급히 집에서 뛰어나온다. 갯가 동충 음식점까지 한숨으로 달려온 그는 배가 모여든 곳을 살피다가 음식점으로 들어간다.

"오래간만입니더. 서 주사가 우얀 일입니꺼?"

음식점 여자가 반가워한다. 이곳에서는 서 주사로 통하는 모양이다.

서영래는 자리에 털썩 앉으며,

"난쟁이 안 왔소?"

"어언지요, 안 왔습니더. 오늘 밤 한고가이[一船海] 있습니꺼?"

"있기는 머가 있어? 그 장사 손 놓은 지가 언젠데."

"서 주사가 손 놓으면 어쩝니꺼?"

"다른 놈들이 해묵겠지, 얼씨구나 좋다고……."

663

"다른 사람들이사 머 그리 큰 밑천이 있어야지. 물건 보고도 침만 생겼지 얼른 거머잡을 수 있습니꺼."

서영래는 그 말에 아무 흥미도 없는 듯,

"나, 장국밥 한 그릇하고 정종 좀 주소."

"야, 그러지요."

이내 따끈따끈하게 데운 술과 장국밥 한 그릇이 왔다. 서영래는 땀을 흘리며 술을 몇 잔 들이켠 뒤 국밥을 먹는다.

"와 그리 땀을 흘립니꺼? 어디 편찮으십니꺼?"

바라보고 있던 여자가 딱해하며 묻는다.

"아침도 설치고 점심도 굶었더니만……."

서영래는 공연히 비굴스러운 웃음을 띤다. 만나는 사람마다 그의 신색을 근심하니 자신이 없어지고 불안해지는 모양이다.

"형님!"

키 작은 사나이가 헐레벌떡 들어온다. 한몫 두둑이 준다는 통에 신바람이 나는지.

"됐나?"

"오늘이사 말고."

"그래 됐나, 안 됐나!"

"됐지요. 서편에서 기다리라 해났죠."

"너 저녁 묵었나? 안 묵었음 여기서 묵고 떠나자."

"그만둘랍니더. 점심 묵은 게 여태 남아 있는 것 같아서……."

"싫은 것 억지로 묵을 것 없고, 그라믄 가자."

조그마한 똑딱선을 타고 서편 갯가에서 그들이 떠날 때 해는 지고 미친 듯한 황혼이 바다 가득히 깔려 있었다. 기름걸레로 손을 문지르며 기관실에서 나온 서로 안면 있는 기관사가,

"개섬에 한 덩어리 들어왔습니꺼?"

하고 묻는다.

"어디 짐 받으러 가건데? 사람 받으러 가지."

키 작은 사나이, 히죽히죽 웃으며 서영래를 흘겨본다. 뱃전에 쭈그리고 앉은 서영래는 쓸데없는 소리를 하고 있다는 듯 눈을 부릅뜨고, 그러나 아무 말도 하지 않는다.

바다 한복판에 나가서 갑자기 배의 기관이 멎었다.

"와 이라노?"

먼저 기관실로 쫓아 들어간 기관사가,

"고장 났소!"

하고 소리를 지른다.

"방정스럽게!"

서영래는 혀를 두들긴다. 키 작은 사나이는 발돋움을 하고 기관실을 들여다보며 뭐라고 쉴 새 없이 지껄이고 있다. 오랫동안 기관사가 애를 쓰며 겨우 발동기가 돌아가게끔 했을 때 키 작은 사나이는 뱃전에 기대어 깊이 잠이 들었고, 서영래는 악에 받쳐 응응 앓는 소리를 내고 있었다. 그도 그럴 것이 밤중에 쥐도 새도 모르게 개섬으로 올라가려 했는데 벌써 하늘의

큰 별들이 사라지고 있으니 새벽이 가까워 왔음이 분명했다.

발동이 걸리는 소리를 듣자 잠에 빠졌던 키 작은 사나이는 눈을 비비며 일어났다.

"다 틀렸다! 다 틀렸어!"

"와요?"

"와라니!"

"형님, 걱정 마이소. 형님은 가만히 배 안에 계시믄 안 됩니꺼, 내가 염탐하는 동안. 그 여자는 내 얼굴을 잘 모를 테니 밤에 가나 낮에 가나 매한가지요. 형님은 마음이 급해서 공연히 신경질만 안 냅니꺼."

제법 타이른다. 서영래의 처지가 약해지니 저절로 그는 여유를 찾게 되었는지 의젓하게 뽐내기조차 하며.

섬에 닿았을 때는 해가 솟으려고 마구 몸부림을 치듯 하늘과 바다는 핏빛을 띠고 있었다.

"눈에 안 띄겠나?"

서영래는 선실에서 목을 뽑아내며 물었다.

"염려 마이소. 개미 한 마리 없습니더."

뱃전에서 키 작은 사나이가 큰 소리로 대답한다.

"너 이리 좀 들어오너라."

키 작은 사나이는 좁은 선실로 들어왔다.

"앉아라."

앉는다.

"지금은 아침이라 나가봤자 사람이 많을 거구, 학수란 놈도 집에 안 있겠나."

"그렇지요. 학수를 만나면 큰일 나지요."

"큰일 나기는 무슨 큰일이 나!"

"자꾸 그리 신경질 부리믄 어쩝니꺼? 일이 되도록 해야지요."

"아, 아무튼 수옥이를 만나서 내 말은 입 밖에도 내지 말고, 알겠나?"

"그라믄 어떻게?"

"말을 다 듣고 물어라. 조만섭이 딸 명화를 알지?"

"알구말구요. 토영 사람치고 그 처녀 모르는 사람 있습니꺼?"

"해작질하지 말고 내 말이나 들어."

마음이 서둘러져서 오기는 왔으나 수옥을 무사히 납치할 수 있을 것인가, 서영래는 불안해서 견딜 수 없는 모양이다.

"학수 몰래 어떻게 하든지 수옥이를 만나서, 좁은 섬이니께 물어보믄 이내 알 기고, 밖에서 슬슬 살피다가 수옥일 만나기만 하믄 부산서 명화가 왔다고 그래. 배에서 기다리고 있으니 가자고 꾀어라."

했으나 서영래는 다시 곰곰이 생각한다. 그것만으로 통할까? 스스로 의심을 하는 모양이다.

"가만히 있거라. 음…… 음 명화가, 명화가 수옥이를 데리러 오다가 속이 치밀어서, 별안간, 그러니 움직일 수 없다고, 맞다! 그렇게 말해봐라. 어떻게 하든지 간에 배까지만 데리고 오믄 성공이니께."

서영래는 키 작은 사나이에게 그 말을 해놓고 마음을 놓을 수 없었던지 햇살이 섬 안의 구석구석까지 퍼지는 동안 몇 번이나 한 말을 다시 되풀이하곤 했다.

'미쳐도 한두 번 안 미쳤다. 저러다가 정말 병이나 안 날까? 돈이 될 것 같으믄 남의 오장도 긁어낼 인사가 어짜믄 저렇게 계집한테 빠졌을꼬? 하기사 남의 걱정 할 것 없고, 내 실속만 차리믄 그만이라. 떡을 치든가 굿을 하든가. 이번 일만 자알되믄 내 입을 틀어막기 위해서도 한밑천 좋이 줄 거로. 성재 그 날도둑놈이 혼자 처묵은 볼치기를 해야지.'

뱃전에서 햇빛이 엷어지는 것만 기다리고 있던 사나이는 돌아서서 좁은 선실 안을 기웃 들여다본다.

"이제 가도 되겠지요?"

천장이 낮아서 겨우 무릎을 모으고 앉아 있던 서영래는,

"음? 음."

하며 긴 목을 뽑고 밖을 내다본다. 밤새 한잠도 못 잔 얼굴은 쇠어빠진 쑥빛 같고, 더욱더 깊이 꺼져 있었다. 그는 해를 어림해 보고 또한 시계를 들여다보더니,

"그럼 가봐라. 어주리같이 굴지 말고, 학수에게 눈치, 아, 아니다. 학수하고 맞닥뜨리면 일은 다 버그러지고 만다. 알

았나?"

"염려 마이소. 돌다리도 뚜디리고 건너지요."

그는 배에서 훌쩍 뛰어내린다. 무슨 영문인지 모르는 기관사는 뱃전에 걸터앉아 담배를 피우면서 길도 없는 벼랑을 엉금엉금 기어 올라가는 키 작은 사나이의 뒷모습을 멍한 눈으로 바라본다. 멀리 마을 쪽에 사람들이 움직이는 것을 볼 수 있고, 밭둑에서는 소가 풀을 뜯고 있다.

벼랑에서 기어올라 얼마 가지 않아서 키 작은 사나이가 맨 먼저 만난 사람은 공교롭게도 김 서방이었다. 그는 읍내장에 갈 양으로 얼마간의 건어와 마누라가 파서 모은 조개 말린 것을 부대에 넣어가지고 어깨에 메고 배로 가는 길이었다.

"여보이소."

사나이가 말을 걸자 그는 멈추어 선다.

"말 좀 물어봅시다."

"야, 물어보소."

김 서방은 부대를 짊어진 채 대꾸한다. 섬에서 보지 못한 양복쟁이에게 다소의 경계심을 나타내면서.

"담배 하나 태워보소. 담배 하지요?"

사나이는 담배 하나를 뽑아 김 서방에게 내민다.

"이거 초면에 미안스럽십니더."

김 서방은 부대를 길바닥에 내려놓고 자기 아들만큼이나 작은 사나이 앞에 허리를 굽히며 공손히 담배를 받는다. 사나이

는 매우 친절하게 담뱃불까지 붙여주며,

"읍내서 이 섬으로 온 젊은 사람들을 혹 압니꺼?"

"학수라는 사람입니꺼?"

"그, 그렇소. 여자도 같이 왔을 텐데, 모르시오?"

"와 몰라요. 참 잘 알지요. 마음씨 착하고, 그 마음씨만큼 얼굴도 예쁘고."

김 서방은 아주 경계심을 풀어버린다.

"이북 사투리를 쓰고, 이름은 수옥이라 하는데?"

"마, 맞십니더."

키 작은 사나이는 김 서방 몰래 한숨을 내쉰다.

'이제부터가 문제다.'

김 서방은 땅바닥에 담배를 문질러 끄고 꽁초는 조끼 주머니 속에 밀어 넣으며,

"그 사람을 찾아오싰으믄 날 따라오이소. 집을 가리쳐드릴 것이니."

김 서방은 땅에 내려놓은 부대를 내버려두고 앞장을 선다.

"보, 보소! 저 짐은 우짤라고 내버려두고 가요!"

"걱정 마이소. 오다가 가져가믄 돼요. 뭐 할라꼬 도로 짊어지고 갑니꺼? 여기는 읍내하고 달라서 남의 물건 훔치는 사람은 하나도 없소."

시간을 좀 벌려고 그랬으나 김 서방은 사나이의 속셈 따위는 아랑곳없이 가기를 멈추지 않는다.

'학수가 집에 있다 카믄 소변보는 척하고 떨어지면 되는 거구…….'

사나이는 김 서방 뒤를 쫓으며,

"그, 그런데 학수는 집에 있소?"

비로소 김 서방은 걸음을 멈춘다.

"학수 그 사람한테 가실랍니꺼? 아침에 멜막으로 나가는 걸 봤는데 집에 가도 없을 기요. 그라믄, 학수 만나라 카믄 되돌아가입시더."

"아, 아니, 그런 게 아니고 집, 집으로 갑시다."

"그럴까요?"

김 서방이 되돌아서자 사나이는 어깨춤이라도 출 듯 입을 함박같이 벌리고 웃는다.

"사, 사실은 수옥이 생이가 찾아왔단 말이오."

"야? 그거 정말입니꺼? 혈혈단신 피란 왔다 카더니 그거 참 경사 났구만. 그런데, 와 그 부인네는 안 오십니꺼? 읍내에 있습니꺼?"

"아니 배에서 기다리고 있지요."

"배에서?"

"우선 수옥이부터 먼저 만나고, 학수는 천천히……."

"그, 그라믄 그 부인네를 모시러 가입시더. 이거 남의 일이지만."

"올 수가 없으니께 그 카지."

"와요?"

"배 타고 오면서…… 그놈의 배가 고장이 나서 밤새 물 위에 떠 있었단 말이오. 게다가 배탈이 나가지고 밤새도록 주하고 사하고 기진맥진해서 늘어져 누워 있소. 그러니 수옥이가 가서……."

"하하 그것 참, 배탈쯤이야 이런 섬에서라도 낫을 수 있는 병이고, 그보다 그 아지마씨 마음이 얼마나 좋을꼬? 어, 어서 가입시더!"

"집에 정말로 학수가 없소?"

의심을 받는 일보다 집에 학수가 있다는 말이 더 무서워 사나이는 재차 묻는다.

"아지마씨 혼자 있지요. 그러지 않아도 그저께 밤에 그 사람도 토사에 걸려서 대기 욕봤지요. 그래서 하로만 더 쉬라고 권했는데 부득부득 나가는구만. 거, 말 듣기는 우리네 같잖게 공부도 많이 하고 옛날에는 부잣집 아들이었다 카는데 막일을 하고, 참 사람이 됐습니더. 아, 그리고 아지마씨 생이가 배 앓이했다 캤지요? 그라믄 약을 가지고 가야겠네. 부인네 배를 주물러줄 수도 없고, 영신환이 있을 거요."

키 작은 사나이는 급히 손을 흔들며,

"아, 아니 지금은 괜찮소. 기운이 다 빠져서 기동을 못할 뿐이니께. 약도 묵고 다 했소."

해녀의 집, 사립문 앞에까지 온 김 서방은,

"아지마씨! 손님 오시습니더, 아지마씨 생이가 오셨다 안
칸니꺼?"

부엌에서 수옥이 얼굴을 기웃이 내민다. 의아해하는 표정이
었다. 김 서방을 따라 들어오는 키 작은 사나이를 보자 더욱
더 어리둥절해하는 얼굴이 된다.

"우리 생이? 무슨 말씀이세요!"

"하 참, 생이가 배에서 기다리고 있다 카이."

남의 일에 어지간히도 마음이 급한지 김 서방은 짜증을 섞
어 안타까워한다. 키 작은 사나이는 마른 입술을 침으로 축
이며,

"날 잘 모를 깁니더. 서."

서영래라 하려다 기겁을 하며 말을 거둔다. 어지간히 서두
른 모양이다.

"사실은, 사, 사실은 말입니더, 조만섭 씨 딸 명화가."

"네? 명화 언니가요?"

수옥은 놀라움과 기쁨을 얼굴 가득히 나타내며 부엌에서
쫓아 나온다.

"거, 보이소, 아지마씨 생이가 왔다 카이."

깊은 곡절도 알 까닭이 없는 김 서방이건만 좋아하는 수옥
의 표정에 만족을 느끼며 덩달아 좋아한다.

"어, 어디 계세요?"

"간밤에 배앓이해서 기동도 못 한다 안 칸니꺼? 배에 누워

있답니더. 어서 가보이소."

사나이 대신 김 서방이 설명한다.

"어, 어떻게?"

수옥은 머리에 쓴 수건을 벗고 허리에 맨 끈도 끌러서 던지며 걱정이 되어 묻는다.

"그 음식 묵은 게 체했는가, 밤에 배가 고장 나서."

사나이는 우물쭈물한다.

"그, 그럼 저 멸막에 가서서 그이한테 기별 좀 해주세요. 명화 언니가, 저⋯⋯."

갑자기 어찌 설명을 해야 좋을지, 한편 부끄러운 생각도 들어서 얼굴을 붉힌다.

"뭐 서둘 것 없소. 학수는 천천히 오라 카고 우리 어서 가봅시다."

키 작은 사나이는 수옥의 팔을 잡아끌듯 한다. 수옥은 끌려가듯 하면서도 돌아보며,

"저, 빨리 좀 알려주세요!"

"걱정 말고 어서 가보이소!"

키 작은 사나이와 수옥이 급히 걸어가는 것을 본 김 서방은 멸막으로 가는 지름길로 해서 기쁜 소식을 한시라도 빨리 학수에게 전해주기 위하여 길에 내버려두고 온 건어 부대 같은 것은 생각지도 않는 듯 뛰어간다.

사람들을 헤치고, 저울대 앞에 앉아 있는 학수 앞으로 간

김 서방은,

"저 말입니더, 아지마씨의 새, 생이가 왔다고 어서 오라 캅
니더."

명화라는 이름은 까먹고 그저 생이라고만 한다.

"생이?"

김 서방은 손짓발짓해가며 키 작은 사나이에 대한 설명과
찾아온 부인네가 배에서 앓고 누워 있다는 것을 설명해준다.

학수의 얼굴이 파아래지며 저울대 앞에서 일어선다.

"틀림없이 서영래 그놈의 수작이다!"

"머가 잘못되었습니꺼?"

"배가 어디 있는지 어서 갑시다!"

자세히는 모르지만 무슨 심상치 않은 일이 일어났다고 깨달
은 김 서방은 앞장서서 무조건 뛰어간다. 두 사람이 서둘며 뛰
어가는 것을 본 닻줄이도 무슨 일이 생겼나 싶었던지 그들을
쫓는다.

내버려둔 부대 옆을 지나 김 서방은 언덕으로 뛰어 내려간
다. 거기 있는 똑딱선을 보았기 때문에. 학수도 뛰어 내려가고
닻줄이도 뛰어 내려간다.

마침 수옥이 배에 오르려 하고 있었다.

"수옥이!"

키 작은 사나이가 힐끗 돌아본다. 얼굴빛이 확 변하며 엉겁
결에 수옥이를 떠민다.

"가면 안 돼! 서영래다!"

학수 고함 소리에 비로소 수옥은 몸을 돌린다. 그러니까 선실에서 허겁지겁 기어 나온 서영래는,

"어서 떠밀어 올려랏! 기관장! 발동을 걸고!"

수옥은 떠밀려 올라가지 않으려고 몸부림친다. 그러나 서영래는 뱃전에서 팔을 내밀어 수옥의 버둥거리는 팔을 낚아챈다.

"이잉! 내가 속았구나!"

아직도 무슨 영문인지 모르기는 해도 눈앞에 벌어진 사태를 본 김 서방은 달려가며 소리친다.

서영래는 필사적으로 서둘렀으나 이미 일은 글렀다. 사태가 불리한 것을 깨달은 키 작은 사나이는 수옥을 떠밀어 올리는 것은 그만두고 자기 혼자 배 위로 뛰어 올라가며,

"형님, 안 되겠습니더. 하, 한 놈도 못 당할 긴데 세, 세 놈이."

"이잇! 이 개새끼야! 이 가시나 같이 끌어 올리지 못할까!"

이빨을 드러내고 짐승처럼 응얼거리며 서영래는 낚아챈 수옥의 팔을 죽어라고 놓지 않는다. 그러나 먼저 달려온 김 서방은 수옥을 빼앗아 뒷전으로 밀어내고 서영래마저 끌어 내린다. 반쯤 물에 빠졌다가 모래밭으로 끌어내진 서영래 눈은 불이 붙고 있는 것같이 보였다.

"이 늙은 개자식아! 니 여기가 어디라고 왔노?"

학수의 착 가라앉은 눈이 서영래의 눈과 맞선다.

"이 도둑놈! 니 죄를 니가 몰라서 하는 소리가!"

입을 벌릴 수 있는 데까지 벌려 고함을 치면서 서영래는 목숨을 건 듯 학수를 향해 돌진해온다. 학수에 앞서 닻줄이와 김 서방이 덤벼든다. 그러나 악에 받친 서영래는 미친 듯 날뛴다. 싸움이 벌어지자 기관실에서 발동을 걸고 있던 기관장이,

"와 이라노?"

하고 쫓아 나온다. 키 작은 사나이는 얼굴이 샛노오래진 채 배 뒤켠에 붙어 서 있었다.

"사, 싸움이……."

"이라고 있음 어짜노? 가서 뜯어말리야지."

"나, 나는 가믄 맞아 주, 죽을……."

"참 사람 덜 됐네."

기관장은 경멸을 하면서 배에서 훌쩍 뛰어내려 간다. 이러고저러고 사리를 가릴 것 없이 결국 이 대 삼으로 격투는 벌어졌다.

모두 제정신을 차렸을 때 서영래는 모래 위에 뻗어 있었다.

"대관절 어떻게 된 영문이고?"

기관장이 먼저 소리를 쳤다.

"잔소리 말고 저 송장이나 끌고 이곳에서 떠나랏!"

학수가 응수하듯 말한다. 얼굴에 흐르는 피를 씻으며. 서영래는 몸을 꿈틀거리고 겨우겨우 일어나 앉으며 하는 말이,

"니가 이 섬에 발붙이고 살 상싶으냐?"

서로 치고받기는 했으나 어떻게 된 싸움인지도 모르게 뛰어들었던 만큼 기관사로서는 멋쩍고 싱겁기 짝이 없는 노릇이 아닐 수 없었다. 너덜너덜하게 찢어진 자기 옷을 보고 좀 화를 내다가 그는 싸움이 그쯤으로 끝난 것만을 다행으로 생각하려는 듯, 아주 녹초가 되어버린 서영래를 끌고 일으킨다. 그는 장승처럼 뻗대고 서 있는 세 장정을 힐끔 쳐다보며,

"인제 가입시더."

서영래는 기관사에게 질질 끌려가면서 분에 못 이겨 연방 악담을 퍼붓고 허공을 향해 주먹질을 한다.

"어디 두고 보자! 이놈, 학수 너 이놈! 니가 이 섬에 발붙이고 살 긴가 못 살 긴가 두고 보자! 니놈이 그년을 데리고 여기서 살 수만 있다믄 이 서영래 모가지를 줄 것이니! 죽일 놈!"

학수는 뻗대고 서서 그를 노려본 채 한마디도 응수하려 하지 않는다. 다만 욱해가지고 달려들려는 닻줄이의 팔을 낚아챘을 뿐이다.

똑딱선에 발동이 걸리자 어디서 숨도 안 쉬고 있었던 성싶은 키 작은 사나이가 슬금슬금 나타나서, 그러나 학수 켠은 보지도 못하고 공연히 서성거리기만 한다. 배가 뭍에서 떠나려 하자 서영래는 바로 눈앞에 이룩될 수 있었던 꿈을 깨어버린 아이처럼 뱃전을 두 손으로 두들기며 입에 흰 거품을 물고 소리소리 지른다.

"이놈! 학수 너 이놈! 이 서영래가 모가지를 건다. 니가 이 섬에 부지하고 살 건가 못 살 건가! 길잖을 기다. 만일 니가 그년 데리고 응, 내가 이놈의 섬에다 불을 안 지를 줄 아나! 내 말 똑똑히 들어라! 이놈아, 기왕 벌어진 춤이다! 이 애비 에미도 없는 천하의 후루자식!"

배는 떠났다.

퉁퉁거리는 똑딱선 발동 소리에 서영래의 고함 소리는 사라지고, 그 똑딱선의 발동 소리마저 멀어진다. 그리고 작은 배의 모습도. 조금 전의 활극을 모르는 듯 하늘은 무심하게 푸르고 파도는 변함없이 밀려들고 밀려간다.

"개새끼!"

그때까지 한마디 말없이 우뚝 서 있던 학수는 모래 위에 침을 뱉는다.

"어떻게 된 일입니꺼?"

긴장된 분위기를 찢으며 김 서방이 묻는다. 학수는 그 말대꾸를 하지 않는다. 다소 사정을 알고 있는 닻줄이는 김 서방에게 아무 말 하지 말라는 투의 눈짓을 하고,

"어, 그런데 아지마씨는 어디 갔습니꺼?"

하자 학수는 사방을 두리번거린다. 수옥은 없었다.

"집에 갔겠지."

말로는 그렇게 했으나 학수는 몹시 불안하였던지 여기저기 기웃거리다가 저만큼 바위 있는 곳으로 간다. 수옥은 바위 뒤

에 숨어서 치맛자락이 물결에 젖는 것도 모르고 울고 있었다.

"수옥이."

수옥은 그냥 울고만 있다.

"일어낫!"

노여움에 목소리가 떨린다. 그는 수옥을 잡아 일으킨다.

"왜 그리 철없는 짓을 하는 거야?"

"저, 그, 그렇지만……."

겁에 질려서 눈물이 쏟아지는 눈을 학수로부터 떼지 못한다. 눈에서는 끊임없이 눈물이 흐르고, 또 흐른다.

"누구든지 오라 하기만 하면 가는 거야? 바보도 그쯤 되면 문제다!"

학수는 수옥을 만난 이후 처음으로 누구든지 오라면 가느냐고 뼈아픈 말을 했다. 피로 얼룩진 얼굴에는 좀 잔인하고 쌀쌀한 빛이 돌고 있었다.

"뻔한 일 아냐? 이북서 가족이 찾아왔다면 여길 어떻게 알고 오느냐 말이다! 그것도 헤아릴 수 없는, 그러니까 그, 그따위 서영래."

하다가 만다.

수옥은 흐느껴 울면서,

"명, 명화 언니가 오, 오신다 해서…… 이북에도 우, 우리 언닌 없는 걸……."

"뭐, 명화가?"

비로소 학수 얼굴에 노기가 사라진다. 좀 심한 말을 했는가, 뉘우치듯 그는 쓰디쓴 웃음을 띤다.

"개새끼! 어지간히 둘러댔구나."

닻줄은 김 서방을 데리고 먼저 벼랑길을 올라가면서,

"형님, 먼저 갑니더!"

하고 소리쳤다.

"개새끼, 어지간히 연구했구나…… 무슨 짓을 또 할지 모르지…… 하여간 집으로 가자."

집으로 돌아가면서 수옥은 내내 울었다. 학수도 몹시 우울한지 우는 수옥을 달래려 하지 않고 혼자 생각에 잠기며 걷고 있었다.

조용한, 아무도 없는 집 안으로 들어간 학수는 마루 끝에 걸터앉아 무심히 지나가는 구름을 멍하니 올려다본다. 일을 하다가 내버려두고 온 멸막에 돌아갈 생각도 없이.

'무슨 일이 일어나기는 일어날 거야. 무슨 일이…… 그 작자의 말대로 이 섬에 발붙이고 우리는 살 수 없을지도 모른다.'

학수하고 좀 떨어져서 마루에 앉은 수옥은 학수와 마찬가지로 흘러가는 구름을 멍하니 바라보고 있었다. 무슨 생각을 하는지 별안간 수옥은 얼굴을 찡그린다.

"저, 저, 놀래서……."

학수는 수옥의 말을 귀담아듣지도 않는다.

"저, 놀라면……."

"뭐라구?"

얼굴을 돌리지도 않고 짜증 섞인 말로 되묻는다.

"저, 석이 어머니가, 놀라면 아, 안 된다고 하시던데……."

학수는 어리둥절해서,

"그거 무슨 말이야?"

"저, 저, 떨어진대요……."

수옥은 얼굴이 홍당무가 된다.

"뭐, 뭐? 뭐라구?"

학수의 얼굴도 홍당무가 된다.

"그, 그럼 애기가……."

엉겁결에 그는 벌떡 일어선다. 그러고는 어떻게 해야 할지 모르는 듯,

"나 가, 갔다 올게."

하고 급히 걸어 나간다. 그의 서두는 뒷모습, 햇볕에 그을려 까맣게 윤이 나던 목덜미가 지금은 술 마신 사람처럼 주홍빛이다.

수옥은 학수의 무뚝뚝한 태도를 서럽게 여겼는지, 혹은 부끄러워 그러는지 다시 훌쩍이며 울기 시작한다.

아무 일도 없었던 것처럼 조용하기만 하고, 동백나무의 꽃도 다 져가는 마을에 어느 산에서인지 뻐꾸기가 구성지게 울어도 쌓는다.

아귀바귀 소리를 지르며 서영래가 떠난 뒤 여러 날이 지나

갔다. 해거름, 멸막에서 일을 끝낸 닻줄이와 함께 마을로 돌아온다.

"닻줄이."

시무룩하게 학수가 부른다.

"야?"

"음…… 사람이 내왕 안 하는 그런 섬은 없을까?"

"와요? 도중섬에 가서 멀 해묵고 살라고요?"

"그것도 그렇다."

담배 한 개비를 꺼내어 붙여 물며 학수는 한숨을 내쉰다.

"그 읍내 놈 땜에 그럽니꺼?"

"……."

"늘어지게 맞고 갔는데 무슨 정에 또 오겠습니꺼? 다시는 안 올 깁니더. 만일 오기만 하든 다시 못 오게 다리몽댕이를 자깍 뿌질러 병신을 맨들어버리지요."

"콩밥은 누가 먹을라구?"

"그까짓 사람이 한 분 살지 두 분 삽니꺼?"

한참 동안 말이 없다가 학수는,

"이런 데서 애기 낳으려면 어떻게 할까?"

하고 혼잣말처럼 한다.

닻줄이는 빙그레 웃으며,

"우리 오매한테서 들었습니더."

"……."

"아지마씨가 애기 섰다믄요?"

학수는 슬며시 외면을 하고 바다 켠을 바라본다. 얼굴이 금세 달아오르는 듯 붉어진다.

"사람이 어디 아이 낳습니꺼?"

"……?"

"세상 조화가 그리돼 있지요. 삼신할만네가 낳아주시는 긴데…… 우리 오매가 그럽디더."

닻줄이의 얼굴은 소년같이 된다. 학수는 쓴웃음을 띤다.

마을에서는 저녁 짓는 연기가 피어오르고 있었다. 그들이 마을 어귀에 들어섰을 때 구장네 집 앞에 서 있는 오래 묵은 나무 밑에 양복을 입은 두 남자가 서 있었다. 그들은 학수와 닻줄이를 보자 슬그머니 몸을 돌리며 그들이 가까이 오기를 기다리는 눈치를 보인다. 닻줄이와 학수는 동시에 긴장한 낯빛이 된다. 저절로 뻣뻣한 걸음이 되어 그들 앞을 지나치려 하는데 등산모를 눌러쓴 남자가 멈추라고 명령을 한다.

"와 그랍니꺼?"

말하면서 닻줄이는 학수를 힐끗 쳐다본다.

"신분증 내놔."

다시 등산모 쓴 사나이가 명령했다.

학수와 닻줄이는 묵묵부답이다.

"……"

"신분증 없나?"

"이런 섬에 숨어 있으면 끝내 안 가고 배길 줄 알았더나? 어리숙한 자식들."

"아, 아닙니더. 숨어 있다니요? 여기는 우리 마을, 본시부터 우리는 개섬 사람인데 머할라고 숨어서 살 깁니꺼?"

닻줄이는 팔을 휘저으며 억울한 듯 말한다. 그들은 벌써 사태를 짐작한 모양이다. 학수는 체념한 듯 한마디 말도 하지 않았다.

"개섬 놈은 군인 안 가도 된다는 허락을 뉘한테 받았노? 잔소리는 안 하는 거다. 젊은 놈들이 나라가 망하거나 말거나 저 한 몸 살라고 빈둥거리는 꼴이란."

"나, 나는 안 빈둥거렸습니더. 그런 팔자나 되건데요?"

"왜 그리 객소리가 많아? 하여간 날 따라와."

그들이 이끌려 간 곳은 선창가였다. 눈에 안 익은 배 한 척이 그곳에 있었다.

그리 크지 않은 발동선이다. 선창가에는 낯익은 마을 사람들이 불안한 얼굴을 하고서 우왕좌왕하고 있었다. 그들은 학수와 닻줄이를 앞세우고 오는 읍내서 온 사나이를 힐끗힐끗 숨어 보곤 한다. 배 위에는 먼저 붙잡혀 온 장정 네댓 명이 선창가에서 헤매고 있는 그들 가족을 무표정하게 내려다보고 있었다.

마을에서 저녁닭 우는 소리가 들려왔다.

"빌어묵을! 방정스럽게! 어느 놈의 집구석에서 저녁에 우는

저놈의 닭의 새끼를 그냥 놔두노. 모가지를 비틀어 솥에 안
안치고."

붙들려가는 장정의 아버지인 듯싶은 한 노인이 화를 낸다.
불길한 예감이라도 들었던가.

"농사는 누가 짓고……."

눈물을 찔끔거리는 노파도 있다.

닻줄이는 그들 사이를 헤치고 가면서 재빨리 낮은 목소
리로,

"보소, 임이 오매, 우리 집에 가서서, 나 이렇게 된 것 좀 알
려주이소. 그라고 그 읍내에서 온 그 젊은 아지마씨한테도 기
별해주이소."

하고 부탁한다.

학수와 닻줄이 배에 올랐을 때,

"허, 속절없이 너도 왔구나!"

먼저 온 장정 중의 한 청년이 실쭉 웃으며 말을 건다.

"생벼락을 맞았다."

닻줄이는 수세미가 된 머리를 긁적긁적 긁으며 내키지 않는
대꾸를 한다.

"니사 머 걱정가. 바가지 들고 빌러 가는 살림 아닌데, 우리
네가 걱정이제."

그러나 청년은 그다지 걱정하는 얼굴은 아니다.

"그러나저러나 이 배가 부산으로 바로 가는지, 아니믄 토영

으로 가는지 모르겠다. 저녁도 안 묵고 배가 고파 죽겠는데.”

“토영으로 간다 카더라. 토영 가서 신체검사하고.”

장정들이 주고받는 말을 듣다가 학수는 뱃전에 걸터앉는다.

햇빛 아래, 싱그러운 푸름을 자랑하던 숲이 차츰 검은빛으로 변하여가고, 선창가에는 더욱더 많은 사람들이 모여든다.

학수는 담배를 뽑아 닻줄이와 나누어 물고 담뱃불도 나누어 붙인다.

“야단났습니더, 형님.”

닻줄이 낮은 소리로 말한다.

“할 수 없지.”

“배를 탔으믄 안 걸려들었을 긴데…… 김 서방은 오늘 배를 탔으니께…….”

멀리 깜박거리기 시작한 고깃불을 바라보며 닻줄이 중얼거린다.

“내가 마 나가도 집안일 어떻게 꾸려나가겠지만, 형님 일이 문젭니더. 아지마씨가…….”

“…….”

미간을 바싹 모으는 학수 얼굴을 보기가 딱했던지 닻줄이는 슬그머니 얼굴을 돌리며 딴전을 피우듯,

“쇠돌이 니는 어쩌다 잡혀 왔노.”

하고 덧니가 엉망으로 된 청년에게 말을 건다.

"씨 뿌리다가 왔지."

그러자 기별을 받은 닻줄이네 집 식구와 수옥이 선창으로 달려왔다. 얼굴이 쌍그래진 닻줄 어머니는,

"아가! 닻줄아!"

팔을 벌리며 배를 향해 소리친다. 수옥과 학수는 방천을 사이에 두고 서로 한마디 말도 없이 마주 볼 뿐이다. 눈물도 없는 눈이 공포에 떨고 있고, 그 눈을 보는 학수는 고통을 참으려고 애를 쓴다.

그새 마을 사람들은 별안간 마을을 떠나게 된 그들의 아들 혹은 남편을 위해 주먹밥을 해 나르고, 농 속에 깊이 간직한 돈을 건네주고, 서로 당부하며 이별을 슬퍼하고 있었다. 그러나 극성스러운 닻줄 어머니는 이리저리 쫓아다니며 마을 사람들과 의논하여 배를 한 척 내기로 하고 통영까지 따라가기로 결정한다.

"가든 안 가든 토영 가서 끝장을 봐야제. 돈 있는 읍내 사람들이사 자식도 안 보내고 아무 걱정 없이 산다 하더마는."

닻줄이는 그의 어머니의 울먹이는 소리를 듣자 얼굴을 찡그리며,

"돈만 쓰고 머할라고 따라올라 캅니꺼? 설마 군인 데리고 가믄서 밥 굶길까 봐 그랍니꺼? 쓸데없는 짓 하지 마이소."

"누가 아나? 니 고모가 있으니께. 연줄을 잡아서 좋게 될지."

"참, 오매도, 고모가 군숩니꺼, 경찰서장입니꺼?"

이때 학수는 뱃전에서 몸을 내밀었다. 수옥도 바싹 앞으로 다가선다.

"너도 닻줄이 어머니가 토영 오시게 되면 따라와라. 그리고 집에 가서 어머니한테 알려. 알았어?"

수옥은 멍한 눈으로 고개를 끄덕인다. 아무래도 수옥에게는 엄청난 사태인 것 같다.

"떠나기 전에 어머니를 꼭 봐야겠어. 수옥인 이제 혼자가 아니니까."

학수의 얼굴에는 다시 견디기 어려운 고통의 빛이 어린다.

"지금 한창 멸이 올라오는 판인데 이리 장정들을 싹 쓸어가믄 누가 어장 일을 합네까? 나라 일도 중하지만 후방의 일도…… 자아, 우리 술이나 한잔씩 하고 이야기나 좀 합시다."

연락을 받고 뛰어온 어장막의 책임자가 기관의 사람을 잡고 통사정을 하며 정치를 하려고 한다. 그러나 기관의 사람은 무뚝뚝하게 그의 팔을 뿌리치며,

"정신이 틀려먹었소. 이러니 나라 꼴이 돼먹질 않는 거요."

"그, 그거는 그래도 노는 사람 아니니께."

"모두들 자진해서 총자루 들고 나서서 나라를 구해야 할 판인데, 어쩌든지 안 나갈려고만 하니, 우리도 이렇게 잡으러 다니지 않을 수 없게 되지 않았느냐 말이오."

화를 낸다.

"그, 그렇지만 일하는 사람…… 그, 그러지 말고 술이나."

"지금은 전쟁이오, 전쟁이란 말이오. 싸우는 놈 없이 어찌 후방에서 마음 놓고 어장 일을 하며, 농사를 짓는단 말이오? 안 그렇소? 내 말이 틀렸소?"

"할 말이야 없제. 그러나 도시에 나가믄 넥타이 하고 사치만 하믄서 군대에 안 나가는 젊은 놈들이 얼매든지 있는데 그거는 우찌 된 일입니꺼?"

기관의 사나이는 대답을 못 한다. 이 기회다 싶었는지 어장의 책임자는,

"이런 일을 하는 선생 같은 분이 후방에 있어야 하는 것하고 마찬가지로 어장막의 젓꾼들도 꼭 있어야 합네다. 아무나 뱃놈 노릇 못하는 법이오. 한창 일할 수 있는 장골들을 이리 한꺼번에 쓸어 가믄 고기는 누가 잡고, 싸움도 묵어야 할 것 아닙네까? 나라에도 사정이 있다고…… 자, 우리 술이나." 하고 팔을 끌었으나 아무 소용이 없다. 대답이 없는 것은 불가능의 표시이기 때문에.

멀찌감치 둘러서서 어장막 책임자의 교섭에 한 줄기 희망을 걸고 있던 마을 사람들 얼굴에 묻어오는 어둠과 같이 체념의 빛이 돌기 시작한다.

배는 떠나고, 그 배를 뒤쫓아 마을 사람을 태운 목선도 떠난다. 바람에 부푼 돛이 쾌속을 증명해주건만 멀어져가는 발동선을 바라보는 이쪽 배 속의 사람들 시선은 안타깝기만 하다. 물론 배 안에는 옥양목 겹저고리 하나를 싸서 든 수옥이

웅크리고 있었고, 닻줄이 어머니는 쉴 새 없이 넋두리를 하고 있었다.

　이른 새벽, 통영 항구에 닿은 섬사람들은 국민학교에 많은 장정들이 수용되었다는 소식을 들을 수 있었다. 그들은 모두 그 국민학교로 몰려가고, 닻줄이 어머니는 시누이 집으로, 수옥은 학수 집으로 각각 나누어 방향을 잡는다.

　이른 새벽 장꾼들이 새터 아침 장을 향해 바삐 가고 있었다. 수옥도 그 장꾼들 속의 한 사람처럼 서둘며 걸어간다. 장터를 지나서 해방다리를 건너섰을 때 수옥과 같은 방향으로 걸어가는 사람은 단 한 사람도 없었다. 다만 그쪽에서 장을 향해 걸어오는 사람뿐이다. 어둠 속이어서 서로의 얼굴은 볼 수 없었지만.

　수옥이 걸음은 차츰 느려져간다. 어둠 속에서도 하얀 신작로, 가지가지 비참하고 욕되었던 역사가 남김없이 펴진 듯 수옥의 걸음 밑에 그 하얀 신작로가 말려들어 간다. 해저터널에 못 미쳐 오른편으로 수옥은 돌아간다. 방천을 치는 물결 소리, 울음 같고 몸부림 같은 소리, 수옥은 서영래에게 욕을 보고 뛰어나와서 울었던, 그리고 학수를 만났던 그곳에 이르렀을 때 그만 그 자리에 퍼질러 앉아서 목을 놓아 운다.

　꿈결같이 지나간 몇 달 동안의 섬 생활을 생각하는 것일까, 아니면 앞으로 닥쳐올 무서운 생활을 생각하는 것일까.

　"엄마! 아아, 엄마! 날 좀 살려주어요!"

바다에 아침 안개가 깔리는 것을 보자, 수옥은 소스라쳐 울음을 그치고 일어선다. 그는 딴사람이 된 듯 감나무가 있는 돌담집을 향해 서둘며 걸어간다.

잠겨 있지도 않은 대문을 밀고 들어섰을 때 안방에서 앓아누운 학수 아버지의 기침 소리가 들렸다. 장독가에 앉아서 을씨년스럽게 미음 쌀을 갈고 있던 학수 어머니가 얼굴을 든다. 수옥을 보자 그는 쌀을 갈던 돌을 든 채 일어섰다.

"어, 어떻게? 머, 머할라고 와, 왔을꼬?"

"저……."

"하, 할 말 있으믄……."

학수 어머니는 안방에 마음을 쓰며 수옥에게 손짓을 해서 집 밖으로 나오게 한다.

"웬일로, 머할라고 여기 왔노?"

원망에 가득 찬 눈이 수옥을 바라보며 묻는다. 수옥은 흐느껴 울면서,

"자, 잡혀갔어요!"

"하, 학수, 우리 학수가?"

"네."

"어디로?"

"군인으로…… 섬사람들하고 함께."

"그, 그라믄 어디로 갔단 말고? 이 에미 얼굴도 한 분 안 보고 어, 어이구, 모, 몹쓸 놈……."

학수 어머니는 턱을 까불며 운다.

"어, 어머니 만나려고, 떠나기 전에. 그, 그래서 왔어요."

"그라믄 아직?"

"저, 국민학교에, 모두 국민학교에 수용됐다 해요."

수옥이 말에서 떠나기 전에 만날 수 있다는 희망을 갖는 학수 어머니, 그것이 그를 더욱 슬프게 한 것 같았다. 그는 몹시 울었다. 한참 울고 난 학수 어머니는 서로의 슬픔이 같다는 것에서 온 것인지 모르지만 수옥에 대한 미운 마음을 얼마간 풀어버린 듯했다.

"여기 좀 기다리고 있어라. 옷 갈아입고, 누워 계시는 집어른한테 말하고 나올 것이니."

손바닥으로 부지런히 얼굴을 문지르며, 안으로 들어간 학수 어머니는 얼마 후, 섬에 찾아왔을 때 입은 그 옷으로 갈아입고 나왔다. 그는 수옥의 얼굴을 피해 앞장서 가며,

"어서, 어서 가야지. 그 무상한 자식이 고생만 하다가 에미 가슴에 못만 박아놓고 가는구나, 어이구!"

쓰다듬지도 않고 나온 머리카락과 옷고름이 바닷바람에 나부낀다. 학수 어머니 뒤를 수옥이 타박타박 따라 걷는다.

장정들을 수용한 국민학교 운동장에는 꽤 많은 사람들이 웅성거리고 있었다. 교실의 창문 안과 밖에서, 그들, 떠날 사람과 가족들이 간신히 얼굴을 맞대고 초조하게 이야기를 주고받고 있었다.

"저기 있구나! 아가! 학수야!"

아들의 이름을 부르며 학수 어머니가 달려간다. 수옥도 숨을 헐떡이며 급히 뒤따라간다. 창문에서 학수가 얼굴을 내밀었다.

"어머니!"

하룻밤 사이에 더욱 얼굴이 못 된 학수는 괴로움을 감추느라고 무척 애를 쓴다.

"어이구, 이 몹쓸⋯⋯."

어머니는 아들의 손을 거머잡는다.

"돈이 있어 너를 빼내겠나, 권세가 있어 너를⋯⋯."

어머니는 울지 않으려고 애를 쓴다.

"남들이 다 가는데 할 수 있어요? 어차피 어느 때고 가기는 가야⋯⋯ 그보다 어머니⋯⋯."

"말해봐라."

"수옥이 말입니다."

"⋯⋯."

"만일 수옥이가 집에 없다면 나, 나는 다시 토영 땅을 밟지 않을 겁니다."

어머니 눈에 두려움이 지나간다.

학수는 눈을 내리깔았다가,

"수옥인 좀 저리 가 있어."

학수 눈에는 눈물이 배어 있었다. 수옥이 고개를 숙이며 자리를 비켜준다.

"불쌍한 여잡니다. 아무도 돌보아줄……."

어머니 눈에 말할 수 없는 쓸쓸함이 지나간다.

"수옥인 이제 혼자몸이 아닙니다."

어머니는 놀라며 아들의 얼굴을 뚫어지게 바라본다.

"성해서 돌아올지…… 모르지만……."

"와, 와? 그런 소리를 하노!"

"만일 그때 수옥이가 집에 없다면 다시 어머니는 저의 얼굴을 못 볼 것입니다."

"아, 알았다."

어머니는 눈물을 보이지 않으려고 얼굴을 숙인다.

"아무리 험한 일이라도 자식 얼굴 못 보는 것보다는 안 낫겠나. 다 팔자소관이다."

괴로움을 누르며 어머니는 드디어 허락한다.

"어, 어머니!"

학수 눈에 눈물이 흐른다.

"불효자식, 요, 용서……."

저만큼 수옥은 하늘을 올려다보며 눈물도 마른 듯 멍하니 서 있었다.

15. 파시 波市

"응주 씨."

멍한 눈을 돌리며 응주는 죽희를 바라본다.

"마리아, 마리아, 마리아, 그 장면이 최고예요."

죽희는 남자 목소리를 흉내 내고서 차분한 미소를 띤다.

"영화 말입니까?"

"재미없었어요?"

"글쎄요……."

죽희는 실망의 빛을 띤다.

"저는 너무 슬퍼서 막 울었는데, 얼마나 절박하면 전할 말은 한마디도 못 하고…… 여자 이름만 부르며 그렇게 전하라구."

"그런 일이 있을 것 같습니까?"

"있구말구요. 저는 그보다 더한 것 있을 거라 생각해요."

죽희는 좀 지나칠 정도로 강조한다.

"그럴까요? 그런 동화 같은 맑은 샘이 있을까요? 요즘 이곳 젊은 사람들은 모두 늙은이같이 겁이 많아지고, 하늘이 낮아서 숨구멍이 막힐 듯 그래도 살 구멍을 살피느라고 모든 지혜를 짜내는 이기주의자가 되어버린 것 같은데요. 그렇게 안 느낍니까, 죽희 씨는?"

멍했던 눈에 비웃음을 띠며 조롱의 투로 말한다.

"왜 그럴까요?"

"전쟁 탓으로."

"전쟁 탓으로……."

이야기 줄거리가 어긋났다는 듯 죽희는 고개를 갸웃이 기울인다.

"하지만 전쟁 속에서도, 이런 비극 속에서도 아름다운 이야기는 얼마든지 있을 것 같아요."

"비극도 비극 나름이겠죠. 아까 영화에는 홍수와 고아라는 비극이고, 전쟁도 적끼리 싸우는 비극이라면 이기심의 구실이 없어져서 나도 영웅쯤 될지 모르지요. 모두 피 끓는 애국 청년이 되겠죠."

했으나 응주는 자기 하는 말에 신념을 가지고 있는 것처럼 보이지 않는다.

"공산당은 우리의 적 아니에요? 전 무섭고 싫어요."

"사상이란 추상적인 거죠. 대하는 건 사람이니까. 일본 놈이나 중국 놈 같았더라면…… 하긴 죽고 싶지 않은 본능 때문에 이러니저러니 하는 거겠죠. 그것을 부끄럽게 생각지 않으면 동족상잔이고 뭐고 트집 잡을 것도 없겠는데, 모두 정신 구조가 복잡해진 탓인가 싶소. 안 가시겠어요?"

응주는 하던 말을 갑자기 끊어버리고 일어선다.

다방 안에 흐르는 음악의 여운처럼 죽희는 그렇게 갈라져 헤어질 수 없는 기분인지 엉거주춤하다가 응주를 따라 밖으로 나간다.

"이렇게 모두 평화스럽지 않아요? 도무지 전쟁이란 실감이 나지 않아요."

광복동 거리의 찬란한 불빛을 보며 죽희는 중얼거린다. 응주는 아무 대꾸도 하지 않았다.

버스 정류장까지 온 응주는,

"그럼 타고 가세요."

하고 그는 그의 갈 길을 바삐 걸어간다. 마치 죽희가 뒤쫓아 올 것처럼, 그것을 몹시 두려워하는 것처럼.

죽희는 우두커니 서서 그의 멀어져가는, 잠바 입은 뒷모습을 바라본다.

'어째서 저럴까? 말할 수 없이 친절하고 다정하게 그러다간 눈물이 나게 뿌리치는 것일까?'

죽희 눈에는 눈물이 어려 있다.

701

하숙 가까운 길모퉁이를 돌아가다가 응주는 구멍가게로 발길을 옮긴다.

"거, 소주 한 병."

낯이 익어서인지 가겟집 여자는 미소하며 자그마한 소주 한 병을 건네준다. 응주는 술병을 받으면서 한 손으로 땅콩 한 봉지를 집어 잠바 호주머니 속에 밀어 넣고 값을 치른다.

하숙으로 돌아온 응주는 부엌으로 들어가서 컵을 찾느라고 그릇을 달그락거린다. 그 소리를 들은 하숙집 마누라는 안방에서,

"누구요?"

"접니다."

"정지에서 멀 할꼬?"

"컵 하나 찾지요."

"아따, 또 술 사 왔는가 배. 저녁은 어쩔라고?"

"안 먹을랍니다."

마당으로 나오며 응주는 말한다.

"쌀이사 남아 좋겠다마는 요새 웬 술을 자꾸 마시는지 모르겠네."

마누라는 내다보지도 않고 방 안에서 중얼거린다.

방으로 들어온 응주는 연거푸 술 몇 잔을 들이켠 뒤 아랫목에 개켜놓은 이불을 베개 삼아 드러눕는다.

'뭐 대단한 고민이라도 짊어지고 있는 것 같은데 정말 나는

고민을 하고 있는지 아닌지 모르겠다. 고민도 아니구, 뭐 아무것도 아니라는 게 문제란 말이야. 명화가 어떻고, 죽희가 어떻단 말인가? 만나서 좋으면 그만이고, 싫으면 안 만나는 거구, 무슨 세계고世界苦를 너 혼자 짊어졌다고! 아, 아니지. 이렇고 저렇고 갈라보면서 자기비판하는 것은 옳은 것인가? 그것도 생판 거짓말이란 말이야. 조금쯤 나쁘게 평가해봄으로써 자기 자신을 정직하다고 믿으려 하지. 그게 벌써 정직하지 못하다는 것 아니냐 말이다. 정직하면 어떻고, 정직하지 않으면 어때? 백 보 오백 보다! 너는 명화에게 권태를 느끼고 있고, 죽희에겐 새로움에 대한 호기심을 갖고 있어. 간단하지. 그럼 간단한 대로 하면 되잖느냐 그 말이다. 미국으로 가건, 일선으로 가건, 그때는 그때대로 구실이야 얼마든지 마련할 수 있는 거니까. 야심만만하게, 패기에 차서 바로 박 의사, 우리 아버지께서 바라는 대로. 학자가 뭐가 나빠? 음, 학자, 깜찍스런 기지배 같으니라고. 그 기지배는 박응주가 좋았던 것은 아니다. 다만 우리 계급에 들어올 수 없었던 것이 억울할 뿐이다. 그래서 그는 자신이 새로운 계급을 자신을 위해 만들었다. 적어도 사치스런 그 한 가지만은 만족할 수 있는…… 무슨 잠꼬대냐?'

응주는 눈을 감는다. 얼마 후 그는 깊은 잠에 빠진다. 일그러졌던 얼굴은 펴지고 고른 숨소리가 되풀이되었다.

거의 통행금지 시간이 다 돼갈 무렵, 모두 잠이 들어 조용해

진 하숙집 앞에 누가 와서 대문을 두드린다. 잠귀가 밝은 마누라는,

"누고? 학생 왔나?"

주섬주섬 옷을 주워 입다가,

"가만있자? 학생은 아까 왔는데? 바람이 불었나?"

중얼거리는데 다시 대문을 조심스럽게 흔드는 소리가 난다.

"누구요?"

마누라는 틀어진 머리에 비녀를 꽂으며 나간다.

"저물 긴데 누가 왔을꼬?"

대문을 열어본 마누라는,

"아이고, 학생이 아니가? 이 밤에 웬일일꼬?"

명화는 책가방 하나를 들고 서 있었다.

"응주 씨 들어오셨어요?"

"자는가 배? 들어오지."

마누라는 좀 떨떠름해한다. 명화가 대문 안으로 발을 들여 놓자, 마누라는 급히 앞서가서,

"학생! 학생! 응주 학생!"

하고 요란스럽게 부른다. 아무 대답이 없다.

"술 사다가 마시더니 그만 녹아떨어졌는가 배."

"아주머닌 그만 들어가세요. 제가 부르죠."

낮게 가라앉은 목소리는 아무것도 두려워하지 않는 듯 들렸다.

"그래도…… 학생……."

마누라는 책임감을 느끼는지 주먹으로 방문을 좀 세차게
두드린다. 잠결에 벌떡 일어난 응주는 방문을 화닥닥 열어젖
힌다.

"시상에, 이불도 안 깔고 맨방바닥에서 잠이 들었던가 배?
손님이 오셨는데……."

응주는 부시시 눈을 비비며,

"명화야? 웬일로?"

"들어가도 괜찮아요?"

조금도 주저하는 빛은 없었으나, 명화는 몹시 긴장해서 물
었다.

"왔으면 들어와야지."

명화가 방 안으로 들어가자 비로소 마누라는 자기 방으로
돌아간다. 명화는 방문을 닫고 자리에 앉는다.

"지금 몇 시야?"

응주는 시계를 본다.

"통금 직전이군!"

응주의 표정도 바싹 모여든다.

"나, 여기 있을라구 왔어요."

"여기?"

"그렇게 하자고 하시지 않았어요?"

명화의 눈은 타고 있는 듯 보인다.

"그렇게 말했지."

"불편하면 내일이라도 가겠어요. 오늘 밤은 여기서 재워주세요."

"서울댁하고 다투었어?"

"아뇨."

"그럼 왜, 갑자기?"

"결혼하는 거예요. 하루라도 상관없어요."

"하루라도? 무슨 뜻인지 모르겠어."

술기운이 다 달아났는지 응주는 날카로운 눈초리로 명화를 쏘아본다.

"뜻은 너무 아득해서 나, 나도 모르겠어요."

응주는 오랫동안 말없이 앉았다가 술병에 술이 남아 있는 것을 보고 끌어당겨 병째 마신다.

"그렇기는 해. 너무 뜻이 아득하여 귀찮은 세상이다. 이렇게 살면 되는 거지. 학수처럼 되기까지가 문제다."

술을 한 모금 또 마시고 나서 응주는,

"명화는 화를 내지 않는군. 내 하숙으로 오라 오라 했지만 나는 명화가 오지 않을 것을 알고 있었지. 명화? 그래도 화가 나지 않어?"

"화를 낼 시기는 이미 가버렸어요."

명화는 나무둥치처럼 앉아서 대꾸한다. 무방비 상태의 명화 앞에 응주는 점점 더 불안을 느끼는지, 그래서 그 불안을 무마하려고 막연한 자의식을 보다 두드러지게 표현하는 모양이다.

"오늘 밤은 감추지 말고…… 그래요, 정직하게 저를 대해주세요."

여전히 나무둥치처럼 앉아서 명화는 뇐다.

조정할 수 없었던 감정에 허덕이며 마음과는 거리가 있는 말을 지껄이고 있던 응주는 술이 핏속에 퍼져감으로써 모든 것을 두들겨 부수고 싶은 난폭한 충동을 느끼는지 표정이 동물적으로 변해간다. 그런 얼굴로 명화를 노려보고 있다가 후닥닥 일어서서 등불을 끈다.

그는 덮쳐 씌우듯 하며 으스러지게 명화를 끌어안는다. 서로가 처음, 처음 경험하는 어둠에서, 모든 것을 잊어버리고 싶다는 갈망이 그들 사이의 저항을 쫓아내고 만 듯했다.

마지막 밤, 영원히 떠난다는 명화의 슬픔과 이 장벽을 무너뜨릴 수 없었던 곳에서 빚어진 불안과 방황이었다고 깨달은 응주의 기쁨이 이상한 화합和合을 이루고, 그들은 그 행위 속에 전신을 견딜 수 있었던 것 같다.

격렬한 순간이 지나가고, 응주는 그러나 명화를 꼭 껴안은 채,

"명화."

"……"

"우리 욕심부리지 말고…… 이대로 사는 거야."

머리를 쓸어준다.

"뭔지 원시로 돌아간 것 같다. 눈물이 날 만치 기분이 좋아."

명화는 느끼듯 숨을 몰아쉰다.

"저, 난 한평생을 다 살아버린 것 같아요."

"후회가 돼?"

"절대로."

"정말 우린 여태 바보였어. 굉장히 귀한 시간을 낭비한 것 같다."

"그, 그런 것 같아요."

"박 의사 놀라는 모습 상상하겠군."

응주는 나직이 웃는다.

"명화 아버지한테 방 하나 얻어달래지. 뭐 잘하는 짓은 아니지만 할 수 없고."

"아버지…… 그렇게 해주실 거예요."

명화의 목소리는 떨리고 있었다.

나란히 누워서 보이지 않는 어둠 속의 천장을 올려다보며 그들은 새벽이 가까워오도록 이야기를 주고받는다. 명화는 의심스러울 정도로 명랑해지며 어릴 때 그들이 저질렀던 가지가지 장난스러운 이야기를 늘어놓는 것이었다. 응주는 미소하며 그 이야기를 듣고 있는데, 명화는 날이 밝기 전에 모든 추억을 하나도 놓치고 싶지 않다는 결심이라도 한 듯 아주 사소한 일까지 끄집어내는 것이었다.

"용화산에 놀러 가면서 굴을 지나갈 때 일 생각나세요?"

"뭐 한두 번 갔나?"

"그 기둥 세어가면서 갈 때 말예요."

"음, 기둥이 몇 개더라?"

"나도 잊어버렸어요."

"……"

"그때 피란 갔을 때 말예요."

"음."

"약 가져오지 않았어요?"

"음."

"땀을 몹시 흘렸어요. 물감 묻은 수건으로 얼굴을 닦았죠?"

응주는 껄껄 웃는다.

"얼굴이 호랑이 가죽 같았어요. 아버지가 이 사람아, 그 얼굴 꼴이 뭐꼬? 남사당 같구나 했었죠."

"그때는 화가 났지. 남사당이면 어떻고 여사당이면 어떻느냐고, 딸이 아파 죽게 생겼는데 그런 한가한 소릴 한다고……"

"말라리안데 뭐…… 아버진 딸이 죽지 않을 걸 아셨고……"

명화는 갑자기 말을 끊어버린다.

새벽이 다 되어 응주는 잠이 들었다. 잠깐 동안의 잠은 꿈이 없이 깊었다.

응주가 잠이 깨었을 때 방 안에는 햇빛이 가득 들어차 있었다. 온갖 생명을 찬송하듯 찬란하고 싱그러운 봄볕, 응주는

기지개를 켜다가,

"음, 어디 갔어?"

없어진 명화를 찾느라고 그는 사방을 두리번거린다.

"밖에 나갔을까?"

하는데 책상 위에 놓인 쪽지가 언뜻 눈에 띈다. 응주는 얼굴
빛이 달라지면서 쪽지를 덥석 잡는다.

> 주무시기에 그냥 다녀오기로 했어요. 우선 집에 가서 필요한 것 가
> 지고 오겠습니다. 혹 늦어지거나 내일 돌아와도 걱정 마세요. 아버
> 지하고 의논해서 여러 가지 일을 매동그려야겠습니다. 그럼 다녀
> 오겠습니다.

응주는 빙긋이 웃는다.

"어엇! 일어나야겠다. 얼마 남지도 않았는데, 학교에 들렀
다가…… 아마 누님한테 가서 미리 돈 좀 뜯어 와야지."

하숙집 마누라가 이상한 눈으로 살펴보았으나 응주는 아랑
곳없이 세수를 하고, 차려주는 아침밥을 맛나게 먹고 거리로
나섰다.

오후 다섯 시, 교문을 나선 응주는 오래간만에 대신동 병원
으로 찾아갔다.

"오래간만이네요. 그새 왜 통 안 오셨어요?"

간호사가 반갑게 맞았다. 김 의사도 싱긋이 웃는다. 박 의

사만은 환자를 진찰하면서 돌아보지 않는다. 그는 응주가 사라지기를 기다리는 듯 느릿느릿하게 환자를 다루었다. 그리고 평소에는 별말이 없는데 오늘따라 환자에게 병의 증세를 상세히 묻곤 하는 것이었다.

'나하고 얘기하는 걸 피하는구먼. 지쳐버렸을까?'

응주는 완강하게 거부하고 있는 듯한 박 의사의 뒷모습을 바라보다가 안으로 들어간다.

경주는 기괴한 소리를 지르며, 응주의 팔을 흔들며 나무라는 시늉을 한다. 왜 그동안 집에 안 왔느냐, 그래 빨래는 누가 해주었느냐, 집에 가져오지 않고, 공연히 너가 사서 고생을 하는 것 아니냐. 그 밖에도 퍽이나 사연이 많은가 보다. 경주는 엄지손가락을 쳐들어 보인다. 박 의사를 가리키는 암호다. 그는 다시 두 손을 머리에 갖다 붙이며 뿔 돋친 시늉을 한다.

'아버지가 대단히 노하고 계시다.'

그는 몹시 슬픈 표정을 지었다.

'요즘 아버지는 늘 우울하셔, 식사도 잘 안 하시고.'

경주는 고개를 흔든다.

'너가 아버지한테 그래 쓰겠느냐? 많지도 않은 가족이 흩어져서 각 솥의 밥을 먹다니.'

다른 때 같으면 화를 내고 얼굴을 찡그렸을 것을 응주는 미소하며 손을 흔들고,

"괜찮아요. 걱정 말라니까. 다 좋게 될 텐데 뭘 그러세요."

단순한 경주는 금세 얼굴을 펴며 고개를 끄덕끄덕하고 제발 좋게 되기를 바란다는 의사표시를 한다. 그리고 부지런히 부엌으로 들어가서 계집아이를 쥐어박으며 어서 저녁 준비하라고 서둔다. 응주는 그 꼴을 마루에서 쳐다보고 있다가,

'옳지. 그릇이랑 냄비 같은 것 좀 나누어달래야겠군. 아버지 몰래. 참 눈치가 이만저만 안 보이는데? 시일이 지나가면 된다.'

저녁상을 다 차려놓고 병원으로 박 의사를 부르러 나갔던 계집아이는,

"나가시고 안 계시대요."

돌아와서 말했다.

"어딜?"

"모르겠대요. 아무 말씀 안 하시고 나가셨다 안 합니꺼?"

눈치를 살피던 경주는 불안한지 그 자신이 병원으로 나간다. 그도 얼굴을 갸웃거리며 돌아왔다.

'음, 나하고 대면 안 할 모양이지.'

응주는 얼굴을 찡그렸으나 이내,

"요다음 또 오면 되죠. 너, 너는 부엌에 좀 가 있어라."

응주는 계집아이를 쫓아내고 손짓과 경주의 얼굴을 똑바로 바라보며 대충대충 이야기를 하고 나서 누이에게 도와줄 것을 청한다. 경주는 매우 당황해하다가 먼 곳으로 손가락질을 하며 어떻게 하겠느냐 묻는 시늉을 한다.

"죽희 말입니까?"

경주는 고개를 끄덕인다.

"예쁘고, 집안 좋고, 얼마든지 신랑감은 있어요."

하며 응주는 거북한 미소를 짓는다. 기가 차는지 경주는 동생
의 얼굴을 우두커니 바라보며 한동안 앉아 있었다. 그러더니
고개를 설레설레 흔든다.

'아버지는 결코 용서해주시지 않을 거다.'

"하는 수 없죠. 나는 아버지보다 젊으니까…… 젊다고 오래
사는 건 아니지만 그러니까 더욱……."

나중의 말은 혼자 하는 중얼거림 같았다. 경주는 앞치마 자
락을 잡아 뜯다가 부시시 일어나 자기 방으로 가더니 얼마간
의 돈을 싸가지고 왔다. 응주에게 그것을 건네주면서 다른 것
은 차차로 하자, 우선은 아버지 노여움을 풀도록 노력하자는
시늉을 했다.

차려놓은 저녁을 먹고 가라고 경주가 잡았으나, 응주는 뿌
리치고 나오면서 다시 병원 안을 기웃이 들여다본다. 박 의사
는 없었다.

"아버지 어디 가셨어요?"

"글쎄, 아무 말씀 안 하시고 나가시는구먼."

김 의사가 대답한다.

"잠깐 뵙고 가려 했는데……."

"무슨 일인지 몰라도 상당히 충격을 받으신 것 같은 눈치더

구먼. 응주가 무슨 일 저지른 것 아닐까?"

"항상 그 상탠데 무슨 일을 저질렀겠소."

"오랫동안 같이 있었지만 여간해서 감정을 나타내시는 분이 아니었는데 요즘 며칠 동안은 몹시 우울하게 보이더군."

김 의사는 주의 깊은 눈으로 응주를 바라본다. 응주는 고개를 기울이며,

'아직은 모르실 텐데, 왜 그럴까? 내가 얘기한 뒤라면 또 모르지만……'

명화와의 일을 모르는 응주인 만큼 그럴 수밖에. 그러나 응주는 박 의사의 요즘 상태에 깊은 관심을 가지는 것은 아니었다.

"아, 참."

김 의사는 생각이 난 듯 몸을 일으킨다.

"거, 학자 말이지, 자네 아나?"

"알지요."

"아주 못쓰게 됐더군."

"토영 사람이면 다 한마디씩 하더군요. 촌사람들이 부산 오면 바는 모두 한 번씩 들르는 모양이죠?"

"미안하군. 이 촌사람도 거기에 한 번 갔으니."

간호사가 손으로 입을 막으며 웃는다. 응주는 가만히 서 있었다.

응주는 도어를 등지고 말없이 서 있었지만, 그렇다고 해서

학자를 옹호하는 기분이나 그의 화제가 나옴으로써 괴로움을 느끼는 것은 아닌 듯 보였다. 어둡고 날카로우며 다분히 냉소적인 그의 눈이 지금은 초점을 잃은 듯 흐려져 있었다. 그것은 그가 자기 자신 속에 골몰하여 방황하고 있는 탓이 아닐지. 간밤에 일어난 일은 응주를 흥분시켰고 명화에 대한 애정이 아직도 맑은 흐름과 같다는 확신을 얻은 듯했으나, 역시 그것은 감정의 기복에 그치는 것, 의지로써 지속되어가는 것은 아니었던 모양이다.

간호사와 김 의사는 그동안 학자에 대한 이야기를 하고 있었다. 응주는 담배를 꺼내어 물고 불을 붙인 뒤 성냥을 탁자 위에 집어 던진다.

"학자는 모질고 독해서 타락을 했지요."

밑도 끝도 없이 불쑥 내뱉는다.

"모질어서?"

김 의사는 묘한 표정이 되어 반문한다.

"모질고 독해서요."

응주는 같은 말을 되풀이하였다.

"허영이 한 짓이지."

"허영이라도 모질고 독하지 않으면 타락 안 되죠. 학자의 경우는 더욱 그렇습니다."

막연히 뇐다.

"다음 또 오지요."

마치 남의 집을 방문했던 사람처럼 나가버린다.

반듯반듯하게 네모난 돌을 깐 포도를 내려다보며, 응주는 걸어간다. 흔들리는 마음을 다스리려는 듯 땅을 눌러 밟으며 걸어간다. 막 해가 넘어간 하늘은 남빛, 남빛 바탕에 연두색 가로수가 바람에 일렁이고 있다.

응주 마음의 흔들림 속에는 연둣빛 같은 죽희가 있었고, 항상 검은 양복을 입던 박 의사의 어두운 눈이 있었고, 잿빛 안개가 서려 방향을 잡을 수 없는 자기 자신의 앞날도 무겁게 내려 깔려 있었다.

'어느 것 하나라도 잡았으면, 어느 것 하나라도 확실하게 잡을 수 있었으면……'

조금 전 경주에게 돈을 받을 때만 해도 응주는 명화를 꼭 잡은 듯 그런 착각 속에 있었을 텐데.

응주는 하숙집과는 사뭇 다른, 엉뚱한 방향을 잡고 걸어가고 있었다. 멀리 바다에는 어디서 들어오는지 찬란한 불빛을 바다에 떨어뜨리며 배가 들어오고, 하늘은 차츰 어두워져가고 있었다.

'명화를 아주 배신해버린다면 속 시원할까? 하긴 늘, 늘 소년 시절 말고…… 마음속으로 명화를 배신해오지 않았던가. 왜 그랬을까? 왜? 무한히 자유롭고 싶어서. 그런데 지금 자유가 어디 있어? 모든 것은 나를 질식시켜버리듯 바싹바싹 죄고 있지 않아? 죽희에게 관심이 가는 것도 실은 자유롭고 싶은,

그런데 난 의무에 매달려 있단 말이야, 의무에.'

응주는 소문에 듣던 학자가 나간다는 남포동 바 앞에서 저도 모르게 걸음을 멈춘다. 그리고 저도 모르게 조금도 주저하는 빛 없이 문을 열고 안으로 쑥 들어간다. 어둠침침한 바 안의 분위기, 감미롭게 속삭여주는 음악, 응주는 문을 밀고 들어설 때와 달리 주춤하며 물러선다.

"어서 오세요."

노래 부르는 카나리아처럼 여자가 미소하며 다가온다. 다가오는 여자를 보자 응주는 다시 한번 물러선다. 나이와 태도로 짐작이 가는지 여자는 자기 동료가 있는 쪽을 돌아보고 눈을 찡긋한다. 풋내기가 왔다는 투로.

바 안에 손님은 별로 없었다. 아직 시간이 일러서 그랬던지.

"자아, 이리루 오세요."

여자는 슬쩍 팔을 걸면서 응주를 이끌었다.

"아니, 학자라는 사람을 만나러 왔을 뿐입니다."

여자의 팔을 뿌리치고 미처 준비도 못한 말을, 그러나 과히 더듬지는 않았다.

"학자요?"

여자가 큰 목청으로 반문하는 바람에 카운터에 턱을 괴고 돌아서 있던 학자가 슬그머니 돌아본다. 응주를 발견한 그의 얼굴은, 불빛도 푸르지만 그것에 못지않게 질린다. 그러나 학자는 스스럼없이 응주 곁으로 걸어와 빤히 얼굴을 들여다

보며,

"절 찾아오셨어요, 응주 씨?"

"흠! 또 고향 사람이야?"

다른 여자들은 맥이 빠진 듯 다시 얼굴을 맞대고 잡담을 시작한다.

"지나는 길에, 바 이름이 기억나서."

학자의 목소리는 까칠하게 메말라 나왔다.

"어른이 다 되셨네요, 이런 데를 다 오시게. 앉으세요."

응주는 학자가 이끄는 대로 구석진 자리에 가서 앉는다. 학자는 세련되고 아름다워 보였다.

"박 의사가 여기 오신다지?"

할 말이 궁하였던지 응주는 그런 말을 풀쑥 꺼내었다. 학자는 야릇한 미소를 띠며 대꾸하지 않았다.

"뜬소문이겠지."

응주는 자기가 한 말을 황급하게 담아 들이듯 덧붙였다.

"뉘한테 들으셨어요?"

"뉘한테 들었는지 잘 생각이 나지 않지만……."

"그것 따지려 오셨어요, 설마?"

"그럴 리가 없지. 우리 박 의사께서 여기 오실 리도 만무하지만, 설령 그렇다 하더라도 내가 무슨……."

"오셨으면 어떡하시겠어요?"

"우연히 들렀겠지."

"역시 남보다 아들이 잘 보았군요."

"남보다 아들은 그 아버지를 잘 알고 있겠지."

"언젠가 한번 비 오시는 날 우연히 오셨다가 문성재를 만났어요."

"그 자식이 나팔을 불고 다녔군."

"나팔은 제가 불었는지 몰라요."

"왜?"

"박 의사가 미워서…… 하지만 지금은 미워하고 있지 않아요. 술은 뭘로 하시겠어요?"

"고급주로는 맥주 맛밖에 모르는걸."

"그럼 저에게 맡기실래요? 자금은 충분한가요?"

"얼마간 있지만 여기 시세를 알아야지."

응주는 이상한 안도감을 느끼는지 빙긋이 웃는다.

"좋아요. 모자라면 절 잡히세요."

학자는 웨이터에게 술을 주문하고 다시 응주에게 몸을 돌리며,

"우리 오빠 소식 들으셨어요?"

"대강은……."

"군대에 나간 것도?"

"언제?"

"며칠 전에 나갔나 봐요. 어린애 밴 색시를 엄마한테 맡겨두고……."

어떤 심경의 변화일까? 학자의 눈은 전에 없이 담담하였다. 비꼬고 심술기를 잔뜩 머금은, 일그러진 웃음을 그의 얼굴에서 찾아볼 수 없었다.

"우습게 들으실는지 모르지만 제가 이런 짓 하는 것 이제는 좀 확실한 구실이 생긴 것 같아요."

"……?"

"오빠 대신 엄마에게 제가 필요할 것 같아요. 받아주시지 않을 건 알고 있지만…… 어저께 명화 언니 이름으로 돈 부쳐 드렸어요."

응주는 학자를 가만히 바라본다.

옛날의 그 모습같이 입매는 여전히 뱅뱅 돌아가는 듯했으나 학자의 눈은 슬픈 희망을 안고 있는 듯 보인다.

"오빠나 저나 다 같이 부모에게 불효한 자식이었지만…… 갑작스런 환경의 변화, 뭔지 운명적으로, 그렇게 되어버렸던 거지, 부모를 사랑하지 않았던 건 아니었어요. 우리 엄마같이 좋은 분이 어디 계실까요? 아버지도……."

"좋은 분이구말구."

응주는 푸듯이 뇐다.

"그 여자, 저도 알아요. 언젠가 본 일 있어요. 너무 착하게 보여서 바보가 아닌가 생각했어요. 오빠는 그 여자가 불행했기 때문에 자기 짝으로 차지할 수 있었을 거예요. 지금 기분으론 그 여자, 아니 오빠의 아이를 불행하게 하지 않겠다는 이

상한 흥분을 느껴요. 이상스러운 감정 같아요. 내 아이도 아
닌데 어째서 핏줄기를 이렇게 강하게 느낄까요? 받아주든 안
받아주든 무슨 보호자가 된 듯 의젓해지기도 하고 가슴이 아
파지기도 하고."

"고마운 말이야. 축배를 들고 싶군."

응주는 웃었으나 눈이 젖은 듯 보였다. 학자도 미소하며,

"여기서 일하는 여자들…… 모두 불행하고 슬프지만, 어떤
면에선 참 순수하고 정이 곧아요. 몇몇 사람들은 얼굴에 바르
는 화장품을 아껴가면서도 집에는 꼬박꼬박 돈을 부치고 있
어요. 아이가 딸린 미망인들도 있고 피란 와서 가족들 땜에 할
수 없이 그렇게 된 사람도 있고…… 아이, 아직 젊은데 전 이
제 중년 아주머니가 되어버린 것 같아요. 그리고 오빠가 그렇
게 되고 보니…… 그래요, 저도 이젠 여기 있는 불행한 여자들
의 한패거리가 된 것 같아요."

"정말 학자는 어른이 된 것 같다."

"응주 씨는요?"

"나는 좀 더 절박한 일에 부딪쳐야 사람이 될 것 같다. 학수
는 끝끝내 자기 식으로 살고 있으니 부러운 놈이지, 어쩌면 학
자도……."

"흐음……! 일부러 불행을 청할 필요는 없어요."

술을 취하는 줄도 모르게 잔뜩 마시고 응주는 하숙으로 돌
아왔다. 문을 열어주면서 마누라는,

"빈손으로 오는가 했더니 배 속에 들어붓고 오네? 아이고 술 냄새야."

"그 소릴 하니까 술 마신 기분이 납니다. 굉장히 취하는데요?"

"어쩔라고 젊은 사람이 자꾸 술을 마시는지 모르겠구만."

"그런데 아주머니."

"말이나 하지."

"우리 색시 왔어요?"

"아이구, 언간치도 않다. 결혼식도 안 했는데 우리 색시라니?"

"바쁜 세상에 그럴 것 있어요?"

"망측하게."

"왔어요, 안 왔어요?"

"오기는 언제 와."

응주는 비틀거리며 자기 방으로 간다.

"사람 좋은 그 영감님 호주머닐 털어 올라고 오늘 밤은 안 오는 모양이야. 가난한 부모에게 돈을 부쳐주는 거리의 여자가 있고, 돈을 털어 오는 어여쁜 숙녀가 있고……."

응주는 방 안으로 들어가 몸을 던지듯 하며 이내 잠이 든다.

이튿날 응주는 느지막이 일어나 학교에 나갔을 때 교문 앞에 지키고 서 있는 조만섭 씨를 보고 놀란다.

"어떻게 오셨습니까?"

수척해진 조만섭 씨는 눈을 몇 번이나 깜박이다가,

"혹시 명화가 자네 하숙에 가지 않았던가?"

하고 묻는데, 그의 늘어진 얼굴의 근육이 불룩불룩 움직인다.

"그저께 밤에 왔다가 어제 아침에."

웅주는 순간 얼굴을 붉힌다. 조만섭 씨 얼굴에는 금세 희색
이 돌며,

"그, 그래서?"

"어제 아침에 집으로 갔습니다. 아버지하고 의논하겠다
구……."

조만섭 씨의 얼굴은 다시 본시로 돌아간다.

"아, 안 왔는데……."

"안 왔다구요!"

웅주의 낯빛도 순간 변한다.

"그저께 밤에, 도, 돈을…… 그럴 아이가 아닌데, 도, 돈을 내
몰래 가지고 나가서 돌아오지 않는다."

조만섭 씨의 어깨는 양켠으로 축 늘어지고 늘어진 근육은
더욱 심하게 경련을 일으킨다.

"그저께 밤에, 도, 돈을 가지고…… 그리고 안 온다구요?"

"안 온다, 안 와!"

조만섭 씨는 울부짖듯 말하며 황급히 손수건을 꺼내어 코
밑을 훔치는 시늉을 하더니 눈물을 닦는다.

'이, 이놈의 자식이 어디로 갔단 말고…… 돈을 가지고 나,

나갔으니 아, 안 돌아올지도…… 어이구…….'

이제는 염치고 뭐고 생각할 수 없는지 눈알이 빨개지면서 조만섭 씨는 운다.

"무, 무슨 편지라도……."

조만섭 씨는 심하게 고개를 흔들며,

"아무것도 없고, 책가방 하나만……."

"아, 알았습니다!"

"명화가 없는데 멀 알았다 카노? 그, 그놈의 자식이 없는데, 그 성미에, 꼬장꼬장한 그 성미에…… 응주야, 이제는 자, 자네가 원망스럽다. 내가 누굴 믿고 이날까지 살아왔기에."

주름 사이에 눈물이 빗발같이 쏟아진다.

"누, 누를 믿고…… 어미 없는 그, 그놈을 태산같이…… 아들 겸 딸 겸…… 그저께 밤에 자네한테 왔다 갔다 하니 아마 마지막으로 보, 보고 갈라고…… 그, 그러니 하로 이틀 생각한 일이겠나."

"이러고 있을 때가 아닙니다! 짐작 가는 곳이 있으니 빨리 가서 데리고 오죠."

응주는 바삐 발길을 돌린다.

"나, 나도 갈란다!"

응주 말에 용기를 얻었는지 조만섭 씨는 팔을 휘저으며 따라온다.

"따라오셔 봐야 더딜 뿐입니다! 가만히 기다리고 계십시오!

빨리 가야 배를 타지요!"

응주는 돌아보지도 않고 뛰면서 소리친다. 조만섭 씨는 허덕이며 뛰었으나, 젊은 사람이 뛰는 걸음을 따라 낼 수는 없고 거리는 멀어질 뿐이었다.

벌써 멀리 사라져버린 응주의 뒷모습을 찾으려고 안타깝게 허우적거리던 조만섭 씨는,

"저, 저놈 아가, 나, 나, 아이구, 숨차라. 나를 버리고 지 호, 혼자서 가버리네……."

더 이상, 숨이 차 견딜 수 없었던지 조만섭 씨는 그만 길바닥에 주저앉아 버린다. 비대한 몸이 지진 만난 집채같이 들먹거리고, 가파른 언덕을 올라가는 기관차처럼 뜨거운 입김을 내뿜는다.

'내가 와 이러고 있을꼬? 응주를 따라가야 할 긴데 발이 그만 땅에 붙었나? 애, 애비를 버리고 가는, 천하의 무도한 것. 애비의 마음을 몰라도 유분수지. 음 잡기만 해봐라. 내가 가만있을 긴가! 실컷, 실컷 때려줄 기다! 아, 아니 자, 잡기만 해봐라! 방 안에 가두고 쇠통을 채워서 꼬, 꼼짝 못 하게 할 기다. 꼼짝 못 하게 할 기다! 애비를 버리고 제 발이 성해서 떨어질까?'

하며 안간힘을 다해 일어서려 한다. 그러나 그는 땀만 흘릴 뿐 일어서질 못했다. 여전히 뜨거운 입김을 뿜어내면서 허공을 보는 눈동자는 슬픔에 굳어졌는가 움직이지 않는다.

마침 그 옆을 지나가던 군인 한 사람이,

"어디 몸이 편찮으십니까?"

기웃이 조만섭 씨 얼굴을 들여다본다.

"당신은 누구요?"

군인에게로 얼굴을 돌렸으나 그의 눈에 사람의 모습이 비칠 것같이 보이지 않는다.

"병원에 가야겠군."

군인은 흐려진 조만섭 씨 눈동자를 바라보다가 불안스러운 듯 주변을 둘러본다.

"병원에 갈 게 아니라, 나, 팔 좀 잡아주소. 어서 가야 하는데…… 나 좀 끌어 일으켜주소."

군인은 조만섭 씨의 팔을 끌어준다.

"괜찮겠습니까?"

"숨이 차서, 그렇게 아픈 데는 없소. 뱃머리로 가야 할 긴데…… 어디로 가는 배를 타야 할지…… 그놈 아가 뱃머리로 간다는 말을 하기는 했는데……."

조만섭 씨는 중얼거리며, 비틀거리며 걷기 시작한다.

한편 응주는 뛰어가다가 겨우 생각이 난 듯 지나가는 택시를 잡는다.

택시 속에 몸을 던졌을 때 비로소 그는 뚜렷한 어떤 결과를 실감하였는지,

'명화 가지 마, 제발, 가지만 말어!'

비통한 소리를 마음속으로 질러보는 것이었다.

'제발 가지 말어! 명화, 명화, 아아, 명화!'

하다가 응주는,

'아, 아직은 시간이 있어. 그렇게 쉽게 떠나지는 못해. 적어도 배에 오르기까지 며칠은 걸려. 그러니까 아직은 통영에 머물고 있을 거야. 틀림없이 그 친구, 책방 친구를 찾아가면 명화를 끌어올 수 있다!'

그러나 응주는 안절부절못하며 차 속에서 몸을 뒤친다.

늦은 봄, 한낮의 거리는 넘치는 사람들의 무리로 하여 녹음으로 옮겨가고 있는 가로수마저 몹시 후덥지근하게 보인다. 전쟁은 한고비를 넘기고 잠잠한 관망 상태로 들어간 듯하지만 고향 잃은 사람들의 메마른 얼굴들이 여기저기, 무거운 발길을 옮기고 있었다.

응주를 실은 택시는 그 속을 누비며 부두로 향해 달린다. 불안을 잊으려고 창밖으로 눈을 돌렸던 응주는,

"운전수."

"네!"

"차 좀 빨리 몰아주시오. 배 시간 늦겠소."

미간에 깊은 주름을 모은 응주의 눈은 쇠와 쇠가 부딪는 듯한 아픔과 날카로움이 있어 운전사의 시선이 뱃머리 쪽으로 간다.

"어느 배를 타시는데요?"

그런 눈을 너무나 많이 보아 새로운 관심도 없었던지 운전사는 지극히 태평스러운 투로 묻는다.

"여수행 낮배요."

운전사는 팔을 들어 시계를 본다.

"어렵겠는데요?"

"그러니까 빨리 몰아달라는 거 아니오!"

화를 벌컥 낸다.

"이 이상 더 내면 속도위반에 걸리지요."

"……."

"미리 사뒀다면 몰라도 이미 선표는 다 팔렸을 거구."

"그런 걱정일랑 말고 차나 빨리 모시우!"

그 대꾸는 없이,

"만 가지가 돈이고 빽이니 그놈의 선표 한 장도 제시간에 가서 어디 살 수 있습니까?"

늘어져빠진 소리로 약을 올리듯 말하는데 마침 교통신호에 걸려 택시는 덜컥 멈춘다.

"빌어먹을!"

응주는 이마에 푸른 핏줄이 솟는다. 그는 운전사 뒤통수를 노려본다.

부두 가까운 곳에서 택시는 멎고, 응주는 뛰어내린다. 물론 매표구의 창문은 닫혀 있었으므로 응주는 기선회사 사무실을 지나서 사람들을 헤치고 들어가며 암거래되는 표를 구하려고 애를 쓴다. 그러나 배는 출항 준비를 서두르고 있었다.

응주는 미친 듯 헤매었으나 시간이 임박한 지금 그 암표마저 있을 성싶지 않았다. 배는 화물을 다 싣고 개찰도 절반 이상이나 끝이 났으니, 암표를 구하려고 미친 듯 쏘다니는 사람은 비단 응주 혼자뿐이 아니었다. 겨우 응주는 어떤 남자 하나를 붙잡을 수 있었다. 부르는 게 값이니, 그러나 그것을 따질 겨를이 있을 턱이 없다. 값이 비싼 것은 문제가 아니었는데 정작 호주머니 속에서 응주가 돈을 꺼내었을 때 그의 얼굴빛은 하얗게 질려버린다. 어젯밤 바에서 거의 돈을 다 써버린 일을 그는 까맣게 잊고 있었던 것이다. 그는 팔에 감은 시계를 끄르려 했다. 시각을 다투는 마당에서 무슨 도리가 있겠는가. 그러나 옆에서 덤벼들듯 건장한 사나이가 선표를 빼앗고, 정한 값을 던지고 개찰구로 달려간다.

배는 떠나고 응주는 부둣가에서 붙여 문 담배를 바다에 던진 뒤 발길을 돌린다.

'밤배로, 밤배로 가자! 명화가 반드시 통영으로 가서 일본으로 밀항한다는 근거는 없다! 그렇다면 그는 어디로 갔을까?'

새로운 불안에 휩싸이듯 응주는 걸음을 멈춘다.

'저, 난 한평생을 다 살아버린 것 같아요.'

'후회가 돼?'

'절대로.'

그저께 밤의 그들 대화가 새삼스러운 뜻을 갖고 응주 앞에

막아선다.

　노여움에 푸릇푸릇해진 얼굴로 말없이 손을 내밀어 경주에게 돈을 얻은 응주는 밤배를 타기 위해 다시 부둣가로 나왔다. 초조하고 격해 있던 표정은 이제 다 사라지고 돌이켜볼 수 없는 사태에 부닥치고 만 것을 똑똑히 알아차린 듯 응주의 눈은 슬프게 가라앉아 있었다. 마지막 이별의 인사 한마디 없이 돌아올 터이니 기다리지 말라고 씌어 있던 명화의 쪽지는 무엇을 의미하는가, 응주는 그것을 깨달은 것이다. 명화는 미리부터 짜여진 계획에 따라, 필요한 시간을 얻기 위해 한 짓임에 틀림이 없다.

　응주의 허탈한 얼굴에서, 그동안 그 사실을 부인해보려고 얼마나 애를 썼는가를 알아볼 수 있다. 이제 완전히, 마치 벼락이라도 맞은 나무둥치처럼, 그는 현재 서 있는 자기 자리마저 잊고 있는 듯 보였다. 겨우 정신을 차려 암표를 사서 손에 쥐기는 했으나 그것마저 가눌 생각이 없었던지 땅바닥에 떨어뜨린 것도 모르고 있었다. 다행히 지나가는 마음씨 착한 사람이 소중히 그것을 주워주었으니 망정이지.

　"고맙습니다."

　목구멍에서 억지로 끌어내는 소리로 고마운 인사를 한 응주는, 멀리 좋은 날씨면 아득히 대마도가 보인다는 수평선을 하염없이 바라본다.

　둥글게 뭉글어진 구름이 장엄한 노을 속에 제왕이 타고 가는 황금마차와 같이 피어오르고 흰 손수건 같은 돛단배가 움직이지도 않는 것처럼 가고 있었다. 바다 냄새와 사람의 냄새, 기름 냄새와 시궁창 냄새, 갖가지 냄새가 찌든 부둣가에는 차츰 사람의 무리가 불어나기 시작한다. 다 자기 나름의 벅찬 삶을 안고 시간의 흐름의 한 토막을 위해 그들은 모두 움직이고 있는 것이다. 지게꾼, 부두노동자, 떡장수, 국수장수, 선원들, 가지각색의 용모와 직업과 신분을 지닌 여행자들, 소음과 진구렁창…….

바다와 뭍을 이은 삼판은 순간도 변함없이 슬픈 설렘처럼 파도에 흔들리고 있었다.

수평선 위에 황금빛 구름마차가 잿빛으로, 다시 검은빛, 그것이 어쩌면 죽음에 이르는 행렬 같기도 한 불길한 모양으로 달라져갔을 때 윤선은 부산 항구에 이별의 고동을 울리며 떠났다.

응주는 갑판 위에 서서, 아까 부둣가에서 그랬던 것처럼 어두워지는 바다를 그냥 바라보고 서 있었다. 찝찔한 물기와 소금기를 머금은 무거운 바람이 와서 응주의 흐트러진 머리카락을 수없이 흩날리게 하건만 그는 움직일 줄 모르고 서 있는 것이었다. 어둠 속에서도 배는 하얀 물거품을 일으키며 방파제를 지나고, 굵은 나울에 육중한 몸을 흔들며 앞으로 가고 있었다. 난간을 엮은 로프가 파도에 따라 올라가고 내려간다. 기관 소리와 파도 소리, 어떤 종말을 고하는 울음 같기도 하고 슬픈 속삭임 같기도 하여 그 소리와 바람이 웅주를 둘러싸며, 맴돌기도 한다.

철컥거리는 기관 소리는 순간순간을 단절하고 이어주며 단조로운데, 다만 웅주 눈에 어리는 눈물만이 단절됨이 없이 영원으로 줄지어지는 것인 성싶다.

아주 어두워져서, 몇 시간이나 지났는가, 배 손님들은 모두 선실 안에서 잠들어버리고, 텅 빈 갑판 위에 오직 웅주 홀로 자기 발소리조차 들을 수 없는 파도 소리에 싸여 왔다 갔다 하고 있을 뿐이었다.

한밤중, 거의 새벽이 가까워올 무렵 통영에 도착한 웅주는 야간 통행증을 받았는데도 불구하고 그의 목적지인 책방에는 가지 않았다. 부둣가 허름한 여관방에 몸을 던진 그는 지쳐서 잠이 들고 말았다. 최후의 선언을 듣는 순간을 무서워했을까? 점심, 저녁을 꼬박 굶고 배 안에서 한밤을 뜬눈으로 밝힌 그의 얼굴은 몰라보게 수척해 있었다. 지나친 정신적인 고통이, 더 이상 뻗쳐볼 여지가 없어서 그는 이렇게 깊이 잠들 수 있었는지도 모른다.

날이 새었다. 그리고 늦은 조반 때도 지나갔다. 여관에서 잠이 깬 웅주는 담배 한 모금만 빨고 여관 밖으로 나간다. 청명한 날씨다. 모두 낯익은 거리, 아는 얼굴들이건만 그는 마치 처음 밟아보는 낯선 땅 같은 적막감에 싸이는지 어색한 걸음을 옮겨놓는다.

학생들의 걸음이 끊긴 한산한 거리를 치올라서 그 대머리 친구가 경영하는 책방 앞에까지 온 응주는 주춤하고 물러섰다가 책방 안을 한번 기웃거리고 나서 들어선다. 대머리 친구는 없었고, 점원인 소년이 마치 주인처럼 의젓이 앉아 만화책을 보고 있었다.

  "아저씨 어디 가셨나?"

  응주를 아는 소년은 좀 놀라며,

  "언제 오시습니꺼?"

하고 제법 알은체를 한다.

  "아저씨는 어디 가셨어?"

  응주는 같은 말을 되풀이한다.

  "야, 어디 가시습니더."

  "어디?"

  "섬에 가신다 캅디더."

  "언제?"

  "어젯밤에 가신다 캅디더."

  "어느 섬에?"

  되묻는 응주의 얼굴이 납빛으로 변한다.

  "어느 섬에 가시는지, 그 말은 안 합디더. 오늘 아침에 오신다 캤는데 아직 안 오시네요."

  "호, 혼자 갔나?"

  "나가실 때 혼자데요."

"음……."

"좀 앉으이소. 곧 오실 겁니더."

소년은 응주를 위해 둥근 의자를 내민다. 응주는 쓰러지듯 앉으며 눈에 글자가 보일 리도 없겠는데 빽빽이 꽂혀 있는 책을 하나하나 눈여겨본다.

소년은 새삼스럽게 털개를 들고 책 위의 먼지를 떨고, 책방 앞 길가에 물을 뿌리곤 하면서 부지런하게 일한다. 그러면서도 굳어진 얼굴, 기계적으로 책을 훑어보고 있는 응주의 이상한 모습을 힐끗힐끗 살펴보곤 한다.

할 일이 없어진 소년은 다시 자리로 돌아와 만화책을 펴 들었다. 한 시간가량 지났을까? 그것은 응주에게보다 이상한 응주의 침묵 곁에 있어야 했던 소년에게 퍽 길고 지루한 시간이었던 것 같다.

대머리 책방 주인이 점방 안으로 들어섰다. 그는 응주를 보자 전혀 예기치 않았던 일이 아니었다는 듯 어두운 표정을 지을 뿐 놀라지는 않았다. 응주의 얼굴이 해바라기처럼 책방 주인에게로 돌아간다. 응주의 눈은 결정적인 일을 재확인하는 그 절망으로 가만히 멎은 눈시울 아래 잠겨 있었다.

"내가 올 줄 알았지요?"

다시 한번, 그것은 사태를 역전시켜보자는 마지막 가냘픈 시도였던 것이다.

"음……."

"갔습니까?"

책방 주인은 눈을 내리깐다. 응주는 벌떡 몸을 일으킨다.

"갔습니까!"

"하여간 나하고 나가지."

책방 주인은 응주의 팔을 잡는다.

"술이나 하자."

책방 주인은 응주를 앞세운다.

거리에는 하얀 햇빛이 튄다. 바다에는 보다 눈부시게 햇빛이 튄다.

"몇 번이나 편지를 쓰더니만 끝내 찢어버리고 말더군……."

"어째서 그 일을 도왔습니까?"

"이 세상에서 없어지는 것보다는 낫다고 생각했지. 응주나 조 영감을 위해서도…… 가는 것을 도와주지 않는다면 능히 그럴 수 있는 사람이라고 응주는 생각하지 않나?"

"……."

"산 사람은 어디서라도 만난다. 만날 수 있다는 희망을 가질 수 있는 것은 만날 수 없다는 것보다는 낫거든. 떠날 때는 몹시 울어서…… 조 영감 이야기를 자꾸 하면서……."

책방 주인의 목이 좀 잠긴다.

"다 젊으니께 그럴 수 있지…… 아름다운 낭만 아닌가? 외곬으로 흘러가는 그 순수함 때문이지. 나는 이해한다. 어쩌면 그것은 비극이 아닐지도 모르지. 비극은 그런 순수한 것을 잃고 나이 들어버린다는 그거 아닐까?"

예술 애호가이며 낭만주의의 찬양자인 그는 응주 귀에 들어
갈 성싶지도 않은 말을 걸어가면서 지껄이고 있었다.

"바다를 보면서 술이나 실컷 마시자. 상처는 아물어도 좋
고, 안 아물어도 좋을 것 아니가? 사실 연애란 흔하지 않은 거
지. 잊어버릴 수 있다면 좋고, 잊어버릴 수 없다면 더욱 좋은
거다."

항구 옆, 아침 시장이 벌어지는 곳, 선술집으로 그들은 들어
간다. 아침 장이 벌어지는 넓은 빈터는 아무도 없이 쓸쓸하고,
그곳에서 좀 떨어진 곳에 고깃배가 밀려들고 있다. 바다 위에
서 생선이 거래되고, 경매장 주변에는 트럭이 머물고 있다. 고
함 소리, 사람들의 웅성거리는 기척이 간간이 들려오곤 한다.
오늘의 파시는 좀 이른 편이다.

젊은 책방 주인은 대머리를 번들거리며 응주에게 술을 권하
고, 자기도 마신다.

"잊어버릴 수 있다면 좋고, 잊어버릴 수 없다면 더욱 좋
고…… 산 사람이야 어디서든지 만나는 거다. 나도 어지간히,
마지막까지 말렸지마는, 편지로도 여러 번 말렸지마는……."

"편지?"

"배를 알아봐 달라는 편지를 여러 번 받았지."

응주 얼굴에 피가 꽉 들어찬다.

"어째서 나에게 한마디 없었소!"

"만일 응주 자네한테나 조 영감에게 알린다면 다른 방법을 취하겠다 하는데 어쩔 것고?"

"……."

아무리 술을 마셔도 응주는 취하지 않는 모양이다. 지저분한 술상 위에 떨어진 술 방울을 내려다보다가 응주는 젓가락 끝으로 삼각형을 그려본다. 자꾸만 삼각형을 그리고 있다.

"멀 하노?"

"명화가 없는데…… 음, 명화가 없는데 박 의사나 또 다른 여자가 무슨 뜻이 있을까 싶어서……."

뜻 모를 말을 하며 응주는 미소를 짓는데 눈에 눈물이 가득 괸다.

"앞으로 어쩔 작정인가?"

"군대에 가야지."

생선을 실은 트럭이 진주, 고성을 향해 줄지어 떠난다. 눈물 괸 응주의 눈이 바다로 향한다.

어휘 풀이

- 가닥: 광.

- 간데라[candlelight]: 촛불. 어두컴컴한 인공 조명.

- 구랫바[cravenette]: 면 개버딘에 방수 가공 처리를 한 직물. 상표명에서 나온 말이다.

- 기바라시[きばらし]: 기분 전환.

- 낭게: 나무의 방언.

- 뉴똥: 빛깔이 곱고 보드라우며 잘 구겨지지 아니하는 명주실로 짠 옷 감. 흔히 여자들의 치맛감이나 저고릿감으로 사용된다.

- 돌삼시랑: 돌연변이.

- 비앙: 비양. 얄미운 태도로 빈정거림.

- 사쿠라보시[일. 桜乾し]: 쥐치포.

- 소캐: 솜.

- 잉그락: 윤구락. 숯불.

- 제면하다: 조면阻面하다. 절교하다.

- 찍짝: 시비.

- 캄플라지[camouflage]: 카무플라주. 불리하거나 부끄러운 것을 드러나지 아니하도록 의도적으로 꾸미는 일.

- 통구맹이: 한두 사람이 타는 작은 배.

- 푸심: 학질.

- 하코방[はこ 房]: 상자집. 판잣집.

작품 해설

한 여성작가의 한국전쟁에 관한 기억
—박경리 장편소설 『파시』에 대한 단상

최석열(연세대학교 국어국문학과 박사과정)

한국전쟁과 전후세대 작가 박경리

해방 이후 1950년, 한국 현대사에서 가장 비극적인 사건이라고 해도 과언이 아닌 한국전쟁이 발발한다. 한국전쟁은 당시 그것을 목도한 작가들에게 많은 영향을 미쳤다. 일반적으로 한국문학사에서 '전후문학'은 전후세대에 의해 창작된 1950년대 문학을 가리키며, 전후세대 작가로는 이호철, 하근찬, 선우휘, 손창섭 등 남성작가들이 주로 거론된다. 그러나 전후문학을 이야기할 때, 1960년대에 발표된 전후세대 여성작가의 전쟁 소재 소설이 갖는 의미와 가치를 논하는 것 역시 중요하다. 이들은 비슷한 시기에 태어나 일제시대와 한국전쟁을 겪었다는 공통점을 가지고 있지만, 최정희, 한무숙, 강신재 등 여성작가의 전쟁 체험과 기억은 남성작가의 그것과는 분명한 차이가 있다. 물론 한국전쟁이라는 동일한 사건을 겪었다 하더라도, 전쟁에 대한 기억과 체험은 성별에 상관없이 개인마다 다양한 양상을 보이기 마련이다. 그러나 '여성'으로서 한국전쟁을 체험한 이들의 전쟁 체험과 기억은 남성들의 그것과 확연하게 다른 방식으로 전쟁을 기술하고 있기 때문에 중요하다.

박경리 역시 여타 전후세대 작가들과 마찬가지로, 1920년대 중반에 태어나 일제시대에 학창 시절을 보냈고 해방 이후 한국전쟁을 겪은 전후세대 작가이다. 박경리는 동시대 여성작가들이 그러했던 것처럼, 문학을 통해, 격전지 혹은 전장을 배경으로 한 이념의 대립보다는 후방 지역에서의 여성과 소시민의 삶을 그려낸다. 이들 소설은 전쟁이 후방 지역을 살아가는 사람들의 삶에 어떻게 개입하는지, 그것이 기존의 삶의 방식에 어떠한 영향을 끼치는지 세밀하게 재현하면서, 전쟁이란 무엇인가에 대해 탐구한다. 이처럼 박경리의 문학에는 '전쟁'이란 무엇인가에 대한 보다 본질적인 물음이 담겨 있다. 따라서, 전후세대로서 여성작가 박경리의 전쟁소설을 읽는다는 것은 결국 전쟁의 체험과 기억의 지평을 넓혀 '전쟁이란 무엇인가'라는 근원적인 질문에 대해 생각해보는 것이기도 하다.

일반적으로 전쟁은 우리의 일상을 극적으로 뒤바꾸고, 심지어 한순간에 파괴하기도 하는 하나의 '사건'이다. 일상이란 흔히 일상생활이라 불리는 사람들의 구체적인 생활 방식이나 장소, 풍경, 일상적인 관습과 제도, 즉 매일매일 일정한 리듬으로 흘러가는, 개별적인 인간의 삶 자체를 말한다. 이들이 나름의 자기 인식과 가치관을 통해 개별의 삶을 살고 있다고는 하나, 일상에서의 개인들은 모두 자신의 활동이나 경험을 기반으로 다른 개인들과 관계를 맺어나가면서 그 일상을 하나의 현실로 직조한다. 그렇기에, 일상을 파괴한다는 것은 한 사람의 삶에 반복적인 리듬을 흐트러뜨리는 등의 단순한 문제가 아니라, 기본적으로 자신의 가치관이 송두리째 흔들리는 충격적인 사건이다. 명령의 무조건적 복종 때문에 이유도 모른 채 적군과 민간인을 사살하고, 옆에서 동료가 죽어가는 모습을 바라보는 이의 공포에 질린 얼굴, 가족의 이름을 부르면서 자신의 오염된 상처에서 구더기가 끓는 모습을 바라보며 죽어가던 병사의 참혹한 모습, 전쟁에 동원된 남편이 목숨을 잃었음에도 살기 위해 체면 따위는 집어던지고 온갖 방법을 통해 생계를 유지해야 했던 여성의 모습 등은 전쟁이 생활 방식뿐 아니라 인간의 정신과 가치관마저도 황폐하게 할 만큼의 위력을 가진 사건이라는 것을 보여준다.

이처럼 비극적이고 충격적인 사건이었기에, 박경리가 전쟁으로 인해 겪어야 했던 참혹함과 슬픔을 견디기 위해 글을 창작했다고 밝힌 것처럼, 전후세대에게 전쟁 체험은 문학의 원류이자 문학적 신념의 토대가 되었다. 하지만 앞서 언급했던 것처럼, 전쟁이라는 체험 자체가 전후세대 문학의 근원이자 시작이라 하더라도 그들 문학에서의 전쟁은 각기 다른 풍경으로 재현된다. 이는 각자의 사회적 위치와 맥락에 따라 경험하고 직시했던 전쟁의 풍경이 다르기 때문이다. 그렇다면 전후세대이자 여성작가로서 박경리는 전쟁을 어떻게 기억하고 있으며, 소설에서 전쟁을 어떻게 재현하고 있는가. 이를 고찰하기 위해 장편소설『파시波市』(《동아일보》연재, 총 274화, 기간은 1964. 7. 13.~1965. 5. 31.)를 살펴본다.

변화된 일상, 박경리가 바라보는 한국전쟁

박경리의『파시』는 1953년 종전 이후 10여 년 뒤, 1964년에 처음 연재되었다. 박경리는 1950년대에 전쟁미망인을 주인공으로 한 자전적 요소의 작품을 다수 창작했다. 이후 1960년대에 들어『시장과 전장』을 시작으로, 전쟁으로 비롯된 피란과 극심한 경제난으로 고통을 겪는 사람들의 문제를 소설로 재현하기 시작한다. 1960년대 박경리 소설 속 인물들은 감상적이거나 생활력이 없는 전쟁의 수동적인 피해자가 아니라, 전쟁이라는 역사적 사건과 그로 인해 변화된 삶의 방식을 받아들이고 악착같이 살아가는 능동적인 인물로 등장한다. 이러한 작가의 인식은『시장과 전장』을 지나『파시』에서 본격적으로 대두되는데, 박경리는 소설을 통해 전쟁이라는 사건이 이념 대립의 장場에서의 정치가, 서로 총구를 겨누는 격전지에서의 군인에게만 한정된 것이 아니라, 모든 이의 삶에 개입하고 작용한다는 것을 보여준다. 그렇다면 과연 박경리가 직시한 한국전쟁은 어떠한 모습을 하고 있을까. 박경리에게 있어 '전쟁'이란 무엇이었을까.

앞서 언급했던 것처럼, 전쟁은 사람들의 일상을 파괴한다. 전쟁으로 인한 비상시의 상황으로 인해 그들의 일상은 '비일상'으로 전환된다. 그러나 중요한 것은, 전쟁이라는 사건이 개입함으로써 기존의 일상은 파괴되지만, 그들에게 '전시'는 새로운 일상으로 자리 잡는다는 점이다. 즉 전쟁이 지속됨에 따라 비일상에서의 삶은 다시 일상이 되고, 그들은 새로운 생존 방식을 찾아 삶을 영위해나간다. 박경리가 직시했던 전쟁의 풍경은 '전장'과 같은 참혹한 살육의 현장이 아니라, 여성으로서 자신이 보고 겪었던, 전쟁과 그로 인한 여파가 사람들의 삶의 방식에 깊이 파고들어 일상이 되어버린 후방 지역에서의 현장이었다.

박경리 소설이 가지는 중요한 의의는 전쟁에서의 새로운 일상과 삶을 다룰 때, 비참하고 고통스러운 소시민의 삶만 강조하지 않으며, 각 계층과 상황에 따른 다양한 삶의 모습을 있는 그대로 충실하게 재현하려고 한다는 점에 있다. 『파시』는 동시대 후방 지역 사회를 재현한 이호철의 『소시민』과 한국전쟁 당시 암시장을 다룬다는 점에서 비슷하지만,『소시민』이 그 곳에서의 소시민의 삶을 주로 다루고 있는 반면에,『파시』는 전쟁의 일상을 살아가는 모든 이들, 소시민을 포함하여 부유층, 전쟁이 일어났는지도 모르고 살아가는 외딴섬의 주민들 삶까지 다양하고 폭넓게 다룬다는 점에서 다르다.

박경리는『파시』연재가 끝난 뒤 남긴 작가 후기에서, 이 작품을 연재하면서 이제까지의 창작 방법과는 다른 "새로운 작법"인 "주관적 묘사를 완전히 배제하고 객관적 눈으로 좇아간 방법"*을 통해 작품을 창작했다고 밝히고 있다. 또한 후방 사회에서의 일상을 작품에 재현하는 것이 극적이지 않고 "평면적"이라는 비판이 있다는 것을 알고 있지만, 한국전쟁이라는 특이성 때문에 실제로 당시에 존재했던 "소설보다 더 기구한 인생"을 흔한 것으로 치부하고 그러한 삶에 대한 의미를 외면하지 않기 위해 최대한 "정직"하게 작품을 집필해나갔음을 밝히고 있다. 박경리의 소설은, 전쟁으로 변해버린 모든 일상은 의미가 있으며, "화려한 장면"이나 "극적인 절정"이라는 전쟁의 특이성, 즉 전장에서의 참혹함 혹은 고통스럽고 처절하게 살아가는 소시민의 모습에만 초점을 맞추기보다는 사람들의 삶의 방식이 전쟁 당시 사회·경제 전반의 문제와 어떻게 관계를 맺고 있는지 보여주는 방향으로 전쟁을 재현한다.

* 박경리,「「波市」를 끝내고」,《동아일보》, 1965. 6. 5.

『파시』의 전작 『시장과 전장』은 이념의 문제를 거론하는 기훈의 서사(전장)와 전쟁에서 생존 방식을 모색하는 지영의 서사(시장)를 번갈아 보여주면서, 이념 대립이라는 허상이 남지영으로 대표되는 소시민의 일상생활에 어떠한 영향을 미치는지 보여주었다. 박경리가 초기작에서 주목했던 전쟁미망인 '남지영'은 시장의 불빛이 어렴풋이 보이는, 전쟁이 바꾸어 놓은 현실을 대변하는 피란처 '부산'으로 흘러들어 간다. 이후 연재된 『파시』에는 본격적으로 '부산'에서의 삶이 펼쳐진다. 부산으로 피란 간 사람들은 그곳에서 저마다의 방식으로 생계유지 방법을 모색한다. 작품 속 인물들은 생존과 일상 유지라는 측면에서 각자의 삶을 살아가지만, 이들은 모두 긴밀하게 얽히고설켜 있다.

이러한 맥락에서 본다면, 전쟁을 다루면서도 표면적으로는 전쟁과 관련이 없어 보이는 '파시波市'가 소설의 제목인 이유가 선명하게 다가온다. 파시는 일반적으로 어선과 상선 사이에 어획물의 매매가 이루어지는 곳을 지칭하며, 조금 더 의미를 확장하면 항구 근처에 길게 늘어선 어시장까지 포괄하는 단어이다. 소설은 임시 수도였던 부산과 통영 일대 섬에서의 시장을 주요 배경으로 한다. 당시 부산에는 당장 생계유지 방법조차 마련되어 있지 않은 피란민이 대거 유입되었다. 자본을 소유할 수도 없었던 상황에서 사람들은 대부분 '상업'을 생계유지 방법으로 택했다. 하지만 집에 있는 물건을 가지고 온 피란민의 수가 많지 않았기 때문에, 자신이 소유한 물건을 토대로 한 정상적인 상업 활동은 이루어지기 어려웠다. 이렇듯 당시 먹고살기 위해 시장으로 내몰려 나온 피란민들은 유엔 구호물자, 미군 부대에서 몰래 훔치거나 밀수를 통해 선점한 물건을 시장에 내다 파는 방식으로 생계를 유지했다. '국제시장'이라는 단어가 함축하는 것처럼, 당시 부산 일대의 시장은 이처럼 피란민들이 생계유지를 위해 정상적인 루트를 거친 것이 아닌, 불법적인 밀수와 절도 등을 통해 유통된 물건들이 가득했다.

생존을 위한 방안이었다고는 하나, 밀수와 절도는 엄연한 불법적인 행위로 구분되었으며, 이는 국가경제에 혼란을 가져온다는 이유로 정부와 미군의 단속 대상이 되었다. 하지만 밀수는 브로커들에 의해 하룻밤만 해도 수천만 원의 화폐가 오고 가는 상업 활동이었으며, 그들에게서 유통되는 몇 가지 품목만 획득하여 시장에 내다 팔아도 인간적인 생활은 지속할 수 있었기에 피란민들은 위험을 무릅쓰고 밀수에 손을 대기 위해 부단히 노력했다. 이러한 밀수는 피란민들에게 단순히 생계 '유지'의 수단을 넘어서 막대한 부를 축적하여 팔자 한번 펴볼 수 있는 천재일우의 기회이기도 했다. 이들은 안정적인 밀수를 위해 전문적인 조직 체계를 구성하기도 하고, 단속반과 은밀하게 연대하여 계속해서 밀수의 범위를 넓혀나갔다.

돈을 벌기 위한 목적이었지만, 이들의 전문적인 밀수 활동은 후방 지역에 외국영화 등을 유입하여 극장과 문화를 번성하게 하기도 하였으며, 정부와 미군에서 발표했던 결과와는 다르게 시장경제를 활발하게 하기도 하였다. 또한 이들을 통해 유입된 일제와 미제인 온갖 사치품들은 후방 사회의 고위층이나 부유층이 즐기는 소비문화로 자리 잡기도 했다. 당시 임시 수도이자 가장 안전한 피란처였던 부산에는 고위층과 부유층 사람들도 많았는데, 이들은 밀수 브로커와 피란민들에 의해 시장에 유통된 비싼 물건들을 수집하거나 고급 음식을 먹는 등 여유로운 생활을 즐기기도 하였다.

이처럼 피란처인 부산은 전쟁이라는 사건이 어떻게 사람들의 일상에 삼투되어 있는지 가장 잘 보여줄 수 있는 상징적인 공간이다. 지속되는 전쟁은 그들의 일상을 완전하게 바꾸어 놓았고, 그들은 재편된 일상에 적응하기 위해 계속해서 새로운 삶의 방식을 모색해야 했다. 전쟁은 고통스럽고 참담한 것이지만, 누군가에게는 기존의 신분을 뛰어넘을 수 있는, 금전적 한계로 인해 이전까진 꿈꾸지 못했던 것을 실행할 수 있는, 다시는 없을 절호의 기회이기도 했다. 이들은 서로 긴밀하게 관계를 맺으며 서로의 삶을 지탱한다. 박경리는 자신이 직시한, 불법적이고 약탈적인 행위를 통해 막대한 부를 축적하여 졸부의 삶을 사는 사람들, 부끄러움도 체면도 신경 쓰지 않고 오로지 생존을 위해 발버둥 치는 사람들, 이들의 삶을 뒤로하고 값비싼 레스토랑의 음식을 즐기는 부유층 사람들의 모습이 모두 기구한 인생의 한 단면임에도 소중한 것이라고 끌어 안으면서 전쟁의 실체를 물었다.

또 다른 격전지로서의 파시波市

『파시』는 부산에서 통영으로 향하는 배편에서, 조만섭과 수옥이 서영래와 마주치는 장면으로 시작된다. 서영래는 부산과 통영을 오고 가며 밀수로 막대한 부를 축적한 밀수 브로커이자 악인이다. 그에 반해 수옥은 전쟁으로 인해 가족을 모두 잃고 월남하는 과정에서 겁탈까지 당한 전쟁 희생자이다. 두 인물은 처지가 대립되며 선과 악 같은 이상을 대표하는 인물이기도 하면서, 한국전쟁으로 인해 한 사람의 삶이 어떻게 변화하는지를 가장 극적으로 보여줄 수 있는 인물이기도 하다. 서영래가 가난에 쪼들리다가 한국전쟁을 기회 삼아 비윤리적인 행위로 큰돈을 벌어 팔자를 고친 인물이라면, 반대로 수옥은 전쟁으로 인해 삶이 가장 고통스럽고 피폐해진 인물이기 때문이다. 작품의 서사가 두 인물을 중심축으로 삼아 전개되지는 않지만, 소설에 등장하는 인물과 그들의 새로운 일상에서의 삶은 밀수꾼 '서영래'를 중심으로 복잡하게 얽혀 있다.

소설의 가장 중요한 배경이 되는 '시장'은 우리에게 익숙한 일반적인 시장이 아닌, 언제나 단속반이 위치한 삼엄한 곳이자 그들의 눈을 피해 밀수품이 은밀하게 거래되는 암시장의 성격을 띤 공간이다. 작품 속에서 모든 인물들은 한국전쟁이라는 사건이 가져다준 풍파와 새롭게 재편된 경제 상황에서 저마다의 방식으로 살아간다. 그들은 밀수 브로커 서영래에게 밀수품을 받아 당면한 생계 문제를 해결하거나, 그가 속한 밀수 조직에 편승하여 돈을 벌고자 한다. 이들은 서영래가 가져온 밀수품에서 자신들의 몫을 챙겨 그것을 다시 시장에 되파는 방식으로 살아간다.

> "다 소용없어. 당신이 아무리 그래도 나는 부산 가서 안 살아. 이리 좋은 데가 어디 있을라고, 퍼덕퍼덕 뛰는 생선이 사시장철 있지, 인심 좋겠다 경치 좋고 기후 좋고. 나도 한때는 상해, 북경을 휩쓸고 댕겨봤지만 내 고향같이 좋은 데는 없더라. 뭐니 뭐니 해도 아직은 울타리 너머로 음식 갈라 먹고 안 사나. 정말 부산은 눈 없으면 코 빼먹을 곳이지. 난리 통에 팔도 깍쟁이들 다 모여서 환장 속이라 거기선 정말 못 살겠더라."
>
> "그렇게 안 하고 살 수 있나요? 못 하는 사람이 바보랍니다. 아까 그 서영래 씨 같은 사람 보세요. 돈이 남고 남아도는데 언제나 허름한 옷차림 하고서 뛰고 날지 않아요? 체면 차리고 뭣하고, 실속은 하나도 없으면서……." (본문 36쪽)

작품에서 볼 수 있는 것처럼, 당시에 '밀무역'은 못 하거나 혹은 안 하는 사람이 바보라고 불릴 정도로 대다수 사람의 생계유지 방법이 되었음을 짐작할 수 있다. 작중에서 자신의 인생을 비관하며 결국 타락하는 인물 '학자' 역시도 "뒤축이 찌부러진 낡은 구두"를 신고 "초라한 꼴"을 하면서, "체면치레하느라고 굶어 죽"는 것보다는 밀무역에라도 가담하여 인간다운 삶을 영위하고 싶어 한다. 이처럼 당시 후방 지역은 소시민에게 밀수에 가담하지 않으면 생존조차 어려운 곳으로 변해버렸다. 수옥의 비극적인 서사 역시도 이러한 사회적 맥락과 경제 상황 속에서 더욱 극화된다. 전쟁 통에 가족을 모두 잃고 오갈 데 없는 수옥은 조만섭에 의해 그의 집에 머물게 된다. 하지만 조만섭의 후처인 서울댁은 살기 힘든 세상에서 입이 하나 늘었다는 이유로 수옥을 탐탁하게 여기지 않는다. 서울댁 역시도 서영래에게 밀수품을 받아 돈을 벌고자 하는 인물인데, 그는 수옥을 탐내는 서영래에게 밀수품을 받는 조건으로 수옥을 내줄 것을 약속하게 되고, 결국 수옥은 다시 한번 서영래에게 겁탈당한다.

　한국전쟁은 사회를 인간의 존재 가치와 행동의 옳고 그름이라는 윤리적인 문제보다 생존이 우선시되도록 만들었다. 수옥을 둘러싼 서울댁과 서영래의 거래는 당시 사회가 인간의 가치가 거래 수단에 불과할 정도로 하락했음을 여실히 보여준다. 수옥의 서사는 인간을 사물로 전락시키고, 인간의 가치와 존재 이유를 하락시키는 일련의 행동들을 한국전쟁이라는 극한의 상황에서 살아남기 위한 그 나름의 생존 방법이라 정당화하는 사람들에 대한 폭로라고도 볼 수 있다. 하지만 박경리가 소설을 통해 진정으로 하고 싶었던 얘기는 서영래와 서울댁 같은 사람들을 악인으로 분류하고 비윤리적인 행동을 자행했던 인물들을 심판하고 단죄하는 것은 아니었다. 잠시 작가의 후기로 돌아가 보자.

작가는 작품 후기에서, 등장인물을 창조하면서 "실제 극한 인간이나 천사 같은 인간이 전혀 없는 세상은 아니지만, 그것을 작품화하기에는 소설이 허구이며 인물은 가공일지라도 지나친 기만을 강행하지 않으면 안 되는 노릇"이었다고 말한다. 또한 등장인물 중에서 가장 악역처럼 보이는 서영래 역시 고독과 인간적인 눈물을 지닌 존재이기 때문에, 최대한 "정직"한 자세로 그들의 복잡하고도 다층적인 내면을 창조하고자 노력했다고 덧붙인다. 이러한 작가의 문학적 신념은 박경리 소설에서 다양한 방식을 통해 반복적으로 나타나는 것이기도 하다. 작가가 이렇게 의도했기 때문에, 전면에 부각되지는 않지만, 소설에는 사랑이라는 감정은 꿈도 꿀 수 없는 세상에서 생존만을 위해 악착같이 살다 나이가 오십이 되도록 후사를 보지 못하는 서영래의 고독하고도 안타까운 면모가 드러나기도 한다. 또한 박경리는 어두운 세상 속에서 양심을 지킨다고는 하지만 시대를 무기력하게 살아가는 조만섭 대신, 생존을 위해 악인으로 변해야만 했던 서울댁의 모습을 입체적으로 드러낸다.

이러한 작가의 의도를 파악하고 『파시』의 인물을 다시 본다면, 서영래와 서울댁을 비윤리적인 악인으로 규정했던 생각은 흔들린다. 작품에 나오는 것처럼, "다 자기 나름의 벅찬 삶을 안고 시간의 흐름의 한 토막을 위해" 치열한 사투 끝에 거머쥔 그들의 돈은 "더러운 돈"이면서도, 없으면 당장에라도 죽음에 이를 수 있는 소중한 것이다. 한국전쟁으로 인해 사람들은 고향에서의 직업과 일상적인 생활 습관, 관습 및 제도를 모두 잃었으며, 심지어는 일터에서 일궈낸 경험이나 본인의 가능성마저도 상실한다. 고향으로부터 추방당한 피란민들에게 부산 일대에서 주로 생계유지 방법이었던 어업은 허락되지 않았으며, 당장 살기 위해서는 비윤리적 상업 활동에 가담해야 했다. 이러한 상황을 대변하듯, 소설 속 '파시'는 어느새 어획물은 자취를 감추고 밀수품만이 거래되는 시장으로 재현된다.

용서받을 수 없는 행동임을 전제하면서도, 박경리의 시선에 이들은 모두 허상뿐인 이념 대립에 의해 희생된 사람들이다. 작품 속에서 전쟁이라는 특수성을 이용해 악과 선을 부각하는 방식으로 인물을 창조할 수는 있었겠지만, 박경리는 이러한 방식에 의문을 가졌다. 예를 들어, 전장에서 적군을 사살한 군인을 우리는 영웅이라고 불러야 할까. 아니면 '살인'을 저지른 악인이라고 규정해야 할까. 부당하고 더러운 싸움으로 생명의 존엄마저 사라진 공간에서, 비윤리적 행위를 감행하지 않으면 생존 자체가 불가능한 곳에서, 선과 악이란 무엇이며 근본적으로 이것을 구분한다는 것은 가능한 것인가. 박경리는 이러한 엄중한 물음 속에서 작품을 연재해나간 것이다.

한편, 『파시』가 한국전쟁 당시 후방 사회의 다채로운 면을 보여주는 소설인 만큼, 하루하루 위태로운 생활 속에서 살아가는 소시민들 이외에도 다양한 사람들이 등장한다. 지금까지 살펴본 인물들과는 다소 이질적으로 보이는 부유층 인물 '박 의사'와 '죽희'를 보도록 하자. 먼저, 박 의사는 전쟁 중에 월남하여, 부산으로 사람들이 쏟아질 것이라는 사실을 알고, 부산에 외과 병원을 개업하여 막대한 부를 축적한 인물이다. 박 의사 역시도 한국전쟁이 가져온 일상의 변화에 따라, 그 특수성을 이용하여 돈을 번 인물인 것이다. 그는 소시민들에 의해 유통된 "찬란한 일제, 미제 상품"인 유리그릇과 꽃무늬 커피잔 등을 수집하는 고급스러운 취미를 가지기도 하고, 고급 양식당에서 풀코스 정식을 먹거나 일식집에서 따뜻한 정종을 즐기는 등 여유로운 생활을 보낸다. 박 의사는 한국전쟁이라는 전대미문의 사건에서도 돈을 버는 것과 자신을 위한 삶만 중요시하는 인물이다. 그의 아들 '박응주'는 이러한 박 의사의 사상을 멸시하고 반발하지만, 조명화와 죽희 두 여성을 두고 갈등하며 "어느 것 하나라도 확실하게 잡을 수" 없는 무기력한 인물이다.

　박응주를 사랑하는 '죽희' 역시도 부유층 자제로, 이 소설에서 가장 한국전쟁과 동떨어져 보이는 인물로 그려지는데, 이로 인해 오히려 전쟁 당시 후방의 모습이 더욱 적나라하게 드러난다. 그는 값비싼 사치품들이 진열되어 있는 상점을 구경하기도 하고, 박응주와 함께 영화를 보며 여유로운 문화생활을 즐긴다. 그는 전쟁에 대한 어떠한 감각도 없으며, 자신의 생활에서 평화를 느낀다. 심지어 그는 전쟁이라는 비극 속에서도 "아름다운 이야기"는 존재하기 마련이라고 말하면서, 전쟁을 낭만적인 것으로 생각하기도 한다. 온갖 사치스러운 풍경에 휩싸여 지지부진한 사랑놀음을 하는 젊은이들의 모습은, 작중 작가의 "어디서 전쟁이 일어나고 있는가"라는 물음을 다시금 상기시킨다. 이들의 모습은 확실히 전쟁과는 이질적으로 보이기 때문이다. 그러나 남과 북의 이념 대립으로 인한 전쟁을, 조명화와 죽희 사이에서 고민하는 사랑 문제로 치환하여 생각하는 무기력한 박응주, 이러한 상황에 놓인 자신의 처지를 낭만적인 이야기로 생각하는 죽희, 그리고 명화를 둘러싼 지지부진한 서사는 전쟁이라는 거대한 사건이 개입되어 그들의 삶의 질서가 새로 개편되었다 하더라도, 이는 결국 또 하나의 '일상'으로 자리 잡혀가고 있음을 보여주는 것이기도 하다.

　작가는 전란戰亂 당시 가장 안전한 피란처이자 임시 수도였던 '부산'과 그 일대를 작중 배경으로 설정함으로써 한국전쟁이라는 일반적인 역사적 상황을 작품의 기본 구조로 공유했다. 그러면서도 후방 지역에서의 다양한 삶의 방식을 작품으로 끌어들여 이들을 새로운 전쟁 기억 방식의 매개체로 사용한다. 박경리는 등장인물들과 그들의 삶의 방식을 한국전쟁이라는 보편적이고 거대한 역사의 자리로 이끌고 간다. 이를 통해 박경리는 거대한 역사적 사건이 일상에 침투해 그들의 삶의 방식을 극적으로 바꾼다 하더라도, 일상은 질서를 새롭게 재편하면서 그들에게 유지되고 있음을 보여주고 있다. 박경리 소설에서 일상은 그것이 가진 관성에 의해 한국전쟁이라는 폭력적이고도 거대한 역사마저도 억누르는 방식으로 드러나며, 그곳에서 사람들은 어느덧 새로운 일상을 살아간다.

염상섭의 『취우驟雨』와 같은 예외적인 작품도 물론 있었지만, 한국전쟁 당시 소설들이 대부분 전쟁을 추상화하거나 보편화하는 방식으로 다루고 있는 반면에, 종전 이후 박경리의 소설은 한국전쟁과 같은 역사적 사건과 그 속에서의 일상 문제를 더욱 면밀하고 폭넓게 재현한다. 그가 직시하고, 재현해낸 시장이라는 현장은 전쟁의 개입으로 인해 사람들의 일상이 너무나도 많이 변했음을 가장 잘 보여줄 수 있는 곳이기도 하지만, 오히려 사람들의 일상이 전쟁이라는 사건을 압도할 수 있음을 가장 잘 보여줄 수 있는 공간이다. 그렇기에 박경리의 『파시』는 한국전쟁을 다룬 작품들 중에서도 더욱 중요하다고 할 수 있다.

박경리가 역사를 기억하는 방법

박경리는 1965년『파시』연재를 끝내고, 1969년 본격적으로 대하소설『토지土地』집필을 시작한다. 박경리가 한국 근현대사의 역사적 시공간을 섭렵하며, 조선의 전 계급과 신분을 망라하고, 동아시아의 한국과 중국, 일본을 아우르는 광대한 공간적 지평을 확보하면서, 그 시대를 살았던 다양한 인간군상의 삶의 변화 과정을 탐구했다는 점에서,『토지』가 담아내고 있는 시간과 공간, 인간은 다른 어떤 소설보다도 광대하고 깊다. 이러한 이유로『토지』는 그의 대표작인 동시에, 작가의 문학관과 역사적 인식이 가장 충실하게 반영된 소설이라고 볼 수 있다. 이로 미루어볼 때,『파시』가 박경리의 문학세계에서 중요한 이유는 이와 같은 작가의 문학적 신념이 처음으로 발현된 작품이기 때문이다. 여성이기에, 전장의 풍경보다는 한국전쟁이 여성들과 후방 지역 사람들의 삶에 어떠한 영향을 주었는지 심문했던 박경리는, 1960년대에 이르러 문학의 본질이 인간과 삶의 탐구에 있음을 깨달았으며 자신이 "새로운 작법"이라 칭한 창작 방법을 통해 글을 쓴다.

전시 '암시장'을 배경으로, 전쟁 이면에 숨겨진 경제 논리와 막대한 부 축적만을 좇는 피폐한 소시민들의 삶을 그려낸 소설들은 많다. 대표적으로 이호철의『소시민』과 베트남전쟁을 배경으로 한 황석영의『무기의 그늘』이 있다. 그러나 박경리

소설의 문학적 가치는, 작품에서 인물의 성격이나 극적인 묘사를 뚜렷하게 전경화하는 대신 한국전쟁 당시 부산 일대의 시대적 상황이나 맥락에 충실하게, 그 속에서의 사람들의 생활을 면밀하게 재현하는 방식으로 전쟁이 어떻게 사람들의 삶을 변화시키는지를 끊임없이 추적하였다는 점이다. 이와 같은 작가의 문학적 신념은 한국전쟁뿐 아니라, 이후 『토지』에서 보여준 것처럼 한국 근현대사의 크고 작은 역사적 사건을 겪으며 살아온 모든 이들의 삶을 세부적이고 면밀하게 보여주었다는 점에서 중요하다.

이 글 서두에서 언급했듯, 개인의 경험이 전쟁에 관한 모든 것을 말할 수는 없다. 사회적·지리적 위치와 각자의 상황에 따라 전쟁은 다르게 체험되고 기억되기 때문이다. 개인이 체험한 전쟁은 모두 파편에 불과하다. 박경리가 보고, 기록한 전쟁 역시도 어쩌면 전쟁의 극히 작은 단면일지도 모른다. 그러나 박경리가 소설로 재현한 이들, 그들의 삶은 실재였으며 그들에게 한국전쟁이란 눈앞에 닥친 현실이었다. 참혹한 시대를 살았던 이들을 기억하는 것은, 그들 옆에서 함께 살아갔던 사람들이다. 전쟁의 상처로 변해버린 일상을 살아갔던 박경리는 그들을 기억하기 위해 "악전고투"하면서도 부단히 작품을 창작했다. 그렇게 한 시대의 질곡을 살아갔던 사람들의 이야기는 기쁨뿐 아니라 세상의 모든 슬픔 역시 찬란하고 아름다운 것이라 믿었던 작가作家 박경리에 의해 다시 기억된다.

파시

초판 1쇄 인쇄 2024년 4월 12일
초판 1쇄 발행 2024년 4월 23일

지은이 박경리
펴낸이 김선식

부사장 김은영
콘텐츠사업2본부장 박현미
책임편집 곽수빈 **디자인** 정명희 **책임마케터** 최혜령
콘텐츠사업6팀장 임경섭 **콘텐츠사업6팀** 곽수빈, 임고운, 정명희
마케팅본부장 권장규 **마케팅1팀** 최혜령, 오서영, 문서희 **채널1팀** 박태준
미디어홍보본부장 정명찬 **브랜드관리팀** 안지혜, 오수미, 김은지, 이소영
뉴미디어팀 김민정, 이지은, 홍수경, 서가을, 문윤정, 이예주
크리에이티브팀 임유나, 박지수, 변승주, 김화정, 장세진, 박장미, 박주현
지식교양팀 이수인, 염아라, 석찬미, 김혜원, 백지은
편집관리팀 조세현, 김호주, 백설희 **저작권팀** 한승빈, 이슬, 윤제희
재무관리팀 하미선, 윤이경, 김재경, 이보람, 임혜정
인사총무팀 강미숙, 지석배, 김혜진, 황종원
제작관리팀 이소현, 김소영, 김진경, 최완규, 이지우, 박예찬
물류관리팀 김형기, 김선민, 주정훈, 김선진, 한유현, 전태연, 양문현, 이민운
외부스태프 교정교열 김가영 본문 조판 스튜디오 수박

펴낸곳 다산북스 **출판등록** 2005년 12월 23일 제313-2005-00277호
주소 경기도 파주시 회동길 490
전화 02-704-1724 **팩스** 02-703-2219
이메일 dasanbooks@dasanbooks.com
홈페이지 www.dasan.group **블로그** blog.naver.com/dasan_books
용지 스마일몬스터 **인쇄** 상지사피앤비 **코팅 및 후가공** 평창피앤지 **제본** 상지사피앤비

ISBN 979-11-306-5203-0 (03810)